中国现代文学经典阅读

程光炜 编选

北京大学出版社
PEKING UNIVERSITY PRESS

图书在版编目(CIP)数据

中国现代文学经典阅读/程光炜编选.—北京:北京大学出版社,2012.3
(博雅大学堂·中国语言文学)
ISBN 978-7-301-13832-8

Ⅰ.①中… Ⅱ.①程… Ⅲ.①中国文学:当代文学-作品综合集-高等学校-教材 Ⅳ.①I216.1

中国版本图书馆 CIP 数据核字(2011)第 218538 号

书　　　名：中国现代文学经典阅读
著作责任者：程光炜　编选
责 任 编 辑：张雅秋
标 准 书 号：ISBN 978-7-301-13832-8/I·2399
出 版 发 行：北京大学出版社
地　　　址：北京市海淀区成府路 205 号　100871
网　　　址：http://www.pup.cn　电子邮箱:pkuwsz@yahoo.com.cn
电　　　话：邮购部 62752015　发行部 62750672　出版部 62754962
　　　　　　编辑部 62752022
印　刷　者：三河市北燕印装有限公司
经　销　者：新华书店
　　　　　　650mm×980mm　16 开本　31.25 印张　740 千字
　　　　　　2012 年 3 月第 1 版　2021 年 8 月第 4 次印刷
定　　　价：76.00 元

未经许可,不得以任何方式复制或抄袭本书之部分或全部内容。
版权所有,侵权必究
举报电话:010-62752024;电子邮箱:fd@pup.pku.edu.cn

编选前言

学生学习中国现当代文学史这门课程，最为重要的工作就是阅读文学作品。只有直观地大量地阅读文学作品，文学史的视野和知识才能够逐步建立起来。当我们孤立地读某篇作品时，所获得的只是一些粗浅的主观性的印象，但是，当大量阅读不同时代、风格和流派的文学作品时，就不会再被孤立在一般印象中，而会在类似博物馆般的众多文学作品中产生对比性、参照性的阅读感受。当对比性、参照性的阅读感受产生时，我们对文学作品的阅读就会更加挑剔、严格，就会不仅仅感性地而是更理性地辨认出第一流的作家和作品，同时建立起自己的文学修养。在这个意义上可以说，文学的经典选本就是文学史的博物馆。当几十部、几百部文学作品经过编选者的认真筛选，被集中编入一本书时，文学史博物馆就出现在了读者的面前。在这座博物馆里，陈列着近百年来中国现当代文学的各种流派、作家的作品，它们呈现着不同的文学风格，也呈现着参差不齐的文学探索、创作的历史状况。经常在这座博物馆里流连的人，有资格成为它的专业性读者。

本书编选者意识到，任何时期的文学作品选本，都受制于当时年代人们对于文学的认识、当时的史观和文学观。所以，编者在编选过程中，比较多地考虑了当前研究界的一些学科共识；入选作品的比例、分量，即是在此基础上形成。另外，在发表当时产生过一定影响的作品，在今天也许不符合"审美化"的要求，但是，由于它们对当时的文学观念、转型发挥过作用，所以，选入一些供学生阅读，能够增强阅读的历史感。它们不是毫无裨益的。对于学习本专业课程的学生来说，与其预先固定起自己的审美趣味，还不如先扩大阅读范围，了解更多文学流派和作家作品产生的背景；通过阅读这些作品，进一步了解当时的时代语境，也许是更为适当的。编选者认为，一个视野开阔、多重的阅读者，在专业素质上是优先于视野狭窄和单一的阅读者的。

本书中，每篇作品（包括存目）后面，都配有简单的"延伸阅读"，这样安排的目的是：

一、介绍近年来学术界研究文学作品的成果和动态。

二、通过简略解读找到进入文学作品的途径。

2011.9.7

目录

编选前言/1

小 说

鲁 迅
狂人日记/1
孔乙己/7
阿Q正传(存目)/9
伤逝——涓生的手记/10

郁达夫
沉沦/20
过去/39

冰 心
斯人独憔悴(存目)/48

许地山
玉官(存目)/48

庐 隐
或人的悲哀(存目)/48

凌叔华
绣枕(存目)/49

王统照
山雨(存目)/49

叶圣陶
潘先生在难中(存目)/49

台静农
拜堂(存目)/50

废 名
桥/51

丁 玲
莎菲女士的日记/120

茅 盾
林家铺子/141
蚀(存目)/161
子夜(存目)/161

目录

老　舍
　　断魂枪/162
　　月牙儿（存目）/166
　　老张的哲学（存目）/166

巴　金
　　寒夜（存目）/167
　　家（存目）/167

沈从文
　　萧萧/168
　　新与旧/176
　　边城/181

柔　石
　　二月（存目）/224

李劼人
　　死水微澜（存目）/224

沙　汀
　　在其香居茶馆里（存目）/224

艾　芜
　　山峡中（存目）/225

萧　红
　　小城三月/226
　　呼兰河传（存目）/238

施蛰存
　　梅雨之夕/239

张天翼
　　砥柱/245

师　陀
　　马兰（存目）/254

张恨水
　　啼笑因缘（存目）/254

张爱玲
　　金锁记/255
　　倾城之恋/277
　　十八春（存目）/297

钱锺书
　　灵感（存目）/298
　　猫（存目）/298
　　围城（存目）/298

目录

赵树理
　　小二黑结婚/299
孙　犁
　　嘱咐（存目）/307
路　翎
　　平原（存目）/307
　　饥饿的郭素娥（存目）/307
周立波
　　暴风骤雨（存目）/308

诗　歌

胡　适
　　鸽子/309
郭沫若
　　天上的市街/310
　　夕暮/311
　　凤凰涅槃（存目）/311
冰　心
　　繁星（节选）/312
　　春水（节选）/313
汪静之
　　伊底眼/314
李金发
　　里昂车中/315
朱　湘
　　采莲曲/316
徐志摩
　　再别康桥/317
　　雪花的快乐/318
　　沙扬娜拉——赠日本女郎/318
闻一多
　　死水/319
　　天安门/320
冯　至
　　北游及其它（存目）/320
　　十四行集（节选）/321

目录

戴望舒
　　雨巷/330
　　我的素描/331
　　我底记忆/332
何其芳
　　预言/333
臧克家
　　老马/334
卞之琳
　　断章/334
　　尺八/335
殷　夫
　　别了,哥哥(存目)/336
艾　青
　　大堰河,我的保姆(存目)/336
　　手推车/337
　　雪落在中国的土地上/338
　　我爱这土地/339
田　间
　　假如我们不去打仗(存目)/340
绿　原
　　给天真的乐观主义者(存目)/340
杜运燮
　　滇缅公路(存目)/340
穆　旦
　　赞美/341
　　诗八首/343
　　自然底梦/345
郑　敏
　　金黄的稻束(存目)/345
李　季
　　王贵与李香香(存目)/346

散　文

周作人
　　乌篷船/347
　　故乡的野菜/348
　　初恋/349
　　若子/350

目录

鲁　迅
　藤野先生(存目)/353
　百草园(存目)/353

朱自清
　荷塘月色/354
　背影(存目)/355
　桨声灯影里的秦淮河/356

俞平伯
　桨声灯影里的秦淮河/361

丰子恺
　给我的孩子们/365
　秋/367

何其芳
　画梦录(节选)/369

茅　盾
　白杨礼赞(存目)/372

李广田
　回声(存目)/372

萧　红
　回忆鲁迅先生(存目)/372

吴伯箫
　马(存目)/373

沈从文
　沈从文家书(节选)/374

梁实秋
　雅舍/379

张爱玲
　自己的文章/381
　谈音乐/384

孙　犁
　织席记/389

戏　剧

丁西林
　一只马蜂(存目)/391

田　汉
　名优之死(存目)/391

目录

曹 禺
  雷雨/392
  日出(存目)/490
  北京人(存目)/490

夏 衍
  上海屋檐下(存目)/490

郭沫若
  屈原(存目)/491

贺敬之等
  白毛女(存目)/491

小　说

狂人日记

鲁　迅

某君昆仲,今隐其名,皆余昔日在中学校时良友;分隔多年,消息渐阙。日前偶闻其一大病;适归故乡,迂道往访,则仅晤一人,言病者其弟也。劳君远道来视,然已早愈,赴某地候补矣。因大笑,出示日记二册,谓可见当日病状,不妨献诸旧友。持归阅一过,知所患盖"迫害狂"之类。语颇错杂无伦次,又多荒唐之言;亦不著月日,惟墨色字体不一,知非一时所书。间亦有略具联络者,今撮录一篇,以供医家研究。记中语误,一字不易;惟人名虽皆村人,不为世间所知,无关大体,然亦悉易去。至于书名,则本人愈后所题,不复改也。七年四月二日识。

一

今天晚上,很好的月光。

我不见他,已是三十多年;今天见了,精神分外爽快。才知道以前的三十多年,全是发昏;然而须十分小心。不然,那赵家的狗,何以看我两眼呢?

我怕得有理。

二

今天全没月光,我知道不妙。早上小心出门,赵贵翁的眼色便怪:似乎怕我,似乎想害我。还有七八个人,交头接耳的议论我,又怕我看见。一路上的人,都是如此。其中最凶的一个人,张着嘴,对我笑了一笑;我便从头直冷到脚跟,晓得他们布置,都已妥当了。

我可不怕,仍旧走我的路。前面一伙小孩子,也在那里议论我;眼色也同赵贵翁一样,脸色也都铁青。我想我同小孩子有什么仇,他也这样。忍不住大声说,"你告诉我!"他们可就跑了。

我想:我同赵贵翁有什么仇,同路上的人又有什么仇;只有廿年以前,把古久先生的陈年流水簿子,踹了一脚,古久先生很不高兴。赵贵翁虽然不认识他,一定也听到风声,代抱不平;约定路上的人,同我作冤对。但是小孩子呢?那时候,他们还没有出世,何以今天也睁着怪眼睛,似乎怕我,似乎想害我。这真教我怕,教我纳罕而且伤心。

我明白了。这是他们娘老子教的!

三

晚上总是睡不着。凡事须得研究，才会明白。

他们——也有给知县打枷过的，也有给绅士掌过嘴的，也有衙役占了他妻子的，也有老子娘被债主逼死的；他们那时候的脸色，全没有昨天这么怕，也没有这么凶。

最奇怪的是昨天街上的那个女人，打他儿子，嘴里说道，"老子呀！我要咬你几口才出气！"他眼睛却看着我。我出了一惊，遮掩不住；那青面獠牙的一伙人，便都哄笑起来。陈老五赶上前，硬把我拖回家中了。

拖我回家，家里的人都装作不认识我；他们的眼色，也全同别人一样。进了书房，便反扣上门，宛然是关了一只鸡鸭。这一件事，越教我猜不出底细。

前几天，狼子村的佃户来告荒，对我大哥说，他们村里的一个大恶人，给大家打死了；几个人便挖出他的心肝来，用油煎炒了吃，可以壮壮胆子。我插了一句嘴，佃户和大哥便都看我几眼。今天才晓得他们的眼光，全同外面的那伙人一模一样。

想起来，我从顶上直冷到脚跟。

他们会吃人，就未必不会吃我。

你看那女人"咬你几口"的话，和一伙青面獠牙人的笑，和前天佃户的话，明明是暗号。我看出他话中全是毒，笑中全是刀，他们的牙齿，全是白厉厉的排着，这就是吃人的家伙。

照我自己想，虽然不是恶人，自从踹了古家的簿子，可就难说了。他们似乎别有心思，我全猜不出。况且他们一翻脸，便说人是恶人。我还记得大哥教我做论，无论怎样好人，翻他几句，他便打上几个圈；原谅坏人几句，他便说"翻天妙手，与众不同。"我那里猜得到他们的心思，究竟怎样；况且是要吃的时候。

凡事总须研究，才会明白。古来时常吃人，我也还记得，可是不甚清楚。我翻开历史一查，这历史没有年代，歪歪斜斜的每叶上都写着"仁义道德"几个字。我横竖睡不着，仔细看了半夜，才从字缝里看出字来，满本都写着两个字是"吃人"！

书上写着这许多字，佃户说了这许多话，却都笑吟吟的睁着怪眼睛看我。

我也是人，他们想要吃我了！

四

早上，我静坐了一会。陈老五送进饭来，一碗菜，一碗蒸鱼；这鱼的眼睛，白而且硬，张着嘴，同那一伙想吃人的人一样。吃了几筷，滑溜溜的不知是鱼是人，便把他兜肚连肠的吐出。

我说，"老五，对大哥说，我闷得慌，想到园里走走。"老五不答应，走了，停一会，可就来开了门。

我也不动，研究他们如何摆布我；知道他们一定不肯放松。果然！我大哥引了一个老头子，慢慢走来；他满眼凶光，怕我看出，只是低头向着地，从眼镜横边暗暗看我。大哥说，"今天你仿佛很好。"我说"是的。"大哥说，"今天请何先生来，给你诊一诊。"我说"可以！"其实我岂不知道这老头子是刽子手扮的！无非借了看脉这名目，揣一揣肥瘠：

因这功劳,也分一片肉吃。我也不怕;虽然不吃人,胆子却比他们还壮。伸出两个拳头,看他如何下手。老头子坐着,闭了眼睛,摸了好一会,呆了好一会,便张开他鬼眼睛说,"不要乱想。静静的养几天,就好了。"

不要乱想,静静的养!养肥了,他们是自然可以多吃;我有什么好处,怎么会"好了"?他们这群人,又想吃人,又是鬼鬼祟祟,想法子遮掩,不敢直捷下手,真要令我笑死。我忍不住,便放声大笑起来,十分快活。自己晓得这笑声里面,有的是义勇和正气。老头子和大哥,都失了色,被我这勇气正气镇压住了。

但是我有勇气,他们便越想吃我,沾光一点这勇气。老头子跨出门,走不多远,便低声对大哥说道,"赶紧吃罢!"大哥点点头。原来也有你!这一件大发见,虽似意外,也在意中:合伙吃我的人,便是我的哥哥!

吃人的是我哥哥!

我是吃人的人的兄弟!

我自己被人吃了,可仍然是吃人的人的兄弟!

五

这几天是退一步想:假使那老头子不是刽子手扮的,真是医生,也仍然是吃人的人。他们的祖师李时珍做的"本草什么"上,明明写着人肉可以煎吃;他还能说自己不吃人么?

至于我家大哥,也毫不冤枉他。他对我讲书的时候,亲口说过可以"易子而食";又一回偶然议论起一个不好的人,他便说不但该杀,还当"食肉寝皮"。我那时年纪还小,心跳了好半天。前天狼子村佃户来说吃心肝的事,他也毫不奇怪,不住的点头。可见心思是同从前一样狠。既然可以"易子而食",便什么都易得,什么人都吃得。我从前单听他讲道理,也胡涂过去;现在晓得他讲道理的时候,不但唇边还抹着人油,而且心里满装着吃人的意思。

六

黑漆漆的,不知是日是夜。赵家的狗又叫起来了。狮子似的凶心,兔子的怯弱,狐狸的狡猾,……

七

我晓得他们的方法,直接杀了,是不肯的,而且也不敢,怕有祸祟。所以他们大家连络,布满了罗网,逼我自戕。试看前几天街上男女的样子,和这几天我大哥的作为,便足可悟出八九分了。最好是解下腰带,挂在梁上,自己紧紧勒死;他们没有杀人的罪名,又偿了心愿,自然都欢天喜地的发出一种呜呜咽咽的笑声。否则惊吓忧愁死了,虽则略瘦,也还可以首肯几下。

他们是只会吃死肉的!——记得什么书上说,有一种东西,叫"海乙那"的,眼光和样子都很难看;时常吃死肉,连极大的骨头,都细细嚼烂,咽下肚去,想起来也教人害怕。"海乙那"是狼的亲眷,狼是狗的本家。前天赵家的狗,看我几眼,可见他也同谋,早已接洽。老头子眼看着地,岂能瞒得我过。

最可怜的是我的大哥,他也是人,何以毫不害怕;而且合伙吃我呢?还是历来惯了,不以为非呢?还是丧了良心,明知故犯呢?

我诅咒吃人的人,先从他起头;要劝转吃人的人,也先从他下手。

八

其实这种道理,到了现在,他们也该早已懂得,……

忽然来了一个人;年纪不过二十左右,相貌是不很看得清楚,满面笑容,对了我点头,他的笑也不像真笑。我便问他,"吃人的事,对么?"他仍然笑着说,"不是荒年,怎么会吃人。"我立刻就晓得,他也是一伙,喜欢吃人的;便自勇气百倍,偏要问他。

"对么?"

"这等事问他什么。你真会……说笑话。……今天天气很好。"

天气是好,月色也很亮了。可是我要问你,"对么?"

他不以为然了。含含胡胡的答道,"不……"

"不对?他们何以竟吃?!"

"没有的事……"

"没有的事?狼子村现吃;还有书上都写着,通红斩新!"

他便变了脸,铁一般青。睁着眼说,"有许有的,这是从来如此……"

"从来如此,便对么?"

"我不同你讲这些道理;总之你不该说,你说便是你错!"

我直跳起来,张开眼,这人便不见了。全身出了一大片汗。他的年纪,比我大哥小得远,居然也是一伙;这一定是他娘老子先教的。还怕已经教给他儿子了;所以连小孩子,也都恶狠狠的看我。

九

自己想吃人,又怕被别人吃了,都用着疑心极深的眼光,面面相觑。……

去了这心思,放心做事走路吃饭睡觉,何等舒服。这只是一条门槛,一个关头。他们可是父子兄弟夫妇朋友师生仇敌和各不相识的人,都结成一伙,互相劝勉,互相牵掣,死也不肯跨过这一步。

十

大清早,去寻我大哥;他立在堂门外看天,我便走到他背后,拦住门,格外沉静,格外和气的对他说,

"大哥,我有话告诉你。"

"你说就是,"他赶紧回过脸来,点点头。

"我只有几句话,可是说不出来。大哥,大约当初野蛮的人,都吃过一点人。后

来因为心思不同,有的不吃人了,一味要好,便变了人,变了真的人。有的却还吃,——也同虫子一样,有的变了鱼鸟猴子,一直变到人。有的不要好,至今还是虫子。这吃人的人比不吃人的人,何等惭愧。怕比虫子的惭愧猴子,还差得很远很远。

易牙蒸了他儿子,给桀纣吃,还是一直从前的事。谁晓得从盘古开辟天地以后,一直吃到易牙的儿子;从易牙的儿子,一直吃到徐锡林;从徐锡林,又一直吃到狼子村捉住的人。去年城里杀了犯人,还有一个生痨病的人,用馒头蘸血舐。

他们要吃我,你一个人,原也无法可想;然而又何必去入伙。吃人的人,什么事做不出;他们会吃我,也会吃你,一伙里面,也会自吃。但只要转一步,只要立刻改了,也就人人太平。虽然从来如此,我们今天也可以格外要好,说是不能!大哥,我相信你能说,前天佃户要减租,你说过不能。"

当初,他还只是冷笑,随后眼光便凶狠起来,一到说破他们的隐情,那就满脸都变成青色了。大门外立着一伙人,赵贵翁和他的狗,也在里面,都探头探脑的挨进来。有的是看不出面貌,似乎用布蒙着;有的是仍旧青面獠牙,抿着嘴笑。我认识他们是一伙,都是吃人的人。可是也晓得他们心思很不一样,一种是以为从来如此,应该吃的;一种是知道不该吃,可是仍然要吃,又怕别人说破他,所以听了我的话,越发气愤不过,可是抿着嘴冷笑。

这时候,大哥也忽然显出凶相,高声喝道,

"都出去!疯子有什么好看!"

这时候,我又懂得一件他们的巧妙了。他们岂但不肯改,而且早已布置;预备下一个疯子的名目罩上我。将来吃了,不但太平无事,怕还会有人见情。佃户说的大家吃了一个恶人,正是这方法。这是他们的老谱!

陈老五也气愤愤的直走进来。如何按得住我的口,我偏要对这伙人说,

"你们可以改了,从真心改起!要晓得将来容不得吃人的人,活在世上。

你们要不改,自己也会吃尽。即使生得多,也会给真的人除灭了,同猎人打完狼子一样!——同虫子一样!"

那一伙人,都被陈老五赶走了。大哥也不知那里去了。陈老五劝我回屋子里去。屋里面全是黑沉沉的。横梁和椽子都在头上发抖;抖了一会,就大起来,堆在我身上。

万分沉重,动弹不得;他的意思是要我死。我晓得他的沉重是假的,便挣扎出来,出了一身汗。可是偏要说,

"你们立刻改了,从真心改起!你们要晓得将来是容不得吃人的人,……"

十一

太阳也不出,门也不开,日日是两顿饭。

我捏起筷子,便想起我大哥;晓得妹子死掉的缘故,也全在他。那时我妹子才五岁,可爱可怜的样子,还在眼前。母亲哭个不住,他却劝母亲不要哭;大约因为自己吃了,哭起来不免有点过意不去。如果还能过意不去,……

妹子是被大哥吃了,母亲知道没有,我可不得而知。

母亲想也知道；不过哭的时候，却并没有说明，大约也以为应当的了。记得我四五岁时，坐在堂前乘凉，大哥说爷娘生病，做儿子的须割下一片肉来，煮熟了请他吃，才算好人；母亲也没有说不行。一片吃得，整个的自然也吃得。但是那天的哭法，现在想起来，实在还教人伤心，这真是奇极的事！

十二

不能想了。

四千年来时时吃人的地方，今天才明白，我也在其中混了多年；大哥正管着家务，妹子恰恰死了，他未必不和在饭菜里，暗暗给我们吃。

我未必无意之中，不吃了我妹子的几片肉，现在也轮到我自己，……

有了四千年吃人履历的我，当初虽然不知道，现在明白，难见真的人！

十三

没有吃过人的孩子，或者还有？

救救孩子……

1918 年 4 月

延伸阅读：参见雁冰：《读〈呐喊〉》，1923 年 10 月 8 日《时事新报》副刊《学灯》。沈雁冰(即茅盾)的评论，是我们理解这篇小说的重要途径之一。除此之外，茅盾还有多篇评论鲁迅小说创作的文章值得注意，有些观点至今都被研究者引用。作为现代文学最早质疑儒家文化的短篇小说，"狂人"的形象一直被认为是五四后重建个人价值的重要案例。这种由鲁迅所创立的人物模式，对后来新文学创作产生了至深影响。

孔乙己

鲁　迅

　　鲁镇的酒店的格局，是和别处不同的：都是当街一个曲尺形的大柜台，柜里面豫备着热水，可以随时温酒。做工的人，傍午傍晚散了工，每每花四文铜钱，买一碗酒，——这是二十多年前的事，现在每碗要涨到十文，——靠柜外站着，热热的喝了休息；倘肯多花一文，便可以买一碟盐煮笋，或者茴香豆，做下酒物了，如果出到十几文，那就能买一样荤菜，但这些顾客，多是短衣帮，大抵没有这样阔绰。只有穿长衫的，才踱进店面隔壁的房子里，要酒要菜，慢慢地坐喝。

　　我从十二岁起，便在镇口的咸亨酒店里当伙计，掌柜说，样子太傻，怕侍候不了长衫主顾，就在外面做点事罢。外面的短衣主顾，虽然容易说话，但唠唠叨叨缠夹不清的也很不少。他们往往要亲眼看着黄酒从坛子里舀出，看过壶子底里有水没有，又亲看将壶子放在热水里，然后放心：在这严重监督之下，羼水也很为难。所以过了几天，掌柜又说我干不了这事。幸亏荐头的情面大，辞退不得，便改为专管温酒的一种无聊职务了。

　　我从此便整天的站在柜台里，专管我的职务。虽然没有什么失职，但总觉有些单调，有些无聊。掌柜是一副凶脸孔，主顾也没有好声气，教人活泼不得；只有孔乙己到店，才可以笑几声，所以至今还记得。

　　孔乙己是站着喝酒而穿长衫的唯一的人。他身材很高大；青白脸色，皱纹间时常夹些伤痕；一部乱蓬蓬的花白的胡子。穿的虽然是长衫，可是又脏又破，似乎十多年没有补，也没有洗。他对人说话，总是满口之乎者也，教人半懂不懂的。因为他姓孔，别人便从描红纸上的"上大人孔乙己"这半懂不懂的话里，替他取下一个绰号，叫作孔乙己。孔乙己一到店，所有喝酒的人便都看着他笑，有的叫道，"孔乙己，你脸上又添上新伤疤了！"他不回答，对柜里说，"温两碗酒，要一碟茴香豆。"便排出九文大钱来。他们又故意的高声嚷道，"你一定又偷了人家的东西了！"孔乙己睁大眼睛说，"你怎么这样凭空污人清白……""什么清白？我前天亲眼见你偷了何家的书，吊着打。"孔乙己便涨红了脸，额上的青筋条条绽出，争辩道，"窃书不能算偷……窃书！……读书人的事，能算偷么？"接连便是难懂的话，什么"君子固穷"，什么"者乎"之类，引得众人都哄笑起来：店内外充满了快活的空气。

　　听人家背地里谈论，孔乙己原来也读过书，但终于没有进学，又不会营生；于是愈过愈穷，弄到将要讨饭了。幸而写得一笔好字，便替人家钞钞书，换一碗饭吃。可惜他又有一样坏脾气，便是好喝懒做。坐不到几天，便连人和书籍纸张笔砚，一齐失踪。如是几次，叫他钞书的人也没有了。孔乙己没有法，便免不了偶然做些偷窃的事。但他在我们店里，品行却比别人都好，就是从不拖欠；虽然间或没有现钱，暂时记在粉板上，但不出一月，定然还清，从粉板上拭去了孔乙己的名字。

　　孔乙己喝过半碗酒，涨红的脸色渐渐复了原，旁人便又问道，"孔乙己，你当真认识字么?"孔乙己看着问他的人,显出不屑置辩的神气。他们便接着说道,"你怎的连半个秀才也捞不到呢?"孔乙己立刻显出颓唐不安模样,脸上笼上了一层灰色,嘴里说些话;这回可是全是之乎者也之类,一些不懂了。在这时候,众人也都哄笑起来:店内外充满了快活的空气。

在这些时候,我可以附和着笑,掌柜是决不责备的。而且掌柜见了孔乙己,也每每这样问他,引人发笑。孔乙己自己知道不能和他们谈天,便只好向孩子说话。有一回对我说道,"你读过书么?"我略略点一点头。他说,"读过书,……我便考你一考。茴香豆的茴字,怎样写的?"我想,讨饭一样的人,也配考我么?便回过脸去,不再理会。孔乙己等了许久,很恳切的说道,"不能写罢?……我教给你,记着!这些字应该记着。将来做掌柜的时候,写账要用。"我暗想我和掌柜的等级还很远呢,而且我们掌柜也从不将茴香豆上账;又好笑,又不耐烦,懒懒的答他道,"谁要你教,不是草头底下一个来回的回字么?"孔乙己显出极高兴的样子,将两个指头的长指甲敲着柜台,点头说,"对呀对呀!……回字有四样写法,你知道么?"我愈不耐烦了,努着嘴走远。孔乙己刚用指甲蘸了酒,想在柜上写字,见我毫不热心,便又叹一口气,显出极惋惜的样子。

有几回,邻舍孩子听得笑声,也赶热闹,围住了孔乙己。他便给他们茴香豆吃,一人一颗。孩子吃完豆,仍然不散,眼睛都望着碟子。孔乙己着了慌,伸开五指将碟子罩住,弯腰下去说道,"不多了,我已经不多了。"直起身又看一看豆,自己摇头说,"不多不多!多乎哉?不多也"。于是这一群孩子都在笑声里走散了。

孔乙己是这样的使人快活,可是没有他,别人也便这么过。

有一天,大约是中秋前的两三天,掌柜正在慢慢的结账,取下粉板,忽然说,"孔乙己长久没有来了。还欠十九个钱呢!"我才也觉得他的确长久没有来了。一个喝酒的人说道,"他怎么会来?……他打折了腿了。"掌柜说,"哦!""他总仍旧是偷,这一回,是自己发昏,竟偷到丁举人家里去了。他家的东西,偷得的么?""后来怎么样?""怎么样?先写服辩,后来是打,打了大半夜,再打折了腿。""后来呢?""后来折了腿了。""打折了怎样呢?""怎样?……谁晓得?许是死了。"掌柜也不再问,仍然慢慢的算他的账。

中秋过后,秋风是一天凉比一天,看看将近初冬,我整天的靠着火,也须穿上棉袄了。一天的下半天,没有一个顾客,我正合了眼坐着。忽然间听得一个声音,"温一碗酒。"这声音虽然极低,却很耳熟。看时又全没有人。站起来向外一望,那孔乙己便在柜台下对了门槛坐着。他脸上黑而且瘦,已经不成样子;穿一件破夹袄,盘着两腿,下面垫一个蒲包,用草绳在肩上挂住。见了我,又说道,"温一碗酒。"掌柜也伸出头去,一面说,"孔乙己么?你还欠十九个钱呢!"孔乙己很颓唐的仰面答道,"这……下回还清罢。这一回是现钱,酒要好。"掌柜仍然同平常一样,笑着对他说,"孔乙己,你又偷了东西了!"但他这回却不十分分辩,单说了一句"不要取笑!""取笑?要是不偷,怎么会打断腿?"孔乙己低声说道,"跌断,跌,跌……"他的眼色,很像恳求掌柜,不要再提。此时已经聚集了几个人,便和掌柜都笑了。我温了酒,端出去,放在门槛上。他从破衣袋里摸出四文大钱,放在我手里,见他满手是泥,原来他便用这手走来的。不一会,他喝完酒,便又在旁人的说笑声中,坐着用这手慢慢走去了。

自此以后,又长久没有看见孔乙己。到了年关,掌柜取下粉板说,"孔乙己还欠十九个钱呢!"到第二年的端午,又说"孔乙己还欠十九个钱呢!"到中秋可是没有说,再到年关也没有看见他。

我到现在终于没有见——大约孔乙己的确死了。

1919 年 3 月

延伸阅读：李欧梵在《铁屋中的呐喊》中认为，孔乙己在鲁迅小说人物系列中，属于"被看"的牺牲者："他和'狂人'相反。'狂人'思想超前于现实，孔乙己却落后于现实。他实际上已被抛进了下等人之中，却还自以为是长衫阶层的上等人。"孔乙己的形象实际是对 20 世纪初前后中国社会转型期知识分子命运的反思。

阿 Q 正传(存目)

鲁　迅

延伸阅读：值得参考的研究成果是李欧梵《铁屋中的呐喊》一书（长沙，岳麓书社，1999 年）。李欧梵认为，这篇小说的意义之一是强调了"独异个人"与"庸众"的对立和隔膜，包含着深远的批判国民性的含义。他指出："很清楚，阿 Q 也就是鲁迅所看到的那个幻灯片中被杀者的肉身，是一个没有内心自我的身体，一个概括的庸众的形象。"（见上书，第 80—90 页）

伤 逝

——涓生的手记

鲁 迅

　　如果我能够,我要写下我的悔恨和悲哀,为子君,为自己。

　　会馆里的被遗忘在偏僻里的破屋是这样地寂静和空虚。时光过得真快,我爱子君,仗着她逃出这寂静和空虚,已经满一年了。事情又这么不凑巧,我重来时,偏偏空着的又只有这一间屋。依然是这样的破窗,这样的窗外的半枯的槐树和老紫藤,这样的窗前的方桌,这样的败壁,这样的靠壁的板床。深夜中独自躺在床上,就如我未曾和子君同居以前一般,过去一年中的时光全被消灭,全未有过,我并没有曾经从这破屋子搬出,在吉兆胡同创立了满怀希望的小小的家庭。

　　不但如此。在一年之前,这寂静和空虚是并不这样的,常常含着期待;期待子君的到来。在久待的焦躁中,一听到皮鞋的高底尖触着砖路的清响,是怎样地使我骤然生动起来呵!于是就看见带着笑涡的苍白的圆脸,苍白的瘦的臂膊,布的有条纹的衫子,玄色的裙。她又带了窗外的半枯的槐树的新叶来,使我看见,还有挂在铁似的老干上的一房一房的紫白的藤花。

　　然而现在呢,只有寂静和空虚依旧,子君却决不再来了,而且永远,永远地!……

　　子君不在我这破屋里时,我什么也看不见。在百无聊赖中,随手抓上一本书来,科学也好,文学也好,横竖什么都一样;看下去,看下去,忽而自己觉得,已经翻了十多页了,但是毫不记得书上所说的事。只是耳朵却分外地灵,仿佛听到大门外一切往来的履声,从中便有子君的,而且橐橐地逐渐临近,——但是,往往又逐渐渺茫,终于消失在别的步声的杂沓中了。我憎恶那不象子君鞋声的穿布底鞋的长班的儿子,我憎恶那太象子君鞋声的常常穿着新皮鞋的邻院的搽雪花膏的小东西!

　　莫非她翻了车么?莫非她被电车撞伤了么?……

　　我便要取了帽子去看她,然而她的胞叔就曾经当面骂过我。

　　蓦然,她的鞋声近来了,一步响于一步,迎出去时,却已经走过紫藤棚下,脸上带着微笑的酒窝。她在她叔子的家里大约并未受气,我的心宁帖了,默默地相视片时之后,破屋里便渐渐充满了我的语声,谈家庭专制,谈打破旧习惯,谈男女平等,谈伊孛生,谈泰戈尔,谈雪莱……。她总是微笑点头,两眼里弥漫着稚气的好奇的光泽。壁上就钉着一张铜板的雪莱半身像,是从杂志上裁下来的,是他的最美的一张像。当我指给她看时,她却只草草一看,便低了头,似乎不好意思了。这些地方,子君就大概还未脱尽旧思想的束缚,——我后来也想,倒不如换一张雪莱淹死在海里的记念像或是伊孛生的罢;但也终于没有换,现在是连这一张也不知那里去了。

　　"我是我自己的,他们谁也没有干涉我的权利!"

　　这是我们交际了半年,又谈起她在这里的胞叔和在家的父亲时,她默想了一会之后,分明地,坚决地,沉静地说了出来的话。其时是我已经说尽了我的意见,我的身世,我的缺点,很少隐瞒,她也完全了解的了。这几句话很震动了我的灵魂,此后许多天还在耳中发响,而且说不出的狂喜,知道中国女性,并不如厌世家所说那样的无法可施,在不远的将来,便要看见辉煌的曙色的。

送她出门,照例是相离十多步远,照例是那鲇鱼须的老东西的脸又紧贴在脏的窗玻璃上了,连鼻尖都挤成一个小平面,到外院,照例又是明晃晃的玻璃窗里的那小东西的脸,加厚的雪花膏。她目不邪视地骄傲地走了,没有看见;我骄傲地回来。

"我是我自己的,他们谁也没有干涉我的权利!"这彻底的思想就在她的脑里,比我还透澈,坚强得多。半瓶雪花膏和鼻尖的小平面,于她能算什么东西呢?

我已经记不清那时怎样地将我的纯真热烈的爱表示给她。岂但现在,那时的事后便已模胡,夜间回想,早只剩了一些断片了;同居以后一两月,便连这些断片也化作无可追踪的梦影。我只记得那时以前的十几天,曾经很仔细地研究过表示的态度,排列过措辞的先后,以及倘或遭了拒绝以后的情形。可是临时似乎都无用,在慌张中,身不由己地竟用了在电影上见过的方法了。后来一想到,就使我很愧恧,但在记忆上却偏只有这一点永远留遗,至今还如暗室的孤灯一般,照见我含泪握着她的手,一条腿跪了下去……。

不但我自己的,便是子君的言语举动,我那时就没有看得分明;仅知道她已经允许我了。但也还仿佛记得她脸色变成青白,后来又渐渐转作绯红,——没有见过,也没有再见的绯红,孩子似的眼里射出悲喜,但是夹着惊疑的光,虽然力避我的视线,张皇地似乎要破窗飞去。然而我知道她已经允许我了,没有知道她怎样说或是没有说。

她却是什么都记得:我的言辞,竟至于读熟了的一般,能够滔滔背诵;我的举动,就如有一张我所看不见的影片挂在眼下,叙述得如生,很细微,自然连那使我不愿再想的浅薄的电影的一闪。夜阑人静,是相对温习的时候了,我常是被质问,被考验,并且被命复述当时的言语,然而常须由她补足,由她纠正,象一个丁等的学生。

这温习后来也渐渐稀疏起来。但我只要看见她两眼注视空中,出神似的凝想着,于是神色越加柔和,笑窝也深下去,便知道她又在自修旧课了,只是我很怕她看到我那可笑的电影的一闪。但我又知道,她一定要看见,而且也非看不可的。

然而她并不觉得可笑。即使我自己以为可笑,甚而至于可鄙的,她也毫不以为可笑。这事我知道得很清楚,因为她爱我,是这样地热烈,这样地纯真。

去年的暮春是最为幸福,也是最为忙碌的时光。我的心平静下去了,但又有别一部分和身体一同忙碌起来。我们这时才在路上同行,也到过几回公园,最多的是寻住所。我觉得在路上时时遇到探索,讥笑,猥亵和轻蔑的眼光,一不小心,便使我的全身有些瑟缩,只得即刻提起我的骄傲和反抗来支持。她却是大无畏的,对于这些全不关心,只是镇静地缓缓前行,坦然如入无人之境。

寻住所实在不是容易事,大半是被托辞拒绝,小半是我们以为不相宜。起先我们选择得很苛酷,——也非苛酷,因为看去大抵不象是我们的安身之所;后来,便只要他们能相容。看了二十多处,这才得到可以暂且敷衍的处所,是吉兆胡同一所小屋里的两间南屋;主人是一个小官,然而倒是明白人,自住着正屋和厢房,他只有夫人和一个不到周岁的女孩子,雇一个乡下的女工,只要孩子不啼哭,是极其安闲幽静的。

我们的家具很简单,但已经用去了我的筹来的款子的大半;子君还卖掉了她唯一的金戒指和耳环。我拦阻她,还是定要卖,我也就不再坚持下去了;我知道不给她加入一点股分去,她是住不舒服的。

和她的叔子,她早经闹开,至于使他气愤到不再认她做侄女;我也陆续和几个自以为忠告,其实是替我胆怯,或者竟是嫉妒的朋友绝了交。然而这倒很清静。每日办公散后,虽然已近黄昏,车夫又一定走得这样慢,但究竟还有二人相对的时候。我们先是沉默的相视,接着是放怀而亲密的交谈,后来又是沉默。大家低头沉思着,却并未想着什么事。我也渐渐清醒地读遍了她的身体,她的灵魂,不过三星期,我似乎于她已经更加了解,揭去许多先前以为了解而现在看来却是隔膜,即所谓真的隔膜了。

子君也逐日活泼起来。但她并不爱花,我在庙会时买来的两盆小草花,四天不浇,枯死在壁角了,我又没有照顾一切的闲暇。然而她爱动物,也许是从官太太那里传染的罢,不一月,我们的眷属便骤然加得很多,四只小油鸡,在小院子里和房主人的十多只在一同走。但她们却认识鸡的相貌,各知道那一只是自家的。还有一只花白的叭儿狗,从庙会买来,记得似乎原有名字,子君却给它另起了一个,叫作阿随。我就叫它阿随,但我不喜欢这名字。

这是真的,爱情必须时时更新,生长,创造。我和子君说起这,她也领会地点点头。

唉唉,那是怎样的宁静而幸福的夜呵!

安宁和幸福是要凝固的,永久是这样的安宁和幸福。我们在会馆里时,还偶有议论的冲突和意思的误会,自从到吉兆胡同以来,连这一点也没有了;我们只在灯下对坐的怀旧谭中,回味那时冲突以后的和解的重生一般的乐趣。

子君竟胖了起来,脸色也红活了;可惜的是忙。管了家务便连谈天的工夫也没有,何况读书和散步。我们常说,我们总还得雇一个女工。

这就使我也一样地不快活,傍晚回来,常见她包藏着不快活的颜色,尤其使我不乐的是她要装作勉强的笑容。幸而探听出来了,也还是和那小官太太的暗斗,导火线便是两家的小油鸡。但又何必硬不告诉我呢?人总该有一个独立的家庭。这样的处所,是不能居住的。

我的路也铸定了,每星期中的六天,是由家到局,又由局到家。在局里便坐在办公桌前钞,钞,钞些公文和信件;在家里是和她相对或帮她生白炉子,煮饭,蒸馒头。我的学会了煮饭,就在这时候。

但我的食品却比在会馆里时好得多了。做菜虽不是子君的特长,然而她于此却倾注着全力;对于她的日夜的操心,使我也不能不一同操心,来算作分甘共苦。况且她又这样地终日汗流满面,短发都粘在脑额上;两只手又只是这样地粗糙起来。

况且还要饲阿随,饲油鸡,……都是非她不可的工作。

我曾经忠告她:我不吃,倒也罢了;却万不可这样地操劳。她只看了我一眼,不开口,神色却似乎有点凄然;我也只好不开口。然而她这是这样地操劳。

我所豫期的打击果然到来。双十节的前一晚,我呆坐着,她在洗碗。听到打门声,我去开门时,是局里的信差,交给我一张油印的纸条。我就有些料到了,到灯下去一看,果然,印着的就是——

> 奉
> 局长谕史涓生着毋庸到局办事
> 　　　　　　　　秘书处启　十月九号

这在会馆里时,我就早已料到了;那雪花膏便是局长的儿子的赌友,一定要去添些谣言,设法报告的。到现在才发生效验,已经要算是很晚的了。其实这在我不能算是一个打击,因为我早就决定,可以给别人去钞写,或者教读,或者虽然费力,也还可以译点书,况且《自由之友》的总编辑便是见过几次的熟人,两月前还通过信。但我的心却跳跃着。那么一个无畏的子君也变了色,尤其使我痛心,她近来似乎也较为怯弱了。

"那算什么。哼,我们干新的。我们……。"她说。

她的话没有说完;不知怎地,那声音在我听去却只是浮浮的;灯光也觉得格外黯淡。人们真是可笑的动物,一点极微末的小事情,便会受着很深的影响。我们先是默默地相视,逐渐商量起来,终于决定将现有的钱竭力节省,一面登"小广告"去寻求钞写和教读,一面写信给《自由之友》的总编辑,说明我目下的遭遇,请他收用我的译本,给我帮一点艰辛时候的忙。

"说做,就做罢!来开一条新的路!"

我立刻转身向了书案,推开盛香油的瓶子和醋碟,子君便送过那黯淡的灯来。我先拟广告;其次是选定可译的书,迁移以来未曾翻阅过,每本的头上都满漫着灰尘了;最后才写信。

我很费踌蹰,不知道怎样措辞好,当停笔凝思的时候,转眼去一瞥她的脸,在昏暗的灯光下,又很见得凄然。我真不料这样微细的小事情,竟会给坚决的,无畏的子君以这么显著的变化。她近来实在变得很怯弱了,但也并不是今夜才开始的。我的心因此更缭乱,忽然有安宁的生活的影像——会馆里的破屋的寂静,在眼前一闪,刚刚想定睛凝视,却又看见了昏暗的灯光。

许久之后,信也写成了,是一封颇长的信;很觉得疲劳,仿佛近来自己也较为怯弱了。于是我们决定,广告和发信,就在明日一同实行。大家不约而同地伸直了腰肢,在无言中,似乎又都感到彼此的坚忍倔强的精神,还看见从新萌芽起来的将来的希望。

外来的打击其实倒是振作了我们的新精神。局里的生活,原如鸟贩子手里的禽鸟一般,仅有一点小米维系残生,决不会肥胖;日子一久,只落得麻痹了翅子,即使放出笼外,早已不能奋飞。现在总算脱出这牢笼了,我从此要在新的开阔的天空中翱翔,趁我还未忘却了我的翅子的扇动。

小广告是一时自然不会发生效力的;但译书也不是容易事,先前看过,以为已经懂得的,一动手,却疑难百出了,进行得很慢。然而我决计努力地做,一本半新的字典,不到半月,边上便有了一大片乌黑的指痕,这就证明着我的工作的切实。《自由之友》的总编辑曾经说过,他的刊物是决不会埋没好稿子的。

可惜的是我没有一间静室,子君又没有先前那么幽静,善于体贴了,屋子里总是散乱着碗碟,弥漫着煤烟,使人不能安心做事,但是这自然还只能怨我自己无力置一间书斋。然而又加以阿随,加以油鸡们。加以油鸡们又大起来了,更容易成为两家争吵的引线。

　　加以每日的"川流不息"的吃饭;子君的功业,仿佛就完全建立在这吃饭中。吃了筹钱,筹来吃饭,还要喂阿随,饲油鸡;她似乎将先前所知道的全都忘掉了,也不想到我的构思就常常为了这催促吃饭而打断。即使在坐中给看一点怒色,她总是不改变,仍然毫无感触似的大嚼起来。

　　使她明白了我的作工不能受规定的吃饭的束缚,就费去五星期。她明白之后,大约很不高兴罢,可是没有说。我的工作果然从此较为迅速地进行,不久就共译了五万言,只要润色一回,便可以和做好的两篇小品,一同寄给《自由之友》去。只是吃饭却依然给我苦恼。菜冷,是无妨的,然而竟不够;有时连饭也不够,虽然我因为终日坐在家里用脑,饭量已经比先前要减少得多。这是先去喂了阿随了,有时还并近来连自己也轻易不吃的羊肉。她说,阿随实在瘦得太可怜,房东太太还因此嗤笑我们了,她受不住这样的奚落。

　　于是吃我残饭的便只有油鸡们。这是我积久才看出来的,但同时也如赫胥黎的论定"人类在宇宙间的位置"一般,自觉了我在这里的位置:不过是叭儿狗和油鸡之间。

　　后来,经多次的抗争和催逼,油鸡们也逐渐成为肴馔,我们和阿随都享用了十多日的鲜肥;可是真实都很瘦,因为它们早已每日只能得到几粒高粱了。从此便清静得多。只有子君很颓唐,似乎常觉得凄苦和无聊,至于不大愿意开口。我想,人是多么容易改变呵!

　　但是阿随也将留不住了。我们已经不能再希望从什么地方会有来信,子君也早没有一点食物可以引它打拱或直立起来。冬季又逼近得这么快,火炉就要成为很大的问题;它的食量,在我们其实早是一个极易觉得的很重的负担。于是连它也留不住了。

　　倘使插了草标到庙市去出卖,也许能得几文钱罢,然而我们都不能,也不愿这样做。终于是用包袱蒙着头,由我带到西郊去放掉了,还要追上来,便推在一个并不很深的土坑里。

　　我一回寓,觉得又清静得多多了;但子君的凄惨的神色,却使我很吃惊。那是没有见过的神色,自然是为阿随。但又何至于此呢? 我还没有说起推在土坑里的事。

　　到夜间,在她的凄惨的神色中,加上冰冷的分子了。

　　"奇怪。——子君,你怎么今天这样儿了?"我忍不住问。

　　"什么?"她连看也不看我。

　　"你的脸色……。"

　　"没有什么,——什么也没有。"

　　我终于从她言动上看出,她大概已经认定我是一个忍心的人。其实,我一个人,是容易生活的,虽然因为骄傲,向来不与世交来往,迁居以后,也疏远了所有旧识的人,然而只要能远走高飞,生路还宽广得很。现在忍受着这生活压迫的苦痛,大半倒是为她,便是放掉阿随,也何尝不如此。但子君的识见却似乎只是浅薄起来,竟至于连这一点也想不到了。

　　我拣了一个机会,将这些道理暗示她;她领会似的点头。然而看她后来的情形,她是没有懂,或者是并不相信的。

天气的冷和神情的冷,逼迫我不能在家庭中安身。但是往那里去呢?大道上,公园里,虽然没有冰冷的神情,冷风究竟也刺得人皮肤欲裂。我终于在通俗图书馆里觅得了我的天堂。

那里无须买票;阅书室里又装着两个铁火炉。纵使不过是烧着不死不活的煤的火炉,但单是看见装着它,精神上也就总觉得有些温暖。书却无可看:旧的陈腐,新的是几乎没有的。

好在我到那里去也并非为看书。另外时常还有几个人,多则十余人,都是单薄衣裳,正如我,各人看各人的书,作为取暖的口实。这于我尤为合式。道路上容易遇见熟人,得到轻蔑的一瞥,但此地却决无那样的横祸,因为他们是永远围在别的铁炉旁,或者靠在自家的白炉边的。

那里虽然没有书给我看,却还有安闲容得我想。待到孤身枯坐,回忆从前,这才觉得大半年来,只为了爱,——盲目的爱,——而将别的人生的要义全盘疏忽了。第一,便是生活。人必生活着,爱才有所附丽。世界上并非没有为了奋斗者而开的活路;我也还未忘却翅子的扇动,虽然比先前已经颓唐得多……。

屋子和读者渐渐消失了,我看见怒涛中的渔夫,战壕中的兵士,摩托车中的贵人,洋场上的投机家,深山密林中的豪杰,讲台上的教授,昏夜的运动者和深夜的偷儿……。子君,——不在近旁。她的勇气都失掉了,只为着阿随悲愤,为着做饭出神;然而奇怪的是倒也并不怎样瘦损……。

冷了起来,火炉里的不死不活的几片硬煤,也终于烧尽了,已是闭馆的时候。又须回到吉兆胡同,领略冰冷的颜色去了。近来间或遇到温暖的神情,但这却反而增加我的苦痛。记得有一夜,子君的眼里忽而又发出久已不见的稚气的光来,笑着和我谈到还在会馆时候的情形,时时又很带些恐怖的神色。我知道我近来的超过她的冷漠,已经引起她的忧疑来,只得也勉力谈笑,想给她一点慰藉。然而我的笑貌一上脸,我的话一出口,却即刻变为空虚,这空虚又即刻发生反响,回向我的耳目里,给我一个难堪的恶毒的冷嘲。

子君似乎也觉得的,从此便失掉了她往常的麻木似的镇静,虽然竭力掩饰,总还是时时露出忧疑的神色来,但对我却温和得多了。

我要明告她,但我还没有敢,当决心要说的时候,看见她孩子一般的眼色,就使我只得暂且改作勉强的欢容。但是这又即刻来冷嘲我,并使我失却那冷漠的镇静。

她从此又开始了往事的温习和新的考验,逼我做出许多虚伪的温存的答案来,将温存示给她,虚伪的草稿便写在自己的心上。我的心渐被这些草稿填满了,常觉得难于呼吸。我在苦恼中常常想,说真实自然须有极大的勇气的;假如没有这勇气,而苟安于虚伪,那也便是不能开辟新的生路的人。不独不是这个,连这人也未尝有!

子君有怨色,在早晨,极冷的早晨,这是从未见过的,但也许是从我看来的怨色。我那时冷冷地气愤和暗笑了;她所磨练的思想和豁达无畏的言论,到底也还是一个空虚,而对于这空虚却并未自觉。她早已什么书也不看,已不知道人的生活的第一着是求生,向着这求生的道路,是必须携手同行,或奋身孤往的了,倘使只知道擎着一个人的衣角,那便是虽战士也难于战斗,只得一同灭亡。

我觉得新的希望就只在我们的分离;她应该决然舍去,——我也突然想到她的死,然而立刻自责,忏悔了。幸而是早晨,时间正多,我可以说我的真实。我们的新的道路的开辟,便在这一遭。

我和她闲谈,故意地引起我们的往事,提到文艺,于是涉及外国的文人,文人的作品:《诺拉》,《海的女人》。称扬诺拉的果决……。也还是去年在会馆的破屋里讲过的那些话,但现在已经变成空虚,从我的嘴传入自己的耳中,时时疑心有一个隐形的坏孩子,在背后恶意地刻毒地学舌。

她还是点头答应着倾听,后来沉默了。我也就继续地说完了我的话,连余音都消失在虚空中了。

"是的。"她又沉默了一会,说,"但是,……涓生,我觉得你近来很两样了。可是的?你,——你老实告诉我。"

我觉得这似乎给了我当头一击,但也立即定了神,说出我的意见和主张来:新的路的开辟,新的生活的再造,为的是免得一同灭亡。

临末,我用了十分的决心,加上这几句话——

"……况且你已经可以无须顾虑,勇往直前了。你要我老实说;是的,人是不该虚伪的。我老实说罢:因为,因为我已经不爱你了!但这于你倒好得多,因为你更可以毫无挂念地做事……。"

我同时豫期着大的变故的到来,然而只有沉默。她脸色陡然变成灰黄,死了似的;瞬间便又苏生,眼里也发了稚气的闪闪的光泽。这眼光射向四处,正如孩子在饥渴中寻求着慈爱的母亲,但只在空中寻求,恐怖地回避着我的眼。

我不能看下去了,幸而是早晨,我冒着寒风径奔通俗图书馆。

在那里看见《自由之友》,我的小品文都登出了。这使我一惊,仿佛得了一点生气。我想,生活的路还很多,——但是,现在这样也还是不行的。

我开始去访问久已不相闻问的熟人,但这也不过一两次;他们的屋子自然是暖和的,我在骨髓中却觉得寒冽。夜间,便蜷伏在比冰还冷的冷屋中。

冰的针刺着我的灵魂,使我永远苦于麻木的疼痛。生活的路还很多,我也还没忘却翅子的扇动,我想。——我突然想到她的死,然而立刻自责,忏悔了。

在通俗图书馆里往往瞥见一闪的光明,新的生路横在前面。她勇猛地觉悟了,毅然走出这冰冷的家,而且,——毫无怨恨的神色。我便轻如行云,漂浮空际,上有蔚蓝的天,下是深山大海,广厦高楼,战场,摩托车,洋场,公馆,晴明的闹市,黑暗的夜……。

而且,真的,我豫感得这新生面便要来到了。

我们总算度过了极难忍受的冬天,这北京的冬天;就如蜻蜓落在恶作剧的坏孩子的手里一般,被系着细线,尽情玩弄,虐待,虽然幸而没有送掉性命,结果也还是躺在地上,只争着一个迟早之间。

写给《自由之友》的总编辑已经有三封信,这才得到回信,信封里只有两张书券:两角的和三角的。我却单是催,就用了九分的邮票,一天的饥饿,又都白挨给于已一无所得的空虚了。

然而觉得要来的事,却终于来到了。

这是冬春之交的事,风已没有这么冷,我也要久地在外面徘徊;待到回家,大概已经昏黑。就在这样一个昏黑的晚上,我照常没精打采地回来,一看见寓所的门,也照常更加丧气,使脚步放得更缓。但终于走进自己的屋子里了,没有灯火;摸火柴点起来时,是异样的寂寞和空虚!

正在错愕中,官太太便到窗外来叫我出去。

"今天子君的父亲来到这里,将她接回去了。"她很简单地说。

这似乎又不是意料中的事,我便如脑后受了一击,无言地站着。

"她去了么?"过了些时,我只问出这样一句话。

"她去了。"

"她,——她可说什么?"

"没说什么。单是托我见你回来时告诉你,说她去了。"

我不信;但是屋子里是异样的寂寞和空虚。我遍看各处,寻觅子君;只见几件破旧而黯淡的家具,都显得极其清疏,在证明着它们毫无隐匿一人一物的能力。我转念寻信或她留下的字迹,也没有;只是盐和干辣椒,面粉,半株白菜,却聚集在一处了,旁边还有几十枚铜元。这是我们两人生活材料的全副,现在她就郑重地将这留给我一个人,在不言中,教我借此去维持较久的生活。

我似乎被周围所排挤,奔到院子中间,有昏黑在我的周围;正屋的纸窗上映出明亮的灯光,他们正在逗着孩子笑。我的心也沉静下来,觉得在沉重的迫压中,渐渐隐约地现出脱走的路径:深山大泽,洋场,电灯下的盛筵,壕沟,最黑最黑的深夜,利刃的一击,毫无声响的脚步……。

心地有些轻松,舒展了,想到旅费,并且嘘一口气。

躺着,在合着的眼前经过的豫想的前途,不到半夜已经现尽;暗中忽然仿佛看见一堆食物,这之后,便浮出一个子君的灰黄的脸来,睁了孩子气的眼睛,恳托似的看着我。我一定神,什么也没有了。

但我的心却又觉得沉重。我为什么偏不忍耐几天,要这样忽忽地告诉她真话的呢?现在她知道,她以后所有的只是她父亲——儿女的债主——的烈日一般的严威和旁人的赛过冰霜的冷眼。此外便是虚空。负着虚空的重担,在严威和冷眼中走着所谓人生的路,这是怎么可怕的事呵!何况这路的尽头,又不过是——连墓碑也没有的坟墓。

我不应该将真实说给子君,我们相爱过,我应该永久奉献她我的说谎。如果真实可以宝贵,这在子君就不该是一个沉重的空虚。谎语当然也是一个空虚,然而临末,至多也不过这样的沉重。

我以为将真实说给子君,她便可以毫无顾虑,坚决地毅然前行,一如我们将要同居时那样。但这恐怕是我错误了。她当时的勇敢和无畏是因为爱。

我没有负着虚伪的重担的勇气,却将真实的重担卸给她了。她爱我之后,就要负了这重担,在严威和冷眼中走着所谓人生的路。

我想到她的死……。我看见我是一个卑怯者,应该被摈于强有力的人们,无论是真实者,虚伪者。然而她却自始至终,还希望我维持较久的生活……。

我要离开吉兆胡同,在这里是异样的空虚和寂寞。我想,只要离开这里,子君便如还在我的身边;至少,也如还在城中,有一天,将要出乎意表地访我,象住在会馆时候似的。

然而一切请托和书信,都是一无反响;我不得已,只好访问一个久不问候的世交去了。他是我伯父的幼年的同窗,以正经出名的拔贡,寓京很久,交游也广阔的。

大概因为衣服的破旧罢,一登门便很遭门房的白眼。好容易才相见,也还相识,但是很冷落。我们的往事,他全都知道了。

"自然,你也不能在这里了,"他听了我托他在别处觅事之后,冷冷地说,"但那里去呢?很难。——你那,什么呢,你的朋友罢,子君,你可知道,她死了。"

我惊得没有话。

"真的?"我终于不自觉地问。

"哈哈。自然真的。我家的王升的家,就和她家同村。"

"但是,——不知道是怎么死的?"

"谁知道呢。总之是死了就是了。"

我已经忘却了怎样辞别他,回到自己的寓所。我知道他是不说谎话的;子君总不会再来的了,象去年那样。她虽是想在严威和冷眼中负着虚空的重担来走所谓人生的路,也已经不能。她的命运,已经决定她在我所给与的真实——无爱的人间死灭了。

自然,我不能在这里了;但是,"那里去呢?"

四围是广大的空虚,还有死的寂静。死于无爱的人们的眼前的黑暗,我仿佛一一看见,还听得一切苦闷和绝望的挣扎的声音。

我还期待着新的东西到来,无名的,意外的。但一天一天,无非是死的寂静。

我比先前已经不大出门,只坐卧在广大的空虚里,一任这死的寂静侵蚀着我的灵魂。死的寂静有时也自己战栗,自己退藏,于是在这绝续之交,便闪出无名的,意外的,新的期待。

一天是阴沉的上午,太阳还不能从云里面挣扎出来,连空气都疲乏着。耳中听到细碎的步声和咻咻的鼻息,使我睁开眼。大致一看,屋里还是空虚;但偶然看到地面,却盘旋着一匹小小的动物,瘦弱的,半死的,满身灰土的……。

我一细看,我的心就一停,接着便直跳起来。

那是阿随。它回来了。

我的离开吉兆胡同,也不单是为了房主人们和他家女工的冷眼,大半就为着这阿随。但是,"那里去呢?"新的生路自然还很多,我约略知道,也间或依稀看见,觉得就在我面前,然而我还没有知道跨进那里去的第一步的方法。

经过许多回的思量和比较,也还只有会馆是还能相容的地方。依然是这样的破屋,这样的板床,这样的半枯的槐树和紫藤,但那时使我希望,欢欣,爱,生活的,却全都逝去了,只有一个虚空,我用真实去换来的虚空存在。

新的生路还很多,我必须跨进去,因为我还活着。但我还不知道怎样跨出那第一步。有时,仿佛看见那生路就象一条灰白的长蛇,自己蜿蜒地向我奔来,我等着,等着,看看临近,但忽然便消失在黑暗里了。

初春的夜,还是那么长。长久的枯坐中记起上午在街头所见的葬式,前面是纸人纸马,后面是唱歌一般的哭声。我现在已经知道他们的聪明了,这是多么轻松简截的事。

然而子君的葬式却又在我的眼前,是独自负着虚空的重担,在灰白的长路上前行,而又即刻消失在周围的严威和冷眼里了。

我愿意真有所谓鬼魂,真有所谓地狱,那么,即使在孽风怒吼之中,我也将寻觅子君,当面说出我的悔恨和悲哀,祈求她的饶恕;否则,地狱的毒焰将围绕我,猛烈地烧尽我的悔恨和悲哀。

我将在孽风和毒焰中拥抱子君,乞她宽容,或者使她快意……。

但是,这却更虚空于新的生路;现在所有的只是初春的夜,竟还是那么长。我活着,我总得向着新的生路跨出去,那第一步,——却不过是写下我的悔恨和悲哀,为子君,为自己。

我仍然只有唱歌一般的哭声,给子君送葬,葬在遗忘中。

我要遗忘;我为自己,并且要不再想到这用了遗忘给子君送葬。

我要向着新的生路跨进第一步去,我要将真实深深地藏在心的创伤中,默默地前行,用遗忘和说谎做我的前导……。

1925年10月21日毕

延伸阅读:杨义的《中国现代小说史》认为,"这是一首以男主人公的手记方式写成的悲情缱绻的悼亡诗。涓生、子君是凭借'五四'时期颇为盛行的个性解放思潮冲出封建家庭门槛的",然而,作者并非一味地赞美青年的个性解放精神,而是令人深思地写出了对个性解放的反省,"他让子君死去,从而宣布了封建性社会的罪恶和狭隘的个性解放思潮的破产"。参见杨义:《中国现代小说史》第一卷,北京,人民文学出版社,1986年。周作人的《知堂回想录》却认为,这是一篇悼亡兄弟的小说,文中暗含着对周氏兄弟决裂后的心灵伤痛。

沉 沦

郁达夫

一

他近来觉得孤冷得可怜。

他的早熟的性情,竟把他挤到与世人绝不相容的境地去,世人与他的中间介在的那一道屏障愈筑愈高了。

天气一天一天的清凉起来,他的学校开学之后,已经快半个月了。那一天正是九月的二十二日。

晴天一碧,万里无云,终古常新的皎日,依旧在她的轨道上,一程一程的在那里行走。从南方吹来的微风,同醒酒的琼浆一般,带着一种香气,一阵阵的拂上面来。在黄苍未熟的稻田中间,在弯曲同白线似的乡间的官道上面,他一个人手里捧了一本六寸长的 Wordsworth 的诗集,尽在那里缓缓的独步。在这大平原内,四面并无人影;不知从何处飞来的一声两声的远吠声,悠悠扬扬的传到他耳膜上来。他眼睛离开了书,同做梦似的向有犬吠声的地方看去,但看见了一丛杂树,几处人家,同鱼鳞似的屋瓦上,有一层薄薄的蜃气楼,同轻纱似的在那里飘荡。

"Oh, you serene gossamer! you beautiful gossamer!"

这样的叫了一声,他的眼睛里就涌出了两行清泪来,他自己也不知道是什么缘故。

呆呆的看了好久,他忽然觉得背上有一阵紫色的气息吹来,息索的一响,道傍的一枝小草,竟把他的梦境打破了,他回转头来一看,那枝小草还是颠摇不已,一阵带着紫罗兰气息的和风,温微微的喷到他那苍白的脸上来。在这清和的早秋的世界里,在这澄清透明的以太(Ether)中,他的身体觉得同陶醉似的酥软起来。他好像是睡在慈母怀里的样子。他好像是梦到了桃花源里的样子。他好像是在南欧的海岸,躺在情人膝上,在那里贪午睡的样子。

他看看四边,觉得周围的草木,都在那里对他微笑。看看苍空,觉得悠久无穷的大自然,微微的在那里点头。一动也不动的向天看了一会,他觉得天空中,有一群小天神,背上插着了翅膀,肩上挂着了弓箭,在那里跳舞。他觉得乐极了。便不知不觉开了口,自言自语的说:

"这里就是你的避难所。世间的一般庸人都在那里妒忌你,轻笑你,愚弄你;只有这大自然,这终古常新的苍空皎日,这晚夏的微风,这初秋的清气,还是你的朋友,还是你的慈母,还是你的情人;你也不必再到世上去与那些轻薄的男女共处去,你就在这大自然的怀里,这纯极的乡间终老了罢。"

这样的说了一遍,他觉得自家可怜起来,好像有万千哀怨,横亘在胸中,一口说不出来的样子。含了一双清泪,他的眼睛又看到他手里的书上去。

> Behold her, single in the field,
> You solitary Highland lass!
> Reaping and singing by herself;
> Stop here, or gently pass!
> Alone she cuts, and binds the grain,
> And sings a melancholy strain;
> Oh, listen! for the vale profound,
> Is over flowing with the sound.

看了这一节之后,他又忽然翻过一张来,脱头脱脑的看到那第三节去。

> Will no one tell me what she sings?
> Perhaps the plaintive numbers flow
> For old, unhappy far-off things,
> And battle long ago;
> Or is it some more humble lay,
> Familiar matter of today?
> Some natural sorrow, loss, or pain,
> That has been and may be again!

这也是他近来的一种习惯,看书的时候,并没有次序的。几百页的大书,更可不必说了,就是几十页的小册子,如爱美生的《自然论》(Emerson's "On Nature")、沙离的《逍遥游》(Thoreau's "Excursion")之类,也没有完完全全从头至尾的读完一篇过。当他起初翻开一册书来看的时候,读了四行五行或一页二页,他每被那一本书感动,恨不得要一口气把那一本书吞下肚子里去的样子,到读了三页四页之后,他又生起一种怜惜的心来,他心里似乎说:

"像这样的奇书,不应该一口气就把它念完,要留着细细儿的咀嚼才好。一下子就念完了之后,我的热望也就不得不消灭,那时候我就没有好望,没有梦想了,怎么使得呢?"

他的脑里虽然这样的想头,其实他的心里早有一些儿厌倦起来,到了这时候,他总把那本书收过一边,不再看下去。过几天或者过几个钟头之后,他又用了满腔的热忱,同初读那一本书的时候一样的,去读另外的书去;几日前或者几点钟前那样的感动他的那一本书,就不得不被他遗忘了。

放大了声音把渭迟渥斯的那两节诗读了一遍之后,他忽然想把这一首诗用中国文翻译出来:

《孤寂的高原刈稻者》

他想想看,"The solitary highland reaper"诗题只有如此的译法。

你看那个女孩儿,她只一个人在田里,

你看那边的那个高原的女孩儿,她只一个人,冷清清地!
她一边刈稻,一边在那儿唱着不已:
她忽儿停了,忽而又过去了,轻盈体态,风光细腻!
她一个人,刈了,又重把稻儿捆起,
她唱的山歌,颇有些儿悲凉的情味:
听呀听呀! 这幽谷深深,
全充满了她的歌唱的清音。

有人能说否,她唱的究是什么?
或者她那万千的痴话
是唱着前代的哀歌,
或者是前朝的战事、千兵万马:
或者是些坊间的俗曲,
便是目前的家常闲说?
或者是些天然的哀怨,必然的丧苦,自然的悲楚,
这些事虽是过去的回思,将来想亦必有人指诉。

他一口气译了出来之后,忽又觉得无聊起来,便自嘲自骂的说道:
"这算是什么东西呀,岂不同教会里的赞美歌一样的乏味么?英国诗是英国诗,中国诗是中国诗,又何必译来对去呢!"

这样的说了一句,他不知不觉便微微儿的笑了起来。向四边一看,太阳已经打斜了;大平原的彼岸,西边的地平线上,有一座高山,浮在那里,饱受了一天残照,山的周围酝酿成一层朦朦胧胧的岚气,反射出一种紫红不红的颜色来。

他正在那里出神呆看的时候,喀的咳嗽了一声,他的背后忽然来了一个农夫。回头一看,他就把他脸上的笑容装改了一副忧郁的面色,好像他的笑容是怕被人看见的样子。

二

他的忧郁症愈闹愈甚了。

他觉得学校里的教科书,味同嚼蜡,毫无半点生趣。天气清朗的时候,他每捧了一本爱读的文学书,跑到人迹罕至的山腰水畔,去贪那孤寂的深味去。在万籁俱寂的瞬间,在天水相映的地方,他看看草木虫鱼,看看白云碧落,便觉得自家是一个孤高傲世的贤人,一个超然独立的隐者。有时在山中遇着一个农夫,他便把自己当作了 Zarathustra,把 Zarathustra 所说的话,也在心里对那农夫讲了。他的 megalmania 也同他的 hypochondria 成了正比例,一天一天的增加起来。他竟有连续四五天不上学校去听讲的时候。

有时候到学校里去,他每觉得众人都在那里凝视他的样子。他避来避去想避他的同学,然而无论到了什么地方,他的同学的眼光,总好像怀了恶意,射在他的背脊上的样子。

上课的时候,他虽然坐在全班学生的中间,然而总觉得孤独得很。在稠人广众之中,感的这种孤独,倒比一个人在冷清的地方感得的那种孤独还更难受。看看他的同

学们,一个个都是兴高采烈的在那里听先生的讲义,只有他一个人身体虽然坐在讲堂里头,心思却同飞云逝电一般,在那里作无边无际的空想。

好容易下课的钟声响了!先生退去之后,他的同学说笑的说笑,谈天的谈天,个个都同春来的燕雀似的,在那里作乐;只有他一个人锁了愁眉,舌根好像被千钧的巨石锤住的样子,兀的不作一声。他也很希望他的同学来对他讲些闲话,然而他的同学却都自家管自家的去寻欢乐去,一见了他那一副愁容,没有一个不抱头奔散的,因此他愈加怨他的同学了。

"他们都是日本人,他们都是我的仇敌,我总有一天来复仇,我总要复他们的仇。"

一到了悲愤的时候,他总这样的想的,然而到了安静之后,他又不得不嘲骂自家说:

"他们都是日本人,他们对你当然是没有同情的,因为你想得他们的同情,所以你怨他们,这岂不是你自家的错误么?"

他的同学中的好事者,有时候也有人来向他说笑的,他心里虽然非常感激,想同那一个人谈几句知心的话,然而口中总说不出什么话来,所以有几个解他的意的人,也不得不同他疏远了。

他的同学日本人在那里欢笑的时候,他总疑他们是在那里笑他,他就一霎时的红起脸来。他们在那里谈天的时候,若有偶然看他一眼的人,他又忽然红起脸来,以为他们是在那里讲他。他同他同学中间的距离,一天一天的远背起来,他的同学都以为他是爱孤独的人,所以谁也不敢来近他的身。

有一天放课之后,他挟了书包,回到他的旅馆里来,有三个日本学生系同他同路的。将要到他寄寓的旅馆的时候,前面忽然来了两个穿红裙的女学生。在这一区市外的地方,从没有女学生看见的,所以他一见了这两个女子,呼吸就紧缩起来。他们四个人同那两个女子擦过的时候,他的三个日本人的同学都问她们说:

"你们上那儿去?"

那两个女学生就作起娇声来回答说:

"不知道!"

"不知道!"

那三个日本学生都高笑起来,好像是很得意的样子;只有他一个人似乎是他自家同她们讲了话似的,匆匆跑回旅馆里来。进了他自家的房,把书包用力的向席上一丢,他就在席上躺下了——日本室内都铺的席子,坐也席地而坐,睡也睡在席上的——他的胸前还在那里乱跳,用了一只手枕着头,一只手按着胸口,他便自嘲自骂的说:

"You coward fellow, you are too coward!"

"你既然怕羞,何以又要后悔?"

"既要后悔,何以当时你又没有那样的胆量?不同她们去讲一句话?"

"Oh, coward, coward!"

说到这里,他忽然想起刚才那两个女学生的眼波来了。

那两双活泼泼的眼睛!

那两双眼睛里,确有惊喜的意思含在里头。然而再仔细想了一想,他又忽然叫起来说:

"呆人呆人!她们虽有意思,与你有什么相干?她们所送的秋波,不是单送给那三个日本人的么?唉!唉!她们已经知道了,已经知道我是支那人了,否则他们何以不来看我一眼呢！复仇复仇，我总要复他们的仇。"

说到这里，他那火热的颊上忽然滚了几颗冰冷的眼泪下来。他是伤心到极点了。这一天晚上，他记的日记说：

"我何苦要到日本来，我何苦要求学问。既然到了日本，那自然不得不被他们日本人轻侮的。中国呀中国！你怎么不富强起来，我不能再隐忍过去了。

"故乡岂不有明媚的山河，故乡岂不有如花的美女？我何苦要到这东海的岛国里来！

"到日本来倒也罢了，我何苦又要进这该死的高等学校。他们留了五个月学回去的人，岂不在那里享荣华安乐么？这五六年的岁月，教我怎么能捱得过去。受尽了千辛万苦，积了十数年的学识，我回国去，难道定能比他们来胡闹的留学生更强么？

"人生百岁，年少的时候，只有七八年的光景，这最纯最美的七八年，我就不得不在这无情的岛国里虚度过去，可怜我今年已经是二十一了。

"槁木的二十一岁！

"死灰的二十一岁！

"我真还不如变了矿物质的好，我大约没有开花的日子了。

"知识我也不要，名誉我也不要，我只要一个安慰我体谅我的'心'，一副白热的心肠！从这一副心肠里生出来的同情！

"从同情而来的爱情！

"我所要求的就是爱情！

"若有一个美人，能理解我的苦楚，她要我死，我也肯的。

"若有一个妇人，无论她是美是丑，能真心真意的爱我，我也愿意为她死的。

"我所要求的就是异性的爱情！

"苍天呀苍天，我并不要知识，我并不要名誉，我也不要那些无用的金钱，你若能赐我一个伊甸园内的'伊扶'，使她的肉体与心灵，全归我有，我就心满意足了。"

三

他的故乡，是富春江上的一个小市，去杭州水程不过八九十里。这一条江水，发源安徽，贯流全浙，江形曲折，风景常新，唐朝有一个诗人赞这条江水说"一川如画"。他十四岁的时候，请了一位先生写了这四个字，贴在他的书斋里，因为他的书斋的小窗，是朝着江面的。虽则这书斋结构不大，然而风雨晦明，春秋朝夕的风景，也还抵得过滕王高阁。在这小小的书斋里过了十几个春秋，他才别了他的哥哥到日本来留学。

他三岁的时候就丧了父亲，那时候他家里困苦得不堪。好容易他长兄在日本 W 大学卒了业，回到北京，考了一个进士，分发在法部当差，不上两年，武昌的革命起来了。那时候他那时候他已在县立小学堂卒了业，正在那里换来换去的换中学堂。他家里的人都怪他无恒性，说他的心思太活；然而依他自己讲来，他以为他一个人别的学生不同，不能按部就班的同他们同在一处求学的。所以他进了 K 府中学之后，不上半年又忽然转到 H 府中学来。在 H 府中学住了三个月，革命就起来了。H 府中学停学之后，他依旧只能回到他那小小的书斋里来。第二年的春天，正是他十七岁的时候，他就进了大学的预科。这大学是在杭州城外，本来是美国长老会捐钱创办的，所以学校里浸润了一种专制的弊风,学生的自由,几乎被缩服得同针眼儿一般的小。礼拜三的晚上有什么祈祷会,礼拜日非但不准出去游玩,并且在家里看别的书也不准的,除了唱赞美诗祈祷之外,只许看新旧约书。每天早晨从九点钟到九点二十分,定要去做礼拜,不去做礼拜,就要扣分数记过。他虽然非常爱那学校近傍的山水景物,然而他的心里,总有些反抗的意思,因为他是一个爱自由的人,对那些迷信的管束,怎么也不甘心服从。住不上半年,那大学里的厨子,托了校长的势,竟打起学生来。学生中间有几个不服的,便去告诉校长,校长反说学生不是。他看看这些情形,实在是太无道理了,就立刻去告了退,仍复回家,到那小小的书斋里去。那时候已经是六月初了。

在家里住了三个多月,秋风吹到富春江上,两岸的绿树,就快凋落的时候,他又坐了帆船,下富春江,上杭州去。却好那时候石牌楼的 W 中学正在那里招插班生,他进去见了校长 M 氏,把他的经历说给了 M 氏夫妻听,M 氏就许他插入最高的班里去。这 W 中学原来也是一个教会学校,校长 M 氏,也是一个糊涂的美国宣教师,他看看这学校的内容倒比 H 大学不如了。与一位很卑鄙的教务长——原来这一位先生就是 H 大学的卒业生——闹了一场,第二年的春天,他就出来了。出了 W 中学,他看看杭州的学校,都不能如他的意,所以他就打算不再进别的学校去。

正是这个时候,他的长兄也在北京被人排斥了。原来他的长兄为人正直得很,在部里办事,铁面无私,并且比一般部内的人物又多了一些学识,所以部内上下,都忌惮他。有一天某次长的私人,来问他要一个位置,他执意不肯,因此次长就同他闹起意见来,过了几天他就辞了部里的职,改到司法界去做司法官去了。他的二兄那时候正在绍兴军队里作军官,这一位二兄军人习气颇深,挥金如土,专喜结交侠少。他们弟兄三人,到这时候都不能如意之所为,所以那一小市镇里的闲人都说他们的风水破了。

他回家之后,便镇日镇夜的蛰居在他那小小的书斋里。他父祖及他长兄所藏的书籍,就作了他的良师益友。他的日记上面,一天一天的记起诗来。有时候他也用了华丽的文章做起小说来,小说里就把他自己当作了一个多情的勇士,把他邻近的一个寡妇的两个女儿,当作了贵族的苗裔,把他故乡的风物,全编作了田园的清景;有兴的时候,他还把自家的小说,用单纯的外国文翻译起来;他的幻想,愈演愈大了,他的忧郁病的根苗,大约也就在这时候培养成功的。

在家里住了半年,到了七月中旬,他接到他长兄的来信说:

"院内近有派予赴日本考察司法事务之意,予已许院长以东行,大约此事不日可见命令。渡日之先,拟返里小住。三弟居家,断非上策,此次当偕伊赴日本也。"

他接到了这一封信之后,心中日日盼他长兄南来,到了九月下旬,他的兄嫂才自北京到家。住了一月,他就同他的长兄长嫂同日本去了。

到了日本之后,他的 Dreams of the romantic age 尚未醒悟,模模糊糊的过了半载,他就考入了东京第一高等学校。这正是他十九岁的秋天。

第一高等学校将开学的时候,他的长兄接到了院长的命令,要他回去。他的长兄便把他寄托在一家日本人的家里,几天之后,他的长兄长嫂和他的新生的侄女儿就回国去了。

东京的第一高等学校里有一班预备班,是为中国学生特设的。在这预科里预备一年,卒业之后,才能入各地高等学校的正科,与日本学生同学。他考入预科的时候,本来填的是文科,后来将在预科卒业的时候,他的长兄定要他改到医科去,他当时亦没有什么主见,就听了他长兄的话把文科改了。

预科卒业之后,他听说 N 市的高等学校是最新的,并且 N 市是日本产美人的地方,所以他就要求到 N 市的高等学校去。

四

他的二十岁的八月二十九日的晚上,他一个人从东京的中央车站乘了夜行车到 N 市去。

那一天大约刚是旧历的初三四的样子,同天鹅绒似的又蓝又紫的天空里,洒满了一天星斗。半痕新月,斜挂在西天角上,却似仙女的蛾眉,未加翠黛的样子。他一个人靠着三等车的车窗,默默的在那里数窗外人家的灯火。火车在暗黑的夜气中间,一程一程的进去,那大都市的星星灯火,也一点一点的朦胧起来,他的胸中忽然生了万千哀感,他的眼睛里就忽然觉得热起来了。

"Sentimental, too sentimental!"①

这样的叫了一声,把眼睛揩了一下,他反而自家笑起自家来。

"你也没有情人留在东京,你也没有弟兄知己住在东京,你的眼泪究竟是为谁洒的呀!或者是对于你过去的生活的伤感,或者是对你二年间的生活的余情,然而你平时不是说不爱东京的么?

"唉,一年人住岂无情。

"黄莺住久浑相识,欲别频啼四五声!"

胡思乱想的寻思了一会,他又忽然想到初次赴新大陆去的清教徒的身上去。

"那些十字架下的流人,离开他故乡海岸的时候,大约也是悲壮淋漓,同我一样的。"

火车过了横滨,他的感情方才渐渐儿的平静起来。呆呆的坐了一忽,他就取了一张明信片出来,垫在海涅(Heine)的诗集上,用铅笔写了一首诗寄他东京的朋友。

娥眉月上柳梢初,又向天涯别故居。四壁旗亭争赌酒,六街灯火远随车。
乱离年少无多泪,行李家贫只旧书。夜后芦根秋水长,凭君南浦觅双鱼。

在朦胧的电灯光里,静悄悄的坐了一会,他又把海涅的诗集翻开来看了。

Lebet wohl, ihr glatten Saele,
Glatte Herren, glatte Frauen!
Auf die Berge will ich steigen,
Lac end auf euch nieders chauen!
　　Aus Heines Buch der Lieder.

浮薄的尘寰,无情的男女,
　你看那隐隐的青山,我欲乘风飞去,
且住且住,
　我将从那绝顶的高峰,笑看你终归何处。

---

① 英语:"感伤,太感伤了!"——原注

单调的轮声,一声声连连续续的飞到他的耳膜上来,不上三十分钟他竟被这催眠的车轮声引诱到梦幻的仙境里去了。

　　早晨五点钟的时候,天空渐渐儿的明亮起来。在车窗里向外一望,他只见一线青天还被夜色包住在那里。探头出去一看,一层薄雾,笼罩着一幅天然的画图,他心里想了一想:

　　"原来今天又是清秋的好天气,我的福分真可算不薄了。"

　　过了一个钟头,火车就到了N市的停车场。

　　下了火车,在车站上遇见了一个日本学生;他看看那学生的制帽上也有两条白线,便知道他也是高等学校的学生。他走上前去,对那学生脱了一脱帽,问他说:

　　"第X高等学校是在什么地方的?"

　　那学生回答说:

　　"我们一路去罢。"

　　他就跟了那学生跑出火车站来,在火车站的前头,乘了电车。

　　时光还早得很,N市的店家都还未曾起来。他同那日本学生坐了电车,经过了几条冷清的街巷,就在鹤舞公园前面下了车。他问那日本学生说:

　　"学校还远得很么?"

　　"还有二里多路。"

　　穿过了公园,走到稻田中间的细路上的时候,他看看太阳已经起来了,稻上的露滴,还同明珠似的挂在那里。前面有一丛树林,树林阴里,疏疏落落的看得见几椽农舍。有两三条烟囱筒子,突出在农舍的上面,隐隐约约的浮在清晨的空气里。一缕两缕的青烟,同炉香似的在那里浮动,他知道农家已在那里炊早饭了。

　　到学校近边的一家旅馆去一问,他一礼拜前头寄出的几件行李,早已经到在那里。原来那一家人家是住过中国留学生的,所以主人待他也很殷勤。在那一家旅馆里住下了之后,他觉得前途好像有许多欢乐在那里等他的样子。

　　他的前途的希望,在第一天的晚上,就不得不被目前的实情嘲弄了。原来他的故里,也是一个小小的市镇。到了东京之后,在人山人海的中间,他虽然时常觉得孤独,然而东京的都市生活,同他幼时习惯尚无十分龃龉的地方。如今到了这N市的乡下之后,他的旅馆,是一家孤立的人家,四面并无邻舍,左首门外便是一条如发的大道,前后都是稻田,西面是一方池水,并且因为学校还没有开课,别的学生还没有到来,这一间宽旷的旅馆里,只住了他一个客人。白天倒还可以支吾过去,一到了晚上,他开窗一望,四面都是沉沉的黑影,并且因N市的附近是一大平原,所以望眼连天,四面并无遮障之处,远远里有一点灯火,明灭无常,森然有些鬼气。天花板里,又有许多虫鼠,息栗索落的在那里争食。窗外有几株梧桐,微风动叶,咝咝的响得不已,因为他住在二层楼上,所以梧桐的叶战声,近在他的耳边。他觉得害怕起来,几乎要哭出来了。他对于都市的怀乡病(Nostalgia)从未有比那一晚更甚的。

　　学校开了课,他朋友也渐渐儿的多起来。感受性非常强烈的他的性情,也同天空大地丛林野水融和了。不上半年,他竟变成了一个大自然的宠儿,一刻也离不了那天然的野趣了。

　　他的学校是在N市外,刚才说过市的附近是一大平原,所以四边的地平线,界限广大的很。那时候日本的工业还没有十分发达,人口也还没有增加得同目下一样,所以他的学校的近边,还多是丛林空地,小阜低岗。除了几家与学生做买卖的文房具店及菜馆之外,附近并没有居民。荒野的人间,只有几家为学生设的旅馆,同晓天的星影似的,散缀在麦田瓜地的中央。晚饭毕后,披了黑呢的缦斗(斗篷),拿了爱读的书,在迟迟不落的夕照中间,散步逍遥,是非常快乐的。他的田园趣味,大约也是在这 Idyllic Wanderings 的中间养成的。

在生活竞争不十分猛烈,逍遥自在,同中古时代一样的时候,在风气纯良,不与市井小人同处,清闲雅淡的地方,过日子正如做梦一样。他到了 N 市之后,转瞬之间,已经有半年多了。

熏风日夜的吹来,草色渐渐儿的绿起来。旅馆近傍麦田里的麦穗,也一寸一寸的长起来了。草木虫鱼都化育起来,他的从始祖传来的苦闷也一日一日的增长起来,他每天早晨,在被窝里犯的罪恶,也一次一次的加起来了。

他本来是一个非常爱高尚爱洁净的人,然而一到了这邪念发生的时候,他的智力也无用了,他的良心也麻痹了,他从小服膺的"身体发肤不敢毁伤"的圣训,也不能顾全了。他犯了罪之后,每深自痛悔,切齿的说,下次总不再犯了,然而到了第二天的那个时候,种种幻想,又活泼泼的到他的眼前来。他平时所看见的"伊扶"的遗类,都赤裸裸的来引诱他。中年以后的妇人的形体,在他的脑里,比处女更有挑发他情动的地方。他苦闷一场,恶斗一场,终究不得不做她们的俘虏。这样的一次成了两次,两次之后,就成了习惯了。他犯罪之后,每到图书馆里去翻出医书来看,医书上都千篇一律的说,于身体最有害的就是这一种犯罪。从此之后,他的恐惧心也一天一天的增加起来了。有一天他不知道从什么地方得来的消息,好像是一本书上说,俄国近代文学的创始者 Gogol 也犯这一宗病,他到死竟没有改过来,他想到了郭歌里,心里就宽了一宽,因为这《死了的灵魂》的著者,也是同他一样的。然而这不过自家对自家的宽慰而已,他的胸里,总有一种非常的忧虑存在那里。

因为他是非常爱洁净的,所以他每天总要去洗澡一次;因为他是非常爱惜身体的,所以他每天总要去吃几个生鸡子和牛乳;然而他去洗澡或吃牛乳鸡子的时候,他总觉得惭愧得很,因为这都是他的犯罪的证据。

他觉得身体一天一天的衰弱起来,记忆力也一天一天的减退了。他又渐渐儿的生了一种怕见人面的心理:见了妇人女子的时候,他觉得更加难受。学校的教科书,他渐渐的嫌恶起来,法国自然派的小说,和中国那几本有名的海淫小说,他念了又念,几乎记熟了。

有时候他忽然做出一首好诗来,他自家便喜欢得非常,以为他的脑力还没有破坏。那时候他每对着自家起誓说:

"我的脑力还可以使得,还能做得出这样的诗,我以后决不再犯罪了。过去的事实是没法,我以后总不再犯罪了。若从此自新,我的脑力,还是很可以的。"

然而一到了紧迫的时候,他的誓言又忘了。

每礼拜四五,或每月的二十六七的时候,他索性尽意的贪起欢来。他的心里想,自下礼拜一或下月初一起,我总不犯罪了。有时候正合到礼拜六或月底的晚上,去剃头洗澡去,以为这就是改过自新的记号,然而过几天他又不得不吃鸡子和牛乳了。

他的自责心同恐惧心,竟一日也不使他安闲,他的忧郁症也从此厉害起来了。这样的状态继续了一二个月,他的学校里就放了暑假,暑假的两个月内,他受的苦闷,更甚于平时;到了学校开课的时候,他的两颊的颧骨更高起来;他的青灰色的眼窝更大起来,他的一双灵活的瞳人,变了同死鱼眼睛一样了。

五

秋天又到了。浩浩的苍空,一天一天的高起来,他的旅馆傍边的稻田,都带起黄金色来。朝夕的凉风,同刀也似的刺到人的心骨里去,大约秋冬的佳日,来也不远了。

一礼拜前的有一天午后,他拿了一本 Wordsworth 的诗集,在田塍路上逍遥漫步了半天。从那一天以后,他的循环性的忧郁症,尚未离他的身过。前几天在路上遇着的那两个女学生,常在他的脑里,不使他安静,想起那一天的事情,他还是一个人要红起脸来。

他近来无论上什么地方去,总觉得有坐立难安的样子。他上学校去的时候,觉得他的日本同学都似在那里排斥他。他的几个中国同学,也许久不去寻访了,因为去寻访了回来,他心里反觉得空虚。因为他的几个中国同学,怎么也不能理解他的心理,他去寻访的时候,总想得些同情回来的,然而到了那里,谈了几句之后,他又不得不自悔寻访错了。有时候和朋友讲得投机,他就任了一时的热意,把他的内外的生活都对朋友讲了出来,然而到了归途,他又自悔失言,心里的责备,倒反比不去访友的时候,更加厉害。他的几个中国朋友,因此都说他是染了神经病了。他听了这话之后,对了那几个中国同学,也同对日本学生一样,起了一种复仇的心。他同他的几个中国同学,一日一日的疏远起来。嗣后虽在路上,或在学校里遇见的时候,他同那几个中国同学,也不点头招呼。中国留学生开会的时候,他当然是不去出席的。因此他同他的几个同胞,竟宛然成了两家仇敌。

他的中国同学的里边,也有一个很奇怪的人,因为他自家的结婚有些道德上的罪恶,所以他专喜讲人家的丑事,以掩己之不善,说他是神经病,也是这一位同学说的。

他交游离绝之后,孤冷得几乎到将死的地步,幸而他住的旅馆里,还有一个主人的女儿,可以牵引他的心,否则他真只能自杀了。他旅馆的主人的女儿,今年正是十七岁,长方的脸儿,眼睛大得很,笑起来的时候,面上有两颗笑靥,嘴里有一颗金牙看得出来,因为她自家觉得她自家的笑容是非常可爱,所以她平时常在那里弄笑。

他心里虽然非常爱她,然而她送饭来或来替他铺被的时候,他总装出一种兀不可犯的样子来。他心里虽想对她讲几句话,然而一见了她,他总不能开口。她进他房里来的时候,他的呼吸竟急促到吐气不出的地步。他在她的面前实在是受苦不起了,所以近来她进他的房里来的时候,他每不得不跑出房外去。然而他思慕她的心情,却一天一天的浓厚起来。有一天礼拜六的晚上,旅馆里的学生,都上 N 市去行乐去了。他因为经济困难,所以吃了晚饭,上西面池上去走了一回,就回到旅舍里来枯坐。

回家来坐了一会,他觉得那空旷的二层楼上,只有他一个人在家。静悄悄的坐了半晌,坐得不耐烦起来的时候,他又想跑出外面去。然而要跑出外面去,不得不由主人的房门口经过,因为主人和他女儿的房,就在大门的边上。他记得刚才进来的时候,主人和他的女儿正在那里吃饭。他一想到经过她面前的时候的苦楚,就把跑出外面去的心思丢了。

拿出了一本 G. Gissing 的小说来读了三四页之后,静寂的空气里,忽然传了几声揉揉的泼水声音过来。他静静儿的听了一听,呼吸又一霎时的急了起来,面色也涨红了。迟疑了一会,他就轻轻的开了房门,拖鞋也不拖,幽脚幽手的走下扶梯去。轻轻的开了便所的门,他尽兀自的站在便所的玻璃窗口偷看。原来他旅馆里的浴室,就在便所的间壁,从便所的玻璃窗看去,浴室里的动静了了可看,他起初以为看一看就可以走的,然而到了一看之后,他竟同被钉子钉住的一样,动也不能动了。

那一双雪样的乳峰!

那一双肥白的大腿!

这全身的曲线!

呼气也不呼,仔仔细细的看了一会,他面上的筋肉,都发起痉挛来了。愈看愈颤得厉害,他那发颤的前额部竟同玻璃窗冲击了一下。被蒸气包住的那赤裸裸的"伊扶"便发了娇声问说:

"是谁呀?……"

他一声也不响,急忙跳出了便所,就三脚两步的跑上楼上去了。

他跑到了房里,面上同火烧的一样,口也干渴了。一边他自家打自家的嘴巴,一边就把他的被窝拿出来睡了。他在被窝里翻来复去,总睡不着,便立起了两耳,听起楼下的动静来。他听听泼水的声音也息了,浴室的门开了之后,他听见她的脚步声好像是走上楼来的样子。用被包着了头,他心里的耳朵明明告诉他说:

"她已经立在门外了。"

他觉得全身的血液,都在往上奔注的样子。心里怕得非常,羞得非常,也喜欢得非常。然而若有人问他,他无论如何,总不肯承认说,这时候他是喜欢的。

他屏住了气息,尖着了两耳听了一会,觉得门外并无动静,又故意咳嗽了一声,门外亦无声响,他正在那里疑惑的时候,忽听见她的声音,在楼下同她的父亲在那里说话。他手里捏了一把冷汗,拚命想听出她的话来,然而无论如何总听不清楚。停了一会,她的父亲高声笑了起来,他把被蒙头的一罩,咬紧了牙齿说:

"她告诉了他了!她告诉了他了!"

这一天的晚上他一睡也不曾睡着。第二天的早晨,天亮的时候,他就惊心吊胆的走下楼来。洗了手面,刷了牙,趁主人和他的女儿还没有起来之先,他就同逃也似的出了那个旅馆,跑到外面来。

官道上的沙尘,染了朝露,还未曾干着。太阳已经起来了。他不问皂白,便一直的往东走去。远远有一个农夫,拖了一车野菜慢慢的走来。那农夫同他擦过的时候,忽然对他说:

"你早啊!"

他倒惊了一跳,那清瘦的脸上,又起了一层红潮,胸前又乱跳起来,他心里想:

"难道这农夫也知道了么?"

无头无脑的跑了好久,他回转头来看看他的学校,已经远得很了,举头看看,太阳也升高了。他摸摸表看,那银饼大的表,也不在身边。从太阳的角度看起来,大约已经是九点钟前后的样子。他虽然觉得饥饿得很,然而无论如何,总不愿意再回到那旅馆里去,同主人和他的女儿相见。想去买些零食充一充饥,然而他摸摸自家的袋看,袋里只剩了一角二分钱在那里。他到一家乡下的杂货店内,尽那一角二分钱,买了些零碎的食物,想去寻一处无人看见的地方去吃。走到一处两路交叉的十字路口,他朝南的一望,只见与他的去路横交的那一条自北趋南的通路上,行人稀少得很。那一条路是向南的斜低下去的,两面更有高壁在那里:他知道这路是从一条小山中开辟出来的。他刚才走来的那条大道,便是这山的岭脊,十字路当作了中心,与岭脊上的那条大道相交的横路,是两边低斜下去的。在十字路口迟疑了一会,他就取了那一条向南斜下的路走去。走尽了两面的高壁,他的去路就穿入大平原去,直通到彼岸的市内。平原的彼岸有一簇深林,划在碧空的心里,他心里想:

"这大约就是 A 神宫了。"

他走尽了两面的高壁,向左手斜面上一望,见沿高壁的那山面上有一道女墙,围住着几间茅舍,茅舍的门上悬着了"香雪海"三字的一方匾额。他离开了正路,走上几步,到那女墙的门前,顺手的向门一推,那两扇柴门竟自开了。他就随随便便的踏了进去。门内有一条曲径,自门口通过了斜面,直达到山上去的。曲径的两旁,有许多老苍的梅树种在那里,他知道这就是梅林了。顺了那一条曲径,往北的从斜面上走到山顶的时候,一片同图画似的平地,展开在他的眼前。这园自从山脚上起,跨有朝南的半山斜面,同顶上的一块平地,布置得非常幽雅。

山顶平地的西面是千仞的绝壁,与隔岸的绝壁相对峙,两壁的中间,便是他刚走过的那一条自北趋南的通路。背临着了那绝壁,有一间楼屋、几间平屋造在那里。因为这几间屋,门窗都闭在那里,他所以知道这定是为梅花开日,卖酒食用的。楼屋的前面,有一块草地,草地中间,有几方白石,围成了一个花园,圈子里,卧着一枝老梅,那草地的南尽头,山顶的平地正要向南斜下去的地方,有一块石碑立在那里,系记这梅林的历史的。他在碑前的草地上坐下之后,就把买来的零食拿出来吃了。

吃了之后,他兀兀的在草地上坐了一会。四面并无人声,远远的树枝上,时有一声两声的鸟鸣声飞来。他仰起头来看看澄清的碧落,同那皎洁的日轮,觉得四面的树枝房屋,小草飞禽,都一样的在和平的太阳光里,受大自然的化育。他那昨天晚上的犯罪的记忆,正同远海的帆影一般,不知消失到那里去了。

这梅林的平地上和斜面上,叉来叉去的曲径很多。他站起来走来走去的走了一会,方晓得斜面上梅树的中间,更有一间平屋造在那里。从这一间房屋往东的走去几步,有眼古井,埋在松叶堆中。他摇摇井上的唧筒看,呷呷的响了几声,却抽不起水来。他心里想:

"这园大约只有梅花开的时候,开放一下,平时总没有人住的。"

想到这里他又自言自语的说:

"既然空在这里,我何妨去问园主人去借住借住。"想定了主意,他就跑下山来,打算去寻园主人去。他将走到门口的时候,却好遇见了一个五十来岁的农夫走进园来。他对那农夫道歉之后,就问他说:

"这园是谁的,你可知道?"

"这园是我经管的。"

"你住在什么地方的?"

"我住在路的那面。"

一边这样的说,一边那农民指着通路西边的一间小屋给他看。他向西一看,果然在西边的高壁尽头的地方,有一间小屋在那里。他点了点头,又问说:

"你可以把园内的那间楼屋租给我住住么?"

"可是可以的,你只一个人么?"

"我只一个人。"

"那你可不必搬来的。"

"这是什么缘故呢?"

"你们学校里的学生,已经有几次搬来过了,大约都因为冷静不过,住不上十天,就搬走的。"

"我可同别人不同,你但能租给我,我是不怕冷静的。"

"这样那里有不租的道理,你想什么时候搬来?"

"就是今天午后罢。"

"可以的,可以的。"

"请你就替我扫一扫干净,免得搬来之后着忙。"

"可以可以。再会!"

"再会!"

六

搬进了山上梅园之后,他的忧郁症 Hypochondria 又变起形状来了。

他同他的北京的长兄,为了一些儿细事,竟生起龃龉来。他发了一封长长的信,寄到北京,同他的长兄绝了交。

那一封信发出之后,他呆呆的在楼前草地上想了许多时候。他自家想想看,他便是世界上最不幸的人了。其实这一次的决裂,是发始于他的。同室操戈,事更甚于他姓之相争。自此之后,他恨他的长兄竟同蛇蝎一样。他被他人欺侮的时候,每把他长兄拿出来作比:

"自家的弟兄,尚且如此,何况他人呢!"

他每达到这一个结论的时候,必尽把他长兄待他苛刻的事情,细细回想出来。把各种过去的事迹列举出来之后,就把他长兄判决是一个恶人,他自家是一个善人。他又把自家的好处列举出来,把他所受的苦处,夸大的细数起来。他证明得自家是一个世界上最苦的人的时候,他的眼泪就同瀑布似的流下来。他在那里哭的时候,空中好像有一种柔和的声音在对他说:

"啊呀,哭的是你么?那真是冤屈了你。像你这样的善人,受世人的那样的虐待,这可真是冤屈了你。罢了罢了,这也是天命,你别再哭了,怕伤害了你的身体!"

他心里一听到这一种声音,就舒畅起来。他觉得悲苦的中间,也有无穷的甘味在那里。

他因为想复他长兄的仇,所以就把所学的医科丢弃了,改入文科里去。他的意思,以为医科是他长兄要他改的,仍旧改回文科,就是对他长兄宣战的一种明示。并且他由医科改入文科,在高等学校须迟卒业一年。他心里想,迟卒业一年,就是早死一岁,你若因此迟了一年,就到死可以对你长兄含一种敌意。因为他恐怕一二年之后,他们兄弟两人的感情,仍旧要和好起来;所以这一次的转科,便是帮他永久敌视他长兄的一个手段。

气候渐渐儿的寒冷起来,他搬上山来之后,已经有一个月了。几日来天气阴郁,灰色的层云,天天挂在空中。寒冷的北风吹来的时候,梅林的树叶,每息索索的飞掉下来。

初搬来的时候,他卖了些旧书,买了许多炊饭的器具,自家烧了一个月饭,因为天冷了,他也懒得烧了。他每天的伙食,就一切包给了山脚下的园丁家包办,所以他近来只同退院的闲僧一样,除了怨人骂己之外,更没有别的事情了。

有一天早晨,他侵早的起来,把朝东的窗门开了之后,他看见前面的地平线上有几缕红云,在那里浮荡。东天半角,反照出一种银红的灰色。因为昨天下了一天微雨,所以他看了这清新的旭日,比平日更添了几分欢喜。他走到山的斜面上,从那古井里汲了水,洗了手面之后,觉得满身的气力,一霎时都回复了转来的样子。他便跑上楼外,拿了一本黄仲则的诗集下来,一边高声朗读,一边尽在那梅林的曲径里,跑来跑去的跑圈子。不多一会,太阳起来了。

从他住的山顶向南方看去,眼下看得出一大平原。平原里的稻田,都尚未收割起。金黄的谷色,以绀碧的天空作了背景,反映着一天太阳的晨光,那风景正同看密来(Millet)的田园清画一般。他觉得自家好像已经变了几千年前的原始基督教徒的样子,对了这自然的默示,他不觉笑起自家的气量狭小起来。

"饶赦了!饶赦了!你们世人得罪于我的地方,我都饶赦了你们罢,来,你们来。都来同我讲和罢!"手里拿着了那一本诗集,眼中浮着了两泓清泪,正对了那平原的秋色,呆呆的立在那里想这些事情的时候,他忽听见他的近边,有两人在那里低声的说:

"今晚上你一定要来的哩!"

这分明是男子的声音。

"我是非常想来的,但是恐怕……"

他听了这娇滴滴的女子的声音之后,好像是被电气贯穿了的样子,觉得自家的血液循环都停止了。原来他的身边有一丛长大的苇草生在那里,他立在苇草的右面,那一男一女,大约是在苇草的左面,所以他们两个还不晓得隔着苇草,有人站在那里。那男人又说:

"你心真好,请你今晚上来罢,我们到如今还没在被窝里睡过觉。"

"……"

他忽然听见两人的嘴唇,灼灼的好像在那里吮吸的样子。他同偷了食的野狗一样,就惊心吊胆的把身子屈倒去听了。

"你去死罢,你去死罢,你怎么会下流到这样的地步!"

他心里虽然如此的在那里痛骂自己,然而他那一双尖着的耳朵,却一言半语也不愿意遗漏,用了全部精神在那里听着。

地上的落叶索息索息的响了一下。

解衣带的声音。

男人嘶嘶的吐了几口气。

舌尖吮吸的声音。

女人半轻半重,断断续续的说:

"你!……你!……你快……快××罢。……别……别……别被人……被人看见了。"

他的面色,一霎时的变了灰色了。他的眼睛同火也似的红了起来。他的上颚骨同下颚骨呷呷的发起颤来。他再也站不住了。他想跑开去,但是他的两只脚,总不听他的话。他苦闷了一场,听听两人出去了之后,就同落水的猫狗一样,回到楼上房里去,拿出被窝来睡了。

七

他饭也不吃,一直在被窝里睡到午后四点钟的时候才起来。那时候夕阳洒满了远近。平原的彼岸的树林里,有一带苍烟,悠悠扬扬的笼罩在那里。他踉踉跄跄的走下了山,上了那一条自北趋南的大道,穿过了那平原,无头无绪的尽是向南的走去。走尽平原,他已经到了神宫前的电车停留处了。那时候却正好从南面有一乘电车到来,他不知不觉就跳了上去,既不知道他究竟为什么要乘电车,也不知道这电车是往什么地方去的。

走了十五六分钟,电车停了,运车的教他换车,他就换了一乘车。走了二三十分钟,电车又停了,他听见说是终点了,他就走了下来。他的面前就是筑港了。

前面一片汪洋的大海,横在午后的太阳光里,在那里微笑。超海而南有一发青山,隐隐的浮在透明的空气里,西边是一脉长堤,直驰到海湾的心里去。堤外有一处灯台,同巨人似的,立在那里。几艘空船和几只舢板,轻轻的在系着的地方浮荡。海中近岸的地方,有许多浮标,饱受了斜阳,红红的浮在那里。远处风来,带着几句单调的话声,既听不清楚是什么话,也不知道是从那里来的。

他在岸边上走来走去走了一会,忽听见那一边传过了一阵击磬的声音。他跑过去一看,原来是为唤渡船而发的。他立了一会,看有一只小火轮从对岸过来了。跟着了一个四五十岁的工人,他也进了那只小火轮去坐下了。

渡到东岸之后,上前走了几步,他看见靠岸有一家大庄子在那里。大门开得很大,庭内的假山花草,布置得楚楚可爱。他不问是非,就踱了进去。走不上几步,他忽听得前面家中有女人的娇声叫他说:

"请进来呀!"

他不觉惊了一下,就呆呆的站住了。他心里想:

"这大约就是卖酒食的人家,但是我听见说,这样的地方,总有妓女在那里的。"

一想到这里,他的精神就抖擞起来,好像是一桶冷水浇上身来的样子。他的面色立时变了。要想进去又不能进去,要想出来又不得出来,可怜他那同兔儿似的小胆,同猿猴似的淫心,竟把他陷到一个大大的难境里去了。

"进来吓!请进来吓!"

里面又娇滴滴的叫了起来,带着笑声。

"可恶东西,你们竟敢欺我胆小么!"

这样的怒了一下,他的面色更同火也似的烧起来。咬紧了牙齿,把脚在地上轻轻的蹬了一蹬,他就握了两个拳头,向前进去,好像是对了那几个年轻的侍女宣战的样子。但是他那青一阵红一阵的面色,和他面上的微微儿在那里震动的筋肉,总隐藏不过。他走到那几个侍女的面前时候,几乎要同小孩似的哭出来了。

"请上来!"

"请上来!"

他硬了头皮,跟了一个十七八岁的侍女走上楼去,那时候他的精神已经有些镇静下来了。走了几步,经过一条暗暗的夹道的时候,一阵恼人的花粉香气,同日本女人特有的一种肉的香味,和头发上的香油气息合作了一处,哼的扑上他的鼻孔来。他立刻觉得头晕起来,眼睛里看见了几颗火星,向后边跌也似的退了一步。他再定睛一看,只见他

的前面黑暗暗的中间,有一长圆形的女人粉面,堆着了微笑,在那里问他说:

"你! 你还是上靠海的地方去呢? 还是怎样?"

他觉得女人口里吐出来的气息,也热和和的哼上他的面来。他不知不觉把这气息深深的吸了一口。他的意识,感觉到他这行为的时候,他的面色又立刻红了起来。他不得已只能含含糊糊的答应她说:

"上靠海的房间里去。"

进了一间靠海的小房间,那侍女便问他要什么菜。他就回答说:

"随便拿几样来吧。"

"酒要不要?"

"要的。"

那侍女出去之后,他就站起来推开了纸窗,从外边放了一阵空气进来。因为房里的空气,沉浊得很,他刚才在夹道中闻过的那一阵女人的香味,还剩在那里,他实在是被这一阵气味压迫不过了。

一湾大海,静静的浮在他的面前。外边好像是起了微风的样子,一片一片的海浪,受了阳光的返照,同金鱼的鱼鳞似的,在那里微动。他立在窗前看了一会,低声的吟了一句诗出来:

"夕阳红上海边楼。"

他向西的一望,见太阳离西南的地平线只有一丈多高了。呆呆的看了一会,他的心思怎么也离不开刚才的那个侍女。她的口里的头上的面上的和身体上的那一种香味,怎么也不容他的心思也想别的东西。他才知道他想吟诗的心是假的,想女人的肉体的心是真的了。

停了一会,那侍女把酒菜搬了进来,跪坐在他的面前,亲亲热热的替他上酒。他心里想仔仔细细的看她一看,把他的心里的苦闷都告诉了她,然而他的眼睛怎么也不敢平视她一眼,他的舌根怎么也不能摇动一摇动。他不过同哑子一样,偷看看她那搁在膝上一双纤嫩的白手,同衣缝里露出来的一条粉红的围裙角。

原来日本的妇人都不穿裤子,身上贴肉只围着一条短短的围裙。外边就是一件长袖的衣服,衣服上也没有钮扣,腰里只缚着一条一尺多宽的带子,后面结着一个方结。她们走路的时候,前面的衣服每一步一步的掀开来,所以红色的围裙,同肥白的腿肉,每能偷看。这是日本女子特别的美处;他在路上遇见女子的时候,注意的就是这些地方。他切齿的痛骂自己,畜生! 狗贼! 卑怯的人! 也便是这个时候。

他看了那侍女的围裙角,心头便乱跳起来。愈想同她说话,但愈觉得讲不出话来。大约那侍女是看得不耐烦起来了,便轻轻的问他说:

"你府上是什么地方?"

一听了这一句话,他那清瘦苍白的面上,又起了一层红色;含含糊糊的回答了一声,他呐呐的总说不出清晰的回话来。可怜他又站在断头台上了。

原来日本人轻视中国人,同我们轻视猪狗一样。日本人都叫中国人作"支那人",这"支那人"三字,在日本,比我们骂人的"贱贼"还更难听,如今在一个如花的少女前头,他不得不自认说"我是支那人"了。

"中国呀中国,你怎么不强大起来!"

他全身发起抖来,他的眼泪又快滚下来了。

那侍女看他发颤发得厉害,就想让他一个人在这里喝酒,好教他把精神安镇安镇,所以对他说:

"酒就快没有了,我再去拿一瓶来罢?"

停了一会他听得那侍女的脚步声又走上楼来。他以为她是上他这里来的,所以就把衣服整了一整,姿势改了一改。但是他被她欺骗了。她原来是领了两三个另外的客人,上间壁的那一间房间里去的。那两三个客人都在那里对那侍女取笑,那侍女也娇滴滴的说:

"别胡闹了,间壁还有客人在那里。"

他听了就立刻发起怒来。他心里骂他们说:

"狗才!俗物!你们都敢来欺侮我么?复仇复仇,我总要复你们的仇。世间那里有真心的女子!那侍女的负心东西,你竟敢把我丢了么?罢了罢了,我再也不爱女人了,我再也不爱女人了。我就爱我的祖国,我就把我的祖国当作了情人罢。"

他马上就想跑回去发愤用功。但是他的心里,却很羡慕那间壁的几个俗物。他的心里,还有一处地方在那里盼望那个侍女再回到他这里来。

他按住了怒,默默的喝干了几杯酒,觉得身上热起来。打开了窗门,他看太阳就快要下山去。又连饮了几杯,他觉得他面前的海景都朦胧起来。西面堤外的灯台的黑影,长大了许多。一层茫茫的薄雾,把海天融混作一处。在这一层浑沌不明的薄纱影里,西方的将落不落的太阳,好像在那里惜别的样子。他看了一会,不知道是什么缘故,只觉得好笑。呵呵的笑了一回,他用手擦擦自家那火热的双颊,便自言自语的说:

"醉了醉了!"

那侍女果然进来了。见他红了脸,立在窗口在那里痴笑,便问他说:

"窗开了这样大,你不冷的么?"

"不冷不冷,这样好的落照,谁舍得不看呢?"

"你真是一个诗人呀!酒拿来了。"

"诗人!我本来是一个诗人。你去把纸笔拿了来,我马上写首诗给你看看。"

那侍女出去了之后,他自家觉得奇怪起来。他心里想:

"我怎么会变了这样大胆的?"

痛饮了几杯新拿来的热酒,他更觉得快活起来,又禁不得呵呵笑了一阵。他听见间壁房间里的那几个俗物,高声的唱起日本歌来,他也放大了嗓子唱着说:

"醉拍阑干酒意寒,江湖寥落又冬残。剧怜鹦鹉中州骨,未拜长沙太傅官。一饭千金图报易,几人五噫出关难。茫茫烟水回头望,也为神州泪暗弹。"

高声的念了几遍,他就在蓆上醉倒了。

八

一醉醒来,他看看自家睡在一条红绸的被里,被上有一种奇怪的香气。这一间房间也不很大,但已不是白天的那一间房间了。房中挂着一张十烛光的电灯,枕头边上摆着了一壶茶,两只杯子。他倒了二三杯茶,喝之后,就跟跟跄跄的走到房外去。他开了门,却好白天的那侍女也跑过来了。她问他说:

"你!你醒了么?"

他点了一点头,笑微微的回答说:

"醒了。便所是在什么地方的?"

"我领你去吧。"

他就跟了她去。他走过日间的那条夹道的时候,电灯点得明亮得很。远近有许多歌唱的声音,三弦的声音,大笑的声音传到他的耳朵里来。白天的情节,他都想出来了。一想到酒醉之后,他对那侍女说的那些话的时候,他觉得面上又发起烧来。

从厕所回到房里之后,他问那侍女说:

"这被是你的么?"

侍女笑着说:

"是的。"

"现在是什么时候了?"

"大约是八点四五十分的样子。"

"你去开了账来罢!"

"是。"

他付清了账,又拿了一张纸币给那侍女,他的手不觉微颤起来。那侍女说:

"我是不要的。"

他知道她是嫌少了。他的面色又涨红了,袋里摸来摸去,只有一张纸币了,他就拿了出来给她说:

"你别嫌少了,请你收了罢。"

他的手震动得更加厉害,他的话声也颤动起来了。那侍女对他看了一眼,就低声的说:

"谢谢!"

他直的跑下了楼,套上了皮鞋,就走到外面来。

外面冷得非常,这一天大约是旧历的初八九的样子。半轮寒月,高挂在天空的左半边。淡青的圆形盖里,也有几点疏星,散在那里。

他在海边上走了一回,看看远岸的渔灯,同鬼火似的在那里招引他。细浪中间,映着了银色的月光,好像是山鬼的眼波,在那里开闭的样子。不知是什么道埋,他忽想跳入海里去死了。

他摸摸身边看,乘电车的钱也没有了。想想白天的事情,他又不得不痛骂自己。

"我怎么会走上那样的地方去的?我已经变了一个最下等的人了。悔也无及,悔也无及。我就在这里死了罢。我所求的爱情,大约是求不到的了。没有爱情的生涯,岂不同死灰一样么?唉,这干燥的生涯,这干燥的生涯,世上的人又都在那里仇视我,欺侮我,连我自家的亲弟兄,自家的手足,都在那里排挤我到这世界外去。我将何以为生,我又何必生存在这多苦的世界里呢!"

想到这里,他的眼泪就连连续续的滴了下来。他那灰白的面色,竟同死人没有分别了。他也不举起手来揩揩眼泪,月光射到他的面上,两条泪线,倒变了叶上的朝露一样放起光来。他回转头来,看看他自家的又瘦又长的影子,就觉得心痛起来。

"可怜你这清影,跟了我二十一年,如今这大海就是你的葬身地了。我的身子,虽然被人家欺辱,我可不该累你也瘦弱到这步田地的。影子呀影子,你饶了我罢!"

他向西面一看,那灯台的光,一霎变了红一霎变了绿的在那里尽它的本职。那绿的光射到海面上的时候,海面就现出一条淡青的路来。再向西天一看,他只见西方青苍苍的天底下,有一颗明星,在那里摇动。

"那一颗摇摇不定的明星的底下,就是我的故国,也就是我的生地。我在那一颗星的底下,也曾送过十八个秋冬,我的乡土吓,我如今再也不能见你的面了。"

他一边走着,一边尽在那里自伤自悼的想这些伤心的哀话。走了一会,再向那西方的明星看了一眼,他的眼泪便同骤雨似的落下来了。他觉得四边的景物,都模糊起来。把眼泪揩了一下,立住了脚,长叹了一声,他便断断续续的说:

"祖国呀祖国!我的死是你害我的!"

"你快富起来!强起来罢!"

"你还有许多儿女在那里受苦呢!"

1921 年 5 月 9 日改作

延伸阅读:国内众多郁达夫研究者均把它看做是中国现代"自叙传"抒情小说的开山之作,给予高度评价。夏志清却评价说,它的"故事过于神经质,描写的青年的挫折和自疚","作者维特式的自怜,夸张了主角对大自然的爱好和内心的苦痛",而他是一个"颓废人物"。在他看来,郁达夫的全部小说都是卢梭式的自白,很少例外。夏志清:《中国现代小说史》,第75、76页,上海,复旦大学出版社,2005年。

过 去

郁达夫

空中起了凉风,树叶刺刺的同雹片似的飞掉下来,虽然是南方的一个小港市里,然而也很能够使人感到冬晚的悲哀的一天晚上,我和她,在临海的一间高楼上吃晚饭。

这一天的早晨,天气很好,中午的时候,只穿得住一件夹衫,但到了午后三四点钟,忽而由北面飞来了几片灰色的层云,把太阳遮住,接着就刮起风来了。

这时候我为疗养呼吸器病的缘故,只在南方的各港市里流寓。十月中旬,由北方南下,十一月初到了C省城,恰巧遇着了C省的政变,东路在打仗,省城也不稳,所以就迁到H港去住了几天。后来又因为H港的生活费太昂贵,便又坐了汽船,一直的到了这M港市。

说起这M港,大约是大家所知道的,是中国人应许外国人来互市的最初的地方的一个,所以这港市的建筑,还带着些当时的时代性,很有一点中古的遗意。前面左右是碧油油的海湾,港市中,也有一条小山,三面滨海的通衢里,建筑着许多颜色很沉的洋房。商务已经不如从前的盛了,然而富室和赌场很多,所以处处有庭园,处处有别墅。沿港的街上,有两列很大的榕树排列在那里。在榕树下的长椅上休息着的,无论中国人外国人,都带有些舒服的态度。正因为商务不盛的原因,这些南欧的流人,寄寓在此地的,也没有那一种殖民地的商人的紧张横暴的样子。一种衰颓的美感,一种使人可以安居下去,不知不觉的中间消沉下去的美感,在这港市的无论那一角地方,都感觉得出来。我到此港不久,心里头就暗暗地决定,"以后不再迁徙了,以后就在此地住下去吧。"谁知住不上几天,却又偏偏遇见了她。

实在是出乎意想以外的奇遇,一天细雨蒙蒙的日暮,我从西面小山上的一家小旅馆内走下山来,想到市上去吃晚饭去。经过行人很少的那条P街的时候,临街的一间小洋房的栅门口,忽而从里面慢慢的走出了一个女人来。她身上穿着灰色的雨衣,上面张着洋伞,所以她的脸我看不见。大约是在栅门内,她已经看见了我了——因为这一天我并不带伞——所以我在她前头走了几步,她忽而问我:

"前面走的是不是李先生?李白时先生!"

我一听了她叫我的声音,仿佛是很熟,但记不起是那一个了,同触了电气似的急忙回转头来一看,只看见了衬映在黑洋伞上的一张灰白的小脸。已经是夜色朦胧的时候了,我看不清她的颜面全部的组织,不过她的两只大眼睛,却闪烁得厉害,并且不知从何处来的,和一阵冷风似的一种电力,把我的精神摇动了一下。"你……?"我半吞半吐地问她。

"大约认不清了吧!上海民德里的那一年新年,李先生可还记得?"

"噢!唉!你是老三么?你何以会到这里来的?这真奇怪!这真奇怪极了!"

说话的中间,我不知不觉的转过身来逼进了一步,并且伸出手来把她那只带轻皮手套的左手握住了。

"你上什么地方去？几时来此地的？"她问。

"我打算到市上去吃晚饭去，来了好几天了，你呢？你上什么地方去？"

她经我一问，一时间回答不出来，只把嘴颚往前面一指，我想起了在上海的时候的她的那种怪脾气，所以就也不再追问，和她一路的向前边慢慢地走去。两人并着默走了几分钟，她才幽幽的告诉我说：

"我是上一位朋友家去打牌去的，真想不到此地会和你相见。李先生，这两三年的分离，把你的容貌变得极老了，你看我怎么样？也完全变过了吧？"

"你倒没有什么，唉，老三，我呀，我真可怜，这两三年来……"

"这两三年来的你的消息，我也知道一点。有的时候，在报纸上也看见过一二回你的行踪。不过李先生，你怎么会到此地来的呢？这真太奇怪了。"

"那么你呢？你何以会到此地来的呢？"

"前生注定是吃苦的人，譬如一条水草，浮来浮去，总生不着根，我的到此地来，说奇怪也是奇怪，说应该也是应该的。李先生，住在民德里楼上的那一位胖子，你可还记得？"

"嗯……是那一位南洋商人不是？"

"哈，你的记性真好！"

"他现在怎么样了？"

"是他和我一道来此地的呀！"

"噢！这也是奇怪。"

"还有更奇怪的事情哩！"

"什么？"

"他已经死了！"

"这……这么说起来，你现在只剩了一个人了啦？"

"可不是么！"

"唉！"

两人又默默地走了一段，走到去大市街不远的三岔路口了。她问我住在什么地方，打算明天午后来看我。我说还是我去访她，她却很急促的警告我说：

"那可不成，那可不成，你不能上我那里去。"

出了 P 街以后，街上的灯火，已经很多，并且行人也繁杂起来了，所以两个人没有握一握手，笑一脸的机会。到了分别的时候，她只约略点了一点头，就向南面的一条长街上跑了进去。

经了这一回奇遇的挑拨，我的平稳得同山中的静水湖似的心里，又起了些波纹。回想起来，已经是三年前的旧事了，那时候她的年纪还没有二十岁，住在上海民德里我在寄寓着的对门的一间洋房里。这一间洋房里，除了她一家的三四个年轻女子以外，还有二楼上的一家华侨的家族在住。当时我也不晓得谁是房东，谁是房客，更不晓得她们几个姊妹的生计是如何维持的。只有一次，是我和她们的老二认识以后，约有两个月的时候，我在她们的厢房里打牌，忽而来了一位穿着很阔绰的中老绅士，她们为我介绍，说这一位是她们的大姊夫。老大见他来了，果然就抛弃了我们，到对面的厢房里去和他攀谈去了，于是老四就坐下来替了她的缺。听她们说，她们都是江西人，而大姊夫的故乡却是在湖北。他和她们大姊的结合，是当他在九江当行长的时候。

我当时刚从乡下出来，在一家报馆里当编辑。民德里的房子，是报馆总经理友人陈君的住宅。当时因为我上海情形不熟，不能另外去租房子住，所以就寄住在陈君的家里。陈家和她们对门而居，时常往来，因此我也于无意之中，和她们中间最活泼的老二认识了。

听陈家的底下人说："她们的老大，仿佛是那一位银行经理的小，她们一家四口的生活费，和她们一位弟弟的学费，都由这位银行经理负担的。"

她们姊妹四个，都生得很美，尤其活泼可爱的，是她们的老二。大约因为生得太美的原因，自老二以下，她们姊妹三个，全已到了结婚的年龄，而仍找不到一个适当的配偶者。

我一边在回想这些过去的事情，一边已经走到了长街的中心最热闹的那一家百货商店的门口了。在这一个黄昏细雨里，只有这一段街上的行人，还没有减少。两旁店家的灯火，照耀得很明亮，反照出了些离人的孤独的情怀。向东走尽了这条街，朝南一转，右手矗立着一家名叫望海的大酒楼。这一家的三四层楼上，一间一间的小室很多，开窗看去，看得见海里的帆樯，是我到 M 港后，去得次数最多的一家酒馆。

我慢慢的走到楼上坐下，叫好了酒菜，点着烟卷，朝电灯光呆看的时候，民德里的事情，又重新展开在我的眼前。

她们姊妹中间，当时我最爱的是老二。老大已经有了主顾，对她当然更不能生出什么邪念来，老三有点阴郁，不像一个年轻的少女，老四年纪和我相差太远——她当时只有十六岁——自然不能发生相互的情感，所以当时我所热心崇拜的，只有老二。

她们的脸形，都是长方，眼睛都是很大，鼻梁都是很高，皮色都是很细白，以外貌来看，本来都是一样的可爱的。可是各人的性格，却相差得很远。老大和蔼，老二活泼，老三阴郁，老四——说不出什么，因为当时我并没有对老四注意过。

老二的活泼，在她的行动，言语，嬉笑上，处处都在表现。凡当时在民德里住的年纪在二十七八上下的男子，和老二见过一面的人，总没一个不受她的播弄的。

她的身材虽则不高，然而也够得上我们一般男子的肩头，若穿着高底鞋的时候，走路简直比西洋女子要快一倍。说话不愿什么忌讳，比我们男子的同学中间的日常言语还要直率。若有可笑的事情，被她看见，或在谈话的时候，听到一句笑话，不管在她面前的是生人不是生人，她总是露出她的两列可爱的白细牙齿，弯腰捧肚，笑个不了，有时候竟会把身体侧倒，扑倚上你的身来。陈家有几次请客，我因为受她的这一种态度的压迫受不了，每有中途逃席，逃上报馆去的事情：因此我在民德里住不上半年，陈家的大小上下，却为我取了一个别号，叫我作老二的鸡娘。因为老二像一只雄鸡，有什么可笑的事情发生的时候，总要我做她的倚柱，扑上身来笑个痛快。并且平时她总拿我来开玩笑，在众人的面前，老喜欢把我的不灵敏的动作和说错的言语重述出来作哄笑的资料。不过说也奇怪，她像这样的玩弄我，轻视我，我当时不但没有恨她的心思，并且还时以为荣耀，快乐。我当一个人在默想的时候，每把这些琐事回想出来，心里倒反非常感激她，爱慕她。后来甚至于打牌的时候，她要什么牌，我就非打什么牌给她不可。万一我有违反她命令的时候，她竟毫不客气地举起她那只肥嫩的手，拍拍的打上我的脸来。而我呢，受了她的痛责之后，心里反感到一种不可名状的满足，有时候因为想受她这一种施与的原因，故意地违反她的命令，要她来打，或用了她那一双尖长的皮鞋脚来踢我的腰部。

若打得不够踢得不够,我就故意的说:"不痛!不够!再踢一下!再打一下!"她也就毫不客气地,再举起手或脚来踢打。我被打得两颊绯红,或腰部感到酸痛的时候,总柔柔顺顺地服从她的命令,再来做她想我做的事情。像这样的时候,倒是老大或老三每在旁边吓止她,教她不要太过分了,而我这被打责的,反而要很诚恳的央告她们,不要出来干涉。

记得有一次,她要出门去和一位朋友吃午饭,我正在她们家里坐着闲谈,她要我去上她姊姊房里把一双新买的皮鞋拿来替她穿上。这一双皮鞋,似乎太小了一点,我捏了她的脚替她穿了半天,才穿上了一只。她气得急了,就举起手来,向我的伏在她小腹前的脸上头上脖子上乱打起来。我替她穿好第二只的时候,脖子上已经有几处被她打得青肿了。到我站起来,对她微笑着,问她"穿得怎么样"的时候,她说:"右脚尖有点痛!"我就挺了身子,很正经地对她说,"踢两脚吧踢得宽一点,或者可以好些!"

说到她那双脚,实在不由人不爱。她已经有二十多岁了,而那双肥小的脚,还同十二三岁的小女孩的脚一样。我也会为她穿过丝袜,所以她那双肥嫩晰白,脚尖很细,后跟很厚的肉脚,时常要做我的幻想的中心。从这一双脚,我能够想出许多离奇的梦境来。譬如在吃饭的时候,我一见了粉白油润的香稻米饭,就会联想到她那双脚上去。"万一这碗里,"我想,"万一这碗里盛着的,是她那双嫩脚,那么我这样的在这里咀呒,她必要感到一种奇怪的痒痛。假如她横躺着身体,把这一双肉脚伸出来任我咀嚼的时候,从她那两条很曲的口唇线里,必要发出许多真不真假不假的喊来。或者转起身来,也许狠命的在头上打我一下的。……"我一想到此地饭就要多吃一碗。

像这样活泼放达的老二,像这样柔顺蠢笨的我,这两人中间的关系,在半年里发生出来的这两人中间的关系,当然可以想见得到。况我当时,还未满二十七岁,还没有娶亲,对于将来的希望,也还很有自负心哩!

当在陈家起坐室里说笑话的时候,我的那位友人的太太,也曾向我们说起过,"老二,李先生若做了你的男人,那他就天天可以替你穿鞋着袜,并且还可以做你的出气筒,白天晚上,都可以受你的踢打,岂不很么?"老二听到这些话,总老是笑着,对我斜视一眼说:"李先生不行,太笨,他不会伺候人。我倒很愿意受人家的踢打,只叫有一位能够命令我,叫我心服的男子就好了。"在这样的笑谈之后,我心里总满感着忧郁,要一个人跑上马路去走半天,才能把胸中的郁闷遣散。

有一天礼拜六的晚上,我和她在大马路市政厅听音乐出来。老大老三都跟了一位她们大姊夫的朋友看电影去了。我们走到一家酒馆的门口,忽而吹来了两阵冷风,这时候正是九十月之交的秋晚的时候,我就拉住了她的手,颤抖着说:"老二!我们上去吃一点热的东西再回去吧!"她也笑了一笑说:"去吃点热酒吧!"我在酒楼上吃了两杯热酒之后,把平时的那一种木讷怕羞的态度除掉了,向前后左右看了一看,看见空洞的楼上,一个人也没有,就挨近了她的身边,对她媚视着,一边发着颤声,一句一逗的对她说:"老二!我……我的心,你可能了解?我,我,我很想……很想和你长在一块儿!"她举起眼睛来看了我一眼,又曲了嘴唇的两条线在口角上含着翻弄人的微笑,回问我说:"长在一块便怎么啦?"我大了胆,便摆过嘴去和她亲一个嘴,她竟劈面的打了我一个嘴巴。楼下的伙计,听了拍的一声大响声,就急忙的跑了上来,问我们"还要什么酒菜?"我忍着眼泪,还是微微地笑着对伙计说:"不要了,打手巾来!"等到伙计下去的时候,她仍旧是不改常态的对我说:"李先生!不要这样,下回你若再干这些事情,我还要打得凶哩!"我也只好把这事当做了一场笑话,很不自然地把我的感情压住了。

凡我对她的这些感情,和这些感情所催发出来的行为动作,旁人大约是看得很清楚的。所以老三虽则是一个很沉郁,脾气很特别,平时说话老是阴阳怪气的女子,对我与老二中间的事情,有时却很出力的在为我们拉拢。有时见了老二那一种打得我太狠,或者嘲弄得我太难堪的动作,也着实为我打过几次抱不平,极婉曲周到地说出话来非难过老二。而我这不识好歹的笨伯,当这些时候心里头非但不感谢老三,还要以为她是多事,出来干涉人家的自由行动。

在这一种情形之下,我和她们四姊妹对门而住,来往交际了半年多。那一年的冬天,老二忽然与一个新自北京来的大学生订婚了。

这一年旧历新年前后的我的心境,当然是惑乱得不堪,悲痛得非常。当沉闷的时候,邀我去吃饭,邀我去打牌,有时候也和我两人去看电影的,倒是平时我所不大喜欢,常和老二两人叫她做阴私鬼的老三。而这一个老三,今天却突然的在这个南方的港市里,在这一个细雨朦胧的秋天的晚上,偶然遇见了。

想到了这里,我手里拿着的那支纸烟,已经烧剩了半寸的灰烬,面前杯中倒上的酒,也已经冷了。糊里糊涂的喝了几口酒,吃了两三筷菜,伙计又把一盘生翅汤送了上来。我吃完了晚饭,慢慢的冒雨走回旅馆来,洗了手脸,换了衣服,躺在床上,翻来覆去,终于一夜没有合眼。我想起了那一年的正月初二,老三和我两人上苏州去的一夜旅行。我想起了那一天晚上,两人默默的在电灯下相对的情形。我想起了第二天早晨起来,她在她的帐子里叫我过去,为她把掉在地下的衣服捡起来的声气。然而我当时终于忘不了老二,对于她的这种种好意的表示,非但没有回报她一二,并且简直没有接受她的馀裕。两个人终于白旅行了一次,感情终于没有接近起来,那一天午后,就匆匆的依旧同兄妹似的回到上海来了。过了元宵节,我因为胸中苦闷不过,便在报馆里辞了职,和她们姊妹四人,也没有告别,一个人连行李也不带一件,跑上北京的冰天雪地里去,想去把我的过去的一切忘了,把我的全部的烦闷葬了。嗣后两三年来,东飘西泊,却还没有在一处住过半年以上。无聊之极,也学学时髦,把我的苦闷写出来,做点小说卖卖。然而于不知不觉的中间,终于得了呼吸器的病症。现在飘流到了这极南的一角,谁想得到再会和这老三相见于黄昏的路上呢!啊,这世界虽说很大,实在也是很小。两个浪人,在这样的天涯海角,也居然再能重见,你说奇也不奇。我想前想后,想了一夜,天色有点微明,窗上有早起的工人经过的时候,方才昏昏地睡着。也不知睡了几久,在梦里忽而听到几声咯咯的扣门声。急忙夹着被条,坐起来一看,夜来的细雨,已经晴了,南窗里有两条太阳光线,灰黄黄的照在那里。我含糊地叫了一声"进来!"而那扇门却老是不往里开。再等了几分钟,房门还是不向里开,我才觉得奇怪了,就披上衣服,走下床来。等我两脚刚立定的时候,房门却慢慢的开了。跟着门进来的,一点儿也不错,依旧是阴阳怪气,含着半脸神秘的微笑的老三。

"啊,老三!你怎么来得这样早?"我惊喜地问她。

"还早么?你看太阳都斜了啊!"

说着,她就慢慢地走进了房来,向我的上下看了一眼,笑了一脸,就仿佛害羞似的去窗面前站住,望向窗外去了。窗外头夹一重走廊,遥遥望去,底下就是一家富室的庭园,太阳很柔和的照在那些未凋落的槐花树和杂树的枝头上。

她的装束和从前不同了。一件芝麻呢的女外套里,露出了一条白花丝的围巾来,上面穿的是半西式的八分短袄,裙子系黑印度缎的长套裙。一顶淡黄绸的女帽,深盖在额上,帽子的卷边下,就是那一双迷人的大眼,瞳人很黑,老在凝视着什么似的大眼。本来是长方的脸,因为有那顶帽子深覆在眼上,所以看去仿佛是带点圆味的样子。两三年的岁月,又把她那两条从鼻角斜拖向口角去的纹路刻深了。苍白的脸色,想是昨夜来打牌辛苦了的原因。本来是中等身材不肥不瘦的躯体,大约是我自家的身体缩矮了吧,看起来仿佛比以前高了一点。她背着我呆立在窗前。我看看她的肩背,觉得是比以前瘦了。

"老三!你站在那里干什么?"我扣好了衣裳,向前捱近了一步,一边把右手拍上她的肩去,劝她脱外套,一边就这样问她。她也前进了半尺,把我的右手轻轻地避脱,朝过来笑着说:

"我在这里算账。"

"一清早起来就算账?什么账?"

"昨晚上的赢账。"

"你赢了么?"

"我哪一回不赢?只有和你来的那回却输了。"

"噢,你还记得那么清?输了多少给我?哪一回?"

"险些儿输了我的性命!"

"老三!"

"……"

"你这脾气还没有改过,还爱讲这些死话。"

以后她只是笑着不说话,我拿了一把椅子,请她坐了,就上西角上的水盆里去漱口洗脸。

一会儿她又叫我说:

"李先生!你的脾气,也还没有改过,老爱吸这些纸烟。"

"老三!"

"……"

"幸亏你还没有改过,还能上这里来。要是昨天遇见的是老二哩,怕她是不肯来了。"

"李先生!你还没有忘记老二么?"

"仿佛还有一点记得。"

"你的情义真好!"

"谁说不好来着!"

"老二真有福分!"

"她现在在什么地方?"

"我也不知道,好久不通信了,前二三个月,听说还在上海。"

"老大老四哩?"

"也还是那一个样子,仍复在民德里。变化最多的,就是我呀!"

"不错,不错,你昨天说不要我上那里去,这又为什么来着?"

"我不是不要你去,怕人家要说闲话。你应该知道,姓陆的家里,人是很多的。"

"是的,是的,那一位华侨姓陆吧。老三,你何以又会看中了这一位胖先生的呢?"

"像我这样的人,哪里有看中看不中的好说,总算是做了一个怪梦。"

"这梦好么?"

"又有什么好不好,连我自己都莫名其妙。"

"你莫名其妙,怎么又会和他结婚的呢?"

"什么叫结婚呀。我不过当了一个礼物,当了一个老大和大姊夫的礼物。"

"老三!"

"……"

"他怎么会这样的早死的呢?"

"谁知道他,害人的。"

因为她说话的声气消沉下去了,我也不敢再问。等衣服换好,手脸洗毕的时候,我从衣袋里拿出表来一看,已经是二点过了三个字了。我点上一支烟卷,在她的对面坐下,偷眼向她一看,她那脸神秘的笑容,已经看不见一点踪影。下沉的双眼,口角的深纹,和两颊的苍白,完全把她画成了一个新寡的妇人。我知道她在追怀往事,所以不敢打断她的思路。默默地呼吸了半刻钟烟,她忽而站起来说:"我要去了!"她说话的时候,身体已经走到了门口。我追上去留她,她脸也不回转来看我一眼,竟匆匆地出门去了。我又追上扶梯跟前叫她等一等,她到了楼梯底下,才把那双黑漆漆的眼睛向我看了一眼,并且轻轻地说:"明天再来吧!"

自从这一回之后,她每天差不多总抽空上我那里来。两人的感情,也渐渐的融洽起来了。可是无论如何,到了我想再逼进一步的时候,她总马上设法逃避,或筑起城堡来防我。到我遇见她之后,约莫将十几天的时候,我的头脑心思,完全被她搅乱了。听说有呼吸器病的人,欲情最容易奋兴,大约是真的。那时候我实在再也不能忍耐了,所以那一天的午后,我怎么也不放她回去,一定要她和我同去吃晚饭。

那一天早晨,天气很好。午后她来的时候,却热得厉害。到了三四点钟,天上起了云障,太阳下山之后,空中刮起风来了。她仿佛也受了这天气变化的影响,看她只是在一阵阵的消沉下去,她说了几次要去,我拼命的强留着她,末了她似乎也觉得无可奈何,就俯伏了头,仅坐在那里默想。

太阳下山了,房角落里,阴影爬了出来。南窗外看见的暮天半角,还带着些微紫色。同旧棉花似的一块灰黑的浮云,静静地压到了窗前。风声呜呜的从玻璃窗里传透过来,两人默坐在这将黑未黑的世界里,觉得我们以外的人类万有,都已经死灭尽了。在这个沉默的,向晚的,暗暗的悲哀海里,不知沉浸了几久,忽而电灯像雷击似的放光亮了。我站起了身,拿了一件我的黑呢斗篷,从后边替她披上;再伏下身去,用了两手,向她的胁下一抱,想乘势从她的右侧,把头靠到她的颊上去,她却同梦中醒来似的蓦地站了起来,用力把我一推。我生怕她要再跑出门,跑回家去,所以马上就跑上房门口去拦住。她看了我这一种混乱的态度,却笑起来了。虽则兀立在灯下的姿势还是严不可犯的样子,然而她的眼睛在笑了,脸上的筋肉的紧张也松懈了,口角上也有笑容了。因此我就大了胆,再走近她的身边,用一只手夹斗篷的围抱住她,轻轻的在她耳边说:

"老三!你怎么?你怕么?我以后不敢了,不再敢了,我们一道上外面去吃晚饭去吧!"

她虽是不响,一面身体却很柔顺地由我围抱着。我挽她出了房门,就放开了手。由她走在前头,走下扶梯,走出到街上去。

我们两人,在日暮的街道上走,绕远了道,避开那条P街,一直到那条M港最热闹的长街的中心上,不敢并着步讲一句话。街上的灯火,全都烂灿地在放寒冷的光,天风还是呜呜的吹着,街路树的叶子,息索息索很零乱的散落下来,我们两人走了半天,才走到望海酒楼的三楼上一间滨海的小室里坐下。

坐下来一看,她的头发已经为凉风吹乱。瘦削的双颊,尤显得苍白,她要把斗篷脱下来,我劝她不必,并且叫伙计马上倒了一杯白兰地来给她喝。她把热茶和白兰地喝了,又用手巾在头上脸上擦了一擦,静坐了几分钟,才把常态恢复,那一脸神秘的笑和炯炯的两道眼光,又在寒冷的空气里散放起电力来了。

"今天真有点冷啊!"我开口对她说。

"你也觉得冷的么?"

"怎么我会不觉得冷的呢?"

"我以为你是比天气还要冷些。"

"老三!"

"……"

"那一年在苏州的晚上,比今天怎么样?"

"我想问你来着!"

"老三!那是我的不好,是我,我的不好。"

"……"

她仅是沉默着不响,所以我也不能多说。在吃饭的中间,我只是献着媚,低着声,诉说当时在民德里的时候的情形。她到吃完饭的时候止,总共不过说了十几句话,我想把她的记忆唤起,把当时她对我的旧情复燃起来,然而看看她脸上的表情,却终于是不会为我所动。到末了我被她弄得没法了,就半用暴力,半用泪的央告,一定要求她不要回去,接着就同拖也似的把她夹上了望海酒楼间壁的一家外国旅馆的楼上。

夜深了,外面的风还在萧骚地吹着。五十枝的电光,到了后半夜加起来,反照得我心里异常的寂寞。室内的空气,也增加了寒冷,她还是穿了衣服,隔着一条被,朝里床躺在那里。我扑过去了几次,总被她推翻了下来,到最后的一次她却哭起来了。一边哭,一边又断断续续的说:

"李先生!我们的……我们的事情,早已……早已经结束了。那一年,要是那一年……你能……你能够像现在一样的爱我,那我……我也……不会……不会吃这一种苦的。我……我……你晓得……我……我……这两三年来……!"

说到这里,她抽咽得更加厉害,把被窝蒙上头去,索性任情哭了一个痛快。我想想她的身世,想想她目下的状态,想想过去她对我的情节,更想想我自家的沦落的半生,也被她的哀泣所感动,虽则滴不下眼泪来,但心里也仅在酸一阵痛一阵的难过。她哭了半点多钟,我在床上默坐了半点多钟,觉得她的眼泪,已经把我的邪念洗清,心里头什么也不想了。又静坐了几分钟,我听听她的哭声,也已经停止,就又伏过身去,诚诚恳恳地对她说:

"老三!今天晚上,又是我不好,我对你不起,我把你的真意误会了。我们的时期,的确已经过去了。我今晚上对你的要求,的确是卑劣得很。请你饶了我,噢,请你饶了我,我以后永也不再干这一种卑劣的事情了,噢,请你饶了我!请你把你的头伸出来,朝转来,对我说一声,说一声饶了我吧!让我们把过去的一切忘了,请你把今晚上的我的这一种卑劣的事情忘了。噢,老三!"

我斜伏在她的枕头边上，含泪的把这些话说完之后，她的头还是仅朝着里床，身子一动也不肯动。我静候了好久，她才把头朝转来，举起一双泪眼，好像是在怜惜我又好像是在怨恨我地看了我一眼。得到了她这泪眼的一瞥，我心里也不晓怎么的起了一种比死刑囚遇赦的时候还要感激的心思。她仍复把头朝里转去，我也在她的被外头躺下了。躺下之后，两人虽然都没有睡着，然而我的心里却很舒畅的默默的直躺到了天明。

早晨起来，约略梳洗了一番，她又同平时一样的和我微笑了，而我哩，脸上虽在笑着，心里头却仅是一滴苦泪一滴苦泪的在往喉头鼻里咽送。

两人从旅馆出来，东方只有几点红云罩着，夜来的风势，把一碧的长天扫尽了。太阳已出了海，淡薄的阳光照着的几条冷静的街上，除了些被风吹坠的树叶和几堆灰土之外，也比平时洁净得多。转过了长街送她到了上她自家的门口，将要分别的时候，我只紧握了她一双冰冷的手，轻轻地对她说：

"老三！请你自家珍重一点，我们以后见面的机会，恐怕很少了。"我说出了这句话之后，心里不晓怎么的忽儿绞割了起来，两只眼睛里同雾天似的起了一层蒙障。她仿佛也深深地朝我看了一眼，就很急促地抽了她的两手，飞跑的奔向屋后去了。

这一天的晚上，海上有一弯眉毛似的新月照着，我和许多言语不通的南省人杂处在一舱里吸烟。舱外的风声浪声很大，大家只在电灯下计算着这海船航行的速度，和到 H 港的时刻。

1927 年 1 月 10 日在上海

延伸阅读：这是郁达夫的后期小说，与前期小说如《沉沦》相比，由于作者阅历的增加，这篇小说中感伤、痛惜的成分明显增添了来自生活的实感。一种与美好记忆失之交臂的自我的哀伤、荒谬和戏剧性因素，一直回荡在作品的始末，令人久久不能释卷。

斯人独憔悴(存目)

冰　心

延伸阅读：冰心是五四时期"问题小说"的代表作家，与此同时，该小说题材的重复性和雷同感也因此而产生。其中，最引人注目的是父子两代人社会观念的矛盾和冲突。但杨义的《中国现代小说史》仍肯定说，它是"直接反映'五四'学生运动的为数不多的作品之一"。参见杨义：《中国现代小说史》，第232页，北京，人民文学出版社，1986年。

玉官(存目)

许地山

延伸阅读：许地山早期小说最醒目的特色是它的传奇性，以及其中的宗教思想。《玉官》的女主人公成了"圣经女人"之后，依然孝敬祖宗，试图用《圣经》和《易经》去驱鬼。这部小说反映了一个长期受到中国儒、道影响的妇人转向信仰基督教后的矛盾心理。

或人的悲哀(存目)

庐　隐

延伸阅读：庐隐与冰心同为五四时期女作家群体的一员。不过，她的取材与冰心略有不同。如果说冰心重在通过两代人的冲突揭示个性解放思潮对青年一代的影响，那么庐隐则具体到女青年在婚姻问题上的挣扎和痛苦。作者敏感而倔强的性格气质，经常被转移到她笔下的人物的身上。

绣枕(存目)

凌叔华

延伸阅读：与前期女作家敏感、自伤的艺术气质相比，凌叔华小说的敦厚、中庸和沉潜的风格显得格外醒目。如果说前期女作家描写的更多是叛逆的青年的形象，那么凌叔华则对传统家庭中知识分子女性在爱情婚姻上微妙而复杂的心理，做了相当深入和充分的挖掘。也因为如此，夏志清以欣赏的口气评价这篇小说道，它"充满着一个那时期作品中所仅见的丰富意象"。参见夏志清：《中国现代小说史》，第58页，上海，复旦大学出版社，2005年。

山雨(存目)

王统照

延伸阅读：据刘增人考证，《山雨》的创作与叶圣陶的鼓励有关："1931年5月，王统照结束了东北之行，回到他的'根据地'青岛，稍事休整，便去杭州、上海旅行访问。8月，在上海江湾晤见了老友叶圣陶。王统照与叶圣陶，同为文学研究会的发起人之一。""他最优秀的长篇《山雨》是在叶圣陶亲切的鼓励与支持下孕育、创作而成的。"参见刘增人：《王统照传》，第212页，北京，十月文艺出版社，1999年。

潘先生在难中(存目)

叶圣陶

延伸阅读：对这篇小说较早也具有权威性的评价，应该出自茅盾的《中国新文学大系·小说一集·导言》。茅盾指出："他的'人物'写得最好的，是小镇里的醉生梦死的灰色人"，"如《潘先生在难中》的潘先生以及他的同事，他们在虚惊来了时最先张皇失措，而在略感到安全的时候他们又是最先哈哈地笑的；是一些没有勇气和环境抗争，揉揉肚子就把他的'理想'折扣成为零的妥协者"。

拜堂(存目)

台静农

延伸阅读：杨义评价道："师承鲁迅的现实主义传统，以满腔悲愤和同情，写出了宗法制乡村的血与肉，生与死，是台静农的重要成功之处。他笔下的人间，闭塞、灰冷、残酷有若传说中的阴曹，到处是邪气朴朴，鬼影幢幢。"此论对《拜堂》的阅读，同样具有启示意义。参见杨义：《中国现代小说史》第一卷，第 495 页，北京，人民文学出版社，1986 年。

桥

废 名

序

  我开始写这部小说是在十四年十一月,至去年三月本卷最后一章脱稿,这其间虽然还作了一些别的文章,而大部分的时光是写我的这个《桥》。上下两篇共四十三章刊成此卷,大概占全部的一半,屡次三番自己策励自己两卷一气写完,终于还是有待来日。本卷上篇在原来的计划还有三分之一没有写,因为我写到《碑》就跳过去写下篇了,以为留下那一部分将来再补写,现在则似乎就补不成。以前我还常常不免有点性急,我的陈年的账总不能了结,我总是给我昨日的功课系住了,有一天我却一旦忽然贯通之,我感谢我的光阴是这样的过去了,从此我仿佛认识一个"创造"。真的,我的《桥》牠教了我学会作文,懂得道理。

  这一卷里面有一章题作"塔",当初也想就以塔做全书的名字,后来听说别人有书曰"塔",于是乃定名曰桥,我也喜欢塔这个名字,不只一回,我总想把我的桥岸立一座塔,自己好好的在上面刻几个字,到了今日仿佛老眼有点昏花似的,那些字迹已经模糊,也一点没有意思去追认牠了。至于桥的下半,兴趣还是始终未减,几时再来动笔写下去。

二十年四月二十日,废名。

上 篇

第一回

  我在展开我的故事之前,总很喜欢的想起了别的一个小故事。这故事,出自远方的一个海国。一个乡村,深夜失火,一个十二岁的小孩,睡梦中被他的母亲喊醒,叫他跟着使女一路到他叔父家躲避去,并且叮咛使女立刻又要让他好好的睡,否则明天他会不舒服的。使女牵着孩子走,小孩的母亲又从后面追来了,另外一个小姑娘也要跟他们去。

  这个小姑娘,她的父亲只有她这一个孩子,他正在奔忙救火,要从窗户当中搬出他的家俱。

  于是他们三人走,到了要到的所在。这个地方正好望得见火,他们就靠近窗户往那里望,这真是他们永远忘记不了的一个景致,远远的海同山都映照出来了,要不是天上的星简直天已经亮了哩。

这个男孩子,与其说他不安,倒不如说他乐得有这一遭,简直喜欢得出奇。但是,那个小姑娘,她的心痛楚了,她有一个 doll,她不知道她把她放在那一个角落里,倘若火烧进了她的家,她的 doll 将怎么样呢?有谁救她没有呢?

小姑娘开始哭了,孩子他也不能再睡了,她的哭使得他不安。

大家都去睡了。孩子他爬起来,对他的小邻家说道:

"我去拿你的 doll。"

他轻轻的走,这时火已经快要灭了,一会儿他走到小姑娘的门口,伸手向小姑娘的爸爸道:

"亚斯巴斯的 doll!"

亚斯巴斯的父亲正在那里搬东西,吃惊不小,荷包里掏出亚斯巴斯的 doll 给了他,而且叫他赶快的走了。

这个故事算是完了。那位著者,最后这么的赞叹一句:这两个孩子,现在在这个村里是一对佳耦了。我的故事,有趣得很,与这有差不多的地方,开始的招花。

金银花

小林放午学回来,见了饭还没有熟,跑到"城外"去玩。这是东城外,离家只拐一两个湾就到了,小林的口里叫城外。他平常不在家,在"祠堂",他们的学馆,不在祠堂那多半是在城外了。

初夏天气,日光之下现得额上一颗颗的汗珠,这招引一般洗衣的妇人,就算不认识他也要眼巴巴的望着他笑。

这时洗衣的渐渐都回去了。小林在那河边站了一会,忽然他在桥上了,一两声捣衣的声响轻轻的送他到对岸坝上树林里去了。

坝上也很少行人,吱唔吱唔的蝉的声音,正同树叶子一样,那么密,把这小小一个人儿藏起来了。他一步一探的走,仿佛倾听什么,不,没有听,是往树上看。

这样他也不知道他走了多远。

前面一匹黑狗,——小林止步了。他那里会怕狗?然而实在有点怕,回了一回头,——你看,俨然是走进了一条深巷子!他一个人!

其实他已经快要穿过了这树林,他的心立刻随着眼睛放开去了——

一边也是河,河却不紧挨着坝,中间隔了一片草地,一边是满坂的庄稼。

草地上有一位"奶奶"带着一个小姑娘坐在那里放牛。

她们望着小林哩,还低声的讲些什么。小林看牛,好一匹黄牛,牠的背上集着一只八哥儿。翻着翅膀跳。但他不敢下去,截然的一转身,"回去。"回头走不过十步——

"呀!"

抬起头来稀罕一声了。

一棵树,不同那密林相连,独立,就在道旁,满树缠的是金银花。他真不知怎样的高兴,他最喜欢金银花。

树是高高的,但好像一个拐棍,近地的部分盘错着,他爬得上去。他爬,一直到伸手恰够那花藤,而藤子,只要捉住了,牵拢来一大串。一面牵藤子,一面又抹汗。

树上的花不形得少了,依然黄的,白的,绿叶之中,古干之周,小林的手上却多得不可奈何,沿着颈圈儿挂。忽然他动也不动的坐住——

树脚下是那放牛的小姑娘。

暂时间两只黑眼睛猫一般的相对。

下得树来,理出一串花,伸到小姑娘面前——

"给你。"

"琴儿,谢谢。"

那位奶奶也走上坝来了。

"哥儿,——你姓程是不是? 今年——十二岁了罢? 吃过饭没有呢?"

"我还没有吃饭,放学回来我出来玩。"

"那么到我们家里去吃饭好不好呢?"

"你家在那里呢?"

"那坂里就是,——哈哈。"

小林的手已经给这位奶奶握住了。他本是那样大方,无论什么生人马上可以成为熟友。金银花绕得他很好看,他简直忘记了。

琴儿一手也牵祖母,那手是小林给她的花,两人惊讶而偷偷的相觑。奶奶俯视着笑,朦胧的眼里似乎又有泪……

这是两个孤儿,而琴儿,母亲也没有了。

"同你的父亲一般模样,你那父亲,当年总是……"

听得见的却是:

"哥儿,你叫什么呢?"

"我叫程小林。"

"那么,琴儿,叫小林哥哥,小林哥哥比你大两岁。小林哥哥,你叫琴子妹妹罢。"

"琴子妹妹。"

小林就这么叫。立刻他又回转头去把草地上的牛望一下——

"你的牛没有人看哩。"

"不要紧的。"

琴子妹妹说。

这样他们下坂走进那绿油油的一片稻田上一簇瓦屋。

史家庄

小林每逢到一个生地方,他的精神,同他的眼睛一样,新鲜得现射一种光芒。无论这是一间茅棚,好比下乡"做清明",走进茶铺休歇,他也不住的搜寻,一条板凳,一根烟管,甚至矢黏搭的土墙,都给他神秘的欢喜。现在这一座村庄,几十步之外,望见白垛青墙,三面是大树包围,树叶子那么一层一层的绿,疑心有无限的故事藏在里面,露出来的高枝,更如对了鹞鹰的脚爪,阴森得攫人。瓦,墨一般的黑,仰对碧蓝深空。

没有提防,稻田下去是一片芋田! 好白的水光。团团的小叶也真有趣。芋头,小林吃过,芋头的叶子长大了他也看见过,而这,好像许许多多的孩子赤脚站在水里。

迎面来了一个黑皮汉子,跟着的正是坝上遇见的那匹黑狗。汉子笑闭了眼睛,嘴巴却张得那么大。先开言的是牵他的奶奶:

"三哑叔,我们家来了新客。"

"哈哈哈,新客,这么一个好新客。"

"街上的小林哥儿。"

"小林哥儿?——金银花,跑到我们坝上来掐花?"

"我自己上树掐的。"

"琴儿也是哥儿给的。"

"哈哈哈。"

那狗也表示牠的欢迎,尾巴只管摇。小林指着芋田问:

"这是吃的芋头吗?"

"是的,吃的芋头,都是我栽的,——认得我三哑叔吗?"

三哑叔蹲下去对了他的眼睛看,又站起来,嘴巴还是张得那么大,奶奶嘱耳他几句话,他走了。走了他回头望,忽然一声喊,比一个手势——

"奶奶,我在河里摸了这么长一条鲫鱼哩。"

"那好极了,款待哥儿。"

这时小林站住,呆呆的望着这位奶奶。

奶奶也立刻站住,但她不能知道小林心上这陡起的念头——

"奶奶,我的妈妈要寻我吃饭。"

到了小林说出口,奶奶笑哈哈的解释他听了,刚才三哑是去牵牛,已经嘱咐了他,叫他先进城去,到东门火神庙那块打听姓程的,见了那家主母,说小林哥儿被史家庄的奶奶留住,晚上就打发人送回的。这原不是唐突的事,素来是相识,妇人家没有来往罢了。

奶奶的笑里又有泪哩,又牵着两个孩子走。

绕一道石铺的路,跨上台阶,便是史家奶奶的大门。

井

小林家所在的地方叫做"后街"。后街者,以别于市肆,在这里都是"住家人",其不同乎乡村,只不过没有种田。有种园的。

从他家出来,绕一两户人家,是一块坦。就在这坦的一隅,一口井。小林放学回来,他的姐姐正往井沿洗菜,他连忙跑近去,取水在他是怎样欢喜的事!替姐姐拉绳子。深深的,圆圆的水面,映出姊弟两个,连姐姐的头发也看得清楚。姐姐暂时真在看,而他把吊桶使劲一撞——影子随着水摇个不住了。

姐姐提了水蹲在一旁洗菜,小林又抱着井石朝井底尽尽的望,一面还故意讲话,逗引回声。姐姐道:

"小林,我说问你——"

"问我什么?"

他掉转头了。

"你把我的扇子画得像什么样子!我又没有叫你画。"

"画得不像吗?"

"像——像一堆石头!"

"我是画石头哩。真的,我是画石头。"

说着窘。姐姐笑了。

"人家都说我的父亲会画画,我看父亲画的都是石头,我也画石头。"

"你的石头是这地下的石头,不是画上的石头。"

"那么——牠会把你的扇子压破！"

笑着跑了。姐姐菜已经洗完了，他提了菜篮。

母亲忖着他快要回来，在院子里候他，见了他，却道：

"怎么今天放学放得早？"

"我怕是饭没有熟罢——放得早！"

姐姐也已经进来了。

"拿来妈妈看，姐姐说我的石头是地下的石头！——石头不是地下的那还有天上的？"

"什么石头，这么争？"

"就是那扇子，他说他是学父亲画石头。"

"画石头？这些画我都藏起来了，你怎么也翻见了？——不要学这，画别的好画。"

"先生告诉我，我的父亲为得画石头，跑到山上，跑到水边，有时半夜也出去，看月亮底下的石头。"

"是的，先生是告诉你要那么用功读书。"

母亲说着给钱他叫他去买馒头吃。他一口气跑到城外去了。

一个庄家汉进门，自称史家庄的长工，不消说，是意外的事。

史家庄离城有三里之远。

"淘气东西，跑那么远，那是你父亲——"

正在吃饭，姐姐不觉停了筷子，端首对母亲——母亲知道的多了。

"你父亲的一个朋友，也多年亡故了，家里一位奶奶还在。"

落　日

太阳快要落山，小林动身回家。

说声走，三哑拿进了小小的一根竹子，绿枝上插了许多红花。

"哥儿，你说奇不奇，竹子开花。"

"不是开的，我知道，是把野花插上去的。"

但他已经从三哑的手上接去了。

"是我们庄上一个泼皮做的，我要他送哥儿。"

"替我谢谢。"

笑着对三哑鞠了一个躬。

至于他自己掐的金银花，放在一个盘子里养着，大家似乎都忘记了。

"三哑叔，你送哥儿过桥才好哩。"史家奶奶说。

"那个自然，奶奶。"

大家一齐送出门，好些个孩子跑拢来看，从坂里朝门口走是一个放牛的，骑在牛上。骑牛在他又是怎样好玩的事，望着三哑叔他也要骑牛了。

"我把你的牛骑了走好吗？"

"那好极了，有我不怕的。"

牛就在那阶下稻草堆旁，三哑牵来，他就骑。

孩子们喝采，三哑牵牛绳，牛一脚一脚的踏，空中摇曳着竹枝花。

渐渐的走进了稻田，门口望得见的，三哑的蓬发，牛尾巴不时扫过禾，小林则蚕子一般高出一切。

他们两人是在讲话。

"哥儿,我还没有听见你叫我哩,我自己叫自己,'三哑叔'!"

"三哑叔。"

"哈哈哈。王家湾,老儿铺,前后左右都晓得我三哑叔,三哑叔就是史家庄,史家庄就是三哑叔,——三哑叔也有他的老家哩,三哑叔!"

三哑叔忽然对谁发气似的。

"你不是奶奶自家屋的人吗?"

"不是,不是,我也不叫三哑,我是叫老三。"

"是的,这个名字不好,三哑叔——"

"哈哈哈,叫罢,就是三哑叔。三哑叔是个讨米的哩,哥儿,正是哥儿这么大,讨米讨到奶奶门口,讨米的有什么话讲?看见我只晓得吃饭,不说话,就说我是哑吧!"

小林竖着耳朵听,三哑叔这样的好人也讨饭!立刻记起了他家隔壁"村庙"里也有一个叫化子,回去要同姐姐商量瞒着母亲偷饭那叫化子吃。

他家隔壁确乎是一个村庙,这是可以做这个故事的考证材料的。

"哥儿——你看你这眼睛是多么玲珑!你怕我吗?哈哈哈,不要怕,三哑叔现在不是讨米的,是一个忠心的长工,除非我家奶奶百岁升天,三哑叔是不离开史家庄的。"

小林又有点奇怪,讨米的怎么又变到长工,他急于想问一问底细,舌头在那里动,觉得这是不好开口的。总之三哑叔是再好没有的一个人。

"三哑叔,今天你就在我家过夜好不好呢?我上街买好东西你吃。你喝酒不呢?"

"哈哈哈,我的哥儿,不,不,我送你过桥我就回来。"

一大会儿没有言语,牛蹄子一下一下的踏得响。

要上坝了,三哑叫他下来,上坝不好骑。

下得牛来,他一跑跑到坝上去了,平素习见得几乎没有看见的城圈儿,展在眼前异样的新鲜。树林满被金光,不比来时像是垂着耳朵打瞌睡,蝉也更叫得热闹,疑心那叫的就是树叶子。一轮落日,挂在城头,祠堂,庙,南门,北门,最高的典当铺的凉亭,一一看得清楚。

"这牲口,我一吼牠就不走了,我把牠拴在树上。哥儿,牠跟我有十几年哩,奶奶留我放牛,二十五年共是三条。"

小林望着三哑。

"你先前到我家你怎么会找得到呢?那有绿鼎的是火神庙,庙后边那房子就是的,——三哑叔,我说你还是一路到我家去。"

三哑笑着摆头。

"你不去你就牵牛回去,我会过桥的,我总是一个人过桥玩。"

"那么你走,我看你过去就是了。"

小林一手捏竹枝,石桥上慢慢的过去,过去了,回身,三哑还站在这头望他,笑闭了眼睛,小林只听得见声音——

"走,哥儿。"

洲

小林并没有一直进城。

这里,我已经说过,小林的口里叫"城外",其实远如西城的人也每每是这么称呼,提起来真是一个最亲昵的所在。这原故,便因为一条河,差不多全城的妇女都来洗衣,桥北城墙根的洲上。这洲一直接到北门,青青草地横着两三条小道,不知从什么时候起,但开辟出来的,除了女人只有孩子,孩子跟着母亲或姐姐。生长在城里而又嫁在城里者,有她孩子的足迹,也就有她做母亲的足迹。河本来好,洲岸不高,春夏水涨,不另外更退出了沙滩,搓衣的石头摧着岸放,恰好一半在水。

关于这河有一首小诗,一位青年人做的,给与我看:

小河的水,
昨夜我梦见我的爱人,
她叫我尽尽的走,
一直追到那一角清流,
我的爱人照过她的黑发,
濯过她的素手。

小林现在上学,母亲不准他闲耍,前四五年,当着这样天气,这样时分,母亲洗衣,他就坐在草地玩。草是那么青,头上碧蓝一片天,有的姑娘们轻轻的躲在他的背后,双手去蒙住他的眼睛——

"你猜,猜不着我不放。"

这一说话,是叫他猜着了。

然而他最欢喜的是望那塔。

塔立在北ною那边,北城墙高得多多,相传是当年大水,城里的人统统淹死了,大慈大悲的观世音用乱石堆成,(错乱之中却又有一种特别的整齐,此刻同墨一般颜色,长了许多青苔,)站在高头,超度并无罪过的童男女。观世音见了那凄惨的景像,不觉流出一滴眼泪,就在承受这眼泪的石头上,长起一棵树,名叫千年矮,至今居民朝拜。

城墙外一切,涂上了淡淡的暮色,塔的尖端同千年矮独放光霞,终于也渐渐暗了下去,乌鸦一只只的飞来,小林异想天开了,一滴眼泪居然能长一棵树,将来妈妈打他,他跑到这儿来哭,他的树却要万丈高,五湖四海都一眼看得见,到了晚上,一颗颗的星不音一朵朵的花哩。

今天来洗衣的是他的姐姐。

小林走过桥来,自然而然的朝洲上望。姐姐也已经伸起腰来在招手了。她是一面洗衣一面留意她的弟弟的。

小林赶忙跑去,那竹枝摇曳得甚是别致。

"小林,你真淘气,怎么跑那么远呢?"

接着不知道讲什么好了,仿佛是好久好久的一个分别。而在小林的生活上,这一刹那也的确立了一大标杆,因为他心里的话并不直率的讲给姐姐听了,这在以前是没有的,倘若要他讲,那是金银花同"琴子妹妹"了。

"你是怎么认识的呢?怎么无原无故的一个人跑到人家家里去呢?"

"我在坝上玩,遇见的。那位奶奶,她说她明天上我家来玩。"

"哪,——你赶快回去罢。妈妈在家里望你哩。"

这时才轮到他手上的花,好几位姑娘都掉转头来看,

"小林,你这花真好。"

猫

吃过早饭,祖母上街去了,琴子跟着"烧火的"王妈在家。全个村里静悄悄的,村外稻田则点点的是人,响亮的相呼应。

是在客房里,王妈纺线,琴子望着那窗外的枇杷同天竹。祖母平常谈给她听,天井里的花台,树,都是她父亲一手经营的,她因此想,该是怎样一个好父亲,栽这样的好树,一个的叶子那么大,一个那么小,结起果子来一个黄,一个红,团团满树。太阳渐渐升到天顶去了,看得见的是一角青空,大叶小叶交映在粉墙,动也不动一动。这时节最吵人的是那许多雏鸡,也都跑出去了,坝上坝下扒扒松土,只有可爱的花猫伏着由天井进来的门槛,脑壳向里,看她那眼睛,一线光芒,引得琴子去看牠。

"王妈,猫在夜里也会看的,是不是?"

"是的,牠到夜里眼睛格外放得大。"

"几时我不睡,来看牠,——那怕有点吓人,我看得见牠,牠看不见我。"

"说错了,牠看得见你,你看不见牠。"

"不——"

琴子答不过来了,她本不错,她的意思是,我们包在黑夜之中,同没有一样,而猫独有眼睛在那里发亮。

"奶告诉我说她就回来,怎么还不回来?"

"小林哥哥的妈妈是要留奶奶吃中饭的。"

"叫三哑叔去问问。"

"人家笑话你哩,——看小林哥哥,昨天一个人在我们这里玩了一半天。"

琴子是从未离开祖母吃过一餐饭的,今天祖母说是到小林哥哥家去,当时的欢喜都聚在小林哥哥家,仿佛去并不是祖母要离开她。

突然一偏头,喜欢得笑了,"奶回来了,"立刻跑到堂屋里去,堂屋同客房只隔一道壁。

是一个婆婆,却不是她的祖母。

"唱命画的进门,

喜鹊叫得好听。"

"你又来唱命画吗?我奶不在家。"琴子惘然的说。

"奶奶不在家,

姑娘打发糯米粑,

我替姑娘唱一个好命画。"

王妈妈也出来了——

"婆婆,好久没有看见你呀。"

"妈妈,你好呀?这一响跑得远,——姑娘长高了许多哩,可怜伤心,好姑娘,怪不得奶奶那么疼。"

婆婆说着握一握琴子的手。琴子还没有出世,她早已挟着她的画包走进史家庄了。什么地方她都到过,但似乎很少有人知道她的名姓,"唱命画的,"大家就这么称呼着。琴子时常记起她那一包画,一张张打开看才好,然而要你抽了那一张,她才给你看那一张。

"婆婆,你今天来得正好,——姑娘你抽一张罢。"

王妈叫琴子抽一张。琴子捱了近去,她是要抽一张的。

婆婆展开画——

"相公小姐听我讲,

昔日有个赵颜郎——"

"赵颜求寿吗?"王妈不等唱完高声的问。

"是的,那是再好没有的,你看,一个北斗星,一个南斗星,——赵颜后来九十九岁,长寿。"

琴子暗地里喜欢——

"我奶九十九岁。"

原来她是替她的祖母抽一张命画。

婆婆接着唱下去。

不止一次,琴子要祖母抽一张命画,祖母只是摆头罢了,心里引起了伤感,"孩子呵,我还抽什么呢?"现在她是怎样的欢喜,巴不得祖母即刻回来,告诉祖母听。

史家奶奶这回上街,便是替两个孩子做了"月老",我们这个故事也才有得写了。

万寿宫

到今日,我们如果走进那祠堂那一间屋子里,(二十年来这里没有人教书)可以看见那褪色的墙上许多大小不等的歪斜的字迹。这真是一件有意义的发现,字体是那样孩子气,话句也是那样孩子气,叫你又欢喜,又惆怅,一瞬间你要唤起了儿时种种,立刻你又意识出来你是踟蹰于一室之中,捉那不知谁何的小小的灵魂了。也许你在路上天天碰着他,而你无从认识,他也早已连梦也梦不见曾经留下这样的涂抹劳你搜寻了。

请看,这里有名字,"程小林之水壶不要动",这不是我们的主人公吗?

同样的字迹的,"初十散馆","把二个铜子王毛儿","薛仁贵","万寿宫丁丁响",还有的单单写着日月的序数。

是的,王毛儿,我们的街上的确还有一个买油果的王毛儿,大家都叫"王毛毛"了,因此我拜访过他,从他直接间接的得了一些材料,我的故事有一部分应该致谢于他。

"万寿宫丁丁响",这是小林时常谈给他的姐姐听的。万寿宫在祠堂隔壁,是城里有名的古老的建筑,除了麻雀,乌鸦,吃草的鸡羊,只有孩子到。后层正中一座殿,牠的形式,小林比作李铁拐戴的帽子,一角系一个铃,风吹铃响,真叫小林爱。他那样写在墙上,不消说,是先生坐在那里大家动也不敢动,铃远远的响起来了。

冬天,万寿宫连草也没有了,风是特别起的,小林放了学一个人进来看铃。他立在殿前的石台上,用了他那黑黑的眼睛望着牠响。他并没有出声的,但他仿佛是对着全世界讲话,不知道自己是在倾听了。檐前乌鸦忒楞楞的飞,屑的矢滴在地下响,他害怕了,探探的转身,耽心那两旁房屋子里走出狐狸,大家都说这里是出狐狸的。

跨出了大门,望见街上有人走路,他的心稳住了,这时又注意那"天灯"。

凡属僻静的街角都有天灯的,黄昏时分聚着一大堆人谈天,也都是女人同小孩。离小林家的大门不远有一盏,他在四五年前,跟着母亲坐在门槛,小小的脸庞贴住母亲的,眼睛驰到那高高的豆一般的火。他看见的万寿宫门口的天灯,在白天,然而他的时间已经是黄昏了,他所习见的自己门口的灯火,也移在这灯上,头上还有太阳的唯一的证据,是他并不怕,——夜间他一个人敢站在这样的地方吗?灯下坐着那狐狸精,完全如平素所听说的,年青的女子,面孔非常白,低头做鞋,她的鞋要与世上的人同数,天天有人出世,她也做得无穷尽,倘若你走近前去,她就拿出你的鞋来,要你穿着,那么你再也不能离开她了……。

想到这里,小林又怕,眉毛一皱,——灯是没有亮的,街上有人走路。

气喘喘的回去见了姐姐——

"姐姐,打更的他怎么不怕狐狸精呢?夜里我听了更响,总是把头钻到被窝里,替他害怕。"

"你又在万寿宫看铃来吗?"

姐姐很窘的说。母亲是不许他一个人到这样的地方的。

闹　学

连小林一起共是八个学生,有一个比小林大的名叫老四,一切事都以他两人为领袖。小林同老四已经读到《左传》了,三八日还要作文,还要听讲《纲鉴》,其余的或读"国文",或读《四书》,只有王毛儿是读《三字经》。

一天,先生被一个老头子邀出去了,——这个老头子他们真是欢迎,一进门各人都关在心里笑。先生刚刚跨出门槛,他们的面孔不知不觉的碰在一块,然而还不敢笑出声,老四探起头来向窗外一望,等到他戏台上的花脸一般的连跳连嚷,小喽啰才喜得发痒,你搓我,我搓你。读国文的数"菩萨",读《四书》的寻"之"字,罚款则同为打巴掌。小林老四呢,正如先生替戏台上写的对子,"为豪杰英雄吐气"。

小林的英雄是楚霸王。先生正讲到《纲鉴》上楚汉之争。

他非常惋惜而且气愤,所以今天先生的不在家,他并不怎样的感到不同。

"小林,我们一路到万寿宫去捉羊好吗?"老四忽然说。

小林没听见似的,说自己的话:

"学剑不成!"

"总是记得那句话。"

"我说他倘若把剑学好了,天下早归了他。"

老四瞪着眼睛对小林看,他不懂得小林这话是怎么讲,却又不敢开口,因为先生总是夸奖小林做文章会翻案。

"他同汉高祖挑战,射汉高祖没有射死,射到他的脚上,倘若他有小李广花荣那样高的本事,汉高祖不就死了吗?"

老四倒得意起来了,他好容易比小林强这一回——

"学剑?这个剑不是那个箭,这是宝剑,——你不信你问先生。"

小林想,不错的,宝剑,但他的心反而轻松了许多。这时他瞥见王毛儿坐在那里打瞌睡,连忙对老四摇手,叫老四不要作声。

他是去拿笔的,拿了笔,轻轻的走到毛儿面前,朝毛儿的嘴上画胡子。

王毛儿睁开眼睛,许多人围着他笑,他哭了,说他做一个梦。

"做梦吗?做什么梦呢?"

"爸爸打我。"

小林的高兴统统失掉了,毛儿这么可怜的样子!

大家还是笑,小林气愤他们,啐着一个孩子道:

"你这个小虫!回头我告诉先生!"

"是你画他胡子哩!"

另外一个,拉住小林的袖子——

"是的,小林哥,他是不要脸的家伙,输了我五巴掌就跑。"

王毛儿看着他们嚷,不哭了,眼泪吊在胡子旁边,小林又拿手替他抹,抹成了一脸墨,自己的手上更是不用说的。

芭 茅

先生还没有回来,小林提议到"家家坟"摘芭茅做喇叭。

家家坟在南城脚下,由祠堂去,走城上,上东城下南城出去,不过一里。据说是明朝末年,流寇犯城,杀尽了全城的居民,事后聚葬在一块,辨不出谁属谁家,但家家都有,故名曰家家坟。坟头立一大石碑,便题着那三个大字。两旁许许多多的小字,是建坟者留名。

坟地是一个圆形,周围环植芭茅,芭茅与城墙之间,可以通过一乘车子的一条小径,石头铺的,——这一直接到县境内唯一的驿道,我记得我从外方回乡的时候,坐在车上,远远望见城墙,虽然总是日暮,太阳就要落下了,心头的欢喜,什么清早也比不上。等到进了芭茅巷,车轮滚着石地,有如敲鼓,城墙耸立,我举头而看,伸手而摸,芭茅擦着我的衣袖,又好像说我忘记了她,招引我,——是的,我那里会忘记她呢,自从有芭茅以来,远溯上去,凡曾经在这儿做过孩子的,谁不拿她来卷喇叭?

这一群孩子走进芭茅巷,虽然人多,心头倒有点冷然,不过没有说出口,只各人笑闹突然停住了,眼光也彼此一瞥,因为他们的说话,笑,以及跑跳的声音,仿佛有谁替他们限定着,留在巷子里尽有余音,正同头上的一道青天一样,深深的牵引人的心灵,说狭窄吗,可是到今天才觉得天是青的似的。同时芭茅也真绿,城墙上长的苔,丛丛的不知名的紫红化,也都在那里哑着不动,——我写了这么多的字,他们是一瞬间的事,立刻在那石碑底下蹲着找名字了。

他们每逢到了家家坟,首先是找名字。比如小林,找姓程的,不但眼巴巴的记认这名字,这名字俨然就是一个活人,非常亲稔,要说是自己的祖父才好。姓程的碰巧有好几个,所以小林格外得意,——家家坟里他家有好几个了。

他们以为那些名字是代表死人的,埋在家家坟里的死人的。

小喽啰们连字也未见得都认识,甚者还没有人解释他听,"家家坟"是什么一个意义,也同"前街""后街"一样,这惯听了的也就这么说。至于这么蹲在地面前,是见了他们的两位领袖那么蹲,好玩。小林虽然被称为会做翻案文章,会翻案未必会通,何况接着名字的最末一行,某年某月某日敬立,字迹已很是模糊,那年号又不是如铜钱上所习见的,超过他们的智识范围之外。老四也不能,而且也不及订正,他同小林恰得其反,非常的颓唐,——找遍了也找不出与他同姓的!那么家家坟缺少他一家了,比先生夸奖小林还失体面。以前也颓唐过几回,然而说是到家家坟总是欢喜的,也总还是要找。

"啊,看那个的喇叭做得响!"

许许多多的脑壳当中,老四突然抽出他的来,挤得一两个竟跌坐下去了。

大家都在坟坦里,除了王毛儿,——他还跪在碑前,并不是看碑,他起先就没有加到一伙的。

暂时间又好像没有孩子在这里,各人都不言不语的低头卷自己的喇叭了。

小林坐在坟头,——他最喜欢上到坟头,比背着母亲登城还觉得好玩。一面卷,一面用嘴来蘸,不时又偷看眼睛看地下的草,草是那么吞着阳光绿,疑心地在那里慢慢的闪跳,或者数也数不清的唧咕。仔细一看,这地方是多么圆,而且相信牠是深的哩。越看越深,同平素看姐姐眼睛里的瞳人一样,他简直以为这是一口塘了,——草本是那么平平的,密密的,可以做成深渊的水面。两边一转,芭茅森森的立住,好像许多宝剑,青青的天,就在尖头。仰起头来,又有更高的遮不住的城垛——

"小林哥,坟头上坐不得的,我烧我妈妈香,跑到我妈妈坟头上玩,爸爸喝我下来。"

毛儿的话,出乎小林的意外,他是跪在那里望小林,猫一般的缩成了一团,小林望他,他笑,笑得更叫人可怜他,太阳照着墨污了的脸发汗。小林十分抱歉,他把毛儿画得这个样子!

"你妈妈在那里呢?"

"在好远。"

"你记得你妈妈吗?"

毛儿没有答出来,一惊,接着哈哈大笑——

老四的喇叭首先响了。

狮子的影子

他们从家家坟转头,先生还没有回。有几个说回家去吃饭,老四不准,"人家烟囱里不看见出烟哩。"先生临走嘱咐过他,"吃饭的时候,我如果没有回,可以放学。"

大家气喘喘的坐在门槛上乘凉。小林披着短褂,两个膀子露了出来,顺口一句:

"快哉此风,寡人所与庶人共者也。"

老四暗地里又失悔,这一句好文章被小林用了去了,本于《古文观止》上的《黄州快哉亭记》,曾经一路读过的。

"姜太公在那里钓鱼。"

一个是坐在地下,眼望檐前石头雕的菩萨。大家也立刻起来,又蹲下去,一齐望,仿佛真在看钓鱼,一声不响的。

"你猜这边的那个小孩子是什么人?"

小林的话。

好几个争着说:

"国文上也有,也是挟一本书站在他妈妈面前,——孟子,是不是?"

"是的,这典故就叫做孟母断机。"

老四倒不屑于羼在一起了,也掉转眼睛看了一看,终于还是注意姜太公。而王毛儿,跟着小林的"机"字霹雳一声:

"拳头一捋,打死一个鸡!"

这一喊,大家的脑壳统统偏过来,笑得毛儿无所措手足了,幸而没有掉出眼泪。然而他之所以那么一喊,也实在是欢喜,今天早晨他读到"除隋乱,创国基",觉得非常有意思,杂在许多声音当中高声的唱:"拳头一捋,打死一个鸡!"(此地方音,拳头的拳读若除,捊与乱音近。)

这里乘凉,是再好没有的。一个大院子,除了一条宽道,大麻石铺的,从门口起成丁字形伸出去,都是野花绿草,就在石头缝里也还是长了草的。一棵柏树,周围四五抱,在门口不远,树枝子直捱到粉墙,檐前那许多雕刻,有的也在荫下。石地上影子簇簇,便遮着这一群小人物。

毛儿在那里不得开交,小林突然双手朝地上一扑,大家也因之转变了方向了。小林是捉日头,斑斑驳驳的日光,恰好他面前的一小丛草给照住了,疑心有人在什么地方打镜子。他是打镜子的能手,常是把姐姐的镜子拿到太阳地方向姐姐脸上打。抬头,本是想透过树顶望,而两边只管摆,那光又正照住了他的眼睛。摆也摆不脱,大家好笑。等到他再低头,一丛草分成了两半圆,一半是阴的,现得分外绿。

"小林,快!快!那边,蜻蜓!"

老四急促而又吞声的喊他,喊他捕蜻蜓,一个大黄蜻蜓,集在他那边草上,只要他朝前一探手,可以捕得够。

"快!快!"

他循着老四手指的方向看过去,看见了,但他不动手。

"小林哥,快点!要飞了!"

他依然没有动手,看——

"好大的黄眼睛!"

大家急的不得了,他接着且拍手,想试一试那眼睛看的是什么,或者还逗出牠一声叫来哩。

"这样的东西总不叫!"

他很窘的不出声的说。其实他这时是寂寞,不过他不知道这两个字是用在这场合,——不,"寂""寞"他还不能连在一起,他所经验的古人无有用过而留下他的心目。看这类动物,在他不同乎看老鼠或看虎,那时他充分的欢喜,欢喜随着号笑倾倒出来了。而这,总有什么余剩着似的。

老四不耐烦,窜到前面去,蜻蜓却也不让他捉住,大家都怅望着牠的飞程,到了看不见,不期然而然的注意那两个燕子。

院子既大,天又无云,燕子真足以牵引他们,渐渐飞得近,箭一般的几乎是要互相擦过。

"好长的尾巴!"小林说。

"燕,候鸟也。"另外一个说。

"你读得来,讲得来吗?候鸟是怎么讲法呢?"小林问。

"小林,不要想,连忙说出来,燕子同雁那个是秋来春去,春去秋来?"老四说。

小林预备说,嘴一阖,笑起来了,果然一口气说不清。

小喽啰也都笑,看了小林的笑而笑。

"老四,你是喜欢春天还是喜欢秋天?"小林问。

首先答应的却是王毛儿:

"我喜欢冷天,冷天下雪。"

出乎毛儿的意外,大家不再笑他,他立刻热闹了许多。

"我喜欢秋天,'八月初一雁门开',我喜欢看雁。"小林自己说。

"是的,我也喜欢看雁,雁会排字,'或成一字,或成人字。'"另外一个说。

"你看见两个字一齐排吗?我看见的,那时我还没有读书,就认得这两个字。"小林说。

"雁教你认的!"老四嘲笑似的说。

"哈哈哈。"大家笑。

小林认识这两个字,的确可以说是雁教的。六七岁的光景,他跟他的母亲下河洗衣,坐在洲上,见了雁,喊母亲看。一字形,母亲说,"这是一字,"人字形,"这是人字。"母亲还说雁可以带信,他说"何不叫牠多排几个呢?省得写。"后来他同母亲看戏,看到《汾河湾》,那扮薛丁山的同他差不多年纪,他问母亲,"这么一个小孩子,会射什么呢?"母亲的心里已经是一阵阵伤痛,知道丁山将有怎样的运遇,轻轻答道,"射雁。"他顿时拉住母亲的手,仿佛是母亲打发那孩子去的,"雁那么好的鸟,射牠做什么呢?"有一回,母亲衣洗完了,也坐下沙滩,替他系鞋带,远远两排雁飞来,写着很大的"一人"在天上,深秋天气,没有太阳,也没有浓重的云,淡淡的,他两手抚着母亲的发,尽尽的望。

"老四,你喜欢放野火不呢?那也要到下半年。"小林又问。

"野火我放过好几回,我到我外婆家,许多人一路上官山上玩,点起火来满山红。"

"官山上都是坟哩!"

"坟怕什么呢?坟烧得还好玩些,高高低低的。"

"是的,去年,我记得,天已经黑了,我跟我的姐姐在城外玩,望见对面山上有火,我拉姐姐上城去看,那简直比玩龙灯还好玩。"

说到这里,有一个又在那里吹起喇叭来了。只有他的喇叭还装在荷包里,其余的一到门口就扯散,叶子撒得满地。

"这许多芭茅叶,不收起来,先生回来问哩。"老四说。

各人赶忙拾起。

"拿来我!"

小林斩截的一声。芭茅都交给了他。他团成一个球,四面望,——向狮子跑。

那里立着一对石狮子。

他把芭茅球塞在狮子口里。

"哈哈哈"。

大家笑。

他看一看狮子的影子,——躺下去了,狮子的影子大过他的身子。

老四对大家摇手,叫不要笑,——他的意思是,让小林一个人睡着,他们偷偷的回去。

"送牛"

今天小林要接到一匹牛儿,紫绛色的牛儿,头上扎一个彩红球。

照习惯,孩子初次临门,无论是至戚或好友,都要打发一点什么,最讲究的是牛儿,名曰"送牛"。即如我,曾经有过一匹,是我的外婆打发我的,后来就卖给那替我豢养的庄家。小林那回走进史家庄,匆匆又回去了,史家奶奶天天盘计在心,催促三哑看那一个村上有长得苦壮样子好看的牛儿没有。

刚好小林新从病愈,特地趁这日子送去贺喜他。

送牛的自然也是三哑,他打扮得格外不同,一头蓬发,不知在那里找得了一根红线,束将起来。牵牛更担一挑担子,这担子真别致,青篾圆萝盛着二十四个大桃子。然而三哑的主意却还在底下衬托着的稻草,他用了一下午的工夫从稻草堆上理出了这许多嫩黄草来,才想到去买桃子。他这样的心计,史家奶奶是明白的,见他赤着脚兜了桃子回来,说道:

"你也该洗脚了。"

他弯着腰,对奶奶的眼睛看,笑道:

"牛到哥儿家,两天要停留罢,吃什么呢?我办了许多草去。"

"是的。"

"挑草不好看,我挑一担桃子去。"

"是的,谢谢三哑叔。"

牛儿进城,不消说,引起个个观望。还没有走过桥,满河的杵声冷落了下去,只见得循着河岸,妇人家,姑娘们,有的在竹篙子撑着的遮阳之下,都已经抬起身子了。是笑呢,还是对了太阳——总之拿这时的河水来比她们的面容,是很合式的罢。

史家庄的长工,程小林的牛,知道的说,不知道的问。

三哑——他是怎样的欢喜,一面走,一面总是笑,扁担简直是他的翅膀,飞。但他并不回看人,眼睛时而落在萝筐,时而又偏到牛儿那边去。城门两丈高,平素他最是留意,讲给那不惯上街的人听,现在他挤进去了他也不觉得。

走过了火神庙,昂头,正是那白白的门墙——

"三哑叔!"

"哈,哥儿。"

小林跳出来了,立刻放炮,他早已得了信竿子上挂了一吊炮等着。

三哑喝了酒才回去,预备一两日后又来牵牛,牵到王家湾去,因为他买的时候也就代为约定了一个豢养的人家。

小林的院子里有一棵石榴,牛儿就拴在石榴树下。邻近的孩子们三三五五的走进来看,同小林要好的小林引到屋子里去,看桃子,——二十四个大桃母亲用了三个盘子盛着摆在堂屋正中悬挂的寿星面前。

"寿星老头子手上有桃子,还要把我的桃子给他,让我们偷他一个罢。"

小林自己这么说,别个自然没有不乐意。然而他的姐姐躲在背后瞄着他,他刚刚爬到几上,伸手,姐姐一声——

"嚇,捉贼!"

小林回转身来笑了——

"我要偷寿星老头子手上的桃子。"

"那个桃子你偷,你只不要动他的这个。"姐姐笑。

"怎么是他的这个呢?是我的!"

"不管是你的是他的,你且偷那个桃子我看看。"

"画的怎么偷法呢?"

最小的一个孩子说。小林笑得跑来倒在姐姐怀里了。

"我们还是去看牛儿。"孩子们说。

牛儿站在那里,动也不动一动。他们用尽种种法子逗牠。小林拿草伸到牠的口边,牠也不以为这是主人,一样的只看见牠的眼睛在表示,表示的什么可说不清了。

有一个去拉牠的尾巴,他是名叫铁牛的,用了那么大的力,牛突然抱着树碰跳碰跳了,吓得大家退后好几步,石榴的花叶也撒了一阵下来,撒到牛身上,好看极了。

然而大家气愤——

"真是个铁牛!"

铁牛一溜烟跑了。

到了天快黑了,牛儿兀的叫几声,只有小林一个人在院,他也随着叫一声,起初是一惊,立刻喜得什么似的,仿佛这才放心。他午饭没有吃,虽然被母亲迫着在桌上坐了一会,一心守着看牛吃不吃草。

姐姐提了水到院子里来浇花,他说:

"我忘记了!三哑叔告诉我天黑的时候,把点水牛喝哩。"

姐姐笑道:

"你牵到河里去喝。"

"好,我把牠牵到河里去喝。"

说着去解绳子,但母亲也已经走出来了——

"姐姐说得玩,你就当真的了,——舀一钵水来牠喝。"

小林背着牛,就在牛的身旁,站住了。

"这时候城外人多极了,你牵到河里去喝,要是人家问你是那个送你的牛,你怎么答应呢?"

"三哑叔送的。"

他斩截的说。妈妈姐姐都笑。

石榴树做了一个大翅膀,牛儿掩护下去了,花花叶叶终于也隐隐于模糊之中,——一定又都到小林的梦里去出现罢,正如一颗颗的星出现在天上。

"松树脚下"

第二天小林自己牵了牛儿往史家庄去,下得坝来,知道要循那一条路走——"有人喊我哩。"掉头向声音之所自来了。是的,是史家奶奶。

他想不到这样出乎意外的到了,并没有听清史家奶奶的话,远远的只管说——

"我妈妈叫我牵来的,牠一早起来就叫,哞哞哞的,又不吃草,妈妈说,'今天你就自己牵去罢,牵到奶奶家去,交给三哑叔。'"

史家奶奶不消说高兴的了不得,小林来了,何况是病后。而小林,仿佛史家庄他来得太多,当他一面走路的时候一面就想,牵牛,这个理由充不充足?所以他的步子开得很慢,几乎是画之字,时时又盼一盼牛。牛儿大约也懂得这个意思,要下坝,两个平排的,临着绿野,站了一会。

自然,这因为史家庄现在在他的心上是怎样一个地方。

奶奶走到他的面前来了——

"是的,牲口也怕生,来得好,——病都好了吗?我看长得很好。"

牵牛的绳子从小林的手上接过来,又说:

"来,跟我来,松树脚下,琴子妹妹也在那里。"

琴子妹妹——小林望得见了。

"松树脚下",就在那头的坝脚下,这么叫,很明白,因了一棵松树。

我们可以想像这棵松树的古老,史家奶奶今年近七十岁,很年青的时候,便是这样不待思索的听大家说,"松树脚下,"又说给别人听,而且松树同此刻也不见得有怎样的不同,——牠从不能特别的惹起史家奶奶的留意。还有,去看那碑铭,——这里我得声明,松树脚下是史家庄的坟地,有一块碑,叫琴子来称呼要称高祖的,碑铭是死者自撰,已经提到松树,借了李白的两句:

　　蟪蛄啼青松
　　安见此树老

如果从远处望,松树也并不看见,牠曲而不高,同许多树合成一个绿林,于稻田之中很容易识别。我们以下坝进庄的大路为标准,未尽的坝直绕到屋后,在路左,坟地正面是路,走在路上,坟,颇多的,才不为树所遮掩。

不是琴子,小林见了松树要爬上去,——不是小林,琴子也要稀奇牛儿今天又回来了。

总之羞涩——还是欢喜呢？完全占据了这两个小人物。

"琴儿,你看,小林哥哥把牛牵到这里来了。"

"我不晓得那替我豢的人他家在那里。"

"是的,一会儿我叫三哑叔牵去,——坐下歇一歇。"

小林就坐下坟前草地。琴子本来是坐着的。

"琴儿,问小林哥好。"

"小林哥好。"

小林笑着谢了一下。

史家奶奶让牛在一旁,捱近两个孩子坐。

小林终于看松树。

"那是松树吗？松树怎么这么盘了又盘？"

琴子好笑,盘了又盘就不是松树！但她不答。奶奶道:

"你没有见过这么的松树吗？"

"我在找父亲的画帖上见过,我以为那只是画的。"

"画的多是有的。"

奶奶说着不觉心伤了。慢慢又说:

"今天是琴子妈的忌日,才烧了香,林儿,你也上前去作一作揖。"

小林伸起腰来,预备前去,突然眉毛一扬,问:

"那一个坟是呢？"

真的,那一个坟是呢？老年人到底有点模糊。

"这个。"

琴子指点与他。

说声作揖,小林简直喜欢得很,跪下去,一揖,想起了什么似的又一掉头——

"奶奶,是不是五霸者三王之罪人也的那个罪字。"

他的样子实在好笑,琴子忍不住真笑了。奶奶摸不着头脑。

他是问忌日的忌,——"忌日"对于他是一个新名词。

"啊,不是,是百无禁忌的忌。"

小林又想,"忌日,什么叫做忌日？是不是就是生日？"
他却不再问了,连忙爬起来,喝一声牛儿,牛儿踏近一个坟的高头。

习　字

史家奶奶留他多住几天再回去,而且他在这里做起先生来了。
奶奶说：
"你就教琴子读书。"
琴子好久没有读书,庄上的家塾她不喜欢去。小林教她,自然是绰然有余的。
琴子先在客房里,小林走进去——
"奶奶叫我教你读书。"
琴子不理会似的,心里是非常之喜。
小林笑：
"有朋自远方来,不亦乐乎？"
"哈哈哈。"
史家奶奶从外笑。
"你们笑我,我不读！"
这把小林吓了一跳,他此时已经坐下了椅子,面前一个方桌,完全是先生模样。
"不是笑你。"轻轻的望着琴子说。
"我喜欢习字。"
"好,我写一个印本,你照我的写。"
什么"印本"呢？上大人,不稀罕；百家姓,姓赵的偏偏放在第一,他也不高兴。想起了一个好的,连忙对琴子道：
"你磨墨！"
琴子磨了墨,他又道：
"你把眼睛闭住。"
"不——你涂墨我脸上！"
"你真糊涂！涂墨你脸上那怎么好看呢？我替你写一个好印本,要写起了才让你看。"
"我不看,你写。"
小林写的是：
　　一去二三里
　　烟村四五家
　　楼台六七座
　　八九十枝花
琴子看——
"哈,一、二、三、四、五、六、七、八、九、十——都有。"说一个手点一个。
小林又瞥见壁上的一横幅小画,仿照那画的款式在纸的末端添这几个小字：
　　程小林写意
琴子看着道：
"这是做什么呢？"

"我的名字。"

"我的印本怎么写你的名字呢?要写学生史琴子用心端正习字。"

他还要在空缝里写,一个"我"字,指着叫琴子认。

"这个字也不认得?我字。"

"我再写一个。"

说他再写一个,写了一笔却不写了,对了琴子看。连忙又写,写了一个"你"字,写得非常小,像一个小蚂蚁。

"写这么小。"

琴子说他写这么小。

于是又快快的写得一个,一个"爱"字,写起了又一笔涂了,羞得脸都红了。

"你把我的印本涂坏了。"

琴子惘然的说。

这时奶奶走进来了,拿起印本看,忍不住笑——

"这四句改成画,那才真是一个通先生。"

小林也站起来,眼巴巴的望那一朵墨,看那字涂没有涂掉。

"琴子,你在学里读什么书呢?"

"读《大学》。"

"《大学》读到什么地方呢?"

"一本书只剩了几叶,我读到那几个难字就没有读下去。"

"难字——我猜得着,鼋鼍蛟龍是不是?"

"是的。"

"那要说《中庸》,不是《大学》。"奶奶说。

"这几个字真难,我们从前也是一样,——你倘若讲得来,你还怕哩,鼋鼍蛟龍,吓得死人的东西!"

"是的,我见了那字就害怕。"

"可是我有一回做文章,说天地是多么大,多么长久,钞了这里几句,日月星辰,天覆地载,载华岳而不重,振河海而不泄,得了先生许多圈圈。"

琴子莫名其妙,史家奶奶,当小林流水一般的说,望着他——

"孩子呵——"

声音很低,接着又没有别的。慢慢的叫两人出去玩,道:

"今天就这样放学罢,出去凉快。"

花

灯下,自己躺着打滚,别人围着坐,谈故事自然更好,——这大概孩子们都是喜欢的罢。

小林现在便是在这个欢喜之下。

只可惜三哑跑去睡觉去了,史家奶奶又老是坐在椅子上栽瞌睡。还有琴子,但她不说话,靠着灯扎纸船。

小林望天花板,望粉墙,望琴子散了的头发。

"哈哈哈,你看!"

"看什么?"琴子掉过头来问。

小林伸了指头在那里指,琴子的影子。

"呀,我怕。"

"你自己的影子也怕?"

影子比她自己大得多多。

琴子仿佛今天才看见影子似的,看,渐渐觉得好玩,伸手,把船也映出来,比起自己算是一个老鼠。

"你坐在你的船上,你会沉到水里去!"

这时他也映在墙上了,一站站起来了。

"你笑牠也笑。"

琴子看着小林的影子说。

"我哭牠也哭。"

他又装一个哭脸。奶奶突然睁开眼,慌忙着一句——

"唔,哭什么? 好好的玩。"

"哈哈哈,我们是在这里玩哩。"

奶奶又栽了下去。

"你看奶奶的影子,——奶奶的白辫子同你的黑辫子一样是黑的。"

"你真是胡叫,要我的才叫辫子。"

琴子看着奶奶的白发,惘然的说。

"你走开,我替你掉一个,看你认不认得。"

琴子就掉到灯的那边去了,一看墙上没有她,拍手一叫道:

"不见了。"

"你看那边墙上。"

"你真掉了,比先前小得多哩。"

"哈哈哈,——你到这里来,我再替你掉一个。"

他叫琴子到他的面前来,他站在灯面前。琴子道:

"我不玩,我要困,——你当我真不知道,你把灯挡住了,我那里还有影子呢?"

一面说,一面拿手揩眼睛,要困。

"我同你说正经话,昨天夜里我听见鸡叫,今天我不睡,听听那一个鸡先叫。"

"鸡叫,鸡天天夜里叫。"

"我在我家里总没有听见。"

"夜里还有夜火虫,你在你家看见吗? 我们坂里非常之多。"

"夜火虫,我们常常捉夜火虫玩哩。"

"还有一样东西,别个看不见,牠也能够亮,——你猜是什么东西?"

小林使劲的答:

"鬼火!"

琴子又怕了,两手一振。

"不要吓我,——我是说猫,猫的眼睛。"

"我看花也是夜里亮的。"

"你又哄我,花怎么会亮呢?"

"真的,不是哄你,我家的玫瑰花,头一天晚上我看牠,还是一个绿苞苞,第二天清早,牠全红了,不是夜里红的吗?所以我说花也是夜里亮的。不过我们睡觉去了,不知道。"

"我们不睡觉,也看牠不见。"

"牠总红了。"

但无论如何是不能服琴子之心的。

"今天我真不睡,这许多东西都不睡觉。"

"你不睡,你就坐在这里,叫影子陪——"

琴子话没有说完,瓦上猫打架,连小林也怕起来了。

史家奶奶醒了,抬头见了两个小人儿面面相觑。

"送路灯"

小林只不过么说,他不睡觉,然而在睡觉之前,又跑到大门口玩了一趟。邻近村上一个人家送路灯,要经过史家庄坝上,他同琴子拉着奶奶引他们去。

"昨天,前天——今天是最后一个晚上哩,明天没有了。"琴子这么说。

"送路灯"者,比如你家今天死了人,接连三天晚上,所有你的亲戚朋友都提着灯笼来,然后一人裹一白头巾——穿"孝衣"那就现得你更阔绰,点起灯笼排成队伍走,走到你所属的那一"村"的村庙,烧了香,回头喝酒而散。这所谓"村",当然不是村庄之村,而是村庙之简称,沿用了来,即在街上,也是一样叫法。村庙是不是专为这而设,我不得而知,但每数村或数条街公共有一个,那是的确的。

倘若死者是小孩,随时自然可来吊问,却用不着晚上提灯笼来,因为小孩仿佛是飞了去,不"投村"。

那么,送路灯的用意无非是替死者留一道光明,以便投村。

村庙其实就是土地庙。何以要投土地庙?史家奶奶这样解释小林听:土地神等于地保,死者离开这边到那边去,首先要向他登记一下。

"死了还要自己写自己的名字,那是多么可怜的事!"小林说。

但三哑前天也告诉了琴子,同史家奶奶说的又不同。琴子道:

"三哑叔说是,死人,漆黑的,叫他往那里走呢?所以他到村庙里歇一歇,叫土地菩萨引他去。"

"我怕他是舍不得死,到村庙里躲一躲!哈哈。——那土地菩萨,一大堆白胡子,庙又不像别的庙,同你们的牛栏那么大,里面住的有叫化子,我一个人总不敢进去。"

史家奶奶预备喝小林,说他不该么说,而琴子连忙一句:

"你到村庙里去过吗?"

说的时候面孔凑近小林,很奇怪似的。

奶奶的声音很大——

"不要胡说。"

"真的,奶奶,我家隔壁就是一个村庙,我时常邀许多人进去玩,打钟,我喜欢打钟玩。"

琴子更奇怪,街上也有村庙!

"我那个村庙里那个叫化子,住了好几年。"

"他不害怕吗?"

"害怕又有什么办法?自己没有房子住,只好同鬼住!"

说得琴子害怕起来了。

"嗳哟,人死了真可怜,投村!倘若有两个熟人一天死了倒好,一路进去,——两人见面该不哭罢?"

他说着自己问自己。忽然抬头问奶奶——

"奶奶,叫化子死了怎么投村呢?他家里不也有一个村庙吗?他又住在这个庙里。"

这叫史家奶奶不好答覆了。他们已经走出了大门,望见坝上的灯,小林喝采:

"啊呀!"

史家庄出来看的不只他们三人,都在那里说话。在小林,不但说话人的面孔看不见,声音也生疏得很,偏了一偏头,又向坝上望。

这真可以说是隔岸观火,坂里虽然有塘,而同稻田分不出来,共成了一片黑,倘若是一个大湖,也不过如此罢?萤火满坂是,正如水底的天上的星。时而一条条的仿佛是金蛇远远出现,是灯笼的光映在水田。可是没有声响,除了蛙叫。那边大队的人,不是打仗的兵要衔枚,自然也同这边一样免不了说话,但不听见,同在一边的,说几句,在夜里也不能算是什么。

其实是心里知道一人提一灯笼,看得见的,既不是人,也不是灯,是比萤火大的光,沿着一条线动,——说是一条线,不对,点点的光而高下不齐。不消说,提灯者有大人,有小孩,有高的,也有矮的。

这样的送路灯,小林是初见,使得他不则声。他还有点怕,当那灯光走得近,偶然现一现提灯者的脚那里动,同时也看得见白衣的一角。他简直想起了鬼,鬼没有头!他在自己街上看送路灯,是多么热闹的事,大半的人他都认识,提着灯笼望他笑,他呼他们的名字,有他的孩子朋友杂在里面算是一员,跑出队,扬灯笼他看,谈笑一阵再走。然而他此时只是不自觉的心中添了这么一个分别,依然是望着一点点的光慢慢移动,沿一定的方向,——一定,自然不是就他来说,他要灯动到那里,才是走到了那里。

"完了!没有了!"

最后他望着黑暗,怅然的说。

"到树林那边去了。"琴子说。

许许多多的火聚成了一个光,照出了树林,照出了绿坡,坡上小小一个白庙,——不照她,她也在这块,琴子想告诉小林的正是如此。

瞳 人

小林睁开眼睛,窗外射进了红日头,又是一天的清早。昨夜的事,远远的,但他知道是昨夜。

只有琴子还在那一个床上睡着,奶奶早已起来上园摘菜去了。

琴子的辫子蓬得什么似的,一眼就看见。昨天上床的时候,他明明的看了她,那里是这样?除了这一个蓬松的辫子,他还看得见她一双赤脚,一直赤到膝头。

琴子偏向里边睡,那边是墙。

小林坐起来,揩一揩眼矢。倘若在家里,那怕是他的姐姐,他一定翻下床,去抓她的脚板,或者在膝头上画字。现在,他的心是无量的大,既没有一个分明的界,似乎又空空的,——谁能在牠上面画出一点说这是小林此刻意念之所限呢?

　　琴子的辫子是一个秘密之林,牵起他一切,而他又管不住这一切。

　　"琴子你醒来!"他仿佛是这样说。琴子如果立刻醒来了,而且是他叫醒的,恐怕他兀的一声哭罢,因为琴子的一睁眼会在他的心上落定了。

　　什么地方郭公鸟儿叫,"郭公郭公!郭公郭公!"这一叫倒叫醒了他,不,简直救了他,使得他说,"让你一个人睡,我到河里去看郭公。"他刚刚翻到床下,记起昨夜里他还做了一个梦,自言自语道:"我还做了一个梦!"这时琴子一掉掉过身来了,眼睛是半睁开的。

　　"起来,我告诉你听,昨夜我做了一个梦。"

　　琴子慢慢一句:

　　"清早起来就说梦,吃饭我砸了碗,怪你!"

　　"我不信那些话,我在我家里,一做了梦,起来就告诉我的姐姐,总没有见她砸过碗。"

　　小林是梦见"活无常"。活无常,虽是他同他的同学们谈话的好材料,而昨夜的梦见当是因了瞥见送路灯的白衣。活无常是穿白衣的,面孔也涂得粉白,眉毛则较之我们平常人格外黑。映在小林的脑里最深的,还不是城隍庙东岳庙的活无常,那虽然更大,却不白的多,是古旧的,甚且有蜘蛛在他高高的纸帽上做网。七月半"放猖",人扮的活无常,真白,脚登草鞋,所以跟着大家走路他别无声响,——小林因此想到他也不说话。是的,不准他说话。

　　据说真的活无常,倘若在夜里碰见了,可以抱他。他貌异而心则善,因为他前世是一个孝子,抱他要他把路上的石子称作金子。不知怎的,小林时常觉得他要碰见活无常,一动念俨然是已经碰见了,在城外的洲上。何以必在城外的洲上?这可很难说。大概洲上于他最熟,他所住的世界里又是一个最空旷的地方,容易出鬼。至于称石作金,则每每是等到意识出来了,他并没有碰见活无常,才记起。

　　他告诉琴子他梦见活无常,正是洲上碰见活无常的一个梦。

　　分明是梦,说是夜里,活无常却依然那么白,白得他害怕。不见天,不见地,真是夜的模样,而这夜连活无常的眉毛也不能遮住,几乎愈是漆黑,活无常愈是白得近来,眉毛也愈在白脸当中黑。同样,自己在洲上走,仿佛人可以看得见。不过到底是夜里,不看见有人。尤其古怪的,当他钉眼望活无常的眉毛的时候——活无常是想说话罢,也就在这时猛然知道是做了一个梦。

　　小林唧唧咕咕的说,把琴子的眼睛说得那么大。琴子一听到活无常三个字,联想到的是称石作金,小林的梦里没有提到,她也慢慢的随着眼睛的张大而忘却了。

　　"这么一个梦。"

　　她惘然的说。起初说小林不该一早起来说梦,梦说完了又觉得完得太快似的。此时她已经从被褥上头移坐在床沿,双脚吊着。

　　小林站在她面前,眼睛落在她的赤脚,他简直想她去过河玩。她拿手揩眼矢,他抬头道:

　　"哭什么呢?"

琴子知道是说来玩的,笑了。

"你这样看我做什么?"

"我看你的瞳人。"

其实除非更凑近琴子的眼睛跟前,瞳人是看不见的。

碑

太阳远在西方,小林一个人旷野上走。

"这是什么地方呢?"

眼睛在那里转,吐出这几个声音。

他本是记起了琴子昨天晚上的话,偷偷的来找村庙,村庙没有看见,来到这么一个地方。

这虽然平平的,差不多一眼望不见尽头,地位却最高,他是走上了那斜坡才不意的收不住眼睛,而且暂时的立定了,——倘若从那一头来,也是一样,要上一个坡。一条白路长长而直,一个大原分成了两半,小林自然而然的走在中间,草上微风吹。

此刻别无行人,——也许坡下各有人,或者来,或者刚刚去,走的正是这条路,但小林不能看见,以他来分路之左右,是可以的。

那么西方是路左,一层一层的低下去,连太阳也不见得比他高几多。他仿佛是一眼把这一块大天地吞进去了,一点也不留连,——真的,吞进去了,将来多读几句书会在古人口中吐出,这正是一些唐诗的境界,"白水明田外","天边树若荠"。然则留连于路之右吗?是的,看了又看,不掉头,无数的山,山上又有许多的大石头。

其实山何曾是陡然而起?他一路而来,触目皆是。他也不是今天才看见,他知道这都叫做牛背山,平素在城上望见的,正是这个,不但望见牛背山上的野火,清早起来更望见过牛背山的日出。所以他这样看,恐怕还是那边的空旷使得他看罢,空旷上的太阳也在内。石头倒的确是特别的大,而且黑!石头怎么是黑的?又不是画的……这一迟疑,满山的石头都看出来了,都是黑的。树枝子也是黑的。山的绿,树叶子的绿,那自然是不能生问题。山顶的顶上有一个石头,惟牠最高哩,捏了天,——上面什么动?一只鹞鹰!一动,飞在石头之上了,不,飞在天之间,打圈子。青青的天是远在山之上,黑的鹞鹰,黑的石头,都在其间。

一刹间随山为界偌大一片天没有了那黑而高飞的东西了,石头又与天相接。

鹞鹰是飞到山的那边去了,他默默的相信。

"山上也有路!"

是说山之洼处一条小路。可见他没有见过山上的路,而一见知其为路。到底是山上的路,仿佛是动上去,并不是路上有人,路蜿蜒得很,忽而这儿出现,忽而又在那儿,事实上又从山脚出现到山顶。这路要到那里才走?他问。自然只问一问就算了。然而他是何等的想上去走一走!此时倘若有人问他,做什么人最好,他一定毫不踌躇的答应是上这条路的人了。他设想桃花湾正是这山的那边,他有一个远房亲戚住在桃花湾,母亲说是一个山脚下。他可以到桃花湾,他可以走这条路。但他又明白这仅仅是一个设想似的,不怎样用力的想。

他没有想到立刻上去——是何故?我只能推测的说是有这么一个事实暗示着,太阳在那边,是要与夜相近,不等他上到高头,或者正上到高头,昏黑会袭在他的头上。

总之青山之上一条白道,要他仰止了。至于他是走在绿野当中大路上,简直忘却,——也真是被忘却,他的一切相知,无论是大人或小孩,谁能平白的添进此时这样的一个小林呢? 倘若顷刻之间有人一路攀谈,谈话的当儿也许早已离开了这地方罢。

但是,一个人,一掉头,如落深坑,那边的山又使得这边的空旷更加空旷了,山上有路,空旷上有太阳。

依然慢慢的开步子,望前面,路还长得很哩,他几乎要哭了,窘——

"这到底是什么地方呢?"

突然停住了,远远路旁好像一只——不,是立着的什么碑。

多么可喜的发现,他跑。

见了碑很睄不起似的——不是说不好看,一块麻石头,是看了碑上的四个大字:

阿弥陀佛

阿弥陀佛,谁也会念,时常到他家来的一个癞头尼姑见了他的母亲总是念。

他又有一点稀奇——

"就是这么'阿弥陀佛'。"

听惯了而今天才知道是这么写。

石碑在他的心上,正如在这地方一样,总算有了一个东西,两手把着碑头,看不起的字也尽尽的看。到了抬头,想到回去,他可怕了,对面坡上,刚才他望是很远,现在离碑比他所从来的那一方近得多,走来一个和尚。

他顿时想起了昨夜的梦,怪不得做了那么一个梦!

虽然是一天的近晚,究竟是白天,和尚的走来随着和尚的袍子的扩大填实了他,那里还用得着相信真的是一个人来了?

未开言,和尚望他笑,他觉得他喜欢这个和尚。

最有趣的,和尚走近碑,正面而立,念一声阿弥陀佛,合什,深深的鞠一个躬,道袍撒在路上,拖到草边。

"小孩,你在这里做什么?"

"师父,你对这石头作揖做什么呢?"

两人的问差不多是同时。

"这石头——"

和尚不往下说了。这是所以镇压鬼的。相传此地白昼出鬼。

他又问:

"这一齐叫做什么地方呢?"

"这地方吗? ——你是从那里来的?"

"我从史家庄来。"

"那么你怎不知道这地方呢? 这叫做放马场。"

放马场,小林放眼向这放马场问了。一听这三个字,他唤起了一匹一匹的白马。

马到这里来吃草倒实在好,然而很明白,这只是一个地名,马在县里同骆驼一样少,很小很小的时候他在衙门口的马房里见过几匹。

他是怎样的怅惘,真叫他念马。

"小孩,你头上尽是汗。"

和尚拿他的袍袖替他扇。

"从前总一定放过的。"他暗地里说,以为从前这里总一定放过马的了。著者因此也想翻一翻县志,可惜手下无有,不知那里是否有一个说明?

"你回去吗?我们两人一路走。"

"师父往那里去呢?"

"我就在关帝庙,离史家庄不远,——你知道吗?"

"不知道,——我找了一半天村庙没有找到。"

和尚好笑,这个孩子不会说话。

一句一句的谈,和尚知道了底细。村庙就在关帝庙之侧,不错,树林过去,如琴子所说,小林却也恰恰为树林所误了,另外一个树林过去,到放马场。

两个人慢慢与碑相远。

"师父,关公的刀后来又找着了,——我起初读到关公杀了的时候,很著急,他的马也不吃草死了,他的青龙偃月刀落到什么人手上去了呢?"

突然来这么一问,——问出来虽是突然,脑子里却不断的纠缠了一过,我们也很容易找出他的线索,关帝庙,于是而关公,关公的刀,和尚又是关公庙里的和尚。

和尚此刻的心事小林也猜不出呵,和尚曾经是一个戏子,会扮赵匡胤,会扮关云长,最后流落这关帝庙做和尚,在庙里便时常望着关公的通红的脸发笑,至今"靠菩萨吃饭"已经是十几年了。

"你倒把《三国演义》记得熟,——青龙偃月刀曾经落到我手上,你信吗?"和尚笑。

这个反而叫他不肯再说话了。和尚也不说下去。

他走在和尚前,和尚的道袍好比一阵云,遮得放马场一步一步的小,渐渐整个的摆在后面。

一到斜坡,他一口气跑下去。

跑下了而又掉头站住,和尚还正在下坡。

山是看得见的,太阳也依然在那块,比来时自然更要低些。

下　篇

"第一的哭处"

在读者的眼前,这同以前所写的只隔着一叶的空白,这个空白实代表了十年的光阴。

小林——已经不是"程小林之水壶"那个小林了,是走了几千里路又回到这"第一的哭处"。这五个字也是借他自己的,我曾经觅得的他的信札,有一封信,早年他写给他的姐姐,这样称呼生地。人生下地是哭的。

其实他现在的名字也不是小林,好在这没有关系,读者既然与"小林"熟了,依然用牠。

他到了些什么地方,生活怎样,我们也并不是一无所知,但这个故事不必牵扯太多,从应该讲的讲起。我也曾起了一个好奇心,想知道他为什么忽然跑回这乡下来,因为他的学业似乎是中途而废了。这个其说不一。其实都是说话的人自己为主,好比一班赌博朋友,侥倖他是一位"公子王孙",有财喜可寻,说他是丢了书不念,一夜输光了,逃回来。当然不足置信。然而我也折衷不出一个合理的说法,等待将来能够得到可靠的证明。

"且听下回分解"

小林在回家以前两三年,也时常接到琴子的信。摆在面前的是今日之字,所捉得住的则无论如何是昔日之人,一个小姑娘!这其间便增了无限的有趣,设想一旦碰见了……于是乎笑。

然而那一天从外方回来以后第一次从史家庄回来,一路之上,他简直感到一个"晚间的来客"了,觉得世上的事情都"奇"得很!其欢喜,真不是执笔的人所能为力了。我一语道破事实罢——

"我也会见了细竹,她叫我,我简直不认识。"

这就是事实,他一进门告诉他的母亲的话。

细竹——对于读者也唐突!她是什么一个人呢?这是很容易答覆的,有了那一个"她"字已经答覆了一半,在小林的记忆里是熟得忘记了的一个"小东西",而一天之内,她竟在他的瞳孔里长大了,多么好看的一个大姑娘。

这个小东西真是与琴子相依为命,寝食常在一块,不相识的人看来要以为是姊妹,其实不过是同族。她比琴子小两岁,那时小两岁便有那样的差别,就是,同一个男孩子没有差别,以致于小林抹杀了她。

读者将问,"请说小林同琴子的会见罢。"他们俩的会见只费一转眼,而这一转眼俨然是一"点睛",点在各人久已画在心上的一条龙,龙到这时才真活了,再飞了也不要紧。

写到这里我只好套一句老话——

"且听下回分解。"

灯

小林的归来,正当春天。蟪蛄不知春秋,春天对于他们或者没有用处,除此以外谁不说春光好呢?然而要说出小林的史家庄的春天,却实在是一件难事。幸而我还留下了他的一点点故事在前,——跟着时光退得远了罢,草只是绿,花只是香,牠,从何而闻得着见得着呢?不然,天地之间到底曾经有过牠,牠简直不知在那里造化了此刻的史家庄!

何况人物里添了细竹。比如她最爱破口一声笑,笑完了本应该就了事,一个人的声音算得什么?在小林则有弥满于大空之概,远远的池岸一棵柳树都与这一笑有关系。

他能像史家庄的放牛的孩子一样连屋背后的草皮被人挖了一锄也认得出吗?自然是不能,史家庄还有许多好玩的地方他没有到过,就是琴子与细竹两人间有趣的生活,他喝的也不过是东海的一滴。但这无损于他的春天的美满,——反似乎更是美满得古怪!

接着浮上我的心头的,是史家庄的一个晚上。史家奶奶已经睡了,细竹跟着琴子在另一间房里,她突然想到要去看鬼火。看鬼火是三月三的事,今天还是二月二十六,她说,"三月三有鬼火,今天我不信就没有,去!"琴子答应她,她赶忙点灯笼。琴子问:

"你做什么?"

"才答应我去,又问我做什么?"

"我问你这是做什么?"指着灯笼对她笑。

"不要亮怎么行呢?"

"看鬼火要亮?人家当你是一个鬼火哩!"

不要灯笼把奶奶的拐杖挂着走。

并不用走得远,打开后园的门,下坝河岸上就是看鬼火的最好的地方,三月三少不了有许多人来看。河在面前是不成问题的,有牠而不看牠,看也看不见,一直朝极东边望,倘若有鬼火一定在那里,那里尽是野坟。

细竹首先跨出门,首先看见今夜是这么黑,——然而也就这样在看不见之中拉回头了。

最使得她耐不住的,是话要到房里才能破口说。灯光又照见了她们的面孔,同时她也顿足一声:

"琴姐,你说我淘气,你倒真有点淘气!出去了为什么又转来呢?"

"那么漆黑的,你看怎么走得下去!"

鬼火没有看,拐杖倒丢在园里。是琴子拿着,关门的时候随手放下了。

"不要生气,我们再去。"琴子笑。

"去——去屙尿睡觉!"

"真的,奶奶的拐杖我忘了带进来,再一路去拿。"

琴子端了洋灯,走,细竹跟在后面。

出房小小的天井,灯光慢慢移动,细竹不觉很清新,看那洞黑里白白的墙渐渐展出。墙高而促,仰头望——一个壁虎正突见!

"琴姐!"

琴子走到了由天井进到另一间房的门框之下,探转头,——灯掉到那一边去了,壁虎又入于阴黑。

此时纷白的墙算是最白,除外只有她们两人的面孔。细竹的头发更特别现得黑而乱散,琴子拿灯直对她。

"来,站在那里做什么呢?"

她依然面着黑黑的一角不动。

"你来看!"

琴子举灯,依着那方向望,——灯光与眼光一齐落定壁角画的红山茶。

"这是我不如你,你还留心了这一朵花。"琴子顿时也很欢喜,轻轻的说。

"我那里是叫你看这花呢?"

倒是琴子引起她来看这花了。等她再记起壁虎,琴子又转身走进了两步,把她也留在灯光以外。

"我见了一条蛇,你不看!"抢上前去说。

"你又在见鬼。"

"真的,一条蛇匐在墙上,你不信你拿灯去照。"

"我拿灯去照——我要到园里去照花你看。"

"不但是蛇,而且是虎,回头你再看。"

"你不用打谜儿,我猜得着。'阶前虎心善',真是老虎也吓不了我。"

"吓不了你,我写一个虎字就吓得你坏!大胆刚才就不该转来。"

说着进了园,两人一时都不则一声,——面前真是花!

"照花你看",琴子不过是见了壁上的花随便说来添趣,手上有一盏灯那里还格外留心去记住呢?灯——就能见花,一点也不容你停留!白日这些花是看得何等的熟,而且刚才不正擦衣而过吗?及至此刻,则颇用得惊心动魄四个字。

但这到底是平常不过的事,琴子一心又去拿拐杖,举灯照。细竹道:

"桃花真算得树,单有牠高些。"

她虽也朝园门那里走,而偏头看。只有桃花最红,确也最高,还没有几多的叶子,暗空里真是欲燃模样。其余的绿叶当中开花,花不易见。

琴子拿起了拐杖。

"你看,几大的工夫就露湿了。"

"奶奶的拐杖见太阳多,怕只今天才见露水。"

"你这话叫人伤心。"

说的时候两人脑壳凑在一块。花径很窄,琴子递灯细竹,叫她先走。

琴子果然也注意桃花,进屋还得关一个小门,并不砰然一关,沉思的望,不禁忆起儿时听小林说,花在夜里红了,我们不晓得。

日　记

她们两人走进房来,灯放在桌上解衣睡觉。

琴子已经上了床,不过没有躺下去,披衣坐。细竹袜子也脱好了,忽然又拖着鞋窜到桌子面前,把灯扭得一亮。

"你又发什么疯?"

细竹并不答,坐下去,一手弯在怀里抱住衣服,——钮扣都解散了,一手伸到那里动水瓶。

"我来写一个日记,把今夜我们两人的事都写下来,等程小林来叫他看。"

"我不管,受了凉就不要怪我。"琴子说,简直不拿眼睛去理会她。

"你这杨柳倒是替我摘来写字的。"

小小一条柳枝,黄昏时候,两人在河边玩,琴子特地摘回插在瓶里。她并不真是拿杨柳来写字,是用牠蘸水磨墨,一面蘸,一面注视着砚池笑,觉得很好玩。

"你磨墨,我替你做了一句。"琴子转过头来望她一望,见她一言不发,故意打动她。

"真的吗?"

"寒壁画花开。"

"这是庾信的一句诗,那里是你做的?——我正在想那壁上的花,这真算得一句。"

"你只会替人家磨墨。"

琴子这句话是双关,因为她会写字,过年写春联,细竹把庄上许多人家的纸都拿来要她写,自己告奋勇磨墨。

"我也跟你一路胡闹起来了,——你再不睡,我就喊奶奶。"

琴子动手要吹灯,细竹才上床。但两人还是对坐而谈。

"我舍不得那一砚池好墨,——观世音的净水磨的!"

这又是笑琴子。琴子从小在镇上看赛会,有一套故事是观音洒净,就引起了很大的

欢喜。今天摘杨柳回来,还写了这么两行:

一叶杨柳便是天下之春

南无观世音的净瓶

"可惜此刻还没有到放焰口的时候,不然就把南无观世音的净瓶端上台。"细竹又说。

"这有什么可笑呢?那我才真有点喜欢,教孩子们都来兜一兜我的杨柳水,——我可不要你来!"

这是还细竹一礼。七月半庄上放焰口,竖起一座高台,台上放一张桌子,桌子中间有一碗清水,和尚拿杨柳枝子向台前洒,孩子们都兜起衣来,争着沾一滴以为甘露。就在去年,细竹也还是抢上前去兜,惹得大家笑。

"我们真是十八扯,一夜过了春秋!"

琴子又说,伸腰到桌子跟前吹熄了灯。

她们自己是面而不见,史家庄的春之夜却不因此更要黑,当灯光照着她们剌剌〔剌剌〕不住,也不能从那里看出一点亮来。自然,天上的星除外。

棕　榈

"春眠不觉晓,处处闻啼鸟。"

细竹唱。未唱之先,仿佛河洲上的白鹭要飞的时候展一展翅膀,已经高高的伸一伸手告诉她要醒了。这个比方是很对的。不过倘若问细竹自己,她一定不肯承认,因为她时常在河边看见鹭鸶,那是多么宽旷的青天,碧水,白沙之间,他们睡觉的地方只是小小一间房子。她却没有想一想,她的手是那么随兴的朝上一伸,伸的时候何曾留心到她是在家里睡觉?更何曾记得头上有一个屋顶,屋顶之外才是青天?如果同夏天一样,屋子里睡得热又跑到天井外竹榻上去睡,清早醒来睁开眼睛就是青天,那才真觉得天上地下好不局促哩。

坐起来,看见琴子也睁开了眼睛,道:

"我怕你还在睡哩。"

琴子不但听见鸟啼,更听了细竹唱,她醒得很早,只要看一看她的眼睛便知她早已在春朝的颜色与声音之中了。她的眼睛是多么清澈,有如桃花潭的水,声响是没有声响,而桃花不能躲避牠的红。

"那是那一位,这么早就下了河?"细竹听了河边有人在那里捣衣,说。

"你这么时候醒来说这么时候早,——倘若听见的是鸡叫,鸡也叫得太早哩!"

细竹穿了衣走了。不过一会的工夫又走进来。她打开园门到外面望了一望。

"赶快起来梳头,好晴的天!"说着在那里解头发。

"六月天好,起来不用穿得衣服。"琴子穿衣,说。

"穿衣服还在其次,我喜欢大家都到坝上树脚下梳头。"

"你还没有在树脚下梳过头,去年你在城里过一个夏天,前年还是我替你打辫子。"

"我记得,你们坐在那里梳,我就想起了戏台上的鬼,大家都把头发那么披下来。"

"今年我来看你这个鬼!"

"我并不是骂人。现在我倒还有点讨厌我的头发。奈牠不何,小孩子的时候,巴不得辫子一下就长大,跟你们一路做鬼。我记得,我坐着看你们梳,想天上突然起一阵风,把你们的头发吹乱了地,或者下一阵雨也好。"

"下雨倒真下过,大概就是去年,天很热,我起得很早,没有太阳,四房的二嫂子端了一乘竹榻先在那里梳,我也去,头发刚解散,下雨。"

"可惜我不在家,——那你不真要散了头发走回吗?"

"雨不大,树叶子又是那么密,不漏雨。"

"小孩子想的事格外印得深,就是现在我还总仿佛坝上许多树都是为我们梳头栽的,并不想到六月天到那里乘凉,只想要到那里梳头。"

"哈哈。"

琴子突然笑。

"你又想起了什么,这么笑?"

"你一句话提醒我一个好名字,我们平常说话不是叫头发叫头发林吗?——"

"我晓得,我晓得,真好!我们就称那树林曰头发林。"细竹连忙说。

"我说出来了你就'晓得'!"

她们此刻梳头是对着房内那后窗,靠窗放了一张桌子,窗外有一个长方形的小院,两棵棕榈树站在桌上可以探手得到。院墙那边就是河坝,棕榈树一半露在墙外。

小林到现在为止,还没有见过琴子细竹到"头发林"里披发,只见了两次她们披发于棕榈树之前。他曾对细竹说:"你们的窗子内也应该长草,因为你们的头发拖得快要近地。"细竹笑他,说她当不起他这样的崇拜。他更说:"我几时引你们到高山上去挂发,教你们的头发成了人间的瀑布。"凑巧细竹那时同琴子为一件事争了好久,答道:"那我可要怒发冲天!"小林说得这么豪放,或许是高歌以当泣罢。有时他一个人走在坝上,尽尽的望那棕榈树不做声,好像是想:棕榈树的叶子应该这样绿!还有,院墙有一日怕要如山崩地裂!——琴子与细竹的多少言语地不应该进一个总回响吗? 院墙到底是石头,不能因了她们的话而点头。

细竹是先梳,所以也先拿镜子照,两个镜子,一个举在发后,一个,自然在前,又用来照那镜子里的头发。

"你看,这里也是一个头发林。"

琴子知道她是指镜子里面返照出来的棕榈树。

这时坝上走着一个放牛的孩子,孩子骑在牛背。牛踏沙地响,他们两人没有听见,但忽然都抬头,因为棕榈树飒然一响——

那孩子顺手把树摇了一摇。

细竹只略为一惊,琴子的头发则正在扭成一绺,一时又都散了。细竹反而笑,她立刻跑出去,看是谁摇她们的树。

沙　滩

站在史家庄的田坂当中望史家庄,史家庄是一个"青"庄。三面都是坝,坝脚下竹林这里一簇,那里一簇。树则沿坝有,屋背后又格外的可以算得是茂林。草更不用说,除了踏出来的路只见地在那里绿。站在史家庄的坝上,史家庄被水包住了,而这水并不是一样的宽阔,也并不处处是靠着坝流。每家有一个后门上坝,在这里河流最深,河与坝间一带草地,是最好玩的地方,河岸尽是垂杨。迤西,河渐宽,草地连着沙滩,一架木桥,到王家湾,到老儿铺,史家庄的女人洗衣都在此。

天气好极了,吃了早饭,琴子下河洗衣。

琴子真是一个可爱的姑娘,什么人也喜欢她。小林常说她"老者安之,少者怀之",虽是笑话,却是真心的评语。沙滩上有不少的孩子在那里"拣河壳",见了他们的琴姐,围拢来,要替琴姐提衣篮。琴子笑道:

"你们去拣你们的河壳,回头来都数给我,一个河壳一个钱。"

"姐姐替我们扎一个风筝!"

他们望见远远的天上有风筝。

"扎风筝,你们要什么样的风筝呢?"

"扎一个蜈蚣到天上飞。"一个孩子说。

"蜈蚣扎起来太大,你们放不了,——就是你们许多一齐拉着线也拉不住牠。"

琴子说着一眼看尽了他们。

"姐姐说扎什么就是什么。"

"我替你们扎一个蝴蝶。"

"就是蝴蝶!蝴蝶放得高高的,同真蝴蝶一样。"

一个孩子说:

"姐姐,你——你前回替我扎的球,昨天——昨天——昨天天黑的时候,我——我们在稻场上拍,我拍得那么高,拍得天上飞的蝙蝠中间去了!"

"哈哈,一口气说这么长。"

这孩子有点口吃,他以为是了不得的事,一句一句的对琴子说,其余的居然也一时都不作声让他说。

琴子来得比较晚,等她洗完了衣,别的洗衣的都回去了,剩下她一个人坐在沙上。她是脱了鞋坐在沙上晒,——刚才没有留心给水溅湿了,而且坐着望望,觉得也很是新鲜。那头沙上她看见了一个鹭鸶,——并不能说是看见,她知道是一个鹭鸶。沙白得炫目,天与水也无一不是炫目,要她那样心境平和,才辨得出沙上是有东西在那里动。她想,此时此地真是鹭鸶之场,什么人的诗把鹭鸶用"静"字来形容,确也是对,不过似乎还没有说尽她的心意,——这也就是说没有说尽鹭鸶。静物很多,鹳鹰也最静不过,鹭鸶与鹳鹰是怎样的不能说在一起!鹳鹰栖岩石,鹭鸶则踏步于这样的平沙。她听得沙响,有人来,掉头,是紫云阁的老尼姑。她本是双手抱住膝头,连忙穿鞋。老尼姑对她打招呼:

"姑娘,你在这里洗衣呵。"

"是的。师父过河吗?"

"是的,我才在姑娘家来,现在到王家湾去——这是你家奶奶打发我的米。"

尼姑说着把装米的布袋与手拄的棍子放下来,坐下去。

"嗳哟,我也歇一歇。"

"师父该在我家多坐一坐,喝茶,有工夫就吃了午饭再去。"

"是的,我坐了好大一会,奶奶泡了炒米我吃,——此刻就要去。我喜欢同姑娘坐坐谈谈。"

琴子看了老尼的棍子横在沙上,起一种虔敬之感。

"姑娘呵,像我们这样的人是打到了十八层地狱,——比如这个棍子,就好比是一个讨米棍。"

这越发叫琴子有一点肃然。

"师父不要这样说。"

这个尼姑无论见了什么人，尤其是年青的姑娘，总是述说她的一套故事，紫云阁附近的村庄差不多没有人不晓得这套故事，然而她还是说。她请琴子有工夫到她庙里去玩玩，接着道：

"我们修行人当中也有好人——"

一听这句，琴子知道了，但也虔敬的去听——

"从前有两个老人在一个庵里修行。原来只有老道姑一个人，一天一个七十多岁的老汉来进香，进了香，他讨茶喝，他接了茶，坐在菩萨面前喝，坐在拜席上喝，——姑娘，修行人总要热心热肠才好，我们庙里，进香的问我讨茶，没有茶我也要重新去烧一点茶。"

歇了一会，问一问琴子的意见似的。

"是的。"琴子点一点头。

"他坐在拜席上喝。他叹气。好心肠的道姑问他还要不要茶，他不要。他说，'真星不恼白日，真心是松柏长青，世上惟有真字好。'道姑问他，'香客，你心里有什么事呢？我看你的样子心里有什么事。'姑娘，他就告诉好心肠的道姑，说他心里有事，说他走了一百五十里路，走了三天，走到这深山里来，他朝山拜庙，到了许多许多地方。"

说到许多许多四个字，伸手到沙上握住棍子，仿佛这样可以表示许多。倘若是庄上的别一个姑娘，一定一口气替尼姑把下文都说了，琴子还是听——

"他说他年青的时候生得体面，娶一个丑媳妇，他不要他的媳妇，媳妇真心爱他，一日自己逃走了，让丈夫另外娶一个体面的。现在他七十多岁，那里还讲体面二字，他只念他从前的'真心'，他有数不尽的忏悔。"

说到这里也知道加重起语势了，说那老道姑就是那老汉的"真心"，他们两人接着是如何的哭，两个老人从此一处修行。琴子倒忽略了老尼的用力，只不自觉的把那习听了的结果幻成为一幕，有山，有庵堂，庵堂之内老人，老道姑……

尼姑说完也就算了，并没有丝毫意思问这套故事好不好。琴子慢慢的开言：

"师父还是回我家去喝茶，吃了饭再到王家湾去。"

"不，你家奶奶刚才也留了又留，——回头再来。"

但也还不立刻起来，两人暂时的望着河，河水如可喝，琴子一定上前去捧一掌敬奉老尼。

老尼拄着棍，背着袋，一步一探的走过了桥，琴子提衣篮回家。

杨　柳

小林来到史家庄过清明。明天就是清明节。

太阳快要落山，史家庄好多人在河岸"打杨柳"，拿回去明天挂在门口。人渐渐走了，一人至少拿去了一枝，而杨柳还是那样蓬勃。史家庄的杨柳大概都颇有了岁数。牠失掉了什么呢？正同高高的晴空一样，失掉了一阵又一阵欢喜的呼喊，那是越发现得高，这越发现得绿，仿佛用了无数精神尽量绿出来。这时倘若陡然生风，杨柳一齐抖擞，一点也不叫人奇怪，奇怪倒在牠这样哑着绿。小林在树下是作如是想。

但这里的声音是无息或停，——河不在那里流吗？而小林确是追寻声音，追寻史家庄人们的呼喊,向天上,向杨柳。不过这也只在人们刚刚离开了的当儿。草地上还有小人儿,小人儿围着细竹姐姐。

他们偏也能这样默默的立住,把他们的姐姐围在中间坐！其实这不足奇,他们是怎样的巴不得"柳球"立刻捏在手上,说话既然不是拿眼睛来说,当然没有话说。

打杨柳,孩子们于各为着各家要打一个大枝而且要叶子多以外,便是扎柳球。长长的嫩条,剥开一点皮,尽朝那尖头捋,结果一个绿球系在白条之上。不知怎的,柳球总是归做姑娘的扎,不独史家庄为然。

中间隔了几棵杨柳,彼此都是在杨柳荫下。杨柳一丝丝的遮得细竹——这里遮了她,那里更缀满了她一身,小林也看得见。孩子们你一枝我一枝堆在细竹姐姐的怀里,鞋子上有,肩膀上也有！却还没有那样大胆,敢于放到姐姐的发上,放到发上会蒙住了眼睛,细竹姐姐是容易动怒的,动了怒不替他们扎。

"你们索性不要说话呵。"小林一心在那里画画,惟恐有声音不能收入他的画图。他想细竹抬一抬头,她的眼睛他看不见……

"哈哈,这是我的！"

"我的！"

不但是说,而且是叫。然而细竹确也抬了头。

"不要吵！归我给。"细竹拂一拂披上前来的头发,说。

一声命令,果然都不作声,等候第二个。柳球已经捏在手上的,慢慢走过来,尽他的手朝高上举。不消说,举到什么地方,他的眼睛跟到什么地方。就是还在围住细竹的那几个,也一时都不看细竹手上的,逐空中的。

"锵锵锵,锵,锵锵锵！"举球的用他的嘴做锣鼓。

"小林先生,好不好？"又对小林说。

"好得很,——让我捏一捏。"

小林也尽他的两手朝上一伸。

"哈哈,举得好高！"

小林先生没有答话,只是笑。小林先生的眼睛里只有杨柳球,——除了杨柳球眼睛之上虽还有天空,他没有看,也就可以说没有映进来。小林先生的杨柳球浸了露水,但他自己也不觉得,——他也不觉得他笑。小林先生的眼睛如果说话,便是:

"小人儿呵,我是高高的举起你们细竹姐姐的灵魂！"

小林终于是一个空手,而白条绿球舞动了这一个树林,同时声音也布满了。最后扎的是一个大枝,球有好几个,举起来弹动不住。因此又使得先得者失望,大家都丢开自己的不看,单看这一个。草地上又冷静了许多。这一层细竹是不能留心得到,——她还坐在那里坐着没有起身,对小林笑:

"杨柳把我累坏了。"

"最后的一个你不该扎。"小林也笑。

"那个才扎得最好——"

细竹说着见孩子们一齐跑了,捏那大枝的跑在先,其余的跟着跑。

"哈哈,你看！"

细竹指着叫小林看,一个一个的球弹动得很好看。

"就因为一个最好,惹得他们跑,他们都是追那个孩子。"

"是呀,——那个我该自己留着,另外再扎一个他!"

"上帝创造万物,本也就不平均。"小林笑。

"你不要说笑话。他们争着吵起来了,真是我的不是,——我去看一看。"

细竹一跃跑了。

"草色青青送马蹄。"

小林望着她的后影信口一唱。

"你不要骂人!"

细竹又掉转头来,说他骂人。随又笑了,又跑。

小林这时才想一想这一句诗是讲马的,依然望着她的后影答:

"在诗国里那里会有这些分别呢?"

细竹把他一个人留在河上。

寂寞真是上帝加于人的一个最利害的刑罚。然而上帝要赦免你也很容易,有时只须一个脚步。小林望见三哑担了水桶下河来挑水,用了很响亮的声音道:

"三哑叔,刚才这里很好玩。"

"是的,清明时节我史家庄是热闹的,——哥儿街上也打杨柳吗?"

"一样的打,我从小就喜欢打杨柳。"

"哈哈哈。"

三哑笑。小林"从小"这两个字,掘开了三哑无限的宝藏,现在顶天立地的小林哥儿站在他面前,那小小的小林似乎也离开他不远。小林,他自然懂得他的三哑叔之所以欢喜。

"三哑叔,你笑我现在长得这么大了?"

"哈——"

三哑不给一个分明的回答,他觉得那样是唐突。

"明天大家到松树脚下烧香,哥儿也去看一看。"

"那一定是去。"

三哑渐渐走近了河岸。

"哥儿,这两棵杨柳是我栽的。哥儿当初到史家庄来的时候,哥儿怕不记得,地大概不过栽了一两年。"

三哑说,沿树根一直望到树杪,望到树杪担着水桶站住了,尽望,嘴张得那么大,仿佛要数一数到底有几多叶子。

"记得记得。"小林连忙答。

小林突然感到可哀,三哑叔还是三哑叔,同当年并没有什么分别!他记起他第一次看见三哑叔,三哑叔就是张那么大的嘴。在他所最有关系的人当中,他想,——史家奶奶也还是那样!

其实,确切的说,最没有分别的只是春天,春天无今昔。我们不能把这里栽了一棵树那里伐了一棵树归到春天的改变。

那两棵杨柳之间就是取水的地方,河岸在这里有青石砌成的几步阶级。

三哑取水。小林说:

"我住在史家庄要百岁长寿,喝三哑叔这样的好水!"

"哈哈哈。"

"三哑叔栽的杨柳的露水我一定也从河水当中喝了。"

"哈哈哈。"

三哑这一笑,依然是因为小林第一句,第二句他还没有听清白。

黄 昏

三哑挑完了水,小林一个人还在河上。

他真应该感谢他的三哑叔。他此刻沉在深思里,游于这黄昏的美之中,——当细竹去了,三哑未来,他是怎样的无著落呵。但他不知道感谢,只是深思,只是享受。心境之推移,正同时间推移是一样,推移了而并不向你打一个招呼。

头上的杨柳,一丝丝下挂的杨柳——虽然是头上,到底是在树上呵,但黄昏是这么静,静仿佛做了船,乘上这船什么也探手得到,所以小林简直是搴杨柳而喝。

"你无须乎再待明天的朝阳,那样你绿得是一棵树。"

"真的,这样的杨柳不只是一棵树,花和尚的力量也不能从黄昏里单把牠拔得走,除非一只笔一扫,——这是说'夜'。"

"叫牠什么一种颜色?"

他想一口说定这个颜色。可是,立刻为之怅然,要跳出眼睛来问似的。他相信他的眼睛是与杨柳同色,他喝得醉了。

走过树行,上视到天,真是一个极好的天气的黄昏的天。望着天笑起来了,记起今天早晨细竹厉声对琴子说的话:"绿了你的眼睛!"这是一句成语,凡有人不知恶汉的利害,敢于惹他,他便这样说,意思是:"我你也不看清楚?!"细竹当然是张大其词,因琴子无意的打了她一下。小林很以这话为有趣,用了他的解释。

但此刻他的眼睛里不是绿字。

踱来踱去,又踱到树下,又昂了头——

"古人也曾说柳发。"

这样就算是满足了,一眼低下了水。

"呀!"

几条柳垂近了水面,这才看见,——还没有十分揎近,河水那么流,不能叫柳丝动一动。

他转向河的上流望,仿佛这一望河水要长高了这一个方寸,杨柳来击水响。

天上现了几颗星。河却还不是那样的阔,叫此岸已经看见彼岸的夜,河之外——如果真要画牠,沙,树,尚得算作黄昏里的东西。山——对面是有山的,做了这个 horizon 的极限,有意的望这些,说看山……

看不见了。

想到怕看不见才去看,看不见,山倒没有在他的心上失掉。否则举头一见远远的落在天地之间了罢。

"有多少地方,多少人物,与我同存在,而首先消灭于我?不,在我他们根本上就没有存在过。然而,倘若是我的相识,那怕画图上的相识,我的梦灵也会牵进他来组成一个世界。这个世界——梦——可以只是一棵树。"

是的,谁能指出这棵树的分际呢?

"没有梦则是什么一个光景?……"

这个使得他失了言词,我们平常一个简单的酣睡。

"……that vivid dreaming which makes the margin of our deeper rest."

念着英国的一位著作家的话。

"史家庄呵,我是怎样的同你相识!"

奇怪,他的眼睛里突然又是泪,——这个为他遮住了是什么时分哩。

这当然要叫做哭呵。没有细竹,恐怕也就没有这哭,——这是可以说的。为什么呢?……

星光下这等于无有的晶莹的点滴,不可测其深,是汪洋大海。

小林站在这海的当前却不自小,他怀抱着。

"嗳呀!"

这才看见夜。

在他思念之中夜早已袭上了他。

望一望天——觉得太黑了。又笑,记起两位朋友。一年前,正是这么黑洞洞的晚,三人在一个果树园里走路,N说:

"天上有星,地下的一切也还是有着,——试来画这么一幅图画,无边的黑而实是无量的色相。"

T思索得很窘,说:

"那倒是很美的一幅画,苦于不可能。比如就花说,有许多颜色的花我们还没有见过,当你著手的时候,就未免忽略了这些颜色,你的颜色就有了缺欠。"

N笑道:

"我们还不知道此时有多少狗叫。"

因为听见狗叫。

T是一个小说家。

灯　笼

史家奶奶琴子两人坐在灯下谈天,尽是属于传说上的。这回的清明对于史家奶奶大大的不同了,欢欢喜喜的也说过节。原因自然是多了小林这一个客。老人,像史家奶奶这样的老人,狂风怒涛行在大海,恐怕不如我们害怕;同我们一路祭奠死人,站在坟场之中——青草也堆成了波呵,则其眼睛看见的是什么,决不是我们所能够推测。往年,陪了琴子细竹去上坟,回转头来,细竹常是埋怨琴子"不该吊眼泪,惹得奶奶几乎要哭!"她实在的觉得奶奶这么大的年纪不哭才好。然而奶奶有时到底哭了一哭,她也哭而已,算是"大家伤心一场,"哭就同是伤心,吊眼泪就是哭,——本来,泪珠儿落了下来,那里还有白头与少女的标记呢?但这都不是今年的话。今年连琴子也格外的壮观起来了,"清明是人间的事,与大地原无关。"奶奶同她谈,她恰用得着野心二字,——这在以前是决没有的。

这时小林徘徊于河上,细竹也还在大门口没有进来。灯点在屋子里,要照见的倒不如说是四壁以外,因为琴子的眼睛虽是牢牢的对住这一颗光,而她一忽儿站在杨柳树底下,一忽儿又跑到屋对面的麦垅里去了。这一些稔熟的地方,谁也不知谁是最福气偏偏赶得上这一位姑娘的想像!不然就只好在夜色之中。

"清明插杨柳,端午插菖蒲,艾,中秋个个又要到塘里折荷叶,——这都有来历没有?

到处是不是一样?"史家奶奶说。

"不晓得。"

琴子答,眼睛依然没有离开灯火,——忽然她替史家庄唯一的一棵梅花开了一树花!

这是一棵蜡梅,长在"东头"一家的院子里,花开的时候她喜欢去看。

这个新鲜的思想居然自成一幕,刚才一个一个的出现的都不知退避到那一角落里去了。抬头,很兴奋的对奶奶道:

"过年有什么可插呢?要插就只有梅花。但梅花太少。"

史家奶奶的眼睛闭住了,仿佛一时觉得灯光太强,而且同小孩子背书一般随口这样一声:

"岁寒然后知松柏之后凋。"

话出了口,再也不听见别的什么了,眼睛还是闭着。这实在只等于打了一个呵欠,一点意思也没有。而琴子,立时目光炯然,望着老人,那一双眼睛就真是瞎子的眼睛她也要她重明似的,道:

"奶,过年家家贴对子,红纸上写的也就是些春风杨柳之类。"

"哈,我的孩子,——史家庄所有的春联,都是你一人的心裁,亏你记得许多。"

"细竹倒也帮了许多忙。"

琴子笑。连忙又道:

"她跑到那里玩去了?还没有回来。"

"小林也没有回来哩,——他跑到那里去了?外面都是漆黑的。"

没有答话,静得很。

灯光无助于祖母之爱,少女的心又不能自己燃起来——真是"随风潜入夜"。

细竹回来了。步子是快的,慢开口,随便的歌些什么。走进这屋子的门,站住,一眼之间,看了一看琴子,又看史家奶奶,但没有停唱。

"小林哥哥那里去了呢?你看见他吗?"史家奶奶问。

"他还没有回来吗?"

这个声音太响,而且是那样的一个神气,碰出了所经过的一切,史家奶奶同琴子不必再问而当知道!

"一定还在那里,我去看。"

琴子的样子是一个 statue,——当然要如 Hermione 那样的一个 statue 专候细竹说。这个深,却不比小林的深难于推测,——她自己就分明的见到底。此后常有这样的话在她心里讲:"我很觉得我自己的不平常处,我不胆大,但大胆的绝对的反面我又决不是,我的灵魂里根本就无有畏缩的地位。人家笑我慈悲——这两个字倒很像,可惜他们是一般妇人女子的意义。"想了这么些,思想的起原反而忘记了:对了小林她总有点退缩,——此其一。这个实在无道理,太平常。不过世间还没有那大的距离可以供爱去退缩。再者,她的爱里何以时常飞来一个影子,恰如池塘里飞鸟的影子?这简直是一个不祥的东西——爱!这个影,如果刻出来,要她仔细认一认,应该像一个"妒"字,她才怕哩。

听完那句话,又好像好久没有看见她的妹妹似的,而且笑——

"你去看!"

自然没有说出声。

细竹就凑近她道：

"我们两人一路去，他一定一个人还在河上。"

"你们不要去，我打灯笼去。"

史家奶奶说。

黑夜游出了一个光——小林的思想也正在一个黑夜。

"小林儿！"

"奶奶吗？嗳呀，不要下坝，我正预备回来。"

这些地方，史家奶奶就不打灯笼也不会失足。光照一处草绿——史家奶奶的白头发也格外照见。

清 明

松树脚下都是陈死人，最新的也快二十年了，绿草与石碑，宛如出于一个画家的手，彼此是互相生长。怕也要拿一幅古画来相比才合式。这是就看官所得的印像说话，若论实物的浓淡，虽同样不能与时间无关系，一则要经剥蚀，一则过一个春天惟有加一春之色，——沧海桑田权且不管。

清明上坟，照例有这样的秩序：男的，挑了"香担"，尽一日之长，凡属一族的死人所占的一块土都走到；女的就其最亲者，与最近之处。这一天小林起得很早，看天，是一个阴天，但似不至有雨落。吃了早饭，他独自沿史家庄的坝走，已望见东边山上，四方树林，冒烟。一片青山，不大分得出坟，这里那里的人看得见，因了穿的衣服。走到松树脚下，琴子细竹坐在坟前，等候三哑点火。已经烧了好几阵火过去了。他小的时候也跟他的族人一路徧走二十里路的远近，有几位好事者把那奠死人的腌肉，或者鲤鱼，就香火烧吃。他当然要尝一脔。那几位现在都是死人了，有一个，与小林是兄弟辈，流落外方。

阴天，更为松树脚下生色，树深草浅，但是一个绿。绿是一面镜子，不知挂在什么地方，当中两位美人，比肩——小林首先洞见额下的眼睛，额上发……

叫他站住了，仿佛霎时间面对了 Eternity。浅草也格外意深，帮他沉默。

细竹对他点一点头。这个招呼，应该是忙人行的，她不过两手挂了草地闲坐。琴子微露笑貌，但眉毛，不是人生有一个哀字，没有那样的好看。

莫明其所以的境地，逝去的时光又来帮忙——他在这里牵过牛儿！劈口问三哑道：

"三哑叔，我的牛儿还活在世上没有？"

牛儿就在他的记忆里吃草。

三哑正在点炮放。细竹接着响起来了——

"那里还是牛儿呢？耕田耕了几十石！——你不信我就替你们放过牛。"

琴子暗地里笑，又记起《红楼梦》上的一个"你们"。

三哑站起身，拂一拂眼睛，答小林——

"哥儿应该得不少的租钱了。明天有工夫我引你到王家湾去看。前回细竹姑娘看见了，说是一匹好黄牛，牵到坝上吃草。"

站了一会，看他们三个坐地，又道：

"放了炮应该作揖了。"

小林笑：

"我是来玩的。"

细竹也对了三哑笑：

"你作揖,我们就这样算了。"

小林慢慢的看些什么？所见者小。眼睛没有逃出圈子以外,而圈子内就只有那点淡淡的东西,——琴子的眉毛。所以,不著颜料之眉,实是使尽了这一个树林。古今的山色且凑在一起哩！——真的,那一个不相干的黛字。那样的眉毛是否好看,他还不晓得,那些眼睛,因为是诗人写的,却一时都挤进他的眼睛了,就在那里作壁上观,但不敢喝采。

"拿什么画得这样呢？"

这句话就是脱口而出,琴子也决不会猜到自己头上去,——或者猜画松树。

"你们这个地方我很喜欢。"

这是四顾而说。

细竹答道：

"黄梅时节,河里发了山洪,坐在这里,哗喇哗喇的,真是'如听万壑松'。"

"你真是异想天开。"

"什么异想天开？我们实地听过。五年以前我还骑松树马哩,——骑在马上,绿林外是洪水。"

小林笑。又看一看琴子道：

"你怎么一言不……"

树上的黄莺儿叫把他叫住了。望着声音所自来的枝子,是——

"画眉。"

"这那里是画眉呢？ 黄莺儿也不认识！"细竹也抬头望了树枝说。

琴子开口道：

"回去罢。"

此时三哑已经先他们回去了。但琴子依然不像起身的样子,坐得很踏实。

小林又看坟。

"谁能平白的砌出这样的花台呢？'死'是人生最好的装饰。不但此也,地面没有坟,我儿时的生活简直要成了一大块空白,我记得我非常喜欢上到坟头上玩。我没有登过几多的高山,坟对于我确同山一样是大地的景致。"

"你到那边路上去看,那里就有一个景致。"琴子说。

小林凛然了。他刚才经过那一座坟而来,一个中年妇人,当是新孀,蓬头垢面坟前哭,坟是一堆土。

"坟放在路旁,颇有嘲弄的意味。"

"你这又是自相矛盾。"细竹笑他。

琴子道：

"这倒是古已有之：'路边两高坟,伯牙与庄周。'"

"我想年青死了是长春,我们对了青草,永远是一个青年。"

"不要这样乱说。"细竹说。

他们真是见地不同。

"要下雨。"

细竹又望了天说,天上的云渐渐布得厚了。

"这也是从古以来的一个诗材料,清明时节。"小林也望天说。

"下雨我们就在这里看雨境,看雨往麦田上落。"

细竹一眼望到坂当中的麦田。

琴子道:

"那你恐怕首先跑了。"

一面心里喜欢——

"想像的雨不湿人。"

路　上

往花红山的途中,细竹同琴子两个。上花红山去折映山红。花红山脚下就是老儿铺,——"铺"者茶铺,离史家庄四里路。

穿着夹衣,太阳照得脸上发汗。今天的衣服系著色的。遇着一个两个人,对她们看。细竹,人家看她,她也看人家,她的脸上也格外的现着日光强。一路多杨柳,两人没有一个是绿的。杨柳因她们失了颜色,行人不觉得是在树行里,只远远的来了两个女人,——一个像豹皮,一个橘红。渐渐走得近了,——其实你也不知道你在走路,你的耳朵里仿佛有千人之诺诺,但来得近了。这时衣服又失了颜色,两幅汗颜,——连帮你看这个颜面的黑头发你也不见!越来越明白,你又肃静不过,斜着你的身子驶过去了。过去了你掉一掉头。你还要掉一掉头,但是,极目而绿,垂杨夹道!你误了路程一般的快开你的步子了。"说些什么?"你问你自己。你实没有听见。两幅汗颜,还是分明的,——你始终不记得照得这春光明媚的你头上的日头!

这个路上,如果竟不碰着一个人,这个景色殊等于乌有。细竹喜欢做日记,这个,她们自己的事情,却决不会入她们的记录呵。女人爱照镜,这就表示她们何所见?一路之上尚非是一个妆台之前。

"我有点渴。"

"那边荸荠田,去拔荸荠吃。"

"给人家看见了可叫人笑话。"

"谁认得你是细竹?"

琴子说着笑。

"你不要笑,我知道你是要我的。"

"一会儿就到了,到茶铺里去喝茶。"

细竹朝树底下走,让杨柳枝子拂她的脸,摆头——

"你看,戏台上唱戏的正是这样吊许多珠子。"

"我要看花脸,不看你这个旦儿。"

"你才不晓得哩!——'轻红拂花脸',我也就是花脸。"

"呸!不要脸。"

琴子实在觉得好笑。慢慢她另起一题——

"唐人的诗句,说杨柳每每说马,确不错。你看,这个路上骑一匹白马,多好看!"

"有马今天我也不骑,——人家笑我们'走马看花'。"

"这四个字——"

这四个字居然能够引姐姐入胜。

"你这句话格外叫我想骑马。"

这是她个人的意境。立刻之间,跑了一趟马,白马映在人间没有的一个花园,但是人间的花。好像桃花。可惜这一层回去细竹没有替她告诉小林,不然小林会想出这个地方来看,这样一个旁观者,一定比马上人更心醉。

"姑娘大概走得累了,马敝她没有,我跑去替你牵一匹驴子来骑。"

"驴子是老年人骑的东西。"

说着两人都笑。前面到了青石桥。

两边草岸,一湾溪流,石桥仅仅为细竹做了一个过渡,一跃就站在那边岸上花树下,——桃李一样的一棵,连枝而开花,桃树尚小。双手攀了李花的一枝,呼吸得很迫,样子正如摆在秋千架上,——这个枝子,她信手攀去,尽她的手伸直,比她要低一点。这样,休息起来了,不但话不出口,而且闭了眼睛,摇一摇发。发还是往眼上遮。离唇不到两寸,是满花的桃枝,唇不分上下,枝相平。琴子过桥,看水,浅水澄沙可以放到几上似的,因为她想起家里的一盘水仙花。这里,宜远望,望下去,芳草绵绵,野花缀岸,其中,则要心里知道,水流而不见。琴子却深视,水清无鱼,只见沙了。与水并是流——桥上她的笑貌。

"瞎子过桥没有你过得慢!"

毕竟还是细竹卤莽的叫。

小桥慢慢儿过,真不过她一眨眼的工夫。

睡了一觉,虎视眈眈,看她的琴姐专门会出神。琴子才满眼花笑,她喜于白花红不多的绿叶。

两双眼睛,是白看的,彼此不相看。

琴子桥头立住,——这时她的天地很广,来路也望了一望。无鱼有养鱼的草,对岸涧边阴处。要走了,看细竹而笑——

"'红争暖树归。'"

"掉书袋,讨厌。"

这个声音说出她无力了。但她不记得她的衣服是红的。琴子是笑她这个。

"走罢。"

"你走,我乘一乘阴。"

琴子又无言而笑。这回是佩服她,花下乘阴,有趣。人都是见树荫想纳凉。

细竹信口开河罢了。

"你不是惜阴罢?"

但细竹轻轻的放了手,花不曾为之摇落一瓣。

不是困了,她的动作不是这样懒。

琴子眼未离花,她倒有点惜光阴的意思。

往前走都是平草地。太阳躲入了白云。

"那里多么绿。"

细竹远远的指着阳光未失的一片地方说,眼睛指。

"这里多么绿。"

琴子指眼前。

"那个孩子在那里干什么?"

前面一个孩子,离开了路,低身窜到草。

琴子已经看见了——

"蛇。"

蛇出乎草——孩子捏了蛇尾巴。

小小的长条异色的东西,两位姑娘的草意微惊。

太阳又从她们的背后一齐照上了。

孩子不抬头,看手上的蛇。抬头,看一看这两位姑娘——他将蛇横在路上。蛇就在路上不动。

细竹动雷霆——

"你这是做什么?!"

孩子看蛇,笑而不答。

"我们走路,你为什么拦住我们呢?!"

"不让你走。"

"你是什么人,不让我们走路?!"

"你走。"

"你把蛇拿开!"

她一看,琴子站在蛇的那边了,——她不循路而走草。

孩子仰天一声笑,跑了。

"我偏要路上走!"

她还是眼对蛇,——或者是看蛇动罢,但未杀其怒容。

琴子笑道:

"蛇请姑娘走。"

蛇行入草。

茶　铺

一见山——满天红。

"夥!"

喝这一声采,真真要了她的樱桃口,——平常人家都这样叫,究竟不十分像。细竹的。

但山还不是一脚就到哩。没有风,花似动,——花山是火山!白日青天增了火之焰。

两人是上到了一个绿坡。方寸之间变颜色:眼睛刚刚平过坡,花红山出其不意。坡上站住,——干脆跑下去好了,这样绿冷落得难堪!红只在姑娘眼睛里红,固然红得好看,而叫姑娘站在坡上好看的是一坡绿呵,与花红山——姑娘的眼色,何相干?请问坡下坐着的那一位卖鸡蛋的癞痢婆子,她歇了她的篮子坐在那里眼巴巴的望,——她望那个穿红袍的。

穿红袍的双手指天画地!

是呵,细竹姑娘,"as free as mountain winds",扬起她的袖子。

莫多嘴,下去了,——下去就下去!

怪哉,这时一对燕子飞过坡来,做了草的声音,要姑娘回首一回首。

这个鸟儿真是飞来说绿的,坡上的天斜到地上的麦,垅麦青青,两双眼睛管住牠的剪子笔迳斜。

癞痢婆子还是穿红袍的。

细竹偏了眼,——看癞痢婆子看她。

"卖鸡蛋的。"两人都不言而会。

卖鸡蛋的禁不住姑娘这一认识似的,低头抓头。她的心里实在是乐,抱头然而说话,当然不是说与谁听——

"我的头发林里是那有这么痒!"

乐得两位旁听人相向而笑了。实在是一个好笑。抱头者没有抬头,没有看见这一个好笑。

走上了麦路,细竹哈哈哈的笑。

"她那那里是'头发林'?简直是沙漠!"

琴子又笑她这句话。

"你看你看,她在那里屙尿。"

"真讨厌!"

琴子打她一下,然而自己也回头一看了,笑。

"有趣。"琴子不过拍一拍她的肩膀,她的头发又散到面前去了,拿手拂发而说。接着远望麦林谈——

"这个癞痢婆扫了我的兴,记得有一回,现在想不起来为了什么忽然想到了,想到野外解溲觉得很是一个豪兴——"

"算了罢,越说越没有意思。我不晓得你成日的乱想些什么,——我告诉你听,有许多事,想着有趣,做起来都没有什么意思。"

细竹虽让琴子往下说,但她不知听了没有?劈口一声——

"姐姐!"

凑近姐姐的耳朵唧哝,笑得另是一个好法。

琴子又动手要打她一下——

"野话!"

抬起手来却替她赶了蜂子。一个黄蜂快要飞到细竹头上。

姐姐听了几句什么?麦垅还了麦垅——退到背后去了。

方其脱绿而出,有人说,好像一对蝙蝠(切不要只记得晚半天天上飞的那个颜色的东西!)突然收拢了那么的大翅膀,各有各的腰身。

老儿铺东头一家茶铺站出了一个女人。琴子心里纳罕茶铺门口一棵大柳树,树下池塘生春草。细竹问:

"你要不要喝茶?"

"歇一歇。"

两人都是低声,知道那女人一定是出来请她们歇住。

走进柳阴,仿佛再也不能往前走一步了。而且,四海八荒同一云!世上唯有凉意了。——当然,大树不过一把伞,画影为地,日头争不入。

茶铺的女人满脸就是日头。

"两位姑娘,坐一坐?"

不及答,树阴下踯躅起来了,凑在一块儿。细竹略为高一点,——只会让姐姐瞻仰她!是毫不在意。眼光则斜过了一树的叶子。

"进去坐。"

琴子对她这一说时,她倒确乎是正面而听姐姐说,同时也纳罕的说了一句——

"这地方静得很,没有什么人。"

茶铺女人已经猜出了,这一位大概小一些。

移身进去——泥砖砌的凉亭摆了桌子板凳,首先看见一个大牛字,倒写着。实在比一眼见牛觉得大。"寻牛"的招贴。琴子暗暗的从头下念。念完了,还有"实贴老儿铺",也格外的是新鲜字样,——老儿铺这个地方后来渐渐模糊下去了,"老儿铺"三个字终其身明白着,"为什么叫老儿铺?"又失声的笑了,一方白纸是贴于一条红笺之上,红已与泥色不大分,仔细看来剩了这么的两句——

　　过路君子念一遍一夜睡到大天光

细竹坐的是同一条板凳,懒懒的看那塘里长出来的菖蒲,若有所失的掉头一声:

"你笑什么?"

"姑娘,喝一点我们这个粗茶。"

茶铺女人已端了茶罐出来向姑娘各敬一碗。

琴子唱个喏。

"两位姑娘从那里来的?"

"史家庄。"

"嗳呀,原来是史姑娘,——往那里去呢?"

"就是到你们花红山来玩。"

说着都不由的问自己:"他们怎么晓得我们?"琴子记起她头上还是梳辫子的时候来过花红山一次。那女人一眼看史姑娘喝茶,连忙又出门向西而笑,喊她的"丫头回来!"——到那边山上去了。

琴了拿眼睛去看树,盘根如巨蛇,但觉得到那上面坐凉快。看树其实是说水,没有话能说。就在今午的一个晚上,其时天下雪,读唐人绝句,读到白居易的《木兰花》,"从此时时春梦里,应添一树女郎花",忽然忆得昨夜做了一个梦,梦见老儿铺的这一口塘!依然是欲言无语,虽则明明的一塘春水绿。大概是她的意思与诗意不一样,她是冬夜做的梦。

"你刚才笑什么?"

细竹又问姐姐。

琴子又笑,抬头道:

"你看。"

细竹就把"寻牛"看了一遍。

"你笑什么?——决不失言?"

最后一行为"赏钱三串决不失言",她以为琴子笑白字,应该作"决不食言"。

"你再往下看。"

"过路君子——哈哈哈。"

花红山

花红山简直没有她们的座位。一棵树也没有，一块石头也没有。琴子很想坐一坐。只有那两山阴处，壁上，有一棵松树。过去又都是松林。她站的位置高些，细竹在她的眼下，那么的蹲着看，好像小孩子捉到了一个虫，——她很有做一个科学家的可能。琴子微笑道：

"火烧眉毛。"

细竹听见了，然而没有答。确乎对了花而看眉毛一看，实验室里对显微镜的模样。慢慢的又站起身，伸腰——看到山下去了。

"你喜得没有骑马来，——看你把马拴到什么地方？这个山上没有草你的马吃！"

她虽是望着山下而说，背琴子，琴子一个一个的字都听见了，觉得这几句话真说得好，说尽了花红山的花，而且说尽了花红山的叶子！

"不但我不让我的马来踏山的青，马也决不到这个山上来开口。"

话没有说，只是笑，——她真笑尽了花红山。同时，那一棵松树记住了她的马！玩了一半天，休憩于上不去的树。以后，坐在家里，常是为这松荫所遮，也永远有一匹白马，鹤那样的白。最足惜者，松下草，打起小小的菌伞，一定是她所爱的东西，一山之上又不可以道里计，不与同世界。牠在那里——青青向樵人罢。

细竹掉过身来，踏上去，指上拿着一瓣花。两人不能站到一个位置，俨然如隔水。

"坐一坐罢。"

说坐其实还是蹲，黑发高出于红花，看姐姐，姐姐手插荷包。

"春女思。"

琴子也低眼看她，微笑而这一句。

"你这是那里来的一句话？我不晓得。我只晓得有女怀春。"

"你总是乱七八糟的！"

"不是的，——我是一口把说出来了，这句话我总是照我自己的注解。"

"你的注解怎么样？"

"我总是断章取义，把春字当了这个春天，与秋天冬天相对，怀是所以怀抱之。"

只顾嘴里说，指上的花瓣儿捻得不见了。

琴子一望望到那边山上去了，听见是松林风声，无言望风来。细竹又站起来，道：

"要日头阴了牠才好，再走回去怕真有点热。"

"我说打伞来你不肯。"

"我不喜欢那样的伞，不好看。"

"一阵风——花落知多少？"琴子还是手插荷包说。

"这个花落什么呢？没有落地。"

细竹居然就低了头又看一看花红山的非树的花。

"是呵——姑娘聪明得很。"

说着从荷包里拿出了手来。她刚才的话，是因为站在花当中，而且，今天一天，她们随便一个意思都染了花的色彩，所以不知不觉的那么问了一问，高兴就在于问，并不真是想到花落。细竹的话又格外的使得她喜欢。

"这个花，如果落，不是落地，是飞上天。"

她也就看花而这么说。立刻又记起绿的花红山,她那一次来花红山,是五月天气,花红山是绿的。

"细竹,目下我倒起了一个诗思。看你记不记得,这个山上我来过一次,同我的姨母一路,那时山上都是绿的,姨母告诉我花红山映山红开的时候很好看,但我总想不起这么红,今天不来——"

细竹抢着道:

"你不用说,今天你不来,君处绿山,寡人处红山,两个山上,风马牛各不相及。"

这一说把琴子的诗思笑跑了。

"跟你一路,真要笑死人,——不要笑,我真不知道那样将作如何感想,倘若相隔是一天,昨天来见山红,今天来见山绿,不留一点余地。事实上红花终于是青山,然而不让我们那么的记住,欣红而又悦绿。"

花又从细竹的手上落了一瓣。同科学家这么讲,真是风马牛不相及!——哈哈,看官不要笑,这是执笔人的一句笑话,她悔之而不及,花一响仰首一面笑——

"嗳呀!"

怕姐姐又来打她一下。此一摘无心而是用了力了。

于是两人开步走。

走到一处,夥颐,映山红围了她们笑,挡住她们的脚。两个古怪字样冲上琴子的唇边——下雨!大概是关于花上太阳之盛没有动词。不容思索之间未造成功而已忘了。细竹道:

"这上面翻一个筋斗好玩。"

"我记起一篇文章,很有趣,题目好像叫做《花炮》? 一个小姑娘,另外一个放牛的孩子——两人大概总是一块儿放牛,一天那孩子不见那小姑娘,他以为他得罪了她,丢了牛四处找她去。走到山上,满山的映山红,——大概也同我们这个山上一样,头上也是太阳。孩子就在山上坐下,看花,那知一望就望见了她,——山凹里的水泉旁边。这一点描写得很好。孩子自然喜欢得很,道,'那不是我的——?'恕我记不得姑娘的名字。"

同时一笑。

"'她在那里洗澡哩,像一个鹭鸶。'他就喊她,问她为什么丢了牛一个人跑到这里来玩呢?以下都写得好,通篇本来是孩子的独白,叙出小姑娘——涧边大概有一株棕榈树,小姑娘连忙撒牠一叶,坐在草上,蒙起脸来。你想,棕榈树的叶子,遮了脸,多美。最后好像是这一句:'你看你看她把眼闭着迷迷的笑哩。'我想咱们中国很难找这样的文章。"

"你又没有到北京,怎么晓得咱们?"

琴子益发的想到题外去了——

"我见过北方的骆驼。"

她有一回在自己庄上河边树下见一人牵骆驼过河。

快要到家的时候,琴子忽然想起她们今天看的也就是杜鹃花,她们只是看花,同桃花一样的看了。何以从来的人是另眼相看?这么一想,花红山似乎换了颜色,从来的诗思做了太阳照杜鹃花。——花红山是在那里夕阳西下了。

箫

她们两人今天换新装预备出门的时候,小林是异样的喜悦,以前的生活简直都不算事,来了一个新日子。但他一句话也没有,看着她们忙碌。琴子已经打扮好了,走出房来,且走且低头看——不知看身上的那一点?抬头——"他看见了。"小林对之一笑。她也不觉而一笑。小林慢慢的问道:

"我不晓得做皇帝的——我假设他是一位聪明的孩子,坐在他的宝座上,是怎样的一个骄儿?我想你们做姑娘的妆前打扮可以与之相比。"

"你这个好比方!——我又没有做皇帝。"

小林真是死心踏地的听,听完了,他还听。他刚才那一问,问出来了,总觉得没有把意思说得透澈,才勉强找到了那一个现成的字眼,"骄儿"。琴子这么一答,很是一个撒娇的神气,完全是来帮助他的意思了。她说她没有做皇帝,她的撒娇,实是最好看的一个骄傲,要宝藏无可比拟者形成之,按小林的意思。慢慢他又道:

"你们我想不致于抱厌世观,即如天天梳头,也决不是可以厌倦的事。"

琴子笑着走过去了,没有给一个回答。

老儿铺虽则离史家庄不远,小林未尝问津。有时他一人走在史家庄的沙滩上玩,过桥,但每每站到桥上望一望就回头了,实在连桥也很少过去。琴子同细竹走了,他坐在家里,两个人,仿佛在一个大原上走,一步一步的踏出草来,不过草是一切路上的草总共的留给他一个绿,不可捉摸,转瞬即逝。这或者就因为他不识路,而她们当然是走路,所以随他任意的走,美人芳草。

终于徘徊于一室,就是那个打扮的所在。不,立在窗外,确如登上了歧途,徘徊,勇敢的一脚进去——且住,何言乎"勇敢"?这个地方不自由?非也。小林大概是自知其为大盗,故不免始而落胆。何言乎"大盗"?请以旁观梳头说法。昨天清早,细竹起得晏,梳头——她的头发实在是奈不何,太多!小林一旁说话,说太阳,说河沙,娓娓动听,而一心是在那里窃发而逃之,好像相信真有个什么人窃不老之药以奔月。

诗云"鸢飞戾天,鱼跃于渊。"此盖是小林踏进这个门槛的境界。真是深,深,——深几许?虽然,最好或者还是临渊羡鱼的那一个人。若有人焉问今是何世——仓皇不知所云!……

镜子是也,触目心惊。其实这一幅光明(当然因为是她们的,供其想像)居尝就在他的幽独之中,同摆在这屋子里一样,但他从没有想到这里面也可以看见别人,他自己。

"观世音的净瓶"里一枝花,桃花。拈花一笑。

怎么的想起了这样话来——

不知栋里云

去作人间雨

于是云,雨,杨柳,山……模模糊糊的开扩一景致。未见有人进来。说没有人那又不是,他根本是没有人不能成景致的一个人。

这个气候之下飞来一只雁,——分明是"惊塞雁起城乌"的那一个雁!因为他面壁而似问:"画屏金鹧鸪难道也一跃……?"

壁上只有细竹吹的一管箫,挂得颇高。

"坐井而观天,天倒很好看。"一眼出了窗户,想。可喜的,他的雨意是那么的就在这晴天之中其间没有一个霁字。

真是晴得鲜明,望天想像一个古代的女人,粉白黛绿刚刚妆罢出来。

诗

琴子同细竹回来了,小林看着那说笑的样子——都现得累了,不禁神往。是什么一个山? 山上转头才如此! 但他问道:

"你们怎么不折花回来?"

她们本是说出去折花,回来却空手,一听这话,双双的坐在那桌子的一旁把花红山回看了一遍,而且居然动了探手之情! 所以,眼睛一转,是一个莫可如何之感。

古人说,"镜里花难折",可笑的是这探手之情。

细竹答道:

"是的,忘记了,没有折。"

还是忘记的好,此刻一瞬间的红花之山,没有一点破绽,若彼岸之美满。

小林这人,他一切的丰富,就坐在追求。然而他惘然。比如,有一位女子,一回,两人都在一个人家庆贺什么,她谈话,他听,——其实是以一个刺客那么把住生命的精神凝想着: "你要睡!"他说睡上了她的睫毛。这女人,她的睡相大概很异常。又一回,是深夜失火,他跑去看,她也来了,顿时,千百人拼命喊叫之中,他万籁俱寂,看她,——他说她是刚刚起来,睡还未走远。他说他认得了睡神的半面妆,——这应该算是一个奇迹,可以自豪的? 但他只没有失声的哭,世界仿佛是一个睡美人之榻,而又是一个阴影,他摸索出来的太阳是月亮!

现在,他怅望于没有看见的山,对着这山上回来的两个人。

终于留了他一个人在这一间屋子里玩,(这里是客房)不小的工夫,——细竹又进来了,向他道:

"你今天不同我们去,——很好玩。"

这话他当然是听了,但稀奇得利害,细竹换了衣裳!

单衣,月白之色,又是一样的好看。好看不足奇,只是太出乎不意! 立时又神游起来了,今天上午一个人仔细端详了的那个地方,壁上的箑,瓶子里的花,棕榈的绿荫——怎么会有这么一更衣呢? ……

这个地方——他说他实在是看不尽。

细竹,一天的日头,回到房里去,浸了一盆凉水。三哑正从河里挑水进门,她就拿着她盆子要他向盆里倒。三哑还以为她总是忘记不了她自己栽的那几钵花拿去浇花。她又随便的梳了一梳她的头发,只是随便的,马上天要黑了,那里还费事把牠解散? 小林不顾这些,——连她们刚刚是由花红山回来他也不记得了。

"你们,才穿了那衣,忽然又是这衣,神秘得很。"

"我走得很热。"

她说着坐下了,同时低下头一看,——一个不自觉的习惯而已,人家说衣裳,她就看衣裳。她晓得小林是说她换了衣裳,并没有细听他的话。实在这算得什么呢,换一换衣? 就说"神秘",这东西本身亦是不能理会的了,所谓自有仙才自不知。小林,他是站着,当她低头,他也稍为一低眼——观止矣! 少女的胸襟。

细竹或者觉察了,因为,一时间,抬起头来,不期然而然的专以眼睛来相看,——她何致于是怒目？但好像问："你看什么？"

放开眼睛，他道：

"山上有什么好玩的？"

"不告诉你。"

连忙又觉得无礼，笑了。

"老儿铺，是不是有一个老儿路上开茶铺？"

"那里看见？我们在一家茶铺里喝茶，只看见一个女人，她有一个女儿，十五六岁，我们刚到的时候她不在家，她把她喊回来，睄我们。这姑娘长得一个大扁脸，难看极了。"

她这么的说，小林则是那么的看了，此时平心静气的，微笑着。"回来的时候，怎的那个急迫的样子？——琴子就不相同。汗珠儿，真是荷瓣上的露，——只叫人起凉意。"这恐怕是他时间的错误了，因为当着这清凉之面而想那汗珠儿。于是已经不是看她，是她对镜了，中间心猿意马了一会，再照——又不道"自己"暗中偷换！自己在镜子里头凉快了。他实到了这样的忘我之境。

他要写一首诗，没有成功，或者是他的心太醉了。但他归究于这一国的文字。因为他想像——写出来应该是一个"乳"字，这一个字他说不称意。所以想到题目就窘："好贫乏呵。"立刻记起了"杨妃出浴"的故事，——于是而目涌莲花了！那里还做诗？慢慢又叹息着："中国人卑鄙，fresh 总不会写。"不知怎的又记起那"小儿"偷桃，于是已幻了一桃林，绿当然肥些，又恰恰是站在树底下——那么人是绿意？但照眼的是桃上的红。那里看见这样的红桃？一定是拿桃花的颜色移作桃颊了。其树又若非世间的高——虽是实感，盖亦知其为天上事矣，故把月中桂树高五百丈也移到这里来了。

一天外出，偶尔看见一匹马在青草地上打滚，他的诗到这时才俨然做成功了，大喜，"这个东西真快活！"并没有止步。"我好比——"当然是好比这个东西，但观念是那么的走得快，就以这三个字完了。这个"我"，是埋头于女人的胸中呵一个潜意识。

以后时常想到这匹马。其实当时马是什么色他也未曾细看，他觉得一匹白马，好天气，仰天打滚，草色青青。

天　井

是睡觉的时分。小林他是一个客榻，一个人在一间屋子里。史家奶奶伴他谈一会儿话，看他快要睡了，然后自己也去睡，临走时还替他把灯移到床前几上，说道：

"灯不要吹好了。"

小林也很知道感激，而且正心诚意的，虽然此刻他的心事不是那样的单纯，可以向老人家的慈爱那里面去用功。史家奶奶一走开，实际上四壁是更现得明亮一点，因为没有人遮了他的灯，他却一时间好像暗淡了好些，眼珠子一轮。随即就还了原，没有什么。这恐怕是这么的一个损失：史家奶奶的头发太白了，刚才灯底下占了那么久。

灯他吹熄了。或者他不喜欢灯照着睡，或者是，这样那边的灯光透在他的窗纸上亮。他晓得琴子同细竹都还没有睡。中间隔了一长方天井。白的窗纸，一个一个的方格子，仿佛他从来没有看见光线，小心翼翼。其实他看得画多，那些光线都填了生命。一点响动也没有，他听。刚才还听见她们唧唧咕咕的。这个静，真是静。那个天井的暗黑的一角里长着苔藓，大概正在生长着。"你们干什么？"忽然若不平，答不出她们在那里干什么,明明的点着亮儿。不,简直没有答。说得更切当些,简直也不是问。

当然,他问了自己那么一句。譬如一个人海边行走,昂头而问:"天何言哉?"只是表现其不知罢了。不过这人,还可以说,问天是听海的言语。

"细竹,你做什么?"

琴子的声音,好像是睡了觉才醒来,而又决不同乎清晨的睡醒,来得十分的松散,疲倦。

又没有响动。

"细竹,你做什么?"这个于是乎成了音乐,余音嫋嫋。或者是琴子姑娘这个疲倦的调子异样的有着精神,叫人要好好的休息,莫心猿意马;或者他的心弦真个弹得悲伤起来:"细竹,你做什么?"因为是夜里,万事都模糊些。

"你一定是倒在床上就睡着了。"

对,她们今天上了山,走得累了。他当然是同琴子打招呼。立刻绘了一幅画。既然是可爱的姑娘和衣而寐,不晓得他的睡意从那里表现出来?好好的一个白日的琴子。大概他没有看见她闭过眼睛,所以也就无从着手,不用心。画图之外又似乎完全是个睡的意思,一个灯光的宇宙。把那一件衣服记得那样的分明,今天早晨首先照在他的眼里的那个颜色。目下简直成了一匹老虎,愈现愈生动。然而一点也得不着边际,把不住。他也就真参透了"夜"的美。居然记不起那领子的深浅,——一定是高领,高得是个万里长城!结果懵懵懂懂的浮上一句诗:"鬓云欲度香腮雪。"究竟琴子搽粉了没有呢?

这时琴子已经坐了起来,细竹在那里折衣服,"我的同她自己的,"今天再也不要,她都平叠着,然后打开橱柜,放在最上的一格。琴子慢慢的抬举她的一双手,还在床上坐着,不要镜子的料理头发,行其所无事,纤纤十指头上动得飞快,睡觉的时候应该拆下来的东西都拆下来。细竹送一颗糖她的嘴里,她一摆头——

"什么?"

既在两唇之间——尝得甜了。

细竹,她此刻是个白衣女郎,忽然晓得她要打喷嚏,眼睛闭得很好看。岂能单提这一项?口也开得好玩。随便说一项都行,反正只一个好看。果然,打一个喷嚏,惹得琴子道:

"吓我一跳!"

不一会儿姊妹二人就真正的就寝。

小林在这边行到地狱里去了。在先算不得十分光明,现在也不能说十分漆黑,地球上所谓黑夜,本是同白昼比来一种相对的说法,他却是存乎意像间的一种,胡思乱想一半天,一旦觉得怀抱不凡,思索黑夜。依着他这个,则吾人所见之天地乃同讲故事的人的月亮差不多,不过嫦娥忽然不耐烦,一口气吹了她的灯。

别的都不在当中。

然而到底是他的夜之美还是这个女人美?一落言诠,便失真谛。

渐渐放了两点红霞——可怜的孩子眼睛一闭:

"我将永远是一个瞎子。"

顷刻之间无思无虑。

"地球是有引力的。"

莫明其妙的又一句,仿佛这一说苹果就要掉了下来,他就在奈端的树下。

今天下雨

今天下雨。小林想借一把雨伞出去玩。他刚打开园门树林里望了一会回来,听得细竹说道:

"下雨我不喜欢,不好出去玩。"

"你的话太说错了。"

细竹掉转头来一声道:

"吓得我一跳!"

说着拿手轻轻的拍一拍胸。这是小孩子受了吓的一个习惯。她背着小林进来的方向立住,门槛外,走廊里,他来得出乎她的不意了。琴子站在门槛以内,手上拿着昨天街上买回来的东西瞧。

"下雨你到园里去干什么?我说什么话说错了?"

她说了一句"小林这个人很奇怪",但小林未听见。

"你说下雨的天你不喜欢——"

一眼之下两人的颜色他都看了,笑道:

"你们这样很对,雨天还是好好的打扮。"

于是他的天暂且晴了,同一面镜子差不多。

另外一个雨天——

"有一回,那时我还在北方,一条巷子里走路,遇见一位姑娘,打扮得很好,打着雨伞,——令我时常记起。"

忽然觉得她们并不留意了,轻轻的收束了。有点悲哀。"那么一个动人的景致!"其实女人是最爱学样的。记忆里的样子又当然是各个人的。慢慢又道:

"那个巷子很深,我很喜欢走,一棵柏树高墙里露出枝叶来。"

这一句倒引得琴子心响往之。但明明是离史家庄不远的驿路上一棵柏树。

又这样说:

"我最爱春草。"

说着这东西就动了绿意,而且仿佛让这一阵之雨下完,雨滴绿,不一定是那一块儿,——普天之下一定都在那里下雨才行!又真是一个 Silence。

低头到天井里的水泡,道:

"你们看滴得好玩。"

这时的雨点大了。

细竹道:

"我以为你还有好多话说!"

因为她用心往下听,看他那么一个认真的神气说着"我最爱春草"。她也就看水泡。

"你不晓得,我这才注意到声音。"

注意声音,声音的意思又太重了。又听瓦上雨声。

"我以前的想像里实在缺少了一件东西,雨声。——声音,到了想像,恐怕也成了颜色。这话很对,你看,我们做梦,梦可以见雨——无声。"

"好在你说出了你是想像。你往常从北方来信,说那里总不下雨,现在你说你爱草……"琴子说着笑。

"你为什么笑?"

"笑你是一个江南的游子。"

细竹很相信的说出来了,毫不踌躇。琴子也是要这么说。两个人都觉得这人实在可爱了,表现之不同各如其面,又恰恰是两位姑娘。

"这个当然有关系。但我不晓得你们这话的意思怎么样。我其实只是一个观者,倾心于颜色,——或者有点古怪罢了。"

琴子道:

"你的草色恐怕很好看。"

又道:

"草上的雨也实在同水上的雨不同,或者没有声音,因为鼓动不起来。"

"雨中的山那真是一点响动也没有,那怕地那么一大座山,四方八面都是雨。"细竹说。

"你这真是小孩子的话!你看见那一个山上没有树,或者简直是大树林,下起雨来你说响不响?"

"我是说我们对面的远山。"

小林看她们说得好玩,笑了。三个人都笑。刚才各有所见,目下一齐是大门外远远的一座青山。这山名叫甘棠岭,离史家庄一十五里,做了这故事的确实的证据。

小林又道:

"海边我没有玩,海上坐了两趟船,可惜都是晴天,没有下雨,下雨一定好玩——望不见岸看雨点。"

最后几个字吞吐着说,说得很轻,仿佛天井里的雨也下在那个晴天的海上。这当然错了,且不说那里面不平静,下起雨来真能望见几远呢?他两次坐船都未遇风浪,看日出日没。两位姑娘连帆船也没有坐过。

"有一个地方尽是沙,所以叫做沙河县,我在那里走过路,遇着雨,真是浩浩乎平沙无垠,雨下得好看极了。"

"你打伞没有?"细竹连忙说。

"不要紧,——你这一提,我倒记得我实在是一个科头,孤独得很。他们那里出门轻易不带伞,——下了一阵就完了,后来碰见一个女人骑驴子跑,一个乡下汉子,赶驴子的,跟在后面跑。北方女人同你们打扮不一样。"

这一说,她们两人仿佛又站在镜子面前了,——想到照一照。说了这一半天的话,不如这个忽然之间好看不好看的意思来得振兴。

"我要到外面去玩,你们借把雨伞我。"

"我的伞上面画了花,画得不好。"

细竹这么的思索了一下。

"我告诉你们,我常常喜欢想像雨,想像雨中女人美——雨是一件袈裟。"

这样想的时候,实在不知他设身在那里。分明的,是雨的境界十分广。

记起楼上有一把没有打过的伞,是三哑到九华山朝山买回来的,细竹就跑上楼去,拿了下来。

她撑开看一看,不很高的打起来试一试,——琴子也在伞以内。她不知不觉的凑在姐姐一块儿。

"你们两个人——"

再也没有一个东西更形得"你们两个人"。

桥

东城外二里路有庙名八丈亭,由史家庄去约三里。八丈亭有一座亭子,很高,向来又以牡丹著名,此时牡丹盛开。

他们三个人今天一齐游八丈亭。小林做小孩子的时候,时常同着他的小朋友上八丈亭玩,琴子细竹是第一次了。从史家庄这一条路来,小林也未曾走过,沿河坝走,快到八丈亭,要过一架木桥。这个东西,在他的记忆里是渡不过的,而且是一个奇迹,一记起她来,也记起他自己的畏缩的影子,永远站在桥的这一边。因为既是木架的桥,又长,又狭,又颇高,没有攀手的地方,小孩子喜欢跑来看,跑到了又站住,站在桥头,四顾而返。实际上这十年以内发了几次山洪,桥冲坍了重新修造了两回。依然是当初的形式。今天动身出来,他却没有想到这个桥,坝上都是树,看见了这个桥,桥已经在他的面前。他立刻也就认识了。很容易的过得去,他相信。当然,只要再一开步。他逡巡着,望着对岸。细竹请他走,因为他走在先。他笑道:

"你们两人先走,我站在这里看你们过桥。"

推让起来反而不好,琴子笑着首先走上去了。走到中间,细竹掉转头来,看他还站在那里,嚷道:

"你这个人真奇怪,还站在那里看什么呢?"

说着她站住了。

实在他自己也不知道站在那里看什么。过去的灵魂愈望愈渺茫,当前的两幅后影也随着带远了。很像一个梦境。颜色还是桥上的颜色。细竹一回头,非常之惊异于这一面了,"桥下水流呜咽,"仿佛立刻听见水响,望她而一笑。从此这个桥就以中间为彼岸,细竹在那里站住了,永瞻风采,一空倚傍。

这一下的印像真是深。

过了桥,站在一棵树底下,回头看一看,这一下子又非同小可,望见对岸一棵树,树顶上也还有一个鸟窠,简直是二十年前的样子,"程小林"站在这边望她想攀上去! 于是他开口道:

"这个桥我并没有过。"

说得有一点伤感。

"那一棵树还是同我隔了这一个桥。"

接着把儿时这段事实告诉她们听。

"我的灵魂还永远是站在这一个地方,——看你们过桥。"

是忽然超度到那一岸去了。

细竹道:

"我乍看见的时候,也觉得很新鲜,这么一个桥,但一点也不怕。"

"那我实在惭愧得很。"

"你那时是小孩。"她连忙答应。

小林笑了。琴子心里很有点儿嫉妒,当细竹忽然站在桥上说话的时候,她已经一脚

过来了,望着"丫头"背面骂一下:

"你这丫头!"

八丈亭立于庙中央,一共四层,最下层为"罗汉殿",供着"大肚子罗汉",殿的右角由石梯上楼。老和尚拿了钥匙给他们开了殿门,琴子嘱耳细竹,叫她掏出二百钱来,和尚接去又去干活去了。他们自己权且就着佛前"拜席"坐下去,彼此都好像是倾耳无声音,不觉相视而笑了。细竹问:

"笑什么?"

她自己的笑就不算数了。由低声而至于高谈,说话以休息。小林一看,琴子微微的低了头坐在那里照镜子,拿手抹着眉毛稍上一点的地方,——大概是从荷包里掏出这个东西来!圆圆的恰可以藏在荷包内。这在他真是一个大发现,"这叫做什么镜子?……"

琴子看见他在那里看了,笑着收下。他开言道:

"放下屠刀,立地成佛。"

"这句话琴姐她不喜欢,她说屠刀这种字眼总不好,她怕听。"

细竹指着琴子说。小林怃然得很。其实他的意思只不过是称赞这个镜子照得好。

"醉卧沙场君莫笑,人生何处似尊前?"

忽然这样两句,很是一个驷不及舌的神气,而又似乎很悲哀,不知其所以。

琴子笑道:

"这都不是菩萨面前的话。"

"我是请你们不要怪我,随便一点。"

他也笑了。

琴子又道:

"我们先去看牡丹罢,回头再来上楼。"

姑娘动了花兴了。细竹也同意。小林导引她们去。昨夜下了几阵雨,好几栏的牡丹开得甚是鲜明。院子那一头又有两棵芭蕉。地方不大,关着这大的叶与花朵,倒也不形其小,只是现得天高而地厚了。她们弯腰下去看花,小林向天上望,青空中飞旋着一只鹞鹰。他觉得这个景致很好。琴子站起来也看到天上去了。他说:

"你看,这个东西牠总不叫唤,飞旋得有力,牠的颜色配合牠的背景,令人格外振精神。"

他一听,他的话没有回音,细竹虽然自言自语的这个好那个好,只是说花。他是同琴子说话。

"你为什么不答应我?"

"鹞鹰牠总不叫唤,——你要看牠就看,说什么呢?"

小林笑了——

"这样认真说起来,世上就没有脚本可编,我们也没有好诗读了。——你的话叫我记起我从前读莎士比亚的一篇戏的时候起的一点意思。两个人黑夜走路,看见远处灯光亮,一阵音乐又吹了来,一个人说,声音在夜间比白昼更来得动人,那一个人答道——

    Silence bestows that virtue on it, madam.

我当时读了笑,莎士比亚的这句文章就不该做。但文章做得很好。"

琴子已经明白他的意思。

"今天的花实在很灿烂,——李义山咏牡丹诗有两句我很喜欢:'我是梦中传彩笔,欲书花叶寄朝云。'你想,红花绿叶,其实在夜里都布置好了,——朝云一刹那见。"

琴子喜欢得很——

"你这一说,确乎很美,也只有牡丹恰称这个意,可以大笔一写。"

花在眼下,默而不语了。

"我尝想,记忆这东西不可思议,什么都在那里,而可以不现颜色,——我是说不出现。过去的什么都不能说没有关系。我曾经为一个瞎子所感,所以,我的灿烂的花开之中,实有那盲人的一见。"

细竹忽然很懒的一个样子,把眼睛一闭——

"你这一说,我仿佛有一个瞎子在这里看,你不信,我的花更灿烂了。"

说完眼睛打开了,自己好笑。她这一做时,琴子也在那里现身说法,她曾经在一本书册上看见一幅印度雕像,此刻不是记起而是自己忘形了,俨然花前合掌。

妙境庄严。

八丈亭

上到八丈亭顶上了。位置实在不低,两位生客攀着楼窗往下一望,都说着"很高!"言下都改了一个样子,身子不是走在路上了。只有自家觉着。这是同对面天际青山不同的,高山之为远,全赖乎看山有远人,山其实没有那个浮云的意思,不改浓淡。

刚刚走上来的时候,小林沉吟着说了一句:

"我今天才看见你们登高。"

意思是说:"你们喘气。"慢慢的就在亭子中间石地上坐了下去,抱着膝头,好像真真是一个有道之士。后来琴子细竹都围到这一块儿来,各站一边。他也记不得讲礼,让她们站。

"我从前总在这里捉迷藏。"

听完这句话,细竹四面一望——尽是窗户照眼明! 转向琴姐打一个招呼:

"这里说话,声音都不同。"

"我们一起是五个孩子。我不知怎的总是被他们捉住了。有一回我捏了一把刀,——是我的姐姐裁纸扎玩意儿的一把刀子我偷了来。"

这一解释是专诚向琴子,叫她不要怕。琴子抿嘴笑。

"但是,我一不小心,把我自己的指头杀了——"

"不要说,我害怕!"

她连忙这么一撒娇,细竹,——拿手去蒙了眼睛。

"他们又把我捉住了。"

他的故事算是完了。

又轻轻向细竹的面上加一句:

"你们捉迷藏最好是披头发。"

言下是批评此一刻之前她那一动作。

枫 树

今天出现了一桩大事。话说放马场过去不远有一个村庄名叫竹林庄,竹林庄有一位大嫂,系史家庄的姑娘,以狗姐姐这个名字著名。十年以前,小林走进史家庄的时候,这位狗姐姐已经了不起,依嫂嫂班的说话就是"大了"。这一批做嫂子的,群居终日无所用心,喜欢谈论姑娘,那时谈狗姐姐就说狗姐姐"大了"。狗姐姐一见程小林这个孩子,爱这个孩子。日子久了,认得熟了,小林也喜欢同狗姐姐玩,同狗姐姐的弟弟名叫木生的玩。狗姐姐的一套天九牌最好看,小林爱得出奇。有时打天九,凑了狗姐姐的嫂嫂共是四人,玩得晚了,就在狗姐姐家里同木生一块儿睡觉,狗姐姐给糖他们吃。可爱的狗姐姐,她是爱小林呵,她给糖他,两指之间就是糖,小林,一个孩子,那里懂得狗姐姐是把糖捏得那么紧?狗姐姐就在他的颊上拧他一下子。清早起来,狗姐姐房里梳头,木生同小林都来了。小林喜欢看狗姐姐梳头,站在那里动也不动一动。他简直想躲到狗姐姐的头发林里去看。他的眼睛真个是在狗姐姐的头发底下了,不知不觉的贴得那么近。狗姐姐的头发就是他的头发了,他在那里又看得见狗姐姐的眼睛。狗姐姐她那一双黑眼珠,看不见自己头发以外,看小林,口不停说话。她打岔叫木生替她去拿东西,双手捏住披散之发,低下头来亲小林一嘴。小林没有站住脚,猛的一下栽到狗姐姐怀里去了,狗姐姐连忙把他一推,猛的一伸腰,松了一只手,那手就做了双手的事情,那么快头发都交代过去了。小林害怕,但狗姐姐知道他不是淘气。有一回是三月三的夜里,大家都在坝上看鬼火,小林在场,狗姐姐也在场,——只有三哑一个人手上拿着锄头,他说那个东西如果近来了,他就一锄头敲下去。大家朝着东边的野坟望,慢慢的一盏火出现了,小林害怕,——他又喜欢望。他站在狗姐姐身前,倚靠着狗姐姐。狗姐姐道:"不要怕。"握住他的手。史家奶奶道:"不要怕,姐姐招呼你。"这一个静悄悄的夜,小林不能忘记,燐光的跳跃,天上的星,狗姐姐温暖的手,他拿来写了一篇文章。他从外方回来,狗姐姐早已是竹林庄的"史大嫂"了,在史家庄也见过狗姐姐几面。他曾经推想狗姐姐这样的人应该是怎样一个性格,此回再见,他觉得他推想得恰是。狗姐姐告诉他竹林庄是一个好地方,牛背山的山窝里,有山有水,人物不多,竹子很茂盛,走在大路上,望不见房屋,竹子遮住了。狗姐姐没有提起他们的杏花,小林也终没有机会看竹林庄的杏花,这时早已过了开花的时候了,竹林庄的杏花很可以一看,竹林以外,位置较竹子低,远远看来又实与竹叶合颜色。清明时节,上坟的人,走放马场下去这一条大路者,望见竹林庄,唱起《千家诗》上的句子"借问酒家何处有,牧童遥指杏花村"了。小林自为惆怅,当初他一个人跑到放马场玩了一趟,何以竟没有多走几步得见竹林庄?而现在狗姐姐在竹林庄住了如此的岁月了。伤感,这人实在有的,只是若行云流水,虽然来得十分好看,未能著迹。剩下的是一个莫名其妙的气分。这一日天气晴明,他来探访竹林庄了。他喜欢走生路,于是不走大路循山径走。离竹林庄还有一里多路,有一条小溪流,望见一个女人在那里浣衣。他暂且拣一块石头坐下,很有点儿牧歌的意兴。这女人,不望则已,越望越是他的狗姐姐。果然是狗姐姐。他见了狗姐姐,同山一样的沉默。狗姐姐她原是蹲在一块石头上,见了他,一伸腰,一双手从水里头都拿出来,那么快,一溪的水她都不管了。这一下子,她其实也同天一样,未失声,但喜笑颜开了,世上已无话说了。小林还隔在那一岸。

"你怎么想到这里来了?"

"我说来看一看姐姐住的地方,想不到就在这里遇见姐姐,——这里洗衣真好,太阳晒不着。"

说着且看狗姐姐头上枫树枝叶。树阴真不小,他在这一边也遮荫住了。对岸平斜,都是草,眼睛却只跟了这棵树影子看,当中草绿,狗姐姐衣裳白,头发乌黑,脸笑。共是一个印像。但那一件东西他分开出来了,狗姐姐洗衣的手,因为他单单记起了一幅画上的两只臂膊哩。又记起他在一个大草林里看见过一只白鸽。这是一会的工夫,做了一个道旁人,观者。又向他的狗姐姐说话:

"我刚刚过了那一个山坡,就望见那里竹林,心想这是竹林庄了。"

"你还得走上去一点,那里有桥,从那里过来,——我一会儿就洗完了。"

狗姐姐指点上流叫他去。小林见猎心喜,想脱脚过河。他好久好久没有过河了。小的时候他喜欢过河。

"我就在这里过河,我们书上说得有,沧浪之水清兮,可以濯吾缨,沧浪之水浊兮,可以濯吾足,——姐姐你不晓得,我在一个沙漠地方住了好几年,想这样的溪流想得很,说出来很平常,但我实在思想得深,我的心简直受了伤,只有我自己懂得。"

狗姐姐哈哈笑。

"难怪史家庄的人都说你变得古怪,讲这么一套话干什么呢?你喜欢过河你就过来罢。"

他偏又不过河。

"我不过,——姐姐你信不信,凡事你们做来我都赞美,何况这样的好水,不但应该来洗衣,还应该散发而洗足。我自己做的事不称我的意,简直可以使得我悲观。作文写字那另是一回事。"

这一套话又滔滔而出吗? 问狗姐姐狗姐姐不晓得,她望他笑,他又神仙似的忙着掉背而走了,去过桥。慢慢的他走到这树底下来,狗姐姐已经坐在草上等他。狗姐姐好像有狗姐姐的心事,狗姐姐也摸不着头脑。

"姐姐,你的桌子上摆些什么东西呢?"

"你怎么想到这个上面去了?"

"我一面走一面想起来了。"

又道:

"我不打算上姐姐家里去,玩一玩我就回去。——我记得姐姐做姑娘的时候总喜欢拿各种颜色的布扎小人儿玩,摆在镜子面前。"

"你怎么还是这个样子,小林? 不懂得事!"

狗姐姐伸手握住他的手。小林心跳了,忽然之间觉到狗姐姐的势力压服他。望着狗姐姐若要哭! ——这才可笑。

"好弟弟,你坐下,姐姐疼你,姐姐在旁边总是打听你。"

更奇怪,狗姐姐说着眼里汪汪的。她轻易不有这么一回事。来得无踪,去得无影,接着絮絮的说个不休,问史家奶奶好,琴子好,这个好那个好,什么也忘记了,一心说。小林坐在一边麒麟一样的善。忽然他又觉得狗姐姐的张皇,他没有见过这么一个眼色。于是他亲狗姐姐一嘴。看官,于是而有这棵枫树为证。

小林大吃一惊,简直是一个号泣于旻天的精诚,低声问:

"姐姐,怎么这样子呢?"

简直窘极了,很难得修辞,出口不称意,我欲乘风归去了,狗姐姐拍他一巴掌,看他的样子要人笑,——多可爱呵。

"历史上说过萧道成之腹,原来——恐怕是如此!"

"我不晓得你说什么!"

"萧道成是从前的一个皇帝。"

"你看你——说从前的皇帝干什么呢?"

"他生得鳞文遍体,肚子与平常人不同,人家要杀他,假装射他的肚子玩。"

狗姐姐这才会得他的意思。

"我生了一个孩子——死了。"

这一句,声音很异样,使得小林万念俱休,默默而一祝:

"姐姐你有福了。"

于是他真不说话。狗姐姐还要说一句,拍他一巴掌——

"女人生了孩子,都是这个样子,晓得吗?"

临走时,狗姐姐嘱咐他:

"小林,不要让别人知道。"

哀莫哀兮生别离乎,不知怎的他很是悲伤,听了狗姐姐这一嘱,倒乐了——

"姐姐,你真把我当了一个弟弟,我告诉你知道,小林早已是一个伟人物,他的灵魂非常之自由。"

梨花白

自从枫树下与狗姐姐的会见以后,好几天,他彷徨得很,朝亦有所思,暮亦有所思。若问他:"你是不是思想你的狗姐姐?"那他一定又惶恐无以对。因为他实在并不能说是思想狗姐姐,狗姐姐简直可以说他忘记了。

一天,胡乱喝了几杯酒,一个人在客房里坐定,有点气喘不过来,忽然倒真成了一个醉人了,意境非常。他好像还记得那一刹那的呼吸。"我与人生两相忘,那真是……"连忙一摆头,自己好笑。"那正是女人身上的事哩。"但再往下想,所有他过去的生活,却只有这一日的情形无论如何记不分明,愈记愈朦胧。

细竹步进来了,舌头一探,且笑,又坐下,并没有同他打招呼,走到这儿躲避什么的样子。

顿时他启发了一个智慧似的,简直要瞑目深思,——已经思遍尽了。因了她的舌头那么一探。那一天在八丈亭细竹忽然以一个瞎子看花红,或者是差不多的境界。但他轻轻问:

"什么?"

"琴姐她骂我。"

原来如此,对她一笑,很怅惘,地狱之门一下子就关了,这么一个空虚的感觉。

细竹她怎么能知道他对她看"是留神我的嘴动呢?"她总是喜欢讲自己的事,即如同琴子一块儿梳头动不动就是"你看我的头发又长了许多!"所以此地这样写,学她的口吻。她告诉他听:

"我们两人裁衣,我把她的衣服裁错了。"

"你把她的衣服裁错了?那你实在不好。"

"你也怪我!"

说着要哭了。

"做姑娘的不要哭,哭很不好看,——含珠而未发是可以的。"

她又笑了——

"你看见我几时哭了？"

小林也笑。又说：

"这两件事我平常都思想过，裁衣——"

"你这样看我！"

又是一个小孩子好哭的神气，说他那样看她。

"你听我说话，——你怎么会裁错了？我不能画画，常有一个生动之意，觉得拿你们的剪子可以裁得一个很好的样子，应该非常之合身。"

细竹以为他取笑于她，不用心听，一心想着她的琴姐一定还在那里埋怨。她本是靠墙而坐，一下子就紧靠着（壁上有一幅画，头发就倚在上头，又不大像昂头）自己埋怨一句：

"我损伤了好些材料。"

小林不往下说了，他要说什么，自己也忘了。所谓"这两件事"，其一大概是指剪裁。那一件，推考起来，就是说哭的。他常称赞温廷筠的词做得很好，但好比"泪流玉筯千条"这样的句子，他说不应写，因为这样决不好看，何必写呢？连忙又把这意见修正一点，道："小孩子哭不要紧。"言下很坚决，似实有所见。

慢慢的两人另外谈了许多，刚才的一段已经完了。细竹道：

"琴姐，她昨夜里拿通草做了好些东西，你都看见了没有？"

"她给那个蜻蜓我看，我很喜欢。"

"是我画的翅膀，——还有一枝桃花，一个佛手，还照了《水浒》上的鲁智深贴了一个，是我描的脸。"

看她口若悬河，动得快。小林的思想又在这个唇齿之间了。他专听了"有一枝桃花"，凝想。

回头他一个人，猛忆起两句诗——

　　黄莺弄不足

　　含入未央宫

一座大建筑，写这么一个花瓣，很称他的意。又一想，这个诗题是咏梨花的，梨花白。

树

琴子细竹两人坝上树下站着玩。细竹手上还拿了她的箫。树上丁丁响，啄木鸟儿啄树，琴子抬头望。好大一会才望见了，彩色的羽毛，那个交枝的当儿。那嘴，还是藏着看不见。这些树都是大树，生意蓬勃，现得树底下正是妙龄女郎。

她们的一只花猫伏在园墙上不动，琴子招牠下来。姑娘的素手招得绿树晴空甚是好看了。

树干上两三个蚂蚁，细竹稀罕一声道：

"你看，蚂蚁上树，多自由。"

琴子也就跟了她看，蚂蚁的路线走得真随便。但不知牠懂得姑娘的语言否？琴子又转头看猫，对猫说话：

"惟不教虎上树。"

于是沉思一下。

"这个寓言很有意思。"

话虽如此,但实在是仿佛见过一只老虎上到树顶上去了。观念这么的联在一起。因为是意像,所以这一只老虎爬上了绿叶深处,全不有声响,只是好颜色。

树林里于是动音乐,细竹吹箫。

这时小林走来了。史家庄东坝尽头有庙名观音寺,他一个人去玩了一趟,又循坝而归。听箫,眼见的是树,渗透的是人的声音之美,很是叹息。等待见了她们两位,还是默不一声。细竹又不吹了。

兀的他说一句:

"昨夜我做了一个很世俗的梦,醒转来很自哀,——世事一点也不能解脱。"

说着是一个求救助的心。光阴如白驹过隙,而一日之中本来可以逝去者,每每又容易要人留住,良辰美景在当前忽然就不相关了。琴子看他,很是一个哀怜的样子,又苦于不可解,觉得这人有许多地方太深沉。

"世俗的事扰了我,我自己告诉自己也好像很不美,而我这样的灵魂居然就是为牠所苦过了。"

细竹道:

"一个人的生活,有许多事是不能告诉人的,自己厌烦也没有法子。"

小林对她一看,"你有什么事呢?"不胜悲。他总愿他自己担受。好孩子,他不知他可笑得很,细竹随随便便的话,是一个简单的事实,科学的,成年的女子,一年十二个月。今天她兴致好,前两天很不舒服。

他又告诉她们道:

"我刚才到观音寺去玩了一趟,真好笑,八九个老婆婆一路烧香,难为她们一个个人的头上都插一朵花。"

"你怎么就个个奶奶头上都看一下?"

琴子说,简直是责备他,何致于要这样的注目。

"你没有看见,我简直踌躇不敢进,都是一朵小红花,插住老年的头发,我远远的站定,八九个人一齐跪下去,叩首作揖,我真真的侥幸这个大慈大悲的菩萨只是一位木偶——"

仿佛怕佛龛上有惊动。此刻说起来,不是当面时的意思重了。

"我平常很喜欢看观世音的像。"

又这一说。细竹一笑,记起她的琴姐的"观世音的净瓶。"

慢慢他又道:

"老年有时也增加趣味。"

"你的字眼真用得古怪,这里怎么说趣味呢?"

琴子说着有点皱眉毛,简直怕他的话。

"这是另外一件事。我有一回看戏,一个很好看的女戏子打扮一个老旦,她的拄杖捏得很好玩,加了我好多意思,头上裹一条黄巾,把她的额角格外配得有样子。我想这位姑娘,她照镜子的时候,一心留意要好看,然而不做这个脚色,也想不到这样打扮。"

细竹道:

"那你还是爱我们姑娘会打扮。"

惹得琴子笑了,又好像暗暗的骂了一下"这个丫头"。

"我还记得一个女戏子,这回是戎马仓皇,手执花枪,打仗,国破家亡,累得这个姑娘忍了呼吸,很难为她。我看她的汗一点也不流了她的粉色。"

于是细竹指着琴子道:

"前年我们两人在放马场看戏,一个花脸把一个丑脚杀了,丑脚他是一个和尚,杀了应该收场,但他忽然掉转头来对花脸叫一声'阿弥陀佛!'这一下真是滑稽极了,个个都钉了眼睛看,那么一个丑脚的脸,要是我做花脸我真要笑了,不好意思。"

小林笑道:

"厌世者做的文章总美丽,你这也差不多。"

"那一回我还丢了一把扇子,不晓得是路上丢的是戏台底下丢的。"

"我以后总不替你写字。"

那一把扇子琴子写了字。这个当儿小林很好奇的一看,如临深渊了,澈底的认见这么两个姑娘,一旁都是树。

琴子望坝下,另外记一件事——

"去年,正是这时候,我在这里看见一个人牵骆驼从河那边过来。"

"骆驼?"

"我问三哑叔,三哑叔说是远地人来卖药草的。"

"是的,我也记得一只……多年的事。"

那时他很小,城外桥头看钓鱼,忽然河洲上一个人牵骆驼来了,走到一棵杨柳树底下站住,许多小孩子围着看。

"北方骆驼成群,同我们这里牛一般多。"

这是一句话,只替他画了一只骆驼的轮廓,青青河畔草,骆驼大踏步走,小林远远站着仰望不已。

转眼落在细竹的箫的上面。

"我不会吹。"

但弥满了声音之感。

Silence 有时像这个声音。

塔

细竹给画小林看,她自己画的,刚画起,小小的一张纸,几根雨线,一个女子打一把伞。小林接在手上默默的看。

"你看怎么样?"

说着也看着小林的手上她的作品。连忙又打开抽屉,另外拿出一张纸——

"这里还有一个塔。"

"嗳呀,这个塔真像得很,——你在那里看见这么一个塔?"

他说着笑了,手拿雨境未放。惊叹了一下,恐怕就是雨没有看完,移到塔上。

她也笑道:

"那你怎么说像得很呢?我画得好玩的。昨夜琴姐讲一个故事,天竺国有一佛寺,国王贪财,要把它毁了牠,一匹白马绕塔悲鸣,乃不毁。她讲得很动人。"

说话容易说远了,她只是要说这是她昨天晚上画得好玩的。灯下,琴子讲话,她听,靠着桌子坐,随手拿了一枝笔,画,一面答应琴子"这个故事很动人,"一面她的塔有了,掉转身伸到琴子的面前——这时琴子坐在那里脱鞋——"你看我这个画得怎么样?"

小林不由得记起他曾经游历过的湖边礼拜堂的塔,很喜欢的说与这位画画人听:"有一个地方我住了一个夏天,常常走到一个湖边玩,一天我也同平常一样走去,湖那边新建的礼拜堂快成功了,真是高耸入云,出乎我的意外,顶上头还有好些工人,我一眼稀罕这工程的伟大,而又实在的觉得半空中人的渺小。当下我竟没有把两件事联在一起。"

说着有些寂寞,细竹一心在那里翻她的抽屉。然而这个寂寞最满意,大概要以一个神仙谪贬为凡人才能如此,因为眼前并不是空虚,或者是最所要看一看的了。

看她低了头动这个动那个,他道:

"你不听我讲道理。"

"你说,我听,——今天我有好些事要做。"

她答应了好几个小孩替他们做粽子过端阳。

于是他又看手中画,仿佛是他的灵魂上的一个物件,一下子又提醒了。细竹的这一把伞,或者真是受了他的影响,因为那一日雨天的话。骤看时,恐怕还是他自己的意思太多,一把伞都替他撑起来了,所以一时失批评。至于画,从细竹说,她一点也不敢骄傲。

"我在一本日本画集上见过与你这相类似的,那是颜色画。颜色,恐怕很有些古怪的地方,我一打开那把著色的伞,这个东西就自己完全,好像一个宇宙,自然而然的看这底下的一个人,以后我每每一想到,大地山河都消失了,只有——"

说着不由得两边一看,笑了——

"惟此刻不然。"

把这个屋子里的东西,桌子,镜子,墙上挂的,格外认清的看一下了,尤其是细竹眉目的分明。

细竹也很有趣的一笑。

"真的,我不是说笑话,那画的颜色实在填得好。"

细竹心想:"我几时再来画一张。"把红的绿的几种颜料加入了意识。于是而想到史家庄门口塘的荷花,于是而想到她自己打伞,这样对了小林说:

"下雨的天,邀几个人湖里泛舟,打起伞来一定好看,望之若水上莲花叶。"

小林听来很是欢喜——

"你这一下真走得远。"

说着俨然望。细竹没有明言几个什么人,而他自然而然的自己不在这个船上了。又笑道:

"那你们一定要好好的打扮,无论有没有人看。"

忽然之间,光芒万丈,倒是另外一回事来得那么快,得意——

"细雨梦回鸡塞远,你看,这个人多美。"

又是一个女人。

细竹不开口。

"可惜我画不出这个人来,梦里走路。"

"我这才懂得你的意思——你说这个人做梦跑到塞外那么远去了是吗?"

"不是跑。"

说得两人都笑了。

"我向来就不会做文章。"

"这一句诗平常我就很喜欢,或者是我拿牠来做了我自己的画题也未可知。——这样的雨实在下得有意思,不湿人。"

"我同琴姐都很佩服你,有的时候听了你的谈话,我们都很自小,赶不上你。"

姑娘一面说一面拿了一张纸折什么,很是一个谦恭的样子。这个话,小林不肯承认,简直没有听,称赞他算不了什么,上帝的谦恭完全创造在这一位可爱的姑娘面上!所以他坐在那里祈祷了。

看她折纸玩,同时把手上她的画安放到桌上。

他又说话:

"我常常观察我的思想,可以说同画几何差不多,一点也不能含糊。我感不到人生如梦的真实,但感到梦的真实与美。"

"我做梦我总不记得。"

低了头手按在桌上,好像要叠一朵莲花。

"英国有一位女著作家,我在她的一部书里头总忘不了一句话,她的意思好像说,梦乃在我们安眠之上随喜绘了一个图。"

"这话怎么讲?"

"你想,就是一个最美之人,其睡美,不也同一个醉汉的酣睡一样不可思议吗?——"

细竹抬了头,他说得笑了。

"有了梦才有了轮廓,画到那里就以那里为止,我们也不防〔妨〕以梦为大,——要不然,请你闭了眼睛看一看!"

望着她的眼睛看,又是——

"我小的时候总喜欢看我姐姐的瞳人。"

细竹懂得了,而且比他懂得多,她道:

"这样看起来,人生如梦倒是一句实在话,是你自己讲的。"

小林不语。

她果然是叠一朵莲花。

"不管天下几大的雨,装不满一朵花。"

一吹开,两个指头捏定指示起来了。

小林的眼睛不知往那里看。

故 事

细竹不知上那里玩去了,小林也出去了,琴子一个人在家,心里很是纳闷。其实是今天早起身体不爽快,不然她不致于这样爱乱想。她想小林一定又是同细竹一块儿玩去了,恨不得把"这个丫头"一下就召回来,大责备一顿。她简直伏在床上哭了。意思很重,哭是哭得很轻的。自以为是一个了不起的日子,没有担受过,坐起身来叹一声气。

"唉,做一个人真是麻烦极了。"

起来照一照镜子,生怕头发蓬得不好看,她不喜欢那个懒慵慵的样子。眼睛已经有点不同了,著实的熨贴了一下。又生怕小林这时回来了。那样她将没有话说,反而是自己的不应该似的。

"唉,做个女子真不好……"

不由己的又滚了两颗泪儿了。这时是镜子寂寞,因为姑娘忽然忘了自己,记起妈妈来了。可怜的姑娘没有受过母爱。又记起金银花,出现得甚是好看……

花是年年开,所以远年的东西也总不谢了,何况姑娘正是看花的年龄,难怪十分的美好。

"细竹,这不能说,我不愿他爱你,但我怕……"

一句话又不能得了意思。

慢慢的小林回来了,那个脚步才真是空谷足音哩,姑娘实在感到爱的春风了,不,是一个黄昏——这时,人,大概是为万物之灵了,Sappho 歌了一首诗。

小林见她一笑:

"今天外面天气很好,你怎么不出去玩?"

"你来打动了我,我正想着两句话伤心,我很爱:'鸟之将死,其鸣也哀;人之将死,其言也善。'"

"你今天恐怕是不舒服。"

"我长久不记得我的母亲,今天我忽然想我的母亲了。"

小林不胜同情之感,简直受了洗礼了,觉得那个样子太是温柔。又异想天开,很是自得,不由得探问于姑娘:

"你们的记忆恐怕开展得极其妙善,我想我不能进那个天国,——并不一定是领会不到。"

说着是一个过门而不入的怅惘。琴子启齿而笑了,实在要佩服他。

"你在那里玩得回来?"

"细竹真好比一个春天,她一举一动总来得那么豪华,而又自然的有一个非人力的节奏,——我批评不好。刚才我在河边玩,好几位嫂嫂在那里洗衣服,她们真爱说话,都笑我,我跑开了。走到坝上,望见稻场那边桑树脚下聚了许多孩子,我走去看,原来细竹她在树上,替他们摘叶子。她对我笑……"

这个印像殊不好说了。他刚刚到了那棵树的时候,她正一手攀了枝子绿叶之中低下头来答应一个孩子什么,见了小林站在那里,笑着分了一下眼睛好像告诉他她有事了。这个桑树上的一面,大概就是所谓"豪华"之掇拾,然而当时他茫茫然一个路人之悲了,随即一个人走到树林里徘徊了好久。此刻说来,又不知不觉的是一个求助的心,向了当面之人。

琴子实在忍不住哭了。

他的担子忽然轻了,也哭了。连忙又说话:

"我分析我自己,简直说不通,——人大概是生来赋了许多盲目的本能,我不喜欢说是情感。我常想,这恐怕是生存的神妙,因为同类,才生了许多题目。我们在街上见了一个杀人的告示,不免惊心,然而过屠门而要大嚼;同样,看花不一定就有掐〔掐〕花之念,自然也无所谓悲欢。孔子说,'鸟兽不可与同群',这里头是可以得到一个法则。"

这些话胡为而来,琴子很不明白,看他的样子说得太动情。

"你以后不要同细竹玩。"

她轻轻这一说又把他说得哭了。

她也哭了。

"你有许多地方令人害怕,——或者是我赶不上你。"

"你的意思我仿佛能了解,——我其实是一个脚踏实地者,我的生活途中未必有什么可惊异的闯客。就以今日为止,过去我的生活不能算简单,我总不愿同人絮说,我所遇见的一切,都造化了我。人生的意义本来不在牠的故事,在于渲染这故事的手法,故事让牠就是一个'命运'好了,——我是说偶然的遭际。我所觉得最不解的是世间何以竟有人因一人之故制伏了生活,而名之曰恋爱?我想这关乎人的天资。你的性格我不敢轻易度量,在你的翅膀下我真要蜷伏——"

看着琴子的眼睛,觉得哭实在是一个损伤,无可如何。

"我们两人的'故事',恐怕实在算得很有趣的一个。"说得琴子微笑。

"唉,天地者万物之逆旅,应该感谢的。"

这是忽然又有所思了,坐在那里仰望起狗姐姐来了。

回头他一想,"今天四月二十六,前次上八丈亭玩,正是三月二十九,回来她也不舒服,好几天不大吃东西……"于是堕入"神秘"了。太阳落山的时候,坝上玩,遇见"东头"的一位大嫂挑水,捏了桃子吃,给他一个,他拿回来给琴子,琴子接着喜欢极了。

"你往桃树林去了吗?怎么只买一个呢?"

她以为他从桃树林买回来的。离史家庄不远一个地方,几户人家种桃子,名叫桃树林。

还没有点灯,她一个人坐在房里吃桃,酸极了,把姑娘的眼睛闭得甚是有趣。

桃　林

琴子睡了午觉醒来,听得细竹在天井里,叫道:

"细竹,你在那里干什么?"

"这不晓得是一个什么虫,走路走得好玩极了。"

"在那里?"

"阳沟里。"

"你来我有话告诉你。"

于是她伸腰起来,呀的一声险些儿被苔藓滑跌了,自己又站住了。那个小虫,真不晓得是一个什么虫,黑贝壳,姑娘没有动手撩牠,牠自然更不晓得牠的舆地之上,只有一寸高的样子,有那么一幅白面庞,看牠走路得好玩极了。

"你到桃树林去买桃子回来吃好吗?"

她走到了姐姐的面前,荷包里掏出手巾来蒙了脸,装一个捉迷藏的势子玩。

"我同你说正经话你总喜欢闹。"

"好,我去买桃子,你不要哭。"

"真讨厌!你几时看见我哭了?"

细竹想再回她一句,话到口边不成言了,只好忘记了。因为正对了镜子(既然答应了出去买东西,赶忙端正一端正)低目于唇上的红,一开口就不好了。

这个故事,本来已经搁了笔,要待明年再写,今天的事情虽然考证得确凿,是打算抛掉的,因为桃树林这地方,著者未及见,改种了田,只看得见一条小河流,不肯写。桃之为果是不能经历岁时的了。一位好事者硬要我补足,愿做证明,说当初那主人姓何,与他有过瓜葛,他亲见桃园的茂盛,年年不少人来往,言下很是叹息。

今年二月里,细竹同琴子一路来了一趟,那时是看花。这桃,据说不是本地种,人称为"面桃",大而色不红。十几亩地,七八间瓦屋,一湾小溪,此刻真是溪上碧桃多少了。今天天阴而无雨,走路很不热,小林,因为昨天听了琴子的话,向一个孩子打听得桃树林,独自走来了,想不到细竹随后来了。他玩了不小的工夫,地主人名叫何四海,攀谈了好些话,他说他从史家庄的史家奶奶家来。史家奶奶是四远驰名的了。何家的小姑娘导引细竹进来,他正走在桃畔之间,好像已经学道成功的人,凡事不足以随便惊喜,雷声而渊默,——哀哉,桃李下自成蹊,人来无非相见,意中人则反而意外了,证天地之不幻,枝枝果果画了这一个人的形容。看官,这决不是诳语,大块文章,是可以奏成人的音乐,只可惜落在我的纸上未必若是其推波助澜耳。

细竹当下的欢喜是不待说的,她开口道:

"你怎么在这里呢?你来你怎么不告诉我们呢?"

另外的那个小姑娘莫明其妙,只有她是现得在树的脚下,简直是一只小麻雀,扎那么一个红辫子,仰起头来仿佛看"细竹姑姑"怎么这么的晓得说话?她叫细竹叫细竹姑姑,去年便认熟了。

"女!把细竹姑姑牵来喝茶。"

原来她就叫做"女",小林好笑了。女的妈正在"灶上"忙午饭,嚷嚷。细竹姑姑远远的谢她一声。

"开了没有?开了。"

灶孔里掏出沙罐来,忙着问水开了没有,开了。

"琴姐她叫我来买桃子,要晓得你来我就不用得跑这一趟了。"

然而女拉着细竹姑姑的手要去喝茶了。

小林本来是一个悲思呵,笑而无可说的了。何四海背了箩筐又来同他谈。筐子里的桃都是拣那大的摘了下来。

"随便请一两个罢,刚下树的好吃。"

"谢谢你,回头我同细竹姑娘一路买几斤。果子吊在树上我还是今天在你这里初次见。"

"不要跑,丫头!要跌一交才好!"

女拿着称桃子的秤向这里跑来了,爸爸叫她不要跑。

"妈妈说细竹姑姑要四斤,叫你称。"

于是何四海称桃。

小林一望望到那里去了,细竹也出来了。

"你不要跑呵。"

她也有点跑哩。可怜的孩子,正其瞻视,人生在世随在不可任意,不然这就是临风而泣的时候了。他觉得那衣样,咫尺之间,自为生动。

这回又是那个胸襟。美人的高蹈,是不同的,所谓"雪胸鸾镜里",那还是她们自己妆台放肆罢了,恐怕不及这自然与人物之前天姿的节奏。

"嗳呀,何老板,你都把这大的称给了我们。"

看了这称好了的一堆桃子,低下身去很知礼的说。

女的妈也来了,她走近何四海,说一句:
"我们的饭熟了。"
看了四斤桃子——四斤桃子的钱她在灶上细竹就给了她她装到荷包里去了,还要说"哈哈哈,还要给钱吗?"看了四斤桃子,她一句:
"拿什么装呢?"
细竹掏出她的手巾。
"这条好手巾?"
又一句,她的女捱到她的兜里拉住她的手了。
"饭熟了,吃饭的都回来了。"
又说给何四海听,要他去吃饭,"吃饭的都回来了",是说他们家里请的三个长工。看他是要走了,女也拉着她走,她还晓得要说话:
"细竹姑姑,你就在我这里吃一点吗?——哈哈哈,不吃。"
细竹要开口,她就晓得是说不吃。其实细竹说出来是——
"我不饿。"
两样的话差不多是一齐开口,不过她先了一个"哈哈哈"了。
于是他们走了,留了这两位观客。
一眼见了一棵树上的一个大桃子,她恰恰可以攀手得够,细竹稀罕着道:
"嗳呀,这一个桃子才真大。"
于是忍不住要淘气一下,远远的又叫何四海:
"何老板,我把你们的桃子再摘一个呵。"
"好罢,不要紧,你自己摘罢。"
一摘就把牠摘下来了,喜欢极了,还连了两瓣叶子。这个她就自己手上拿着。
小林也看着这个桃子喜欢极了。
忽然他向她讲这样的话:
"我有一个不大好的意见,——不是意见,总之我自己也觉着很不好,我每逢看见了一个女人的父和母,则我对于这位姑娘不愿多所瞻仰,仿佛把她的美都失掉了,尤其是知道了她的父亲,越看我越看出相像的地方来了,说不出道理的难受,简直的无容身之地,想到退避。"
"你这实在不好,我总喜欢人家有父母。"
"我仿佛女子是应该长在花园里,好比这个桃林,当下忽然的一见。"
细竹笑了——
"你原来是讲故事,编我。"
"不是的。"
说着也笑了,然而窘。
"前天晚上我做了一个梦,我说告诉你又忘记了,我梦见我同你同琴子坐了船到那里去玩,简直是一片汪洋,奇怪得很,只看见我们三个人,我们又没有荡桨,而船怎么的还是往前走。"
"做梦不是那样吗?——你这是因为那一天我们两人谈话,我说打起伞来到湖里坐船好玩,所以晚上你就做这个梦。"
"恐怕是的,——后来不知怎样一来,只看见你一个人在船上,我把你看得分明极了,白天没有那样的明白,宛在水中央。"

连忙又一句,却不是说梦——

"嗳呀,我这一下真觉得'宛在水中央'这句诗美。"

细竹喜欢着道:

"做梦真有趣,自己是一个梦自己也还是一个旁观人,——既然只有我一个人在水中央,你站在那里看得见呢?"

她这一说不打紧,小林佩服极了。

她又说她口渴,道:

"我有点渴。"

"刚才何大娘请你喝茶——"

"我把这个桃子吃了牠罢。"

指着自己手上的桃子请示。小林笑道:

"好罢。"

她动嘴吃桃,咬了一块,还在舌间,小林却无原无故的瞪眼看这已经破口的东西——欲言不语了。

慢慢他这样说:

"细竹,我感得悲哀得很。"

说得很镇静。

"这个桃子一点也不酸。"

"你看,虽然是你开口,这个东西很难看了。"

细竹看他一下,一个质问的眼光。

他也就笑——

"好,你把牠吃完了牠。"

这个意思是,看她吃得很好玩了,桃子没有了。

细竹要回去,说:

"我们回去罢,时候不早。"

"索性走到那头去看一看。"

"那头不是一样吗?"

她一眼望了那头说,要掉背了。

小林也就怅望于那头的树行,很喜欢她的这一句话。

延伸阅读: 周作人在《〈枣〉和〈桥〉的序》一文中对废名小说创作风格的评价甚为妥当。他说:"关于文章之美的话,我前在《桃园》跋里已曾说及,现在的意思却略有不同。废名君用了他简练的文章写所独有的已经,固然是很可喜,再从近来文体的变迁上着眼看去,更觉得有意义。"见1932年6月开明书店版《桥》。

莎菲女士的日记

丁 玲

十二月二十四

今天又刮风！天还没亮，就被风刮醒了。伙计又跑进来生炉。我知道，这是怎样都不能再睡得着了的。我也知道，不起来，便会头昏。睡在被窝里是太爱想到一些奇奇怪怪的事上去。医生说顶好能多睡，多吃，莫看书，莫想事，偏这就不能，夜晚总得到两三点才能睡着，天不亮又醒了。像这样刮风天，真不能不令人想到许多使人焦躁的事。并且一刮风，就不能出去玩，关在屋子里没有书看，还能做些什么？一个人能呆呆的坐着，等时间的过去吗？我是每天都在等着，挨着，只想这冬天快点过去；天气一暖和，我咳嗽总可好些，那时候，要回南便回南，要进学校便进学校，但这冬天可太长了。

太阳照到纸窗上时，我是在煨第三次的牛奶。昨天煨了四次。次数虽煨得多，却不一定是要吃，这只不过是一个人在刮风天为免除烦恼的养气法子。这固然可以混去一小点时间，但有时却又不能不令人更加生气，所以上星期整整的有七天没玩它，不过在没想别的法子时，是又不能不借重它来像一个老年人耐心着消磨时间。

报来了，便看报，顺着次序看那大号字标题的国内新闻，然后又看国外要闻，本埠琐闻……把教育界，党化教育，经济界，九六公债盘价……全看完，还要再去温习一次昨天前天已看熟了的那些招男女，编级新生的广告，那些为分家产起诉的启事，连那些什么六○六，百灵机，美容药水，开明戏，真光电影……都熟习了过后才懒懒的丢开报纸。自然，有时是会发现点新的广告，但也除不了是些绸缎铺五年六年纪念的减价，恕讣不周的讣闻之类。

报看完，想不出能找点什么事做，只好一人坐在火炉旁生气。气的事，也是天天气惯了的。天天一听到从窗外走廊上传来的那些住客们喊伙计的声音，便头痛，那声音真是又粗，又大，又嘎，又单调："伙计，开壶！"或是"脸水，伙计！"这是谁也可以想像出来的一种难听的声音。还有，那楼下电话也是不断的有人在那电机旁大声的说话。没有一些声息时，又会感到寂沈沈的可怕，尤其是那四堵粉垩的墙。它们呆呆的把你眼睛挡住，无论你坐在那方；逃到床上躺着吧，那同样的白垩的天花板，便沈沈的把你压住。真找不出一件事是能令人不生嫌厌的心的；如同那麻脸伙计，那有抹布味的饭菜，那扫不干净的窗格上的沙土，那洗脸台上的镜子——这是一面可以把你的脸拖到一尺多长的镜子，不过只要你肯稍微一偏你的头，那你的脸又会扁的使你自己也害怕……这都是可以令人生气了又生气。也许这只我一人如是。但我却宁肯能找到些新的不快活，不满足，只是新的，无论好坏，似乎都隔得我太远了。

吃过午饭，苇弟便来了，我一听到他那特有的急遽的皮鞋声已从走廊的那端传来时,我的心似乎便从一种窒息中透出一口气来的感到舒适。但我却不会表示,所以当苇弟进来时,我只能默默的望着他;他反以为我又在烦恼,握紧我一双手,"姊姊,姊姊,"那样不断的叫着。我,我自然笑了!我笑的什么呢,我知道!在那两颗只望到我眼睛下面的跳动的眸子中,我准懂得那收藏在眼睑下面,不愿给人知道的是些什么东西!这是有多么久了,你,苇弟,你在爱我!但他捉住过我吗?自然,我是不能负一点责,一个女人是应当这样。其实,我算够忠厚了;我不相信会有第二个女人这样不捉弄他的,并且我还在确确实实的可怜他,竟有时忍不住想去指点他:"苇弟,你不可以换个方法吗?这样是只能反使我不高兴的……"对的,假使苇弟能够再聪明一点,我是可以比较喜欢他些,但他却只能如此忠实的去表现他的真挚!

苇弟看见我笑了,便很满足。跳过床头去脱大氅,还脱下他那顶大皮帽来。假使他这时再掉过头来望我一下,我想他一定可以从我的眼睛里得些不快活去。为什么他不可以再多的懂得我些呢?

我总愿意有那末一个人能了解我得清清楚楚的,如若不懂得我,我要那些爱,那些体贴做什么?偏偏我的父亲,我的姊姊,我的朋友都能如此盲目的爱惜我,我真不知他们所爱惜我的是些什么;爱我的骄纵,爱我的脾气,爱我的肺病吗?有时我为这些生气,伤心,但他们却都更容让我,更爱我,说一些错到更能使我想打他们的一些安慰话。我真愿意在这种时候会有人懂得我,便骂我,我也可以快乐而骄傲了。

没有人来理我,看我,我是会想念人家,或恼恨人家,但有人来后,我不觉的又会给人一些难堪,这也是无法的事。近来为要磨练自己,常常话到口边便咽住,怕又在无意中竟刺着了别人的隐处,虽说是开玩笑。因为如此,所以这是可以想像出来的,我是拿一种什么样的心情在陪苇弟坐。但苇弟若站起身来喊走时,我是又会因怕寂寞而感到怅惘,而恨起他来。这个,苇弟是早就知道了的,所以他一直到晚上十点钟才回去。不过我却不骗人,并不骗自己,我清白,苇弟不走,不特于他没有益处,反只能让我更觉得他太容易支使,或竟更可怜他的太不会爱的技巧了。

十二月二十八

今天我请毓芳同云霖看电影。毓芳却邀了剑如来。我气得只想哭,但我却纵声的笑了。剑如,她是够多么可以损害我自尊心的;我因为她的容貌,举止,无一不像我幼时所最投洽的一个朋友,所以我竟不觉的时常在追随她,她又特意给了我许多敢于亲近她的勇气,但后来,我却遭受了一种不可忍耐的待遇,无论什么时候想起,我都会痛恨我那过去的,已不可追悔的无赖行为:在一个星期中我曾足足的给了她八封长信,而未曾给人理睬过。毓芳真不知想的那一股劲,明知我已不愿再提起从前事,却故意要邀着她来,像有心要挑逗我的愤恨一样,我真气了。

我的笑,毓芳和云霖是不会留意这有什么变异,但剑如,她是能感觉得;可是她会装,装糊涂,同我毫无芥蒂的说话。我预备骂她几句,不过话只到口边便想到我为自己定下的戒条。并且做得太认真,怕越令人得意。所以我又忍下心去同她们玩。

到真光时,还很早,在门口又遇着一群同乡的小姐们,我真厌恶那些惯做的笑靥,我不去理她们,并且我无缘无故的生气到那许多去看电影的人。我乘毓芳同她们说到热闹中,我丢下我所请的客,悄悄回来了。

除了我自己,是没有人会原谅我的。谁也在批评我,谁也不知道我在人前所忍受的一些人们给我的感触。别人说我怪僻,他们哪里知道我却时常在讨人好,讨人欢喜,不过人们太不肯鼓励我去说那太违我心的话,常常给我机会,让我反省到我自己的行为,让我离人们却更远了。

夜深时,全公寓都静静的,我躺在床上好久了。我清清白白的想透了一些事,我还能伤心什么呢?

十二月二十九

一早毓芳就来电话。毓芳是好人,她不会扯谎,大约剑如是真病。毓芳说,起病是为我,要我去,剑如将向我解释。毓芳错了,剑如也错了,莎菲不是欢喜听人解释的人。根本我就否认宇宙间要解释。朋友们好,便好;合不来时,给别人点苦头吃,也是正大光明的事。我还以为我够大量,太没报复人了。剑如既为我病,我倒快活,我不会拒绝听别人为我而病的消息。并且剑如病,还可以减少点我从前自怨自艾的烦恼。

我真不知应怎样才能分析出我自己来。有时一朵被风吹散了的白云,会感到一种渺茫的,不可捉摸的难过,但看到一个二十多岁的男子(苇弟其实还大我四岁)把眼泪一颗一颗掉到我手背时,却像野人一样的在得意的笑了。苇弟是从东城买了许多信纸信封来我这里玩,为了他很快乐,在笑,我便故意去捉弄,看到他哭了,我却快意起来,并且说:"请珍重点你的眼泪吧,不要以为姊姊是像别的女人一样脆弱得受不起一颗眼泪……""还要哭,请你转家去哭,我看见眼泪就讨厌……"自然,他不走,不分辩,不负气,只蜷在椅角边老老实实无声的去流那不知从哪里得来的那末多的眼泪。我,自然,得意够了,是又会惭愧起来,于是用着姊姊的态度去喊他洗脸,抚摩他的头发。他镶着泪珠又笑了。

在一个老实人面前,我是已尽自己的残酷天性去磨折了他,但当他走后,我真又想能抓回他来,只请求他一句:"我知道自己的罪过,请不要再爱这样一个不配承受那真挚的爱的女人了吧!"

一月一号

我不知道那些热闹的人们是怎样的过年法,我是只在牛奶中加了一个鸡子,鸡子还是昨天苇弟拿来的,一共是二十个,昨天煨了七个茶卤蛋,剩下的十三个,大约总够我两星期来吃它。若吃午饭时,苇弟会来,则一定有两个罐头的希望。我真希望他来。因为想到苇弟来,所以我便上单牌楼去买了四盒糖,两包点心,一篓桔子和苹果,是预备他来时给他吃的。我是准断定在今天只有他才能来。

但午饭吃过了,苇弟却没来。

我一共写了五封信,都是用前几天苇弟买来的好纸好笔。但我想能接得几个美丽的画片,却不能。连几个最爱弄这个玩艺儿的姊姊们都把我这应得的一份儿忘了。不得画片,不希罕,单单忘了我,却是可气的事。不过为了自己从不曾给人拜过一次年,算了,这也是应该的。

晚饭还是我一人独吃,我烦恼透了。

夜晚毓芳云霖却来了，还引来一个高个儿少年，我只想他们才真算幸福；毓芳有云霖爱她，她满意，他也满意。幸福不是在有爱人，是在两人都无更大的欲望，商商量量平平和和的过日子。自然，也有人将不屑于这平庸。但那只是另外那人的，却与我的毓芳无关。

毓芳是好人，因为她有云霖，所以她"愿天下有情人皆成眷属"。她去年曾替玛丽作过一次恋爱婚姻介绍者。她又希望我能同苇弟好。因此她一来便问苇弟。但她却和云霖及那高个儿把我给苇弟买的东西吃完了。

那高个儿可真漂亮，这是我第一次感觉到男人的美上面，从来我是没有留心到。只以为一个男人的本行是在会说话，会看眼色，会小心就够了。今天我看了这高个儿，才懂得男人是另铸有一种高贵的模型，我看出那衬在他面前的云霖显得多么委琐，多么呆拙……我真要可怜云霖，假使他知道了他在这大人前所衬出的不幸时，他将怎样伤心他那些所有的粗丑的眼神，举止。我更不知，当毓芳拿着这一高一矮的男人相比时，是会起一种什么情感！

他，这生人，我将怎样去形容他的美呢？固然，他的颀长的身躯，白嫩的面庞，薄薄的小嘴唇，柔软的头发，都足以闪耀人的眼睛，但他却还另外有一种说不出，捉不到的丰仪来煽动你的心。如同，当我请问他的名字时，他是会用那种我想不到的不急遽的态度递过那只擎有名片的手来。我抬起头去，呀，我看见那两个鲜红的，嫩腻的，深深凹进的嘴角了。我能告诉人吗？我是用一小儿要糖果的心情在望着那惹人的两个小东西。但我知道在这个社会里面是不会准许任我去取得我所要的来满足我的冲动，我的欲望，无论这是于人并不损害的事，所以我只得忍耐着，低下头去，默默的去念那名片上的字：

"凌吉士，新加坡……"

凌吉士，他是能那样毫无拘束的在我这儿谈笑，像是在一个很熟的朋友处，难道我能说他是有意来捉弄一个胆小的人？我是为要强迫的去拒绝引诱，从不敢把眼光抬平去一望那可爱慕的火炉的一角。并且害得两只从不知羞惭的破烂拖鞋，也逼着我不准走到桌前的灯光处。我并且生气我自己，怎么我只会那样拘束，不调皮的在应对？平日看不起别人的交际法，今天才知道自己是还只能显得又呆，又默，又傻气。唉，他一定以为我是一个乡下才出来的姑娘了！

云霖同毓芳两人看见我木木的，以为我不欢喜这生人，常常去打断他的说话，不久带着他走了。这个我也能感激他们的好意吗？我望着那一高两矮的影子在楼下院子中消失时，我真不愿再回到这留得有那人的靴印，那人的声音，和那人吃剩的饼屑的屋子。

<h2 style="text-align:center">一月三号</h2>

这两夜通宵通宵的咳嗽。对于药，简直就不会有信仰，药与病不是已毫无关系了吗？我明明已厌烦了那苦水，但却又按时去吃它，假使连药也不吃，我更能拿什么来希望我的病呢？神要人忍耐着生活，便安排许多痛苦在死的前面，使人不敢走拢死去。我呢，我是更为了我这短促的不久的生，所以我越求生的利害；不是我怕死，是我总觉得我还没享有我生的一切。我要，我要使我快乐。无论在白天，在夜晚，我都是在梦想可以使我没有什么遗憾在我死的时候的一些事情。我想我能睡在一间极精致的卧房的睡榻上，有我的姊姊们跪在榻前的熊皮毡子上为我祈祷，父亲悄悄的朝着窗外叹息，我读着

许多封从那些爱我的人儿们寄来的长信,朋友们都纪念我流着忠实的眼泪……我迫切的需要这人间的感情,想占有许多不可能的东西。但人们给我的是什么呢? 整整又两天,又一人幽囚在公寓里,没有一个人来,也没有一封信来,我躺在床上咳嗽,坐在火炉旁咳嗽,走到桌子前也咳嗽,还想念这些可恨的人们……其实是还收到一封信的,不过这除了更加我一些不快外,也只不过是加我不快。这是在一年前曾骚扰过我的一个安徽粗壮男人所寄来,我没看完就扯了。我真肉麻那满纸的"爱呀爱的!"我厌恨我不喜欢的人们的荩献……

我,我能说得出我真实的需要是些什么呢?

一月四号

事情不知错到什么地方去了。我为什么会想到搬家,并且在糊里糊涂中欺骗了云霖,好像扯谎也是本能一样,所以在今天能毫不费力的便使用了。假使云霖知道了莎菲也会哄骗他,他不知应如何伤心;莎菲是他们那样爱惜的一个小妹妹。自然我不是安心的,并且我现在在后悔。但我能决定吗? 搬呢,还是不搬?

我是不能不向我自己说:"你是在想念那高个儿的影子呢!"是的,这几天几夜我是无时不神往到那些足以诱惑我的。为什么他不在这几天中单独来会我呢? 他应当知道他是不该让我如此的去思慕他。他应当来看我,说他也想念我才对。假使他来,我是不会拒绝去听他所说的一些爱慕我的话,我还将令他知道我所要的是些什么。但他却不来。我估定这像传奇中的事是难实现了。难道我去找他吗? 一个女人这样放肆,是不会得好结果的。何况还要别人能尊敬我呢。我想不出好法子来,只好先去到云霖处试一试,所以吃过午饭,我便冒风向东城去。

云霖是京都大学的学生,他的住房便租在一家间于京都大学一院和二院之间青年胡同里。我到他那里时,幸好他没出去,毓芳也没来。云霖当然很诧异我在大风天出来,我说是到德国医院看病,顺便来这里。他也就毫不疑惑,又来问我的病状,我却把话头故意引到那天晚上。不费一点气力,我便已打探得那人儿是住在第四寄宿舍,位置是在京都大学二院隔壁的。不久,我于是又叹起气来,我用了许多言辞把在西城公寓里的生活,描摹得怎样的寂寞,黯淡。我又扯谎,说我唯一只想能贴近毓芳(我已知道毓芳已预备搬来云霖处)。我要求云霖同我往近处找房。云霖当然高兴这差事,不会迟疑的。

在找房的时候,凑巧竟碰着了凌吉士。他也陪着我们。我真高兴,高兴使我胆大了,我狠狠的望了他几次,他没有觉得,他问我的病,我说全好了,他不信似的在笑。

我看上一间又低,又小,又霉的东房,这是在云霖的隔壁一家叫大元的公寓里。他和云霖都说太湿,我却执意要在第二天便搬来,理由是那边太使我厌倦,而我急切的又要依着毓芳。云霖无法,也就答应了。还说好第二天一早他和毓芳过来替我帮忙。

我能告诉人,我单单选上这房子的用意吗? 它是位置在第四寄宿舍和云霖住所之间。

他不曾向我告别,所以我又转到云霖处,我尽所有的大胆在谈笑。我把他什么细小处都审视遍了。我觉得都有我嘴唇放上去的需要。他不会也想到我是在打量他,盘算他吗? 后来我特意说我想请他替我补英文,云霖笑,他听后却受窘了,不好意思的在含含糊糊的回答,于是我向心里说,这还不是一个坏蛋呢,那样高大的一个男人却还会红脸？因此我的狂热更炎炽了。但我不愿让人懂得我，看得我太容易，所以我就驱遣我自己，很早的就回来了。

现在仔细一想，我唯恐我的任性，将把我送到更坏的地方去，暂时且住在这有洋炉的房里吧，难道我能说得上我是爱上了那南洋人吗？我还一丝一毫都不知道他呢。什么那嘴唇，那眉梢，那眼角，那指尖……多无意识，这并不是一个人所应需的，我着魔了，会想到那上面。我决计不搬，一心一意来养病。

我决定了。我懊悔，我懊悔我白天所做的一些，不是一个正经女人所做得出来的。

一月六号

都奇怪我，听说我搬了家，南城的金英，西城的江，周，都来到我这低湿的小屋里。我笑着，有时在床上打滚，她们都说我越小孩气了，我更大笑起来，我只想告诉她们我想的是什么。下午苇弟也来了。苇弟最不快活我搬家，因为我未曾同他商量，并且离他更远了。他见着云霖时，竟不理他。云霖摸不着他为什么生气，望着他。他却更板起脸孔。我好笑，我向自己说："可怜，冤枉他了，一个好人！"

毓芳不再向我说剑如。她决定两三天便搬来云霖处，因为她觉得我既这样想傍着她住，她不能让我一人寂寂寞寞的住在这里。她和云霖待我更比以前亲热。

一月十号

这几天我都见着凌吉士，但我从没同他多说过几句话，我是决不先提到补英文事。我看见他一天要两次的往云霖处跑，我发笑，我准断定他以前一定不会同云霖如此亲密的。我没有一次邀请他来我那儿去玩，虽说他问了几次搬了家如何，我都装出不懂的样儿笑一下便算回答。我是把所有的心计都放在这上面用，好像同着什么东西搏斗一样。我要着那样东西，我还不愿去取得，我务必想方设计的让他自己送来。是的，我了解我自己，不过是一个女性十足的女人，女人是只把心思放到她要征服的男人们身上。我要占有他，我要他无条件的献上他的心，跪着求我赐给他的吻呢。我简直癫了，反反复复的只想着我所要施行的手段的步骤，我简直癫了！

毓芳云霖看不出我的兴奋来，只说我病快好了。我也正不愿他们知道，说我病好，我就假装着高兴。

一月十二

毓芳已搬来，云霖却又搬走了。宇宙间竟会生出这样一对人来，为怕生小孩，便不肯住在一起。我猜想他们是连自己也不敢断定：当两人抱在一床时是不会另外又干出些别的事来，所以只好预先防范，不给那肉体接触的机会。至于那单独在一房时的拥抱和亲嘴，是不会发生危险，所以悄悄来表演几次，便不在禁止之列。我忍不住嘲笑他们了，这禁欲主义者！为什么会不需要拥抱那爱人的裸露的身体？为什么要压制住这爱的表现？为什么在两人还没睡在一个被窝里以前，会想到那些不相干足以担心的事？我不相信恋爱是如此的理智，如此的科学！

他俩不生气我的嘲笑,他俩还骄傲着他们的纯洁,而笑我小孩气呢。我体会得出他们的心情,但我不能解释宇宙间所发生的许许多多奇怪的事。

这夜我在云霖处(现在要说毓芳处了)坐到夜晚十点钟才回来,说了许多关于鬼怪的故事。

鬼怪这东西,我是在一点点大的时候,坐在姨妈怀里听姨爹讲聊斋是常事,并且一到夜里就爱听。至于怕,又是另外一件不愿告人的。因为一说怕,准就听不成,姨爹便会踱过对面书房去,小孩就不准下床了。到进了学校,又从先生口里得知点科学常识,为了信服我们那位周麻子二先生,所以连书本也信服,从此鬼怪便不屑于害怕了。近来人是更在长高长大,说起来,总是否认有鬼怪的,但鸡栗却不肯因为不信便不出来,寒毛一个个也会竖起的。不过每次同人一说到鬼怪时,别人是不知道我正在想抛开些说到别的闲话上去,为的怕夜里一个人睡在被窝里时想到死去了的姨爹姨妈就伤心。

回来时,我看到那黑魆魆的小胡同,真有点胆怯。我想,假使在哪个角落里露出一个大黄脸,或伸来一只毛手,又是在这样像冻住了的冷巷里,我不会以为是意外。但看到身边的这高大汉子(凌吉士)做镖手,大约总可靠,所以当毓芳问我时,我只答应"不怕,不怕"。

云霖也同我们出来,他回他的新房子去,他向南,我们向北,所以只走了三四步,便听不清那橡皮的鞋底在泥板上发出的声音。

他伸来一只手,拢住了我的腰:

"莎菲,你一定怕哟!"

我想挣,但挣不掉。

我的头停在他的胁前,我想,如若在亮处,看起来,我会像个什么东西,被挟在比我高一个头还多的人的腕中。

我把身一蹲,便窜出来了,他也松了手陪我站在大门边打门。

小胡同里黑极了,但他的眼睛望到何处,我却能很清楚的看见。心微微有点跳,等着开门。

"莎菲,你怕哟!"

门闩已在响,是伙计在问谁。我朝他说:

"再——"

他猛的却握住我的手,我也无力再说下去。

伙计看到我身后的大人,露着诧异。

到单独只剩两人在一房时,我的大胆,已经是变得毫无用处了。想故意说几句客套话,也不会,只说:"请坐吧!"自己便去洗脸。

鬼怪的事,已不知忘掉到什么地方去了。

"莎菲!你还高兴读英文吗?"他忽然问。

这是他来找我,提头到英文,自然他未必欢喜白白牺牲时间去替人补课,这意思,在一个二十岁的女人面前,怎能瞒过,我笑了(这是只在心里笑)。我说:

"蠢得很,怕读不好,丢人。"

他不说话,把我桌上摆的照片拿来玩弄着,这照片是我姊姊的一个刚满一岁的女儿的。

我洗完脸,坐在桌子那头。

他望望我,便又去望那小女孩,然后又望我。是的,这小女孩长的真像我。于是我问他:

"好玩吗?你说像我不像?"

"她,谁呀?"显然,这声音就表示着非常之认真。

"你说可爱不可爱?"

他只追问着是谁。

忽的,我明白了他意思,我又想扯谎了。

"我的,"于是我把像片抢过来吻着。

他信了。我竟愚弄了他,我得意我的不诚实。

这得意,似乎便能减少他的妩媚,他的英爽。要是不,为什么当他显出那天真的诧愕时,我会忽略了他那眼睛,我会忘掉了他那嘴唇?否则,这得意一定将冷淡下我的热情来。

然而当他走后,我却懊悔了。那不是明明安放着许多机会吗?我只要在他按住我手的当儿,另做出一种眼色,让他懂得他是不会遭拒绝,那他一定可以还做出一些比较大胆的事。这种两性间的大胆,我想只要不厌烦那人,是也会像把肉体来融化了的感到快乐,是无疑。但我为什么要给人一些严厉,一些端庄呢?唉,我搬到这破房子里来,到底为的是些什么呢?

一月十五

近来我是不算寂寞了,白天便在隔壁玩,晚上又有一个新鲜的朋友陪我谈话。但我的病却越深了。我真不能不令我灰心,我要什么呢,什么也于我无益。难道我有所眷恋吗?一切又是多么的可笑,但死却不期然的会让我一想到便伤心。每次看见那克利大夫的脸色,我便想:是的,我懂得,你尽管说吧,是不是我已没希望了?但我却拿笑代替了我的哭。谁能知道我在夜深流出的眼泪的分量!

几夜,凌吉士都接着来,他告人说是在替我补英文,云霖问我,我只好不答应。晚上我拿一本"*Poor People*"放在他面前,他真个便教起我来。我只好又把书丢开,我说:"以后你不要再向人说在替我补英文吧,我病,谁也不会相信这事的。"他赶忙便说:"莎菲,我不可以等你病好些就教你吗?莎菲,只要你喜欢。"

这新朋友似乎是来得如此够人爱,但我却不知怎的,反而懒于注意到这些事。我每夜看到他丝毫得不着高兴的出去,心里总觉得有点歉疚。我只好在他穿大氅的当儿向他说:"原谅我吧,我是有病!"他会错了我的意思,以为我同他客气。"病有什么要紧呢,我是不怕传染的。"后来我仔细一想,也许这话是另含得有别的意思,我真不敢断定人的所作所为是像可以想像出来的那样单纯。

一月十六

今天接到蕴姊从上海来的信,更把我引到百无可望的境地。我哪里还能找得几句话去安慰她呢?她信里说:"我的生命,我的爱,都于我无益了……"那她是更不必需要我的安慰,我为她而流的眼泪了。唉!但从她信中,我可以揣想得出她婚后的生活,虽说她未肯明明的表白出来。神为什么要去捉弄这些在爱中的人儿？蕴姊是最神经质，最热情的人，自然她是更受不住那渐渐的冷淡，那已遮饰不住的虚情……我想要蕴姊来北京，不过这是做得到的吗？这还是疑问。

苇弟来的时候，我把蕴姊的信给他看，他真难过，因为那使我蕴姊感到生之无趣的人，不幸便是苇弟的哥哥。于是我又向他说了我许多新得的"人生哲学"的意义；他又尽他唯一的本能在哭。我只是很冷静的去看他怎样使眼睛变红，怎样拿手去擦干，并且我在他那些举动中，加上许多残酷的解释。我未曾想到在人世中，他是一个例外的老实人，不久，我一个人悄悄的跑出去了。

为要躲避一切的熟人，深夜我才独自从冷寂寂的公园里转来，我不知怎样的度过那些时间，我只想："多无意义啊！倒不如早死了干净……"

一月十七

我想：也许我是发狂了！假使是真发狂，我倒愿意。我想，能够得到那地步，我总可以不会再感到这人生的麻烦了吧……

足足有半年为病而禁绝了的酒，今天又开始痛饮了。明明看到那吐出来的是比酒还红的血。但我心却像有什么别的东西主宰一样，似乎这酒便可在今晚致死我一样，我是不愿再去细想那些纠纠葛葛的事……

一月十八

现在我还睡在这床上，但不久就将与这屋分别了，也许是永别，我断得定我还有那样能再亲我这枕头，这棉被……的幸福吗？毓芳，云霖，苇弟，金夏都保守着一种沈默围绕着我坐着，焦急的等着天明了好送我进医院去。我是在他们忧愁的低语中醒来的，我不愿说话，我细想昨天上午的事，我闻到屋子中所遗留下来的酒气和腥气，才觉得心是正在剧烈的痛，于是眼泪便涌满了。因了他们的沈默，因了他们脸上所显现出来的凄惨和黯淡，我似乎感到这便是我死的预兆。假设我便如此长睡不醒了呢，是不是他们也将是如此的沈默的围绕着我僵硬的尸体？他们看见我醒了，便都走拢来问我。这时我真感到了那可怕的死别！我握着他们，仔细望着他们每个的脸，似乎要将这记忆永远保存着。他们便都把眼泪滴到我手上，好像觉得我就要长远的离开他们而走向死之国一样。尤其是苇弟，哭得现出丑的脸。唉，我想：朋友呵，请给我一点快乐吧……于是我反而笑了。我请他们替我清理一下东西，他们便在床铺底下拖出那口大藤箱来，在箱子里有几捆花手绢的小包，我说："这我要的，随着我进协和吧。"他们便递给我，我又给他们看，原来都满满是信札，我又向他们笑："这，你们的也在内！"他们才似乎也快乐些了。苇弟又忙着从抽屉里递给我一本照片，是要我也带去的样子，我更笑了。这里面有七八张是苇弟的单像，我又特容许了苇弟接吻在我手上，并握着我的手在他脸上摩擦，于是这屋子才不至于像真的有个僵尸停着的一样，天光这时也慢慢显出了鱼肚白。他们又忙乱了，慌着在各处找洋车。于是我病院的生活便开始了。

三月四号

接蕴姊死电是二十天以前的事,而我的病却又一天有希望一天了。所以在一号又由送我进院的几人把我送转公寓来,房子已打扫得干干净净。又因为怕我冷,特生了一个小小的洋炉,我真不知应怎样才能表示我的感谢,尤其是苇弟和毓芳。金和周又在我这儿住了两夜才走,都充当我的看护,我是每日都躺着,简直舒服得不像住公寓,同在家里也差不了什么了!毓芳还决定再陪我住几天,等天气暖和点便替我上西山去找房子,我便好专去养病,我也真想能离开北京,可恨阳历三月了,还如是之冷!毓芳硬要住在这儿,我也不好十分拒绝,所以前两天为金和周搭的一个小铺又不能撤了。

近来在病院却把我自己的心又医转了,这实实在在却是这些朋友们的温情把它又重暖了起来,又觉得这宇宙还充满着爱呢。尤其是凌吉士,当他走到医院去看我时,我便觉得很骄傲,我想他那种丰仪才够去看一个在病院女友的病,并且我也懂得,那些看护妇都在羡慕着我呢。有一天,那个很漂亮的密司杨问我:

"那高个儿,是你的什么人呢?"

"朋友!"我是忽略了她问的无礼。

"同乡吗?"

"不,他是南洋的华侨。"

"那末是同学?"

"也不是。"

于是她狡猾的笑了,"就仅是朋友吗?"

自然,我可以不必脸红,并且还可以警诫她几句,但我却惭愧了。她看到我闭着眼装要睡的狼狈样儿,便很得意的笑着走了。后来我一直都恼着她。并且为了躲避麻烦,有人问起苇弟时,我便扯谎说是我的哥哥。有一个同周很好的小伙子,我便说是同乡,或是亲戚的乱扯。

当毓芳上课去后,我一人留在房里时,我就去翻在一月多中所收到的信,我又很快活,很满足,还有许多人在记念我呢。我是需要别人记念的,总觉得能多得点好意就好。父亲是更不必说,又寄了一张像来,只有白头发似乎又多了几根。姊姊们都好,可惜就为小孩们忙得很,不能多替我写信。

信还没看完,凌吉士又来了。我想站起来,但他却把我按住。他握着我的手时,我快活得真想哭了。我说:

"你想没想到我又会回转这屋子呢?"

他只瞅着那侧面的小铺,表示一种不高兴的样子,于是我告诉他从前的那两位客已走了,这是特为毓芳预备的。

他听了便向我说他今晚不愿再来,怕毓芳会厌烦他。于是我的心里更充满乐意了,便说:

"难道你就不怕我厌烦吗?"

他坐在床头更长篇的述说他这一月多中的生活,还怎样和云霖冲突,闹意见,因为他赞成我早些出院,而云霖执着说不能出来。毓芳也附着云霖,他懂得他认识我的时间太少,说话自然不会起影响,所以以后他都不管这事了,并且在院中一和云霖碰见,自己便先回来了。

我懂得他的意思,但我却装着说:

"你还说云霖,不是云霖我还不会出院呢,住在里面真舒服多了。"

于是我又看见他默默的把头掉到一边去,不答应我的话。

他算着毓芳快来时,便走了,还悄悄告诉我说等明天再来。果然,不久毓芳便回来了。毓芳不会问,我也不告她,并且她为我的病,不愿同我多说话,怕我费神,我更乐得藉此可以多去想些另外的小闲事。

三月六号

当毓芳上课去后,把我一人撂在房里时,我便会想起这所谓男女间的怪事;其实,在这上面,不是我爱自夸,我所受的训练,至少也有我几个朋友们的相加或相乘,但近来我却非常之不能了解了。当独自同着那高个儿时,我的心便会跳起来,又是羞惭,又是害怕,而他呢,他只是那样随便的坐着,类乎天真的讲他过去的历史,有时是握着我的手;但这也不过是非常之自然,然而我的手便不会很安静的被握在那大手中,是慢慢的会发烧。并且一当他站起身预备走时,不由我心便慌张了,好像我将跌入那可怕的不安中,于是我盯着他看,真说不清那眼光是求怜,还是怨恨;但他却忽略了我这眼光,偶尔懂得了,也只说:"毓芳要来了哟!"我应当怎样说呢? 他是在怕毓芳! 自然,我也曾不愿有人知道我暗地一人所想的一些不近情理的事,不过近来我又感得我有别人了解我感情的必要;几次我向毓芳含糊的说起我的心境,她还是只那样忠实的替我盖被子,留心到我的药,我真不能不有点烦闷了。

三月八号

毓芳已搬回去,苇弟却又想代替那看护的差事。我知道,如若苇弟来,一定比毓芳还好,夜晚若想茶吃时,总不至于因听到那浓睡中的鼾声而不愿搅扰人而把头缩进被窝点算了;但我自然拒绝他这好意,他又固执着,我只好说:"你在这里,我有许多不方便,并且病呢,也好了。"他还要证明间壁的屋子是空着,他可以住间壁,我正在无法时,凌吉士却来了,我以为他们还不认识,而凌吉士已握着苇弟的手,说是在医院已见过两次。苇弟只冷冷的不理他,我笑着向凌吉士说:"这是我的弟弟,小孩子,不懂交际,你常来同他玩罢。"苇弟真的变成了小孩子,丧着脸站起身就走了。我因为有人在面前,便感得不快,也只好掩藏住,并且觉得有点对凌吉士不住,但他却毫没介意,反问我:"不是他姓白吗,怎会变成你的弟弟?"于是我笑了:"那末你是只准姓凌的人叫你做哥哥弟弟的!"于是他也笑了。

近来青年人在一处时,便老喜欢研究到这一个"爱"字,虽说有时我也似乎懂得点,不过终究还是不很说得清。至于男女间的一些小动作,似乎我又太看得明白了。也许便是因为我懂得了这些小动作,而于"爱"才反迷糊,才没有勇气鼓吹恋爱,才不敢相信自己还是一个纯粹的够人爱的小女子,并且才会怀疑到世人所谓的"爱",以及我所接受的"爱"……

在我稍微有点懂事的时候,便给爱我的人把我苦够了,给许多无事的人以诬蔑我,凌辱我的机会,以至我顶亲密的小伴侣们也疏远了。后来又为了爱的胁迫,使我害怕得离开了我的学校。以后,人虽说一天天大了,但总常常感到那些无味的纠缠,因此有时不特怀疑到所谓"爱",竟会不屑于这种亲密。苇弟他说他爱我,为什么他只会常常给我一些难过呢?譬如今晚,他又来了,来了便哭,并且似乎带了很浓的兴味来哭一样,无论我说:"你怎么了,说呀!""我求你,说话呀,苇弟!……"他都不理会。这是从未有的事,我尽我的脑力也猜想不出他所骤遭的这灾祸。我应当把不幸朝哪一方去揣测呢?后来,大约他是哭够了,于是才大声说:"我不喜欢他!""这又是谁欺侮了你呢,这样大嚷大闹的?""我不喜欢那高个子!那同你好的!"哦,我这才知道原来还是怄我的气。我不觉得会笑了。这种无味的嫉妒,这种自私的占有,便是所谓爱吗?我发笑,而这笑,自然不会安慰到那有野心的男人的。并且因了我不屑的态度,更激起他那不可抑制的怒气。我看看他那放亮的眼光,我以为他要噬人了,我想:"来吧!"但他却又低下头去哭了,还揩着眼泪,踉跄的又走出去。

这种表示,也许是称为狂热的,真率的爱的表现吧,但苇弟却毫不加思索地来使用在我面前,自然是只会失败;并不是我愿意别人虚伪点,做作点在爱上,我只觉得想靠这种小孩般举动来打动我的心,是全无用。或者因为我的心是生来便如此硬;那我之种种不惬于人意而得来烦恼和伤心,也是应该的。

苇弟一走,自自然然我把我自己的心意去揣摩,去仔细回忆到那一种温柔的,大方的,坦白而又多情的态度上去,光这态度已够人欣赏得像吃醉一般的感到那融融的蜜意,于是我拿了一张画片,写了几个字,命伙计即刻送到第四寄宿舍去。

三月九号

我看见安安闲闲坐在我房里的凌吉士,不禁又可怜到苇弟,我祝祷世人不要像我一样,忽略了蔑视了那可贵的真诚而把自己陷到那不可拔的渺茫的悲境里;我更愿有那末一个真诚纯洁的女郎去饱领苇弟的爱,并填实苇弟所感得的空虚啊!

三月十三

好几天又不提笔,不知还是因为我心情不好,或是找不出所谓的情绪。我只知道,从昨天来我是更只想哭了。别人看到我哭,便以为我在想家,想到病,看见我笑呢,又以为我快乐了,还欣庆着这健康的光芒……但所谓朋友皆如是,我能告谁以我的不屑流泪,而又无力笑出的痴骏心境?并且因我看清了自己在人间的种种不愿舍弃的热望以及每次追求而得来的懊丧,所以连自己也不愿再同情这未能悟彻所引起的伤心,更哪能捉住一管笔去详细写出自怨和自恨呢!

是的,我好像又在发牢骚了。但这只是隐忍着在心头而反复向自己说,似乎还无碍。因为我并未曾有过那种胆量,给人看我的蹙紧眉头,和听我的叹气,虽说人们早已无条件的赠送过我以"狷傲""怪僻"等等好字眼。其实,我并不是要发牢骚,我只想哭,想有那末一个人来让我倒在他怀里哭,并告诉他:"我又糟蹋我自己了!"不过谁能了解我,抱我,抚慰我呢?是以我只能在笑声中咽住"我又糟蹋我自己了"的哭声。

我到底又为了什么呢,这真好难说!自然我是未曾有过一刻私自承认我是爱恋上那高个儿的,但他之在我的心心念念中怎地又蕴蓄着一种分析不清的意义。虽说他那颀长的身躯,嫩玫瑰般的脸庞,柔软的嘴波,惹人的眼角,是可以诱惑许多爱美的女子,并以他那娇贵的态度倾倒那些还有情爱的,但我岂肯为了这些无意识的引诱而迷恋到一个十足的南洋人!真的,在他最近的谈话中,我懂得了他的可怜的思想,他需要的是什么?是金钱,是在客厅中能应酬他买卖朋友们的年青太太,是几个穿得很标致的白胖儿子。他的爱情是什么?是拿金钱在妓院中,去挥霍而得来的一时肉感的享受,和坐在软软的沙发上,拥着香喷喷的肉体,嘴抽着烟卷,同朋友们任意谈笑,还把左腿叠压在右膝上;不高兴时,便拉倒,回到家里老婆那里去。热心于演讲辩论会,网球比赛,留学哈佛,做外交官,公使大臣,或继承父亲的职业,做橡树生意,成资本家……这便是他的志趣!他除了不满于他父亲未曾给他过多的钱以外,便什么都是可使他在一夜不会做梦的睡觉;如有,便也只是嫌北京好看的女人太少,让他有时也会厌腻起游戏园,戏场,电影院,公园来……唉,我能说什么呢?当我明白了那使我爱慕的一个高贵的美型里,是安置着如此的一个卑劣灵魂,并且无缘无故还接受过他的许多亲密。这亲密,自然是还值不了在他从妓院中挥霍里剩余下的一半多!想起那落在我发际的吻来,真又使我悔恨到想哭了!我岂不是把我献给他任他来玩弄我来比拟到卖笑的姊妹中去!然而这又都只能把责备来加上我自己使我更难受的,因为假设我只要我自己肯,肯把严厉的拒绝放到我眸子中去,我敢相信,他不会那样大胆,并且我也敢相信,他之所以不会那样大胆,是由于他还未曾有过那恋爱的火焰燃炽……唉!我应该怎样来诅咒我自己了!

三月十四

这是爱吗?也许要爱才具有如此的魔力,不是,为什么一个人的思想会变幻得如此不可测!当我睡去的时候,我看不起那美人,但刚从梦里醒来,一揉开睡眼,便又思念那市侩了。我想:他今天会来吗?什么时候呢?早晨,过午,晚上?于是我跳下床来,急忙忙的洗脸,铺床,还把昨夜丢在地下的一本大书捡起,不住的在边缘处摩挲着,这是凌吉士昨夜遗忘在这儿的一本《威尔逊演讲录》。

三月十四晚上

我是有如此一个美的梦想,这梦想是凌吉士所给我的。然而同时又为他而破灭。所以我因了他才能满饮着青春的醇酒,在爱情的微笑中度过了清晨;但因了他,我认识了"人生"这玩艺,而灰心而又想到死;至于痛恨到自己甘于堕落,所招来的,简直只是最轻的刑罚!真的,有时我为愿保存我所爱的,我竟想到"我有没有力去杀死一个人呢?"

我想遍了,我觉得为了保存我的美梦,为了免除使我生活的力一天天减少,顶好是即刻上西山好,但毓芳告诉我,说她所托找房子的那位住在西山的朋友还没有回信来,我又怎好再去询问或催促呢?不过我决心了,我决心让那高小子来尝一尝我的不柔顺,不近情理的倨傲和侮弄。

三月十七

那天晚上苇弟赌着气回去,今天又小小心心的自己来和解,我不觉笑了,并感到他的可爱。如若一个女人只要能找得一个忠实的男伴,做一身的归宿,我想谁也没有我苇弟可靠。我笑问:"苇弟,还恨姊姊不呢?"于是他羞惭的说:"不敢。姊姊,你了解我罢!我是除了希冀你不会摈弃我以外不敢有别的念头的。一切只要你好,你快乐就够了!"这还不真挚吗?这还不动人吗?比起那白脸庞红嘴唇的如何?但是后来我说:"苇弟,你好,你将来一定是一切都会很满你意的。"他却露出凄然的一笑。"永世也不会——但愿如你所说……"这又是什么呢?又是给我难受一下!我恨不得跪在他面前求他只赐我以弟弟或朋友的爱罢!单单为了我的自私,我愿我少些纠葛,多快乐点。苇弟爱我,并会说那样好听的话,但他忽略了:第一他应当真的减少他的热望,第二他也应该藏起他的爱来。我为了这一个老实的男人,所感到无能的抱歉,真也够受了。

三月十八

我又托夏在替我往西山找房了。

三月十九

凌吉士居然已几日不来我这里了。自然,我不会打扮,不会应酬,不会治理家事,我有肺病,无钱,他来我这里做什么!我本无须乎要他来,但他真的不来了却又更令我伤心,更证实他以前的轻薄。难道他也是如苇弟一样老实,当他看到我写给他的字条:"我有病,请不要再来扰我",就信为是真话,竟不可违背,而果真不来么?这又使我只想再见他一面,到底审看一下这高大的怪物是怎样的在觑看我。

三月二十

今天我在云霖处跑了三次,都未曾遇见我想见的人,似乎云霖也有点疑惑,所以他问我这几天见着凌吉士没有。我只好又怅怅的跑回来。我实在焦烦得很,我敢自己欺自己说我这几日没有思念到他吗?

晚上七点钟的时候,毓芳和云霖来邀我到京都大学第三院去听英语辩论会,并且乙组的组长便是凌吉士。我一听到这消息,心就立刻怦怦的跳起来。我只得拿病来推辞了这善意的邀请。我这无用的弱者。我没有胆量去承受那激动,我还是希望我能不见着他。不过在他俩走时,我却又请他俩致意到凌吉士,说我问候他。唉,这又是多无意识啊!

三月二十一

在我刚吃过鸡子牛奶,一种熟习的叩门声便响着,在纸格上还印上一个颀长的黑影。我只想跳过去开门,但不知为一种什么情感所支使,我咽着气,低下头去了。

"莎菲,起来没有?"这声音是如此柔嫩,令我一听到会想哭。

为了知道我已坐在椅子上吗?为了知道我无能发气和拒绝吗?他轻轻的托开门便走进来了。我不敢仰起我滋润的眼皮来。

"病好些没有,刚起来吗?"

我答不出一句话。

"你真在生我的气啊。莎菲,你厌烦我,我只好走了。莎菲!"

他走,于我自然很合适,但我又猛然抬起头拿眼光止住了他开门的手。

谁说他不是一个坏蛋呢,他懂得了。他敢于把我的双手握得紧紧的。他说:"莎菲,你捉弄我了。每天我走你门前过,都不敢进来,不是云霖告诉我说你不会生我气,那我今天还不敢来。你,莎菲,你厌烦我不呢?"

谁都可以体会得出来,假使他这时敢于拥抱住我,狂乱的吻我,我一定会倒在他手腕上哭了出来:"我爱你呵!我爱你呵!"但他却如此的冷淡,冷淡得使我又恨他了。然而我心里又在想:"来呀,抱我,我要接吻在你脸上咧!"自然,他依旧还握着我的手,把眼光紧盯在我脸上,然而我搜遍了,在他的各种表示中,我得不着我所等待于他的赐与。为什么他仅仅只懂得我的无用,我的可轻侮,而不够了解他之在我心中所占的是一种怎样的地位!我恨不得用脚尖踢出他去,不过我又为了另一种情绪所支配,我向他摇了头,表示是不厌烦他的来到。

于是我又很柔顺的接受了他许多浅薄的情意,听他又说着那些使他津津有味的卑劣享乐,以及"赚钱和化钱"的人生意义,并承他暗示我许多做女人的本分。这些又使我看不起他,暗骂他,嘲笑他,我拿我的拳头,隐隐痛击我的心,但当他扬扬地走出我房时,我受逼得又想哭了。因为我压制住我那狂热的欲念,我未曾请求他多留一会儿。

唉,他走了!

三月二十一夜

在去年这时候,我过的是一种什么生活!为了有蕴姊千依百顺的疼我,我便装病躺在床上不肯起来。为了想受蕴姊抚摩我,便因那着急无以安慰我而流泪的滋味,我伏在桌上想到一些小不满意的事而哼哼唧唧的哭。便有时因在整日静寂的沈思里得了点哀戚,但这种淡淡的凄凉,却更令我舍不得去扰乱这情调,似乎在这里面我也可以味出一缕甜意一样的。至于在夜深了的法国公园,听躺在草地上的蕴姊唱《牡丹亭》,那又是更不愿想到的事了。假使她不会被神捉弄般的去爱上那苍白脸色的男人,她一定不会死去的这样快,我当然不会一人漂流到北京,无亲无爱的在病中挣扎,虽说有几个朋友,他们也很体惜我,但在我所感应得出的我和他们的关系能和蕴姊的爱在一个天平上相称吗?想起蕴姊,我是真应当像从前在蕴姊面前撒娇一样的纵声大哭,不过这一年来,因为多懂得了一些事,虽说时时想哭却又咽住了,怕让人知道了厌烦。近来呢,我更是不知为了什么只能焦急。而想得点空闲去思虑一下我所做的,我所想的,关于我的身体,我的名誉,我的前途的好处和歹处的时间也没有,整天把紊乱的脑筋只放到一个我不愿想到的去处,因为便是我想逃避的,所以越把我弄成焦烦苦恼得不堪言说!但是我除了说"死了也活该!"是不能再希冀什么了。我能求得一些同情和慰藉吗?然而我们似乎在向人乞怜了。

晚饭一吃过,毓芳便和云霖来我这儿坐,到九点我还不肯放他俩走。我知道,毓芳碍住面子只好又坐下来,云霖借口要预备明天的课,执意一人先回去了。于是我隐隐的向毓芳吐露我近来所感得的窘状,我只想她能懂得这事,并且能硬自作主来把我的生活改变一下,做我自己所不能胜任的。但她完全把话听到反面去了,她忠实的告诫我:"莎菲,我觉得你太不老实,自然你不是有意,你可太不留心你的眼波了。你要知道,凌吉士他们比不得在上海同我们玩耍的那群孩子,他们很少机会同女人接近,受不起一点好意的,你不要令他将来感到失望和痛苦。我知道,你哪里会爱到他呢?"这错误是不是又该归到我,假设我不想求助于她而向她饶舌,是不是她不会说出这更令我生气,更令我伤心的话来?我噎着气又笑了:"芳姊,不要把我说得太坏了吓!"

毓芳愿意留下住一夜时,我又赶走她走了。

像那些才女们,因为得了一点点不很受用,便能"我是多愁善感呀","悲哀呀我的心……""……"做出许多新旧的诗。我呢,没出息的,白白被这些诗境困着,连想以哭代替诗句来表现一下我的情感的搏斗都不能。光在这上面,为了不如人,也应撩开一切去努力做人才对,便退一千步说,为了自己的热闹,为了得一群浅薄眼光之赞颂,我总也不该拿不起笔或枪来。真的便把自己陷到比死还难忍的苦境里,单单为了那男人的柔发,红唇……

我又梦想到欧洲中古的骑士风度,这拿来比拟是不会有错,如其是有人看到凌吉士过的。他又能把那东方特长的温柔保留着。神把什么好的,都慨然赐给他了,但神为什么不再给他一点聪明呢?他还不懂得真的爱情呢,他确是不懂得,虽说他已有了妻(今夜毓芳告我的),虽说他,曾在新加坡乘着脚踏车追赶坐洋车的女人,因而恋爱过一小段时间,虽说他曾在韩家潭住过夜。但他真得到一个女人的爱过么?他爱过一个女人么?我敢说不曾!

一种奇怪的思想又在我脑中燃炽了。我决定来教教这大学生。这宇宙并不是像他所懂的那样简单的啊!

三月二十二

在心的忙乱中,我勉强竟写了这些日记了。早先是因为蕴姊写信来要,再三再四的,我只好开始来写。现在是蕴姊又死了好久,我还舍不得不继续下去,心想便为了蕴姊在世时所谆谆向我说的一些话而便永远下去做纪念蕴姊也好。所以无论我那样不愿提笔,也只得胡乱画下一页半页的字来。本来是睡了的,但望到挂在壁上蕴姊的像,忍不住又爬起,为免掉想念蕴姊的难受而提笔了。自然,这日记,我总是觉得除了蕴姊我不愿给任何人看。第一是因为这是特为了蕴姊要知道我的生活而记下的一些琐琐碎碎的事,二来我也怕别人给一些理智的面孔给我看,好更刺透我的心;似乎我自己也会因了别人所尊崇的道德而真的也感到像犯下罪一样的难受。所以这黑皮的小本子我是许久以来都安放在枕头底下的垫被的下层。今天不幸我却违背我的初意了,然而也是不得已,虽说似乎是出于毫未思考。原因是苇弟近来非常误解我,以致常常使得他自己不安,而又常常波及我,我相信在我平日的一举一动中,我都很能表示出我的态度来。为什么他懂不了我的意思呢?难道我能直捷的说明,和阻止他的爱吗?我常常想,假设这不是苇弟而是另外一人,我将会知道应怎样处置是最合法的。偏偏又是如此能令我忍不下心去的一个好人!我无法了,我只好把我的日记给他看。让他知道他之在我的心里是怎样的无希望,并知道我是如何凉薄的反反复复的不足爱的女人。假设苇弟知道我,我自然是会将他当做我唯一可诉心肺的朋友,我会热诚的拥着他同他接吻。我将替他愿望那世界上最可爱,最美的女人……日记,苇弟是看过一遍,又一遍了,虽说他曾经哭过,但态度非常镇静,是出我意料之外的。我说:

"懂得了姊姊吗?"

他点头。

"相信姊姊吗?"

"关于那方面的?"

于是我懂得那点头的意义。谁能懂得我呢,便能懂得了这只能表现我万分之一的日记,也只能令我看到这有限的而伤心哟!何况,希求人了解,而以想方设计用文字来反复说明的日记给人看,已够是多么可伤心的事!并且,后来苇弟还怕我以为他未曾懂得我,于是不住的说:

"你爱他!你爱他!我不配你!"

我真想一赌气扯了这日记。我能说我没有糟蹋这日记吗?我只好向苇弟说:"我要睡了,明天再来罢。"

在人里面,真不必求什么!这不是顶可怕的吗?假设蕴姊在,看见我这日记,我知道,她是会抱着我哭:"莎菲,我的莎菲!我为什么不再变得伟大点,让我的莎菲不至于这样苦啊……"但蕴姊已死了,我拿着这日记应怎样的来痛哭才对!

三月二十三

凌吉士向我说:"莎菲!你真是一个奇怪的女子。"我了解这并不是懂得了我的什么而说出的一句赞叹。他所以为奇怪的,无非是看见我的破烂了的手套,搜不出香水的抽屉,无缘无故扯碎了的新棉袍,保存着一些旧的小玩具,……还有什么?听见些不常的笑声,至于别的,他便无能去体会了,我也从未向他说出一句我自己的话。譬如他说"我以后要努力赚钱呀。"我便笑;他说到邀起几个朋友在公园追着女学生时,"莎菲那真有趣,"我也笑。自然,他所说的奇怪,只是一种在他生活习惯上不常见的奇怪。并且我也很伤心,我无能使他了解我而敬重我。我是什么也不希求了,除了往西山去。我想到我过去的一切妄想,我好笑!

三月二十四

一当他单独在我面前时,我觑着那脸庞,聆着那音乐般的声音,我心便在忍受那感情的鞭打!为什么不扑过去吻住他的嘴唇,他的眉梢,他的……无论什么地方?真的,有时话都到口边了:"我的王!准许我亲一下吧!"但又受理智,不,我就从没有过理智,是受另一种自尊的情感所裁制而又咽住了。唉!无论他的思想是怎样坏,而他使我如此癫狂的感情,是曾有过而无疑,那我为什么不承认我是爱上了他啊?并且,我敢断定,假使他能把我紧紧的拥抱着,让我吻遍他全身,然后他把我丢下海去,丢下火去,我都会快乐的闭着眼等待那可以永久保藏我那爱情的死的来到。唉！我竟爱他了，我要他给我一个好好的死就够了……

三月二十四夜深

我决心了。我为拯救我自己被一种色的诱惑而堕落，我明早便会到夏那儿去，以免看见了凌吉士又痛苦，这痛苦已缠缚我如是之久了！

三月二十六

为了一种纠缠而去，但又遭逢着另一种纠缠，使我不得不又急速的转来了。在我去夏那儿的第二天，梦如便也去了。虽说她是看另一人去的，但使我很感到不快活。夜晚，她大发其对感情的一种新近所获得的议论，隐隐的含着讥刺向我，我默然。为不愿让她更得意，我睁着眼，睡在夏的床上等到了天明，我才又忍着气转来……

毓芳告诉我，说西山房子已找好了，并且又另外替我邀了一个女伴，也是养病的，而这女伴同毓芳又算是一个很好的朋友。听到这消息，应该是很欢喜吧，但我刚刚在眉头舒展了一点喜色，而一种黯然的凄凉便罩上了。虽说我从小便离开家，在外面混，但都有我的亲戚朋友随着我，这次上西山，固然说起来离城只有几十里，但在我，一个活了二十岁的人，开始一人跑到陌生的地方去，还是第一次，假使我竟无声无息的死在那山上，谁是第一个发现我死尸的？我能担保我不会死在那里吗？也许别人会笑我担忧到这些小事，而我却真的哭过，当我问毓芳舍不舍得我时，而毓芳却笑，笑我问小孩话，说是这一点点路有什么舍不得，直到毓芳准许了我每礼拜上山一次，我才不好意思的揩干眼泪。

下午我到苇弟那儿去了，苇弟也说他一礼拜上山一次，填毓芳不去的空日。

回来已夜了，我一人寂寂寞寞的在收拾东西，想到我要离开北京的这些朋友们，我又哭了。但一想到朋友们都未曾向我流泪，我又擦去我脸上的泪痕。我是将一人寂寂寞寞的又离开这古城了。

在寂寞里，我又想到凌吉士了，其实，话不是这样说，凌吉士简直不能说"想起""又想起"，完全是整天都在系念到他，只能说："又来讲我的凌吉士吧。"这几天我故意造成的离别，在我是不可计的损失，我本想放松了他，而我把他捏得更紧了。我既不能把他从我心里压根儿拔去，我为什么要躲避着不见他的面呢？

这真使我懊恼，我不能便如此同他离别，这样寂寂寞寞的走上西山……

三月二十七

一早毓芳便上西山去了，去替我布置房子，说好明天我便去。我为她这番盛情，我应怎样去找得那些没有的字来表示我的感谢。我本想再呆一天在城里，便也不好说出了。

我正焦急的时候，凌吉士才来，我握紧他双手，他说：

"莎菲！几天没见你了！"

我很愿意在这时我能哭得出来,抱着他哭,但眼泪只能噙在眼里,我只好又笑了。他听见明天我要上山时,他显出的那惊诧和一种嗟叹,又很安慰到我,于是我真的笑了。他见到我笑,便把我的手反捏得紧紧的,紧得使我生痛。他怨恨似的说:

"你笑!你笑!"

这痛,是我从未有过的舒适,好像心里也正锥下去一个什么东西,我很想倒下他的手腕去,而这时苇弟却来了。

苇弟知道我恨他来,而他偏不走。我向着凌吉士使眼色,我说:"这点钟有课吧?"于是我送凌吉士出来。他问我明早什么时候走,我告他;我问他还来不来呢,他说回头便来;于是我望着他快乐了,我忘了他是怎样可鄙的人格,和美的相貌了,这时他在我的眼里,是一个传奇中的情人。哈,莎菲有一个情人了!……

三月二十七晚

自从我赶走苇弟到这时已是整整五个钟头了。在这五点钟里,我应怎样才想得出一个恰合的名字来称呼它?像热锅上的蚂蚁在这小房子里不安的坐下,又站起,又跑到门缝边瞧,但是——他一定不来了,他一定不来了,于是我又想哭,哭我走得这样凄凉,北京城就没有一个人陪我一哭吗?是的,我是应该离开这冷酷的北京的,为什么我要舍不得这板床,这油腻的书桌,这三条腿的椅子……是的,明早我就要走了,北京的朋友们不会再腻烦莎菲的病。为了朋友们轻快的舒适,莎菲便为朋友们死在西山也是该的!但都能如此的让莎菲一人看不着一点热情孤孤寂寂的上山去,想来莎菲便不死,也不会有损害或激动于人心吧……不想了!不想!有什么可想的?假使莎菲不如此贪心在攫取感情,那莎菲不是便很可满足于那些眉目间的同情了吗?……

关于朋友,我不说了。我知道永世也不会使莎菲感到满足这人间的友谊的!

但我能满足些什么呢?凌吉士答应我来,而这时已晚上九点了。纵是他来了,我便会很快乐吗?他会给我所需要的吗?……

想起他不来,我又该痛恨我自己了!在很早的从前,我懂得对付那一种男人便应用那一种态度,而到现在反蠢了。当我问他还来不来时,我怎能显露出那希求的眼光,在一个漂亮人面前是不应老实,让人瞧不起……但我爱他,为什么我要使用技巧?我不能直接向他表明我的爱吗?并且我觉得只要于人无损,便吻人一百下,为什么便不可以被准许呢?

他既答应来,而又失信,显见得是在戏弄我。朋友,留点好意在莎菲走时,总不至于像是一种损失吧。

今夜我简直狂了。语言,文字是怎样在这时显得无用!我心像被许多小老鼠啃着一样,又像一盆火在心里燃烧。我想把什么东西都摔破,又想冒着夜气在外面乱跑去,我无法制止我狂热的感情的激荡,我便躺在这热情的针毡上,反过去也刺着,翻过来也刺着,似乎我又是在油锅里听到那油沸的响声,感到浑身的灼热……为什么我不跑出去呢?我等着一种渺茫的无意义的希望到来!哈……想到那红唇,我又癫了!假使这希望是可能的话——我独自又忍不住笑,我再三再四反复问我自己:"爱他吗?"我更笑了。莎菲不会傻到如此地步去爱上那南洋人。难道因了我不承认我的爱,便不可以被人准许做一点儿于人也无损的事?

假使今夜他竟不来,我怎能甘心便恝然上西山去……

唉!九点半了!

九点四十分!

三月二十八晨三时

　　莎菲生活在世上,所要人们的了解她体会她的心太热烈太恳切了,所以长远的沈溺在失望的苦恼中,但除了自己,谁能够知道她所流出的眼泪的分量?

　　在这本日记里,与其说是莎菲生活的一段记录,不如直接算为莎菲眼泪的每一个点滴,是在莎菲心上,才觉得更切实。然而这本日记现在是要收束了,因为莎菲已无需乎此——用眼泪来泄愤和安慰,这原因是对于一切都觉得无意识,流泪更是这无意识的极深的表白。可是在这最后一页的日记上,莎菲应该用快乐的心情来庆祝,她是从最大的那失望中,蓦然得到了满足,这满足似乎要使人快乐得到死才对。但是我,我只从那满足中感到胜利,从这胜利中得到凄凉,而更深的认识我自己的可怜处,可笑处,因此把我这几月来所萦萦于梦想的一点"美"反缥缈了,——这个美便是那高个儿的丰仪!

　　我应该怎样来解释呢?一个完全癫狂于男人仪表上的女人的心理!自然我不会爱他,这不会爱,很容易说明,就是在他丰仪的里面是躲着一个何等卑丑的灵魂!可是我又倾慕他,思念他,甚至于没有他,我就失掉一切生活意义的保障了;并且我常常想,假使有那末一日,我和他的嘴唇合拢来,密密的,那我的身体就从这心的狂笑中瓦解去,也愿意。其实,单单能获得骑士一般的那人儿的温柔的一抚摩,随便他的手尖触到我身上的任何部分,因此就牺牲一切,我也肯。

　　我应当发癫,因为这些幻想中的异迹,梦似的,终于毫无困难的都给我得到了。但是从这中间,我所感得的是我所想像的那些会醉我灵魂的幸福么?不啊!

　　当他——凌吉士——在晚间十点钟来到时候,开始向我嗫嚅的表白,说他是如何的在想我……还使我心动过好几次;但不久我看到他那被情欲在燃烧的眼睛,我就害怕了。于是从他那卑劣的思想中所发出的更丑的誓语,又振起我的自尊心来!假使他把这串浅薄肉麻的情话去对别个女人说,一定是很动听的,可以得一个所谓的爱的心吧。但他却向我,就由这些话语的力,把我推得隔他更远了。唉,可怜的男子!神既然赋与你这样的一副美形,却又暗暗的捉弄你,把那样一个毫不相称的灵魂放到你人生的顶上!你以为我所希望的是"家庭"吗?我所欢喜的是"金钱"吗?我所骄傲的是"地位"吗?"你,在我面前,是显得多么可怜的一个男子啊!"我真要为他不幸而痛哭,然而他依样把眼光镇住我脸上,是被情欲之火燃烧得如何的怕人!倘若他只限于肉感的满足,那末他倒可以用他的色来摧残我的心;但他却哭声的向我说:"莎菲,你信我,我是不会负你的!"啊,可怜的人!他还不知道在他面前的这女人,是用如何的轻蔑去可怜他的使用这些做作,这些话!我竟忍不住而笑出声来,说他也知道爱,会爱我,这只是近于开玩笑!那情欲之火的巢穴——那两只灼闪的眼睛,不正在宣布他除了可鄙的浅薄的需要,别的一切都不知道吗?

　　"喂,聪明一点,走开吧,韩家潭那个地方才是你寻乐的场所!"我既然认清他,我就应该这样说,教这个人类中最劣种的人儿滚出去。然而,虽说我暗暗地在嘲笑他,但当他大胆地贸然伸开手臂来拥我时,我竟又忘记了一切,我临时失掉了我所有的一些自尊和骄傲,我是完全被那仅有的一副好丰仪迷住了,在我心中,我只想,"紧些!多抱我一会儿吧,明早我便走了!"假使我那时还有一点自制力,我该会想到他的美形以外的那东西,而把他像一块石头般,丢到房外去。

唉!我能用什么言语或心情来痛悔?他,凌吉士,这样一个可鄙的人,吻我了!我静静默默的承受着!但那时,在一个温润的软热的东西放到我脸上,我心中得到的是些什么呢?我不能像别的女人一样会晕倒在她爱人的臂膀里!我是张大着眼睛望他,我想:"我胜利了!我胜利了!"因为他所以使我迷恋的那东西,在吻我时,我已知道是如何的滋味——我同时鄙夷我自己了!于是我忽然伤心起来,我把他用力推开,我哭了。

他也许忽略了我的眼泪,以为他的嘴唇是给我如何的温软,如何的嫩腻,是把我的心融醉到发迷的状态里吧,所以他又挨我坐着,继续的说了许多所谓爱情表白的肉麻话。

"何必把你那令人惋惜处暴露得无余呢?"我真这样的又可怜起他来。

我说:"不要乱想吧,说不定明天我便死去了!"

他听着,谁知道他对于这话是得到怎样的感触?他又吻我,但我躲开了,于是那嘴唇便落到我手上……

我决心了,因为这时我有的是充足的清晰的脑力,我要他走,他带点抱怨颜色,缠着我。我想,"为什么你也是这样傻劲呢?"他于是直挨到夜十二点半钟才走。

他走后,我想起适间的事情。我就用所有的力量,来痛击我的心!为什么呢,给一个如此我看不起的男人接吻?既不爱他,还嘲笑他,又让他来拥抱?真的,单凭了一种骑士般的风度,就能使我堕落到如此地步么?

总之,我是给我自己糟蹋了,凡一个人的仇敌就是自己,我的天,这有什么法子去报复而偿还一切的损失?

好在在这宇宙间,我的生命只是我自己的玩品,我已浪费得尽够了,那末因这一番经历而使我更陷到极深的悲境里去,似乎也不成一个重大的事件。

但是我不愿留在北京,西山更不愿去了,我决计搭车南下,在无人认识的地方,浪费我生命的余剩;因此我的心从伤痛中又兴奋起来,我狂笑的怜惜自己:

"悄悄地活下来,悄悄地死去,啊!我可怜你,莎菲!"

延伸阅读:这篇小说刊行后,一直被认为是表现新女性个性解放的先驱之作,它使丁玲一举登上现代文学一流作家的宝座。正如孔庆东所指出的:"莎菲的灵与肉的冲突比《沉沦》的主人公更加具有鲜明的时代感。这是一个拥有自由选择的权利却失去了选择对象和选择意义的时代寓言。""小说对人物心灵的大胆剖露产生了惊世骇俗的阅读震撼,被看做是'女性的沉沦'。"见程光炜等著《中国现代文学史》(第三版),第173页,北京,北京大学出版社,2011年。

林家铺子

茅 盾

一

林小姐这天从学校回来就撅起着小嘴唇。她掼下了书包,并不照例到镜台前梳头发搽粉,却倒在床上看着帐顶出神。小花噗的也跳上床来,挨着林小姐的腰部摩擦,咪呜咪呜地叫了两声。林小姐本能地伸手到小花头上摸了一下,随即翻一个身,把脸埋在枕头里,就叫道:

"妈呀!"

没有回答。妈的房就在间壁,妈素常疼爱这唯一的女儿,听得女儿回来就要摇摇摆摆走过来问她肚子饿不饿,妈留着好东西呢,——再不然,就差吴妈赶快去买一碗馄饨。但今天却作怪,妈的房里明明有说话的声音,并且还听得妈在打呃,却是妈连回答也没有一声。

林小姐在床上又翻一个身,翘起了头,打算偷听妈和谁谈话,是那样悄悄地放低了声音。

然而听不清,只有妈的连声打呃,间歇地飘到林小姐的耳朵。忽然妈的嗓音高了一些,似乎很生气,就有了几个字听得很分明:

——这也是东洋货,那也是东洋货,呃!……

林小姐猛一跳,就好像理发时候颈脖子上黏了许多短头发似的浑身都烦躁起来了。正也是为了这东洋货问题,她在学校里给人家笑骂,她回家来没好气。她一手推开了又挨到她身边来的小花,跳起来就剥下那件新制的翠绿色假毛葛驼绒旗袍来,拎在手里抖了几下,叹一口气。据说这怪好看的假毛葛和驼绒都是东洋来的。她撩开这件驼绒旗袍,从床下拖出那口小巧的牛皮箱来,赌气似的扭开了箱子盖,把箱子底朝天向床十一撒,花花绿绿的衣服和杂用品就滚满了一床。小花吃了一惊,噗的跳下床去,转一个身,却又跳在一张椅子上蹲着望住它的女主人。

林小姐的一双手在那堆衣服里抓捞了一会儿,就呆呆地站在床前出神。这许多衣服和杂用品越看越可爱,却又越看越像是东洋货呢!全都不能穿了么?可是她——舍不得,而且她的父亲也未必肯另外再制新的!林小姐忍不住眼圈儿红了。她爱这些东洋货,她又恨那些东洋人;好好儿的发兵打东三省干么呢?不然,穿了东洋货有谁来笑骂。

"呃——"

忽然房门边来了这一声。接着就是林大娘的摇摇摆摆的瘦身形。看见那乱丢了一床的衣服,又看见女儿只穿着一件绒线短衣站在床前出神,林大娘这一惊非同小可。心里愈是着急,她那个"呃"却愈是打得多,暂时竟说不出半句话。

林小姐飞跑到母亲身边,哭丧着脸说:

"妈呀!全是东洋货,明儿叫我穿什么衣服?"

林大娘摇着头只是打呃,一手扶住了女儿的肩膀,一手揉磨自己的胸脯,过了一会儿,她方才挣扎出几句话来:

"阿囡,呃,你干么脱得——呃,光落落?留心冻——呃——我这毛病,呃,生你那年起了这个病痛,呃,近来越发凶了!呃——"

"妈呀!你说明儿我穿什么衣服?我只好躲在家里不出去了,他们要笑我,骂我!"

但是林大娘不回答。她一路打呃,走到床前拣出那件驼绒旗袍来,就替女儿披在身上,又拍拍床,要她坐下。小花又挨到林小姐脚边,昂起了头,眯细着眼睛看看林大娘,又看看林小姐;然后它懒懒地靠到林小姐的脚背上,就林小姐的鞋底来摩擦它的肚皮。林小姐一脚踢开了小花,就势身子一歪,躺在床上,把脸藏在她母亲的身后。

暂时两个都没有话。母亲忙着打呃,女儿忙着盘算"明天怎样出去";这东洋货问题不但影响到林小姐的所穿,还影响到她的所用;据说她那只常为同学们艳羡的化妆皮夹以及自动铅笔之类,也都是东洋货,而她却又爱这些小玩意儿的!

"阿囡,呃——肚子饿不饿?"

林大娘坐定了半晌以后,渐渐少打几个呃了,就又开始她日常的疼爱女儿的老功课。

"不饿,嗳,妈呀,怎么老是问我饿不饿呢,顶要紧是没有了衣服明天怎样去上学!"

林小姐撒娇说,依然那样拳曲着身体躺着,依然把脸藏在母亲背后。

自始就没弄明白为什么女儿尽嚷着没有衣服穿的林大娘现在第三次听得了这话儿,不能不再注意了,可是她那该死的打呃很不作美地又连连来了。恰在此时林先生走了进来,手里拿着一张字条儿,脸上乌霉霉地像是涂着一层灰。他看见林大娘不住在地打呃,女儿躺在满床乱丢的衣服堆里,他就料到了几分,一双眉头就紧紧地皱起。他唤着女儿的名字说道:

"明秀,你的学校里有什么抗日会么?刚送来了这封信。说是明天你再穿东洋货的衣服去,他们就要烧呢——无法无天的话语,咳……"

"呃——呃!"

"真是岂有此理,哪一个人身上没有东洋货,却偏偏找定了我们家来生事!哪一家洋广货铺子里不是堆足了东洋货,偏是我的铺子犯法,一定要封存!咄!"

林先生气愤愤地又加了这几句,就颓然坐在床边的一张椅子里。

"呃,呃,救苦救难观世音,呃——"

"爸爸,我还有一件老式的棉袄,光景不是东洋货,可是穿出去人家又要笑我。"

过了一会儿,林小姐从床上坐起来说,她本来打算进一步要求父亲制一件不是东洋货的新衣,但瞧着父亲的脸色不对,便又不敢冒昧。同时,她的想像中就展开了那件旧棉袄惹人讪笑的情形,她忍不住哭起来了。

"呃,呃——啊哟!——呃,莫哭,——没有人笑你——呃,阿囡……"

"阿秀,明天不用去读书了!饭快要没得吃了,还读什么书!"

林先生懊恼地说,把手里那张字条儿扯得粉碎,一边走出房去,一边叹气跺脚。然而没多几时,林先生又匆匆地跑了回来,看着林大娘的面孔说道:

"橱门上的钥匙呢?给我!"

林大娘的脸色立刻变成灰白,瞪出了眼睛望着她的丈夫,永远不放松她的打呃忽然静定了半晌。

"没有办法,只好去斋斋那些闲神野鬼了——"

林先生顿住了,叹一口气,然后又接下去说:

"至多我花四百块。要是党部里还嫌少,我拼着不做生意,等他们来封!——我们对过的裕昌祥,进的东洋货比我多,足足有一万多块钱的码子呢,也只花了五百块,就太平无事了。——五百块!算是吃了几笔倒账罢!——钥匙!咳!那一个金项圈,总可以兑成三百块……"

"呃,呃。真——好比强盗!"

林大娘摸出那钥匙来,手也颤抖了,眼泪扑簌簌地往下掉。林小姐却反不哭了,瞪着一对泪眼,呆呆地出神,她恍惚看见那个曾经到她学校里来演说而且饿狗似的盯住看她的什么委员,一个怪叫人讨厌的黑麻子,捧住了她家的金项圈在半空里跳,张开了大嘴巴笑。随后,她又恍惚看见这强盗似的黑麻子和她的父亲吵嘴,父亲被他打了,……

"啊哟!"

林小姐猛然一声惊叫,就扑在她妈的身上。林大娘慌得没有工夫尽打呃,挣扎着说:

"阿囡,呃,不要哭,——过了年,你爸爸有钱,就给你制新衣服——呃,那些狠心的强盗!都咬定我们有钱,呃,一年一年亏空,你爸爸做肥田粉生意又上当,呃——店里全是别人的钱了。阿囡,呃,呃,我这病,活着也受罪,——呃,再过两年,你十九岁,招得个好女婿。呃,我死也放心了!——救苦救难观世音菩萨!呃——"

二

第二天,林先生的铺子里新换过一番布置。将近一星期不曾露脸的东洋货又都摆在最惹眼的地位了。林先生又摹仿上海大商店的办法,写了许多"大廉价照码九折"的红绿纸条,贴在玻璃窗上。这天是阴历腊月二十三,正是乡镇上洋广货店的"旺月"。不但林先生的额外支出"四百元"指望在这时候捞回来,就是林小姐的新衣服也靠托在这几天的生意好。

十点多钟,赶市的乡下人一群一群的在街上走过了,他们臂上挽着篮,或是牵着小孩子,粗声大气地一边在走,一边在谈话。他们望到了林先生的花花绿绿的铺面,都站住了,仰起脸,老婆唤丈夫,孩子叫爹娘,啧啧地夸羡那些货物。新年快到了,孩子们希望穿一双新袜子,女人们想到家里的面盆早用破,全家合用的一条面巾还是半年前的老家伙,肥皂又断绝了一个多月,趁这里"卖贱货",正该买一点。林先生坐在账台上,抖擞着精神,堆起满脸的笑容,眼睛望着那些乡下人,又带睄着自己铺子里的两个伙计,两个学徒,满心希望货物出去,洋钱进来。但是这些乡下人看了一会,指指点点夸羡了一会,竟自懒洋洋地走到斜对门的裕昌祥铺面前站住了再看。林先生伸长了脖子,望到那班乡下人的背景,眼睛里冒出火来。他恨不得拉他们回来!

"呃——呃——"

坐在账台后面那道分隔铺面与"内宅"的蝴蝶门旁边的林大娘把勉强忍住了半晌

的"呃"放出来。林小姐倚在她妈的身边,呆呆地望着街上不作声,心头却是卜卜地跳;她的新衣服至少已经走脱了半件。

林先生赶到柜台前睁大了妒忌的眼睛看看斜对门的同业裕昌祥。那边的四五个店员一字儿摆在柜台前,等候做买卖。但是那班乡下人没有一个走近到柜台边,他们看了一会儿,又照样的走过去了。林先生觉得心头一松,忍不住望着裕昌祥的伙计笑了一笑。这时又有七八人一队的乡下人走到林先生的铺面前,其中有一位年轻的居然上前一步,歪着头看那些挂着的洋伞。林先生猛转过脸来,一对嘴唇皮立刻嘻开了;他亲自兜揽这位意想中的顾客了:

"喂,阿弟,买洋伞么?便宜货,一只洋伞卖九角!看看货色去。"

一个伙计已经取下了两三把洋伞,立刻撑开了一把,热剌剌地塞到那年轻乡下人的手里,振起精神,使出夸卖的本领来:

"小当家,你看!洋缎面子,实心骨子,晴天,落雨,耐用好看!九角洋钱一顶,再便宜没有了!……那边是一只洋一顶,货色还没有这等好呢,你比一比就明白。"

那年轻的乡下人拿着伞,没有主意似的张大了嘴巴。他回过头去望着一位五十多岁的老头子,又把手里的伞颠了一颠,似乎说:"买一把罢?"老头子却老大着急地吆喝道:

"阿大!你昏了,想买伞!一船硬柴,一古脑儿只卖了三块多钱,你娘等着量米回去吃,哪有钱来买伞!"

"货色是便宜,没有钱买!"

站在那里观望的乡下人都叹着气说,懒洋洋地都走了。那年轻的乡下人满脸涨红,摇一下头,放了伞也就要想走,这可把林先生急坏了,赶快让步问道:

"喂,喂,阿弟,你说多少钱呢?——再看看去,货色是靠得住的!"

"货色是便宜,钱不够。"

老头一面回答,一面拉住了他的儿子,逃也似的走了。林先生苦着脸,踱回到账台里,浑身不得劲儿。他知道不是自己不会做生意,委实是乡下人太穷了,买不起九毛钱的一顶伞。他偷眼再望斜对门的裕昌祥,也还是只有人站在那里看,没有人上柜台买。裕昌祥左右邻的生泰杂货店万牲糕饼店那就简直连看的人都没有半个。一群一群走过的乡下人都挽着篮子,但篮子里空无一物;间或有花蓝布的一包儿,看样子就知道是米;甚至一个多月前乡下人收获的晚稻也早已被地主们和高利贷的债主们如数逼光,现在乡下人不得不一升两升的量着贵米吃。这一切,林先生都明白,他就觉得自己的一份生意至少是间接的被地主和高利贷者剥夺去了。

时间渐渐移近正午,街上走的乡下人已经很少了,林先生的铺子就只做成了一块多钱的生意,仅仅足够开销了"大廉价照码九折"的红绿纸条的广告费。林先生垂头丧气走进"内宅"去,几乎没有勇气和女儿老婆相见。林小姐含着一泡眼泪,低着头坐在屋角;林大娘在一连串的打呃中,挣扎着对丈夫说:

"花了四百块钱,——又忙了一个晚上摆设起来,呃,东洋货是准卖了,却又生意清淡,呃——阿囡的爹呀!……吴妈又要拿工钱——"

"还只半天呢!不要着急。"

林先生勉强安慰着,心里的难受,比刀割还厉害。他闷闷地踱了几步,所有推广营业的方法都想遍了,觉得都不是路。生意清淡,早已各业如此,并不是他一家呀;人们都穷了,可没有法子。但是他总还希望下午的营业能够比较好些。本镇的人家买东西大概在下午。难道他们过新年不买些东西?只要他们存心买,林先生的营业是有把握的。毕竟他的货物比别家便宜。

是这盼望使得林先生依然能够抖擞着精神坐在账台上守候他意想中的下午的顾客。

这下午照例和上午显然不同:街上并没很多的人,但几乎每个人都相识,都能够叫出他们的姓名,或是他们的父亲和祖父的姓名。林先生靠在柜台上,用了异常温和的眼光迎送这些慢慢地走着谈着经过他那铺面的本镇人。他时常笑嘻嘻地迎着常有交易的人喊道:

"呵,XX哥,到清风阁去吃茶么?小店大放盘,交易点儿去!"

有时被唤着的那位居然站住了,走上柜台来,于是林先生和他的店员就要大忙而特忙,异常敏感地伺察着这位未可知的顾客的眼光,瞧见他的眼光瞥到什么货物上,就赶快拿出那种货物请他考校。林小姐站在那对蝴蝶门边看望,也常常被林先生唤出来对那位未可知的顾客叫一声"伯伯"。小学徒送上一杯便茶来,外加一枝小联珠。

在价目上,林先生也格外让步;遇到那位顾客一定要除去一毛钱左右尾数的时候,他就从店员手里拿过那算盘来算了一会儿,然后不得已似的把那尾数从算盘上拨去,一面笑嘻嘻地说:

"真不够本呢!可是老主顾,只好遵命了。请你多作成几笔生意罢!"

整个下午就是这么张罗着过去了。连现带赊,大大小小,居然也有十来注交易。林先生早已汗透棉袍。虽然是累得那么着,林先生心里却很愉快。他冷眼偷看斜对门的裕昌祥,似乎赶不上自己铺子的"热闹"。常在那对蝴蝶门旁边看望的林小姐脸上也有些笑意,林大娘也少打几个呃了。

快到上灯时候,林先生核算这一天的"流水账";上午等于零,下午卖了十六元八角五分,八块钱是赊账。林先生微微一笑,但立即皱紧了眉头;他今天的"大放盘"确是照本出卖,开销都没着落,官利更说不上。他呆了一会儿,又开了账箱,取出几本账簿来翻着打了半天算盘;账上"人欠"的数目共有一千三百余元,本镇六百多,四乡七百多;可是"欠人"的客账,单是上海的东升字号就有八百,合计不下二千哪!林先生低声叹一口气,觉得明天以后如果生意依然没见好,那他这年关就有点难过了。他望着玻璃窗上"大放盘照码九折"的红绿纸条,心里这么想:"照今天那样当真放盘,生意总该会见好;亏本么?没有生意也是照样的要开销。只好先拉些主顾来再慢慢儿想法提高货码……要是四乡还有批发生意来,那就更好!——"

突然有一个人来打断林先生的甜蜜梦想了。这是五十多岁的一位老婆子,巍颤颤地走进店来,手里拿着一个小小的蓝布包。林先生猛抬起头来,正和那老婆子打一个照面,想躲避也躲避不及,只好走上前去招呼她道:

"朱三太,出来买过年东西么?请到里面去坐坐。——阿秀,来扶朱三太。"

林小姐早已不在那对蝴蝶门边了,没有听到。那朱三太连连摇手,就在铺面里的一张椅子上坐了,郑重地打开她的蓝布手巾包,——包里仅有一扣折子,她抖抖簌簌地双手捧了,直送到林先生的鼻子前,她的瘪嘴唇扭了几扭,正想说话,林先生早已一手接过那折子,同时抢先说道:

"我晓得了。明天送到你府上罢。"

"哦,哦;十月,十一月,十二月,一总是三个月,三三得九,是九块罢?——明天你送来? 哦,哦,不要送,让我带了去。嗯!"

朱三太扭着她的瘪嘴唇,很艰难似的说。她有三百元的"老本"存在林先生的铺里,按月来取三块钱的利息,可是最近林先生却拖欠了三个月,原说是到了年底总付,明天是送灶日,老婆子要买送灶的东西,所以亲自上林先生的铺子来了。看她那股扭起了一对瘪嘴唇的劲儿,光景是钱不到手就一定不肯走。

林先生抓着头皮不作声。这九块钱的利息,他何尝存心白赖,只是三个月来生意清淡,每天卖得的钱仅够开伙食,付捐税,不知不觉地拖欠下来了。然而今天要是不付,这老婆子也许会就在铺面上嚷闹,那就太丢脸,对于营业的前途很有影响。

"好,好,带了去罢,带了去罢!"

林先生终于斗气似的说,声音有点儿哽咽。他跑到账台里,把上下午卖得的现钱归并起来,又从腰包里掏出一个双毫,这才凑成了八块大洋,十角小洋,四十个铜子,交付了朱三太。当他看见那老婆子把这些银洋铜子郑重地数了又数,而且抖抖簌簌地放在那蓝布手巾上包了起来的时候,他忍不住叹一口气,异想天开地打算拉回几文来;他勉强笑着说:

"三阿太,你这蓝布手巾太旧了,买一块老牌麻纱白手帕去罢? 我们有上好的洗脸手巾,肥皂,买一点儿去新年里用罢。价钱公道!"

"不要,不要;老太婆了,用不到。"

朱三太连连摆手说,把折子藏在衣袋里,捧着她的蓝布手巾包竟自去了。

林先生哭丧着脸,走回"内宅"去。因这朱三太的上门讨利息,他记起还有两注存款,桥头陈老七的二百元和张寡妇的一百五十元,总共十来块钱的利息,都是"不便"拖欠的,总得先期送去。他掐着指头算日子:二十四,二十五,二十六——到二十六,放在四乡的账头该可以收齐了,店里的寿生是前天出去收账的,极迟是二十六应该回来了;本镇的账头总得到二十八九方才有个数目。然而上海号家的收账客人说不定明后天就会到,只有再向恒源钱庄去借了。但是明天的门市怎样? ……

他这么低着头一边走,一边想,猛听得女儿的声音在他耳边说:

"爸爸,你看这块大绸好么? 七尺,四块二角,不贵罢?"

林先生心里蓦地一跳,站住了睁大着眼睛,说不出话。林小姐手里托着那块绸,却在那里憨笑。四块二角! 数目可真不算大,然而今天店里总共只卖得十六块多,并且是老实照本贱卖的呀! 林先生怔了一会儿,这才没精打采地问道:

"你哪来的钱呢?"

"挂在账上。"

林先生听得又是欠账,忍不住皱一下眉头。但女儿是自己宠惯了的,林大娘又抵死偏护着,林先生没奈何只有苦笑。

过一会儿,他叹一口气,轻轻埋怨道:

"那么性急! 过了年再买岂不是好!"

三

又过了两天,"大放盘"的林先生的铺子,生意果然很好,每天可以做三十多元的生意了。林大娘的打呃,大大减少,平均是五分钟来一次;林小姐在铺面和"内宅"之间跳进跳出,脸上红喷喷地时常在笑,有时竟在铺面帮忙招呼生意,直到林大娘再三唤她,方才跑进去,一边擦着额上的汗珠,一边兴冲冲地急口说:

"妈呀,又叫我进来干么!我不觉得辛苦呀!妈!爸爸累得满身是汗,嗓子也喊哑了!——刚才一个客人买了五块钱东西呢!妈!不要怕我辛苦,不要怕!爸爸叫我歇一会儿就出去呢!"

林大娘只是点头,打一个呃,就念一声"大慈大悲菩萨"。客厅里本就供奉着一尊瓷观音,点着一炷香,林大娘就摇摇摆摆走过去磕头,谢菩萨的保佑,还要祷告菩萨一发慈悲,保佑林先生的生意永远那么好,保佑林小姐易长易大,明年就得个好女婿。

但是在铺面张罗的林先生虽然打起精神做生意,脸上笑容不断,心里却像有几根线牵着。每逢卖得了一块钱,看见顾客欣然挟着纸包而去,林先生就忍不住心里一顿,在他心里的算盘上就加添了五分洋钱的血本的亏折。他几次想把这个"大放盘"时每块钱的实足亏折算成三分,可是无论如何,算来算去总得五分。生意虽然好,他却越卖越心疼了。在柜台上招呼主顾的时候,他这种矛盾的心理有时竟至几乎使他发晕。偶尔他偷眼望望斜对门的裕昌祥,就觉得那边闲立在柜台边的店员和掌柜,嘴角上都带着讥讽的讪笑,似乎都在说:"看这姓林的傻子呀,当真下本放盘哪!看着罢,他的生意越好,就越亏本,倒闭得越快!"那时候,林先生便咬一下嘴唇,决定明天无论如何要把货码提高,要把次等货标上头等货的价格。

给林先生斡旋那"封存东洋货"问题的商会长当走过林家铺子的时候,也微微笑着,站住了对林先生贺喜,并且拍着林先生的肩膀,轻声说:

"如何?四百块钱是花得不冤枉罢!——可是,卜局长那边,你也得稍稍点缀,防他看得眼红,也要来敲诈。生意好,妒忌的人就多;就是卜局长不生心,他们也要去挑拨呀!"

林先生谢商会长的关切,心里老大吃惊,几乎连做生意都没有精神。

然而最使他心神不宁的,是店里的寿生出去收账到现在还没有回来,林先生是等着寿生收的钱来开销"客账"。上海东升字号的收账客人前天早已到镇,直催逼得林先生再没有话语支吾了。如果寿生再不来,林先生只有向恒源钱庄借款的一法,这一来,林先生又将多负担五六十元的利息,这在见天亏本的林先生委实比割肉还心疼。

到四点钟光景,林先生忽然听得街上走过的人们乱哄哄地在议论着什么,人们的脸色都很惶急,似乎发生了什么大事情了。一心惦念着出去收账的寿生是否平安的林先生就以为一定是快班船遭了强盗抢,他的心卜卜地乱跳。他唤住了一个路人焦急地问道:

"什么事?是不是栗市快班遭了强盗抢?"

"哦!又是强盗抢么?路上真不太平!抢,还是小事,还要绑人去哪!"

那人,有名的闲汉陆和尚,含糊地回答,同时睐着半只眼睛看林先生铺子里花花绿绿的货物。林先生不得要领,心里更急,丢开陆和尚,就去问第二个走近来的人,桥头的王三毛。

"听说栗市班遭抢,当真么?"

"那一定是太保阿书手下人干的,太保阿书是枪毙了,他的手下人多么厉害!"

王三毛一边回答,一边只顾走。可是林先生却急坏了,冷汗从额角上钻出来。他早就估量到寿生一定是今天回来,而且是从栗市——收账程序中预定的最后一处,坐快班船回来;此刻已是四点钟,不见他来,王三毛又是那样说,那还有什么疑义么?林先生竟忘记了这所谓"栗市班遭强盗抢"乃是自己的发明了!他满脸急汗,直往"内宅"跑;在那对蝴蝶门边忘记跨门槛,几乎绊了一交。

"爸爸!上海打仗了!东洋兵放炸弹烧闸北——"

林小姐大叫着跑到林先生跟前。

林先生怔了一下。什么上海打仗,原就和他不相干,但中间既然牵连着"东洋兵",又好像不能不追问一声了。他看着女儿的很兴奋的脸孔问道:

"东洋兵放炸弹么?你从哪里听来的?"

"街上走过的人全是那么说。东洋兵放大炮,掷炸弹。闸北烧光了!"

"哦,那么,有人说栗市快班强盗抢么?"

林小姐摇头,就像扑火的灯蛾似的扑向外面去了。林先生迟疑了一会儿,站在那蝴蝶门边抓头皮。林大娘在里面打呃,又是喃喃地祷告:"菩萨保佑,炸弹不要落到我们头上来!"林先生转身再到铺子里,觑见女儿和两个店员正在谈得很热闹。对门生泰杂货店里的老板金老虎也站在柜台外边指手画脚地讲谈。上海打仗,东洋飞机掷炸弹烧了闸北,上海已经罢市,全都证实了。强盗抢快班船么?没有听人说起过呀!栗市快班么?早已到了,一路平安。金老虎看见那快班船上的伙计刚刚背着两个蒲包走过的。林先生心里松一口气,知道寿生今天又没回来,但也知道好好儿的没有逢到强盗抢。

现在是满街都在议论上海的战事了。小伙计们夹在闹里骂"东洋乌龟!"竟也有人当街大呼:"再买东洋货就是忘八!"林小姐听着,脸上就飞红了一大片。林先生却还不动神色。大家都卖东洋货,并且大家花了几百块钱以后,都已经奉着特许:"只要把东洋商标撕去了就行。"他现在满店的货物都已经称为"国货",买主们也都是"国货,国货"地说着,就拿走了。在此满街人人为了上海的战事而没有心思想到生意的时候,林先生始终在筹虑他的正事。他还是不肯花重利去借庄款,他去和上海号家的收账客人情商,请他再多等这么一天两天。他的寿生极迟明天傍晚总该会到。

"林老板,你也是明白人,怎么说出这种话来呀!现在上海开了火,说不定明后天火车就不通,我是巴不得今晚上就动身呢!怎么再等一两天?请你今天把账款缴清,明天一早我好走。我也是吃人家的饭,请你照顾照顾罢!"

上海客人毫无通融地拒绝了林先生的情商。林先生看来是无可商量了,只好忍痛去到恒源钱庄去商借。他还恐怕那"钱猢狲"知道他是急用,要趁火打劫,高抬利息。谁知钱庄经理的口气却完全不对了。那痨病鬼经理听完了林先生的申请,并没作答,只管捧着他那老古董的水烟筒卜落落卜落落的呼,直到烧完一根纸吹,这才慢吞吞地说:

"不行了!东洋兵开仗,上海罢市,银行钱庄都封关,知道他们几时弄得好!上海这路一断,敝庄就成了没脚蟹,汇划不通,比尊处再好的户头也只好不做了。对不起,实在爱莫能助!"

林先生呆了一呆,还总以为这痨病鬼经理故意刁难,无非是为提高利息作地步,正想结结实实说几句恳求的话,却不料那经理又逼进一步道:

"刚才敝东吩咐过,他得的信,这次的乱子恐怕要闹大,叫我们收紧盘子!尊处原欠五百,二十二那天,又是一百,总共有六百,年关前总得扫数归清;我们也算是老主顾,今天先透一个信,免得临时多费口舌,大家面子上难为情。"

"哦——可是小店里也实在为难。要看账头收得怎样。"

林先生呆了半晌,这才呐出这两句话。

"嘿!何必客气!宝号里这几天来的生意比众不同,区区六百块钱,还为难么?今天是同老兄说明白了,总望扫数归清,我在敝东跟前好交代。"

痨病鬼经理冷冷地说,站起来了。林先生冷了半截身子,瞧情形是万难挽回,只好硬着头皮走出了那家钱庄。他此时才明白原来远在上海的打仗也要影响到他的小铺子了。今年的年关当真是难过:上海的收账客人立逼着要钱,恒源里不许宕过年,寿生还没回来,知道他怎样了,镇上的账头,去年只收起八成,今年瞧来连八成都捏不稳——横在他前面的路,只是一条:"暂停营业,清理账目"!而这条路也就等于破产,他这铺子里早已没有自己的资本,一旦清理,剩给他的,光景只有一家三口三个光身子!

林先生愈想愈厌,走过那座望仙桥时,他看着桥下的浑水,几乎想纵身一跳完事。可是有一个人在背后唤他道:

"林先生,上海打仗了,是真的罢?听说东栅外刚刚调来了一支兵,到商会里要借饷,开口就是二万,商会里正在开会呢!"

林先生急回过脸去看,原来正是那位存有两百块钱在他铺子里的陈老七,也是林先生的一位债主。

"哦——"

林先生打一个冷噤,只回答了这一声,就赶快下桥,一口气跑回家去。

四

这晚上的夜饭,林大娘在家常的一荤二素以外,特又添了一个碟子,是到八仙楼买来的红焖肉,林先生心爱的东西。另外又有一斤黄酒。林小姐笑不离口,为的铺子里生意好,为的大绸新旗袍已经做成,也为的上海竟然开火,打东洋人。林大娘打呃的次数更加少了,差不多十分钟只来一回。

只有林先生心里发闷到要死。他喝着闷酒,看看女儿,又看看老婆,几次想把那炸弹似的恶消息宣布,然而终于没有那样的勇气。并且他还不曾绝望,还想挣扎,至少是还想掩饰他的两下里碰不到头。所以当商会里议决了答应借饷五千并且要林先生摊认二十元的时候,他毫不推托,就答应下来了。他决定非到最后五分钟不让老婆和女儿知道那家道困难的真实情形。他的划算是这样的:人家欠他的账收一个八成罢,他还人家的账也是个八成,——反正可以借口上海打仗,钱庄不通;为难的是人欠我欠之间尚差六百光景,那只有用剜肉补疮的方法拼命放盘卖贱货,且捞几个钱来渡过了眼前再说。这年头,谁能够顾到了将来呢?眼前得且过。

是这么想定了方法,又加上那一斤黄酒的力量,林先生倒酣睡了一夜,噩梦也没有半个。

第二天早上,林先生醒来时已经是六点半钟,天色很阴沉。林先生觉得有点头晕。他匆匆忙忙吞进两碗稀饭,就到铺子里,一眼就看见那位上海客人板起了脸孔在那里坐守"回话"。而尤其叫林先生猛吃一惊的,是斜对门的裕昌祥也贴起红红绿绿的纸条,也在那里"大放盘照码九折"了!林先生昨夜想好的"如意算盘"立刻被斜对门那些红绿纸条冲一个摇摇不定。

"林老板,你真是开玩笑! 昨晚上不给我回音。轮船是八点钟开,我还得转乘火车,八点钟这班船我是非走不行! 请你快点——"

上海客人不耐烦地说,把一个拳头在桌子上一放。林先生只有赔不是,请他原谅,实在是因为上海打仗钱庄不通,彼此是多年的老主顾,务请格外看承。

"那么叫我空手回去么?"

"这,这,断乎不会。我们的寿生一回来,有多少付多少,我要是藏落半个钱,不是人!"

林先生颤着声音说,努力忍住了滚到眼眶边的眼泪。

话是说到尽头了,上海客人只好不再噜嗦,可是他坐在那里不肯走。林先生急得什么似的,心是卜卜地乱跳。近年他虽然万分拮据,面子上可还遮得过;现在摆一个人在铺子里坐守,这件事要是传扬开去,他的信用可就完了,他的债户还多着呢,万一群起效尤,他这铺子只好立刻关门。他在没有办法中想办法,几次请这位讨账客人到内宅去坐,然而讨账客人不肯。

天又索索地下起冻雨来了。一条街上冷清清地简直没有人行。自有这条街以来,从没见过这样萧索的腊尾岁尽。朔风吹着那些招牌,嚓嚓地响。渐渐地冻雨又有变成雪花的模样。沿街店铺里的伙计们靠在柜台上仰起了脸发怔。

林先生和那位收账客人有一句没一句的闲谈着。林小姐忽然走出蝴蝶门来站在街边看那索索的冻雨。从蝴蝶门后送来的林大娘的呃呃的声音又渐渐儿加勤。林先生嘴里应酬着,一边看看女儿,又听听老婆的打呃,心里一阵一阵酸上来,想起他的一生简直毫没幸福,然而又不知道坑害他到这地步的,究竟是谁。那位上海客人似乎气平了一些了,忽然很恳切地说:

"林老板,你是个好人。一点嗜好都没有,做生意很巴结认真。放在二十年前,你怕不发财么? 可是现今时势不同,捐税重,开销大,生意又清,混得过也还是你的本事。"

林先生叹一口气苦笑着,算是谦逊。

上海客人顿了一顿,又接着说下去:

"贵镇上的市面今年又比上年差些,是不是? 内地全靠乡庄生意,乡下人太穷,真是没有法子,——呀,九点钟了! 怎么你们的收账伙计还没来呢? 这个人靠得住么?"林先生心里一跳,暂时回答不出来。虽然是七八年的老伙计,一向没有出过岔子,但谁能保到底呢! 而况又是过期不见回来。上海客人看着林先生那迟疑的神气,就笑;那笑声有几分异样。忽然那边林小姐转脸对林先生急促地叫道:

"爸爸,寿生回来了! 一身泥!"

显然林小姐的叫声也是异样的,林先生跳起来,又惊又喜,着急的想跑到柜台前去看,可是心慌了,两腿发软。这时寿生已经跑了进来,当真是一身泥,气喘喘地坐下了,说不出话来。林先生估量那情形不对,吓得没有主意,也不开口。上海客人在旁边皱眉头。过了一会儿,寿生方才喘着气说:

"好险呀! 差一些儿被他们抓住了。"

"到底是强盗抢了快班船么?"

林先生惊极,心一横,倒逼出话来了。

"不是强盗。是兵队拉夫呀! 昨天下午赶不上趁快班。今天一早趁航船,哪里知道航船听得这里要捉船,就停在东栅外了。我上岸走不到半里路,就碰到拉夫。西面宝祥衣庄的阿毛被他们拉去了。我跑得快,抄小路逃了回来。他妈的,性命交关!"

寿生一面说,一面撩起衣服,从肚兜里掏出一个手巾包来递给林先生,又道:"都在这里了。栗市的那家黄茂记很可恶,这种户头,我们明年要留心!——我去洗一个脸,换件衣服再来。"

林先生接了那手巾包,捏一把,脸上有些笑容了。他到账台里打开那手巾包来。先看一看那张"清单",打了一会儿算盘,然后点检银钱数目:是大洋十一元,小洋二百角,钞票四百二十元,外加即期庄票两张,一张是规元五十两,又一张是规元六十五两。这全部付给上海客人,照账算也还差一百多元。林先生凝神想了半晌,斜眼偷看了坐在那里吸烟的上海客人几次,方才叹一口气,割肉似的拿起那两张庄票和四百元钞票捧到上海客人跟前,又说了许多话,方才得到上海客人点一下头,说一声"对啦"。

但是上海客人把庄票看了两遍,忽又笑着说道:

"对不起,林老板,这庄票,费神兑了钞票给我罢!"

"可以,可以。"

林先生连忙回答,慌忙在庄票后面盖了本店的书柬图章,派一个伙计到恒源庄去取现,并且叮嘱了要钞票。又过了半晌,伙计却是空手回来。恒源庄把票子收了,但不肯付钱;据说是扣抵了林先生的欠款。天是在当真下雪了,林先生也没张伞,冒雪到恒源庄去亲自交涉,结果是徒然。

"林老板,怎样了呢?"

看见林先生苦着脸跑回来,那上海客人不耐烦地问了。

林先生几乎想哭出来,没有话回答,只是叹气。除了央求那上海客人再通融,还有什么别的办法?寿生也来了,帮着林先生说。他们赌咒:下欠的二百多元,赶明年初十边一定汇到上海。是老主顾了,向来三节清账,从没半句话,今儿实在是意外之变,大局如此,没有办法,非是他们刁赖。

然而不添一些,到底是不行的。林先生忍痛又把这几天内卖得的现款凑成了五十元,算是总共付了四百五十元,这才把那位叫人头痛的上海收账客人送走了。

此时已有十一点了,天还是飘飘扬扬落着雪。买客没有半个。林先生纳闷了一会儿,和寿生商量本街的账头怎样去收讨。两个人的眉头都皱紧了,都觉得本镇的六百多元账头收起来真没有把握。寿生挨着林先生的耳朵悄悄地说道:

"听说南栅的聚隆,西栅的和源,都不稳呢!这两处欠我们的,就有三百光景,这两笔倒账要预先防备,吃下了,可不是玩的!"

林先生脸色变了,嘴唇有点抖。不料寿生把声音再放低些,支支吾吾地说出了更骇人的消息来:

"还有,还有讨厌的谣言,是说我们这里了。恒源庄上一定听得了这些风声,这才对我们逼得那么急,说不定上海的收账客人也有点晓得——只是,谁和我们作对呢?难道就是斜对门么?"

寿生说着,就把嘴向裕昌祥那边呶了一呶。林先生的眼光跟着寿生的嘴也向那边瞥了一下,心里直是乱跳,哭丧着脸,好半天说不出话来。他的又麻又痛的心里感到这一次他准是毁了!——不毁才是作怪:党老爷敲诈他,钱庄压逼他,同业又中伤他,而又要吃倒账,凭谁也受不了这样重重的磨折罢?而究竟为了什么他应该活受罪呀!他,从父亲手里继承下这小小的铺子,从没敢浪费;他,做生意多么巴结;他,没有害过人,没有起过歹心;就是他的祖上,也没害过人,做过歹事呀!然而他直如此命苦!

"不过,师傅,随他们去造谣罢,你不要发急。荒年传乱话,听说是镇上的店铺十家有九家没法过年关。时势不好,市面清得不成话。素来硬朗的铺子今年都打饥荒,也不是我们一家困难!天塌压大家,商会里总得议个办法出来;总不能大家一齐拖倒,弄得市面更加不像市面。"

看见林先生急苦了,寿生姑且安慰着,忍不住也叹了一口气。

雪是愈下愈密,街上已经见白。偶尔有一条狗垂着尾巴走过,抖一抖身体,摇落了厚积在毛上的那些雪,就又悄悄地夹着尾巴走了。自从有这条街以来,从没见过这样冷落凄凉的年关!而此时,远在上海,日本军的重炮正在发狂地轰毁那边繁盛的市廛。

五

凄凉的年关,终于也过去了。镇上的大小铺子倒闭了二十八家。内中有一家"信用素著"的绸庄。欠了林先生三百元货账的聚隆与和源也毕竟倒了。大年夜的白天,寿生到那两个铺子里磨了半天,也只拿了二十多块来;这以后,就听说没有一个收账员拿到半文钱,两家铺子的老板都躲得不见面了。林先生自己呢,多亏商会长一力斡旋,还无须往乡下躲,然而欠下恒源钱庄的四百多元非要正月十五以前还清不可;并且又订了苛刻的条件:从正月初五开市那天起,恒源就要派人到林先生铺子里"守提",卖得的钱,八成归恒源扣账。

新年那四天,林先生家里就像一个冰窖。林先生常常叹气,林大娘的打呃像连珠炮。林小姐虽然不打呃,也不叹气,但是呆呆地好像害了多年的黄病。她那件大绸新旗袍,为的要付吴妈的工钱,已经上了当铺;小学徒从清早七点钟就去那家唯一的当铺门前守候,直到九点钟方才从人堆里拿了两块钱挤出来。以后,当铺就止当了。两块钱!这已是最高价。随你值多少钱的贵重衣饰,也只能当得两块钱!叫做"两块钱封门"。乡下人忍着冷剥下身上的棉袄递上柜台去,那当铺里的伙计拿起来抖了一抖,就直丢出去,怒声喊道:"不当!"

元旦起,是大好的晴天。关帝庙前那空场上,照例来了跑江湖赶新年生意的摊贩和变把戏的杂耍。人们在那些摊子面前懒懒地拖着腿走,两手扪着空的腰包,就又懒懒地走开了。孩子们拉住了娘的衣角,赖在花炮摊前不肯走,娘就给他一个老大的耳光。那些特来赶新年的摊贩们连伙食都开销不了,白赖在"安商客寓"里,天天和客寓主人吵闹。

只有那班变把戏的出了八块钱的大生意,党老爷们唤他们去点缀了一番"升平气象"。

初四那天晚上,林先生勉强筹措了三块钱,办一席酒请铺子里的"相好"吃照例的"五路酒",商量明天开市的办法。林先生早就筹思过熟透:这铺子开下去呢,眼见得是亏本的生意,不开呢,他一家三口儿简直没有生计,而且到底人家欠他的货账还有四五百,他一关门更难讨取;唯一的办法是减省开支,但捐税派饷是逃不了的,"敲诈"尤其无法躲避,裁去一两个店员罢,本来他只有三个伙计,寿生是左右手,其余的两位也是怪可怜见的,况且辞歇了到底也不够招呼生意;家里呢,也无可再省,吴妈早已辞歇。他觉得只有硬着头皮做下去,或者靠菩萨的保佑,乡下人春蚕熟,他的亏空还可以补救。

但要开市,最大的困难是缺乏货品。没有现钱寄到上海去,就拿不到货。上海打得更厉害了,赊账是休转这念头。卖底货罢,他店里早已淘空,架子上那些装卫生衣的纸盒就是空的,不过摆在那里装幌子。他铺子里就剩了些日用杂货,脸盆毛巾之类,存底还厚。

大家喝了一会闷酒,抓腮挖耳地想不出好主意。后来谈起闲天来,一个伙计忽然说:

"乱世年头,人比不上狗!听说上海闸北烧得精光,几十万人都只逃得一个光身子。虹口一带呢,烧是还没烧,人都逃光了,东洋人凶得很,不许搬东西。上海房钱涨起几倍。逃出来的人都到乡下来了,昨天镇上就到了一批,看样子都是好好的人家,现在却弄得无家可归!"

林先生摇头叹气。寿生听了这话,猛的想起了一个好办法;他放下了筷子,拿起酒杯来一口喝干了,笑嘻嘻对林先生说道:

"师傅,听得阿四的话么?我们那些脸盆,毛巾,肥皂,袜子,牙粉,牙刷,就可以如数销清了。"

林先生瞪出了眼睛,不懂得寿生的意思。

"师傅,这是天大的机会。上海逃来的人,总还有几个钱,他们总要买些日用的东西,是不是?这笔生意,我们赶快张罗。"

寿生接着又说。再筛出一杯酒来喝了,满脸是喜气。两个伙计也省悟过来了,哈哈大笑。只有林先生还不很了然。近来的逆境已经把他变成糊涂。他惘然问道:

"你拿得稳么?脸盆,毛巾,别家也有,——"

"师傅,你忘记了!脸盆毛巾一类的东西只有我们存底独多!裕昌祥里拿不出十只脸盆,而且都是拣剩货。这笔生意,逃不出我们的手掌心的了!我们赶快多写几张广告到四栅去分贴,逃难人住的地方——嗳,阿四,他们住在什么地方?我们也要去贴广告。"

"他们有亲戚的住到亲戚家里去了,没有的,还借住在西栅外茧厂的空房子。"

叫做阿四的伙计回答,脸上发亮,很得意自己的无意中立了大功。林先生这时也完全明白了。心里一快乐,就又灵活起来,他马上拟好了广告的底稿,专拣店里有的日用品开列上去,约莫也有十几种。他又摹仿上海大商店卖"一元货"的方法,把脸盆,毛巾,牙刷,牙粉配成一套卖一块钱,广告上就大书"大廉价一元货"。店里本来还有余剩下的红绿纸,寿生大张的裁好了,拿笔就写。两个伙计和学徒就乱哄哄地拿过脸盆,毛巾,牙刷,牙粉来装配成一组。人手不够,林先生叫女儿出来帮着写,帮着扎配,另外又配出几种"一元货",全是零星的日用必需品。

这一晚上,林家铺子里直忙到五更左右,方才大致就绪。第二天清早,开门鞭炮响过,排门开了,林家铺子布置得又是一新。漏夜赶起来的广告早已漏夜分头贴出去。西栅外茧厂一带是寿生亲自去布置,哄动那些借住在茧厂里的逃难人,都起来看,当作一件新闻。

"内宅"里,林大娘也起了个五更,瓷观音面前点了香,林大娘爬着磕了半天响头。她什么都祷告全了,就只差没有祷告菩萨要上海的战事再扩大再延长,好多来些逃难人。

一切都很顺利,一切都不出寿生的预料。新正开市第一天就只林家铺子生意很好,到下午四点多钟,居然卖了一百多元,是这镇上近十年来未有的新纪录。销售的大宗,果然是"一元货",然而洋伞橡皮雨鞋之类却也带起了销路,并且那生意也做的干脆有味。虽然是"逃难人",却毕竟住在上海,见过大场面,他们不像乡下人或本镇人那么小格式,他们买东西很爽利,拿起货来看了一眼,现钱交易,从不拣来拣去,也不硬要除零头。

林大娘看见女儿兴冲冲地跑进来夸说一回,就爬到瓷观音面前磕了一回头。她心里还转了这样的念头:要不是岁数相差得多,把寿生招做女婿倒也是好的!说不定在寿生那边也时常用半只眼睛看望着这位厮熟的十七岁的"师妹"。

只有一点,使林先生扫兴;恒源庄毫不顾面子地派人来提取了当天营业总数的八成。并且存户朱三阿太,桥头陈老七,还有张寡妇,不知听了谁的怂恿,都借了"要量米吃"的借口,都来预支息金;不但支息金,还想拔提一点存款呢!但也有一个喜讯,听说又到了一批逃难人。

晚餐时,林先生添了两碟荤菜,酬劳他的店员。大家称赞寿生能干。林先生虽然高兴,却不能不惦念着朱三阿太等三位存户要提存款的事情。大新年碰到这种事,总是不吉利。寿生忿然说:

"那三个懂得什么呢!还不是有人从中挑拨!"

说着,寿生的嘴又向斜对门呶了一呶。林先生点头。可是这三位不懂什么的,倒也难以对付;一个是老头子,两个是孤苦的女人,软说不肯,硬来又不成。林先生想了半天觉得只有去找商会长,请他去和那三位宝贝讲开。他和寿生说了,寿生也竭力赞成。

于是晚饭后算过了当天的"流水账",林先生就去拜访商会长。

林先生说明了来意后,那商会长一口就应承了,还夸奖林先生做生意的手段高明,他那铺子一定能够站住,而且上进。摸着自己的下巴,商会长又笑了一笑,伛过身体来说道:

"有一件事,早就想对你说,只是没有机会。镇上的卜局长不知在哪里见过令爱来,极为中意;卜局长年将四十,还没有儿子,屋子里虽则放着两个人,都没生育过;要是令爱过去,生下一男半女,就是现成的局长太太。呵,那时,就连我也沾点儿光呢!"

林先生做梦也想不到会有这样的难题,当下怔住了做不得声。商会长却又郑重地接着说:

"我们是老朋友,什么话都可以讲个明白。论到这种事呢,照老派说,好像面子上不好听;然而也不尽然。现在通行这一套,令爱过去也算是正的。——况且,卜局长既然有了这个心,不答应他有许多不便之处;答应了,将来倒有巴望。我是替你打算,才说这个话。"

"咳,你怕不是好意劝我仔细!可是,我是小户人家,小女又不懂规矩,高攀卜局长,实在不敢!"

林先生硬着头皮说,心里卜卜乱跳。

"哈,哈,不是你高攀,是他中意。——就这么罢,你回去和尊夫人商量商量,我这里且搁着,看见卜局长时,就说还没机会提过,行不行呢?可是你得早点给我回音!"

"嗯——"

筹思了半响,林先生勉强应着,脸色像是死人。

回到家里,林先生支开了女儿,就一五一十对林大娘说了。他还没说完,林大娘的呃就大发作,光景邻居都听得清。

她勉强抑住了那些涌上来的呃,喘着气说道:

"怎么能够答应,呃,就不是小老婆,呃,呃——我也舍不得阿秀到人家去做媳妇。"

"我也是这个意思,不过——"

"呃,我们规规矩矩做生意,呃,难道我们不肯,他好抢了去不成?呃——"

"不过他一定要来找讹头生事!这种人比强盗还狠心!"

林先生低声说,几乎落下眼泪来。

"我拼了这条老命。呃!救苦救难观世音呀!"

林大娘颤着声音站了起来,摇摇摆摆想走。林先生赶快拦住,没口地叫道:

"往哪里去?往哪里去?"

同时林小姐也从房外来了,显然已经听见了一些,脸色灰白,眼睛死瞪瞪地。林大娘看见女儿,就一把抱住了,一边哭,一边打呃,一边喃喃地挣扎着喘着气说:

"呃,阿囡,呃,谁来抢你去,呃,我同他拼老命!呃,生你那年我得了这个——病,呃,好容易养到十七岁,呃,呃,死也死在一块儿!呃,早给了寿生多么好呢!呃!强盗!不怕天打的!"

林小姐也哭了,叫着"妈!"林先生搓着手叹气。看看哭得不像样,窄房浅屋的要惊动邻舍,大新年也不吉利,他只好忍着一肚子气来劝母女两个。

这一夜,林家三口儿都没有好生睡觉。明天一早林先生还要起来做生意,在一夜的转侧愁思中,他偶尔听得屋面上一声响,心就卜卜地跳,以为是卜局长来寻他生事来了;然而定了神仔细想起来,自家是规规矩矩的生意人,又没犯法,只要生意好,不欠人家的钱,难道好无端生事,白诈他不成?而他的生意呢,眼前分明有一线生机。生了个女儿长的还端正,却又要招祸!早些定了亲,也许不会出这岔子?——商会长是不是肯真心帮忙呢,只有恳求他设法——可是林大娘又在打呃了,咳,她这病!

天刚发白,林先生就起身,眼圈儿有点红肿,头里发昏。可是他不能不打起精神招呼生意。铺面上靠寿生一个到底不行,这小伙子近几天来也就累够了。

林先生坐在账台里,心总不定。生意虽然好,他却时时浑身的肉发抖。看见面生的大汉子上来买东西,他就疑惑是卜局长派来的人,来侦察他,来寻事;他的心直跳得发痛。

却也作怪,这天生意之好,出人意料。到正午,已经卖了五六十元,买客们中间也有本镇人。那简直不像买东西,简直像是抢东西,只有倒闭了的铺子拍卖底货的时候才有这种光景。林先生一边有点高兴,一边却也看着心惊,他估量"这样的好生意气色不正"。果然在午饭的时候,寿生就悄悄告诉道:

"外边又有谣言,说是你拆烂污卖一批贱货,捞到几个钱,就打算逃走!"

林先生又气又怕,开不得口。突然来了两个穿制服的人,直闯进来问道:

"谁是林老板?"

林先生慌忙站了起来?还没回答,两个穿制服的拉住他就走。寿生追上去,想要拦阻,又想要探询,那两个人厉声吆喝道:

"你是谁?滚开!党部里要他问话!"

六

那天下午,林先生就没有回来。店里生意忙,寿生又不能抽空身子尽自去探听。里边林大娘本来还被瞒着,不防小学徒漏了嘴,林大娘那一急几乎一口气死去。她又死不放林小姐出那对蝴蝶门儿,说是:

"你的爸爸已经被他们捉去了,回头就要来抢你!呃——"

她只叫寿生进来问底细,寿生瞧着情形不便直说,只含糊安慰了几句道:

"师母,不要着急,没有事的!师傅到党部里去理直那些存款呢。我们的生意好,怕什么的!"

背转了林大娘的面,寿生悄悄告诉林小姐,"到底为什么,还没得个准信儿,"他叮嘱林小姐且安心伴着"师母",外边事有他呢。林小姐一点主意也没有,寿生说一句,她就点一下头。

这样又要招顾外面的生意,又要挖空心思找出话来对付林大娘不时的追询,寿生更没有工夫去探听林先生的下落。直到上灯时分,这才由商会长给他一个信:林先生是被党部扣住了,为的外边谣言林先生打算卷款逃走,然而林先生除有庄款和客账未清外,还有朱三阿太,桥头陈老七,张寡妇三位孤苦人儿的存款共计六百五十元没有保障,党部里是专替这些孤苦人儿谋利益的,所以把林先生扣起来,要他理直这些存款。

寿生吓得脸都黄了,呆了半晌,方才问道:

"先把人保出来,行么?人不出来,哪里去弄钱来呢?"

"嘿!保出人来!你空手去,让你保么?"

"会长先生,总求你想想法子,做好事。师傅和你老人家向来交情也不差,总求你做做好事!"

商会长皱着眉头沉吟了一会儿,又端相着寿生半晌,然后一把拉寿生到屋角里悄悄说道:

"你师傅的事,我岂有袖手旁观之理。只是这件事现在弄僵了!老实对你说,我求过卜局长出面讲情,卜局长只要你师傅答应一件事,他是肯帮忙的;我刚才到党部里会见你的师傅,劝他答应,他也答应了,那不是事情完了么?不料党部里那个黑麻子真可恶,他硬不肯——"

"难道他不给卜局长面子?"

"就是呀!黑麻子反而噜哩噜嗦说了许多,卜局长几乎下不得台。两个人闹翻了!这不是这件事弄得僵透?"

寿生叹了口气,没有主意;停一会儿,他又叹一口气说:

"可是师傅并没犯什么罪。"

"他们不同你讲理!谁有势,谁就有理!你去对林大娘说,放心,还没吃苦,不过要想出来,总得花点儿钱!"

商会长说着,伸两个指头一扬,就匆匆地走了。

寿生沉吟着,没有主意;两个伙计攒住他探问,他也不回答。商会长这番话,可以告诉"师母"么?又得花钱!"师母"有没有私蓄,他不知道;至于店里,他很明白,两天来卖得的现钱,被恒源提了八成去,剩下只有五十多块,济得什么事!商会长示意总得两百。知道还够不够呀!照这样下去,生意再好些也不中用。他觉得有点灰心了。

里边又在叫他了!他只好进去瞧光景再定主意。

林大娘扶住了女儿的肩头,气喘喘地问道:

"呃,刚才,呃——商会长来了,呃,说什么?"

"没有来呀!"

寿生撒一个谎。

"你不用瞒我,呃——我,呃,全知道了;呃,你的脸色吓得焦黄!阿秀看见的,呃!"

"师母放心,商会长说过不要紧。——卜局长肯帮忙——"

"什么?呃,呃——什么?卜局长肯帮忙!——呃,呃,大慈大悲的菩萨,呃,不要他帮忙!呃,呃,我知道,你的师傅,呃呃,没有命了!呃,我也不要活了!呃,只是这阿秀,呃,我放心不下!呃,呃,你同了她去!呃,你们好好的做人家!呃,呃,寿生,呃,你待阿秀好,我就放心了!呃,去呀!他们要来抢!呃——狠心的强盗!观世音菩萨怎么不显灵呀!"

寿生睁大了眼睛,不知道怎样回话。他以为"师母"疯了,但又一点不像疯。他偷眼看他的"师妹",心里有点跳;

林小姐满脸通红,低了头不作声。

"寿生哥,寿生哥,有人找你说话!"

小学徒一路跳着喊进来。寿生慌忙跑出去,总以为又是商会长什么的来了,哪里知道竟是斜对门裕昌祥的掌柜吴先生。"他来干什么?"寿生肚子里想,眼光盯住在吴先生的脸上。

吴先生问过了林先生的消息,就满脸笑容,连说"不要紧"。寿生觉得那笑脸有点异样。

"我是来找你划一点货——"

吴先生收了笑容,忽然转了口气,从袖子里摸出一张纸来。是一张横单,写着十几行,正是林先生所卖"一元货"的全部。寿生一眼瞧见就明白了,原来是这个把戏呀!他立刻说:

"师傅不在,我不能作主。"

"你和你师母说,还不是一样!"

寿生踌躇着不能回答。他现在有点懂得林先生之所以被捕了。先是谣言林先生要想逃,其次是林先生被扣住了,而现在却是裕昌祥来挖货,这一连串的线索都明白了。寿生想来有点气,又有点怕,他很知道,要是答应了吴先生的要求,那么,林先生的生意,自己的一番心血,都完了。可是不答应呢,还有什么把戏来,他简直不敢想下去了。最后他姑且试一试说:

"那么,我去和师母说,可是,师母女人家专要做现钱交易。"

"现钱么?哈,寿生,你是说笑话罢?"

"师母是这种脾气,我也是没法。最好等明天再谈罢。刚才商会长说,卜局长肯帮忙讲情,光景师傅今晚上就可以回来了。"

寿生故意冷冷的说,就把那张横单塞还吴先生的手里。吴先生脸上的肉一跳,慌忙把横单又推回到寿生手里,一面没口应承道:

"好,好,现账就是现账。今晚上交货,就是现账。"

寿生皱着眉头再到里边,把裕昌祥来挖货的事情对林大娘说了;并且劝她:

"师母,刚才商会长来,确实说师傅好好的在那里,并没吃苦;不过总得花几个钱,才能出来。店里只有五十块。现在裕昌祥来挖货,照这单子上看,总也有一百五十块光景,还是挖给他们罢,早点救师傅出来要紧!"

林大娘听说又要花钱,眼泪直淌,那一阵呃,当真打得震天响,她只是摇手,说不出话头靠在桌子上,把桌子捶得怪响。寿生瞧来不是路,悄悄的退出去,但在蝴蝶门边,林小姐追上来了。她的脸色像死人一样白,她的声音抖而且哑,她急口地说:

"妈是气糊涂了!总说爸爸已经被他们弄死了!你,你赶快答应裕昌祥,赶快救爸爸,寿生哥,你——"

林小姐说到这里,忽然脸一红,就飞快地跑进去了。寿生望着她的后影,呆立了半分钟光景,然后转身,下决心担负这挖货给裕昌祥的责任,至少"师妹"是和他一条心要这么办了。

夜饭已经摆在店铺里了,寿生也没有心思吃,立等着裕昌祥交过钱来,他拿一百在手里,另外身边藏了八十,就飞跑去找商会长。

半点钟后,寿生和林先生一同回来了。跑进"内宅"的时候,林大娘看见了倒吓一跳。认明是当真活的林先生时,林大娘急急爬在瓷观音前磕响头,比她打呃的声音还要响。林小姐光着眼睛站在旁边,像是要哭,又像是要笑。寿生从身旁掏出一个纸包来,放在桌子上说:

"这是下来的八十块钱。"

林先生叹了一口气,过一会儿,方才有声没气地说道:

"让我死在那边就是了,又花钱弄出来!没有钱,大家还是死路一条!"

林大娘突然从地下跳起来,着急的想说话,可是一连串的呃把她的话塞住了。林小姐忍住了声音,抽抽咽咽地哭。林先生却还不哭,又叹一口气,哽咽着说:

"货是挖空了!店开不成,债又逼的紧——"

"师傅!"

寿生叫了一声,用手指蘸着茶,在桌子上写了一个"走"字给林先生看。

林先生摇头,眼泪扑簌簌地直淌;他看看林大娘,又看看林小姐,又叹一口气。

"师傅!只有这一条路了。店里拼凑起来,还有一百块,你带了去,过一两个月也就够了;这里的事,我和他们理直。"

寿生低声说。可是林大娘却偏偏听得了,她忽然抑住了呃,抢着叫道:

"你们也去!你,阿秀。放我一个人在这里好了,我拼老命!呃!"

忽然异常少健起来,林大娘转身跑到楼上去了。林小姐叫着"妈"随后也追了上去。林先生望着楼梯发怔,心里感到有什么要紧的事,却又乱麻麻地总是想不起。寿生又低声说:

"师傅,你和师妹一同走罢!师妹在这里,师母是不放心的!她总说他们要来抢——"

林先生淌着眼泪点头,可是打不起主意。

寿生忍不住眼圈儿也红了,叹一口气,绕着桌子走。

忽然听得林小姐的哭声。林先生和寿生都一跳。他们赶到楼梯头时,林大娘却正从房里出来,手里捧一个皮纸包儿。看见林先生和寿生都已在楼梯头了,她就缩回房

去,嘴里说"你们也来,听我的主意"。她当着林先生和寿生的跟前,指着那纸包说道:

"这是我的私房,呃,光景有两百多块。分一半你们拿去。呃!阿秀,我做主配给寿生!呃,明天阿秀和她爸爸同走。呃,我不走!寿生陪我几天再说。呃,知道我还有几天活,呃,你们就在我面前拜一拜,我也放心!呃——"

林大娘一手拉着林小姐,一手拉着寿生,就要他们"拜一拜"。

都拜了,两个人脸上飞红,都低着头。寿生偷眼看林小姐,看见她的泪痕中含着一些笑意,寿生心头卜卜地跳了,反倒落下两滴眼泪。

林先生松一口气,说道:

"好罢,就是这样。可是寿生,你留在这里对付他们,万事要细心!"

七

林家铺子终于倒闭了。林老板逃走的新闻传遍了全镇。债权人中间的恒源庄首先派人到林家铺子里封存底货。他们又搜寻账簿。一本也没有了。问寿生。寿生躺在床上害病。又去逼问林大娘。林大娘的回答是连珠炮似的打呃和眼泪鼻涕。

为的她到底是"林大娘",人们也没有办法。

十一点钟光景,大群的债权人在林家铺子里吵闹得异常厉害。恒源庄和其他的债权人争执怎样分配底货。铺子里虽然淘空,但连"生财"合计,也足够偿还债权者七成,然而谁都只想给自己争得九成或竟至十成。商会长说得舌头都有点僵硬了,却没有结果。

来了两个警察,拿着木棍站在门口吆喝那些看热闹的闲人。

"怎么不让我进去?我有三百块钱的存款呀!我的老本!"

朱三阿太扭着瘪嘴唇和警察争论,巍颤颤地在人堆里挤。她额上的青筋就有小指头儿那么粗。她挤了一会儿,忽然看见张寡妇抱着五岁的孩子在那里哀求另一个警察放她进去。那警察斜着眼睛,假装是调弄那孩子,却偷偷地用手背在张寡妇的乳部揉摸。

"张家嫂呀——"

朱三阿太气喘喘地叫了一声,就坐在石阶沿上,用力地扭着她的瘪嘴唇。

张寡妇转过身来,找寻是谁唤她;那警察却用了亵昵的口吻叫道:

"不要性急!再过一会儿就进去!"

听得这句话的闲人都笑起来了。张寡妇装作不懂,含着一泡眼泪,无目的地又走了一步。恰好看见朱三阿太坐在石阶沿上喘气。张寡妇跌撞似的也到了朱三阿太的旁边,也坐在那石阶沿上,忽然就放声大哭。她一边哭,一边喃喃地诉说着:

"阿大的爷呀,你丢下我去了,你知道我是多么苦啊!强盗兵打杀了你,前天是三周年……绝子绝孙的林老板又倒了铺子,——我十个指头做出来的百几十块钱,丢在水里了,也没响一声!啊哟!穷人命苦,有钱人心狠——"

看见妈哭,孩子也哭了;张寡妇搂住了孩子,哭的更伤心。

朱三阿太却不哭了,弩起了一对发红的已经凹陷的眼睛,发疯似的反复说着一句话:

"穷人是一条命,有钱人也是一条命;少了我的钱,我拼老命!"

此时有一个人从铺子里挤出来,正是桥头陈老七。他满脸紫青,一边挤,一边回过头去嚷骂道:

"你们这伙强盗！看你们有好报！天火烧，地火爆，总有一天现在我陈老七眼睛里呀！要吃倒账，就大家吃，分摊到一个边皮儿，也是公平，——"

陈老七正骂得起劲，一眼看见了朱三阿太和张寡妇，就叫着她们的名字说：

"三阿太，张家嫂，你们怎么坐在这里哭！货色，他们分完了！我一张嘴吵不过他们十几张嘴，这班狗强盗不讲理，硬说我们的钱不算账，——"

张寡妇听说，哭得更加苦了。先前那个警察忽然又踅过来，用木棍子拨着张寡妇的肩膀说：

"喂，哭什么？你的养家人早就死了。现在还哭哪一个！""狗屁！人家抢了我们的，你这东西也要来调戏女人么？"

陈老七怒冲冲地叫起来，用力将那警察推了一把。那警察睁圆了怪眼睛，扬起棍子就想要打。闲人们都大喊，骂那警察。另一个警察赶快跑来，拉开了陈老七说：

"你在这里吵，也是白吵。我们和你无怨无仇，商会里叫来守门，吃这碗饭，没办法。"

"陈老七，你到党部里去告状罢！"

人堆里有一个声音这么喊。听声音就知道是本街有名的闲汉陆和尚。

"去，去！看他们怎样说。"

许多声音乱叫了。但是那位作调人的警察却冷笑，扳着陈老七的肩膀道：

"我劝你少找点麻烦罢。到那边，中什么用！你还是等候林老板回来和他算账，他倒不好白赖。"

陈老七虎起了脸孔，弄得没有主意了。经不住那些闲人们都撺怂着"去"，他就看着朱三阿太和张寡妇说道：

"去去怎样？那边是天天大叫保护穷人的呀！"

"不错。昨天他们扣住了林老板，也是说防他逃走，穷人的钱没有着落！"

又一个主张去的拉长了声音叫。于是不由自主似的，陈老七他们三个和一群闲人都向党部所在那条路去了。张寡妇一路上还是啼哭，咒骂打杀了她丈夫的强盗兵，咒骂绝子绝孙的林老板，又咒骂那个恶狗似的警察。

快到了目的地时，望见那门前排立着四个警察，都拿着棍子，远远地就吆喝道：

"滚开！不准过来！"

"我们是来告状的，林家铺子倒了，我们存在那里的钱都拿不到——"

陈老七走在最前排，也高声的说。可是从警察背后突然跳出一个黑麻子来，怒声喝打。警察们却还站着，只用嘴威吓。陈老七背后的闲人们大噪起来。黑麻子怒叫道：

"不识好歹的贱狗！我们这里管你们那些事么？再不走，就开枪了！"

他踩着脚喝那四个警察动手打。陈老七是站在最前，已经挨了几棍子。闲人们大乱。朱三阿太老迈，跌倒了。张寡妇慌忙中落掉了鞋子，给人们一冲，也跌在地下，她连滚带爬躲过了许多跳过的和踏上来的脚，站起来跑了一段路，方才觉到她的孩子没有了。看衣襟上时，有几滴血。

"啊哟！我的宝贝！我的心肝！强盗杀人了，玉皇大帝救命呀！"

她带哭带嚷的快跑，头发纷散；待到她跑过那倒闭了的林家铺面时，她已经完全疯了！

1932年6月18日作完

延伸阅读:对这篇小说,夏志清评价不高:"在《林家铺子》里,我们看出茅盾卖尽力气地去描写一家人,在恶势力下过着痛苦的日子,但不幸的是,除了同情局中人的悲惨处境外,我们看不出故事还有什么其他深刻的道德意义。尽管茅盾成功地刻画了林氏一家如何在国民党压迫下显得那么纯良可亲,但故事受了先天限制,难免显得浅薄。"夏志清:《中国现代小说史》,第114页,上海,复旦大学出版社,2005年。

蚀(存目)

茅　盾

延伸阅读:陈建华在评价这部描写大革命的三部曲时,认为对新女性形象的刻画最为成功,并对其做了历史定位:"在茅盾笔下,由于受赐于革命,女性不再为传统条规所束缚,在慧女士和孙舞阳身上体现的性解放散发出阳光的气息。她们展示少女的风怀,却比娜拉更看透家庭的桎梏,在放纵肉欲之际,却富于计算,自由恋爱,不一定走向结婚,某种意义上是极其都市现代的。"参见《革命与形式——茅盾早期小说的现代性展开 1927—1930》,第123页,上海,复旦大学出版社,2007年。

子夜(存目)

茅　盾

延伸阅读:1933年,作家吴组缃撰文评论《子夜》,其中对人物描写极为赞赏:"全书重要人物不下三四十人,每一个人的性格都表现得十分明显。旧小说《红楼梦》、《水浒传》的艺术手腕也不过如此。其中写得最好的是主人翁吴荪甫的心理变化。其次是那个果断有为的走狗屠维岳。一脑子破灭了的中世纪浪漫憧憬的吴少奶奶,封建意识的四小姐吴惠芳,惯会享乐的资产阶级青年代表杜新箨,也都写得贴切,逼真,恰到好处。"《评茅盾〈子夜〉》,1933年6月1日《文艺月刊》创刊号。

断 魂 枪

老 舍

"生命是闹着玩,事事显出如此;从前我这么想过,现在我懂得了。"

沙子龙的镖局已改成客栈。

东方的大梦没法子不醒了。炮声压下去马来与印度野林中的虎啸。半醒的人们,揉着眼,祷告着祖先与神灵;不大会儿,失去了国土、自由与权利。门外立着不同面色的人,枪口还热着。他们的长矛毒弩,花蛇斑彩的厚盾,都有什么用呢?连祖先与祖先所信的神明全不灵了啊!龙旗的中国也不再神秘,有了火车呀,穿坟过墓的破坏着风水。枣红色多穗的镖旗,绿鲨皮鞘的钢刀,响着串铃的口马,江湖上的智慧与黑话,义气与声名,连沙子龙,他的武艺,事业,都梦似的变成昨夜的。今天是火车,快枪,通商与恐怖。听说,有人还要杀下皇帝的头呢!

这是走镖已没有饭吃,而国术还没被革命党与教育家提倡起来的时候。

谁不晓得沙子龙是利落、短瘦、硬棒,两眼明得象霜夜的大星?可是,现在他身上放了肉。镖局改了客栈,他自己在后小院占着三间北房,大枪立在墙角,院子里有几只楼鸽。只是在夜间,他把小院的门关好,熟习熟习他的"五虎断魂枪"。这条枪与这套枪,二十年的工夫,在西北一带,给他创出来"神枪沙子龙"五个字,没遇见过敌手。现在,这条枪与这套枪不会再替他增光显胜了;只是摸摸这凉,滑,硬而发颤的杆子,使他心中少难过一些而已。只有在夜间独自拿起枪来,才能相信自己还是"神枪沙"。在白天,他不大谈武艺与往事;他的世界已被狂风吹了走。

在他手下创练起来的少年们还时常来找他。他们大多数是没落子的,都有点武艺,可是没地方去用。有的在庙会上去卖艺:踢两趟腿,练套家伙,翻几个跟头,附带着卖点大力丸,混个三吊两吊的。有的实在闲不起了,去弄筐果子,或挑些毛豆角,赶早儿在街上论斤吆喝出去。那时候米贱肉贱,肯卖膀子力气本来可以混个肚儿圆;他们可是不成:肚量既大,而且得吃口管事儿的;干饽饽、辣饼子咽不下去。况且他们还时常去走会:五虎棍,开路,太狮少狮……虽然算不了什么——比起走镖来——可是到底有个机会活动活动,露露脸。是的,走会捧场是买脸的事,他们打扮的得象个样儿,至少得有条青洋绉裤子,新漂白细市布的小褂,和一双鱼鳞洒鞋——顶好是青缎子抓地虎靴子。他们是神枪沙子龙的徒弟——虽然沙子龙并不承认——得到处露脸,走会得赔上俩钱,说不定还得打场架。没钱,上沙老师那里去求。沙老师不含糊,多少不拘,不让他们空着手儿走。可是,为打架或献技去讨教一个招数,或是请给说个对子——什么空手夺刀,或虎头钩进枪——沙老师有时候说句笑话,马虎过去:"教什么?拿开水浇吧!"有时直接把他们逐出去。他们不大明白沙老师是怎么了,心中也有点不乐意。

可是，他们到处为沙老师吹腾，一来是愿意使人知道他们的武艺有真传授，受过高人的指教；二来是为激动沙老师：万一有人不服气而找上老师来，老师难道还不露一两手真的么？所以：沙老师一拳就砸倒了个牛！沙老师一脚把人踢到房上去，并没使多大的劲！他们谁也没见过这种事，但是说着说着，他们相信这是真的了，有年月，有地方，千真万确，敢起誓！

王三胜——沙子龙的大伙计——在土地庙拉开了场子，摆好了家伙。抹了一鼻子茶叶末色的鼻烟，他抡了几下竹节钢鞭，把场子打大一些。放下鞭，没向四围作揖，叉着腰念了两句："脚踢天下好汉，拳打五路英雄！"向四围扫了一眼："乡亲们，王三胜不是卖艺；玩艺儿会几套，西北路上走过镖，会过绿林中的朋友。现在闲着没事，拉个场子陪诸位玩玩。有爱练的尽管下来，王三胜以武会友，有赏脸的，我陪来。神枪沙子龙是我的师傅；玩艺地道！诸位，有愿下来的没有？"他看着，准知道没人敢下来，他的话硬，可是那条钢鞭更硬，十八斤重。

王三胜，大个子，一脸横肉，努着对大黑眼珠，看着四围。大家不出声。他脱了小褂，紧了紧深月白色的腰里硬，把肚子杀进去。给手心一口吐沫，抄起大刀来：

"诸位，王三胜先练趟瞧瞧。不白练，练完了，带着的扔几个；没钱，给喊个好，助助威。这儿没生意口。好，上眼！"

大刀靠了身，眼珠努出多高，脸上绷紧，胸脯子鼓出，像两块老桦木根子。一跺脚，刀横起，大红缨子在肩前摆动。削砍劈拨，蹲越闪转，手起风生，忽忽直响。忽然刀在右手心上旋转，身弯下去，四围鸦雀无声，只有缨铃轻叫。刀顺过来，猛的一个踩泥，身子直挺，比众人高着一头，黑塔似的。收了势："诸位！"一手持刀，一手叉腰，看着四围。稀稀的扔了几个铜钱，他点点头。"诸位！"他等着，等着，地上依旧是那几个亮而削薄的铜钱，外层的人偷偷散去。他咽了口气："没人懂！"他低声的说，可是大家全听见了。

"有功夫！"西北角上一个黄胡子老头儿答了话。

"啊？"王三胜好似没听明白。

"我说：你——有——功——夫！"老头子的语气很不得人心。

放下大刀，王三胜随着大家的头往西北看。谁也没看起这个老人：小干巴个儿，披着件粗蓝布大衫，脸上窝窝瘪瘪，眼陷进去很深，嘴上几根细黄胡，肩上扛着条小黄草辫子，有筷子那么细，而绝对不像筷子那么直顺。王三胜可是看出这老家伙有功夫，脑门亮，眼睛亮——眼眶虽深，眼珠可黑得像两口小井，深深的闪着黑光。王三胜不怕：他看得出别人有功夫没有，可更相信自己的本事，他是沙子龙手下的大将。

"下来玩玩，大叔！"王三胜说得很得体。

点点头，老头儿往里走。这一走，四外全笑了。他的胳臂不大动；左脚往前迈，右脚随着拉上来，一步步的向前拉扯，身子整着，象是患过瘫痪病。蹭到场中，把大衫扔在地上，一点没理会四围怎样笑他。

"神枪沙子龙的徒弟，你说？好，让你使枪吧；我呢？"老头子非常的干脆，很像久想动手。

人们全回来了，邻场耍狗熊的无论怎么敲锣也不中用了。

"三截棍进枪吧？"王三胜要看老头子一手，三截棍不是随便就拿得起来的家伙。

老头子又点点头，拾起家伙来。

王三胜努着眼，抖着枪，脸上十分难看。

老头子的黑眼珠更深更小了,像两个香火头,随着面前的枪尖儿转,王三胜忽然觉得不舒服,那俩黑眼珠似乎要把枪尖吸进去!四外已围得风雨不透,大家都觉出老头子确是有威。为躲那对眼睛,王三胜耍了个枪花。老头子的黄胡子一动:"请!"王三胜一扣枪,向前躬步,枪尖奔了老头子的喉头去,枪缨打了一个红旋。老人的身子忽然活展了,将身微偏,让过枪尖,前把一挂,后把撩王三胜的手。拍,拍,两响,王三胜的枪撒了手。场外叫了好。王三胜连脸带胸口全紫了,抄起枪来;一个花子,连枪带人滚了过来,枪尖奔了老人的中部。老头子的眼亮得发着黑光;腿轻轻一屈,下把掩裆,上把打着刚要抽回的枪杆;拍,枪又落在地上。

场外又是一片彩声。王三胜流了汗,不再去拾枪,努着眼,木在那里。老头子扔下家伙,拾起大衫,还是拉拉着腿,可是走得很快了。大衫搭在臂上,他过来拍了王三胜一下:

"还得练哪,伙计!"

"别走!"王三胜擦着汗:"你不离,姓王的服了!可有一样,你敢会会沙老师?"

"就是为会他才来的!"老头子的干巴脸上皱起点来,似乎是笑呢。"走;收了吧;晚饭我请!"

王三胜把兵器拢在一处,寄放在变戏法二麻子那里,陪着老头子往庙外走。后面跟着不少人,他把他们骂散。

"你老贵姓?"他问。

"姓孙哪,"老头子的话与人一样,都那么干巴。"爱练;久想会会沙子龙。"

沙子龙不把你打扁了!王三胜心里说。他脚底下加了劲,可是没把孙老头落下。他看出来,老头子的腿是老走着查拳门中的连跳步;交起手来,必定很快。但是,无论他怎么快,沙子龙是没对手的。准知道孙老头要吃亏,他心中痛快些,放慢了些脚步。

"孙大叔贵处?"

"河间的,小地方。"孙老者也和气了些:"月棍年刀一辈子枪,不容易见功夫!说真的,你那两手就不坏!"

王三胜头上的汗又回来了,没言语。

到了客栈,他心中直跳,唯恐沙老师不在家,他急于报仇。他知道老师不爱管这种事,师弟们已碰过不少回钉子,可是他相信这回必定行,他是大伙计,不比那些毛孩子;再说,人家在庙会上点名叫阵,沙老师还能丢这个脸么?

"三胜,"沙子龙正在床上看着本《封神榜》,"有事吗?"

三胜的脸又紫了,嘴唇动着,说不出话来。

沙子龙坐起来,"怎么了,三胜?"

"栽了跟头!"

只打了个不甚长的哈欠,沙老师没别的表示。

王三胜心中不平,但是不敢发作;他得激动老师:"姓孙的一个老头儿,门外等着老师呢;把我的枪,枪,打掉了两次!"他知道"枪"字在老师心中有多大分量。没等盼咐,他慌忙跑出去。

客人进来,沙子龙在外间屋等着呢。彼此拱手坐下,他叫三胜去泡茶。三胜希望两个老人立刻交了手,可是不能不沏茶去。孙老者没话讲,用深藏着的眼睛打量沙子龙。沙很客气:

"要是三胜得罪了你,不用理他,年纪还轻。"

孙老者有些失望,可是看出沙子龙的精明。他不知怎样好了,不能拿一个人的精明断定他的武艺。"我来领教领教枪法!"他不由的说出来。

沙子龙没接碴儿。王三胜提着茶壶走进来——急于看二人动手,他没管水开了没有,就沏在壶中。

"三胜,"沙子龙拿起个茶碗来,"去找小顺们去,天汇见,陪孙老者吃饭。"

"什么?"王三胜的眼珠几乎掉出来。看了看沙老师的脸,他敢怒而不敢言的说了声"是啦!"走出去,撅着大嘴。

"教徒弟不易!"孙老者说。

"我没收过徒弟。走吧,这个水不开!茶馆去喝,喝饿了就吃。"沙子龙从桌子上拿起缎子褡裢,一头装着鼻烟壶,一头装着点钱,挂在腰带上。

"不,我还不饿!"孙老者很坚决,两个"不"字把小辫从肩上抡到后边去。

"说会子话儿。"

"我来为领教领教枪法。"

"功夫早搁下了,"沙子龙指着身上,"已经放了肉!"

"这么办也行,"孙老者深深的看了沙老师一眼:"不比武,教给我那趟五虎断魂枪。"

"五虎断魂枪?"沙子龙笑了:"早忘净了!早忘净了!告诉你,在我这儿住几天,咱们逛逛各处,临走,多少送点盘缠。"

"我不逛,也用不着钱,我来学艺!"孙老者立起来,"我练趟给你看看,看够得上学艺不够!"一屈腰已到了院中,把楼鸽都吓飞起去。拉开架子,他打了趟查拳:腿快,手飘洒,一个飞脚起去,小辫儿飘在空中,像从天上落下来一个风筝;快之中,每个架子都摆得稳,准,利落;来回六趟,把院子满都打到,走得圆,接得紧,身子在一处,而精神贯串到四面八方。抱拳收势,身儿缩紧,好似满院乱飞的燕子忽然归了巢。

"好!好!"沙子龙在台阶上点着头喊。

"教给我那趟枪!"孙老者抱了抱拳。

沙子龙下了台阶,也抱着拳:"孙老者,说真的吧;那条枪和那套枪都跟我入棺材,一齐入棺材!"

"不传?"

"不传!"

孙老者的胡子嘴动了半天,没说出什么来。到屋里抄起蓝布大衫,拉拉着腿:"打搅了,再会!"

"吃过饭走!"沙子龙说。

孙老者没言语。

沙子龙把客人送到小门,然后回到屋中,对着墙角立着的大枪点了点头。

他独自上了天汇,怕是王三胜们在那里等着。他们都没有去。

王三胜和小顺们都不敢再到土地庙去卖艺,大家谁也不再为沙子龙吹腾;反之,他们说沙子龙栽了跟头,不敢和个老头儿动手;那个老头子一脚能踢死个牛。不要说王三胜输给他,沙子龙也不是"个儿"。不过呢,王三胜到底和老头子见了个高低,而沙子龙连句硬话也没敢说。"神枪沙子龙"慢慢似乎被人们忘了。

夜静人稀,沙子龙关好了小门,一气把六十四枪刺下来;而后,拄着枪,望着天上的群星,想起当年在野店荒林的威风。叹一口气,用手指慢慢摸着凉滑的枪身,又微微一笑:"不传!不传!"

延伸阅读:《断魂枪》故事写武林之间的竞争,但骨子里却透露出对"气"的欣赏。这种夹杂着"气"的武术之道,可以反映出北京人对个人尊严的坚守。如果"气"没有了,这座城市实际也不存在了。赵园的扩大性观察,可提供这方面的证明:"北京人作为北京人的尊严,又与'北京人意识'联系着。他们不只尊爱自己,也尊爱属于自己的古城。"见《北京:城与人》,第179页,上海,上海人民出版社,1991年。所以,这篇小说也可以理解为关于一座城市的故事。

月牙儿(存目)

老 舍

延伸阅读:小说写良家妇女的堕落,在逻辑上丝丝入扣,无从挑剔。然而,作家又不做新文学家那种大悲剧的渲染,而着力去表现母女两人对命运的顺从,这就是家道中落而人又必须生存。赵园在其著作《北京:城与人》中揭示了老北京人的这种为人处世之道:"大杂院文化,反映着生存条件的匮乏和人对于物质限制的屈从",但它也是一种人生态度,"生动地展示着北京市民的安分,平和"。见该书第201页,上海,上海人民出版社,1991年。

老张的哲学(存目)

老 舍

延伸阅读:《老张的哲学》写北京人的为人处世之道,讲究中庸圆融,但赵园认为不能忽视一个"礼"字,老张哲学的核心就是一个礼仪。"亲切而又适度,才合于礼。北京人的礼仪文明在这一点上不同于乡俗人情。这里又有'分'。讲求'分际',明于限度,也得自人类在进化中的自我塑造。"见赵园:《北京:城与人》,第177页,上海,上海人民出版社,1991年。

寒夜(存目)

巴 金

延伸阅读：一般都把小说的悲剧归结为婆媳不睦和经济压迫，但有人不这么看，他说："如果再往深处看，如果问一下造成母亲妻子隔阂的原因，就会看到在文本深处还有一个故事"，这就是，不只是对母亲的怨恨和对丈夫的失望，还有"成为'花瓶'的新女性，面临此困境时的挣扎和牵挂"。这种感情才是小说之所以动人的地方。参见蓝棣之：《现代文学经典：症候式分析》，第108页，北京，清华大学出版社，1998年。

家(存目)

巴 金

延伸阅读：巴金在1931年4月写的《〈激流〉总序》里说，他是流着眼泪读完托尔斯泰的小说《复活》的，那里面有一句话打动了他："生活本身就是一个悲剧。"蓝棣之认为："照我看来，从巴金的这席话可以分析出《家》的构思曾经受到过《复活》的触发，巴金在这里所谈的对于《复活》的感受和思考，某种意义上也就是《家》的最初的孕育。"这个观点颇有新意。参见蓝棣之：《现代文学经典：症候式分析》，第85页，北京，清华大学出版社，1998年。

萧 萧

沈从文

乡下人吹唢呐接媳妇,到了十二月是成天会有的事情。

唢呐后面一顶花轿,两个伕子平平稳稳的抬着。轿中人被铜锁锁在里面,虽穿了平时没上过身的体面红绿衣裳,也仍然得荷荷大哭。在这些小女人心中,做新娘子,从母亲身边离开,且准备作他人的母亲,从此必然将有许多新事情等待发生。像做梦一样,将同一个陌生男子汉在一个床上睡觉,做着承宗接祖的事情。这些事想起来,当然有些害怕,所以照例觉得要哭哭,于是就哭了。

也有做媳妇不哭的人,萧萧做媳妇就不哭。这小女子没有母亲,从小寄养到伯父种田的庄子上,终日提个小竹兜箩,在路旁田坎捡狗屎挑野菜。出嫁只是从这家转到那家。因此到那一天,这女人还只是笑。她又不害羞,又不怕。她是什么事也不知道,就做了人家的新媳妇了。

萧萧做媳妇时年纪十二岁,有一个小丈夫,年纪还不到三岁。丈夫比她年少九岁,断奶还不多久。按地方规矩,过了门,她喊他做弟弟。她每天应作的事是抱弟弟到村前柳树下去玩,到溪边去玩,饿了,喂东西吃,哭了,就哄他,摘南瓜花或狗尾草戴到小丈夫头上,或者亲嘴,一面说:"弟弟,哪,啵再来,啵。"在那肮脏的小脸上亲了又亲,孩子于是便笑了。孩子一欢喜兴奋,行动粗野起来,会用短短的小手乱抓萧萧的头发。那是平时不大能收拾蓬蓬松松在头上的黄发。有时候,垂到脑后那条小辫儿被拉得太久,把红绒线结也弄松了,生了气,就挞弟弟几下,弟弟自然哇的哭出声来。萧萧于是也装成要哭的样子,用手指着弟弟的哭脸,说:"哪,人不讲理,可不行!哪能这样动手动脚,长大了不是要杀人放火!"

天晴落雨日子混下去,每日抱抱丈夫,也帮家中作点杂事,能动手的就动手。又时常到溪沟里去洗衣,搓尿片,一面还捡拾有花纹的田螺给坐在身边的小丈夫玩。到了夜里睡觉,便常常做这种年龄人所做的梦,梦到后门角落或别的什么地方捡得大把大把铜钱,吃好东西,爬树,自己变成鱼到水中各处溜。或一时仿佛身子很小很轻,飞到天上众星中,没有一个人,只是一片白,一片金光,于是大喊"妈!"人就吓醒了。醒来心还只是跳。吵了隔壁的人,不免骂着:"疯子,你想什么!白天玩得疯,晚上就做梦!"萧萧听着却不作声,只是咕咕的笑。也有很好很爽快的梦,为丈夫哭醒的事情。那丈夫本来晚上在自己母亲身边睡,有时吃多了,或因另外情形,半夜大哭,起来放水拉稀是常有的事。丈夫哭到婆婆无可奈何,于是萧萧轻脚轻手爬起床来,睡眼矇眬走到床边,把人抱起,给他看月亮,看星光;或者互相觑着,孩子气的"嗨嗨,看猫呵"那样喊着哄着,于是丈夫笑了。玩一会会,困倦起来,慢慢的合上眼。人睡定后,放上床,站在床边看着,听远处一传一递的鸡叫,知道天快到什么时候了,于是仍然蜷到小床上睡去。天亮后,虽不做梦,却可以无意中闭眼开眼,看一阵在面前空中变幻无端的黄边紫心葵花,那是一种真正的享受。

萧萧嫁过了门,做了拳头大丈夫的小媳妇,一切并不比先前受苦,这只看她一年来身体发育就可明白。风里雨里过日子,像一株长在园角落不为人注意的蓖麻,大叶大枝,日增茂盛。这小女人简直是全不为夫丈设想那么似的,一天比一天长大起来了。

夏夜光景说来如做梦。大家饭后坐到院中心歇凉,挥摇蒲扇,看天上的星同屋角的萤,听南瓜棚上纺织娘子咯咯咯拖长声音纺车,远近声音繁密如落雨,禾花风翛翛吹到脸上,正是让人在各种方便中说笑话的时候。

萧萧好高,一个人常常爬到草料堆上去,抱了已经熟睡的丈夫在怀里,轻轻的轻轻的随意唱着自编的四句头山歌。唱来唱去却把自己也催眠起来,快要睡去了。

在院坝中,公公婆婆,祖父祖母,另外还有帮工汉子两个,散乱的坐在小板凳上,摆龙门阵学古,轮流下去打发上半夜。

祖父身边有个烟包,在黑暗中放光。这用艾蒿作成的烟包,是驱逐长脚蚊得力东西,蜷在祖父脚边,犹如一条乌梢蛇。间或又拿起来晃那么几下。

想起白天场上的事情,祖父开口说话:

"我听三金说,前天又有女学生过身。"

大家就哄然笑了。

这笑的意义何在?只因为大家印象中,都知道女学生没有辫子,留下个鹌鹑尾巴,像个尼姑,又不完全像。穿的衣服象洋人,又不是洋人。吃的,用的……总而言之,事事不同,一想起来就觉得怪可笑!

萧萧不大明白,她不笑。所以老祖父又说话了。他说:

"萧萧,你长大了,将来也会做女学生!"

大家于是更哄然大笑起来。

萧萧为人并不愚蠢,觉得这一定是不利于己的一件事情,所以接口便说:

"爷爷,我不做女学生。"

"你像个女学生,不做可不行。"

"我不做。"

众人有意取笑,异口同声说:"萧萧,爷爷说得对,你非做女学生不行!"

萧萧急得无可如何,"做就做,我不怕。"其实做女学生有什么不好,萧萧全不知道。

女学生这东西,在本乡的确永远是奇闻。每年一到六月天,据说放"水假"日子一到,照例便有三三五五女学生,由一个荒谬不经的热闹地方来,到另一个远地方去,取道从本地过身。从乡下人眼中看来,这些人都近于另一世界中活下的人,装扮奇奇怪怪,行为更不可思议。这种女学生过身时,使一村人都可以说一整天的笑话。

祖父是当地一个人物,因为想起所知道的女学生在大城中的生活情形,所以说笑话要萧萧也去作女学生。一面听到这话,就感觉一种打哈哈趣味,一面还有那被说的萧萧感觉一种惶恐,说这话的不为无意义了。

女学生由祖父方面所知道的是这样一种人:她们穿衣服不管天气冷热,吃东西不问饥饱,晚上交到子时才睡觉,白天正经事全不作,只知唱歌打球,读洋书。她们都会花钱,一年用的钱可以买十六只水牛。她们在省里京里想往什么地方去时,不必走路,只要钻进一个大匣子中,那匣子就可以带她到地。城市中还有各种各样的大小不同匣子,都用机器开动。她们在学校,男女在一处上课读书,人熟了,就随意同那男子睡觉,也不要媒人,也不要财礼,名叫"自由"。她们也做做州县官,带家眷上任,男子仍然喊作"老爷",小孩子叫"少爷"。她们自己不养牛,却吃牛奶羊奶,如小牛小羊;买那奶时是用铁罐子盛的。她们无事时到一个唱戏地方去,那地方完全像个大庙,从衣袋中取出一块洋钱来(那洋钱在乡下可买五只母鸡),买了一小方纸片儿,拿了那纸片到里面去,就可以坐下看洋人扮演影子戏。她们被冤了,不赌咒,不哭。她们年纪有老到二十四岁还不肯嫁人的,有老到三十四十居然还好意思嫁人的。她们不怕男子,男子不能使她们受委屈,一受委屈就上衙门打官司,要官罚男子的款,这笔钱她有时独占自己花用,有时和官平分。她们不洗衣煮饭,也不养猪喂鸡;有了小孩子,也只花五块钱或十块钱一月,雇个人专管小孩,自己仍然整天看戏打牌,或者读那些没有用处的闲书。……

总而言之,说来事事都稀奇古怪,和庄稼人不同,有的简直还可说岂有此理。这时经祖父一为说明,听过这话的萧萧,心中却忽然有了一种模模糊糊的愿望,以为倘若她也是个女学生,她是不是照祖父说的女学生一个样子去做那些事情?不管好歹,女学生并不可怕,因此一来却已为这乡下姑娘初次体念到了。

因为听祖父说起女学生是怎样的人物,到后萧萧独自笑得特别久。笑够了时,她说:

"爷爷,明天有女学生过路,你喊我,我要看看。"

"你看,她们捉你去作丫头。"

"我不怕她们。"

"她们读洋书念经你也不怕?"

"念观音菩萨消灾经,念紧箍咒,我都不怕。"

"她们咬人,和做官的一样,专吃乡下人,吃人骨头渣渣也不吐,你不怕?"

萧萧肯定的回答说:"也不怕。"

可是这时节萧萧手上所抱的丈夫,不知为甚么,在睡梦中哭了,媳妇于是用作母亲的声势,半哄半吓的说:

"弟弟,弟弟,不许哭,不许哭,女学生咬人来了。"

丈夫还仍然哭着,得抱起各处走走。萧萧抱着丈夫离开了祖父,祖父同人说另外一样古话去了。

萧萧从此以后心中有个"女学生"。做梦也便常常梦到女学生,且梦到同这些人并排走路。仿佛也坐过那种自己会走路的匣子,她又觉得这匣子并不比自己跑路更快。在梦中那匣子的形体同谷仓差不多,里面还有小小灰色老鼠,眼珠子红红的,各处乱跑,有时钻到门缝里去,把个小尾巴露在外边。

因为有这样一段经过,祖父从此喊萧萧不喊"小丫头",不喊"萧萧",却唤作"女学生"。在不经意中萧萧答应得很好。

乡下的日子也如世界上一般日子,时时不同。世界上人把日子糟蹋,和萧萧一类人家把日子吝惜是同样的,各有所得,各属分定。许多城市中文明人,把一个夏天完全消磨到软绸衣服、精美饮料以及种种好事情上面。萧萧的一家,因为一个夏天的劳作,却得了十多斤细麻,二三十担瓜。

作小媳妇的萧萧,一个夏天中,一面照料丈夫,一面还绩了细麻四斤。到秋八月工人摘瓜,在瓜间玩,看硕大如盆、上面满是灰粉的大南瓜,成排成堆摆到地上,很有趣味。时间到摘瓜,秋天真的已来了,院子中各处有从屋后林子里树上吹来的大红大黄木叶。萧萧在瓜旁站定,手拿木叶一束,为丈夫编小小笠帽玩。

工人中有个名叫花狗,年纪二十三岁,抱了萧萧的丈夫到枣树下去打枣子。小小竹竿打在枣树上,落枣满地。

"花狗大,莫打了,太多了吃不完。"

虽听到这样喊,还不歇手。到后,仿佛完全因为丈夫要枣子,花狗才不听话。萧萧于是又警告她那小丈夫:

"弟弟,弟弟,来,不许捡了。吃多了生东西肚子痛!"

丈夫听话,兜了大堆枣子向萧萧身边走来,请萧萧吃枣子。

"姐姐吃,这是大的。"

"我不吃。"

"要吃一颗!"

她两手哪里有空!木叶帽正在制边,工夫要紧,还正要个人帮忙!

"弟弟,把枣子喂我口里。"

丈夫照她的命令作事,作完了觉得有趣,哈哈大笑。

她要他放下枣子帮忙捏紧帽边,便于添加新木叶。

丈夫照她吩咐作事,但老是顽皮的摇动,口中唱歌。这孩子原来像一只猫,欢喜时就得捣乱。

"弟弟,你唱的是什么?"

"我唱花狗大告我的山歌。"

"好好的唱一个给我听。"

丈夫于是帮忙拉着帽边,一面就唱下去,照所记到的歌唱:

> 天上起云云起花,
> 包谷林里种豆荚,
> 豆荚缠坏包谷树,
> 娇妹缠坏后生家。

> 天上起云云重云,
> 地下埋坟坟重坟,
> 妹妹洗碗碗重碗,
> 娇妹床上人重人。

歌中意义丈夫全不明白,唱完了就问萧萧好不好。萧萧说好,并且问跟谁学来的。她知道是花狗教他的,却故意盘问他。

"花狗大告我,他说还有好多歌,长大了再教我唱。"

听说花狗会唱歌,萧萧说:

"花狗大,花狗大,你唱一个好听的歌我听听。"

那花狗,面如其心,生长得不很正气,知道萧萧要听歌,人也快到听歌的年龄了,就给她唱"十岁娘子一岁夫"。那故事说的是妻年大,可以随便到外面作一点不规矩事情;夫年小,只知吃奶,让他吃奶。这歌丈夫完全不懂,懂到一点儿的是萧萧。把歌听过后,萧萧装成"我全明白"那种神气,她用生气的样子,对花狗说:

"花狗大,这个不行,这是骂人的歌!"

花狗分辩说:"不是骂人的歌。"

"我明白,是骂人的歌。"

花狗难得说多话,歌已经唱过了,错了赔礼,只有不再唱。他看她已经有点懂事了,怕她回头告祖父,会挨顿臭骂,就把话支吾开,扯到"女学生"上头去。他问萧萧,看没看过女学生习体操唱洋歌的事情。

若不是花狗提起,萧萧几乎已忘却了这事情。这时又提到女学生,她问花狗近来有没有女学生过路,她想看看。

花狗一面把南瓜从棚架边抱到墙角去,告她女学生唱歌的事,这些事的来源还是萧萧的那个祖父。他在萧萧面前说了点大话,说他曾经到官路上见过四个女学生,她们都拿得有旗子,走长路流汗喘气之中仍然唱歌,同军人所唱的一模一样。不消说,这自然完全是胡诌的。可是那故事把萧萧可乐坏了。因为花狗说这个就叫做"自由"。

花狗是起眼动眉毛、一打两头翘、会说会笑的一个人。听萧萧带着歆羡口气说"花狗大,你膀子真大",他就说:"我不止膀子大。"

"你身个子也大。"

"我全身无处不大。"

萧萧还不大懂得这个话的意思,只觉得憨而好笑。

到萧萧抱了她的丈夫走去以后,同花狗在一起摘瓜,取名字叫哑巴的,开了平时不常开的口。

"花狗,你少坏点。人家是十三岁黄花女,还要等十年才圆房!"

花狗不做声,打了那伙计一巴掌,走到枣树下捡落地枣去了。

到摘瓜的秋天,日子计算起来,萧萧过丈夫家有一年半了。

几次降霜落雪,几次清明谷雨,一家中人都说萧萧是大人了。天保佑,喝冷水,吃粗粝饭,四季无疾病,倒发育得这样快。婆婆虽生来像一把剪子,把凡是给萧萧暴长的机会都剪去了,但乡下的日头同空气都帮助人长大,却不是折磨可以阻拦得住。

萧萧十五岁时已高如成人,心却还是一颗糊糊涂涂的心。

人大了一点,家中做的事也多了一点。绩麻、纺车、洗衣、照料丈夫以外,打猪草推磨一些事情也要作,还有浆纱织布。凡事都学,学学就会了。乡下习惯凡是行有余力的都可从劳作中攒点本分私房,两三年来仅仅萧萧个人份上所聚集的粗细麻和纺就的棉纱,也够萧萧坐到土机上抛三个月的梭子了。

丈夫早断了奶。婆婆有了新儿子,这五岁儿子就像归萧萧独有了。不论做什么,走到什么地方去,丈夫总跟在身边。丈夫有些方面很怕她,当她如母亲,不敢多事。他们俩实在感情不坏。

地方稍稍进步,祖父的笑话转到"萧萧你也把辫子剪去好自由"那一类事上去了。听着这话的萧萧,某个夏天也看过了一次女学生,虽不把祖父笑话认真,可是每一次在祖父说过这笑话以后,她到水边去,必不自觉的用手捏着辫子末梢,设想没有辫子的人那种神气,那点趣味。

打猪草,带丈夫上螺蛳山的山阴是常有的事。

小孩子不知事,听别人唱歌也唱歌。一开腔唱歌,就把花狗引来了。

花狗对萧萧生了另外一种心,萧萧有点明白了,常常觉得惶恐不安。但花狗是男子,凡是男子的美德恶德都不缺少,劳动力强,手脚勤快,又会玩会说,所以一面使萧萧的丈夫非常欢喜同他玩,一面一有机会即缠在萧萧身边,且总是想方设法把萧萧那点惶恐减去。

山大人小,到处是树林蒙茸,平时不知道萧萧所在,花狗就站在高处唱歌逗萧萧身边的丈夫;丈夫小口一开,花狗穿山越岭就来到萧萧面前了。

见了花狗,小孩子只有欢喜,不知其他。他原要花狗为他编草虫玩,做竹箫哨子玩,花狗想方法支使他到一个远处去找材料,便坐到萧萧身边来,要萧萧听他唱那使人开心红脸的歌。她有时觉得害怕,不许丈夫走开;有时又像有了花狗在身边,打发丈夫走去反倒好一点。终于有一天,萧萧就这样给花狗把心窍子唱开,变成个妇人了。

那时节,丈夫走到山下采刺莓去了,花狗唱了许多歌,到后却向萧萧唱:

娇家门前一重坡,
别人走少郎走多,
铁打草鞋穿烂了,
不是为你为那个?

末了却向萧萧说:"我为你睡不着觉。"他又说他赌咒不把这事情告给人。听了这些话仍然不懂什么的萧萧,眼睛只注意到他那一对粗粗的手膀子,耳朵只注意到他最后一句话。末了花狗大便又唱了许多歌给她听。她心里乱了。她要他当真对天赌咒,赌过了咒,一切好像有了保障,她就一切尽他了。到丈夫返身时,手被毛毛虫螫伤,肿了一大片,走到萧萧身边。萧萧捏紧这一只小手,且用口去呵它,吮它,想起刚才的糊涂,才仿佛明白自己作了一点不大好的糊涂事。

花狗诱她做坏事情是麦黄四月,到六月,李子熟了,她欢喜吃生李子。她觉得身体有点特别,在山上碰到花狗,就将这事情告给他,问他怎么办。

讨论了多久,花狗全无主意。虽以前自己当天赌得有咒,也仍然无主意。原来这家伙个子大,胆量小。个子大容易做错事,胆量小做了错事就想不出办法。

到后,萧萧捏着自己那条乌梢蛇似的大辫子,想起城里了,她说:

"花狗大,我们到城里去自由,帮帮人过日子,不好么?"

"那怎么行?到城里去做什么?"

"我肚子大了。"

"我们找药去。场上有郎中卖药。"

"你赶快找药来,我想……"

"你想逃到城里去自由,不成的。人生面不熟,讨饭也有规矩,不能随便!"

"你这没有良心的,你害了我,我想死!"

"我赌咒不辜负你。"

"负不负我有什么用,帮我个忙,赶快拿去肚子里这块肉吧。我害怕!"

花狗不再做声,过了一会,便走开了。不久丈夫从他处拿了大把山里红果子回来,见萧萧一个人坐在草地上眼睛红红的。丈夫心中纳罕。看了一会,问萧萧:

"姐姐,为甚么哭?"

"不为甚么,灰尘落到眼睛窝里,痛。"

"我吹吹吧。"

"不要吹。"

"你瞧我,得这些这些。"

他把手中拿的和从溪中捡来放在衣口袋里的小蚌、小石头全部陈列到萧萧面前,萧萧泪眼婆娑看了一会,勉强笑着说:"弟弟,我们要好,我哭你莫告家中。告家中我可要生气!"到后这事情家中当真就无人知道。

过了半个月,花狗不辞而行,把自己所有的衣裤都拿去了。祖父问同住的长工哑巴,知不知道他为什么走路,走哪儿去?是上山落草,还是作薛仁贵投军?哑巴只是摇头,说花狗还欠了他两百钱,临走时话都不留一句,为人少良心。哑巴说他自己的话,并没有把花狗走的理由说明。因此这一家稀奇一整天,谈论一整天。不过这工人既不偷走物件,又不拐带别的,这事情过后不久,自然也就把他忘掉了。

萧萧仍然是往日的萧萧。她能够忘记花狗就好了。但是肚子真有些不同了,肚中东西总在动,使她常常一个人干着急,尽做怪梦。

她脾气坏了一点,这坏处只有丈夫知道,因为她对丈夫似乎严厉苛刻了好些。

仍然每天同丈夫在一处,她的心,想到的事自己也不十分明白。她常想,我现在死了,什么都好了。可是为什么要死?她还很高兴活下去,愿意活下去。

家中人不拘谁在无意中提起关于丈夫弟弟的话,提起小孩子,提起花狗,都像使这话如拳头,在萧萧胸口上重重一击。

到九月,她担心事知道更多了,引丈夫庙里去玩,就私自许愿,吃了一大把香灰。吃香灰被她丈夫看见了,丈夫问这是做么,萧萧就说肚子痛,应当吃这个。虽说求菩萨保佑,菩萨当然没有如她的希望,肚子中的东西依旧在慢慢的长大。

她又常常往溪里去喝冷水,给丈夫看见时,丈夫问她,她就说口渴。

一切她所想到的方法都没有能够使她同自己不欢喜的东西分开。大肚子只有丈夫一人知道,他却不敢告这件事给父母晓得。因为时间长久,年龄不同,丈夫有些时候对于萧萧的怕同爱,比对于父母还深切。

她还记得花狗赌咒那一天里的事情,如同记着其他事情一样。到秋天,屋前屋后毛毛虫都结茧,成了各种好看蝶蛾。丈夫像故意折磨她一样,常常提起几个月前被毛毛虫螫手的旧话,使萧萧心里难过。她因此极恨毛毛虫,见了那小虫就想用脚去踹。

有一天,又听人说有好些女学生过路,听过这话的萧萧,睁了眼做过一阵梦,愣愣的对日头出处痴了半天。

萧萧步花狗后尘,也想逃走,收拾一点东西预备跟了女学生走的那条路上城。但没有动身,就被家里人发觉了。这种打算照乡下人说来是一件大事,于是把她两手捆了起来,丢在灶屋边,饿了一天。

家中追究这逃走的根源,才明白这个十年后预备给小丈夫生儿子继香火的萧萧肚子已被另一个人抢先下了种。这在一家人生活中真是了不得的一件大事!一家人的平静生活,为这件新事全弄乱了。生气的生气,流泪的流泪,骂人的骂人,各按本分乱下去。悬梁、投水、吃毒药,被禁困着的萧萧,诸事漫无边际的全想到了,究竟是年纪太小,舍不得死,却不曾做。于是祖父从现实出发,想出个聪明主意,把萧萧关在房里,派人好好看守着,请萧萧本族的人来说话,照规矩看是"沉潭"还是"发卖"?萧萧家中人要面子,就沉潭淹死了她;舍不得就发卖。萧萧只有一个伯父,在近处庄子里为人种田,去请他时先还以为是吃酒,到了才知是这样丢脸事情,弄得这老实忠厚的家长手足无措。

大肚子作证，什么也没有可说。照习惯，沉潭多是读过"子曰"的族长爱面子才作出的蠢事。伯父不读"子曰"，不忍把萧萧当牺牲，萧萧当然应当嫁人作"二路亲"了。

这也是一种处罚，好像极其自然，照习惯受损失的是丈夫家里，然而却可以在发卖上收回一笔钱，作为损失赔偿。那伯父把这事情告给了萧萧，就要走路。萧萧拉着伯父衣角不放，只是幽幽的哭。伯父摇了一会头，一句话不说，仍然走了。

一时没有相当的人家要来萧萧，送到远处去也得有人，因此暂时就仍然在丈夫家中住下。这件事情既经说明白，照乡下规矩，倒又象不甚么要紧，只等待处分，大家反而释然了。先是小丈夫不能再同萧萧在一处，到后又仍然如月前情形，姐弟一般有说有笑的过日子了。

丈夫知道了萧萧肚子中有儿子的事情，又知道因为这样萧萧才应当嫁到远处去。但是丈夫并不愿意萧萧去，萧萧自己也不愿意去。大家全莫名其妙，只是照规矩象逼到要这样做，不得不做。究竟是谁定的规矩，是周公还是周婆，也没有人说得清楚。

在等候主顾来看人，等到十二月，还没有人来，萧萧只好在这人家过年。

萧萧次年二月间，十月满足，坐草生了一个儿子，团头大眼，声响洪壮。大家把母子二人，照料得好好的，照规矩吃蒸鸡同江米酒补血，烧纸谢神。一家人都欢喜那儿子。

生下的既是儿子，萧萧不嫁别处了。

到萧萧正式同丈夫拜堂圆房时，儿子已经年纪十岁，有了半劳动力，能看牛割草，成为家中生产者的一员了。平时喊萧萧丈夫做大叔，大叔也答应，从不生气。

这儿子名叫牛儿。牛儿十二岁时也接了亲，媳妇年长六岁。媳妇年纪大，方能诸事作帮手，对家中有帮助。唢呐到门前时，新娘在轿中呜呜的哭着，忙坏了那个祖父，曾祖父。

这一天，萧萧刚坐月子不久，孩子才满三月，抱了自己新生的毛毛，在屋前榆蜡树篱笆间看热闹，同十年前抱丈夫一个样子。

1929 年作
1957 年 2 月校改字句

延伸阅读：在《从边城走向世界》一书中，凌宇认为："中国社会发展的不平衡性，决定了湘西原始民风的遗留。""萧萧十二岁就嫁给不到三岁的丈夫，给婆家充当劳动帮手，'喝冷水，吃粗粝饭'，带孩子，绩麻、纺车、洗衣、打猪草、推磨，还要受婆婆的'折磨'。"在很多人眼里，这是封建压迫的结果。然而凌宇却指出："写出下层人民的生活苦难，不是沈从文的目的。""只是一种背景，沈从文真正关心的，是这种背景下湘西下层人民的生命形式"。见该书第 218、219 页，北京，三联书店，1985 年。

新 与 旧

沈从文

（光绪……年）

日头黄浓浓晒满了小县城教场坪，坪里有人跑马。演武厅前面还有许多身穿各色号衣的人，在练习十八般武艺。到霜降时节，道尹必循例验操，整顿部伍，执行升降赏罚，因此直属辰沅永靖兵备道各部队都加紧练习，准备过考。演武厅前马扎子上坐的是游击千总同教官，一面喝盖碗茶，一面照红册子点名。每个兵士都有机会选取合手行头，单个儿或配对子舞一回刀枪。驰马尽马匹入跑道后，纵辔奔驰，真个是来去如风。人在马上显本事，使用长矛杀球，或回身射箭百步穿杨，看本领如何，博取彩声和嘲笑。

战兵杨金标，名分直属苗防屯务处第二队。这战兵在马上杀了一阵球，又到演武厅来找对手玩"双刀破牌"。执刀的虽来势显得异常威猛，他却拿着两个牛皮盾牌，在地下滚来滚去，真象刀扎不着，水泼不进。相打到十分热闹时，忽然一个穿红号褂子传令兵赶来，站在滴水檐前传话：

"杨金标，杨金标，衙门里有公事，午时三刻过西门外听候使唤！"

战兵听到使唤，故意卖个关子，向地下一跌，算是被对手砍倒了，赶忙抛下盾牌过去回话。传令兵走后，这战兵到马门边歇憩，大家一窝蜂拥过去，皆知道今天中午有案件要办，到时就得过西门外去砍一个人的头。原来这人一面在教场坪营房里混事，一面在城里大衙门当差，不止马上平地有好本领，还是一个当地最优秀的刽子手。

吃过饭后，这战兵身穿双盘云青号褂，包一块绉丝帕头，带了他那把尺来长的鬼头刀，便过西门外等候差事。到晌午时，城中一连响了三个小猪仔炮，①不多久，一队人马就拥来了一个被吓得痴痴呆呆的汉子，面西跪在大坪中央，听候发落。这战兵把鬼头刀藏在手拐子后，走过凉棚公案边去向监斩官打了个千，请示旨意。得到许可，走近罪犯身后，稍稍估量，手拐子向犯人后颈窝一擦，发出个木然的钝声，那汉子头便落地了。军民人等齐声喝彩；（对于这独传拐子刀法喝彩！）这战兵还有事作，不顾一切，低下头直向城隍庙跑去。

到了城隍庙，照规矩在菩萨面前磕了三个头，赶忙躲藏到神前香案下去，不作一声，等候下文。

过一会儿，县太爷也照规矩带领差役鸣锣开道前来进香。上完香，一个跑风的探子，忙匆匆的从外边跑来，跪下回事："禀告太爷，西门城外小河边有一平民被杀，尸首异处，流血一地，凶手去向不明。"

县太爷虽明明白白在稍前一时，还亲手抹朱勒了一个斩条，这时节照习惯却俨然吃了一惊，装成毫不知情的神气，把惊堂木一拍，大声说："青天白日之下，有这等事？"

---

① 猪仔炮：外形略似小猪头的铁炮，筑入火药，点燃后发出巨响，为明清间遗物。

即刻差派员役城厢各处搜索,且限令出差人员,得即刻把人犯捉来。又令人排好公案,预备人犯来时在神前审讯。那作刽子手的战兵,估计太爷已坐好堂,赶忙从神桌下爬出,跪在太爷面前请罪。禀告履历籍贯,声明西门城外那人是他杀的,有一把杀人血刀呈案作证。

县太爷把惊堂木一拍,装模作样的打起官腔来问案,刽子手一面对杀人事加以种种分辩,一面就叩头请求太爷开恩。到结果,太爷于是连拍惊堂木,喝叫差役"与我重责这无知乡愚四十红棍!"差役把刽子手揪住按在冷冰冰四方砖地下,"一五一十,十五二十"那么打了八下,面对太爷禀告棍责已毕。一名衙役把个小包封递给县太爷,县太爷又将它向刽子手身边掼去。刽子手捞着了赏号,一面叩头谢恩,一面口上不住颂扬"青天大人禄位高升"。等到一切应有手续当着城隍爷爷面前办理清楚后,县太爷便打道回衙去了。

这是边疆僻地种族压迫各种方式中之一种。

一场悲剧必需如此安排,正合符了"官场即是戏场"的俗话,也有理由。法律同宗教仪式联合,即产生一个戏剧场面,且可达到那种与戏剧相同的娱乐目的!原因是边疆僻地的统治,本由人神合作,必在合作情形下方能统治下去。即如这样一件事情,当地市民同刽子手,就把它看得十分慎重。尤其是那四十下杀威棍,对于一个刽子手似乎更有意义。统治者必使市民得一印象,即是官家服务的刽子手,杀人也有罪过,对死者负了点责任。然而这罪过却由神作证,用棍责可以襄除。这件事既已成为习惯,自然会好好的保存下来,直到社会一切组织崩溃改革时为止。

刽子手砍下一个人头,便可得三钱二分银子。领下赏号的战兵,回转营上时必打酒买肉,邀请队中兄弟同吃同喝,且与众人讨论刀法,讨论一个人挨那一刀前后的种种,并摹拟先前一时与县正堂在城隍庙里打官话的腔调取乐。

——战兵杨金标,你岂不闻王子犯法,应与庶民同罪?一个战兵,胆敢在青天白日之下,持刀杀人!

——青天大人容禀……

——鬼神在上,为我好好招来!

——青天大人容禀……

于是喊一声打,众人便揪成一团,用筷头乱打乱砍起来。

战兵年纪正二十四岁,还是个光身汉子,体魄健康,生活自由自在,手面子又好,一切来得干得,对于未来的日子,便怀了种种光荣的幻想,"万丈高楼从地起",同队人也觉得这家伙将来不可小觑。

(民国十八年)

时代有了变化,宣统皇帝的江山,被革命党推翻了。前清时当地著名的刽子手,一口气用拐了刀团团转砍六个人头不连皮带肉所造成的奇迹不会再有了。时代一变化,"朝廷"改称"政府",当地统治人民方式更加残酷,这个小地方毙人时常是十个八个。因此一来,任你怎么英雄好汉,切胡瓜也没那么好本领干得下。被排的全用枪毙代替斩首,于是杨金标变成了一个把守北门城上闩下锁的老士兵。他的光荣时代已经过去,全城人在寒暑交替中,把这个人同这个人的事业慢慢的完全忘掉了。

他年纪已六十岁,独身住在城门边一个小屋里。墙板上还挂了两具牛皮盾牌,一副虎头双钩,一枝广式土枪,一对护手刀——全套帮助他对于他那个时代那分事业倾心的宝贝。另外还有两根钓竿,一个鱼叉,一个鱼捞兜,专为钓鱼用的。一个葫芦,常常有半葫芦烧酒。至于那把杀人宝刀,却挂在枕头前壁上(三十年前每当衙门里要杀人时,据说那把刀先一天就会来个预兆。一入了民国,这刀子既无用处,预兆也没有了)。这把宝刀直到如今一拉出鞘时,还寒光逼人,好象尚不甘心自弃的样子。刀口上还留下许多半圆形,血痕,刮磨不去。老战兵日里无事,就拿了它到城上去,坐在炮台头那尊废铜炮身上,一面晒太阳取暖,一面摩挲它,赏玩它。兴致好时也舞那么几下。

城楼上另外还驻扎了一排正规兵士,担负守城责任。全城兵士早已改成新式编制。老战兵却仍然用那个战兵名义,每到月底就过苗防屯务处去领取一两八钱银子,同一张老式粮食券。银子作价折钱,粮食券凭券换八斗四升毛谷子。他的职务是早晚开闭城门,亲自动手上闩下锁。

他会喝一杯酒,因此常到杨屠户案桌边去谈谈,吃猪脊髓氽汤下酒。到沙回回屠案边走一趟,带一个羊头或一副羊肚子回来。他懂得点药性,因此什么人生疱生疮托他找药,他必很高兴出城去为人采药。他会钓鱼,也常常一个人出城到碾坝上长潭边去钓鱼,把鱼钓回来焖好,就端钵头上城楼上守城兵士伙里吃喝,大吼几声五魁八马。

大六月三伏天,一切地方热得同蒸笼一样,他却躺在城楼上透风处打鼾。兵士们打拳练"国术",弄得他心痒手痒时,便也拿了那个古董盾牌,一个人在城上演"夺槊""砍拐子马"等等老玩意儿。

城下是一条长河,每天有无数妇人从城中背了竹笼出城洗衣,各蹲在河岸边,扬起木杵捣衣。或高卷裤管,露出个白白的脚肚子,站在流水中冲洗棉纱。河上游一点,有一列过河的跳石横亘河中,同条蜈蚣一样。凡从苗乡来作买卖的,下乡催租上城算命的,割马草的,贩鱼秧的,跑差的,收粪的,连牵不断从跳石上通过,终日不息。对河一片菜园,全是苗人的产业,绿油油的菜圃,分成若干整齐的方块,非常美观。菜园尽头就是一段山冈,树木郁郁苍苍。有两条大路,一条翻山走去,一条沿河上行,皆进逼苗乡。

城脚边有片小小空地,是当地卖柴卖草交易处,因此有牛杂碎摊子,有粑粑江米酒摊子。并且还有几个打铁的架棚砌炉作生意,打造各式镰刀,砍柴刀,以及黄鳝尾小刀,专和乡下来城卖柴卖草人作生意。

老战兵若不往长潭钓鱼,不过杨屠户处喝酒,就坐在城头那尊废铜炮上看人来往。或把脸掉向城里,可望见一个小学校的操坪同课堂。那学校为一对青年夫妇主持,或上堂,或在操坪里玩,城头上全望得清清楚楚。小学生好象很欢喜他们的先生,先生也很欢喜学生。那个女先生间或把他们带上城头来玩,见到老战兵盾牌,女的就请老战兵舞盾牌给学生看。(学生对于那个用牛皮作成绘有老虎眉眼的盾牌,充满惊奇与欢喜。这些小学生知道了这个盾牌后,上学下学一个个悄悄的跑到老战兵家里来看盾牌,也是常有的事。)有时小学生在坪子里踢球,老战兵若在城上,必大声呐喊给输家"打气"。

有一天,又是一个霜降节前,老战兵大清早起来,看看天气很好,许多人家都依照当地习惯大扫除,老战兵也来一个全家大扫除。卷起两只衣袖,头上包了块花布帕子,把所有家业搬出屋外,下河去提了好些水来将家中板壁一一洗刷。工作得正好时,守城排长忽然走来,要他拿了那把短刀赶快上衙门里去,衙门里人找他有要紧事。

他到了衙署,一个挂红带子的值日副官,问了他几句话后,要他拉出刀来看了一下,就吩咐他赶快到西门外去。

一切那么匆促,那么乱,老战兵简直以为是在梦里。正觉得人在梦里,他一切也就含含糊糊,不能加以追问,便当真跑到西门外去,到了那儿一看,没有公案,没有席棚,看热闹的人一个也没有。除了几只狗在敞坪里相咬以外,只有个染坊中人,挑了一担白布,在干牛屎堆旁歇憩。一切全不象就要杀人的情形。看看天,天上白日朗朗,一只喜鹊正曳着长尾喳喳喳喳从头上飞过去。

老战兵想:"这年代还杀人,真是做梦吗?"

敞坪过去一点有条小小溪流,几个小学生正在水中拾石头捉虾子玩,各把书包搁在干牛粪堆上。老战兵一看,全是北门里小学校的学生,走过去同他们说话:

"还不赶快走,这里要杀人了!"

几个小孩子一齐抬起头来笑着:

"什么,要杀谁?谁告诉你的?"

老战兵心想:"真是做梦吗?"看看那染坊晒布的正想把白布在坪中摊开,老战兵又去同他说话:

"染匠师傅,你把布拿开,不要在这里晒布,这里就要杀人!"

染匠师傅同小学生一样,毫不在意,且同样笑笑的问道:

"杀什么人?你怎么知道?"

老战兵心想:"当真是梦么?今天杀谁,我怎么知道?当真是梦,我见谁就杀谁。"

正预备回城里去看看,还不到城门边,只听得有喇叭吹冲锋号,当真要杀人了。队伍已出城,一转弯就快到了。老战兵迷迷糊糊赶忙向坪子中央跑去。一会子队伍到了地,匆促而沉默的散开成一大圈,各人皆举起枪来向外作预备放姿势,果然有两个年纪轻轻的人被绑着跪在坪子里。并且一个是男人,一个是女人,脸色白僵僵的。一瞥之下,这两个人脸孔都似乎很熟悉,匆遽间想不起这两人如此面善的理由。一个骑马的官员,手持令箭在圈子外土阜下监斩。老战兵还以为是梦,迷迷糊糊走过去向监斩官请示。另外一个兵士,却拖他的手,"老家伙,一刀一个,赶快赶快!"

他便走到人犯身边去,擦擦两下,两颗头颅都落了地。见了喷出的血,他觉得这梦快要完结了,一种习惯的力量使他记起三十年前的老规矩,头也不回,拔脚就跑。跑到城隍庙,正有一群妇女在那里敬神,庙祝哗哗的摇着签筒。老战兵不管如何,一冲进来趴在地下只是磕头,且向神桌下钻去。庙里人见着那么一个人,手执一把血淋淋的大刀,以为不是谋杀犯也就是杀老婆的疯子,吓得要命,忙跑到大街上去喊叫街坊。

一会儿,从法场上追来的人也赶到了,同大街上的闲人七嘴八舌一说,都知道他是守北门城的老头子,都知道他杀了人,且同时断定他已发了疯。原来城隍庙的老庙祝早已死了,本城人年长的也早已死尽了,谁也不注意到这个老规矩,谁也不知道当地有这个老规矩了。

人既然已发疯,手中又拿了那么一把凶刀,谁进庙里去,说不定谁就得挨那么一刀,于是大家把庙门即刻倒扣起来,想办法准备捕捉疯子。

老战兵躲在神桌下,只听得外面人声杂乱,究竟是什么原因完全弄不明白。等了许久,不见县知事到来,心里极乱,又不知走出去好还是不走出去好。

再过一会儿,听到庙门外有人拉枪机柄,子弹上了红槽。又听到一个很熟悉的妇人声音说:"进去不得,进去不得,他有一把刀!"接着就是那个副官声音,"不要怕,不要怕,我们有枪!一见这疯子,尽管开枪打死他!"

老战兵心中又急又乱,不知如何是好,只是迷迷糊糊的想,"这真是个怕人的梦!"

接着就有人开了庙门,在门前大声喝着,却不进来。且依旧扳动枪机,俨然即刻就要开枪的神气。许多熟人的声音也听得很分明。其中还有一个皮匠说话。

又听那副官说:"进去!打死这疯子!"

老战兵急了,大声嚷着:"嗨嗨,城隍老爷,这是怎么的!这是怎么的!"外边人正嚷闹着,似乎谁也不听见这些话。

门外兵士虽吵吵闹闹,谁都是性命一条,谁也不敢冒险当先闯进庙中去。

人丛中忽然不知谁个厉声喊道:"疯子,把刀丢出来,不然我们就开枪了!"

老战兵想,"这不成,这梦做下去实在怕人!"他不愿意在梦里被乱枪打死。他实在受不住了,接着那把刀果然嘭的一声响抛到阶沿上去了。一个兵士冒着大险抢步而前,把刀捡起。其余人众见凶器已得,不足畏惧,齐向庙中一拥而进。

老战兵于是被人捉住,糊糊涂涂痛打了一顿,且被五花大绑起来吊在廊柱上。他看看远近围绕在身边象有好几百人,自己还是不明白做了些什么错事,为什么人家把他当疯子,且不知等会儿有什么结果。眼前一切已证明不是梦,那么刚才杀人的事也应当是真事了。多年以来本地就不杀人,那么自己当真疯了吗?一切疑问在脑子里转着,终究弄不出个头绪。有个人忽然从老战兵背后倾了一桶脏水,从头到脚都被脏水淋透。大家哄然大笑起来。老战兵又惊又气,回头一看,原来捉弄他的正是本城卖臭豆豉的王跛子,倒了水还正咧着嘴得意哩。老战兵十分愤怒,破口大骂:"王五,你个狗禽的,今天你也来欺侮老祖宗!"

大家又哄然笑将起来,副官听他的说话,以为这疯子被水浇醒,已不再痰迷心窍了,方走近他身边,问他为什么杀了人,就发疯跑到城隍庙里来,究竟见了什么鬼,撞了什么邪气。

"为什么?你不明白规矩?你们叫我办案。办了案我照规矩来自首,你们一群人追来,要枪毙我,差点儿我不被乱枪打死!你们做得好,做得好,把我当疯子!你们就是一群鬼。还有什么鬼?我问你!"

当地军部玩新花样,处决两个共产党,不用枪决,来一个非常手段,要守城门的老刽子手把两个人斩首示众。可是老战兵却不明白衙门为什么要他去杀那两个年青人。那一对被杀头的,原来就是北门里小学校两个小学教员。

小学校接事的还不来,北门城管锁钥的职务就出了缺——老战兵死了。全县城军民各界,于是流行着那个"最后一个刽子手"的笑话,无人不知。并且还依然传说,那家伙是痰迷心窍白日见鬼吓死的。

1935 年夏作

延伸阅读:王德威曾称赞沈从文是现代小说中表现"原乡神话"的巨擘,"依违于神话与历史间,湘西所焕发的幽邃视景,在现代中国小说中,得未曾有"。《想象中国的方法》,第 228、229 页,北京,三联书店,1998 年。这种评价运用于对《新与旧》的观察,同样有效。因为在作家看来,在变与不变的循环中,所有的悲欢都是可以泰然处之的。

边　城

沈从文

一

　　由四川过湖南去,靠东有一条官路。这官路将近湘西边境到了一个地方名为"茶峒"的小山城时,有一小溪,溪边有座白色小塔,塔下住了一户单独的人家。这人家只一个老人,一个女孩子,一只黄狗。

　　小溪流下去,绕山岨流,约三里便汇入茶峒的大河。人若过溪越小山走去,则只一里路就到了茶峒城边。溪流如弓背,山路如弓弦,故远近有了小小差异。小溪宽约二十丈,河床为大片石头作成。静静的水即或深到一篙不能落底,却依然清澈透明,河中游鱼来去皆可以计数。小溪既为川湘来往孔道,水常有涨落,限于财力不能搭桥,就安排了一只方头渡船。这渡船一次连人带马,约可以载二十位搭客过河,人数多时则反复来去。渡船头竖了一枝小小竹竿,挂着一个可以活动的铁环,溪岸两端水槽牵了一段废缆,有人过渡时,把铁环挂在废缆上,船上人就引手攀缘那条缆索,慢慢的牵船过对岸去。船将拢岸了,管理这渡船的,一面口中嚷着"慢点慢点",自己霍的跃上了岸,拉着铁环,于是人货牛马全上了岸,翻过小山不见了。渡头为公家所有,故过渡人不必出钱。有人心中不安,抓了一把钱掷到船板上时,管渡船的必为一一拾起,依然塞到那人手心里去,俨然吵嘴时的认真神气:"我有了口量,三斗米,七百钱,够了。谁要这个!"

　　但不成,凡事求个心安理得,出气力不受酬谁好意思,不管如何还是有人把钱的。管船人却情不过,也为了心安起见,便把这些钱托人到茶峒去买茶叶和草烟,将茶峒出产的上等草烟,一扎一扎挂在自己腰带边,过渡的谁需要这东西必慷慨奉赠。有时从神气上估计那远路人对于身边草烟引起了相当的注意时,便把一小束草烟扎到那人包袱上去,一面说,"不吸这个吗,这好的,这妙的,味道蛮好,送人也合式!"茶叶则在六月里放进大缸里去,用开水泡好,给过路人解渴。

　　管理这渡船的,就是住在塔下的那个老人。活了七十年,从二十岁起便守在这小溪边,五十年来不知把船来去渡了若干人。年纪虽那么老了,本来应当休息了,但天不许他休息,他仿佛便不能够同这一分生活离开。他从不思索自己的职务对于本人的意义,只是静静的很忠实的在那里活下去。代替了天,使他在日头升起时,感到生活的力量,当日头落下时,又不至于思量与日头同时死去的,是那个伴在他身旁的女孩子。他唯一的朋友为一只渡船与一只黄狗,唯一的亲人便只那个女孩子。

　　女孩子的母亲,老船夫的独生女,十五年前同一个茶峒军人,很秘密的背着那忠厚爸爸发生了暧昧关系。有了小孩子后,这屯戍军士便想约了她一同向下游逃去。但从逃走的行为上看来,一个违悖了军人的责任,一个却必得离开孤独的父亲。经过一番考虑后,军人见她无远走勇气,自己也不便毁去作军人的名誉,就心想:一同去生既无法聚首,一同去死当无人可以阻拦,首先服了毒。女的却关心腹中的一块肉,不忍心,拿不出主张。事情业已为作渡船夫的父亲知道,父亲却不加上一个有分量的字眼儿,只作为并不听说过这事情一样,仍然把日子很平静的过下去。女儿一面怀了羞惭一面却怀了怜悯,仍守在父亲身边,待到腹中小孩生下后,却到溪边吃了许多冷水死去了。在一种近于奇迹中,这遗孤居然已长大成人,一转眼间便十三岁了。为了住处两山多篁竹,翠色逼人而来,老船夫随便为这可怜的孤雏拾取了一个近身的名字,叫作"翠翠"。

翠翠在风日里长养着,把皮肤变得黑黑的,触目为青山绿水,一对眸子清明如水晶。自然既长养她且教育她,为人天真活泼,处处俨然如一只小兽物。人又那么乖,如山头黄麂一样,从不想到残忍事情,从不发愁,从不动气。平时在渡船上遇陌生人对她有所注意时,便把光光的眼睛瞅着那陌生人,作成随时皆可举步逃入深山的神气,但明白了人无机心后,就又从从容容的在水边玩耍了。

老船夫不论晴雨,必守在船头。有人过渡时,便略弯着腰,两手缘引了竹缆,把船横渡过小溪。有时疲倦了,躺在临溪大石上睡着了,人在隔岸招手喊过渡,翠翠不让祖父起身,就跳下船去,很敏捷的替祖父把路人渡过溪,一切皆溜刷在行,从不误事。有时又和祖父黄狗一同在船上,过渡时和祖父一同动手,船将近岸边,祖父正向客人招呼"慢点,慢点"时,那只黄狗便口衔绳子,最先一跃而上,且俨然懂得如何方为尽职似的,把船绳紧衔着拖船拢岸。

风日清和的天气,无人过渡,镇日长闲,祖父同翠翠便坐在门前大岩石上晒太阳。或把一段木头从高处向水中抛去,嗾使身边黄狗自岩石高处跃下,把木头衔回来。或翠翠与黄狗皆张着耳朵,听祖父说些城中多年以前的战争故事。或祖父同翠翠两人,各把小竹作成的竖笛,逗在嘴边吹着迎亲送女的曲子。过渡人来了,老船夫放下了竹管,独自跟到船边去。横溪渡人,在岩上的一个,见船开动时,于是锐声喊着:

"爷爷,爷爷,你听我吹,你唱!"

爷爷到溪中央便很快乐的唱起来,哑哑的声音同竹管声振荡在寂静空气里,溪中仿佛也热闹了一些。(实则歌声的来复,反而使一切更寂静一些了。)

有时过渡的是从川东过茶峒的小牛,是羊群,是新娘子的花轿,翠翠必争作渡船夫,站在船头,懒懒的攀引缆索,让船缓缓的过去。牛羊花轿上岸后,翠翠必跟着走,站到小山头,目送这些东西走去很远了,方回转船上,把船牵靠近家的岸边。且独自低低的学小羊叫着,学母牛叫着,或采一把野花缚在头上,独自装扮新娘子。

茶峒山城只隔渡头一里路,买油买盐时,逢年过节祖父得喝一杯酒时,祖父不上城,黄狗就伴同翠翠入城里去备办东西。到了卖杂货的铺子里,有大把的粉条,大缸的白糖,有炮仗,有红蜡烛,莫不给翠翠很深的印象,回到祖父身边,总把这些东西说个半天。那里河边还有许多上行船,百十船夫忙着起卸百货。这种船只比起渡船来全大得多,有趣味得多,翠翠也不容易忘记。

二

茶峒地方凭水依山筑城,近山的一面,城墙如一条长蛇,缘山爬去。临水一面则在城外河边留出余地设码头,湾泊小小篷船。船下行时运桐油青盐,染色的棓子。上行则运棉花棉纱以及布匹杂货同海味。贯串各个码头有一条河街,人家房子多一半着陆,一半在水,因为余地有限,那些房子莫不设有吊脚楼。河中涨了春水,到水逐渐进街后,河街上人家,便各用长长的梯子,一端搭在屋檐口,一端搭在城墙上,人人皆骂着嚷着,带了包袱、铺盖、米缸,从梯子上进城里去,水退时又从城门口出城。某一年水若来得特别猛一些,沿河吊脚楼必有一处两处为大水冲去,大家皆在城上头呆望。受损失的也同样呆望着,对于所受的损失仿佛无话可说,与在自然安排下,眼见其他无可挽救的不幸来时相似。涨水时在城上还可望着骤然展宽的河面,流水浩浩荡荡,随同山水从上流浮沉而来的有房子、牛、羊、大树。于是在水势较缓处,税关豆船前面,便常常有人驾了小舢板,一见河心浮沉而来的是一匹牲畜,一段小木,或一只空船,船上有一个妇人或一个小孩哭喊的声音,便急急的把船桨去,在下游一些迎着了那个目物,把它用长绳系走,再向岸边桨去。这些诚实勇敢的人,也爱利,也仗义,同一般当地人相似。不拘救人救物,却同样在一种愉快冒险行为中,做得十分敏捷勇敢,使人见及不能不为之喝彩。

那条河水便是历史上知名的酉水,新名字叫作白河,白河下游到辰州与沅水汇流后,便略显浑浊,有出山泉水的意思。若溯流而上,则三丈五丈的深潭皆清澈见底。深潭为日白所映照,河底小小白石子,有花纹的玛瑙石子,全看得明明白白。水中游鱼来去,全如浮在空气里。两岸多高山,山中多可以造纸的细竹,长年作深翠颜色,逼人眼目。近水人家多在桃杏花里,春天时只需注意,凡有桃花处必有人家,凡有人家处必可沽酒。夏天则晒晾在日光下耀目的紫花布衣裤,可以作为人家所在的旗帜。秋冬来时,房屋在悬崖上的,滨水的,无不朗然入目。黄泥的墙,乌黑的瓦,位置则永远那么妥贴,且与四围环境极其调和,使人迎面得到的印象,实在非常愉快。一个对于诗歌图画稍有兴味的旅客,在这小河中,蜷伏于一只小船上,作三十天的旅行,必不至于感到厌烦,正因为处处有奇迹,自然的大胆处与精巧处,无一处不使人神往倾心。

白河的源流,从四川边境而来,从白河上行的小船,春水发时可以直达川属的秀山。但属于湖南境界的,则茶峒为最后一个水码头。这条河水的河面,在茶峒时虽宽约半里,当秋冬之际水落时,河床流水处还不到二十丈,其余只是一滩青石。小船到此后,既无从上行,故凡川东的进出口货物,皆由这地方落水起岸。出口货物俱由脚夫用杉木扁担压在肩膊上挑抬而来,入口货物也莫不从这地方成束成担的用人力搬去。

这地方城中只驻扎一营由昔年绿营屯丁改编而成的戍兵,及五百家左右的住户。(这些住户中,除了一部分拥有了些山田同油坊,或放账屯油、屯米、屯棉纱的小资本家外,其余多数皆为当年屯戍来此有军籍的人家。)地方还有个厘金局,办事机关在城外河街下面小庙里,经常挂着一面长长的幡信。局长则住在城中。一营兵士驻扎老参将衙门,除了号兵每天上城吹号玩,使人知道这里还驻有军队以外,其余兵士皆仿佛并不存在。冬天的白日里,到城里去,便只见各处人家门前皆晾晒有衣服同青菜。红薯多带藤悬挂在屋檐下。用棕衣作成的口袋,装满了栗子榛子和其它硬壳果,也多悬挂在屋檐下。屋角隅各处有大小鸡叫着玩着。间或有什么男子,占据在自己屋前门限上锯木,或用斧头劈树,把劈好的柴堆到敞坪里去一座一座如宝塔。又或可以见到几个中年妇人,穿了浆洗得极硬的蓝布衣裳,胸前挂有白布扣花围裙,躬着腰在日光下一面说话一面作事。一切总永远那么静寂,所有人民每个日子皆在这种单纯寂寞里过去。一分安静增加了人对于"人事"的思索力,增加了梦。在这小城中生存的,各人也一定皆各在分定一份日子里,怀了对于人事爱憎必然的期待。但这些人想些什么?谁知道。住在城中较高处，门前一站便可以眺望对河以及河中的景致，船来时，远远的就从对河滩上看着无数纤夫。那些纤夫也有从下游地方，带了细点心洋糖之类，拢岸时却拿进城中来换钱的。船来时，小孩子的想像，当在那些拉船人一方面。大人呢，孵一巢小鸡，养两只猪，托下行船夫打副金耳环，带两丈官青布或一坛好酱油、一个双料的美孚灯罩回来，便占去了大部分作主妇的心了。

　　这小城里虽那么安静和平，但地方既为川东商业交易接头处，因此城外小小河街，情形却不同了一点。也有商人落脚的客店，坐镇不动的理发馆。此外饭店、杂货铺、油行、盐栈、花衣庄，莫不各有一种地位，装点了这条河街。还有卖船上用的槽木活车、竹缆与罐锅铺子，介绍水手职业吃码头饭的人家。小饭店门前长案上，常有煎得焦黄的鲤鱼豆腐，身上装饰了红辣椒丝，卧在浅口钵头里，钵旁大竹筒中插着大把红筷子，不拘谁一个愿意花点钱，这人就可以傍了门前长案坐下来，抽出一双筷子到手上，那边一个眉毛扯得极细脸上擦了白粉的妇人就走过来问："大哥，副爷，要甜酒？要烧酒？"男子火焰高一点的，谐趣的，对内掌柜有点意思的，必装成生气似的说："吃甜酒？又不是小孩，还问人吃甜酒！"那么，酽洌的烧酒，从大瓮里用竹筒舀出，倒进土碗里，即刻就来到身边案桌上了。杂货铺卖美孚油及点美孚油的洋灯，与香烛纸张。油行屯桐油。盐栈堆火井出的青盐。花衣庄则有白棉纱、大布、棉花以及包头的黑绉绸出卖。卖船上用物的，百物罗列，无所不备，且间或有重至百斤以外的铁锚搁在门外路旁，等候主顾问价的。专以介绍水手为事业，吃水码头饭的，则在河街的家中，终日大门敞开着，常有穿青羽缎马褂的船主与毛手毛脚的水手进出，地方像茶馆却不卖茶，不是烟馆又可以抽烟。来到这里，虽说所谈的是船上生意经，然而船只的上下，划船拉纤人大都有一定规矩，不必作数目上的讨论。他们来到这里大多数倒是在"联欢"。以"龙头管事"作中心，谈论点本地时事，两省商务上情形，以及下游的"新事"。邀会的，集款时大多皆在此地，扒骰子看点数多少轮作会首时，也常常在此举行。真真成为他们生意经的，有两件事：买卖船只，买卖媳妇。

　　大都市随了商务发达而产生的某种寄食者，因为商人的需要，水手的需要，这小小边城的河街，也居然有那么一群人，聚集在一些有吊脚楼的人家。这种妇人不是从附近乡下弄来，便是随同川军来湘流落后的妇人，穿了假洋绸的衣服，印花标布的裤子，把眉毛扯得成一条细线，大大的发髻上敷了香味极浓俗的油类。白日里无事，就坐在门口做鞋子，在鞋尖上用红绿丝线挑绣双凤，或为情人水手挑绣花抱兜，一面看过往行人，消磨长日。或靠在临河窗口上看水手起货，听水手爬桅子唱歌。到了晚间，则轮流的接待商人同水手，切切实实尽一个妓女应尽的义务。

　　由于边地的风俗淳朴，便是作妓女，也永远那么浑厚，遇不相熟的人，做生意时得先交钱，再关门撒野，人既相熟后，钱便在可有可无之间了。妓女多靠四川商人维持生活，但恩情所结，则多在水手方面。感情好的，互相咬着嘴唇咬着颈脖发了誓，约好了"分手后各人皆不许胡闹"，四十天或五十天，在船上浮着的那一个，同留在岸上的这一个，便皆呆着打发这一堆日子，尽把自己的心紧紧缚定远远的一个人。尤其是妇人感情真挚，痴到无可形容，男子过了约定时间不回来，做梦时，就总常常梦船拢了岸，一个人摇摇荡荡的从船跳板到了岸上，直向身边跑来。或日中有了疑心，则梦里必见男子在桅上向另一方面唱歌，却不理会自己。性格弱一点儿的，接着就在梦里投河吞鸦片烟，性格强一点儿的便手执菜刀，直向那水手奔去。他们生活虽那么同一般社会疏远，但是眼泪与欢乐,在一种爱憎得失间,糅进了这些人生活里时,也便同另外一片土地另外一些年轻生命相似,全个身心为那点爱憎所浸透,见寒作热,忘了一切。若有多少不同处,不过是这些人更真切一点,也更近于糊涂一点罢了。短期的包定,长期的嫁娶,一时间的关门,这些关于一个女人身体上的交易,由于民情的淳朴,身当其事的不觉得如何下流可耻,旁观者也就从不用读书人的观念,加以指摘与轻视。这些人既重义轻利,又能守信自约,即便是娼妓,也常常较之讲道德知羞耻的城市中人还更可信任。

掌水码头的名叫顺顺,一个前清时便在营伍中混过日子来的人物,革命时在著名的陆军四十九标做个什长。同样做什长的,有因革命成了伟人名人的,有杀头碎尸的,他却带着少年时事得来的脚疯痛,回到了家乡,把所积蓄的一点钱,买了一条六桨白木船,租给一个穷船主,代人装货在茶峒与辰州之间来往。气运好,半年之内船不坏事,于是他从所赚的钱上,又讨了一个略有产业的白脸黑发小寡妇。数年后,在这条河上,他就有了大小四只船,一个妻子,两个儿子了。

但这个大方洒脱的人,事业虽十分顺手,却因欢喜交朋结友,慷慨而又能济人之急,便不能同贩油商人一样大大发作起来。自己既在粮子里混过日子,明白出门人的甘苦,理解失意人的心情,故凡因船只失事破产的船家,过路的退伍兵士,游学文墨人,凡到了这个地方闻名求助的,莫不尽力帮助。一面从水上赚来钱,一面就这样洒脱散去。这人虽然脚上有点小毛病,还能泅水;走路难得其平,为人却那么公正无私。水面上各事原本极其简单,一切皆为一个习惯所支配,谁个船碰了头,谁个船妨害了别一个人别一只船的利益,皆照例有习惯方法来解决。惟运用这种习惯规矩排调一切的,必需一个高年硕德的中心人物。某年秋天,那原来执事人死去了,顺顺作了这样一个代替者。那时他还只五十岁,为人既明事明理,正直和平,又不爱财,故无人对他年龄怀疑。

到如今,他的儿子大的已十八岁,小的已十六岁。两个年青人皆结实如小公牛,能驾船,能泅水,能走长路。凡从小乡城里出身的年青人所能够作的事,他们无一不作,作去无一不精。年纪较长的,如他们爸爸一样,豪放豁达,不拘常套小节。年幼的则气质近于那个白脸黑发的母亲,不爱说话,眼眉却秀拔出群,一望即知其为人聪明而又富于感情。

两兄弟既年已长大,必需在各种生活上来训练他们,作父亲的就轮流派遣两个小孩子各处旅行。向下行船时,多随了自己的船只伙计,甘苦与人相共。荡桨时选最重的一把,背纤时拉头纤二纤,吃的是干鱼,辣子,臭酸菜,睡的是硬邦邦的舱板。向上行从旱路走去,则跟了川东客货,过秀山、龙潭、酉阳作生意,不论寒暑雨雪,必穿了草鞋按站赶路。且佩了短刀,遇不得已必需动手,便霍的把刀抽出,站到空阔处去,等候对面的一个,接着就同这个人用肉搏来解决。帮里的风气,既为"对付仇敌必需用刀,联结朋友也必需用刀",故需要刀时,他们也就从不让它失去那点机会。学贸易,学应酬,学习到一个新地方去生活,且学习用刀保护身体同名誉,教育的目的,似乎在使两个孩子学得做人的勇气与义气。一分教育的结果,弄得两个人皆结实如老虎,却又和气亲人,不骄惰,不浮华,不倚势凌人,故父子三人在茶峒边境上为人所提及时,人人对这个名姓无不加以一种尊敬。

作父亲的当两个儿子很小时,就明白大儿子一切与自己相似,却稍稍见得溺爱那第二个儿子。由于这点不自觉的私心,他把长子取名天保,次子取名傩送。意思是天保佑的在人事上或不免有龃龉处,至于傩神所送来的,照当地习气,人便不能稍加轻视了。

傩送美丽得很，茶峒船家人拙于赞扬这种美丽，只知道为他取出一个诨名为"岳云"。虽无什么人亲眼看到过岳云，一般的印象，却从戏台上小生岳云，得来一个相近的神气。

三

两省接壤处，十余年来主持地方军事的，注重在安辑保守，处置还得法，并无变故发生。水陆商务既不至于受战争停顿，也不至于为土匪影响，一切莫不极有秩序，人民也莫不安分乐生。这些人，除了家中死了牛，翻了船，或发生别的死亡大变，为一种不幸所绊倒觉得十分伤心外，中国其他地方正在如何不幸挣扎中的情形，似乎就永远不会为这边城人民所感到。

边城所在一年中最热闹的日子，是端午，中秋和过年。三个节日过去三五十年前如何兴奋了这地方人，直到现在，还毫无什么变化，仍能成为那地方居民最有意义的几个日子。

端午日，当地妇女小孩子，莫不穿了新衣，额角上用雄黄蘸酒画了个王字。任何人家到了这天必可以吃鱼吃肉。大约上午十一点钟左右，全茶峒人就吃了午饭，把饭吃过后，在城里住家的，莫不倒锁了门，全家出城到河边看划船。河街有熟人的，可到河街吊脚楼门口边看，不然就站在税关门口与各个码头上看。河中龙船以长潭某处作起点，税关前作终点，作比赛竞争。因为这一天军官税官以及当地有身分的人，莫不在税关前看热闹。划船的事各人在数天以前就早有了准备，分组分帮各自选出了若干身体结实手脚伶俐的小伙子，在潭中练习进退。船只的形式，与平常木船大不相同，形体一律又长又狭，两头高高翘起，船身绘着朱红颜色长线，平常时节多搁在河边干燥洞穴里，要用它时，拖下水去。每只船可坐十二个到十八个桨手，一个带头的，一个鼓手，一个锣手。桨手每人持一支短桨，随了鼓声缓促为节拍，把船向前划去。坐在船头上，头上缠裹着红布包头，手上拿两支小令旗，左右挥动，指挥船只的进退。擂鼓打锣的，多坐在船只的中部，船一划动便即刻蓬蓬镗镗把锣鼓很单纯的敲打起来，为划桨水手调理下桨节拍。一船快慢既不得不靠鼓声，故每当两船竞赛到剧烈时，鼓声如雷鸣，加上两岸人呐喊助威，便使人想起梁红玉老鹳河时水战擂鼓，牛皋水擒杨幺时也是水战擂鼓。凡把船划到前面一点的，必可在税关前领赏，一匹红，一块小银牌，不拘缠挂到船上某一个人头上去，皆显出这一船合作的光荣。好事的军人，且当每次某一只船胜利时，必在水边放些表示胜利庆祝的五百响鞭炮。

赛船过后，城中的戍军长官，为了与民同乐，增加这节日的愉快起见，便把三十只绿头长颈大雄鸭，颈脖上缚了红布条子，放入河中，尽善于泅水的军民人等，下水追赶鸭子。不拘谁把鸭子捉到，谁就成为这鸭子的主人。于是长潭换了新的花样，水面各处是鸭子，各处有追赶鸭子的人。

船与船的竞赛，人与鸭子的竞赛，直到天晚方能完事。

掌水码头的龙头大哥顺顺，年青时节便是一个泅水的高手，入水中去追逐鸭子，在任何情形下总不落空。但一到次子傩送年过十二岁时，已能入水闭气氽着到鸭子身边，再忽然从水中冒水而出，把鸭子捉到，这作爸爸的便解嘲似的说："好，这种事有你们来作，我不必再下水了。"于是当真就不下水与人来竞争捉鸭子。但下水救人呢，当作别论。凡帮助人远离患难，便是入火，人到八十岁，也还是成为这个人一种不可逃避的责任!

天保傩送两人皆是当地泅水划船好选手。

端午又快来了,初五划船,河街上初一开会,就决定了属于河街的那只船当天入水。天保恰好在那天应向上行,随了陆路商人过川东龙潭送节货,故参加的就只傩送。十六个结实如牛犊的小伙子,带了香烛、鞭炮,同一个用生牛皮蒙好绘有朱红太极图的高脚鼓,到了搁船的河上游山洞边,烧了香烛,把船拖入水后,各人上了船,燃着鞭炮,擂着鼓,这船便如一枝箭似的,很迅速的向下游长潭射去。

那时节还是上午,到了午后,对河渔人的龙船也下了水,两只龙船就开始预习种种竞赛的方法。水面上第一次听到了鼓声,许多人从这鼓声中,感到了节日临近的欢悦。住临河吊脚楼对远方人有所等待有所盼望的,也莫不因鼓声想到远人。在这个节日里,必然有许多船只可以赶回,也有许多船只只合在半路过节,这之间,便有些眼目所难见的人事哀乐,在这小山城河街间,让一些人嬉事,也让一些人皱眉。

蓬蓬鼓声掠水越山到了渡船头那里时,最先注意到的是那只黄狗。那黄狗汪汪的吠着,受了惊似的绕屋乱走,有人过渡时,便随船渡过河东岸去,且跑到那小山头向城里一方面大吠。

翠翠正坐在门外大石上用棕叶编蚱蜢蜈蚣玩,见黄狗先在太阳下睡着,忽然醒来便发疯似的乱跑,过了河又回来,就问它骂它:

"狗,狗,你做什么!不许这样子!"

可是一会儿那声音被她发现了,她于是也绕屋跑着,且同黄狗一块儿渡过了小溪,站在小山头听了许久,让那点迷人的鼓声,把自己带到一个过去的节日里去。

四

还是两年前的事。五月端阳,渡船头祖父找人作了代替,便带了黄狗同翠翠进城,过大河边去看划船。河边站满了人,四只朱色长船在潭中滑着,龙船水刚刚涨过,河中水皆豆绿色,天气又那么明朗,鼓声蓬蓬响着,翠翠抿着嘴一句话不说,心中充满了不可言说的快乐。河边人太多了一点,各人皆尽张着眼睛望河中,不多久,黄狗还在身边,祖父却挤得不见了。

翠翠一面注意划船,一面心想"过不久祖父总会找来的"。但过了许久,祖父还不来,翠翠便稍稍有点儿着慌了。先是两人同黄狗进城前一天,祖父就问翠翠:"明天城里划船,倘若一个人去看,人多怕不怕?"翠翠就说:"人多我不怕,但自己只是一个人可不好玩。"于是祖父想了半天,方想起一个住在城中的老熟人,赶夜里到城里去商量,请那老人来看一天渡船,自己却陪翠翠进城玩一天。且因为那人比渡船老人更孤单,身边无一个亲人,也无一只狗,因此便约好了那人早上过家中来吃饭,喝一杯雄黄酒。第二天那人来了,吃了饭,把职务委托那人以后,翠翠等便进了城。到路上时,祖父想起什么似的,又问翠翠,"翠翠,翠翠,人那么多,好热闹,你一个人敢到河边看龙船吗?"翠翠说:"怎么不敢?可是一个人有什么意思。"到了河边后,长潭里的四只红船,把翠翠的注意力完全占去了,身边祖父似乎也可有可无了。祖父心想:"时间还早,到收场时,至少还得三个时刻。溪边的那个朋友,也应当来看看年青人的热闹,回去一趟,换换地位还赶得及。"因此就告翠翠,"人太多了,站在这里看,不要动,我到别处去有事情,无论如何总赶得回来伴你回家。"翠翠正为两只竞速并进的船迷着,祖父说的话毫不思索就答应了。祖父知道黄狗在翠翠身边,也许比他自己在她身边还稳当,于是便回家看船去了。

祖父到了那渡船处时,见代替他的老朋友,正站在白塔下注意听远处鼓声。

祖父喊他,请他把船拉过来,两人渡过小溪仍然站到白塔下去。那人问老船夫为什么又跑回来,祖父就说想替他一会儿故把翠翠留在河边,自己赶回来,好让他也过河边去看看热闹,且说,"看得好,就不必再回来,只须见了翠翠告她一声,翠翠到时自会回家的。小丫头不敢回家,你就伴她走走!"但那替手对于看龙船已无什么兴味,却愿意同老船夫在这溪边大石上各自再喝两杯烧酒。老船夫十分高兴,把酒葫芦取出,推给城中来的那一个。两人一面谈些端午旧事,一面喝酒,不到一会,那人却在岩石上为烧酒醉倒了。

人既醉倒了,无从入城,祖父为了责任又不便与渡船离开,留在河边的翠翠便不能不着急了。

河中划船的决了最后胜负后,城里军官已派人驾小船在潭中放了一群鸭子,祖父还不见来。翠翠恐怕祖父也正在什么地方等着她,因此带了黄狗各处人丛中挤着去找寻祖父,结果还是不得祖父的踪迹。后来看看天快要黑了,军人扛了长凳出城看热闹的,皆已陆续扛了那凳子回家。潭中的鸭子只剩下三五只,捉鸭人也渐渐的少了。落日向上游翠翠家中那一方落去,黄昏把河面装饰了一层薄雾。翠翠望到这个景致,忽然起了一个怕人的想头,她想:"假若爷爷死了?"

她记起祖父嘱咐她不要离开原来地方那一句话,便又为自己解释这想头的错误,以为祖父不来必是进城去或到什么熟人处去,被人拉着喝酒,故一时不能来的。正因为这也是可能的事,她又不愿在天未断黑以前,同黄狗赶回家去,只好站在那石码头边等候祖父。

再过一会,对河那两只长船已泊到对河小溪里去不见了,看龙船的人也差不多全散了。吊脚楼有娼妓的人家,已上了灯,且有人敲着小斑鼓弹月琴唱曲子。另外一些人家,又有划拳行酒的吵嚷声音。同时停泊在吊脚楼下的一些船只,上面也有人在摆酒炒菜,把青菜萝卜之类,倒进滚热油锅里去时发出吵——的声音。河面已朦朦胧胧,看去好像只有一只白鸭在潭中浮着,也只剩一个人追着这只鸭子。

翠翠还是不离开码头,总相信祖父会来找她,同她一起回家。

吊脚楼上唱曲子声音热闹了一些,只听到下面船上有人说话,一个水手说:"金亭,你听你那婊子陪川东庄客喝酒唱曲子,我赌个手指,说这是她的声音!"另一个水手就说:"她陪他们喝酒唱曲子,心里可想我。她知道我在船上!"先前那一个又说:"身体让别人玩着,心还想着你;你有什么凭据?"另一个说:"有凭据。"于是这水手吹着唿哨,作出一个古怪的记号,一会儿,楼上歌声便停止了。歌声停止后,两个水手皆笑了。两人接着便说了些关于那个女人的一切,使用了不少粗鄙字眼,翠翠很不习惯把这种话听下去,但又不能走开。且听水手之一说,楼上妇人的爸爸是在棉花坡被人杀死的,一共杀了十七刀。翠翠心中那个古怪的想头,"爷爷死了呢?"便仍然占据到心里有一忽儿。

两个水手还正在谈话,潭中那只白鸭慢慢的向翠翠所在的码头边游来,翠翠想:"再过来些我就捉住你!"于是静静的等着,但那鸭子将近岸边三丈远近时,却有个人笑着,喊那船上水手。原来水中还有个人,那人已把鸭子捉到手,却慢慢的"踹水"游近岸边的。船上人听到水面的喊声,在隐约里也喊道:"二老,二老,你真干,你今天得了五只吧。"那水上人说:"这家伙狡猾得很,现在可归我了。""你这时捉鸭子,将来捉女人,一定有同样的本领。"水上那一个不再说什么,手脚并用的拍着水傍了码头。湿淋淋的爬上岸时,翠翠身旁的黄狗,仿佛警告水中人似的,汪汪的叫了几声,那人方注意到翠翠。码头上已无别的人,那人问:

"是谁?"

"是翠翠!"

"翠翠又是谁?"

"是碧溪岨撑渡船的孙女。"

"你在这儿做什么?"

"我等我爷爷。我等他来好回家去。"

"等他来他可不会来,你爷爷一定到城里军营里喝了酒,醉倒后被人抬回去了!"

"他不会。他答应来,他就一定会来的。"

"这里等也不成。到我家里去,到那边点了灯的楼上去,等爷爷来找你好不好?"

翠翠误会邀他进屋里去那个人的好意,正记着水手说的妇人丑事,她以为那男子就是要她上有女人唱歌的楼上去,本来从不骂人,这时正因等候祖父太久了,心中焦急得很,听人要她上去,以为欺侮了她,就轻轻的说:

"你个悖时砍脑壳的!"

话虽轻轻的,那男的却听得出,且从声音上听得出翠翠年纪,便带笑说:"怎么,你骂人!你不愿意上去,要呆在这儿,回头水里大鱼来咬了你,可不要叫喊!"

翠翠说:"鱼咬了我也不管你的事。"

那黄狗好像明白翠翠被人欺侮了,又汪汪的吠起来。那男子把手中白鸭举起,向黄狗吓了一下,便走上河街去了。黄狗为了自己被欺侮还想追过去,翠翠便喊:"狗,狗,你叫人也看人叫!"翠翠意思仿佛只在告给狗"那轻薄男子还不值得叫",但男子听去的却是另外一种好意,男的以为是她要狗莫向好人叫,放肆的笑着,不见了。

又过了一阵,有人从河街拿了一个废缆做成的火炬,喊叫着翠翠的名字来找寻她,到身边时翠翠却不认识那个人。那人说:老船夫回到家中,不能来接她,故搭了过渡人口信来,告翠翠要她即刻就回去。翠翠听说是祖父派来的,就同那人一起回家,让打火把的在前引路,黄狗时前时后,一同沿了城墙向渡口走去。翠翠一面走一面问那拿火把的人,是谁告他就知道她在河边。那人说是二老告他的,他是二老家里的伙计,送翠翠回家后还得回转河街。

翠翠说:"二老他怎么知道我在河边?"

那人便笑着说:"他从河里捉鸭子回来,在码头上见你,他说好意请你上家里坐坐,等候你爷爷,你还骂过他!"

翠翠带了点儿惊讶轻轻的问:"二老是谁?"

那人也带了点儿惊讶说:"二老你都不知道? 就是我们河街上的傩送二老! 就是岳云! 他要我送你回去!"

傩送二老在茶峒地方不是一个生疏的名字!

翠翠想起自己先前骂人那句话,心里又吃惊又害羞,再也不说什么,默默的随了那火把走去。

翻过了小山岨,望得见对溪家中火光时,那一方面也看见了翠翠方面的火把,老船夫即刻把船拉过来,一面拉船一面哑声儿喊问:"翠翠,翠翠,是不是你?"翠翠不理会祖父,口中却轻轻的说:"不是翠翠,不是翠翠,翠翠早被大河里鲤鱼吃去了。"翠翠上了船,二老派来的人,打着火把走了,祖父牵着船问:"翠翠,你怎么不答应我,生我的气了吗?"

翠翠站在船头还是不作声。翠翠对祖父那一点儿埋怨,等到把船拉过了溪,一到了家中,看明白了醉倒的另一个老人后,就完事了。但另一件事,属于自己不关祖父的,却使翠翠沉默了一个夜晚。

五

两年日子过去了。

这两年来两个中秋节,恰好都无月亮可看,凡在这边城地方,因看月而起整夜男女唱歌的故事,皆不能如期举行,故两个中秋留给翠翠的印象,极其平淡无奇。两个新年却照例可以看到军营里与各乡来的狮子龙灯,在小教场迎春,锣鼓喧阗很热闹。到了十五夜晚,城中舞龙耍狮子的镇筸兵士,还各自赤裸着肩膊,往各处去欢迎炮仗烟火。城中军营里,税关局长公馆,河街上一些大字号,莫不预先截老毛竹筒,或镂空棕榈树根株,用洞硝拌和磺炭钢砂,一千捶八百捶把烟火做好。好勇取乐的军士,光赤着个上身,玩着灯打着鼓来了,小鞭炮如落雨的样子,从悬到长竿尖端的空中落到玩灯的肩背上,锣鼓催动急促的拍子,大家皆为这事情十分兴奋。鞭炮放过一阵后,用长凳绑着的大筒灯火,在敞坪一端燃起了引线,先是嗞嗞的流泻白光,慢慢的这白光便吼啸起来,作出如雷如虎惊人的声音,白光向上空冲去,高至二十丈,下落时便洒散着满天花雨。玩灯的兵士,在火花中绕着圈子,俨然毫不在意的样子。翠翠同他的祖父,也看过这样的热闹,留下一个热闹的印象,但这印象不知为什么原因,总不如那个端午所经过的事情甜而美。

翠翠为了不能忘记那件事,上年一个端午又同祖父到城边河街去看了半天船,一切玩得正好时,忽然落了行雨,无人衣衫不被雨湿透。为了避雨,祖孙二人同那只黄狗,走到顺顺吊脚楼上去,挤在一个角隅里。有人扛凳子从身边走过去,翠翠认得那人是去年打了火把送她回家的人,就告给祖父:

"爷爷,那个人去年送我回家,他拿了火把走路时,真像个喽罗!"

祖父当时不作声,等到那人回头又走过面前时,就一把抓住那个人,笑嘻嘻说:

"嗨嗨,你这个人!要你到我家喝一杯也不成,还怕酒里有毒,把你这个真命天子毒死!"

那人一看是守渡船的,且看到了翠翠,就笑了。"翠翠,你长大了!二老说你在河边大鱼会吃你,我们这里河中的鱼,现在可吞不下你了。"

翠翠一句话不说,只是抿起嘴唇笑着。

这一次虽在这喽罗长年口中听到个"二老"名字,却不曾见及这个人。从祖父与那长年谈话里,翠翠听明白了二老是在下游六百里外青浪滩过端午的。但这次不见二老却认识了"大老",且见着了那个一地出名的顺顺。大老把河中的鸭子捉回家里后,因为守渡船的老家伙称赞了那只肥鸭两次,顺顺就要大老把鸭子给翠翠。且知道祖孙二人所过的日子十分拮据,节日里自己不能包粽子,又送了许多尖角粽子。

那水上名人同祖父谈话时,翠翠虽装作眺望河中景致,耳朵却把每一句话听得清清楚楚。那人向祖父说翠翠长得很美,问过翠翠年纪,又问有不有人家。祖父则很快乐的夸奖了翠翠不少,且似乎不许别人来关心翠翠的婚事,故一到这件事便闭口不谈。

回家时,祖父抱了那只白鸭子同别的东西,翠翠打火把引路。两人沿城墙走去,一面是城,一面是水。祖父说:"顺顺真是个好人,大方得很。大老也很好。这一家人都好!"翠翠说:"一家人都好,你认识他们一家人吗?"祖父不明白这句话的意思所在,因为今天太高兴一点,便笑着说:"翠翠,假若大老要你做媳妇,请人来做媒,你答应不答应?"翠翠就说:"爷爷,你疯了!再说我就生你的气!"

祖父话虽不说了,心中却很显然的还转着这些可笑的不好的念头。翠翠着了恼,把火炬向路两旁乱晃着,向前怏怏的走去了。

"翠翠,莫闹,我摔到河里去,鸭子会走脱的!"

"谁也不希罕那只鸭子!"

祖父明白翠翠为什么事不高兴,祖父便唱起摇橹人驶船下滩时催橹的歌声,声音虽然哑沙沙的,字眼儿却稳稳当当毫不含糊。翠翠一面听着一面向前走去,忽然停住了发问:

"爷爷,你的船是不是正在下青浪滩呢?"

祖父不说什么,还是唱着,两人皆记顺顺家二老的船正在青浪滩过节,但谁也不明白另外一个人的记忆所止处。祖孙二人便沉默的一直走还家中。到了渡口,那代理看船的,正把船泊在岸边等候他们。几人渡过溪到了家中,剥粽子吃,到后那人要进城去,翠翠赶即为那人点上火把,让他有火把照路。人过了小溪上小山时,翠翠同祖父在船上望着,翠翠说:

"爷爷,看喽罗上山了啊!"

祖父把手攀引着横缆,注目溪面的薄雾,仿佛看到了什么东西,轻轻的吁了一口气。祖父静静的拉船过对岸家边时,要翠翠先上岸去,自己却守在船边,因为过节,明白一定有乡下人上城里看龙船,还得乘黑赶回家去。

六

白日里,老船夫正在渡船上同个卖皮纸的过渡人有所争持。一个不能接受所给的钱,一个却非把钱送给老人不可。正似乎因为那个过渡人送钱气派,使老船夫受了点压迫,这撑渡船人就俨然生气似的,迫着那人把钱收回,使这人不得不把钱捏在手里。但船拢岸时,那人跳上了码头,一手铜钱向船舱里一撒,却笑眯眯的匆匆忙忙走了。老船夫手还得拉着船让别人上岸,无法去追赶那个人,就喊小山头的孙女:

"翠翠,翠翠,帮我拉着那个卖皮纸的小伙子,不许他走!"

翠翠不知道是怎么回事,当真便同黄狗去拦那第一个下山人。那人笑着说:

"不要拦我!……"

正说着,第二个商人赶来了,就告给翠翠是什么事情。翠翠明白了,更拉着卖纸人衣服不放,只说:"不许走!不许走!"黄狗为了表示同主人的意见一致,也便在翠翠身边汪汪的吠着。其余商人皆笑着,一时不能走路。祖父气吁吁的赶来了,把钱强迫塞到那人手心里,且搭了一大束草烟到那商人担子上去,搓着两手笑着说:"走呀!你们上路走！"那些人于是全笑着走了。

翠翠说："爷爷，我还以为那人偷你东西同你打架！"

祖父就说：

"他送我好些钱。我才不要这些钱！告他不要钱，他还同我吵，不讲道理！"

翠翠说："全还给他了吗？"

祖父报着嘴把头摇摇，装成狡猾得意神气笑着，把扎在腰带上留下的那枚单铜子取出，送给翠翠。且说：

"他得了我们那把烟叶，可以吃到镇箪城！"

远处鼓声又蓬蓬的响起来了，黄狗张着两个耳朵听着。翠翠问祖父，听不听到什么声音。祖父一注意，知道是什么声音了，便说：

"翠翠，端午又来了。你记不记得去年天保大老送你那只肥鸭子。早上大老同一群人上川东去，过渡时还问你。你一定忘记那次落的行雨。我们这次若去，又得打火把回家；你记不记得我们两人用火把照路回家？"

翠翠还正想起两年前的端午一切事情哪。但祖父一问，翠翠却微带点儿恼着的神气，把头摇摇，故意说："我记不得，我记不得。"其实她那意思就是"我怎么记不得？！"

祖父明白那话里意思，又说："前年还更有趣，你一个人在河边等我，差点儿不知道回来，我还以为大鱼会吃掉你！"

提起旧事翠翠嗤的笑了。

"爷爷，你还以为大鱼会吃掉我？是别人家说我，我告给你的！你那天只是恨不得让城中的那个爷爷把装酒的葫芦吃掉！你这种记性！"

"我人老了，记性也坏透了。翠翠，现在你人长大了，一个人一定敢上城看船不怕鱼吃掉你了。"

"人大了就应当守船哩。"

"人老了才当守船。"

"人老了应当歇憩！"

"你爷爷还可以打老虎，人不老！"祖父说着，于是，把膀子弯曲起来，努力使筋肉在局束中显得又有力又年青，且说："翠翠，你不信，你咬。"

翠翠睨着腰背微驼白发满头的祖父，不说什么话。远处有吹唢呐的声音，她知道那是什么事情，且知道唢呐方向，要祖父同她下了船，把船拉过家中那边岸旁去。为了想早早的看到那迎婚送亲的喜轿，翠翠还爬到屋后塔下去眺望。过不久，那一伙人来了，两个吹唢呐的，四个强壮乡下汉子，一顶空花轿，一个穿新衣的团总儿模样的青年，另外还有两只羊，一个牵羊的孩子，一坛酒，一盒糍粑，一个担礼物的人。一伙人上了渡船后，翠翠同祖父也上了渡船，祖父拉船，翠翠却傍花轿站定，去欣赏每一个人的脸色与花轿上的流苏。拢岸后，团总儿模样的人，从扣花抱肚里掏出了一个小红纸包封，递给老船夫。这是规矩，祖父再不能说不接收了。但得了钱祖父却说话了，问那个人，新娘是什么地方人，明白了，又问姓什么，明白了，又问多大年纪，一起皆弄明白了。吹唢呐的一上岸后又把唢呐呜呜喇喇吹起来，一行人便翻山走了。祖父同翠翠留在船上，感情仿佛皆追着那唢呐声音走去，走了很远的路方回到自己身边来。

祖父据着那红纸包封的分量说："翠翠，宋家堡子里新嫁娘只十五岁。"

翠翠明白祖父这句话的意思所在，不作理会，静静的把船拉动起来。

到了家边,翠翠跑回家去取小小竹子做的双管唢呐,请祖父坐在船头吹"娘送女"曲子给她听,她却同黄狗躺到门前大岩石上荫处看天上的云。白日渐长,不知什么时节,祖父睡着了,翠翠同黄狗也睡着了。

七

到了端午。祖父同翠翠在三天前业已预先约好,祖父守船,翠翠同黄狗过顺顺吊脚楼去看热闹。翠翠先不答应,后来答应了。但过了一天,翠翠又翻悔回来,以为要看两人去看,要守船两人守船。祖父明白那个意思,是翠翠玩心与爱心相战争的结果。为了祖父的牵绊,应当玩的也无法去玩,这不成!祖父含笑说:"翠翠,你这是为什么?说定了的又翻悔,同茶峒人平素品德不相称。我们应当说一是一,不许三心二意。我记性并不坏到这样子,把你答应了我的即刻忘掉!"祖父虽那么说,很显然的事,祖父对于翠翠的打算是同意的。但人太乖了,祖父有点愀然不乐了。见祖父不再说话,翠翠就说:"我走了,谁陪你?"

祖父说:"你走了,船陪我。"

翠翠把眉毛皱拢去苦笑着,"船陪你,嗨,嗨,船陪你。爷爷,你真是……"

祖父心想:"你总有一天会要走的。"但不敢提这件事。祖父一时无话可说,于是走过屋后塔下小圃里去看葱,翠翠跟过去。

"爷爷,我决定不去,要去让船去,我替船陪你!"

"好,翠翠,你不去我去,我还得戴了朵红花,装刘姥姥进城去见世面!"

两人都为这句话笑了许久。

祖父理葱,翠翠却摘了一根大葱呜呜吹着。有人在东岸喊过渡,翠翠不让祖父占先,便忙着跑下去,跳上了渡船,援着横溪缆子拉船过溪去接人。一面拉船一面喊祖父:"爷爷,你唱,你唱!"

祖父不唱,却只站在高岩上望翠翠,把手摇着,一句话不说。

祖父有点心事。心事重重的,翠翠长大了。

翠翠一天比一天大了,无意中提到什么时会红脸了。时间在成长她,似乎正催促她,使她在另外一件事情上负点儿责。她欢喜看扑粉满脸的新嫁娘,欢喜说到关于新嫁娘的故事,欢喜把野花戴到头上去,还欢听人唱歌。茶峒人的歌声,缠绵处她已领略得出。她有时仿佛孤独了一点,爱坐在岩石上去,向天空一片云一颗星凝眸。祖父若问:"翠翠,想什么?"她便带着点儿害羞情绪,轻轻的说:"在看水鸭子打架!"照当地习惯意思就是"翠翠不想什么",但在心里却同时又自问:"翠翠,你真在想什么?"同是自己也在心里答着:"我想的很远,很多。可是我不知想些什么。"她的确在想,又的确连自己也不知在想些什么。这女孩子身体既发育得很完全,在本身上因年龄自然而来的一件"奇事",到月就来,也使她多了些思索,多了些梦。

祖父明白这类事情对于一个女子的影响,祖父心情也变了些。祖父是一个在自然里活了七十年的人,但在人事上的自然现象,就有了些不能安排处。因为翠翠的长成,使祖父记起了些旧事,从掩埋在一大堆时间里的故事中,重新找回了些东西。

翠翠的母亲,某一时节原同翠翠一个样子。眉毛长,眼睛大,皮肤红红的。也乖得使人怜爱——也懂在一些小处,起眼动眉毛,使家中长辈快乐。也仿佛永远不会同家中这一个分开。但一点不幸来了,她认识了那个兵。到末了丢开老的和小的,却陪那个兵死了。这些事从老船夫说来谁也无罪过,只应"天"去负责。翠翠的祖父口中不怨天,心却不能完全同意这种不幸的安排。摊派到本身的一份,说来实在不公平!说是放下了,也正是不能放下的莫可奈何容忍到的一件事!

　　那时还有个翠翠。如今假若翠翠又同妈妈一样,老船夫的年龄,还能把小雏儿再抚育下去吗?人愿意神却不同意!人太老了,应当休息了,凡是一个良善的乡下人,所应得到的劳苦与不幸,全得到了。假若另外高处有一个上帝,这上帝且有一双手支配一切,很明显的事,十分公道的办法,是应把祖父先收回去,再来让那个年青的在新的生活上得到应分接受那幸或不幸,才合道理。

　　可是祖父并不那么想。他为翠翠担心。他有时便躺到门外岩石上,对着星子想他的心事。他以为死是应当快到了的,正因为翠翠人已长大了,证明自己也真正老了。无论如何,得让翠翠有个着落。翠翠既是她那可怜母亲交把他的,翠翠大了,他也得把翠翠交给一个人,他的事才算完结!交给谁?必需什么样的人方不委屈她?

　　前几天顺顺家天保大老过溪时,同祖父谈话,这心直口快的青年人,第一句话就说:"老伯伯,你翠翠长得真标致,像个观音样子。再过两年,若我有闲空能留在茶峒照料事情,不必像老鸦到处飞,我一定每夜到这溪边来为翠翠唱歌。"

　　祖父用微笑奖励这种自白。一面把船拉动,一面把那双小眼睛瞅着大老。

　　于是大老又说:

　　"翠翠太娇了,我担心她只宜于听点茶峒人的歌声,不能作茶峒女子做媳妇的一切正经事。我要个能听我唱歌的情人,却更不能缺少个照料家务的媳妇。'又要马儿不吃草,又要马儿走得好,'唉,这两句话恰是古人为我说的!"

　　祖父慢条斯理把船掉过头,让船尾傍岸,就说:

　　"大老,也有这种事儿!你瞧着吧。"究竟是什么事,祖父可并不明白说下去。

　　那青年走后,祖父温习着那些出于一个男子口中的真话,实在又愁又喜。翠翠若应当交把一个人,这个人是不是适宜于照料翠翠?当真交把了他,翠翠是不是愿意?

八

　　初五大清早落了点毛毛雨,上游且涨了点"龙船水",河水全变作豆绿色。祖父上城买办过节的东西,戴了个棕粑叶"斗篷",携带了一个篮子,一个装酒的大葫芦,肩头上挂了个褡裢,其中放了一吊六百钱,就走了。因为是节日,这一天从小村小寨带了铜钱担了货物上城去办货掉货的极多,这些人起身也极早,故祖父走后,黄狗就伴同翠翠守船。翠翠头上戴了一个崭新的斗篷,把过渡人一趟一趟的送来送去。黄狗坐在船头,每当船拢岸时必先跳上岸边去衔绳头,引起每个过渡人的兴味。有些过渡乡下人也携了狗上城,照例如俗话说的,"狗离不得屋",一离了自己的家,即或傍着主人,也变得非常老实了。到过渡时,翠翠的狗必走过去嗅嗅,从翠翠方面讨取了一个眼色,似乎明白翠翠的意思,就不敢有什么举动。直到上岸后,把拉绳子的事情作完,眼见到那只陌生的狗上小山去了,也必跟着追去。或者向狗主人轻轻吠着,或者逐着那陌生的狗,必得翠翠带点儿嗔恼的嚷着:"狗,狗,你狂什么?还有事情做,你就跑呀!"于是这黄狗赶快跑回船上来,且依然满船闻嗅不已。翠翠说:"这算什么轻狂举动!跟谁学得的!还不好好蹲到那边去!"狗俨然极其懂事,便即刻到它自己原来地方去,只间或又像想起什么似的,轻轻的吠几声。

雨落个不止,溪面一片烟。翠翠在船上无事可作时,便算着老船夫的行程。她知道他这一去应到什么地方碰到什么人,谈些什么话,这一天城门边应当是些什么情形,河街上应当是些什么情形,"心中一本册",她完全如同眼见到的那么明明白白。她又知道祖父的脾气,一见城中相熟粮子上人物,不管是马夫火夫,总会把过节时应有的颂祝说出。这边说,"副爷,你过节吃饱喝饱!"那一个便也将说,"划船的,你吃饱喝饱!"这边若说着如上的话,那边人说,"有什么可以吃饱喝饱?四两肉,两碗酒,既不会饱也不会醉!"那么,祖父必很诚实邀请这熟人过碧溪岨喝个够量。倘若有人当时就想喝一口祖父葫芦中的酒,这老船夫也从不吝啬,必很快的就把葫芦递过去。酒喝过了,那兵营中人卷舌子舔着嘴唇,称赞酒好,于是又必被勒迫着喝第二口。酒在这种情形下少起来了,就又跑到原来铺上去,加满为止。翠翠且知道祖父还会到码头上去同刚拢岸一天两天的上水船水手谈谈话,问问下河的米价盐价,有时且弯着腰钻进那带有海带鱿鱼味,以及其他油味、醋味、柴烟味的船舱里去,水手们从小坛中抓出一把红枣,递给老船夫,过一阵,等到祖父回家被翠翠埋怨时,这红枣便成为祖父与翠翠和解的东西。祖父一到河街上,且一定有许多铺子上商人送他粽子与其他东西,作为对这个忠于职守的划船人一点敬意,祖父虽嚷着"我带了那么一大堆,回去会把老骨头压断",可是不管如何,这些东西多少总得领点情。走到卖肉案桌边去,他想"买肉"人家却不愿接钱,屠户若不接钱,他却宁可到另外一家去,决不想沾那点便宜。那屠户说,"爷爷,你为人那么硬算什么?又不是要你去做犁口耕田!"但不行,他以为这是血钱,不比别的事情,你不收钱他会把钱预先算好,猛的把钱掷到大而长的钱筒里去,攫了肉就走去。卖肉的明白他那种性情,到他称肉时总选取最好的一处,且把分量故意加多,他见及时却将说:"喂喂,大老板,我不要你那些好处!腿上的肉是城里人炒鱿鱼肉丝用的肉,莫同我开玩笑!我要夹项肉,我要浓的糯的,我是个划船人,我要拿去炖胡萝卜喝酒的!"得了肉,把钱交过手时,自己先数一次,又嘱咐屠户再数,屠户却照例不理会他,把一手钱哗的向长竹筒口丢去,他于是简直是妩媚的微笑着走了。屠户与其他买肉人,见到他这种神气,必笑个不止……

翠翠还知道祖父必到河街上顺顺家里去。

翠翠温习着两次过节两个日子所见所闻的一切,心中很快乐,好像目前有一个东西,同早间在床上闭了眼睛所看到那种捉摸不定的黄葵花一样,这东西仿佛很明朗的在眼前,却看不准,抓不住。

翠翠想:"白鸡关真出老虎吗?"她不知道为什么忽然想起白鸡关。白鸡关是酉水中部一个地名,离茶峒两百多里路!

于是又想:"三十二个人摇六匹橹,上水走风时张起个大篷,一百幅白布拼成的一片东西,先在这样大船上过洞庭湖,多可笑……"她不明白洞庭湖有多大,也就从没见过这种大船,更可笑的,还是她自己也不知道为什么却想到这个问题!

一群过渡人来了,有担子,有送公事跑差模样的人物,另外还有母女二人。母亲穿了新浆洗得硬朗的蓝布衣服,女孩子脸上涂着两饼红色,穿了不甚合身的新衣,上城到亲戚家中去拜节看龙船的。等待众人上船稳定后,翠翠一面望着那小女孩,一面把船拉过溪去。那小孩从翠翠估来年纪也将十三四岁了,神气却很娇,似乎从不曾离开过母亲。脚下穿的是一双尖头新油过的钉鞋,上面沾污了些黄泥。裤子是那种泛紫的葱绿布做的。见翠翠尽是望她,她也便看着翠翠,眼睛光光的如同两粒水晶球。有点害羞,有点不自在,同时也有点不可言说的爱娇。那母亲模样的妇人便问翠翠年纪有几岁。翠翠笑着,不高兴答应,却反问小女孩今年几岁。听那母亲说十三岁时,翠翠忍不住笑了。那母女显然是财主人家的妻女,从神气上就可看出的。翠翠注视那女孩,发现了女孩子手上还戴得有一副麻花绞的银手镯,闪着白白的亮光,心中有点儿歆羡。船傍岸后,人陆续上了岸,妇人从身上摸出一铜子,塞到翠翠手中,就走了。翠翠当时竟忘了祖父的规矩了,也不说道谢,也不把钱退还,只望着这一行人中那个女孩子身后发痴。一行人正将翻过小山时,翠翠忽又忙匆匆的追上去,在山头上把钱还给那妇人。那妇人说:"这是送你的!"翠翠不说什么,只微笑把头尽摇,且不等妇人来得及说第二句话,就很快的向自己渡船边跑去了。

到了渡船上,溪那边又有人喊过渡,翠翠把船又拉回去。第二次过渡是七个人,又有两个女孩子,也同样因为看龙船特意换了干净衣服,相貌却并不如何美观,因此使翠翠更不能忘记先前那一个。

今天过渡的人特别多,其中女孩子比平时更多,翠翠既在船上拉缆子摆渡,故见到什么好看的,极古怪的,人乖的,眼睛眶子红红的,莫不在记忆中留下个印象。无人过渡时,等着祖父祖父又不来,便尽只反复温习这些女孩子的神气。且轻轻的无所谓的唱着:

"白鸡关出老虎咬人,不咬别人,团总的小姐派第一。……大姐戴副金簪子,二姐戴副银钏子,只有我三妹没得什么戴,耳朵上长年戴条豆芽菜。"

城中有人下乡的,在河街上一个酒店前面,曾见及那个撑渡船的老头子,把葫芦嘴推让给一个年青水手,请水手喝他新买的白烧酒,翠翠问及时,那城中人就告给她所见到的事情。翠翠笑祖父的慷慨不是时候,不是地方。过渡人走了,翠翠就在船上又轻轻的哼着巫师十二月里为人还愿迎神的歌玩——

  你大仙,你大神,睁眼看看我们这里人!
  他们既诚实,又年青,又身无疾病。
  他们大人会喝酒,会作事,会睡觉;
  他们孩子能长大,能耐饥,能耐冷;
  他们牯牛肯耕田,山羊肯生仔,鸡鸭肯孵卵;
  他们女人会养儿子,会唱歌,会找她心中欢喜的情人!

  你大神,你大仙,排驾前来站两边。
  关夫子身跨赤兔马,
  尉迟公手拿大铁鞭!
  你大仙,你大神,云端下降慢慢行!

  张果老驴得坐稳,
  铁拐李脚下要小心!

  福禄绵绵是神恩,
  和风和雨神好心,
  好酒好饭当前陈,

> 肥猪肥羊火上烹!
> 洪秀全,李鸿章,
> 你们在生是霸王,
> 杀人放火尽节全忠各有道,
> 今来坐席又何妨!
>
> 慢慢吃,慢慢喝,
> 月白风清好过河。
> 醉时携手同归去,
> 我当为你再唱歌!

那首歌声音既极柔和,快乐中又微带忧郁。唱完了这歌,翠翠觉得心上有一丝儿凄凉。她想起秋末酬神还愿时田坪中的火燎同鼓角。

远处鼓声已起来了,她知道绘有朱红长线的龙船这时节已下河了,细雨还依然落个不止,溪面一片烟。

九

祖父回家时,大约已将近平常吃早饭时节了,肩上手上全是东西,一上小山头便喊翠翠,要翠翠拉船过小溪来迎接他。翠翠眼看到多少人皆进了城,正在船上急得莫可奈何,听到祖父的声音,精神旺了,锐声答着:"爷爷,爷爷,我来了!"老船夫从码头边上了渡船后,把肩上手上的东西搁到船上,一面帮着翠翠拉船,一面向翠翠笑着,如同一个小孩子,神气充满了谦虚与羞怯。"翠翠,你急坏了,是不是?"翠翠本应埋怨祖父的,但她却回答说:"爷爷,我知道你在河街上劝人喝酒,好玩得很。"翠翠还知道祖父极高兴到河街上去玩。但如此说来,更将使祖父害羞乱嚷了,因此话到口边却不提出。

翠翠把搁在船头的东西一一估记在眼里,不见了酒葫芦。翠翠嗤的笑了。

"爷爷,你倒大方,请副爷同船上人吃酒,连葫芦也吃到肚里去了!"

祖父笑着忙作说明:

"哪里,哪里,我那葫芦被顺顺大伯扣下了,他见我在河街上请人喝酒,就说:'喂,喂,摆渡的张横,这不成的。你不开槽坊,如何这样子! 把你那个放下来,请我全喝了吧。'他当真么说,'请我全喝了吧。'我把葫芦放下了。但我猜想他是同我闹着玩的。他家里还烧少酒吗? 翠翠,你说,⋯⋯"

"爷爷,你以为人家真想喝你的酒,便是同你开玩笑吗?"

"那是怎么的?"

"你放心,人家一定因为你请客不是地方,所以扣下你的葫芦,不让你请人把酒喝完。等等就会为你送来的,你还不明白,真是!——"

"唉,当真会是这样的!"

说着船已拢了岸,翠翠抢先帮祖父搬东西,但结果却只拿了那尾鱼,那个花褡裢;褡裢中钱已用光了,却有一包白糖,一包小芝麻饼子。

两人刚把新买的东西搬运到家中,对溪就有人喊过渡,祖父要翠翠看着肉菜免得被野猫拖去,争着下溪去做事,一会儿,便同那个过渡人嚷着到家中来了。原来这人便是送酒葫芦的。只听到祖父说:"翠翠,你猜对了。人家当真把酒葫芦送来了!"

翠翠来不及向灶边走去，祖父同一个年纪青青的脸黑肩膊宽的人物，便进到屋里了。

翠翠同客人皆笑着，让祖父把话说下去。客人又望着翠翠笑，翠翠仿佛明白为什么被人望着，有点不好意思起来，走到灶边烧火去了。溪边又有人喊过渡，翠翠赶忙跑出门外船上去，把人渡过了溪。恰好又有人过溪。天虽落小雨，过渡人却分外多，一连三次。翠翠在船上一面作事一面想起祖父的趣处。不知怎么的，从城里被人打发来送酒葫芦的，她觉得好像是个熟人。可是眼睛里像是熟人，却不明白在什么地方见过面。但也正像是不肯把这人想到某方面去，方猜不着这来人的身分。

祖父在岩坎上边喊："翠翠，翠翠，你上来歇歇，陪陪客！"本来无人过渡便想上岸去烧火，但经祖父一喊，反而不上岸了。

来客问祖父"进不进城看船"，老渡船夫就说"应当看守渡船"。两人又谈了些别的话。到后来客方言归正传：

"伯伯，你翠翠像个大人了，长得很好看！"

撑渡船的笑了。"口气同哥哥一样，倒爽快呢。"这样想着，却那么说："二老，这地方配受人称赞的只有你，人家都说你好看！'八面山的豹子，地地溪的锦鸡，'全是特为颂扬你这个人好处的警句！"

"但是，这很不公平。"

"很公平的！我听船上人说，你上次押船，船到三门下面白鸡关滩出了事，从急浪中你援救过三个人。你们在滩上过夜，被村子里女人见着了，人家在你棚子边唱歌一整夜，是不是真有其事？"

"不是女人唱歌一夜，是狼嗥。那地方著名多狼，只想得机会吃我们！我们烧了一大堆火，吓住了它们，才不被吃掉！"

老船夫笑了，"那更妙！人家说的话还是很对的。狼是只吃姑娘，吃小孩，吃十八岁标致青年，像我这种老骨头，它不要吃的！"

那二老说："伯伯，你到这里见过两万个日头，别人家全说我们这个地方风水好，出大人，不知为什么原因，如今还不出大人？"

"你是不是说风水好应出有大名头的人？我以为这种人不生在我们这个小地方，也不碍事。我们有聪明，正直，勇敢，耐劳的年青人，就够了。像你们父子兄弟，为本地也增光彩已经很多很多！"

"伯伯，你说得好，我也是那么想。地方不出坏人出好人，如伯伯那么样子，人虽老了，还硬朗得同棵楠木树一样，稳稳当当的活到这块地面，又正经，又大方，难得的咧。"

"我是老骨头了，还说什么。日头，雨水，走长路，挑分量沉重的担子，大吃大喝，挨饿受寒，自己分上的都拿过了，不久就会躺到这冰凉土地上喂蛆吃的。这世界有得是你们小伙子分上的一切，好好的干，日头不辜负你们，你们也莫辜负日头！"

"伯伯，看你那么勤快，我们年青人不敢辜负日头！"

说了一阵，二老想走了，老船夫便站到门口去喊叫翠翠，要她到屋里来烧水煮饭，掉换他自己看船。翠翠不肯上岸，客人却已下船了，翠翠把船拉动时，祖父故意装作埋怨神气说：

"翠翠，你不上来，难道要我在家里做媳妇煮饭吗？"

翠翠斜睨了客人一眼，见客人正盯着她，便把脸背过去，抿着嘴儿，很自负的拉着那

条横缆,船慢慢拉过对岸了。客人站在船头同翠翠说话:

"翠翠,吃了饭,同你爷爷去看划船吧?"

翠翠不好意思不说话,便说:"爷爷说不去,去了无人守这个船!"

"你呢?"

"爷爷不去我也不去。"

"你也守船吗?"

"我陪我爷爷。"

"我要一个人来替你们守渡船,好不好?"

砰的一下船头已撞到岸边土坎上了,船拢岸了。二老向岸上一跃,站在斜坡上说:

"翠翠,难为你!……我回去就要人来替你们,你们快吃饭,一同到我家里去看船,今天人多咧,热闹咧!"

翠翠不明白这陌生人的好意,不懂得为什么一定要到他家中去看船,抿着小嘴笑笑,就把船拉回去了。到了家中一边溪岸后,只见那个人还正在对溪小山上,好像等待什么,不即走开。翠翠回转家中,到灶口边去烧火,一面把带点湿气的草塞进灶里去,一面向正在把客人带回的那一葫芦酒试着的祖父询问:

"爷爷,那人说回去就要人来替你,要我们两人去看船,你去不去?"

"你高兴去吗?"

"两人同去我高兴。那个人很好,我像认得他,他是谁?"

祖父心想:"这倒对了,人家也觉得你好!"祖父笑着说:"翠翠,你不记得你前年在大河边时,有个人说要让大鱼咬你吗?"

翠翠明白了,却仍然装不明白问:"他是谁?"

"你想想看,猜猜看。"

"一本《百家姓》好多人,我猜不着他是张三李四。"

"顺顺船总家的二老,他认识你你不认识他啊!"他抿了一口酒,像赞美酒又像赞美人,低低的说:"好的,妙的,这是难得的。"

过渡的人在门外坎下叫唤着,老祖父口中还是"好的,妙的……"匆匆下船做事去了。

十

吃饭时隔溪有人喊过渡,翠翠抢着下船,到了那边,方知道原来过渡的人,便是船总顺顺家派来作替手的水手,一见翠翠就说道:"二老要你们一吃了饭就去,他已下河了。"见了祖父又说:"二老要你们吃了饭就去,他已下河了。"

张耳听听,便可听出远处鼓声已较密,从鼓声里使人想到那些极狭的船,在长潭中笔直前进时,水面上画着如何美丽的长长的线路!

新来的人茶也不吃,便在船头站妥了,翠翠同祖父吃饭时,邀他喝一杯,只是摇头推辞。祖父说:

"翠翠,我不去,你同小狗去好不好?"

"要不去,我也不想去!"

"我去呢?"

"我本来也不想去,但我愿意陪你去。"

祖父微笑着,"翠翠,翠翠,你陪我去,好的,你陪我去!"

祖父同翠翠到城里大河边时河边早站满了人。细雨已经停止,地面还是湿湿的。祖父要翠翠过河街船总家吊脚楼上去看船,翠翠却以为站在河边较好。两人在河边站定不多久,顺顺便派人把他们请去了。吊脚楼上已有了很多的人。早上过渡时,为翠翠所注意的乡绅妻女,受顺顺家的款待,占据了最好窗口,一见到翠翠,那女孩子就说:"你来,你来!"翠翠带着点儿羞怯走去,坐在他们身后条凳上,祖父便走开了。

祖父并不看龙船竞渡,却为一个熟人拉到河上游半里路远近,到一个新碾坊看水碾子去了。老船夫对于水碾子原来就极有兴味。倚山滨水来一座小小茅屋,屋中有那么一个圆石片子,固定在一个横轴上,斜斜的搁在石槽里。当水闸门抽去时,流水冲激地下的暗轮,上面的石片便飞转起来。作主人的管理这个东西,把毛谷倒进石槽中去,把碾好的米弄出放在屋角隅筛子里,再筛去糠灰。地上全是糠灰,主人头上包着块白布帕子,头上肩上也全是糠灰。天气好时就在碾坊前后隙地里种些萝卜、青菜、大蒜、四季葱。水沟坏了,就把裤子脱去,到河里去堆砌石头修理泄水处。水碾坝若修筑得好,还可装个小小鱼梁,涨小水时就自会有鱼上梁来,不劳而获!在河边管理一个碾坊比管理一只渡船多变化有趣味,情形一看也就明白了。但一个撑渡船的若想有座碾坊,那简直是不可能的妄想。凡碾坊照例是属于当地小财主的产业。那熟人把老船夫带到碾坊边时,就告给他这碾坊业主为谁。两人一面各处视察一面说话。

那熟人用脚踢着新碾盘说:

"中寨人自己坐在高山砦子上,却欢喜来到这大河边置产业;这是中寨王团总的,大钱七百吊!"

老船夫转着那双小眼睛,很羡慕的去欣赏一切,估计一切,把头点着,且对于碾坊中物件一一加以很得体的批评。后来两人就坐到那还未完工的白木条凳上去,熟人又说到这碾坊的将来,似乎是团总女儿陪嫁的妆奁。那人于是想起了翠翠,且记起大老托过他的事情来了,便问道:

"伯伯,你翠翠今年十几岁?"

"满十四进十五岁。"老船夫说过这句话后,便接着在心中计算过去的年月。

"十四岁多能干!将来谁得她真有福气!"

"有什么福气?又无碾坊陪嫁,一个光人。"

"别说一个光人,一个有用的人,两只手抵得五座碾坊!洛阳桥也是鲁班两只手造的!……"这样那样的说着,说到后来,那人笑了。

老船夫也笑了,心想:"翠翠有两只手将来也去造洛阳桥吧,新鲜事!"

那人过了一会又说:

"茶峒人年青男子眼睛光,选媳妇也极在行。伯伯,你若不多我的心时,我就说个笑话给你听。"

老船夫问:"是什么笑话。"

那人说:"伯伯你若不多心时,这笑话也可以当真话去听咧。"

接着说的下去就是顺顺家大老如何在人家赞美翠翠,且如何托他来探听老船夫口气那么一件事。末了同老船夫来转述另一回会话的情形。"我问他:'大老,大老,你是说真话还是说笑话?'他就说:'你为我去探听探听那老的,我欢喜翠翠,想要翠翠,是真话!'我说:'我这口钝得很,说出了口老的一巴掌打来呢?'他说:'你怕打,你先当笑话去说,不会挨打的!'所以,伯伯,我就把这件真事情当笑话来同你说了。你试想想,他初九从川东回来见我时,我应当如何回答他?"

老船夫记前一次大老亲口所说的话,知道大老的意思很真,且知道顺顺也欢喜翠翠,心里很高兴。但这件事照规矩得这个人带封点心亲自到碧溪岨家中去说,方见得慎重其事,老船夫就说:"等他来时你说:老家伙听过了笑话后,自己也说了个笑话,他说,'车是车路,马是马路,各有走法。大老走的是车路,应当由大老爹爹作主,请了媒人来正正经经同我说。走的是马路,应当自己作主,站在渡口对溪高崖上,为翠翠唱三年六个月的歌。'"

"伯伯,若唱三年六个月的歌动得了翠翠的心,我赶明天就自己来唱歌了。"

"你以为翠翠肯了我还会不肯吗?"

"不咧,人家以为这件事你老人家肯了,翠翠便无有不肯呢。"

"不能那么说,这是她的事呵!"

"便是她的事,可是必需老的作主,人家也仍然以为在日头月光下唱三年六个月的歌,还不如得伯伯说一句话好!"

"那么,我说,我们就这样办,等他从川东回来时要他同顺顺去说明白。我呢,我也先问问翠翠;若以为听了三年六个月的歌再跟那唱歌人走去有意思些,我就请你劝大老走他那弯弯曲曲的马路。"

"那好的。见了他我就说:'大老,笑话吗,我已说过了。真话呢,看你自己的命运去了。'当真看他的命运去了,不过我明白他的命运,还是在你老人家手上捏着的。"

"不是那么说!我若捏得定这件事,我马上就答应了。"

这里两人把话说妥后,就过另一处一只顺顺新近买来的三舱船去了。河街上顺顺吊脚楼方面,却有了如下事情。

翠翠虽被那乡绅女孩喊到身边去坐,地位非常之好,从窗口望出去,河中一切朗然在望,然而心中可不安宁。挤在其他几个窗口看热闹的人,似乎皆常常把眼光从河中景物挪到这边几个人身上来。还有些人故意装成有别的事情样子,从楼这边走过那一边,事实上却全为得是好仔细看看翠翠这方面几个人。翠翠心中老不自在,只想借故跑去。一会儿河下的炮声响了,几只从对河取齐的船只,直向这方面划来。先是四条船皆相去不远,如四枝箭在水面射着,到了一半,已有两只船占先了些,再过一会子,那两只船中间便又有一只超过了并进的船而前。看看船到了税局门前时,第二次炮声又响,那船便胜利了。这时节胜利的已判明属于河街人所划的一只,各处便皆响着庆祝的小鞭炮。那船于是沿了河街吊脚楼划去,鼓声蓬蓬作响,河边与吊脚楼各处,都同时呐喊表示快乐的祝贺。翠翠眼见在船头站定摇动小旗指挥进退头上包着红布的那个年青人,便是送酒葫芦到碧溪岨的二老,心中便印着三年前的旧事,"大鱼吃掉你!""吃掉不吃掉,不用你管!""狗,狗,你也看人叫!"想起狗,翠翠才注意到自己身边那只黄狗,已不知跑到什么地方去,便离了座位,在楼上各处找寻她的黄狗,把船头人忘掉了。

她一面在人丛里找寻黄狗,一面听人家正说些什么话。

一个大脸妇人问:"是谁家的人,坐到顺顺家当中窗口前的那块好地方?"

一个妇人就说:"是砦子上王乡绅家大姑娘,今天说是来看船,其实来看人,同时也让人看!人家命好,有福分坐那好地方!"

"看谁人？被谁看？"

"嗨，你还不明白，那乡绅想同顺顺打亲家呢。"

"那姑娘配什么人？是大老，还是二老？"

"说是二老呀，等等你们看这岳云，就会上楼来看他丈母娘的！"

另一个女人便插嘴说："事弄妥了，好得很呢！人家有一座崭新碾坊陪嫁，比十个长年还好一些。"

有人问："二老怎么样？可乐意？"

有人就轻轻的说："二老已说过了，这不必看。第一件事我就不想作那个碾坊的主人！"

"你听岳云二老亲口说吗？"

"我听别人说的。还说二老欢喜一个撑渡船的。"

"他又不是傻小二，不要碾坊，要渡船吗？"

"那谁知道。横顺人是'牛肉炒韭菜，各人心里爱'，只看各人心里爱什么就吃什么。渡船不会不如碾坊！"

当时各人眼睛对着河里，口中说着这些闲话，却无一个人回头来注意到身后边的翠翠。

翠翠脸发火发烧走到另外一处去，又听有两个人提到这件事。且说："一切早安排好了，只须要二老一句话。"又说："只看二老今天那么一股劲儿，就可以猜想得出这劲儿是岸上一个黄花姑娘给他的！"

谁是激动二老的黄花姑娘？听到这个，翠翠心中不免有点儿乱。

翠翠人矮了些，在人背后已望不见河中情形，只听到敲鼓声渐近渐激越，岸上呐喊声自远而近，便知道二老的船恰恰经过楼下。楼上人也大喊着，杂夹叫着二老的名字，乡绅太太那方面，且有人放小百子鞭炮。忽然又用另外一种惊讶声音喊着，且同时便见许多人出门向河下走去。翠翠不知出了什么事，心中有点迷乱，正不知走回原来座位边去好，还是依然站在人背后好，只见那边正有人拿了个托盘，装了一大盘粽子同细点心，在请乡绅太太小姐用点心，不好意思再过那边去，便想也挤出大门外到河下去看看。从河街一个盐店旁边甬道下河时，正在一排吊脚楼的梁柱间，迎面碰头一群人，拥着那个头包红布的二老来了。原来二老因失足落水，已从水中爬起来了。路太窄了一些，翠翠虽闪过一旁，与迎面来的人仍然得肘子触着肘子。二老一见翠翠就说：

"翠翠，你来了，爷爷也来了吗？"

翠翠脸还发着烧不便作声，心想："黄狗跑到什么地方去了呢？"

二老又说：

"怎不到我家楼上去看呢？我已要人替你弄了个好位子。"

翠翠心想："碾坊陪嫁，希奇事情咧。"

二老不能逼迫翠翠回去，到后便各自走开了。翠翠到河下时，小小心中充满了一种说不分明的东西。是烦恼吧，不是！是忧愁吧，不是！是快乐吧，不，有什么事情使这个女孩子快乐呢？是生气了吧，——是的，她当真仿佛觉得自己是在生一个人的气，又像是生自己的气。河边人太多了，码头边浅水中，船桅船篷上，以至于吊脚楼的柱子上，也莫不有人。翠翠自言自语说："人那么多，有什么三脚猫好看？"先还以为可以在什么船上发现她的祖父，但搜寻了一阵，各处却无祖父的影子。她挤到水边去，一眼便看到了自己家中那条黄狗，同顺顺家一个长年，正在去岸数丈一只空船上看热闹。翠翠锐声叫喊了两声，黄狗张着耳叶昂头四面一望，便猛的扑下水中，向翠翠方面泅来了。到了身边时狗身上已全是水，把水抖着且跳跃不已，翠翠便说："得了，装什么疯。你又不翻船，谁要你落水呢？"

翠翠同黄狗找祖父去，在河街上一个木行前恰好遇着了祖父。

老船夫说："翠翠，我看了个好碾坊，碾盘是新的，水车是新的，屋上稻草也是新的！水坝管着一绺水，急溜溜的，抽水闸时水车转得如陀螺。"

翠翠带着点做作问："是什么人的？"

"是什么人的？住在山上的王团总的。我听人说是那中寨人为女儿作嫁妆的东西，好不阔气，包工就是七百吊大钱，还不管风车，不管家什！"

"谁讨那个人家的女儿？"

祖父望着翠翠干笑着，"翠翠，大鱼咬你，大鱼咬你。"

翠翠因为对于这件事心中有了个数目，便仍然装着全不明白，只询问祖父，"爷爷，谁个人得到那个碾坊？"

"岳云二老！"祖父说了又自言自语的说，"有人羡慕二老得到碾坊，也有人羡慕碾坊得到二老！"

"谁羡慕呢，爷爷？"

"我羡慕。"祖父说着便又笑了。

翠翠说："爷爷，你喝醉了。"

"可是二老还称赞你长得美呢。"

翠翠说："爷爷，你醉疯了。"

祖父说："爷爷不醉不疯……去，我们到河边看他们放鸭子去。"他还想说，"二老捉得鸭子，一定又会送给我们的。"话不及说，二老来了，站在翠翠面前微笑着。翠翠也微笑着。

于是三个人回到吊脚楼上去。

十一

有人带了礼物到碧溪岨，掌水码头的顺顺，当真请了媒人为儿子向渡船的攀亲戚来了。老船夫慌慌张张把这个人渡过溪口，一同到家里去。翠翠正在屋门前剥豌豆，来了客并不如何注意。但一听到客人进门说："贺喜贺喜，"心中有事，不敢再呆在屋门边，就装作追赶菜园地的鸡，拿了竹响篙唰唰的摇着，一面口中轻轻喝着，向屋后白塔跑去了。

来人说了些闲话，言归正传转述到顺顺的意见时，老船夫不知如何回答，只是很惊惶的搓着两只茧结的大手，好像这不会真有其事，而且神气中只像在说："那好，那好，"其实这老头子却不曾说过一句话。

马兵把话说完后，就问作祖父的意见怎么样。老船夫笑着把头点着说："大老想走车路，这个很好。可是我得问问翠翠，看她自己主意怎么样。"来人走后，祖父在船头叫翠翠下河边来说话。

翠翠拿了一簸箕豌豆下到溪边，上了船，娇娇的问他的祖父："爷爷，你有什么事？"

祖父笑着不说什么,只偏着个白发盈颠的头看着翠翠,看了许久。翠翠坐到船头,低下头去剥豌豆,耳中听着远处竹篁里的黄鸟叫。翠翠想:"日子长咧,爷爷话也长了。"翠翠心轻轻的跳着。

过了一会祖父说:"翠翠,翠翠,先前来的那个伯伯来作什么,你知道不知道?"

翠翠说:"我不知道。"说后脸同颈脖全红了。

祖父看看那种情景,明白翠翠的心事了,便把眼睛向远处望去,在空雾里望见了十五年前翠翠的母亲,老船夫心中异常柔和了。轻轻的自言自语说:"每一只船总要有个码头,每一只雀儿得有个巢。"他同时想起那个可怜的母亲过去的事情,心中有了一点隐痛,却勉强笑着。

翠翠呢,正从山中黄鸟杜鹃叫声里,以及山谷中伐竹人嗾嗾一下一下的砍伐竹子声音里,想到许多事情。老虎咬人的故事,与人对骂时四句头的山歌,造纸作坊中的方坑,铁工厂熔铁炉里泄出的铁汁……耳所听来的,眼睛看到的,她似乎要去温习温习。她其所以这样作,又似乎全只为了希望忘掉眼前的一桩事而起。但她实在有点误会了。

祖父说:"翠翠,船总顺顺家里请人来作媒,想讨你作媳妇,问我愿不愿。我呢,人老了,再过三年两载会过去的,我没有不愿的事情。这是你自己的事,你自己想想,自己来说。愿意,就成了;不愿意,也好。"

翠翠不知如何处理这个问题,装作从容,怯怯的望着老祖父。又不便问什么,当然也不好回答。

祖父又说:"大老是个有出息的人,为人又正直,又慷慨,你嫁了他,算是命好!"

翠翠明白了,人来做媒的大老!不曾把头抬起,心忡忡的跳着,脸烧得厉害,仍然剥她的豌豆,且随手把空豆荚抛到水中去,望着它们在流水中从从容容的流去,自己也俨然从容了许多。

见翠翠总不作声,祖父于是笑了,且说:"翠翠,想几天不碍事。洛阳桥并不是一个晚上造得好的,要日子咧。前次那人来的就向我说到这件事,我已经就告诉他:车是车路,马是马路,各有规矩。想爸爸作主,请媒人正正经经来说是车路;要自己作主,站到对溪高崖竹林里为你唱三年六个月的歌是马路,——你若欢喜走马路,我相信人家会为你在日头下唱热情的歌,在月光下唱温柔的歌,一直唱到吐血喉咙烂!"

翠翠不作声,心中只想哭,可是也无理由可哭。祖父再说下去,便引到死去了的母亲来了。老人说了一阵,沉默了。翠翠悄悄把头摆过一些,祖父眼中业已酿了一汪眼泪。翠翠又惊又怕怯生生的说:"爷爷,你怎么的?"祖父不作声,用大手掌擦着眼睛,小孩子似的咕咕笑着,跳上岸跑回家中去了。

翠翠心中乱乱的,想赶去却不赶去。

雨后放晴的天气,日头炙到人肩上背上已有了点儿力量。溪边芦苇水杨柳,菜园中菜蔬,莫不繁荣滋茂,带着一分有野性的生气。草丛里绿色蚱蜢各处飞着,翅膀搏动空气时窸窣作声。枝头新蝉声音已渐渐洪大。两山深翠逼人竹篁中,有黄鸟与竹雀杜鹃鸣叫。翠翠感觉着,望着,听着,同时也思索着:

"爷爷今年七十岁……三年六个月的歌——谁送那只白鸭子呢?……得碾子的好运气,碾子得谁更是好运气?……"

痴着,忽地站起,半簸箕豌豆便倾倒到水中去了。伸手把那簸箕从水中捞起时,隔溪有人喊过渡。

十二

  翠翠第二天在白塔下菜园地里,第二次被祖父询问到自己主张时,仍然心儿忡忡的跳着,把头低下不作理会,只顾用手去掐葱。祖父笑着,心想:"还是等等看,再说下去这一坪葱会全掐掉了。"同时似乎又觉得这其间有点古怪处,不好再说下去,便自己按捺到言语,用一个做作的笑话,把问题引到另外一件事情上去了。

  天气渐渐的越来越热了。近六月时,天气热了些,老船夫把一个满是灰尘的黑陶缸子从屋角隅里搬出,自己还匀出闲工夫,拼了几方木板作成一个圆盖。又锯木头作成一个三脚架子,且削刮了个大竹筒,用葛藤系定,放在缸边作为舀茶的家具。自从这茶缸移到屋门溪边后,每早上翠翠就烧一大锅开水,倒进那缸子里去。有时缸里加些茶叶,有时却只放下一些用火烧焦的锅巴,乘那东西还燃着时便抛进缸里去。老船夫且照例准备了些发痧肚痛治疱疮痒子的草根木皮,把这些药搁在家中当眼处,一见过渡人神气不对,就忙匆匆的把药取来,善意的勒迫这过路人使用他的药方,且告人这许多救急丹方的来源(这些丹方自然全是他从城中军医同巫师学来的)。他终日裸着两只膀子,在方头船上站定,头上还常常是光光的,一头短短白发,在日光下如银子。翠翠依然是个快乐人,屋前屋后跑着唱着,不走动时就坐在门前高崖树荫下吹小竹管儿玩。爷爷仿佛把大老提婚的事早已忘掉,翠翠自然也早忘掉这件事情了。

  可是那做媒的不久又来探口气了,依然是同从前一样,祖父把事情成否全推到翠翠身上去,打发了媒人上路。回头又同翠翠谈了一次,也依然不得结果。

  老船夫猜不透这事情在什么方面有个疙瘩,解除不去,夜里躺在床上便常常陷入一种沉思里去,隐隐约约体会到一件事情——翠翠爱二老不爱大老,想到了这里时,他笑了,为了害怕而勉强笑了。其实他有点忧愁,因为他忽然觉得翠翠一切全像那个母亲,而且隐隐约约便感觉到这母女二人共同的命运。一堆过去的事情蜂拥而来,不能再睡下去了,一个人便跑出门外,到那临溪高崖上去,望天上的星辰,听河边纺织娘以及一切虫类如雨的声音,许久许久还不睡觉。

  这件事翠翠是毫不注意的,这小女孩子日里尽管玩着,工作着,也同时为一些很神秘的东西驰骋她那颗小小的心,但一到夜里,却甜甜的睡眠了。

  不过一切皆得在一份时间中变化。这一家安静平凡的生活,也因了一堆接连而来的日子,在人事上把那安静空气完全打破了。

  船总顺顺家中一方面,则天保大老的事已被二老知道了,傩送二老同时也让他哥哥知道了弟弟的心事。这一对难兄难弟原来同时爱上了那个撑渡船的外孙女。这事情在本地人说来并不希奇,边地俗话说:"火是各处可烧的,水是各处可流的,日月是各处可照的,爱情是各处可到的。"有钱船总儿子,爱上一个弄渡船的穷人家女儿,不能成为希罕的新闻,有一点困难处,只是这两兄弟到了谁应取得这个女人作媳妇时,是不是也还得照茶峒人规矩,来一次流血的挣扎?

  兄弟两人在这方面是不至于动刀的,但也不作兴有"情人奉让"如大都市懦怯男子爱与仇对面时作出的可笑行为。

  那哥哥同弟弟在河上游一个造船的地方,看他家中那一只新船,在新船旁把一切心事全告给了弟弟,且附带说明,这点爱还是两年前植下根基的。弟弟微笑着,把话听下

去。两人从造船处沿了河岸又走到王乡绅新碾坊去,那大哥就说:

"二老,你倒好,作了团总女婿,有座碾坊;我呢,若把事情弄好了,我应当接那个老的手来划渡船了。我欢喜这个事情,我还想把碧溪岨两个山头买过来,在界线上种大南竹,围着这一条小溪作为我的砦子!"

那二老仍然的听着,把手中拿的一把弯月形镰刀随意斫削路旁的草木,到了碾坊时,却站住了向他哥哥说:

"大老,你信不信这女子心上早已有了个人?"

"我不信。"

"大老,你信不信这碾坊将来归我?"

"我不信。"

两人于是进了碾坊。

二老说:"你不必——大老,我再问你,假若我不想得这座碾坊,却打量要那只渡船,而且这念头也是两年前的事,你信不信呢?"

那大哥听来真着了一惊,望了一下坐在碾盘横轴上的傩送二老,知道二老不是开玩笑,于是站近了一点,伸手在二老肩上拍拍了一下,且想把二老拉下来。他明白了这件事,他笑了。他说,"我相信的,你说的是真话!"

二老把眼睛望着他的哥哥,很诚实的说:

"大老,相信我,这是真事。我早就那么打算到了。家中不答应,那边若答应了,我当真预备去弄渡船的!——你告我,你呢?"

"爸爸已听了我的话,为我要城里的杨马兵做保山,向划渡船说亲去了!"大老说到这个求亲手续时,好像知道二老要笑他,又解释要保山去的用意,只是因为老的说车有车路,马有马路,我就走了车路。

"结果呢?"

"得不到什么结果。老的口上含李子,说不明白。"

"马路呢?"

"马路呢,那老的说若走马路,得在碧溪岨对溪高崖上唱三年六个月的歌。把翠翠心唱软,翠翠就归我了。"

"这并不是个坏主张!"

"是呀,一个结巴人话说不出还唱得出。可是这件事轮不到我了。我不是竹雀,不会唱歌。鬼知道那老的存心是要把孙女儿嫁个会唱歌的水车,还是预备规规矩矩嫁个人!"

"那你怎么样?"

"我想告那老的,要他说句实在话。只一句话。不成,我跟船下桃源去了;成呢,便是要我撑渡船,我也答应了他。"

"唱歌呢?"

"这是你的拿手好戏,你要去做竹雀你就去吧,我不会检马粪塞你嘴巴的。"

二老看到哥哥那种样子,便知道为这件事哥哥感到的是一种如何烦恼了。他明白他哥哥的性情,代表了茶峒人粗卤爽直一面,弄得好,掏出心子来给人也很慷慨作去,弄不好,亲舅舅也必一是一二是二。大老何尝不想在车路上失败时走马路;但他一听到二老的坦白陈述后,他就知道马路只二老有分,自己的事不能提了。因此他有点气恼,有点愤慨,自然是无从掩饰的。

二老想出了个主意,就是两兄弟月夜里同到碧溪岨去唱歌,莫让人知道是弟兄两个,两人轮流唱下去,谁得到回答,谁便继续用那张唱歌胜利的嘴唇,服侍那划渡船的外孙女。大老不善于唱歌,轮到大老时也仍然由二老代替。两人凭命运来决定自己的幸福,这么办可说是极公平了。提议时,那大老还以为他自己不会唱,也不想请二老替他作竹雀。但二老那种诗人性格,却使他很固持的要哥哥实行这个办法。二老说必需这样作,一切才公平一点。

大老把弟弟提议想想,作了一个苦笑。"×娘的,自己不是竹雀,还请老弟做竹雀!好,就是这样子,我们各人轮流唱,我也不要你帮忙,一切我自己来吧。树林子里的猫头鹰,声音不动听,要老婆时,也仍然是自己叫下去,不请人帮忙的!"

两人把事情说妥当后,算算日子,今天十四,明天十五,后天十六,接连而来的三个日子,正是有大月亮天气。气候既到了中夏,半夜里不冷不热,穿了白家机布汗褂,到那些月光照及的高崖上去,遵照当地的习惯,很诚实与坦白去为一个"初生之犊"的黄花女唱歌。露水降了,歌声涩了,到应当回家了时,就趁残月赶回家去。或过那些熟识的整夜工作不息的碾坊里去,躺到温暖的谷仓里小睡,等候天明。一切安排皆极其自然,结果是什么,两人虽不明白,但也看得极其自然。两人便决定了从当夜起始,来作这种为当地习惯所认可的竞争。

十三

黄昏来时翠翠坐在家中屋后白塔下,看天空为夕阳烘成桃花色的薄云。十四中寨逢场,城中生意人过中寨收买山货的很多,过渡人也特别多,祖父在渡船上忙个不息。天快夜了,别的雀子似乎都在休息了,只杜鹃叫个不息。石头泥土为白日晒了一整天,草木为白日晒了一整天,到这时节皆放散一种热气。空气中有泥土气味,有草木气味,且有甲虫类气味。翠翠看着天上的红云,听着渡口飘乡生意人的杂乱声音,心中有些儿薄薄的凄凉。

黄昏照样的温柔,美丽,平静。但一个人若体念到这个当前一切时,也就照样的在这黄昏中会有点儿薄薄的凄凉。于是,这日子成为痛苦的东西了。翠翠觉得好像缺少了什么。好像眼见到这个日子过去了,想在一件新的人事上攀住它,但不成。好像生活太平凡了,忍受不住。

"我要坐船下桃源县过洞庭湖,让爷爷满城打锣去叫我,点了灯笼火把去找我。"

她便同祖父故意生气似的,很放肆的去想到这样一件事,她且想像她出走后,祖父用各种方法寻觅全无结果,到后如何无可奈何躺在渡船上。

人家喊,"过渡,过渡,老伯伯,你怎么的,不管事!""怎么的!翠翠走了,下桃源县了!""那你怎么办?""怎么办吗? 拿把刀,放在包袱里,搭下水船去杀了她!"

翠翠仿佛当真听着这种对话,吓怕起来了,一面锐声喊着她的祖父,一面从坎上跑向溪边渡口去。见到了祖父正把船拉在溪中心,船上人喁喁说着话,小小心子还依然跳跃不已。

"爷爷,爷爷,你把船拉回来呀!"

那老船夫不明白她的意思,还以为是翠翠要为他代劳了,就说:

"翠翠,等一等,我就回来!"

"你不拉回来了吗?"

"我就回来!"

翠翠坐在溪边,望着溪面为暮色所笼罩的一切,且望到那只渡船上一群过渡人,其中有个吸旱烟的打着火镰吸烟,把烟杆在船边剥剥的敲着烟灰,就忽然哭起来了。

祖父把船拉回来时,见翠翠痴痴的坐在岸边,问她是什么事,翠翠不作声。祖父要她去烧火煮饭,想了一会儿,觉得自己哭得可笑,一个人便回到屋中去,坐在黑黝黝的灶边把火烧燃后,她又走到门外高崖上去,喊叫她的祖父,要他回家里来,在职务上毫不儿戏的老船夫,因为明白过渡人皆是赶回城中吃晚饭的人,来一个就渡一个,不便要人站在那岸边呆等,故不上岸来。只站在船头告翠翠,且让她做点事,把人渡完事后,就回家里来吃饭。

翠翠第二次请求祖父,祖父不理会,她坐在悬崖上,很觉得悲伤。

天夜了,有一匹大萤火虫尾上闪着蓝光,很迅速的从翠翠身旁飞过去,翠翠想,"看你飞得多远!"便把眼睛随着那萤火虫的明光追去。杜鹃又叫了。

"爷爷,为什么不上来? 我要你!"

在船上的祖父听到这种带着娇有点儿埋怨的声音,一面粗声粗气的答道:"翠翠,我就来,我就来!"一面心中却自言自语:"翠翠,爷爷不在了,你将怎么样?"

老船夫回到家中时,见家中还黑黝黝的,只灶间有火光,见翠翠坐在灶边矮条凳上,用手蒙着眼睛。

走过去才晓得翠翠已哭了许久。祖父一个下半天来,皆弯着个腰在船上拉来拉去,歇歇时手也酸了,腰也酸了,照规矩,一到家里就会嗅到锅中所焖瓜菜的味道,且可见到翠翠安排晚饭在灯光下跑来跑去的影子。今天情形竟不同了一点。

祖父说:"翠翠,我来慢了,你就哭,这还成吗? 我死了呢?"

翠翠不作声。

祖父又说:"不许哭,做一个大人,不管有什么事都不许哭。要硬扎一点,结实一点,才配活到这块土地上!"

翠翠把手从眼睛边移开,靠近了祖父身边去,"我不哭了。"

两人吃饭时,祖父为翠翠说到一些有趣味的故事。因此提到了死去了的翠翠的母亲。两人在豆油灯下把饭吃过了,老船夫因为工作疲倦,喝了半碗白酒,因此饭后兴致极好,又同翠翠到门外高崖上月光下去说故事。说了些那个可怜母亲的乖巧处,同时且说到那可怜母亲性格强硬处,使翠翠听来神往倾心。

翠翠抱膝坐在月光下,傍着祖父身边,问了许多关于那个可怜母亲的故事。间或吁一口气,似乎心中压上了些分量沉重的东西,想挪移得远一点,才吁着这种气,可是却无从把那东西挪开。

月光如银子,无处不可照及,山上篁竹在月光下皆成为黑色。身边草丛中虫声繁密如落雨。间或不知道从什么地方,忽然会有一只草莺"落落落落嘘!"啭着它的喉咙,不久之间,这小鸟儿又好像明白这是半夜,不应当那么吵闹,便仍然闭着那小小眼儿安睡了。

祖父夜来兴致很好,为翠翠把故事说下去,就提到了本城人二十年前唱歌的风气,如何驰名于川黔边地。翠翠的父亲,便是唱歌的第一手,能用各种比喻解释爱与憎的结子,这些事也说到了。翠翠母亲如何爱唱歌,且如何同父亲在未认识以前在白日里对歌,一个在半山上竹篁里砍竹子,一个在溪面渡船上拉船,这些事也说到了。

翠翠问:"后来怎么样?"

祖父说:"后来的事长得很,最重要的事情,就是这种歌唱出了你。"

十四

老船夫做事累了睡了,翠翠哭倦了也睡了。翠翠不能忘记祖父所说的事情,梦中灵魂为一种美妙歌声浮起来了,仿佛轻轻的各处飘着,上了白塔,下了菜园,到了船上,又复飞窜过悬崖半腰——去作什么呢?摘虎耳草!白日里拉船时,她仰头望着崖上那些肥大虎耳草已极熟习。崖壁三五丈高,平时攀折不到手,这时节却可以选顶大的叶子作伞。

一切皆像是祖父说的故事,翠翠只迷迷胡胡的躺在粗麻布帐子里草荐上,以为这梦做得顶美顶甜。祖父却在床上醒着,张起个耳朵听对溪高崖上的人唱了半夜的歌。他知道那是谁唱的,他知道是河街上天保大老走马路的第一着,又忧愁又快乐的听下去。翠翠因为日里哭倦了,睡得正好,他就不去惊动她。

第二天天一亮,翠翠就同祖父起身了,用溪水洗了脸,把早上说梦的忌讳去掉了,翠翠赶忙同祖父去说昨晚上所梦的事情。

"爷爷,你说唱歌,我昨天就在梦里听到一种顶好听的歌声,又软又缠绵,我像跟了这声音各处飞,飞到对溪悬崖半腰,摘了一大把虎耳草,得到了虎耳草,我可不知道把这个东西交给谁去了。我睡得真好,梦的真有趣!"

祖父温和悲悯的笑着,并不告给翠翠昨晚上的事实。

祖父心里想:"做梦一辈子更好,还有人在梦里作宰相中状元咧。"

昨晚上唱歌的,老船夫还以为是天保大老,日来便要翠翠守船,借故到城里去送药,探听情况。在河街见到了大老,就一把拉住那小伙子,很快乐的说:

"大老,你这个人,又走车路又走马路,是怎样一个狡猾东西!"

但老船夫却作错了一件事情,把昨晚唱歌人"张冠李戴"了。这两弟兄昨晚上同时到碧溪岨去,为了作哥哥的走车路占了先,无论如何也不肯先开腔唱歌,一定得让那弟弟先唱。弟弟一开口,哥哥却因为明知不是敌手,更不能开口了。翠翠同她祖父晚上听到的歌声,便全是那个傩送二老所唱。大老伴弟弟回家时,就决定了同茶峒地方离开,驾家中那只新油船下驶,好忘却了上面的一切。这时正想下河去看新船装货。老船夫见他神情冷冷的,不明白他的意思,就用眉眼做了一个可笑的记号,表示他明白大老的冷淡是装成的,表示他有消息可以奉告。

他拍了大老一下,轻轻的说:

"你唱得很好,别人在梦里听着你那个歌,为那个歌带得很远,走了不少的路!你是第一号,是我们地方唱歌第一号。"

大老望着弄渡船的老船夫涎皮的老脸,轻轻的说:

"算了吧,你把宝贝女儿送给了会唱歌的竹雀吧。"

这句话使老船夫完全弄不明白它的意思。大老从一个吊脚楼甬道走下河去了,老船夫也跟着下去。到了河边,见那只新船正在装货,许多油篓子搁到岸边。一个水手正在用茅草扎成长束,备作船舷上挡浪用的茅把,还有人在河边用脂油擦桨板。老船夫问那个坐在大太阳下扎茅把的水手,这船什么日子下行,谁押船。那水手把手指着大老。老船夫搓着手说:

"大老,听我说句正经话,你那件事走车路,不对;走马路,你有分的!"

那大老把手指着窗口说:"伯伯,你看那边,你要竹雀做孙女婿,竹雀在那里啊!"

老船夫抬头望到二老,正在窗口整理一个鱼网。

回碧溪岨到渡船上时,翠翠问:

"爷爷,你同谁吵了架,脸色那样难看!"

祖父莞尔而笑,他到城里的事情,不告给翠翠一个字。

十五

大老坐了那只新油船向下河走去了,留下傩送二老在家。老船夫方面还以为上次歌声既归二老唱的,在此后几个日子里,自然还会听到那种歌声。一到晚间就故意从别样事情上,促翠翠注意夜晚的歌声。两人吃完饭坐在屋里,因屋前滨水,长脚蚊子一到黄昏就嗡嗡的叫着,翠翠便把蒿艾束成的烟包点燃,向屋中角隅各处晃着驱逐蚊子。晃了一阵,估计全屋里已为蒿艾烟气熏透了,才搁到床前地上去,再坐在小板凳上来听祖父说话。从一些故事上慢慢的谈到了唱歌,祖父话说得很妙。祖父到后发问道:

"翠翠,梦里的歌可以使你爬上高崖去摘那虎耳草,若当真有谁来在对溪高崖上为你唱歌,你怎么样?"祖父把话当笑话说着的。

翠翠便也当笑话答道:"有人唱歌我就听下去,他唱多久我也听多久!"

"唱三年六个月呢?"

"唱得好听,我听三年六个月。"

"这不公平吧。"

"怎么不公平?为我唱歌的人,不是极愿意我长远听他的歌吗?"

"照理说:炒菜要人吃,唱歌要人听。可是人家为你唱,是要你懂他歌里的意思!"

"爷爷,懂歌里什么意思?"

"自然是他那颗想同你要好的真心!不懂那点心事,不是同听竹雀唱歌一样了吗?"

"我懂了他的心又怎么样?"

祖父用拳头把自己腿重重的捶着,且笑着:"翠翠,你人乖,爷爷笨得很,话也不说得温柔,莫生气。我信口开河,说个笑话给你听。你应当当笑话听。河街天保大老走车路,请保山来提亲,我告给过你这件事了,你那神气不愿意,是不是?可是,假若那个人还有个兄弟,走马路,为你来唱歌,向你求婚,你将怎么说?"

翠翠吃了一惊,低下头去。因为她不明白这笑话有几分真,又不清楚这笑话是谁诌的。

祖父说:"你告诉我,愿意哪一个?"

翠翠便微笑着轻轻的带点儿恳求的神气说:

"爷爷莫说这个笑话吧。"翠翠站起身了。

"我说的若是真话呢?"

"爷爷你真是个……"翠翠说着走出去了。

祖父说:"我说的是笑话,你生我的气吗?"

翠翠不敢生祖父的气,走近门限边时,就把话引到另外一件事情上去:"爷爷看天上的月亮,那么大!"说着,出了屋外,便在那一派清光的露天中站定。站了一忽儿,祖父也从屋中出到外边来了。翠翠于是坐到那白日里为强烈阳光晒热的岩石上去,石头正散发日间所储的余热。祖父就说:

"翠翠,莫坐热石头,免得生坐板疮。"

但自己用手摸摸后,自己便也坐到那岩石上了。

月光极其柔和,溪面浮着一层薄薄白雾,这时节对溪若有人唱歌,隔溪应和,实在太美丽了。翠翠还记着先前祖父说的笑话。耳朵又不聋,祖父的话说得极分明,一个兄弟走马路,唱歌来打发这样的晚上,算是怎么回事?她似乎为了等着这样的歌声,沉默了许久。

她在月光下坐了一阵,心里却当真愿意听一个人来唱歌。久之,对溪除了一片草虫的清音复奏以外别无所有。翠翠走回家里去,在房门边摸着了那个芦管,拿出来在月光下自己吹着。觉吹得不好,又递给祖父要祖父吹。老船夫把那个芦管竖在嘴边,吹了个长长的曲子,翠翠的心被吹柔软了。

翠翠依傍祖父坐着,问祖父:

"爷爷,谁是第一个做这个小管子的人?"

"一定是个最快乐的人,因为他分给人的也是许多快乐;可又像是个最不快乐的人作的,因为他同时也可以引起人不快乐!"

"爷爷,你不快乐了吗?生我的气了吗?"

"我不生你的气。你在我身边,我很快乐。"

"我万一跑了呢?"

"你不会离开爷爷的。"

"万一有这种事,爷爷你怎么样?"

"万一有这种事,我就驾了这只渡船去找你。"

翠翠嗤的笑了。"凤滩、茨滩不为凶,下面还有绕鸡笼;绕鸡笼也容易下,青浪滩浪如屋大。爷爷,你渡船也能下凤滩、茨滩、青浪滩吗?那些地方的水,你不说过像疯子吗?"

祖父说:"翠翠,我到那时可真像疯子,还怕大水大浪?"

翠翠俨然极认真的想了一下,就说:"爷爷,我一定不走。可是,你会不会走?你会不会被一个人抓到别处去?"

祖父不作声了,他想到被死亡抓走那一类事情。

老船夫打量着自己被死亡抓走以后的情形,痴痴的看望天南角上一颗星子,心想:"七月八月天上方有流星,人也会在七月八月死去吧?"又想起白日在河街上同大老谈话的经过,想起中寨人陪嫁的那座碾坊,想起二老,想起一大堆事情,心中有点儿乱。

翠翠忽然说:"爷爷,你唱个歌给我听听,好不好?"

祖父唱了十个歌,翠翠傍在祖父身边,闭着眼睛听下去,等到祖父不作声时,翠翠自言自语说:"我又摘了一把虎耳草了。"

祖父所唱的歌便是那晚上听来的歌。

十六

二老有机会唱歌却从此不再到碧溪岨唱歌。十五过去了,十六也过去了,到了十七,老船夫忍不住了,进城往河街去找寻那个年青小伙子,到城门边正预备入河街时,就遇着上次为大老作保山的杨马兵,正牵了一匹骡马预备出城,一见老船夫,就拉住了他:

"伯伯,我正有事情告你,碰巧你就来城里!"

"什么事?"

"天保大老坐下水船到茨滩出了事,闪不知这个人掉到滩下漩水里就淹坏了。早上顺顺家里得到这个信,听说二老一早就赶去了。"

这消息同有力巴掌一样重重的捆了他那么一下,他不相信这是当真的消息。他故作从容的说:

"天保大老淹坏了吗?从不听说有水鸭子被水淹坏的!"

"可是那只水鸭子仍然有那么一次被淹坏了……我赞成你的卓见,不让那小子走车路十分顺手。"

从马兵言语上,老船夫还十分怀疑这个新闻,但从马兵神气上注意,老船夫却看清楚这是个真的消息了。他惨惨的说:

"我有什么卓见可言?这是天意!一切都有天意……"老船夫说时心中充满了感情。

特为证明那马兵所说的话有多少可靠处,老船夫同马兵分手后,于是匆匆赶到河街上去。到了顺顺家门前,正有人烧纸钱,许多人围在一处说话。走近去听听,所说的便是杨马兵提到的那件事。但一到有人发现了身后的老船夫时,大家便把话语转了方向,故意来谈下河油价涨落情形了。老船夫心中很不安,正想找一个比较要好的水手谈谈。

一会船总顺顺从外面回来了,样子沉沉的,这豪爽正直的中年人,正似乎为不幸打倒努力想挣扎爬起的神气,一见到老船夫就说:

"老伯伯,我们谈的那件事情吹了吧。天保大老已经坏了,你知道了吧?"

老船夫两只眼睛红红的,把手搓着,"怎么的,这是真事!是昨天,是前天?"

另一个像是赶路同来报信的,插嘴说道:"十六中上,船搁到石包子上,船头进了水,大老想把篙撒着,人就弹到水中去了。"

老船夫说:"你眼见他下水吗?"

"我还与他同时下水!"

"他说什么?"

"什么都来不及说!这几天来他都不说话!"

老船夫把头摇摇,向顺顺那么怯怯的溜了一眼。船总顺顺像知道他心中不安处,就说:"伯伯,一切是天,算了吧。我这里有大兴场人送来的好烧酒,你拿一点去喝罢。"一个伙计用竹筒上了一筒酒,用新桐木叶蒙着筒口,交给了老船夫。

老船夫把酒拿走,到了河街后,低头向河码头走去,到河边天保大前天上船处去看看。杨马兵还在那里放马到沙地上打滚,自己坐在柳树荫下乘凉。老船夫就走过去请马兵试试那大兴场的烧酒,两人喝了点酒后,兴致似乎皆好些了,老船夫就告给杨马兵,十四夜里二老过碧溪岨唱歌那件事情。

那马兵听到后便说：

"伯伯，你是不是以为翠翠愿意二老应该派归二老……"

话没说完，傩送二老却从河街下来了。这年青人正像要远行的样子，一见了老船夫就回头走去。杨马兵就喊他说："二老，二老，你来，有话同你说呀！"

二老站定了，很不高兴的神气，问马兵"有什么话说"。马兵望望老船夫，就向二老说："你来，有话说！"

"什么话？"

"我听人说你已经走了——你过来我同你说，我不会吃掉你！"

那黑脸宽肩膊，样子虎虎有生气的傩送二老，勉强笑着，到了柳荫下时，老船夫想把空气缓和下来，指着河上游远处那座新碾坊说："二老，听人说那碾坊将来是归你的！归了你，派我来守碾子，行不行？"

二老仿佛听不惯这个询问的用意，便不作声。杨马兵看风头有点儿僵，便说："二老，你怎么的，预备下去吗？"那年青人把头点点，不再说什么，就走开了。

老船夫讨了个没趣，很懊恼的赶回碧溪岨去，到了渡船上时，就装作把事情看得极随便似的，告给翠翠。

"翠翠，今天城里出了件新鲜事情，天保大老驾油船下辰州，运气不好，掉到茨滩淹坏了。"

翠翠因为听不懂，对于这个报告最先好像全不在意。祖父又说：

"翠翠，这是真事。上次来到这里做保山的杨马兵，还说我早不答应亲事，极有见识！"

翠翠瞥了祖父一眼，见他眼睛红红的，知道他喝了酒，且有了点事情不高兴，心中想："谁撩你生气？"船到家边时，祖父不自然的笑着向家中走去。翠翠守船，半天不闻祖父声息，赶回家去看看，见祖父正坐在门槛上编草鞋耳子。

翠翠见祖父神气极不对，就蹲到他身前去。

"爷爷，你怎么的？"

"天保当真死了！二老生了我们的气，以为他家中出这件事情，是我们分派的！"

有人在溪边大声喊渡船过渡，祖父匆匆出去了。翠翠坐在那屋角隅稻草上，心中极乱，等等还不见祖父回来，就哭起来了。

十七

祖父似乎生谁的气，脸上笑容减少了。对于翠翠方面也不大注意了。翠翠像知道祖父已不很疼她，但又像不明白它的原因。但这并不是很久的事，日子一过去，也就好了。两人仍然划船过日子，一切依旧，惟对于生活，却仿佛什么地方有了个看不见的缺口，始终无法填补起来。祖父过河去仍然可以得到船总顺顺的款待，但很明显的事，那船总却并不忘掉死去者死亡的原因。二老出北河下辰州走了六百里，沿河找寻那个可怜哥哥的尸骸，毫无结果，在各处税关上贴下招字，返回茶峒来了。过不久，他又过川东去办货，过渡时见到老船夫。老船夫看看那小伙子，好像已完全忘掉了从前的事情，就同他说话。

"二老，大六月日头毒人，你又上川东去，不怕辛苦？"

"要饭吃,头上是火也得上路!"

"要吃饭!二老家还少饭吃!"

"有饭吃,爹爹说年青人也不应该在家中白吃不作事!"

"你爹爹好吗?"

"吃得做得,有什么不好。"

"你哥哥坏了,我看你爹爹为这件事情也好像萎悴多了!"

二老听到这句话,不作声了,眼睛望着老船夫屋后那个白塔。他似乎想起了过去那个晚上那件旧事,心中十分惆怅。

老船夫怯怯的望了年青人一眼,一个微笑在脸上漾开。

"二老,我家翠翠说,五月里有天晚上,做了个梦……"说时他又望望二老,见二老并不惊讶,也不厌烦,于是又接着说,"她梦得古怪,说在梦中被一个人的歌声浮起来,上悬岩摘了一把虎耳草!"

二老把头偏过一旁去作了一个苦笑,心中想到"老头子倒会做作"。这点意思在那个苦笑上,仿佛同样泄露出来,仍然被老船夫看到了,老船夫就说:"二老,你不信吗?"

那年青人说:"我怎么不相信?因为我做傻子在那边岩上唱过一晚的歌!"

老船夫被一句料想不到的老实话窘住了,口中结结巴巴的说:"这是真的……这是假的……"

"怎么不是真的?天保大老的死,难道不是真的!"

"可是,可是……"

老船夫的做作处,原意只是想把事情弄明白一点,但一起始自己叙述这段事情时,方法上就有了错处,因此反被二老误会了。他这时正想把那夜的情形好好说出来,船已到了岸边。二老一跃上了岸,就想走去。老船夫在船上显得更加忙乱的样子说:

"二老,二老,你等等,我有话同你说,你先前不是说到那个——你做傻子的事情吗?你并不傻,别人才当真叫你那歌弄成傻相!"

那年青人虽站定了,口中却轻轻的说:"得了够了,不要说了。"

老船夫说:"二老,我听人说你不要碾子要渡船,这是杨马兵说的,不是真的吧?"

那年青人说:"要渡船又怎样?"

老船夫看看二老的神气,心中忽然高兴起来了,就情不自禁的高声叫着翠翠,要她下溪边来。可是,不知翠翠是故意不从屋里出来,还是到别处去了,许久还不见到翠翠的影子,也不闻这个女孩子的声音。二老等了一会,看看老船夫那副神气,一句话不说,便微笑着,大踏步同一个挑担粉条白糖货物的脚夫走去了。

过了碧溪岨小山,两人应沿着一条曲曲折折的竹林走去,那个脚夫这时节开了口:

"傩送二老,看那弄渡船的神气,很欢喜你!"

二老不作声,那人就又说道:

"二老,他问你要碾坊还是要渡船,你当真预备做他的孙女婿,接替他那只渡船吗?"

二老笑了,那人又说:

"二老,若这件事派给我,我要那座碾坊。一座碾坊的出息,每天可收七升米,三斗糠。"

二老说:"我回来时向我爹爹去说,为你向中寨人做媒,让你得到那座碾坊吧。至于我呢,我想弄渡船是很好的。只是老家伙为人弯弯曲曲,不利索,大老是他弄死的。"

老船夫见二老那么走去了,翠翠还不出来,心中很不快乐。走回家去看看,原来翠翠并不在家。过一会,翠翠提了个篮子从小山后回来了,方知道大清早翠翠已出门掘竹鞭笋去了。

"翠翠,我喊了你好久,你不听到!"

"喊我做什么?"

"一个过渡……一个熟人,我们谈起你……我喊你你可不答应!"

"是谁?"

"你猜,翠翠。不是陌生人……你认识他!"

翠翠想起适间从竹林里无意中听来的话,脸红了,半天不说话。

老船夫问:"翠翠,你得了多少鞭笋?"

翠翠把竹篮向地下一倒,除了十来根小小鞭笋外,只是一大把虎耳草。

老船夫望了翠翠一眼,翠翠两颊绯红跑了。

十八

日子平平的过了一个月,一切人心上的病痛,似乎皆在那份长长的白日下医治好了。天气特别热,各人只忙着流汗,用凉水淘江米酒吃,不用什么心事,心事在人生活中,也就留不住了。翠翠每天皆到白塔下背太阳的一面去午睡,高处既极凉快,两山竹篁里叫得使人发松的竹雀和其它鸟类又如此之多,致使她在睡梦里尽为山鸟歌声所浮着,做的梦也便常是顶荒唐的梦。

这并不是人的罪过。诗人们会在一件小事上写出整本整部的诗,雕刻家在一块石头上雕得出骨血如生的人像,画家一撇儿绿,一撇儿红,一撇儿灰,画得出一幅一幅带有魔力的彩画,谁不是为了惦着一个微笑的影子,或是一个皱眉的记号,方弄出那么些古怪成绩?翠翠不能用文字,不能用石头,不能用颜色把那点心头上的爱憎移到别一件东西上去,却只让她的心,在一切顶荒唐的事情上驰骋。她从这分隐秘里,常常得到又惊又喜的兴奋。一点儿不可知的未来,摇撼她的情感极厉害,她无从完全把那种痴处不让祖父知道。

祖父呢,可以说一切都知道了的。但事实上他又却是个一无所知的人。他明白翠翠不讨厌那个二老,却不明白那小伙子二老怎么样。他从船总处与二老处,皆碰过了钉子,但他并不灰心。

"要安排得对一点,方合道理,一切有个命!"他那么想着,就更显得好事多磨起来了。睁着眼睛时,他做的梦比那个外孙女翠翠便更荒唐更寥阔。

他向各个过渡本地人打听二老父子的生活,关切他们如同自己家中人一样。但也古怪,因此他却怕见到那个船总同二老了。一见他们他就不知说些什么,只是老脾气把两只手搓来搓去,从容处完全失去了。二老父子方面皆明白他的意思,但那个死去的人,却用一个凄凉的印象,镶嵌到父子心中,两人便对于老船夫的意思,俨然全不明白似的,一同把日子打发下去。

明明白白夜来并不作梦,早晨同翠翠说话时,那作祖父的会说:

"翠翠,翠翠,我昨晚上做了个好不怕人的梦!"

翠翠问:"什么怕人的梦?"

就装作思索梦境似的,一面细看翠翠小脸长眉毛,一面说出他另一时张着眼睛所做的好梦。不消说,那些梦原来都并不是当真怎样使人吓怕的。

一切河流皆得归海,话起始说得纵极远,到头来总仍然是归到使翠翠红脸那件事情上去。待到翠翠显得不大高兴,神气上露出受了点小窘时,这老船夫又才像有了一点儿吓怕,忙着解释,用闲话来遮掩自己所说到那问题的原意。

"翠翠,我不是那么说,我不是那么说。爷爷老了,糊涂了,笑话多咧。"

但有时翠翠却静静的把祖父那些笑话糊涂话听下去,一直听到后来还抿着嘴儿微笑。

翠翠也会忽然说道:

"爷爷,你真是有一点儿糊涂!"

祖父听过了不再作声,他将说,"我有一大堆心事,"但来不及说,恰好就被过渡人喊走了。

天气热了,过渡人从远处走来,肩上挑得是七十斤担子,到了溪边,贪凉快不即走路,必蹲在岩石下茶缸边喝凉茶,与同伴交换"吹吹棒"烟管,且一面与弄渡船的攀谈。许多子虚乌有的话皆从此说出口来,给老船夫听到了。过渡人有时还因溪水清洁,就溪边洗脚抹澡的,坐得更久话也就更多。祖父把些话转说给翠翠,翠翠也就懂了许多事情。货物的价钱涨落呀,坐轿搭船的用费呀,放木筏的人把他那个木筏从滩上流下时,十来把大桡子如何活动呀,在小烟船上吃荤烟,大脚娘如何烧烟呀……无一不备。

傩送二老从川东押物回到了茶峒。时间已近黄昏了,溪面很寂静,祖父同翠翠在菜园地里看萝卜秧子。翠翠白日中觉睡久了些,觉得有点寂寞,好像听人嘶声喊过渡,就争先走下溪边去。下坎时,见两个人站在码头边,斜阳影里背身看得极分明,正是傩送二老同他家中的长年!翠翠大吃一惊,同小兽物见到猎人一样,回头便向山竹林里跑掉了。但那两个在溪边的人,听到脚步响时,一转身,也就看明白这件事情了。等了一下再也不见人来,那长年又嘶声音喊叫过渡。

老船夫听得清清楚楚,却仍然蹲在萝卜秧地上数菜,心里觉得好笑。他已见到翠翠走去,他知道必是翠翠看明白了过渡人是谁,故蹲在那高岩上不理会。翠翠人小不管事,过渡人求她不干,奈何她不得,故只好嘶着个喉咙叫过渡了。那长年叫了几声,见无人来,就停了,同二老说:"这是什么玩意儿,难道老的害病弄翻了,只剩下翠翠一个人了吗?"二老说:"等等看,不算什么!"就等了一阵。因为这边在静静的等着,园地上老船夫却在心里想:"难道是二老吗?"他仿佛担心搅恼了翠翠似的,就仍然蹲着不动。

但再过一阵,溪边又喊起过渡来了,声音不同了一点,这才真是二老的声音。生气了吧? 等久了吧? 吵嘴了吧? 老船夫一面胡乱估着一面跑到溪边去。到了溪边,见两个人业已上了船,其中之一正是二老。老船夫惊讶的喊叫:

"呀,二老,你回来了!"

年青人很不高兴似的,"回来了。——你们这渡船是怎么的,等了半天也不来个人!"

"我以为——"老船夫四处一望,并不见翠翠的影子,只见黄狗从山上竹林里跑来,知道翠翠上山了,便改口说:"我以为你们过了渡。"

"过了渡! 不得你上船,谁敢开船?"那长年说着,一只水鸟掠着水面飞去,"翠鸟儿归篼了,我们还得赶回家去吃夜饭!"

"早咧,到河街早咧,"说着,老船夫已跳上了船,且在心中一面说着,"你不是想承继这只渡船吗!"一面把船索拉动,船便离岸了。

"二老,路上累得很!……"

老船夫说着,二老不置可否不动感情听下去。船拢了岸,那年青小伙子同家中长年挑担子翻山走了。那点淡漠印象留在老船夫心上,老船夫于是在两个人身后,捏紧拳头威吓了三下,轻轻的吼着,把船拉回去了。

十九

翠翠向竹林里跑去,老船夫半天还不下船,这件事从傩送二老看来,前途显然有点不利。虽老船夫言词之间,无一句话不在说明"这事有边",但那畏畏缩缩的说明,极不得体,二老想起他的哥哥,便把这件事曲解了。他有一点愤愤不平,有一点儿气恼。回到家里第三天,中寨有人来探口风,在河街顺顺家中住下,把话问及顺顺,想明白二老是不是还有意接受那座新碾坊,顺顺就转问二老自己意见怎么样。

二老说:"爸爸,你以为这事为你,家中多座碾坊多个人,你可以快活,你就答应了。若果为的是我,我要好好去想一下,过些日子再说它吧。我还不知道我应当得座碾坊,还是应当得一只渡船;我命里或只许我撑个渡船!"

探口风的人把话记住,回中寨去报命,到碧溪岨过渡时,见到了老船夫,想起二老说的话,不由得眯眯的笑着。老船夫问明白了他是中寨人,就又问他过茶峒作什么事。

那心中有分寸的中寨人说:

"什么事也不作,只是过河街船总顺顺家里坐了一会儿。"

"无事不登三宝殿,坐了一定就有话说!"

"话倒说了几句。"

"说了些什么话?"那人不再说了,老船夫却问道,"听说你们中寨人想把大河边一座碾坊连同家中闺女送给河街上顺顺,这事情有不有了点眉目?"

那中寨人笑了,"事情成了。我问顺顺,顺顺很愿意同中寨人结亲家,又问过那小伙子……"

"小伙子意思怎么样?"

"他说:我眼前有座碾坊,有条渡船,我本想要渡船,现在就决定要碾坊吧。渡船是活动的,不如碾坊固定。这小子会打算盘呢。"

中寨人是个米场经纪人,话说得极有斤两,他明知道"渡船"指的是什么,但他可并不说穿。他看到老船夫口唇蠕动,想要说话,中寨人便又抢着说道:

"一切皆是命,半点不由人。可怜顺顺家那个大老,相貌一表堂堂,会淹死在水里!"

老船夫被这句话在心上戳了一下,把想问的话咽住了。中寨人上岸走去后,老船夫闷闷的立在船头,痴了许久。又把二老日前过渡时落漠神气温习一番,心中大不快乐。

翠翠在塔下玩得极高兴,走到溪边高岩上想要祖父唱唱歌,见祖父不理会她,一路埋怨赶下溪边去,到了溪边才见到祖父神气十分沮丧,不明白为什么原因。翠翠来了,祖父看看翠翠的快活黑脸儿,粗卤的笑笑。对溪有扛货物过渡的,便不说什么,沉默的把船拉过溪,到了中心却大声唱起歌来了。把人渡了过溪,祖父跳上码头走近翠翠身边来,还是那么粗卤的笑着,把手抚着头额。

翠翠说:

"爷爷怎么的,你发痧了?你躺到荫下去歇歇,我来管船!"

"你来管船,好,这只船归你管!"

老船夫似乎当真发了痧,心头发闷,虽当着翠翠还显出硬扎样子,独自走回屋里后,找寻得到一些碎瓷片,在自己臂上腿上扎了几下,放出了些乌血,就躺到床上睡了。

翠翠自己守船,心中却古怪的快乐,心想:"爷爷不为我唱歌,我自己会唱!"

她唱了许多歌,老船夫躺在床上闭着眼睛,一句一句听下去,心中极乱。但他知道这不是能够把他打倒的大病,他明天就仍然会爬起来的。他想明天进城,到河街去看看,又想起许多旁的事情。

但到了第二天,人虽起了床,头还沉沉的。祖父当真已病了。翠翠显得懂事了些,为祖父煎了一罐大发药,逼着祖父喝,又在屋后菜园地里摘取蒜苗泡在米汤里作酸蒜苗。一面照料船只,一面还时时刻刻抽空赶回家里来看祖父,问这样那样。祖父可不说什么,只是为一个秘密痛苦着。躺了三天,人居然好了。屋前屋后走动了一下,骨头还硬硬的,心中惦念到一件事情,便预备进城过河街去。翠翠看不出祖父有什么要紧事情必须当天进城,请求他莫去。

老船夫把手搓着,估量到是不是应说出那个理由。翠翠一张黑黑的瓜子脸,一双水汪汪的眼睛,使他吁了一口气。

他说:"我有要紧事情,得今天去!"

翠翠苦笑着说:"有多大要紧事情,还不是……"

老船夫知道翠翠脾气,听翠翠口气已有点不高兴,不再说要走了,把预备带走的竹筒,同扣花裢褛搁到条几上后,带点儿谄媚笑着说:"不去吧,你担心我会摔死,我就不去吧。我以为早上天气不很热,到城里把事办完了就回来——不去也得,我明天去!"

翠翠轻声的温柔的说:"你明天去也好,你腿还软,好好的躺一天再起来。"

老船夫似心中还不甘服,洒着两手走出去,门限边一个打草鞋的棒槌,差点儿把他绊了一大跤。稳住了时翠翠苦笑着说:"爷爷,你瞧,还不服气!"老船夫拾起那棒槌,向屋角隅摔去,说道:"爷爷老了!过几天打豹子给你看!"

到了午后,落了一阵行雨,老船夫却同翠翠好好商量,仍然进了城。翠翠不能陪祖父进城,就要黄狗跟去。老船夫在城里被一个熟人拉着谈了许久的盐价米价,又过守备衙门看了一会新买的骡马,才到河街顺顺家里去。到了那里,见到顺顺正同三个人打纸牌,不便谈话,就站在身后看了一阵牌,后来顺顺请他喝酒,借口病刚好点不敢喝酒,推辞了。牌既不散场,老船夫又不想即走,顺顺似乎并不明白他等着有何话说,却只注意手中的牌。后来老船夫的神气倒为另外一个人看出了,就问他是不是有什么事情。老船夫方忸忸怩怩照老方子搓着他那两只大手,说别的事没有,只想同船总说两句话。

那船总方明白在看牌半天的理由,回头对老船夫笑将起来。

"怎不早说?你不说,我还以为你在看我牌学张子!"

"没有什么,只是三五句话,我不便扫兴,不敢说出。"

船总把牌往桌上一撒,笑着向后房走去了,老船夫跟在身后。

"什么事?"船总问着,神气似乎先就明白了他来此要说的话,显得略微有点儿怜悯的样子。

"我听一个中寨人说,你预备同中寨团总打亲家,是不是真事?"

船总见老船夫的眼睛盯着他的脸,想得一个满意的回答,就说:"有这事情。"那么答应,意思却是:"有了你怎么样?"

老船夫说:"真的吗?"

那一个又很自然的说:"真的。"意思却依旧包含了"真的又怎么样?"

老船夫装得很从容的问:"二老呢?"

船总说:"二老坐船下桃源好些日子了!"

二老下桃源的事,原来还同他爸爸吵了一阵才走的。船总性情虽异常豪爽,可不愿意间接把第一个儿子弄死的女孩子,又来作第二个儿子的媳妇,这是很明白的事情。若照当地风气,这些事认为只是小孩子的事,大人管不着,二老当真欢喜翠翠,翠翠又爱二老,他也并不反对这种爱怨纠缠的婚姻。但不知怎么的,老船夫对于这件事的关心,使二老父子对于老船夫反而有了一点误会。船总想起家庭间的近事,以为全与这老而好事的船夫有关。虽不见诸形色,心中却有个疙瘩。

船总不让老船夫再开口,就语气略粗的说道:

"伯伯,算了吧,我们的口只应当喝酒了,莫再只想替儿女唱歌!你的意思我全明白,你是好意。可是我求你明白我的意思,我以为我们只应当谈点自己分上的事情,不适宜于想那些年青人的门路了。"

老船夫被一个闷拳打倒后,还想说两句话,但船总却不让他再有说话机会,把他拉出到牌桌边去。

老船夫无话可说,看看船总时,船总虽还笑着谈到许多笑话,心中却似乎很沉郁,把牌用力掷到桌上去。老船夫不说什么,戴起他那个斗笠,自己走了。

天气还早,老船夫心中很不高兴,又进城去找杨马兵。那马兵正在喝酒,老船夫虽推病,也免不了喝个三五杯。回到碧溪岨,走得热了一点,又用溪水去抹身子。觉得很疲倦,就要翠翠守船,自己回家睡去了。

黄昏时天气十分郁闷,溪面各处飞着红蜻蜓。天上已起了云,热风把两山竹篁吹得声音极大,看样子到晚上必落大雨。翠翠守在渡船上,看着那些溪面飞来飞去的蜻蜓,心也极乱。看祖父脸上颜色惨惨的,放心不下,便又赶回家中去。先以为祖父一定早睡了,谁知还坐在门限上打草鞋!

"爷爷,你要多少双草鞋,床头上不是还有十四双吗?怎么不好好的躺一躺?"

老船夫不作声,却站起身来昂头向天空望着,轻轻的说:"翠翠,今晚上要落大雨响大雷的!回头把我们的船系到岩下去,这雨大哩。"

翠翠说:"爷爷,我真吓怕!"翠翠怕的似乎并不是晚上要来的雷雨。

老船夫似乎也懂得那个意思,就说:"怕什么?一切要来的都得来,不必怕!"

二十

夜间果然落了大雨,夹以吓人的雷声。电光从屋脊上掠过时,接着就是訇的一个炸电。翠翠在暗中抖着。祖父也醒了,知道她害怕,且担心她着凉,还起身来把一条布单搭到她身上去。祖父说:

"翠翠,不要怕!"

翠翠说:"我不怕!"说了还想说:"爷爷你在这里我不怕!"

訇的一个大雷,接着是一种超越雨声而上的洪大闷重倾圮声。两人都以为一定是溪岸悬崖崩塌了,担心到那只渡船会压在崖石下面去了。

祖孙两人便默默的躺在床上听雨声雷声。

但无论如何大雨,过不久,翠翠却依然睡着了。醒来时天已亮了,雨不知在何时业已止息,只听到溪两岸山沟里注水入溪的声音。翠翠爬起身来,看看祖父还似乎睡得很好,开了门走出去。门前已成为一个水沟,一股水便从塔后哗哗的流来,从前面悬崖直堕而下。并且各处都是那么一种临时的水道。屋旁菜园地已为山水冲乱了,菜秧皆掩在粗砂泥里。再走过前面去看看溪里,才知道溪中也涨了大水,已漫过了码头,水脚快到茶缸边了。下到码头去的那条路,正同一条小河一样,哗哗的泄着黄泥水。过渡的那一条横溪牵定的缆绳,也被水淹没了,泊在崖下的渡船,已不见了。

翠翠看看屋前悬崖并不崩坍,故当时还不注意渡船的失去。但再过一阵,她上下搜索不到这东西,无意中回头一看,屋后白塔已不见了。一惊非同小可,赶忙向屋后跑去,才知道白塔业已坍倒,大堆砖石极凌乱的摊在那儿。翠翠吓慌得不知所措,只锐声叫她的祖父。祖父不起身,也不答应,就赶回家里去,到得祖父床边摇了祖父许久,祖父还不作声。原来这个老年人在雷雨将息时已死去了。

翠翠于是大哭起来。

过一阵,有从茶峒过川东跑差事的人,到了溪边,隔溪喊过渡,翠翠正在灶边一面哭着一面烧水预备为死去的祖父抹澡。

那人以为老船夫一家还不醒,急于过河,喊叫不应,就抛掷小石头过溪,打到屋顶上。翠翠鼻涕眼泪成一片的走出来,跑到溪边高崖前站定。

"喂,不早了!把船划过来!"

"船跑了!"

"你爷爷做什么事情去了呢?他管船,有责任!"

"他管船,管五十年的船——他死了啊!"

翠翠一面向隔溪人说着一面大哭起来。那人知道老船夫死了,得进城去报信,就说:

"真死了吗?不要哭吧,我回去通知他们,要他们弄条船带东西来!"

那人回到茶峒城边时,一见熟人就报告这件事,不多久,全茶峒城里外都知道这个消息了。河街上船总顺顺,派人找了一只空船,带了副白木匣子,即刻向碧溪岨撑去。城中杨马兵却同一个老军人,赶到碧溪岨去,砍了几十很大毛竹,用葛藤编作筏子,作为来往过渡的临时渡船。筏子编好后,撑了那个东西,到翠翠家中那一边岸下,留老兵守竹筏来往渡人,自己跑到翠翠家去看那个死者,眼泪湿莹莹的,摸了一会躺在床上硬僵僵的老友,又赶忙着做些应做的事情。到后帮忙的人来了,从大河船上运来棺木也来了,住在城中的老道士,还带了许多法器,一件旧麻布道袍,并提了一只大公鸡,来尽义务办理念经起水诸事,也从筏上渡过来了。家中人出出进进,翠翠只坐在灶边矮凳上呜呜的哭着。

到了中午,船总顺顺也来了,还跟着一个人扛了一口袋米,一坛酒,一腿猪肉。见了翠翠就说:

"翠翠,爷爷死了我知道了,老年人是必需死的,不要发愁,一切有我!"各方面看看,就回去了。

到了下午入了殓,一些帮忙的回的回家去了,晚上便只剩下了那老道士、杨马兵同顺顺家派来的两个年青长年。黄昏以前老道士用红绿纸剪了一些花朵,用黄泥作了一些烛台。天断黑后,棺木前小桌上点起黄色九品蜡,燃了香,棺木周围也点了小蜡烛,老道士披上那件蓝麻布道服,开始了丧事中绕棺仪式。老道士在前拿着小小纸幡引路,孝子第二,马兵殿后,绕着那寂寞棺木慢慢转着圈子。两个长年则站在灶边空处,胡乱的打着锣钹。老道士一面闭了眼睛走去,一面且唱且哼,安慰亡灵。提到关于亡魂所到西方极乐世界花香四季时,老马兵就把木盘里的纸花,向棺木上高高撒去,象征西方极乐世界情形。

到了半夜,事情办完了,放过爆竹,蜡烛也快熄灭了,翠翠泪眼婆婆的,赶忙又到灶边去烧火,为帮忙的人办宵夜。吃了宵夜,老道士歪到死人床上睡着了。剩下几个人还得照规矩在棺木前守灵,老马兵为大家唱丧堂歌,用个空的量米木升子,当作小鼓,把手剥剥剥的一面敲着一面唱下去——唱"王祥卧冰"的事情,唱"黄香扇枕"的事情。

翠翠哭了一整天,同时也忙了一整天,到这时已倦极,把头靠在棺前睐着了。两长年同马兵吃了宵夜,喝过两杯酒,精神还虎虎的,便轮流把丧堂歌唱下去。但只一会儿,翠翠又醒了,仿佛梦到什么,惊醒后明白祖父已死,于是又幽幽的哭起来。

"翠翠,翠翠,不要哭啦,人死了哭不回来的!"

秃头陈四四接着就说了一个做新嫁娘的人哭泣的笑话,话语中夹杂了三五个粗野字眼儿,因此引起两个长年咕咕的笑了许久。黄狗在屋外吠着,翠翠开了大门,到外面去站一下,耳听到各处是虫声,天上月色极好,大星子嵌进透蓝天空里,非常沉静温柔。翠翠想:

"这是真事吗?爷爷当真死了吗?"

老马兵原来跟在她的后边,因为他知道女孩子心门儿窄,说不定一炉火闷在灰里,痕迹不露,见祖父去了,自己一切无望,跳崖悬梁,想跟着祖父一块儿去,也说不定!故随时小心监视到翠翠。

老马兵见翠翠痴痴的站着,时间过了许久还不回头,就打着咳叫翠翠说:

"翠翠,露水落了,不冷么?"

"不冷。"

"天气好得很!"

"呀……"一颗大流星使翠翠轻轻的喊了一声。

接着南方又是一颗流星划空而下。对溪有猫头鹰叫。

"翠翠,"老马兵业已同翠翠并排一块儿站定了,很温和的说,"你进屋里睡去吧,不要胡思乱想!"

翠翠默默的回到祖父棺木前面,坐在地上又呜咽起来。守在屋中两个长年已睡着了。

杨马兵便幽幽的说道:"不要哭了!不要哭了!你爷爷也难过咧。眼睛哭胀喉咙哭嘶有什么好处。听我说,爷爷的心事我全都知道,一切有我。我会把一切安排得好好的,对得起你爷爷。我会安排,什么事都会。我要一个爷爷欢喜你也欢喜的人来接收这渡船!不能如我们的意,我老虽老,还能拿镰刀同他们拼命。翠翠,你放心,一切有我!……"

远处不知什么地方鸡叫了,老道士在那边床上糊糊涂涂的自言自语:"天亮了吗?早咧!"

二十一

大清早,帮忙的人从城里拿了绳索杠子赶来了。

老船夫的白木小棺材,为六个人抬着到那个倾圮了的塔后山岨上去埋葬时,船总顺顺,马兵,翠翠,老道士,黄狗皆跟在后面。到了预先掘就的方阱边,老道士照规矩先跳下去,把一点朱砂颗粒同白米安置到阱中四隅及中央,又烧了一点纸钱,爬出阱时就要抬棺木的人动手下窆。翠翠哑着喉咙干号,伏在棺本上不起身。经马兵用力把她拉开,方能移动棺木。一会儿,那棺木便下了阱,拉去绳子,调整了方向,被新土掩盖了,翠翠还坐在地上呜咽。老道士要回城去替人做斋,过渡走了。船总把一切事托给老马兵,也赶回城去了。帮忙的皆到溪边去洗手,家中各人还有各人的事,且知道这家人的情形,不便再叨扰,也不再惊动主人,过渡回家去了。于是碧溪岨便只剩下三个人,一个是翠翠,一个是老马兵,一个是由船总家派来暂时帮忙照料渡船的秃头陈四四。黄狗因被那秃头打了一石头,对于那秃头仿佛很不高兴,尽是轻轻的吠着。

到了下午,翠翠同老马兵商量,要老马兵回城去把马托给营里人照料,再回碧溪岨来陪她。老马兵回转碧溪岨时,秃头陈四四被打发回城去了。

翠翠仍然自己同黄狗来弄渡船,让老马兵坐在溪岸高崖上玩,或嘶着个老喉咙唱歌给她听。

过三天后船总来商量接翠翠过家里去住,翠翠却想看守祖父的坟山,不愿即刻进城。只请船总过城里衙门去为说句话,许杨马兵暂时同她住住,船总顺顺答应了这件事,就走了。

杨马兵既是个上五十岁了的人,说故事的本领比翠翠祖父高一筹,加之凡事特别关心,做事又勤快又干净,因此同翠翠住下来,使翠翠仿佛去了一个祖父,却新得了一个伯父。过渡时有人问及可怜的祖父,黄昏时想起祖父,皆使翠翠心酸,觉得十分凄凉。但这分凄凉日子过久一点,也就渐渐淡薄些了。两人每日在黄昏中同晚上,坐在门前溪边高崖上,谈点那个躺在湿土里可怜祖父的旧事,有许多是翠翠先前所不知道的,说来便更使翠翠心中柔和。又说到翠翠的父亲,那个又要爱情又惜名誉的军人,在当时按照绿营军勇的装束,如何使女孩子动心。又说到翠翠的母亲,如何善于唱歌,而且所唱的那些歌在当时如何流行。

时候变了,一切也自然不同了,皇帝已不再坐江山,平常人还消说!杨马兵想起自己年青作马夫时,牵了马匹到碧溪岨来对翠翠母亲唱歌,翠翠母亲不理会,到如今这自己却成为这孤雏的唯一靠山唯一信托人,不由得不苦笑。

因为两人每个黄昏必谈祖父以及这一家有关系的事情,后来便说到了老船夫死前的一切,翠翠因此明白了祖父活时所不提到的许多事。二老的唱歌,顺顺大儿子的死,顺顺父子对于祖父的冷淡,中寨人用碾坊作陪嫁妆奁诱傩送二老,二老既记忆着哥哥的死亡,且因得不到翠翠理会,又被家中逼着接受那座碾坊,意思还在渡船,因此赌气下行,祖父的死因,又如何与翠翠有关……凡是翠翠不明白的事,如今可全明白了。翠翠把事弄明白后,哭了一个夜晚。

过了四七,船总顺顺派人来请马兵进城去,商量把翠翠接到他家中去,作为二老的媳妇。但二老人既在辰州,先就莫提这件事,且搬过河街去住,等二老回来时再看二老意思。马兵以为这件事得问翠翠。回来时,把顺顺的意思向翠翠说过后,又为翠翠出主张,以为名分既不定妥,到一个生人家里去不好,还是不如在碧溪岨等,等到二老驾船回来时,再看二老意思。

这办法决定后,老马兵以为二老不久必可回来的,就依然把马匹托营上人照料,在碧溪岨为翠翠作伴,把一个一个日子过下去。

碧溪岨的白塔,与茶峒风水有关系,塔圮坍了,不重新作一个自然不成。除了城中营管,税局以及各商号各平民捐了些钱以外,各大寨子也有人拿册子去捐钱。为了这塔成就并不是给谁一个人的好处,应尽每个人来积德造福,尽每个人皆有捐钱的机会,因此在渡船上也放了个两头有节的大竹筒,中部锯了一口,尽过渡人自由把钱投进去,竹筒满了马兵就捎进城中首事人处去,另外又带了个竹筒回来。过渡人一看老船夫不见了,翠翠辫子上扎了白线,就明白那老的已作完了自己分上的工作,安安静静躺到土坑里去了,必一面用同情的眼色瞧着翠翠,一面就摸出钱来塞到竹筒中去。"天保佑你,死了的到西方去,活下的永保平安。"翠翠明白那些捐钱人的意思,心里酸酸的,忙把身子背过去拉船。

到了冬天,那个圮坍了的白塔,又重新修好了。可是那个在月下唱歌,使翠翠在睡梦里为歌声把灵魂轻轻浮起的年青人,还不曾回到茶峒来。

这个人也许永远不回来了,也许"明天"回来!

1933年冬至1934年春完成

延伸阅读:刘西渭对批评家与作家关系的看法,是非常精到的,其中的核心就是尊重作品的创造,而文学批评不过是一种客观的科学分析。他说:"《边城》是一首诗,是二佬唱给翠翠的情歌。""《边城》丰盈,完美,更能透示作者怎样用他艺术的心灵来体味一个更其真淳的生活。"参见《从〈边城〉到〈八骏图〉》,1935年9月16日《文学季刊》2卷3期。这种与作家作品保持距离,同时也深入其里的分析实在难得。

二月(存目)

柔 石

延伸阅读:1990年,蓝棣之对《二月》的分析引起学术界的争议,焦点在他认为主人公萧涧秋心仪的对象不是同龄的陶岚,而是朋友未亡人的小女儿采莲。他的理由是:"从文本分析萧涧秋这一虚构人物的行为动机,指出这动机有人物自己意识到的一面,也有意识不到的一面,并把重点放在对于人物行为无意识动因的分析上。"这种观点显然是吸收了弗洛伊德精神分析学的潜意识的理论。参见蓝棣之:《现代文学经典:症候式分析》,第45页,北京,清华大学出版社,1998年。

死水微澜(存目)

李劼人

延伸阅读:有人认为:"《死水微澜》受《包法利夫人》的影响和启发,是显而易见的。或者可以说,蔡大嫂就是中国的包法利夫人。"虽然从题材上看,前者是历史小说,后者不是历史小说,但是在写人的情欲上,却是共通的。参见蓝棣之:《现代文学经典:症候式分析》,第186页,北京,清华大学出版社,1998年。

在其香居茶馆里(存目)

沙 汀

延伸阅读:夏志清在评价沙汀时指出:"早在1936年,已经因他的一本短篇小说集《法律外的航线》而崭露头角,不过只是到了抗战时期,他的小说才显露出熟练的讽刺技巧。沙汀是四川人,熟悉该省方言和习俗;重庆政府对四川人民生活的侵犯,刚好给了他大展才华的机会。"参见夏志清:《中国现代小说史》,第220页,上海,复旦大学出版社,2005年。

山峡中(存目)

艾 芜

延伸阅读:有人认为,抗战期间值得一提的小说家有艾芜、沙汀、端木蕻良和路翎。"这四位作家之中,最多产的是艾芜,他写抗战,写内地农民,以及他自己亲身在中国西南和印度支那的各种经历,这些都包括在他的许多本短篇小说、长篇小说和自传里。虽然他不是什么一流人才,但在战时和刚停战的一段时期,共产党的文艺批评家对他大为称赞,倒非过誉。"参见夏志清:《中国现代小说史》,第219—220页,上海,复旦大学出版社,2005年。

小城三月

萧　红

一

　　三月的原野已经绿了,像地衣那样绿,透出在这里,那里。郊原上的草,是必须转折了好几个弯儿才能钻出地面的,草儿头上还顶着那胀破了种粒的壳,发出一寸多高的芽子,欣幸的钻出了土皮。放牛的孩子,在掀起了墙脚片下面的瓦片时,找到了一片草芽了,孩子们到家里告诉妈妈,说:"今天草芽出土了!"妈妈惊喜的说:"那一定是向阳的地方!"抢根菜的白色的圆石似的籽儿在地上滚着,野孩子一升一斗的在拾。蒲公英发芽了,羊咩咩的叫,乌鸦绕着杨树林子飞,天气一天暖似一天,日子一寸一寸的都有意思。杨花满天照地的飞,像棉花似的。人们出门都是用手捉着,杨花挂着他了。草和牛粪都横在道上,放散着强烈的气味,远远的有用石子打船的声音,空空……的大响传来。
　　河冰发了,冰块顶着冰块,苦闷的又奔放的向下流。乌鸦站在冰块上寻觅小鱼吃,或者是还在冬眠的青蛙。
　　天气突然的热起来,说是"二八月,小阳春",自然冷天气还是要来的,但是这几天可热了。春天带着强烈的呼唤从这头走到那头……
　　小城里被杨花给装满了,在榆树还没变黄之前,大街小巷到处飞着,像纷纷落下的雪块……
　　春来了,人人像久久等待着一个大暴动,今天夜里就要举行,人人带着犯罪的心情,想参加到解放的尝试……春吹到每个人的心坎,带着呼唤,带着蛊惑……
　　我有一个姨,和我的堂哥哥大概是恋爱了。
　　姨母本来是很近的亲属,就是母亲的姊妹。但是我这个姨,她不是我的亲姨,她是我的继母的继母的女儿。那么她可算与我的继母有点血统的关系了,其实也是没有的。因为我这个外祖母已经做了寡妇之后才来到外祖父家,翠姨就是这个外祖母的原来在另外的一家所生的女儿。
　　翠姨还有一个妹妹,她的妹妹小她两岁,大概是十七、八岁,那么翠姨也就是十八、九岁了。
　　翠姨生得并不是十分漂亮,但是她长得窈窕,走起路来沉静而且漂亮,讲起话来清楚的带着一种平静的感情。她伸手拿樱桃吃的时候,好像她的手指尖对那樱桃十分可怜的样子,她怕把它触坏了似的轻轻的捏着。
　　假若有人在她的背后招呼她一声,她若是正在走路,她就会停下,若是正在吃饭,就要把饭碗放下,而后把头向着自己的肩膀转过去,而全身并不大转,于是她自觉的闭合着嘴唇,像是有什么要说而一时说不出来似的……

而翠姨的妹妹,忘记了她叫什么名字,反正是一个大说大笑的,不十分修边幅,和她的姐姐完全不同。花的绿的,红的紫的,只要是市上流行的,她就不大加以选择,做起一件衣服来赶快就穿在身上。穿上了而后,到亲戚家去串门,人家恭维她的衣料怎样漂亮的时候,她总是说,和这完全一样的,还有一件,她给了她的姐姐了。

我到外祖父家去,外祖父家里没有像我一般大的女孩子陪着我玩,所以每当我去,外祖母总是把翠姨喊来陪我。

翠姨就住在外祖父的后院,隔着一道板墙,一招呼,听见就来了。

外祖父住的院子和翠姨住的院子,虽然只隔一道板墙,但是却没有门可通,所以还得绕到大街上去从正门进来。

因此有时翠姨先来到板墙这里,从板墙缝中和我打了招呼,而后回到屋去装饰了一番,才从大街上绕了个圈来到她母亲的家里。

翠姨很喜欢我,因为我在学堂里念书,而她没有,她想什么事我都比她明白。所以她总是有许多事务同我商量,看看我的意见如何。

到夜里,我住在外祖父家里了,她就陪着我也住下的。

每每从睡下了就谈,谈过了半夜,不知为什么总是谈不完⋯⋯

开初谈的是衣服怎样穿,穿什么样的颜色的,穿什么样的料子。比如走路应该快或是应该慢,有时白天里她买了一个别针,到夜里她拿出来看看,问我这别针到底是好看或是不好看,那时候,大概是十五年前的时候,我们不知别处如何装扮一个女子,而在这个城里几乎个个都有一条宽大的绒绳结的披肩,蓝的,紫的,各色的也有,但最多多不过枣红色的。几乎在街上所见的都是枣红色的大披肩了。

哪怕红的绿的那么多,但总没有枣红色的最流行。

翠姨的妹妹有一张,翠姨有一张,我的所有的同学,几乎每个有一张。就连素不考究的外祖母的肩上也披着一张,只不过披的是蓝色的,没有敢用那最流行的枣红色的就是了。因为她总算年纪大了一点,对年轻人让了一步。

还有那时候都流行穿绒绳鞋,翠姨的妹妹就赶快的买了穿上。因为她那个人很粗心大意,好坏她不管,只是人家有她也有,别人是穿衣裳,而翠姨的妹妹就好像被衣服所穿了似的,芜芜杂杂。但永远合乎着应有尽有的原则。

翠姨的妹妹的那绒绳鞋,买来了,穿上了。在地板上跑着,不大一会工夫,那每只鞋脸上系着的一只毛球,竟有一个毛球已经离开了鞋子,向上跳着,只还有一根绳连着,不然就要掉下来了。很好玩的,好像一颗大红枣被系到脚上去了。因为她的鞋子也是枣红色的。大家都在嘲笑她的鞋子一买回来就坏了。

翠姨,她没有买,她犹疑了好久,不管什么新样的东西到了,她总不是很快的就去买了来,也许她心里边早已经喜欢了,但是看上去她都像反对似的,好像她都不接受。

她必得等到许多人都开始采办了,这时候看样子,她才稍稍有些动心。

好比买绒绳鞋,夜里她和我谈话,问过我的意见,我也说是好看的,我有很多的同学,她们也都买了绒绳鞋。

第二天翠姨就要求我陪着她上街,先不告诉我去买什么,进了铺子选了半天别的,才问到我绒绳鞋。

走了几家铺子,都没有,都说是已经卖完了。我晓得店铺的人是这样瞎说的,表示他家这店铺平常总是最丰富的,只恰巧你要的这件东西,他就没有了。我劝翠姨说咱们慢慢的走，别家一定会有的。

我们是坐马车从街梢上的外祖父家来到街中心的。

见了第一家铺子，我们就下了马车。不用说，马车我们已经是付过了车钱的。等我们买好了东西回来的时候，会另外叫一辆的。因为我们不知道要有多久。大概看见什么好，虽然不需要也要买点，或是东西已经买全了不必要再多留连，也要留连一会，或是买东西的目的，本来只在一双鞋，而结果鞋子没有买到，反而罗里罗索的买回来许多用不着的东西。

这一天，我们辞退了马车，进了第一家店铺。

在别的大城市里没有这种情形，而在我家乡里往往是这样，坐了马车，虽然是付过了钱，让他自由去兜揽生意，但是他常常还仍旧等候在铺子的门外，等一出来，他仍旧请你坐他的车。

我们走进第一个铺子，一问没有。于是就看了些别的东西，从绸缎看到呢绒，从呢绒再看到绸缎，布匹是根本不看的，并不像母亲们进了店铺那样子，这个买去做被单，那个买去做棉袄的，因为我们管不了被单棉袄的事。母亲们一月不进店铺，一进店铺又是这个便宜应该买，那个不贵，也应该买。比方一块在夏天才用的花洋布，母亲们冬天里就买起来了，说是趁着便宜多买点，总是用得着的。而我们就不然了，我们是天天进店铺的，天天搜寻些个好看的，是贵的值钱的，平常时候，绝对的用不到想不到的。

那一天我们就买了许多花边回来，钉着光片的，带着琉璃的。说不上要做什么样的衣服才配得着这种花边。也许根本没有想到做衣服，就贸然的把花边买下了。一边买着，一边说好，翠姨说好，我也说好。到了后来，回到家里，当众打开了让大家评判，这个一言，那个一语，让大家说得也有一点没有主意了，心里已经五、六分空虚了。于是赶快的收拾了起来，或者从别人的手中夺过来，把它包起来，说她们不识货，不让她们看了。

勉强说着：

"我们要做一件红金丝绒的袍子，把这个黑琉璃边镶上。"

或是：

"这红的我们送人去……"

说虽仍旧如此说，心里已经八、九分空虚了，大概是这些所心爱的，从此就不会再出头露面的了。

在这小城里，商店究竟没有多少，到后来又加上看不到绒绳鞋，心里着急，也许跑得更快些，不一会工夫，只剩了三两家了。而那三两家，又偏偏是不常去的，铺子小，货物少。想来它那里也是一定不会有的了。

我们走进一个小铺子里去，果然有三、四双非小即大，而且颜色都不好看。

翠姨有意要买，我就觉得奇怪，原来就不十分喜欢，既然没有好的，又为什么要买呢？让我说着，没有买成回家去了。

过了两天，我把买鞋子这件事情早就忘了。

翠姨忽然又提议要去买。

从此我知道了她的秘密，她早就爱上了那绒绳鞋了，不过她没有说出来就是，她的恋爱的秘密就是这样子的，她似乎要把它带到坟墓里去，一直不要说出口，好像天底下没有一个人值得听她的告诉……

在外边飞着满天的大雪，我和翠姨坐着马车去买绒绳鞋。我们身上围着皮褥子，赶车的车夫高高的坐在车夫台上,摇晃着身子唱着沙哑的山歌:"喝咧咧……"耳边的风鸣鸣的啸着,从天上倾下来的大雪迷乱了我们的眼睛,远远的天隐在云雾里,我默默的祝福翠姨快快买到可爱的绒绳鞋,我从心里愿意她得救……

　　市中心远远的朦朦胧胧的站着,行人很少,全街静悄无声。我们一家挨一家的问着,我比她更急切,我想赶快买到吧,我小心的盘问着那些店员们,我从来不放弃一个细微的机会,我鼓励翠姨,没有忘记一家。使她都有点儿诧异,我为什么忽然这样热心起来,但是我完全不管她的猜疑,我不顾一切的想在这小城里,找出一双绒绳鞋来。

　　只有我们的马车,因为载着翠姨的愿望,在街上奔驰得特别的清醒,又特别的快。雪下的更大了,街上什么人都没有了,只有我们两个人,催着车夫,跑来跑去。一直到天都很晚了,鞋子没有买到。翠姨深深的看到我的眼里说:"我的命,不会好的。"我很想装出大人的样子,来安慰她,但是没有等到找出什么适当的话来,泪便流出来了。

二

　　翠姨以后也常来我家住着,是我的继母把她接来的。

　　因为她的妹妹订婚了,怕是她一旦的结了婚,忽然会剩下她一个人来,使她难过。因为她的家里并没有多少人,只有她的一个六十多岁的老祖父,再就是一个也是寡妇的伯母,带一个女儿。

　　堂姊妹本该在一起玩耍解闷的,但是因为性格的相差太远,一向是水火不同炉的过着日子。

　　她的堂妹妹,我见过,永久是穿着深色的衣裳,黑黑的脸,一天到晚陪着母亲坐在屋子里,母亲洗衣裳,她也洗衣裳,母亲哭,她也哭。也许她帮着母亲哭她死去的父亲,也许哭的是她们的家穷。别人就不晓得了。

　　本来是一家的女儿,翠姨她们两姊妹却像有钱的人家的小姐,而那个堂妹妹,看上去却像乡下丫头。这一点使她得到常常到我们家里来住的权利。

　　她的亲妹妹订婚了,再过一年就出嫁了。在这一年中,妹妹大大的阔气了起来,因为婆家那方面一订了婚就来了聘礼。这个城里,从前不用大洋票,而用的是广信公司出的帖子,一百吊一千吊的论。她妹妹的聘礼大概是几万吊。所以她忽然不得了起来,今天买这样,明天买那样,花别针一个又一个的,丝头绳一团一团的,带穗的耳坠子,洋手表,样样都有了。每逢出街的时候,她和她的姐姐一道,现在总是她付车钱了,她的姐姐要付,她却百般的不肯,有时当着人面,姐姐一定要付,妹妹一定不肯,结果闹得很窘,姐姐无形中觉得一种权利被人剥夺了。

　　但是关于妹妹的订婚,翠姨一点也没有羡慕的心理。妹妹未来的丈夫,她是看过的,没有什么好看,很高,穿着蓝袍子黑马褂,好像商人,又像一个小土绅士。又加上翠姨太年轻了,想不到什么丈夫,什么结婚。

　　因此,虽然妹妹在她的旁边一天比一天的丰富起来,妹妹是有钱了,但是妹妹为什么有钱的,她没有考查过。

　　所以当妹妹尚未离开她之前,她绝对的没有重视"订婚"的事。

　　就是妹妹已经出嫁了,她也还是没有重视这"订婚"的事。

　　不过她常常的感到寂寞。她和妹妹出来进去的,因为家庭环境孤寂,竟好像一对双生子似的,而今去了一个。不但翠姨自己觉得单调,就是她的祖父也觉得她可怜。

所以自从她的妹妹嫁了,她就不大回家,总是住在她的母亲的家里,有时我的继母也把她接到我们家里。

翠姨非常聪明,她会弹大正琴,就是前些年所流行在中国的一种日本琴,她还会吹箫或是会吹笛子。不过弹那琴的时候却很多。住在我家里的时候,我家的伯父,每在晚饭之后必同我们玩这些乐器的。笛子,箫,日本琴,风琴,月琴,还有什么打琴。真正的西洋的乐器,可一样也没有。

在这种正玩得热闹的时候,翠姨也来参加了,翠姨弹了一个曲子,和我们大家立刻就配合上了。于是大家都觉得在我们那已经天天闹熟了的老调子之中,又多了一个新的花样。于是立刻我们就加倍的努力,正在吹笛子的把笛子吹得特别响,把笛膜振抖得似乎就要爆裂了似的滋滋的叫着。十岁的弟弟在吹口琴,他摇着头,好像要把那口琴吞下去似的,至于他吹的是什么调子,已经是没有人留意了。在大家忽然来了勇气的时候,似乎只需要这种胡闹。

而那按风琴的人,因为越按越快,到后来也许是已经找不到琴键了,只是那踏脚板越踏越快,踏的呜呜的响,好像有意要毁坏了那风琴,而想把风琴撕裂了一般的。

大概所奏的曲子是《梅花三弄》,也不知道接连的弹过了多少圈,看大家的意思都不想要停下来。不过到了后来,实在是气力没有了,找不着拍子的找不着拍子,跟不上调的跟不上调,于是在大笑之中,大家停下来了。

不知为什么,在这么快乐的调子里边,大家都有点伤心,也许是乐极生悲了,把我们都笑得一边流着眼泪,一边还笑。

正在这时候,我们往门窗处一看,我的最小的小弟弟,刚会走路,他也背着一个很大的破手风琴来参加了。

谁都知道,那手风琴从来也不会响的。把大家笑死了。在这回得到了快乐。

我的哥哥(伯父的儿子,钢琴弹得很好),吹箫吹得最好,这时候他放下了箫,对翠姨说:"你来吹吧!"翠姨却没有言语,站起身来,跑到自己的屋子去了,我的哥哥,好久好久的看住那帘子。

三

翠姨在我家,和我住一个屋子。月明之夜,屋子照得通亮,翠姨和我谈话,往往谈到鸡叫,觉得也不过刚刚半夜。

鸡叫了,才说:"快睡吧,天亮了。"

有的时候,一转身,她又问我:

"是不是一个人结婚太早不好,或许是女子结婚太早是不好的!"

我们以前谈了很多话,但没有谈到这些。

总是谈什么,衣服怎样穿,鞋子怎样买,颜色怎样配,买了毛线来,这毛线应该打个什么的花纹,买了帽子来,应该评判这帽子还微微有点缺点,这缺点究竟在什么地方。虽然说是不要紧,或者是一点关系也没有,但批评总是要批评的。

有时再谈得远一点,就是表姊表妹之类订了婆家,或是什么亲戚的女儿出嫁了。或是什么耳闻的,听说的,新娘子和新姑爷闹别扭之类。

那个时候,我们的县里,早就有了洋学堂了,小学好几个,大学没有。只有一个男子中学,往往成为谈论的目标,谈论这个,不单是翠姨,外祖母、姑姑、姐姐之类,都愿意讲究这当地中学的学生。因为他们一切洋化,穿着裤子,把裤腿卷起来一寸,一张口格得毛宁①外国话,他们彼此一说话就答答答②,听说这是什么毛子话。而更奇怪的就是他们见了女人不怕羞。这一点,大家都批评说是不如从前了,从前的书生,一见了女人脸就红。

我家算是最开通的了,叔叔和哥哥他们都到北京和哈尔滨那些大地方去读书了,他们开了不少的眼界,回到家里来,大讲他们那里都是男孩子和女孩子同学。

这一题目,非常的新奇,开初都认为这是造了反。后来因为叔叔也常和女同学通信,因为叔叔在家庭里是有点地位的人,并且父亲从前也加入过国民党,革过命,所以这个家庭都"咸与维新"起来。

因此在我家里一切都是很随便的,逛公园,正月十五看花灯,都是不分男女,一齐去。

而且我家里设了网球场,一天到晚的打网球,亲戚家的男孩子来了,我们也一齐的打。

这都不谈,仍旧来谈翠姨。

翠姨听了很多的故事,关于男学生结婚事情,就是我们本县里,已经有几件事情不幸的了。有的结婚了,从此就不回家了,有的娶来了太太,把太太放在另一间屋子里住着,而自己却永久住在书房里。

每逢讲到这些故事时,多半别人都是站在女的一面,说那男子都是念书念坏了,一看了那不识字的又不是女学生之类就生气,觉得处处都不如他。天天总说是婚姻不自由,可是自古至今,都是爹许娘配的,偏偏到了今天,都要自由,看吧,这还没有自由呢,就先来了花头故事了,娶了太太的不回家,或是把太太放在另一个屋子里。这些都是念书念坏了的。

翠姨听了许多别人家的评论。大概她心里边也有些不平,她就问我不读书是不是很坏的,我自然说是很坏的。而且她看了我们家里男孩子,女孩子通通到学堂去念书的。而且我们亲戚家的孩子也都是读书的。

因此她对我很佩服,因为我是读书的。

但是不久,翠姨就订婚了。就是她妹妹出嫁不久的事情。

她的未来的丈夫,我见过。在外祖父的家里。人长得又低又小,穿一身蓝布棉袍子,黑马褂,头上戴一顶赶大车的人所戴的五耳帽子。

当时翠姨也在的,但她不知道那是她的什么人,她只当是哪里来了这样一位乡下的客人。外祖母偷着把我叫过去,特别告诉了我一番,这就是翠姨将来的丈夫。

不久翠姨就很有钱,她的丈夫的家里,比她妹妹丈夫的家里还更有钱得多。婆婆也是个寡妇,守着个独生的儿子。儿子才十七岁,是在乡下的私学馆里读书。

翠姨的母亲常常替翠姨解说,人矮点不要紧,岁数还小呢,再长上两三年两个人就一般高了。劝翠姨不要难过,婆家有钱就好的。聘礼的钱十多万都交过来了,而且就由

---

① 格得毛宁,英语 good morning 的音译,意为早安。——编者注。
② 答答答,俄语 да,да,да 的音译,意为是的,对的。——编者注。

外祖母的手亲自交给了翠姨,而且还有别的条件保障着,那就是说,三年之内绝对的不准娶亲,借着男的一方面年纪太小为辞,翠姨更愿意远远的推着。

翠姨自从订婚之后,是很有钱的了,什么新样子的东西一到,虽说不是一定抢先去买了来,总是过不了多久,箱子里就要有的了。那时候夏天最流行银灰色市布大衫,而翠姨的穿起来最好,因为她有好几件,穿过两次不新鲜就不要了,就只在家里穿,而出门就又去做一件新的。

那时候正流行着一种长穗的耳坠子,翠姨就有两对,一对红宝石的,一对绿的,而我的母亲才能有两对,而我才有一对。可见翠姨是顶阔气的了。

还有那时候就已经开始流行高跟鞋了。可是在我们本街上却不大有人穿,只有我的继母早就开始穿,其余就算是翠姨。并不是一定因为我的母亲有钱,也不是因为高跟鞋一定贵,只是女人们没有那么摩登的行为,或者说她们不很容易接受新的思想。

翠姨第一天穿起高跟鞋来,走路还很不安定,但到第二天就比较的习惯了。到了第三天,就是说以后,她就是跑起来也是很平稳的。而且走路的姿态更加可爱了。

我们有时也去打网球玩玩,球撞到她脸上的时候,她才用球拍遮了一下,否则她半天也打不到一个球。因为她一上了场站在白线上就是白线上,站在格子里就是格子里,她根本的不动。有的时候,她竟拿着网球拍子站着一边去看风景去。尤其是大家打完了网球,吃东西的吃东西去了,洗脸的洗脸去了,惟有她一个人站在短篱前面,向着远远的哈尔滨市影痴望着。

有一次我同翠姨一同去做客。我继母的族中娶媳妇。她们是八旗人,也就是满人,满人才讲究场面呢,所有的族中的年轻的媳妇都必得到场,而个个打扮得如花似玉。似乎咱们中国的社会,是没这么繁华的社交的场面的,也许那时候,我是小孩子,把什么都看得特别繁华,就只说女人们的衣服吧,就个个都穿得和现在西洋女人在夜会里边那么庄严。一律都穿着绣花大袄。而她们是八旗人,大袄的襟下一律的没有开口。而且很长。大袄的颜色枣红的居多,绛色的也有,玫瑰紫色的也有。而那上边绣的颜色,有的荷花,有的玫瑰,有的松竹梅,一句话,特别的繁华。

她们的脸上,都擦着白粉,她们的嘴上都染得桃红。

每逢一个客人到了门前,她们是要列着队出来迎接的,她们都是我的舅母,一个一个的上前来问候了我和翠姨。

翠姨早就熟识她们的,有的叫表嫂子,有的叫四嫂子。而在我,她们就都是一样的,好像小孩子的时候,所玩的用花纸剪的纸人,这个和那个都是一样,完全没有分别。都是花缎的袍子,都是白白的脸,都是很红的嘴唇。

就是这一次,翠姨出了风头了,她进到屋里,靠着一张大镜子旁坐下了。

女人们就忽然都上前来看她,也许她从来没有这么漂亮过;今天把别人都惊住了。

以我看翠姨还没有她从前漂亮呢,不过她们说翠姨漂亮得像棵新开的腊梅。翠姨从来不擦胭脂的,而那天又穿了一件为着将来作新娘子而准备的蓝色缎子满是金花的夹袍。

翠姨让她们围起看着,难为情了起来,站起来想要逃掉似的,迈着很勇敢的步子,茫然的往里边的房间里闪开了。

谁知那里边就是新房呢,于是许多的嫂嫂们,就哗然的叫着,说:

"翠姐姐不要急,明年就是个漂亮的新娘子,现在先试试去。"

当天吃饭饮酒的时候,许多客人从别的屋子来呆呆的望着翠姨。翠姨举着筷子,似乎是在思量着,保持着镇静的态度,用温和的眼光看着她们。仿佛她不晓得人们专门在看着她似的。但是别的女人们羡慕了翠姨半天了,脸上又都突然的冷落起来,觉得有什么话要说出,又都没有说,然后彼此对望着,笑了一下,吃菜了。

四

有一年冬天,刚过了年,翠姨就来到了我家。

伯父的儿子——我的哥哥,就正在我家里。

我的哥哥,人很漂亮,很直的鼻子,很黑的眼睛,嘴也好看,头发也梳得好看,人很长,走路很爽快。大概在我们所有的家族中,没有这么漂亮的人物。

冬天,学校放了寒假,所以来我们家里休息。大概不久,学校开学就要上学去了。哥哥是在哈尔滨读书。

我们的音乐会,自然要为这新来的角色而开了。翠姨也参加的。

于是非常的热闹,比方我的母亲,她一点也不懂这行,但是她也列了席,她坐在旁边观看,连家里的厨子,女工,都停下了工作来望着我们,似乎他们不是听什么乐器,而是在看人。我们聚满了一客厅。这些乐器的声音,大概很远的邻居都可以听到。

第二天邻居来串门的,就说:

"昨天晚上,你们家又是给谁祝寿?"

我们就说,是欢迎我们的刚到的哥哥。

因此我们家是很好玩的,很有趣的。不久就来到了正月十五看花灯的时节了。

我们家里自从父亲维新革命,总之在我们家里,兄弟姊妹,一律相待,有好玩的就一齐玩,有好看的就一齐去看。

伯父带着我们,哥哥,弟弟,姨……共八、九个人,在大月亮地里往大街里跑去了。那路之滑,滑得不能站脚,而且高低不平。他们男孩子们跑在前面,而我们因为跑得慢就落了后。

于是那在前边的他们回头来嘲笑我们,说我们是小姐、说我们是娘娘。说我们走不动。

我们和翠姨早就连成一排向前冲去,但是不是我倒,就是她倒。到后来还是哥哥他们一个一个的来扶着我们,说是扶着未免的太示弱了,也不过就是和他们连成一排向前进着。

不一会到了市里,满路花灯。人山人海。又加上狮子,旱船,龙灯,秧歌,闹得眼也花起来,一时也数不清多少玩艺。哪里会来得及看,似乎只是在眼前一晃,就过去了,而一会别的又来了,又过去了。其实也不见得繁华得多么了不得了,不过觉得世界上是不会比这个再繁华的了。

商店的门前,点着那么大的火把,好像热带的大椰子树似的。一个比一个亮。

我们进了一家商店,那是父亲的朋友开的。他们很好的招待我们,茶,点心,橘子,元宵。我们哪里吃得下去,听到门外一打鼓,就心慌了。而外边鼓和喇叭又那么多,一阵来了,一阵还没有去远,一阵又来了。

因为城本来是不大的,有许多熟人,也都是来看灯的都遇到了。其中我们本城里的在哈尔滨念书的几个男学生,他们也来看灯了。哥哥都认识他们。我也认识他们,因为这时候我们到哈尔滨念书去了。所以一遇到了我们,他们就和我们在一起,他们出去看灯,看了一会,又回到我们的地方,和伯父谈话,和哥哥谈话。我晓得他们,因为我们家比较有势力,他们是很愿和我们讲话的。

所以回家的一路上,又多了两个男孩子。

不管人讨厌不讨厌,他们穿的衣服总算都市化了。个个都穿着西装,戴着呢帽,外套都是到膝盖的地方,脚下很利落清爽。比起我们城里的那种怪样子的外套,好像大棉袍子似的好看得多了。而且颈间又都束着一条围巾,那围巾自然也是全丝全线的花纹。似乎一束起那围巾来,人就更显得庄严,漂亮。

翠姨觉得他们个个都很好看。

哥哥也穿的西装,自然哥哥也很好看。因此在路上她一直在看哥哥。

翠姨梳头梳得是很慢的,必定梳得一丝不乱,擦粉也要擦了洗掉,洗掉再擦,一直擦到认为满意为止。花灯节的第二天早晨她就梳得更慢,一边梳头一边在思量。本来按规矩每天吃早饭,必得三请两请才能出席,今天必得请到四次,她才来了。

我的伯父当年也是一位英雄,骑马,打枪绝对的好。后来虽然已经五十岁了,但是风采犹存。我们都爱伯父,伯父从小也就爱我们。诗,词,文章,都是伯父教我们的。翠姨住在我们家里,伯父也很喜欢翠姨。今天早饭已经开好了。催了翠姨几次,翠姨总是不出来。

伯父说了一句:"林黛玉……"

于是我们全家的人都笑了起来。

翠姨出来了,看见我们这样的笑,就问我们笑什么。我们没有人肯告诉她。翠姨知道一定是笑的她,她就说:

"你们赶快的告诉我,若不告诉我,今天我就不吃饭了,你们读书识字,我不懂,你们欺侮我……"

闹嚷了很久,还是我的哥哥讲给她听了。伯父当着自己的儿子面前到底有些难为情,喝了好些酒,总算是躲过去了。

翠姨从此想到了念书的问题,但是她已经二十岁了,上哪里去念书?上小学没有她这样大的学生,上中学,她是一字不识,怎样可以。所以仍旧住在我们家里。

弹琴,吹箫,看纸牌,我们一天到晚的玩着。我们玩的时候,全体参加,我的伯父,我的哥哥,我的母亲。

翠姨对我的哥哥没有什么特别的好,我的哥哥对翠姨就像对我们,也是完全的一样。

不过哥哥讲故事的时候,翠姨总比我们留心听些,那是因为她的年龄稍稍比我们大些,当然在理解力上,比我们更接近一些哥哥的了。哥哥对翠姨比对我们稍稍的客气一点。他和翠姨说话的时候,总是"是的""是的"的,而和我们说话则"对啦""对啦"。这显然因为翠姨是客人的关系,而且在名分上比他大。

不过有一天晚饭之后,翠姨和哥哥都没有了。每天饭后大概总要开个音乐会的。这一天也许因为伯父不在家,没有人领导的缘故。大家吃过也就散了。客厅里一个人也没有。我想找弟弟和我下一盘棋,弟弟也不见了。于是我就一个人在客厅里按起风琴来,玩了一下也觉得没有趣。客厅是静得很的,在我关上了风琴盖子之后,我就听见了在后屋里,或者在我的房子里是有人的。

我想一定是翠姨在屋里。快去看看她,叫她出来张罗着看纸牌。

我跑进去一看,不单是翠姨,还有哥哥陪着她。

看见了我,翠姨就赶快的站起来说:

"我们去玩吧。"

哥哥也说:

"我们下棋去,下棋去。"

他们出来陪我来玩棋,这次哥哥总是输,从前是他回回赢我的,我觉得奇怪,但是心里高兴极了。

不久寒假终了,我就回到哈尔滨的学校念书去了。可是哥哥没有同来,因为他上半年生了点病,曾在医院里休养了一些时候,这次伯父主张他再请两个月的假,留在家里。

以后家里的事情,我就不大知道了。都是由哥哥或母亲讲给我听的。我走了以后,翠姨还住在家里。

后来母亲还告诉过,就是在翠姨还没有订婚之前,有过这样一件事情。我的族中有一个小叔叔,和哥哥一般大的年纪,说话口吃,没有风采,也是和哥哥在一个学校里读书。虽然他也到我们家里来过,但怕翠姨没有见过。那时外祖母就主张给翠姨提婚。那族中的祖母,一听就拒绝了,说是寡妇的儿子,命不好,也怕没有家教,何况父亲死了,母亲又出嫁了,好女不嫁二夫郎,这种人家的女儿,祖母不要。但是我母亲说,辈分合,他家还有钱,翠姨过门是一品当朝的日子,不会受气的。

这件事情翠姨是晓得的,而今天又见了我的哥哥,她不能不想哥哥大概是那样看她的。她自觉的觉得自己的命运不会好的,现在翠姨自己已经订了婚,是一个人的未婚妻。二则她是出了嫁的寡妇的女儿,她自己一天把这个背了不知有多少遍,她记得清清楚楚。

五

翠姨订婚,转眼三年了,正这时,翠姨的婆家,通了消息来,张罗要娶。她的母亲来接她回去整理嫁妆。

翠姨一听就得病了。

但没有几天,她的母亲就带着她到哈尔滨采办嫁妆去了。

偏偏那带着她采办嫁妆的向导又是哥哥给介绍来的他的同学。他们住在哈尔滨的秦家岗上,风景绝佳,是洋人最多的地方。那男学生们的宿舍里边,有暖气,洋床。翠姨带着哥哥的介绍信,像一个女同学似的被他们招待着。又加上已经学了俄国人的规矩,处处尊重女子,所以翠姨当然受了他们不少的尊敬,请她吃大菜,请她看电影。坐马车的时候,上车让她先上,下车的时候,人家扶她下来。她每一动别人都为她服务,外套一脱,就接过去了。她刚一表示要穿外套,就给她穿上了。

不用说,买嫁妆她是不痛快的,但那几天,她总算一生中最开心的时候。

她觉得到底是读大学的人好,不野蛮,不会对女人不客气,绝不能像她的妹夫常常打她的妹妹。

经这到哈尔滨去一买嫁妆,翠姨就更不愿意出嫁了。她一想那个又丑又小的男人,她就恐怖。

她回来的时候,母亲又接她来到我们家来住着,说她的家里又黑,又冷,说她太孤单可怜。我们家是一团暖气的。

到了后来,她的母亲发现她对于出嫁太不热心,该剪裁的衣裳,她不去剪裁。有一些零碎还要去买的,她也不去买。做母亲的总是常常要加以督促,后来就要接回去,接到她的身边,好随时提醒她。她的母亲以为年轻的人必定要随时提醒的,不然总是贪玩。而况出嫁的日子又不远了,或者就是二、三月。

想不到外祖母来接她的时候,她从心的不肯回去,她竟很勇敢的提出来她要读书的要求。她说她要念书,她想不到出嫁。

开初外祖母不肯,到后来,她说若是不让她读书,她是不出嫁的,外祖母知道她的心情,而且想起了很多可怕的事情……

外祖母没有办法,依了她。给她在家里请了一位老先生,就在自己家院子的空房子里边摆上了书桌,还有几个邻居家的姑娘,一齐念书。

翠姨白天念书,晚上回到外祖母家。

念了书,不多日子,人就开始咳嗽,而且整天的闷闷不乐。她的母亲问她,有什么不如意?陪嫁的东西买得不顺心吗?或者是想到我们家去玩吗?什么事都问到了。

翠姨摇着头不说什么。

过了一些日子,我的母亲去看翠姨,带着我的哥哥,他们一看见她,第一个印象,就觉得她苍白了不少。而且母亲断言的说,她活不久了。

大家都说是念书累的,外祖母也说是念书累的,没有什么要紧的,要出嫁的女儿们,总是先前瘦的,嫁过去就要胖了。

而翠姨自己则点点头,笑笑,不承认,也不加以否认。还是念书,也不到我们家来了,母亲接了几次,也不来,回说没有工夫。

翠姨越来越瘦了,哥哥去到外祖母家看了她两次,也不过是吃饭,喝酒,应酬了一番。而且说是去看外祖母的。在这里年轻的男子,去拜访年轻的女子,是不可以的。哥哥回来也并不带回什么欢喜或是什么新的忧郁,还是一样和大家打牌下棋。

翠姨后来支持不了啦,躺下了,她的婆婆听说她病,就要娶她,因为花了钱,死了不是可惜了吗?这一种消息,翠姨听了病就更加严重。婆家一听她病重,立刻要娶她。因为在迷信中有这样一章,病新娘娶过来一冲,就冲好了。翠姨听了就只盼望赶快死,拼命的糟蹋自己的身体,想死得越快一点儿越好。

母亲记起了翠姨,叫哥哥去看翠姨。是我的母亲派哥哥去的,母亲拿了一些钱让哥哥给翠姨去,说是母亲送她在病中随便买点什么吃的。母亲晓得他们年轻人是很拘泥的,或者不好意思去看翠姨,也或者翠姨是很想看他的,他们好久不能看见了。同时翠姨不愿出嫁,母亲很久的就在心里边猜疑着他们了。

男子是不好去专访一位小姐的,这城里没有这样的风俗。母亲给了哥哥一件礼物,哥哥就可去了。

哥哥去的那天,她家里正没有人,只是她家的堂妹妹应接着这从未见过的生疏的年轻的客人。

那堂妹妹还没问清客人的来由,就往外跑,说是去找她们的祖父去,请他等一等。大概她想是凡男客就是来会祖父的。

客人只说了自己的名字，那女孩子连听也没有听就跑出去了。

哥哥正想，翠姨在什么地方？或者在里屋吗？翠姨大概听出什么人来了，她就在里边说：

"请进来。"

哥哥进去了，坐在翠姨的枕边，他要去摸一摸翠姨的前额，是否发热，他说：

"好了点吗？"

他刚一伸出手去，翠姨就突然的拉了他的手，而且大声的哭起来了，好像一颗心也哭出来了似的。哥哥没有准备，就很害怕，不知道说什么作什么。他不知道现在应该是保护翠姨的地位，还是保护自己的地位。同时听得见外边已经有人来了，就要开门进来了。一定是翠姨的祖父。

翠姨平静的向他笑着，说：

"你来得很好，一定是姐姐告诉你来的，我心里永远纪念着她，她爱我一场，可惜我不能去看她了……我不能报答她了……不过我总会记起在她家里的日子的……她待我也许没有什么，但是我觉得已经太好了……我永远不会忘记的……我现在也不知道为什么，心里只想死得快一点就好，多活一天也是多余的……人家也许以为我是任性……其实是不对的，不知为什么，那家对我也是很好的，我要是过去，他们对我也会是很好的，但是我不愿意。我小时候，就不好，我的脾气总是不从心的事，我不愿意……这个脾气把我折磨到今天了……可是我怎能从心呢……真是笑话……谢谢姐姐她还惦着我……请你告诉她，我并不像她想的那么苦呢，我也很快乐……"翠姨痛苦的笑了一笑，"我心里很安静，而且我求的我都得到了……"

哥哥茫然的不知道说什么，这时祖父进来了。看了翠姨的热度，又感谢了我的母亲，对我哥哥的降临，感到荣幸。他说请我母亲放心吧，翠姨的病马上就会好的，好了就嫁过去。

哥哥看了翠姨就退出去了，从此再没有看见她。

哥哥后来提起翠姨常常落泪，他不知翠姨为什么死，大家也都心中纳闷。

尾　声

等我到春假回来，母亲还当我说：

"要是翠姨一定不愿意出嫁，那也是可以的，假如他们当我说。"

翠姨坟头的草籽已经发芽了，一掀一掀的和土粘成了一片，坟头显示淡淡的青色，常常会有白色的山羊跑过。

这时城里的街巷，又装满了春天。

暖和的太阳，又转回来了。

街上有提着筐子卖蒲公英的了，也有卖小根蒜的了。更有些孩子们他们按着时节去折了那刚发芽的柳条，正好可以拧成哨子，就含在嘴里满街的吹。声音有高有低，因为那哨子有粗有细。

大街小巷，到处的呜呜呜，呜呜呜。好像春天是从他们的手里招待回来了似的。

但是这为期甚短，一转眼，吹哨子的不见了。

接着杨花飞起来了，榆钱飘满了一地。

在我的家乡那里,春天是快的,五天不出屋,树发芽了,再过五天不看树,树长叶了,再过五天,这树就像绿得使人不认识它了。使人想,这棵树,就是前天的那棵树吗?自己回答自己,当然是的。春天就像跑的那么快。好像人能够看见似的,春天从老远的地方跑来了,跑到这个地方只向人的耳朵吹一句小小的声音:"我来了呵",而后很快的就跑过去了。

春,好像它不知多么忙迫,好像无论什么地方都在招呼它,假若它晚到一刻,阳光会变色的,大地会干成石头,尤其是树木,那真是好像再多一刻工夫也不能忍耐,假若春天稍稍在什么地方留连了一下,就会误了不少的生命。

春天为什么它不早一点来,来到我们这城里多住一些日子,而后再慢慢的到另外的一个城里去,在另外一个城里也多住一些日子。

但那是不能的了,春天的命运就是这么短。

年轻的姑娘们,她们三两成双,坐着马车,去选择衣料去了,因为就要换春装了。她们热心的弄着剪刀,打着衣样,想装成自己心中想得出的那么好,她们白天黑夜的忙着,不久春装换起来了,只是不见载着翠姨的马车来。

1941 年夏,重抄

延伸阅读:短篇小说《小城三月》是萧红 1941 年 6 月流亡香港期间创作的,季红真认为作品"是以她童年的挚友开姨作为原型,在这部作品中,她放弃了对家庭的嫌恶态度,父亲是一个有维新思想的形象,家庭也是一个开放而民主的家庭。这更接近萧红家庭的实际情况,也反映出萧红矛盾的内心世界"。参见季红真:《萧红传》,第 379 页,北京,十月文艺出版社,2000 年。

呼兰河传(存目)

萧 红

延伸阅读:茅盾在《萧红的小说——〈呼兰河传〉》中为作家辩护说:"《呼兰河传》给我们看萧红的童年是寂寞的。""也许有人会觉得《呼兰河传》不是一部小说。他们也许会这样说:没有贯串全书的线索,故事和人物都是非常零零碎碎,都是片段的,不是整个的有机体。也许又有人觉得《呼兰河传》好像自传,却又不完全像自传。但是我却觉得正因其不完全像自传,所以更好,更有意义。"载上海《文汇报》第 24 期,1946 年 10 月 17 日。

梅雨之夕

施蛰存

梅雨又淙淙地降下了。

对于雨，我倒并不觉得嫌厌，所嫌厌的是在雨中疾驰的摩托车的轮，它会得溅起泥水猛力地洒上我的衣裤，甚至会连嘴里也拜受了美味。我常常在办公室里，当公事空闲的时候，凝望着窗外淡白的空中的雨丝，对同事们谈起我对于这些自私的车轮的怨苦。下雨天是不必省钱的，你可以坐车，舒服些。他们会这样善意地劝告我。但我并不曾屈就了他们的好心，我不是为了省钱，我喜欢在滴沥的雨声中撑着伞回去。我的寓所离公司是很近的，所以我散工出来，便是电车也不必坐，此外还有一个我所以不喜欢在雨天坐车的理由，那是因为我还不曾有一件雨衣，而普通在雨天的电车里，几乎全是裹着雨衣的先生们，夫人们或小姐们，在这样一间狭窄的车厢里，滚来滚去的人身上全是水，我一定会虽然带着一把上等的伞，也不免满身淋漓地回到家里。况且尤其是在傍晚时分，街灯初上，沿着人行路用一些暂时安逸的心境去看看都市的雨景，虽然拖泥带水，也不失为一种自己的娱乐。在蒙雾中来来往往的车辆人物，全都消失了清晰的轮廓，广阔的路上倒映着许多黄色的灯光，间或有几条警灯的红色和绿色在闪烁着行人的眼睛。雨大的时候，很近的人语声，即使声音很高，也好像在半空中了。

人家时常举出这一端来说我太刻苦了，但他们不知道我会得从这里找出很大的乐趣来，即使偶尔有摩托车的轮溅满泥泞在我身上，我也并不曾因此而改了我的习惯。说是习惯，有什么不妥呢，这样的已经有三四年了。有时也偶尔想着总得买一件雨衣来，于是可以在雨天坐车，或者即使步行，也可以免得被泥水溅着了上衣，但到如今这仍然留在心里做一种生活上的希望。

在近来的连日的大雨里，我依然早上撑着伞上公司去，下午撑着伞回家，每天都是如此。

昨日下午，公事堆积得很多。到了四点钟，看看外面雨还是很大，便独自留下在公事房里，想索性再办了几椿，一来省得明天要更多地积起来，二来也借此避雨，等它小一些再走。这样地竟逗留到六点钟，雨早已止了。

走出外面，虽然已是满街灯火，但天色却转晴朗了。曳着伞，避着檐滴，缓步过去，从江西路走到四川路桥，竟走了差不多有半点钟光景。邮政局的大钟已是六点二十五分了。未走上桥，天色早已重又冥晦下来，但我并没有介意，因为晓得是傍晚的时分了，刚走到桥头，急雨骤然从乌云中漏下来，潇潇的起着繁音。看下面北四川路上和苏州河两岸行人的纷纷乱窜乱避，只觉得连自己心里也有些着急。他们在着急些什么呢？他们也一定知道这降下来的是雨，对于他们没有生命上的危险，但何以要这样急迫地躲避呢？说是为了恐怕衣裳给淋湿了，但我分明看见手中持着伞的和身上披了雨衣的人也有些脚步跟跄了。我觉得至少这是一种无意识的纷乱。但要是我不会感觉到雨中闲行的滋味,我也是会得和这些人一样地急突地奔下桥去的。

何必这样的奔逃呢,前路也是在下着雨,张开我的伞来的时候,我这样漫想着。不觉已走过了天潼路口。大街上浩浩荡荡地降着雨,真是一个伟观,除间或有几辆摩托车,连续地冲破了雨仍旧钻进了雨中地疾驰过去之外,电车和人力车全不看见。我奇怪他们都躲到什么地方去了。至于人,行走着的几乎是没有,但在店铺的檐下或蔽荫下是可以一团一团地看得见,有伞的和无伞的,有雨衣的和无雨衣的,全都聚集着,用嫌厌的眼望着这奈何不得的雨。我不懂他们这些雨具是为了怎样的天气而买的。

至于我,已经走近文监师路了。我并没什么不舒服,我有一把好的伞,脸上绝不会给雨淋湿,脚上虽然觉得有些潮扭扭,但这至多是回家后换一双袜子的事。我且行且看着雨中的北四川路,觉得朦胧的颇有些诗意。但这里所说的"觉得",其实也并不是什么具体的思绪,除了"我该得在这里转弯了"之外,心中一些也不意识着什么。

从人行路上走出去,探头看看街上有没有往来的车辆,刚想穿过街去转入文监师路,但一辆先前并没有看见的电车已停在眼前。我止步了,依然退进到人行路上,在一支电杆边等候着这辆车的开出。在车停的时候,其实我是可以安心地对穿过去的,但我并不会这样做。我在上海住得很久,我懂得走路的规则,我为什么不在这个可以穿过去的时候走到对街去呢,我没知道。

我数着从头等车里下来的乘客。为什么不数三等车里下来的呢?这里并没有故意的挑选,头等坐在车底前部,下来的乘客刚在我面前,所以我可以很看得清楚。第一个,穿着红皮雨衣的俄罗斯人,第二个是中年的日本妇人,她急急地下了车,撑开了手里提着的东洋粗柄雨伞,缩着头鼠窜似地绕过车前,转进文监师路去了。我认识她,她是一家果子店的女店主。第二,第四,是像宁波人似的我国商人,他们都穿着绿色的橡皮华式雨衣。第五个下来的乘客,也即是末一个了,是一位姑娘。她手里没有伞,身上也没有穿雨衣,好像是在雨停止了之后上电车的,而不幸在到目的地的时候却下着这样的大雨。我猜想她一定是从很远的地方上车的,至少应当在卡德路以上的几站吧。

她走下车来,缩着瘦削的,但并不露骨的双肩,窘迫地走上人行路的时候,我开始注意着她的美丽了。美丽有许多方面,容颜的姣好固然一重要素,但风仪的温雅,肢体的停匀,甚至谈吐的不俗,至少是不惹厌,这些也有着份儿,而这个雨中的少女,我事后觉得她是全适合这几端的。

她向路的两边看了一看,又走到转角上看着文监师路。我晓得她是急于要招呼一辆人力车。但我看,跟着她的眼光,大路上清寂地没有一辆车子徘徊着,而雨还尽量地落下来。她旋即回了转来,躲避在一家木器店的屋檐下,露着烦恼的眼色,并且蹙着细淡的修眉。

我也便退进在屋檐下,虽则电车已开出,路上空空地,我照理可以穿过去了。但我何以不穿过去,走上了归家的路呢!为了对于这个少女有什么依恋么?并不,绝没有这种依恋的意识。但这也决不是为了我家里有着等候我回去在灯下一同吃晚饭的妻,当时是连我已有妻的思想都不会有,面前有着一个美的对象,而又是在一重困难之中,孤寂地单身呆立着望这永远地,永远地垂下来的梅雨,只为了这些缘故,我不自觉地移动了脚步站在她旁边了。

虽然在屋檐下,虽然没有粗重的檐溜滴下来,但每一阵风会得把凉凉的雨丝吹向我们。我有着伞,我可以如中古时期骁勇的武士似地把伞当作盾牌,挡着扑面袭来的雨丝的箭,但这个少女却身上间歇地被淋得很湿了。薄薄的绸衣,黑色也没有效用了,两只手臂已被画出了它们的圆润。她屡次旋转身去,侧立着,避免轻薄的雨之侵袭她的前胸。肩臂上受些雨水,让衣裳贴着了肉倒不打紧吗?我曾偶尔这样想。

天晴的时候,马路上多的是兜搭生意的人力车。但现在需要它们的时候,却反而没有了。我想着人力车夫的不善于做生意,或许因为需要的人太多了,供不应求,所以即是在这样繁盛的街上,也不见一辆车子的踪迹。或许车夫也都在避雨呢,这样大的雨,车夫不该避一避吗?对于人力车之有无,本来用不到关心的我,也忽然寻思起来,我并且还甚至觉得那些人力车夫是可恨的,为什么你们不拖着车子走过来接应这生意呢,这里有一位美丽的姑娘,正窘立在雨中等候着你们的任何一个。

如是想着,人力车终于没有踪迹。天色真的晚了。远处对街的店铺门前有几个短衣的男子已经等得不耐而冒着雨,他们是拼着淋湿一身衣裤的,跨着大步跑去了。我看这位少女的长眉已颦蹙得更紧,眸子莹然,像是心中很着急了。她的忧闷的眼光正与我的互相交换,在她眼里,我懂得我是正受着诧异,为什么你老是站在这里不走呢。你有着伞,并且穿着皮鞋,等什么人么?雨天在街道上等谁呢?眼睛这样锐利地看着我,不是没怀着好意么?从她将钉住着在我身上打量我的眼光移向着阴黑的天空的这个动作上,我肯定地猜测她是在这样想着。

我有着伞呢,而且大得足够容两个人的蔽荫的,我不懂何以这个意识不早就觉醒了我。但现在它觉醒了我将使我做什么呢?我可以用我的伞给她障住这样的淫雨,我可以陪伴她走一段路去找人力车,如果路不多,我可以送她到她的家。如果路很多,又有什么不成呢?我应当跨过这一箭路,去表白我的好意吗?好意,她不会有什么别方面的疑虑吗?或许她会得像刚才我所猜想着的那样误解了我,她便会得拒绝了我。难道她宁愿在这样不止的雨和风中,在冷静的夕暮的街头,独自个立到很迟吗?不啊!雨是不久就会停的,已经这样连续不断地降下了……多久了,我也完全忘记了时间的在雨水中间流过。我取出时计来,七点三十四分。一小时多了。不至于老是这样地降下来吧,看,排水沟已经来不及宣泄,多量的水已经积聚在它上面,打着旋涡,挣扎不得流下去的路,不久怕会溢上了人行道么?不会的,决不会有这样持久的雨,再停一会,她一定可以走了。即使雨不就停止,人力车大约总能够来一辆的。她一定会不管多大的代价坐了去的。然则我是应当走了么?应当走了?为什么不?……

这样地又十分钟过去了。我还没有走。雨没有住,车儿也没有影踪。她也依然焦灼地立着。我有一个残忍的好奇心,如她这样的在一重困难中,我要看她终于如何处理她自己。看着她这样窘急,怜悯和旁观的心里在我身中各占了一半。

她又在惊异地看着我。

忽然,我觉得,何以刚才会不觉得呢,我奇怪,她好像在等待我拿我的伞贡献给她,并且送她回去,不,不一定是回去,只是到她所需要到的地方去。你有伞,但你不走,你愿意分一半伞荫蔽我,但还在等待什么更适当的时候呢?她的眼光在对我这样说。

我脸红了,但并没有低下头去。

用羞赧来对付一个少女的注目,在结婚以后,我是不常有的。这是自己也随即觉得可怪了。我将用何种理由来譬解我的脸红呢?没有!但随即有一种男子的勇气升上来,我要求报复,这样说或许较严重了,但至少是要求着克服她的心在我身里急突地催促着。

终归是我移近了这少女,将我的伞分一半荫蔽她。
　　——小姐,车子恐怕一时不会得有,假如不妨碍,让我来送一送吧。我有着伞。
　　我想说送她回府,但随即想到她未必是在回家的路上,所以结果是这样两用地说了。当说着这些话的时候,我竭力做得神色泰然而她一定已看出了这勉强的安静的态度后面藏匿着的我的血脉之急流。
　　她凝视着我半微笑着。这样好久。她是在估量我这种举止的动机,上海是个坏地方,人与人都用一种不信任的思想交际着! 她也许是正在自己委决不下,雨真的在短时期内不会止么? 人力车真的不会来一辆么? 要不要借着他的伞姑且走起来呢? 也许转一个弯就可以有人力车,也许就让他送到了。那不妨么?……不妨事。遇见了认识人不会猜疑吗?……但天太晚了,雨并不觉得小一些。
　　于是她对我点了点头,极轻微地。
　　谢谢你。朱唇一启,她迸出柔软的苏州音。
　　转进靠西边的文监师路,响着雨声的伞下,在一个少女的傍边,我开始诧异我的奇遇。事情会得展开到这个现状吗? 她是谁,在我身旁同走,并且让我用伞荫蔽着她,除了和我的妻之外,近几年来我并不曾有过这样的经历。我回转头去,向后面斜看,店铺里有许多人歇下了工作对我,或是我们,看着。隔着雨的帡幪,我看得见他们的可疑的脸色。我心里吃惊了,这里有着我认识的人吗? 或是可有着认识她的人吗?……再回看她,她正低下着头。拣着踏脚地走。我的鼻刚接近她的鬓发,一阵香。无论认识我们之中任何一个人,看见了这样的我们的同行,会怎样想?……我将伞沉下了些,让它遮蔽到我们的眉额。人家除非低下身子来,不能看见我们的脸面。这样的举动,她似乎很中意。
　　我起先是走在她的右边,右手执着伞柄,为了要让她多得些荫蔽,手臂便凌空了。我开始觉得手臂酸痛,但并不以为是一种苦楚。我侧眼看她,我恨那个伞柄,它遮隔了我的视线。从侧面看,她并没有从正面看那样的美丽。但我却从此得到了一个新的发现:她很像一个人。谁? 我搜寻着,我搜寻着,好像记得,岂但……几乎每日都在意中的,一个我认识的女子,像现在身旁并行着的这个一样的身材,差不多的面容,但何以现在百思不得之呢?……啊,是了,我奇怪为什么我竟会得想不起来,这是不可能的! 我的初恋的那个少女,同学,邻居,她不是很像她吗? 这样的从侧面看,我与她离别了好几年了,在我们相聚的最后一日,她还只有十四岁,……一年……二年……七年了呢。我结婚了,我没有再看见她,想来长成得更美丽了……但我并不是没有看见她长大起来,当我脑中浮起她的印象来的时候,她并不还保留着十四岁的少女姿态。我不时在梦里,睡梦或白日梦,看见她在长大起来,我会自己构成她是个美丽的二十岁年纪的少女。她有好的声音和姿态,当偶然悲哀的时候,她在我的幻觉里会得是一个妇人,或甚至是一个年轻的母亲。
　　但她何以这样的像她呢? 这个容态,还保留十四岁时候的余影,难道就是她自己么? 她为什么不会到上海来呢? 是她! 天下有这样容貌完全相同的人么? 不知她认出了我没有……我应该问问她了。
　　小姐是苏州人么?
　　是的。
　　确然是她,罕有的机会啊! 她几时到上海来的呢? 她的家搬到上海来了吗? 还是,哎,我怕,她嫁到上海来了呢?她一定已经忘记了我,否则她不会允许我送她走。……也许我的容貌有了改变,她不能再认识我,年数确是很久了。……但她知道我已经结婚吗?要是没有知道,而现在她认识了我,怎么办呢?我应当告诉她吗?如果这样是需要的,我将怎么措辞呢?……

我偶然向道旁一望,有一个女子倚在一家店里的柜上。用着忧郁的眼光。看着我,或者也许是在看着她。我忽然好像发现这是我的妻,她为什么在这里?我奇怪。

我们走在什么地方了。我留心看。小菜场。她恐怕快要到了。我应当不失了这个机会。我要晓得她更多一些,但要不要使我们继续已断的友谊呢,是的,至少也得是友谊?还是仍旧这样地让我在她的意识里只不过是一个不相识的帮助女子的善意的人呢?我开始踌躇了。我应当怎样做才是最适当的。

我似乎还应该知道她正要到那里去。她未必是归家去吧。家——要是父母的家倒也不妨事的,我可以进去,如像幼小的时候一样。但如果是她自己的家呢?我为什么不问她结婚了不曾呢……或许,连自己的家也不是,而是她的爱人的家呢,我看见一个文雅的青年绅士。我开始后悔了,为什么今天这样高兴,剩下妻在家里焦灼地等候着我,而来管人家的闲事呢?北四川路上,终于会有人力车往来的?即使我不这样地用我的伞伴送她,她也一定早已能雇到车子了。要不是自己觉得不便说出口,我是已经会得剩了她在雨中反身走了。

还是再考验一次吧。

小姐贵姓?

刘。

刘吗?一定是假的。她已经认出了我,她一定都知道了关于我的事,她哄我了。她不愿意再认识我了,便是友谊也不想继续了。女人!……她为什么改了姓呢?……也许这是她丈夫的姓?刘……刘什么?

这些思想的独白,并不占有了我多少时候。它们是很迅速地翻舞过我的心里,就在与这个好像有魅力的少女同行过一条马路的几分钟之内。我的眼不常离开她,雨到这时已在小下来也没有觉得。眼前好像来来往往的人在多起来了,人力车也恍惚看见了几辆。她为什么不雇车呢?或许快要到达她的目的地了。她会不会因为心里已认识了我,不敢相认,所以故意延滞着和我同走么?

一阵微风,将她的衣缘吹起,飘荡在身后。她扭过脸去避对面吹来的风,闭着眼睛,有些娇媚。这是很有诗兴的姿态,我记起日本画伯铃木春信的一帖题名叫"夜雨宫诣美人图"的画。提着灯笼,遮着被斜风细雨所撕破的伞,在夜的神社之前走着,衣裳和灯笼都给风吹卷着,侧转脸儿来避着风雨的威势,这是颇有些洒脱的感觉。现在我留心到这方面了,她也有些这样的丰度。至于我自己,在旁人眼光里,或许成为她的丈夫或情人了,我很有些得意着这种自譬的假饰。是的,当我觉得她确是幼小时候初恋着的女伴的时候,我是如像真有这回事似的享受着这样的假饰。而从她鬓边颊上被潮润的风吹过来的粉香,我也闻嗅得出是和我妻所有的香味一样的。……我旋即想到古人有"担簦亲送绮罗人"那么一句诗,是很适合于今日的我的奇遇的。铃木画伯的名画又一度浮现上来了。但铃木的所画的美人并不和她有一些相象,倒是我妻的嘴唇却与画里的少女的嘴唇有些仿佛的。我再试一试对于她的凝视,奇怪啊,现在我觉得她并不是我适才所误会着的初恋的女伴了。她是另外一个不相干的少女。眉额、鼻子、颚骨,即使说是有年岁的改换,也绝对的找不出一些踪迹来。而我尤其嫌厌着她的嘴唇,侧看过去,似乎太厚一些了。

我忽然觉得很舒适,呼吸也更通畅了。我若有意无意地替她撑着伞,徐徐觉得手臂太酸痛之外,没什么感觉。在身旁由我伴送着的这个不相识的少女的形态,好似已经从我的心的樊笼中被释放了出去。我才觉得天已完全夜了,而伞上已听不到些微的雨声。

——谢谢你,不必送了,雨已经停了。

她在我耳朵边这样地嘤响。

我蓦然惊觉,收拢了手中的伞。一缕街灯的光射上了她的脸,显着橙子的颜色。她快要到了吗?可是她不愿意我伴她到目的地,所以趁此雨已停住的时候要辞别我吗?我能不能设法看一看她究竟到什么地方去呢?……

——不要紧,假使没有妨碍,让我送到了吧。

——不敢当呀,我一个人可以走了,不必送吧。时光已是很晚了,真对不起得很呢。

看来是不愿我送的了。但假如还是下着大雨便怎么了呢?……我怨怼着不情的天气,何以不再下半小时雨呢,是的,只要再半小时就够了。一瞬间,我从她的对于我的凝视——那是为了要等候我的答话——中看出一种特殊的端庄,我觉得凛然,像雨中的风吹上我的肩膀。我想回答,但她已不再等候我。

——谢谢你,请回转吧,再会。……

她微微地侧面向我说着,跨前一步走了,没有再回转头来。我站在中路,看她的后影,旋即消失在黄昏里。我呆立着,直到一个人力车夫来向我兜揽生意。

在车上的我,好像飞在一个醒觉之后就要忘记了的梦里。我似乎有一桩事情没有做完成,我心里有着一种牵挂。但这并不会很清晰地意识着。我几次想把手中的伞张起来,可是随即会自己失笑这是无意识的。并没有雨降下来,完全地晴了,而天空中也稀疏地有了几颗星。

下车了,我叩门。

——谁?

这是我在伞底下伴送着走的少女的声音!奇怪,她何以又会在我家里?……门开了。堂中灯火通明,背着灯光立在开着一半的大门边的,倒并不是那个少女。朦胧里,我认出她是那个倚在柜台上用嫉妒的眼光看着我和那个同行的少女的女子。我惝怳地走进门。在灯下,我很奇怪,为什么从我妻的脸色上再也找不出那个女子的幻影来。

妻问我何故归家这样的迟,我说遇到了朋友,在沙利文吃了些小点,因为等雨停止,所以坐得久了。为了要证实我这谎话,夜饭吃得很少。

延伸阅读:对施蛰存的小说,可借用刘禾对他写作风格的评述,她说:"如果施蛰存由于使古代志怪小说合法化而在现代中国文学中占一席特殊之地的话,那么同样必须归功于他的是,他揭示了传统梦幻小说与精神分析话语之间某些隐喻性的契合。"这种分析,同样适用于《梅雨之夕》。参见刘禾:《跨语际实践——文学,民族文化与被译介的现代性》,第202页,宋伟杰等译,北京,三联书店,2002年。

砥　柱

张天翼

　　黄宜庵老先生斜躺在他的铺位上看书。右腿搁在左腿上，脚趾用劲叉开着——让左手在那里搓脚丫。

　　书上的字像水影子那么晃动着。

　　"还不回舱里来！——这死丫头！"

　　他视线移出到老花眼镜上面，狠命斜了舱门一眼。

　　外面官舱客厅里嘈嘈杂杂的。还混着一些茶房兴高采烈的叫声——"客人，身体！客人，身体！"

　　什么地方有人在那里大笑，谈着女人的事。时不时听见吱吱吱的声音，他这七号官舱里就给漏进了大烟香，跟船上的鱼腥臭混出一股怪味儿。

　　"该死，唉！"

　　他把左手送到鼻孔边闻了闻，就套上了袜子，拖着他那双凉鞋跨到门口。

　　这回——他无论如何要把贞妹子喊回来！一个正派的人总不能让自己的小姐那个！——成什么样子！

　　于是他猛地把门一拉……

　　可是他只开了半尺来阔：好像准备要跟人拼命似的——先凑出他那张长脸子去探探动静。死鱼样的灰色眼珠斜出了眼镜框——往官舱客厅扫了一转。

　　他那死丫头还在跟那个胖女人谈天，连脸都没回过来一下。胖女人仍旧解开了衣扣，满不在乎地露出那个肥泡泡的奶子喂着小把戏。她脸上还浮着微笑，仿佛她有那么一对丰满的奶子——就值得骄傲似的！

　　门口这位老先生知道她这回已经换了边，他先前张望了两次——只见过她右边的那一只。原来两只都这么白漂。

　　有几个男子汉在旁边叽里咕噜议论着，笑嘻嘻地瞟她们几眼。坐在铺上的一个小伙子可一个劲儿盯着那边，嘴张得大大的，似乎要把女人的什么东西吞下肚去。

　　只有躺在炕床上的那个中年人没理会这些，他拿着一本小书在看着：跷着一条腿子，把一只手在裤裆里搔着什么。

　　"这家伙一定有'肾囊风'，"黄宜庵老先生想。"哼，该死的家伙！简直要——简直要——嗯，叫官厅来捉那个胖女人！……"

　　他关了门，挺着铁硬的腰板子又回到自己铺位上。

　　船身劈着水——哗哗地叫着。底下机房里打桩似地发出一下下沉重的响声，叫人觉得自己的心脏给谁捶着。

　　有人在打哈哈：听来似乎就在隔壁舱里。笑完了又是一阵——吱，吱，吱……

　　他老先生忽然又想到了那个"肾囊风"。那家伙到底看的是什么书呢，那么起劲法?

"哼,一定是有伤风化的东西!——看那书壳子就有点像。"

他不放心地又去拉开了门。他皱着那双浓重的眉毛等着,把脸子伸出到那扇张开一小半的口子外面,像上着夹板似的。

等到他的小姐偶然一看见了他——他马上翘翘下巴叫她进舱里来。

"你跟她谈天的那个女人是哪个?"他拉长着脸问。

"一个同学的嫂嫂。"

"莫去跟她讲话!晓得吧?……一定不是什么正派人。……做人总要小心:总要——总要——唔,晓得吧?"

贞妹子瞅了他一眼,没声没息地嘘了一口气。

做父亲的坐到铺上,脱了鞋子。他用力突出了下唇——又慢条斯理地说:

"并不是我喜欢责备你。……做爷的自然想到儿女做个好人,没得闲话给人家讲。你看,刚才那个女人要是个正派的——她怎么会当着许多男人家的面解扣子!男女要没得个防范,何以异于禽兽呢?嗯……无论天下怎样变,一个礼字是要讲的——无论如何……"

这里他脱下了袜子,拿右手中指在脚丫里擦几下,然后送到鼻子跟前闻着。

"莫讲别的,就是在自己的私室也随便不得,更何况……"

隔壁有个响亮的嗓子打断了他:

"……哦是的!那个堂客是个三开门:嘴巴好……"

接着就有腻腻的笑声透过板壁来。

黄宜庵老先生身子一震。可是他挺了挺腰,装做没听见的样子。干咳了一声,他又拉长着脸子谈论起来。眼珠子斜在眼角上,看守着什么似的盯着他女儿。

他认为那种伤风败俗的家伙该给锁到牢里。唔,他决计要上个条陈给省长——一定会采纳。

那位小姐静静地坐着,右肘撑在腿上,下巴搁在手上。眼睛动也不动看着那个圆窗子:她好像在老远的想着些什么,又像什么都没想。

岸上那片田地衬着炒米粉样的江水——就更加显得绿油油的好看,叫人恨不得倒到那里去睡一觉。天上流着些白得发亮的浮云,跟远山联成了一片,仿佛一伸手就可以摸得到。

里面可只滚着黄老先生那种沉重的嗓音。有时候还夹着吸鼻子的响声。

他谈到了他自己,他教训儿女的时候老是拿自己来做榜样的。于是他把擦得发了烫的左脚放下去,换上右脚来。把手指捻了会儿,他又背着他那一套:他在地方上那么有声望——并不是因为他家里每年有三百担租谷,也不是因为他当过秀才又学过法政,只是因为他做人不同些。

"哼,新派,新派!……俺,如今到底醒悟了——晓得齐家治国平天下还是要有根柢的。你看,乐县长也想请我去讲经书,可见得——唔,晓得吧。……我只要你们学到我的一小半,只要你们不为流俗所染,就足矣足矣了,我也并不想叫你们当圣人。我是……"

下面的话又给埋到了隔壁的笑声里。

他皱了皱眉,把要送到鼻边去的手指停在半路上:

"贞妹子！我讲话你到底听着没有！"

贞妹子惊醒了似地回过脸来，仿佛到现在她才知道她老子在跟她谈活。

老头儿叹了一口气，摇摇脑袋——

"不开口了罢，横竖没人听……近年来做官做府的倒也上了正轨——巴着要我讲点至德要道，而亲生崽反倒把我不当回事！"

这就送手指上来嗅着，闭着眼，打嘴里哈着气，似乎专心要让自己在这里面沉醉一下——免得去想到那些不快意的事。

过会儿，他可又忍不住要开口：

"唉，十六七岁的女孩子了——还不懂事！……你只要问问你姆妈就晓得：我跟你姆妈相处了三十多年，夫妇从来没说过一句玩笑话，唔……你姆妈一辈子没在生男人面前抛头露面过……礼也者，为人之本，女子更其要那个，晓得吧？"

他嘘了一口气，把脊背往板壁上一靠，拿起那本书来。

"倒杯茶！"——眼睛抬都没抬起，只用手指蘸着唾沫，慢慢地一页一页翻着。

伸手接杯子的时候——他瞟一下贞妹子的脸色。他心窝里忽然有痒一下似的感觉。这孩子到底算长得出色的，这回准可以把亲事说好，从此以后易总办就是他的亲家了。

于是他用种品味的劲儿啜着茶，咂咂嘴巴。说话的声调也平和了许多：

"贞妹子我告诉你：我并不想叫你继承我的理学。然而做人总是——唔，要那个些，嗯？只要……只要……"

这么踌躇了一下，他就把身子往前伸着点儿，挺有点把握地告诉他小姐：只要修身功夫做得好，连将相公卿都会来就教，来攀亲的。

说了就放心地移动一下身子——让自己靠得舒服些。眼珠子端正地盯在书上，可是怎么也看不下去。他念头老是在将来的好日子里打转，全身都热辣辣地发着烫。

女孩子又傻坐着看着窗子外面的天，仿佛要对外面的世界悟出点儿道理来。

"没带书啊！你？"她老子问。

她抬起那张做错了事似的脸嘴来摇摇头。接着她似乎要表示她也有正经事可以做——打小网篮里拿起没打好的绒绳衣动起手来。

不过她常常发愣。视线盯着前面，好像她在细听着机器响，水响，并且关切到那些乱七八糟的人声似的。

黄宜庵老先生咳了一声，咽下一口痰。他两手都在狠命地对付脚丫，让那本书躺在自己肚子上。他左腮巴上的皱纹把嘴扯得歪着，一颗发亮的唾涎挂在下唇上。

隔壁仍旧在那里谈呀笑的，嗓子越提越高，似乎故意叫这边的人听见。

"哈呀，那你比小江平还厉害！……"

"什么？什么？……呃，我说……"

一阵叽里咕噜之后，又听见他们大笑起来。

七号官舱里的这位老先生马上拉长了脸。手指在脚丫里停止了动作。

"该死！"他在肚子里说。"这是些什么人？……哼，'小江平'！"

他伸着脖子，庄严得动都不动一下。只打眼角里瞟贞妹子一眼。

还好，她不知道这一套。

什么地方有蚊子哼着，似乎还带着点颤动。这艘船的肚子里一个劲儿——gun，

gun,gun,跟那哆嗦着的哼声合着拍子。

正在这时候——隔着板壁透过来"嗯"的一声,听去活像是女人的尖喉咙。跟手还在吃吃地笑着,那声音仿佛是给拼命压制住的。

黄宜庵老先生全身发了一阵紧,感到有个软毛刷子在刷着他的心脏。他两腿伸直一下又弯了起来。

"唉!"……窝着两片腮巴子抽了一口气,斜了贞妹子一眼。

那十六岁的女孩子专心在那里对付她的绒绳衣,两手灵活地动着,她对那些离奇古怪的响声没一点兴味。看来她在学堂里倒还没听到看到那些要不得的事。

"然而那个女人可就……"

他又想到那对肥泡泡的奶子,还像得到那个:要是用手去一碰,就怎么有弹性地颤法。

现在他可打不定主意了,到底要不要叫官厅去干涉这些事——他有是有这种权力的。

虽然拿起了那本书,并且作古正经地一页页蘸着唾沫翻着,可是那些长条条的宋体字都绷着丑脸子——一个也打不到他脑子里去。

身上什么地方有股热气在流着,脚趾缝里痒了起来。他偷看他女儿一眼。干咳了一声,又瞟过眼珠去。

这回爷儿俩的视线碰了一下。他于是发气地喊:

"做针线就专心做针线!——东张西望做什么!"

茶房在外面叫着些什么,盖过了所有的人声。有谁溜着尖声音在唱着小调,叫人想像得到他一面怎样个扭法。可是这个销魂的歌声马上就给一些粗喉咙打断了:显然是有人吵架。

说不定是为了争风吃醋,唉,真该死!船上总是不安静!

吵架的刚刚住了嘴,汽笛又吼了起来,拖得怪长,听来它似乎很烦闷:好像是忍住了好久好久的某种欲念——一下子给迸发了出来。于是这声音钻进了别人脑袋,打全身透过去,给搅得皮肉都打着颤。过去了许多时候——耳朵里还嗡嗡的。

这位老先生半闭着眼,烦躁地嘟哝一句什么,仿佛青蛙关在坛子里的叫声。他脑子里乱七八糟,觉得船身在荡着。

隔壁又吱吱吱地在那里抽大烟,一声紧跟着一声,叫人疑心是有谁给压紧得喘不过气来。

他用种很镇静的派头对他的小姐瞟一眼,渐渐睁开了眼眶。这小姑娘也许什么都知道,只是在老子跟前一点都不露出来。他胸脯给绷了一下似地发一下紧,于是拿眼珠守着他女儿,死盯着一直没动。

板壁外面可越谈越放肆了。那准是些饱经世故的男子,并且是有点身份的。他们还爱看点什么书:刚才说到那个能够变大变小的和尚,接着又扯到了一种贵金属的"托子"。

于是有一个嘎嗓子很豪放地嚷:

"这部书真有道理,这部书!……经验之谈!不错!……我碰见的那个堂客就是'吹箫'的好手……"

另外一个很沉着的声音把这个的术语校正了一下:这不叫"吹箫"。接着就来了一场小小的争论。

这边黄宜庵老先生把下唇一撇。

"哼,该死!他们看也没看书就瞎吹!"他想。"然面——然而——唔,那所谓堂客怕就是'三开门'的那个。"

他眼睛往板壁上瞟了一下,又回到贞妹子身上。

她坐在窗子跟前,只瞧见一个弯着的人身剪影。可是他觉得她脸子正发着红,眼睛里闪着亮——水汪汪的!

"咳哼!"他大声一咳,拼命拉长脸。

小姐吓了一跳,连身子都抖动了一下。

一看就知道她心虚。这老头儿就感到肚子里有什么塞住了,呼吸也调不匀称。眼珠差点没跳出了眼眶子,冲着贞妹子直冒火。他打定主意要好好教训她一顿,骂她一顿,舌子可打着结:

"贞妹子!……你……哼,该死,这这……我告诉你——晓得吧,一个人……一个人……那个那个——唔……"

嘴巴空动了几动,稀稀朗朗的几根胡子梗耸了几下,他就咳了一声,猛地爆出了一句——

"非礼勿听!……"

那个对他睁大了眼睛,张大了嘴巴。

"莫光看着我!"他老人家打牙缝里压出了叫声,"一个人总要时时刻刻自省——看做了什么非礼之举没有。……一个人——一个人——嗯,非礼之言……听了非礼之言——也就是自己非礼!晓得吧!"

贞妹子愣住了:

"怎么?——我听了什么呢?"

"'听了什么'?隔壁……隔壁……我看你是……"

做老子的狠狠地瞪了她一会儿,失望地叹了一口长气。他把眼珠子移到自己脚上,移到舱顶上,又忍不住瞟到他小姐那边去。

她还在那里盯着他,他就碰了钉子似的发了气:

"没有听就没有听!有则改之,无则加勉!……做你自己的事呀!怎么?……"

等贞妹子垂下了眼睛,他这才安排要认认真真看一回书。拿手指在舌头上蘸了许多唾沫。擦擦擦——使劲地翻起来。

手指有点哆嗦,并且带点儿咸味。

可是那些非礼之言一直咕噜咕噜响着——挺结实地钻过灰漆板壁来。一个唱大花脸似的嗓子正开始报告一个中年女人有什么好身手,接着就给一些笑声打断了。

黄宜庵老先生皱了皱眉。

"可恶之至!……那个堂客,是什么人呢?后来呢?……"

这里他把那本书移下了点儿,腾出一条路来让视线溜到她女儿脸上去。

窗子外面的光只把她头左映得发亮,像银丝似的。

谈着女人的几个男子汉更加胆大了些,什么字眼也没忌讳。不过到底还有点儿含蓄:跟田夸老那些村话不同。这就像个什么有力的东西揪着别人——不由你不去听它。

唉,该死!黄宜庵老先生把上唇掀动了一下。他们显然都是读书人,那种说话方法实在相当高明的:叫他感到一种所谓半推半就的特别诱惑力。

有时候他们就说得断断续续。有时候他们窸窸窣窣捣着鬼,偶然迸出了一两个字来——就更加来得惊心动魄。

这边这位老先生叹着气,瞟着贞妹子。他身上发着热,还觉得毛孔里冒着汗。书捧得高高的挡着脸:他怕自己腮巴子红得失了仪态。

刚才谈到的那个中年女人——后来到底怎样呢?哼,竟没有交代!这批家伙——唉,该死!偏偏他这回带着自己女儿出门!

他怕房舱太杂。可是官舱里的脚色也一样的混。他们说不定是在吹牛,要不然的话怎么许多事没有下文呢……

书一页也没有翻,只是发着抖。他咬着下唇,似乎拼命要关住一些什么,不叫打嘴里进出来。他老是想跳起来跑几步,蹦几下,到地下打个滚。

接着他又糊里糊涂地想:与其地下打滚,还不如在铺位上的好,比起来到底……

"唉,即令朱夫子程夫子复生,也不免——不免——唉,也要那个的。"

于是他用力把书一摔。左边腮巴上的皱纹抽动着,嘴巴歪呀歪的。腿子没命地屈了起来,两手伸过去拼命擦着脚丫,好像在赶做什么工作——一下紧接着一下,连嗅嗅的工夫都没有。

嘴唇下面滴着唾涎。眼睛防御什么似地盯着贞妹子:他怕她打这个举动联想到什么非礼的事件上面去。

他嗓子不由自主地小声儿哼着:那种疼辣辣的感觉使他很舒服。

那位小姐瞅了他一眼。显见得这种兴奋的响动引起了她的注意,然后似乎故意要避开他那严正的眼光——她移开了视线对板壁瞟了一下。

一下子黄宜庵老先生两手停止了动作。

"岂有此理,简直是……好看罢。"

他很快地取下眼镜,套上了袜子,两条腿挂下来找着那双凉鞋。

一拉了门——他就用种挺庄重挺方正的步子走出去,肚子往外挺着,跟他那驼着的脊背弯成个S形。

嘴紧紧闭着,显得毅然决然的样子。他决计要闯进隔壁的六号官舱里去,绷着脸禁止他们再谈那些有碍名教的话。该死的家伙!别人带着一位十六七的小姐在七号里哩!

假如那批东西是读过书的,那一定知道"黄宜庵"这个名字——一位理学家,一位这个乱世里的中流砥柱,一位易总办的亲家。

可是他走起路来有点瘸:脚丫里直辣辣地痛着。

"要是他们不理会——"他咬着牙计划着,"嗯,不客气,把他们捉将官里——问他一个有伤风化的罪名!……哼,这还了得!"

他把全身的力气都运在右手上——要一下子拉开六号官舱的门。眼睛闪着光,额头上横着深深的皱纹,一看就知道他是直接继承了南宋几位夫子的道统的。

那边一个茶房走了过来,背着一大堆什么——瞧去很有点斤两。那家伙身子给压得弯着,嘴里嚷着"呃,身体!呃,客人身体!"

站在六号官舱门口的这位客人庄严地挺着,动也不动。于是茶房脊背上的东西碰了他一家伙,他额头猛地给撞到了门板上——咚!那S形的身子一下子就给拉直了。

"呃！你你！"

他瞪着那个茶房的背影。忽然他打了个寒噤：他从那个粗人身上想到了那些下流坯子，就好像有个疮口才结上了痂——一下子又给撕破了。

如今什么都上了正轨，就只这些家伙没办法。他对着那些泥腿子就一天到晚小心提防着，计算着的。

"杀坯！杀坯！"他咬着牙叫。

他觉得对他们该用顶干脆的方法：他们还不配叫他去开化哩。值得他教训的——只是那些士子。他瞧着那个茶房在前面转了弯，他就又恢复了原来的姿势——把个肚子挺着。右手放到额头上斯斯文文地摸着，眉毛轻轻皱着，仿佛这回是要跑到他弟子们那里去，告诉他们他是怎样吃了那些杀坯的亏。

可是这扇门格勒地响了一下。他马上把摸额头的手放下来，用力地咳嗽了一声。一面在肚子里叫着——好像他认为那些士子容易对付得多，就把脾气全部发到了他们身上：

"非严加申饬不可！非那个不可！……送他们到县衙门里去打板子！……哼，什么东西！……"

突然——那扇门自己开了。一个黑影在开口缝里冲着他看着。

黄宜庵老先生吓了一大跳，伸出去的左腿就缩了回来：两只脚摆成个"八"字。

房里一股大烟味儿直往他鼻孔里滚，叫他做梦似地联想到一些什么——身子仿佛在空中飘了起来。跟着那些谈笑声也嗡的一声更放大了：等到他跨进了门，才飘过一阵风那么平息下来。

圆窗口外面的亮光射进这烟雾雾的舱里，显出一道很分明的白条子。那些人的脸子都看不清，只有站在门口的那个当着光——对他睁着那双红眼睛。

那张桌上放着几个酒杯，一大堆荷叶垫着的熟菜——黄老先生忽然有种不相干的念头在脑子里一闪：他觉得那里面一定有一样是桂皮烧的牛鞭……

靠右边铺位上躺着一个秃头在烧烟，旁边一个大个子巴巴地看守着。这里他俩打浓雾里死盯住这位客人，皱着眉，似乎嫌烟灯耀着他们的眼睛。

黄宜庵老先生仰着脸又扫了他们一眼。满不在乎地抿抿嘴巴，咳了一声清清嗓子，这就慢慢地把嘴张开……

铺上那个大块头可坐了起来，皱着的眉毛一挺，忽然冲着他豪放地叫：

"啊呀，宜翁！"

沉默了会儿，门口那个悄悄地把门一关，竟訇地发出一大声。

这位宜翁愣着，好像一块石头。他对那铺位上眯着眼，接着用力睁大，一会又眯了起来。他感到五脏都往下一沉，皮肉也麻痒痒的：连自己也不知道这到底是失望，还是得意。

"怎么……怎么……"他喃喃地哼着。"唵，萧会长，……"

"哈哈哈，巧极巧极！"

萧会长用种跳的姿势把那坯又高又大的身子挪下了地，那烟灯里的火心给搅得晃了一下。他带着十分随便的劲儿拱拱手，就大声把所有的人介绍了一番。

原来这些傻瞧着的脚色——都是经学研究会的会员。

这里萧会长脸上放着光，仿佛是老板对顾客夸他的货色。随后他又用顶适当的话对他的会员介绍了宜翁：

"也是一位理学先生；在他们贵县是很知名的。"

接着就捉摸不定地大笑起来。

宜翁瞟了板壁一眼，舔一下嘴唇。他想要告诉他们乐县长请他去讲经的事，还不妨说——当地省长很佩服他。说着这些的时候，嗓子该提高些。于是他又咳了一声。

那个可拉着他坐下去，并且解释地说：

"反正都是几个志同道合的，就无话不谈。哈哈哈哈哈！……但是——但是——呃，你怎么晓得我在这里呢？"

黄宜庵老先生看看所有的脸子，颤着两片腮巴陪着笑。他坐着半个屁股，小心地对那高个子欠着身，嘴里结里结巴的：

"我我……我本来……唷唉，我不晓得萧会长在这边，我是……"

"那好极了！那好极了！……唔，唔，你我差不多——唔，一年多不见了。……"

说了又响亮地打着哈哈，那声音活像鸭子叫。

其余几个似乎已经知道这位客人没什么大来头，就转过脸去啜他们的酒——有一位大声咂着嘴，仿佛故意要馋馋别人。他们又往下说他们的：看去他们没把宜翁放在眼睛里。

萧会长可用种又关切又不失身分的声调问着黄宜庵老先生——近来可好，他们贵乡怎么样。一面又老是关心着他的会员们谈什么，时时刻刻插句把话进去，跟着就发出痛快的笑声。

"哦，不错，"这里他眉毛一扬。"易老二告诉我，说你要跟易老五结亲家……"

那个红着脸：

"是，是……这回——这回——就是带小女送过去看看的……在隔壁……"

"哦？那可谓巧极。什么，那个堂客六十岁了还接客？哈哈哈哈！……嗯，妙极妙极！哦，你是听见这里说话——于是乎晓得我在这里，嗳？"

"我是……我是……"黄宜庵老先生放低了嗓子，偷瞟了板壁一眼。"小女在那里，怕她听见这边这些……这些……那很那个的……咳哼，咳哼……有点不便……"

忽然萧会长爆出了大笑。右手在别人背上一拍，宜翁差点儿没摔下去。

"啊呀宜翁你真是！"他笑得有点喘气，手擦着眼睛。"大家都是自己人，有什么要紧。唵，你老兄——大可不必，大可不必。譬如罢，在戏台上玩魔术的——自然只玩给别人看，难道对自己伙计还玩这一套么？呃，是不是？哈哈哈哈！……"

那位客人也笑着，嘴角抽动着，眼珠子忍不住又瞟到板壁上去。她现在干着什么呢，那丫头？

他努力要叫自己装得自然些，随便些，可是——

"唉，该死——刚巧带了贞妹子出来！……"

那位大个子转过脸去——得了他那几位会员们的赞许之后，就站在客面前，挺胸突肚的。

"我向来是个痛快人；我喜欢说老实话。那年我……"他又转过脸去。"什么？哦，不错，大家叫她'小便池'的。……啊，……哦，那一种！那一种是——"

他装了个鬼脸，右手拍着黄宜庵老先生的肩膀：

"嗯那种是——这位宜翁顶有经验了，哈哈哈……"

宜翁忸怩着,鼻尖上沁出了汗水:

"呃,呃,哪里!……"

"嗳嗳嗳,别客气,别客气!谈谈罢,谈谈罢:你是此中老手。我晓得你的,奇里古怪的货色你都尝过。哈哈!"

一经这位会长推荐,那几个就都嚷了起来。他们要求黄老先生报告他自己那些顶出色的轶事,那些别人想都想不到的秘密花头。他们拖他过去喝一杯酒——算是订交。还有一位就声明着:大家都是同道中人,当然能够一见如故的。

他们的会长就在旁边打着哈哈,没命地拍起手来。

黄宜庵老先生嘻嘻地笑着,好像有谁呵他的痒。眼睛眯成两道线,脸子也短了许多。身子没命地往前弯着,看去简直是只干大虾。

他谦让了十来秒钟:瞅了萧会长一眼,这才凑过脸去点几点,小声儿答允了他们。

"好的好的,我源源本本讲出来……"

这里他四面瞧了一转,用手抹一把下巴上的唾涎。上唇掀动了几下,他踮着脚——用种跟他身分太不相称的步法溜到了门口。

他回过头来,耸耸肩膀,斜着眼笑着,小声儿说:

"等一等,少安毋躁……"

一出门他就挺起了肚子。他身子发软,两只脚似乎踹在云堆里,像无意中捡到了一件宝物那么兴奋。脸子仰得高高的,只拿眼珠子瞟着官舱客厅里跑来跑去的茶房。他下唇一撇:"哼!"他隐隐觉得自己更加有办法,更加有把握了些——要对付那些杀坏的话。

他用种很稳重的手脚推开七号官舱的门,拉长了脸子,眉毛紧紧地打着结:

"贞妹子!到你同学的……同学的……到那个女人那里谈天去!"

那位小姐吃惊地瞧着他。她似乎在想着到底要不要把绒绳带出去——踌躇了会儿。末了她嘘一口气,空着手出了门。

她老子瞪着一双眼珠跟她移动着,还站在那里守了一会。他要吃人似地横了一个茶房一眼,又盯到了那个炕上:那个中年男人还在那里看书,手不停地在裤裆里直搔。然后他又偷偷地把视线扭到那个胖女人胸脯上去。

这回她衣裳已经扣得端端正正,抱着小孩子逗他玩。一瞧见贞妹子就拿笑脸子迎着她,丰满的腮巴下显出一个酒窝。

黄宜庵老先生忽然有丢失了什么似的感觉。可是马上又镇静地对自己说:

"唔,这样倒好些。不然——真那个。"

他脸上闪着微笑。觉得这位胖堂客一定爱喝酒:醉得脸红红的,眼睛也红红的——矇着像很瞌睡的样子……

有一个宪兵走过他身边,他赶紧绷起脸来。接着咳了一声,咂咂嘴,踏着很方正的步子走到六号门口,下巴翘得高高的,眼珠子直盯着路的尽头。

舱门轻轻推开——里面冲出了一阵人声——又给轻轻关拢了。

两分钟一过去,那里面就进出出腻腻的发抖的笑声来。

延伸阅读:《砥柱》是张天翼的一篇重要小说,然而学界对它的评论并不多。能够看到的是夏志清的评价,他说:"《砥柱》便是以辛辣幽默,为中国现代文学勾画了一幅旧式的、乡愿典型的腐儒画像。'砥柱'这个成语原指身处腐败社会里的一个正统道德的支持者,引用到男主角的身上,立刻产生了讽刺的意味。"这个装模做样的父亲明明是在卖女儿,却故意掩饰,小说对这个人物隐秘心理的分析可谓入木三分。参见夏志清:《中国现代小说史》,第152—154页,上海,复旦大学出版社,2005年。

马兰(存目)

师 陀

延伸阅读:夏志清认为:"早在1936年,他已写出了讽刺中国左派知识分子的短篇小说《马兰》。故事中一个马克思主义翻译者,从乡间带了村女马兰回城,别人都以为他把她从家庭的压迫中拯救出来。他与她同居,并介绍她给自己那一群知识分子朋友认识。但不出所料,马兰感觉他们可憎。由于师陀讽刺的笔触还未成熟,所以他无法把马兰的天真率直与她周遭的人的虚伪无情,有力地作出一个对照。"参见夏志清:《中国现代小说史》,第295页,上海,复旦大学出版社,2005年。

啼笑因缘(存目)

张恨水

延伸阅读:张恨水是记者出身,因为在报馆做事,有时候为应急,就得赶快把栏目补齐,这是他写通俗小说的缘起。《啼笑因缘》主要写富家子弟想突破门第观念的束缚,打算娶北平下层社会女子成婚的故事。小说情节起伏跌宕、曲折婉转,对话继承了中国传统小说的特点,简洁、明了,笔致生动,三言两语就把人物的性格举止托于纸上。所以小说出版后,轰动一时,人们竞相购买阅读。从文学生产的角度看,张恨水的小说在当时无论数量还是影响力,都应在很多新文学家之上。

金 锁 记

张爱玲

　　三十年前的上海,一个有月亮的晚上……我们也许没赶上看见三十年前的月亮。年轻的人想着三十年前的月亮该是铜钱大的一个红黄的湿晕,像朵云轩信笺上落了一滴泪珠,陈旧而迷糊。老年人回忆中的三十年前的月亮是欢愉的,比眼前的月亮大,圆,白;然而隔着三十年的辛苦路往回看,再好的月色也不免带点凄凉。

　　月光照到姜公馆新娶的三奶奶的陪嫁丫鬟凤箫的枕边。凤箫睁眼看了一看,只见自己一只青白色的手搁在半旧高丽棉的被面上,心中便道:"是月亮光么?"凤箫打地铺睡在窗户底下。那两年正忙着换朝代,姜公馆避兵到上海来,屋子不够住的,因此这一间下房里横七竖八睡满了底下人。

　　凤箫恍惚听见大床背后有窸窸窣窣的声音,猜着有人起来解手,翻过身去,果见布帘子一掀,一个黑影趿着鞋出来了,约摸是伺候二奶奶的小双,便轻轻叫了一声"小双姐姐"。小双笑嘻嘻走来,踢了踢地下的褥子道:"吵醒了你了。"她把两手抄在青莲色旧绸夹袄里,下面系着明油绿裤子。凤箫伸手捻了捻那裤脚,笑道:"现在颜色衣服不大有人穿了。下江人时兴的都是素净的。"小双笑道:"你不知道,我们家哪比得旁人家?我们老太太古板,连奶奶小姐们尚且做不得主呢,何况我们丫头?给什么,穿什么——一个个打扮得庄稼人似的!"她一蹲身坐在地铺上,拣起凤箫脚头一件小袄来,问道:"这是你们小姐出阁,给你们新添的?"凤箫摇头道:"三季衣裳,就只外场上看见的两套是新制的,余下的还不是拿上头人穿剩下的贴补贴补!"小双道:"这次办喜事,偏赶着革命党造反,可委屈了你们小姐!"凤箫叹道:"别提了! 就说省俭些罢,总得有个谱子! 也不能太看不上眼了。我们那一位,嘴里不言语,心里岂有不气的?"小双道:"也难怪三奶奶不乐意。你们那边的嫁妆,也还凑合着,我们这边的排场,可太凄惨了。就连那一年娶咱们二奶奶,也还比这一趟强些!"凤箫愣了一愣道:"怎么? 你们二奶奶……"

　　小双脱下了鞋,赤脚从凤箫身上跨过去,走到窗户跟前,笑道:"你也起来看看月亮。"凤箫一骨碌爬起身来,低声问道:"我早就想问你了,你们二奶奶……"小双弯腰拾起那件小袄来替她披上了,道:"仔细招了凉。"凤箫一面扣钮子,一面笑道:"不行,你得告诉我!"小双笑道:"是我说话不留神,闯了祸来!"凤箫道:"咱们这都是自家人了,干吗这么见外呀?"小双道:"告诉你,你可别告诉你们小姐去! 咱们二奶奶家里是开麻油店的。"凤箫哟了一声道:"开麻油店! 打哪儿想起的? 像你们大奶奶,也是公侯人家的小姐,我们那一位虽比不上大奶奶,也还不是低三下四的人——"小双道:"这里头自然有个缘故。咱们二爷你也见过了,是个残废。做官人家的女儿谁肯给他? 老太太没奈何,打算替二爷置一房姨奶奶,做媒的给找了这曹家的,是七月里生的,就叫七巧。"凤箫道:"哦,是姨奶奶。"小双道:"原是做姨奶奶的,后来老太太想着,既然不打算替二爷另娶了,二房里没个当家的媳妇,也不是事,索性聘了来做正头奶奶,好教她死心塌地服侍二爷。"凤箫把手扶着窗台,沉吟道:"怪道呢!我虽是初来,也瞧料了两三分。"小双道:"龙生龙,凤生凤,这话是有的。你还没听见她的谈吐呢!当着姑娘们,一点忌讳也没有。亏得我们家一向内言不出,外言不入,姑娘们什么都不懂。饶是不懂,还臊得没处躲!"凤箫扑嗤一笑道:"真的?她这些村话,又是从哪儿听来的?就连我们丫头——"小双抱着胳膊道:"麻油店的活招牌,站惯了柜台,见多识广的,我们拿什么去比人家?"凤箫道:"你是她陪嫁来的么?"小双冷笑说:"她也配!我原是老太太跟前的人,二爷成天的吃药,行动都离不了人,屋里几个丫头不够使,把我拨了过去。怎么着?你冷哪?"凤箫摇摇头。小双道:"瞧你缩着脖子这娇模样儿!"一语未完,凤箫打了个喷嚏。小双忙推她道:"睡罢!睡罢!快烘一烘。"凤箫跪了下来脱袜子,笑道:"又不是冬天,哪儿就至于冻着了?"小双道:"你别瞧这窗户关着,窗户眼儿里吱溜溜的钻风。"

两人各自睡下。凤箫悄悄地问道:"过来了也有四五年了罢?"小双道:"谁?"凤箫道:"还有谁?"小双道:"哦,她,可不是有五年了。"凤箫道:"也生男育女的——倒没闹出什么话柄儿?"小双道:"还说呢!话柄儿就多了!前年老太太领着合家上下到普陀山进香去,她做月子没去,留着她看家。舅爷脚步儿走得勤些,就丢了一票东西。"凤箫失惊道:"也没查出个究竟来?"小双道:"问得出什么好的来?大家面子上下不去!那些首饰左不过将来是归大爷二爷三爷的。大爷大奶奶碍着二爷,没好说什么。三爷自己在外头流水似的花钱,欠了公账上不少,也说不响嘴。"

她们俩隔着丈来远交谈。虽是极力地压低了喉咙,依旧有一句半句声音大了些,惊醒了大床上睡着的赵嬷嬷,赵嬷嬷唤道:"小双。"小双不敢答应。赵嬷嬷道:"小双,你再混说,让人家听见了,明儿仔细揭你的皮!"小双还是不做声。赵嬷嬷又道:"你别以为还是从前住的深堂大院哪,由得你疯疯癫癫!这儿可是挤鼻子挤眼睛的,什么事瞒得了人?趁早别讨打!"屋里顿时鸦雀无声。赵嬷嬷害眼,枕头里塞着菊花叶子,据说是使人眼目清凉的。她欠起头来按一按鬓上横绾的银簪,略一转侧,菊叶便沙沙作响。赵嬷嬷翻了个身,吱吱格格牵动了全身的骨节,她咳了一声道:"你们懂得什么!"小双与凤箫依旧不敢接嘴。久久没有人开口,也就一个个的朦胧睡去了。

天就快亮了。那扁扁的下弦月,低一点,低一点,大一点,像赤金的脸盆,沉了下去。天是森冷的蟹壳青,天底下黑魆魆的只有些矮楼房,因此一望望得很远。地平线上的晓色,一层绿,一层黄,又一层红,如同切开的西瓜——是太阳要上来了。渐渐马路上有了小车与塌车辘辘推动,马车蹄声得得。卖豆腐花的挑着担子悠悠吆喝着,只听见那漫长的尾声:"花……呕!花……呕!"再去远些,就只听见"哦……呕!哦……呕!"

屋子里丫头老妈子也起身了,乱着开房门,打脸水,叠铺盖,挂帐子,梳头。凤箫伺候三奶奶兰仙穿了衣裳,兰仙凑到镜子前面仔细望了一望,从腋下抽出一条水绿洒花湖纺手帕,擦了擦鼻翅上的粉,背对着床上的三爷道:"我先去替老太太请安罢。等你,准得误了事。"正说着,大奶奶玳珍来了,站在门槛上笑道:"三妹妹,咱们一块儿去。"兰仙忙迎了出去道:"我正担心着怕晚了,大嫂原来还没上去。二嫂呢?"玳珍笑道:"她还有一会儿耽搁呢。"兰仙道:"打发二哥吃药?"玳珍四顾无人,便笑道:"吃药还在其次——"她把拇指抵着嘴唇,中间的三个指头握着拳头,小指头翘着,轻轻地"嘘"了两声。兰仙诧异道:"两人都抽这个?"玳珍点头道:"你二哥是过了明路的,她可是瞒着老太太的,叫我们夹在中间为难,处处还得替她遮盖遮盖。其实老太太有什么不知道?有意的装不晓得,照常地派她差使,零零碎碎给她罪受,无非是不肯让她抽个痛快罢了。

其实也是的,年纪轻轻的妇道人家,有什么了不得的心事,要抽这个解闷儿?"

玳珍兰仙手挽手一同上楼,各人后面跟着贴身丫鬟,来到老太太卧室隔壁的一间小小的起坐间里。老太太的丫头榴喜迎了出来,低声道:"还没醒呢。"玳珍抬头望了望挂钟,笑道:"今儿老太太也晚了。"榴喜道:"前两天说是马路上人声太杂,睡不稳。这现在想是惯了,今儿补足了一觉。"

紫榆百龄小圆桌上铺着红毡条,二小姐姜云泽一边坐着,正拿着小钳子磕核桃呢,因丢下了站起来相见。玳珍把手搭在云泽肩上,笑道:"还是云妹妹孝心,老太太昨儿一时高兴,叫做糖核桃,你就记住了。"兰仙玳珍便围着桌子坐下了,帮着剥核桃衣子。云泽手酸了,放下了钳子,兰仙接了过来。玳珍道:"当心你那水葱似的指甲,养得这么长了,断了怪可惜的!"云泽道:"叫人去拿金指甲套子去。"兰仙笑道:"有这些麻烦的,倒不如叫他们拿到厨房里去剥了!"

众人低声说笑着,榴喜打起帘子,报道:"二奶奶来了。"兰仙云泽起身让座,那曹七巧且不坐下,一只手撑着门,一只手撑了腰,窄窄的袖口里垂下一条雪青洋绉手帕,身上穿着银红衫子,葱白线香滚,雪青闪蓝如意小脚裤子,瘦骨脸儿,朱口细牙,三角眼,小山眉,四下里一看,笑道:"人都齐了。今儿想必我又晚了!怎怪我不迟到——摸着黑梳的头!谁教我的窗户冲着后院子呢?单单就派了那么间房给我,横竖我们那位眼看是活不长的,我们净等着做孤儿寡妇了——不欺负我们,欺负谁?"玳珍淡淡的并不接口,兰仙笑道:"二嫂住惯了北京的屋子,怪不得嫌这儿憋闷得慌。"云泽道:"大哥当初找房子的时候,原该找个宽敞些的,不过上海像这样的,只怕也算敞亮的了。"兰仙道:"可不是!家里人实在多,挤是挤了点——"七巧挽起袖口,把手帕子掖在翡翠镯子里,瞟了兰仙一眼,笑道:"三妹妹原来也嫌人太多了。连我们都嫌人多,像你们没满月的自然更嫌人多了!"兰仙听了这话,还没有怎么,玳珍先红了脸,道:"玩是玩,笑是笑,也得有个分寸,三妹妹新来乍到的,你让她想着咱们是什么样的人家?"七巧扯起手绢子的一角遮住了嘴唇道:"知道你都是清门净户的小姐,你倒跟我换一换试试,只怕你一晚上也过不惯。"玳珍啐道:"不跟你说了,越说你越上头上脸的。"七巧索性上前拉住玳珍的袖子道:"我可以赌得咒——这三年里头我可以赌得咒!你敢赌么?"玳珍也撑不住扑嗤一笑,咕哝了一句道:"怎么你孩子也有了两个?"七巧道:"真的,连我也不知道这孩子是怎么生出来的!越想越不明白!"玳珍摇手道:"够了,够了,少说两句罢。就算你拿三妹妹当自己人,没什么避讳,现放着云妹妹在这儿呢,待会儿老太太跟前一告诉,管叫你吃不了兜着走!"

云泽早远远地走开了,背着手站在阳台上,撮尖了嘴逗芙蓉鸟。姜家住的虽然是早期的最新式洋房,堆花红砖大柱支着巍峨的拱门,楼上的阳台却是木板铺的地。黄杨木阑干里面,放着一溜大篾篓子,晾着笋干。敝旧的太阳弥漫在空气里像金的灰尘,微微呛人的金灰,揉进眼睛里去,昏昏的。街上小贩遥遥摇着拨浪鼓,那苍腾的"不楞登……不楞登"里面有着无数老去的孩子们的回忆。包车叮叮地跑过,偶尔也有一辆汽车叭叭叫两声。

七巧自己也知道这屋子里的人都瞧不起她,因此和新来的人分外亲热些,倚在兰仙的椅背上问长问短,携着兰仙的手左看右看,夸赞了一回她的指甲,又道:"我去年小拇指上养的比这个足足还长半寸呢,掐花给弄断了。"兰仙早看穿了七巧的为人和她在姜家的地位,微笑尽管微笑着,也不大答理她。七巧自觉无趣,踅到阳台上来,拎起云泽的辫梢来抖了一抖,搭讪着笑着:"哟! 小姐的头发怎么这样稀朗朗的? 去年还是乌油油的一头好头发,该掉了不少罢?"云泽闪过身去护着辫子,笑道:"我掉两根头发,也要你管!"七巧只顾端详她,叫道:"大嫂你来看看,云姐姐的确瘦多了。小姐莫不是有了心事了?"云泽啪的一声打掉了她的手,恨道:"你今儿个真的发了疯了! 平日还不够讨人嫌的?"七巧把两手筒在袖子里,笑嘻嘻地道:"小姐脾气好大!"

玳珍探出头来道:"云妹妹,老太太起来了。"众人连忙扯扯衣襟,摸摸鬓脚,打帘子进隔壁房里去,请了安,伺候老太太吃早饭。婆子们端着托盘从起坐间里穿了过去,里面的丫头接过碗碟,婆子们依旧退到外间来守候着。里面静悄悄的,难得有人说句把话,只听见银筷子头上的细银链条窸窣颤动。老太太信佛,饭后照例要做两个时辰的功课,众人退了出来,云泽背地里向玳珍道:"二嫂不忙着过瘾去,还挨在里面做什么?"玳珍道:"想是有两句私房话要说。"云泽不由得笑了起来道:"她的话,老太太哪里听得进?"玳珍冷笑道:"那倒也说不定。老年人心思总是活动的,成天在耳边絮聒着,十句里头相信一两句,也未可知。"

兰仙坐着磕核桃,玳珍和云泽便顺着脚走到阳台上来,虽不是存心偷听正房里的谈话,老太太上了年纪,有点聋,喉咙特别高些,有意无意之间不免有好些话吹到阳台上的人的耳朵里来。云泽把脸气得雪白,先是握紧了拳头,又把两只手使劲一撒,便向走廊的另一头跑去。跑了两步,又站住了,身子向前伛偻着,捧着脸呜呜哭了起来。玳珍赶上去扶着劝道:"妹妹快别这么着! 快别这么着! 不犯着跟她这样的人计较! 谁拿她的话当桩事!"云泽甩开了她,一径往自己屋里奔去。玳珍回到起坐间里来,一拍手道:"这可闯出祸来了!"兰仙忙道:"怎么了?"玳珍道:"你二嫂去告诉了老太太,说女大不中留,让老太太写信给彭家,叫他们早早把云妹妹娶过去罢。你瞧,这算什么话!"兰仙也怔了一怔道:"女家说出这种话来,可不是自己打脸么?"玳珍道:"姜家没面子,还是一时的事,云妹妹将来嫁了过去,叫人家怎么瞧得起她? 她这一辈子还要做人呢!"兰仙道:"老太太是明白人,不见得跟那一位一样的见识。"玳珍道:"老太太起先自然是不爱听,说咱们家的孩子,决不会生这样的心。她就说:'哟! 您不知道现在的女孩子跟您从前做女孩子时候的女孩子,哪儿能够打比呀? 时世变了,人也变了,要不怎么天下大乱呢?'你知道,年岁大的人就爱听这一套,说得老太太也有点疑疑惑惑起来。"兰仙叹道:"好端端怎么想起来的,造这样的谣言!"玳珍两肘支在桌子上,伸着小指剔眉毛,沉吟了一会,嗤的一笑道:"她自己以为她是特别的体贴云妹妹呢! 要她这样体贴我,我可受不了!"兰仙拉了她一把道:"你听——不能是云妹妹罢?"后房似乎有人在那里大放悲声,蹬得铜床柱子一片响。嘈嘈杂杂还有人在那里劝解,只是劝不住。玳珍站起身来道:"我去看看。别瞧这位小姐好性儿,逼急了她,也不是好惹的。"

玳珍出去了,那姜三爷姜季泽却一路打着呵欠进来了。季泽是个结实小伙子,偏于胖的一方面,脑后拖一根三脱油松大辫,生得天圆地方,鲜红的腮颊,往下坠着一点,有湿眉毛,水汪汪的黑眼睛里永远透着三分不耐烦,穿一件竹根青窄袖长袍,酱紫芝麻地一字襟珠扣小坎肩,问兰仙道:"谁在里头喊喊喳喳跟老太太说话?"兰仙:"二嫂。"季泽抿着嘴摇摇头。兰仙笑道:"你也怕了她?"季泽一声儿不言语,拖过一把椅子,将椅背抵着桌面,把袍子高高的一撩,骑着椅子坐了下来,下巴搁在椅背上,手里只管把核桃仁一个一个拈来吃。兰仙睨了他一眼道:"人家剥了这一晌午,是专诚孝敬你的么?"正说着,七巧掀着帘子出来了,一眼看见季泽,身不由主的就走了过来,绕到兰仙椅子背后,两手兜在兰仙脖子上,把脸凑了下去,笑道:"这么一个人才出众的新娘子!三弟你还没谢谢我哪!要不是我催着他们早早替你办了这件事,这一耽搁,等打完了仗,指不定要十年八年呢!可不把你急坏了!"兰仙生平最大的憾事便是出阁的日子正赶着非常时期,潦草成了家,诸事都欠齐全,因此一听见这不入耳的话,她那小长瓜子脸便往下一沉。季泽望了兰仙一眼,微笑道:"二嫂,自古好心没有好报,谁都不承你的情!"七巧道:"不承情也罢!我也惯了。我进了你姜家的门,别的不说,单只守着你二哥这些年,衣不解带的服侍他,也就是个有功无过的人——谁见我的情来?谁有半点好处到我头上?"季泽笑道:"你一开口就是满肚子的牢骚!"七巧长长地吁了一口气,只管拨弄兰仙衣襟上扣着的金三事儿和钥匙。半晌,忽道:"总算你这一个来月没出去胡闹过。真亏了新娘子留住了你。旁人跪下地来求你也留你不住!"季泽笑道:"是吗?嫂子并没有留过我,怎见得留不住?"一面笑,一面向兰仙使了个眼色。七巧笑得直不起腰道:"三妹妹,你也不管管他!这么个猴儿崽子,我眼看他长大的,他倒占起我的便宜来了!"

她嘴里说笑着,心里发烦,一双手也不肯闲着,把兰仙揣着捏着,搥打捶打。恨不得把她挤得走了样才好。兰仙纵然有涵养,也忍不住要恼了,一性急,磕核桃使差了劲,把那二寸多长的指甲齐根折断。七巧哟了一声道:"快拿剪刀来修一修。我记得这屋里有一把小剪子的。"便唤:"小双!榴喜!来人哪!"兰仙立起身来道:"二嫂不用费事,我上我屋里铰去。"便抽身出去。七巧就在兰仙的椅子上坐下了,一手托着腮,抬高了眉毛,斜瞅着季泽道:"她跟我生了气么?"季泽笑道:"她干吗生你的气?"七巧道:"我正要问呀——我难道说错了话不成?留你在家倒不好?她倒愿意你上外头逛去?"季泽笑道:"这一家子从大哥大嫂起,齐了心管教我,无非是怕我花了公账上的钱罢了。"七巧道:"阿弥陀佛,我保不定别人不安着这个心,我可不那么想。你就是闹了亏空,押了房子卖了田,我若皱一皱眉头,我也不是你二嫂子。谁叫咱们是骨肉至亲呢?我不过是要你当心你的身子。"季泽嗤的一笑道:"我当心我的身子,要你操心?"七巧颤声道:"一个人,身子第一要紧。你瞧你二哥弄的那样儿,还成个人吗?还能拿他当个人看?"季泽正色道:"二哥比不得我,他一下地就是那样儿,并不是自己作贱的。他是个可怜的人,一切全仗二嫂照护他了。"七巧直挺挺的站了起来,两手扶着桌子,垂着眼皮,脸庞的下半部抖得像嘴里含着滚烫的蜡烛油似的,用尖细的声音逼出两句话道:"你去挨着你二哥坐坐!你去挨着你二哥坐坐!"她试着在季泽身边坐下,只搭着他的椅子的一角,她将手贴在他腿上,道:"你碰过他的肉没有?是软的、重的,就像人的脚有时发了麻,摸上去那感觉……"季泽脸上也变了色,然而他仍旧轻佻地笑了一声,俯下腰,伸手去捏她的脚道:"倒要瞧瞧你的脚现在麻不麻!"七巧道:"天哪,你没挨着他的肉,你不知道没病的身子是多好的……多好的……"她顺着椅子溜下去,蹲在地上,脸枕着袖子,听不见她哭,只看见发髻上插的风凉针,针头上的一粒钻石的光,闪闪掣动着。发髻的心子里扎着一小截粉红丝线,反映在金刚钻微红的光焰里。她的背影一挫一挫,俯伏了下去。她不像在哭,简直像在翻肠搅胃地呕吐。

季泽先是愣住了,随后就立起来道:"我走。我走就是了。你不怕人,我还怕人呢。也得给二哥留点面子!"七巧扶着椅子站了起来,呜咽道:"我走。"她扯着衫袖里的手帕子揾了揾脸,忽然微微一笑道:"你这样卫护你二哥!"季泽冷笑道:"我不卫护他,还有谁卫护他?"七巧向门走去,哼了一声道:"你又是什么好人?趁早不用在我跟前假撇清!且不提你在外头怎样荒唐,单只在这屋里……老娘眼睛是揉不下沙子去!别说我是你嫂子了，就是我是你奶奶，只怕你也不在乎。"季泽笑道："我原是个随随便便的人，哪禁得你挑眼儿？"七巧待要出去，又把背心贴在门上，低声道："我就不懂，我有什么地方不如人？我有什么地方不好……"季泽笑道："好嫂子，你有什么不好？"七巧笑了一声道："难不成我跟了个残废的人，就过上了残废的气，沾都沾不得？"她睁着眼直勾勾朝前望着，耳朵上的实心小金坠子像两只铜钉把她钉在门上——玻璃匣子里蝴蝶的标本，鲜艳而凄怆。

季泽看着她，心里也动了一动。可是那不行，玩尽管玩，他早抱定了宗旨不惹自己家里人，一时的兴致过去了，躲也躲不掉，踢也踢不开，成天在面前，是个累赘。何况七巧的嘴这样敞，脾气这样躁，如何瞒得了人？何况她的人缘这样坏，上上下下谁肯代她包涵一点？她也许是豁出去了，闹穿了也满不在乎。他可是年纪轻轻的，凭什么要冒这个险？他侃侃说道："二嫂，我虽年纪小，并不是一味胡来的人。"

仿佛有脚步声。季泽一撩袍子，钻到老太太屋子里去了，临走还抓了一大把核桃仁。七巧神志还不很清楚，直到有人推门，她方才醒了过来，只得将计就计，藏在门背后，见玳珍走了进来，她便夹脚跟出来，在玳珍背上打了一下。玳珍勉强一笑道："你的兴致越发好了！"又望了望桌上道："咦？那么些个核桃，吃得差不多了。再也没有别人，准是三弟。"七巧倚着桌子，面向阳台立着，只是不言语。玳珍坐了下来，嘟哝道："害人家剥了一早上，便宜他享现成的！"七巧捏着一片锋利的胡桃壳，在红毡条上狠命刮着，左一刮，右一刮，看看那毡子起了毛，就要破了。她咬着牙道："钱上头何尝不是一样？一味的叫咱们省，省下来让人家拿出去大把的花！我就不服这口气！"玳珍看了她一眼，冷冷道："那可没有办法。人多了，明里不去，暗里也不见得不去。管得了这个，管不了那个。"七巧觉得她话中有刺，正待反唇相讥，小双进来了，鬼鬼祟祟走到七巧跟前，嗫嚅道："奶奶，舅爷来了。"七巧骂道："舅爷来了，又不是背人的事，你嗓子眼里长了疔是怎么着？蚊子哼哼似的！"小双倒退了一步，不敢言语。玳珍道："你们舅爷原来也到上海来了。咱们这儿亲戚倒都全了。"七巧移步出房道："不许他到上海来？内地兵荒马乱的，穷人也一样的要命呀！"她在门槛上站住了，问小双道："回过老太太没有？"小双道："还没呢。"七巧想了一想，毕竟不敢进去告诉一声，只得悄悄下楼去了。

玳珍问小双道："舅爷一个人来的？"小双道："还有舅奶奶，拎着四只提篮盒。"玳珍格的一笑道："倒破费了他们。"小双道："大奶奶不用替他们心疼。装得满满的进来，一样装得满满的出去。别说金的银的圆的扁的，就连零头鞋面儿裤腰都是好的！"玳珍笑道："别那么缺德了！你下去罢。她娘家人难得上门，伺候不周到，又该大闹了。"

小双赶了出去，七巧正在楼梯口盘问榴喜老太太可知道这件事。榴喜道："老太太念佛呢，三爷趴在窗口看野景，说大门口来了客。老太太问是谁，三爷仔细看了看，说不知是不是曹家舅爷，老太太就没追问下去。"七巧听了，心头火起，跺了跺脚，喃喃呐呐骂道："敢情你装不知道就算了！皇帝还有草鞋亲呢！这会子有这么势利的，当初何必三媒六聘的把我抬过来？快刀斩不断的亲戚，别说你今儿是装死，就是你真死了，他也不能不到你灵前磕三个头，你也不能不受着他的！"一面说，一面下去了。

她那间房，一进门便有一堆金漆箱笼迎面拦住，只隔开几尺见方的空地。她一掀帘子，只见她嫂子蹲下身去将提篮盒上面的一屉酥盒子卸了下来，检视下面一屉里的菜可曾泼出来。她哥哥曹大年背着手弯着腰看着。七巧止不住一阵心酸，倚着箱笼，把脸偎在那沙蓝棉套子上，纷纷落下泪来。她嫂子慌忙站直了身子，抢步上前，两只手捧住她一只手,连连叫着姑娘。曹大年也不免抬起袖子来擦眼睛。七巧把那只空着的手去解箱套子上的钮扣,解了又扣上,只是开不得口。

她嫂子回过头去睖了她哥哥一眼道:"你也说句话呀!成日价念叨着,见了妹妹的面,又像锯了嘴的葫芦似的!"七巧颤声道:"也不怪他没有话——他哪儿有脸来见我!"又向她哥哥道:"我只道你这一辈子不打算上门了!你害得我好!你扔崩一走,我可走不了。你也不顾我的死活!"曹大年道:"这是什么话?旁人这么说还罢了,你也这么说!你不替我遮盖遮盖,你自己脸上也不见得光鲜。"七巧道:"我不说,我可禁不住人家不说。就为你,我气出了一身病在这里。今日之下,亏你还拿这话来堵我!"她嫂子忙道:"是他的不是,是他的不是!姑娘受了委屈。姑娘受的委屈也不止这一件,好歹忍着罢,总有个出头之日。"她嫂子那句"姑娘受的委屈也不止这一件"的话却深深打进她心坎儿里去。七巧哀哀哭了起来,急得她嫂子直摇手道:"看吵醒了姑爷。"房那边暗昏昏的紫楠大床上,寂寂吊着珠罗纱帐子。七巧的嫂子又道:"姑爷睡着了罢?惊动了他,该生气了。"七巧高声叫道:"他要有点人气,倒又好了!"她嫂子吓得掩住她的嘴道:"姑奶奶别!病人听见了,心里不好受!"七巧道:"他心里不好受,我心里好受吗?"她嫂子道:"姑爷还是那软骨症?"七巧道:"就这一件还不够受的,还禁得起添什么?这儿一家子都忌讳痨病这两个字,其实还不就是骨痨!"她嫂子道:"整天躺着,有时候也坐起来一会儿么?"七巧吓吓地笑了起来道:"坐起来,脊梁骨直溜下去,看上去还没有我那三岁的孩子高哪!"她嫂子一时想不出劝慰的话,三个人都愣住了。七巧猛地顿脚道:"走罢,走罢,你们!你们来一趟,就害得我把前因后果重新在心里过一过。我禁不起这么折腾!你快给我走!"

曹大年道:"妹妹你听我一句话。别说你现在心里不舒坦,有个娘家走动着,多少好些,就是你有了出头之日,姜家是个大族,长辈动不动就拿大帽子压人,平辈小辈一个个如狼似虎的,哪一个是好惹的?替你打算,也得要个帮手。将来你用得着你哥哥你侄儿的时候多着呢。"七巧啐了一声道:"我靠你帮忙,我也倒了霉了!我早把你看得透里透——斗得过他们,你到我跟前来邀功要钱,斗不过他们,你往那边一倒。本来见了做官的就魂都没有了,头一缩,死活随我去。"大年涨红了脸冷笑道:"等钱到了你手里,你再防着你哥哥分你的,也还不迟。"七巧道:"你既然知道钱还没到我手里,你来缠我做什么?"大年道:"远迢迢赶来看你,倒是我们的不是了!走!我们这就走!凭良心说,我就用你两个钱,也是该的。当初我若贪图财礼,问姜家多要几百两银子,把你卖给他们做姨太太,也就卖了。"七巧道:"奶奶不胜似姨奶奶吗?长线放远鹞,指望大着呢!"大年待要回嘴,他媳妇拦住他道:"你就少说一句罢!以后还有见面的日子呢。将来姑奶奶想到你的时候,才知道她就只这一个亲哥哥了!"大年督促他媳妇整理了提篮盒,拎起就待走。七巧道:"我希罕你?等我有了钱,我不愁你不来,只愁打发你不开!"嘴里虽然硬着,煞不住那呜咽的声音,一声响似一声,憋了一上午的满腔幽恨,借着这因由尽情发泄了出来。

她嫂子见她分明有些留恋之意,便做好做歹劝住了她哥哥,一面半搀半拥把她引到花梨炕上坐下了,百般譬解,七巧渐渐收了泪。兄妹姑嫂叙了些家常。北方情形还算平靖,曹家的麻油铺还照常营业着。大年夫妇此番到上海来,却是因为他家没过门的女婿在人家当账房,光复的时候恰巧在湖北,后来辗转跟主人到上海来了,因此大年亲自送了女儿来完婚,顺便探望妹子。大年问候了姜家阖宅上下,又要参见老太太,七巧道:

"不见也罢了,我正跟她怄气呢。"大年夫妇都吃了一惊,七巧道:"怎么不怄气呢?一家子都往我头上踩,我要是好欺负的,早给作践死了,饶是这么着,还气得我七病八痛的!"她嫂子道:"姑娘近来还抽烟不抽?倒是鸦片烟,平肝导气,比什么药都强,姑娘自己千万保重,我们又不在跟前,谁是个知疼着热的人?"

七巧翻箱子取出几件新款尺头送与她嫂子,又是一副四两重的金镯子,一对披霞莲蓬簪,一床丝棉被胎,侄女们每人一只金挖耳,侄儿们或是一只金锞子,或是一顶貂皮暖帽,另送了她哥哥一只珐琅金蝉打簧表,她哥嫂道谢不迭。七巧道:"你们来得不巧,若是在北京,我们正要上路的时候,带不了的东西,分了几箱给丫头老妈子,白便宜了他们。"说得她哥嫂讪讪的。临行的时候,她嫂子道:"忙完了闺女,再来瞧姑奶奶。"七巧笑道:"不来也罢了,我应酬不起!"

大年夫妇出了姜家的门,她嫂子便道:"我们这位姑奶奶怎么换了个人?没出嫁的时候不过要强些,嘴头子上琐碎些,就连后来我们去瞧她,虽是比前暴躁些,也还有个分寸,不似如今疯疯傻傻,说话有一句没一句,就没一点儿得人心的地方。"

七巧立在房里,抱着胳膊看小双祥云两个丫头把箱子抬回原处,一只一只叠了上去。从前的事又回来了:临着碎石子街的馨香的麻油店,黑腻的柜台,芝麻酱桶里竖着木匙子,油缸上吊着大大小小的铁匙子。漏斗插在打油的人的瓶里,一大匙再加上两小匙正好装满一瓶——一斤半。熟人呢,算一斤四两。有时她也上街买菜,蓝夏布衫裤,镜面乌绫镶滚。隔着密密层层的一排吊着猪肉的铜钩,她看见肉铺里的朝禄。朝禄赶着她叫曹大姑娘。难得叫声巧姐儿,她一巴掌打在钩子背上,无数的空钩子荡过去锥他的眼睛,朝禄从钩子上摘下尺来宽的一片生猪油,重重的向肉案一抛,一阵温风直扑到她脸上,腻滞的死去的肉体的气味……她皱紧了眉毛。床上睡着的她的丈夫,那没有生命的肉体……

风从窗子里进来,对面挂着的回文雕漆长镜被吹得摇摇晃晃,磕托磕托敲着墙。七巧双手按住了镜子。镜子里反映着的翠竹帘子和一副金绿山水屏条依旧在风中来回荡漾着,望久了,便有一种晕船的感觉。再定睛时,翠竹帘子已经退了色,金绿山水换了一张她丈夫的遗像,镜子里的人也老了十年。

去年她戴了丈夫的孝,今年婆婆又过世了。现在正式挽了叔公九老太爷出来为他们分家。今天是她嫁到姜家来之后一切幻想的集中点。这些年了,她戴着黄金的枷锁,可是连金子的边都啃不到,这以后就不同了。七巧穿着白香云纱衫,黑裙子,然而她脸上像抹了胭脂似的,从那揉红了的眼圈儿到烧热的颧骨。她抬起手来揉了一揉脸,脸上烫,身子却冷得打颤。她叫祥云倒了杯茶来。(小双早已嫁了,祥云也配了个小厮。)茶给喝了下去,沉重地往腔子里流,一颗心便在热茶里扑通扑通跳。她背向着镜子坐下了,问祥云道:"九老太爷来了这一下午,就在堂屋里跟马师爷查账?"祥云应了一声是。七巧又道:"大爷大奶奶三爷三奶奶都不在跟前?"祥云又应了一声是。七巧道:"还到谁的屋里去过?"祥云道:"就到哥儿们的书房里兜了一兜。"七巧道:"好在咱们白哥儿的书倒不怕他查考……今年这孩子就吃亏在他爸爸他奶奶接连着出了事,他若还有心念书,他也不是人养的!"她把茶吃完了,吩咐祥云下去看看堂屋里大房三房的人可都齐了,免得自己去早了,显得性急,被人耻笑。恰巧大房里也差了一个丫头出来探看,和祥云打了个照面。

七巧终于款款下楼来了。当屋里临时布置了一张镜面乌木大餐台,九老太爷独当一面坐了,面前乱堆着青布面,梅红签的账簿,又搁着一只瓜棱茶碗。四周除了马师爷之外,又有特地邀请的"公亲",近于陪审员的性质。各房只派了一个男子作代表,大房是大爷,二房二爷没了,是二奶奶,三房是三爷。季泽很知道这总清算的日子于他没有什么好处,因此他到得最迟。然而来既来了,他决不愿意露出焦灼懊丧的神气,腮帮子上依旧是他那点丰肥的,红色的笑。眼睛里依旧是他那点潇洒的不耐烦。

九老太爷咳嗽了一声,把姜家的经济状况约略报告了一遍,又翻着账簿子读出重要的田地房产的所在与按年的收入。七巧两手紧紧扣在肚子上,身子向前倾着,努力向她自己解释他的每一句话,与她往日调查所得一一印证。青岛的房子,天津的房子,原籍的地,北京城外的地,上海的房子……三爷在公账上拖欠过巨,他的一部分遗产被抵消了之后,还净欠六万,然而大房二房也只得就此算了,因为他是一无所有的人。他所仅有的那一幢花园洋房,他为一个姨太太买的,也已经抵押了出去。其余只有老太太陪嫁过来的首饰,由兄弟三人均分,季泽的那一份也不便充公,因为是母亲留下的一点纪念。七巧突然叫了起来道:"九老太爷,那我们太吃亏了!"

堂屋里本就肃静无声,现在这肃静却是沙沙有声,直锯进耳朵里去,像电影配音机器损坏之后的锈轧。九老太爷睁了眼望着她道:"怎么?你连你娘丢下的几件首饰也舍不得给他?"七巧道:"亲兄弟,明算账,大哥大嫂不言语,我可不能不老着脸开口说句话。我须比不得大哥大嫂——我们死掉的那个若是有能耐出去做两任官,手头活便些,我也乐得放大些,哪怕把从前的旧账一笔勾销呢?可怜我们那一个病病哼哼一辈子,何尝有过一文半文进账,丢下我们孤儿寡妇,就指着这两个死钱过活。我是个没脚蟹,长白还不满十四岁,往后苦日子有得过呢!"说着,流下泪来。九老太爷道:"依你便怎样?"七巧呜咽道:"哪儿由得我出主意呢?只求九老太爷替我们做主!"季泽冷着脸只不做声,满屋子的人都觉不便开口。九老太爷按捺不住一肚子的火,哼了一声道:"我倒想替你出主意呢,只怕你不爱听!二房里有田地没人照管,三房里有人没有地,我待要叫三爷替你照管,你多少贴他些,又怕你不要他!"七巧冷笑道:"我倒想依你呢,只怕死掉的那个不依!来人哪!祥云你把白哥儿给我找来!长白,你爹好苦呀!一下地就是一身的病,为人一场,一天舒坦日子也没过着,临了丢下你这点骨血,人家还看不得你,千方百计图谋你的东西!长白谁叫你爹拖着一身病,活着人家欺他,死了人家欺负他的孤儿寡妇!我还不打紧,我还能活个几十年么?至多我到老太太灵前把话说明白了,把这条命跟人拚了。长白你可是年纪小着呢,就是喝西北风你也得活下去呀!"九老太爷气得把桌子一拍道:"我不管了!是你们求爹爹拜奶奶邀了我来的,你道我喜欢自找麻烦么?"站起来一脚踢翻了椅子,也不等人搀扶,一阵风走得无影无踪。众人面面相觑,一个个悄没声儿溜走了。惟有那马师爷忙着拾掇账簿子,落后了一步,看看屋里人全走光了,单剩下二奶奶一个人坐在那里捶着胸脯嚎啕大哭,自己若无其事地走了,似乎不好意思,只得走上前去,打躬作揖叫道:"二太太!二太太!……二太太!"七巧只顾把袖子遮住脸,马师爷又不便把她的手拿开,急得把瓜皮帽摘下来扇着汗。

维持了几天的僵局,到底还是无声无臭照原定计划分了家。孤儿寡妇还是被欺负了。

七巧带着儿子长白,女儿长安另租了一幢屋子住下了,和姜家各房很少来往。隔了几个月,姜季泽忽然上门来了。老妈子通报上来,七巧怀着鬼胎,想着分家的那一天得罪了他,不知他有什么手段对付。可是兵来将挡,她凭什么要怕他?她家常穿着佛青实地纱袄子,特地系上一条玄色铁线纱裙,走下楼来。季泽却是满面春风的站起来问二嫂好,又问白哥儿可是在书房里,安姐儿的湿气可大好了,七巧心里便疑惑他是来借钱的,加意防备着,坐下笑道:"三弟你近来又发福了。"季泽笑道:"看我像一点心事都没有的人。"七巧笑道:"有福之人不在忙吗!你一向就是无牵无挂的。"季泽笑道:"等我把房子卖了,我还要无牵无挂呢!"七巧道:"就是你做了押款的那房子,你还要卖?"季泽道:"当初造它的时候,很费了点心思,有许多装置都是自己心爱的,当然不愿意脱手。后来你是知道的,那边地皮值钱了,前年把它翻造了衖堂房子,一家一家收租,跟那些住小家的打交道,我实在嫌麻烦,索性打算卖了它,图个清静。"七巧暗地里说道:"口气好大!我是知道你的底细的,你在我跟前充什么阔大爷!"

虽然他不向她哭穷,但凡谈到银钱交易,她总觉得有点危险,便岔了开去道:"三妹妹好么?腰子病近来发过没有?"季泽笑道:"我也有许久没见过她的面了。"七巧道:"这是什么话?你们吵了嘴么?"季泽笑道:"这些时我们倒也没吵过嘴。不得已在一起说两句话,也是难得的,也没那闲情逸致吵嘴。"七巧道:"何至于这样?我就不相信!"季泽两肘撑在藤椅的扶手上,交叉着十指,手搭凉棚,影子落在眼睛上,深深地唉了一声。七巧笑道:"没有别的,要不就是你在外头玩得太厉害了。自己做错了事,还唉声叹气的仿佛谁害了你似的。你们姜家就没有一个好人!"说着,举起白团扇,作势要打。季泽把那交叉着的十指往下移了一移,两只大拇指按在嘴唇上,两只食指缓缓抚摸着鼻梁,露出一双水汪汪的眼睛来。那眼珠却是水仙花缸底的黑石子,上面汪着水,下面冷冷的没有表情。看不出他在想什么。七巧道:"我非打你不可!"季泽的眼睛里突然冒出一点笑泡儿,道:"你打,你打!"七巧待要打,又撑回手去,重新一鼓作气道:"我真打!"抬高了手,一扇子劈下来,又在半空中停住了,吃吃笑将起来。季泽带笑将肩膀耸了一耸,凑了上去道:"你倒是打我一下罢!害得我浑身骨头痒痒着,不得劲儿!"七巧把扇子向背后一藏,越发笑得格格的。

季泽把椅子换了个方向,面朝墙坐着,人向椅背上一靠,双手蒙住了眼睛,又是长长地叹了口气。七巧啃着扇子柄,斜瞟着他道:"你今儿是怎么了?受了暑吗?"季泽道:"你哪里知道?"半晌,他低低的一个字一个字说道:"你知道我为什么跟家里的那个不好,为什么我拼命的在外头玩,把产业都败光了?你知道这都是为了谁?"七巧不知不觉有些胆寒,走得远远的,倚在炉台上,脸色慢慢地变了。季泽跟了过来。七巧垂着头,肘弯撑在炉台上,手里擎着团扇,扇子上的杏黄穗子顺着她的额角拖下来。季泽在她对面站住了,小声道:"二嫂!……七巧!"

七巧背过脸去淡淡笑道:"我要相信你才怪呢!"季泽便也走开了,道:"不错。你怎么能够相信我?自从你到我家来,我在家一刻也待不住,只想出去。你没来的时候我并没有那么荒唐过,后来那都是为了躲你。娶了兰仙来,我更玩得凶了,为了躲你之外又要躲她,见了你,说不了两句话我就要发脾气——你哪儿知道我心里的苦楚?你对我好,我心里更难受——我得管着我自己——我不得平白的坑坏了你!家里人多眼杂,让人知道了,我是个男子汉,还不打紧,你可了不得!"七巧的手直打颤,扇柄上的杏黄须子在她额上苏苏磨擦着。季泽道:"你信也罢,不信也罢!信了又怎样?横竖我们半辈子已经过去了,说也是白说。我只求你原谅我这一片心。我为你吃了这些苦,也就不算冤枉了。"

七巧低着头,沐浴在光辉里,细细的音乐,细细的喜悦……这些年了,她跟他捉迷藏似的,只是近不得身,原来还有今天! 可不是,这半辈子已经完了——花一般的年纪已经过去了。人生就是这样的错综复杂,不讲理。当初她为什么嫁到姜家来? 为了钱么? 不是的,为了要遇见季泽,为了命中注定她要和季泽相爱。她微微抬起脸来,季泽立在她跟前,两手合在她扇子上,面颊贴在她扇子上。他也老了十年了,然而人究竟还是那个人呵! 他难道是哄她么? 他想她的钱——她卖掉她的一生换来的几个钱? 仅仅这一转念便使她暴怒起来。就算她错怪了他,他为她吃的苦抵得过她为他吃的苦么? 好容易她死了心了,他又来撩拨她。她恨他。他还在看着她。他的眼睛——虽然隔了十年,人还是那个人呵! 就算他是骗她的,迟一点儿发现不好么? 即使明知是骗人的,他太会演戏了,也跟真的差不多罢?

不行! 她不能有把柄落在这厮手里。姜家的人是厉害的,她的钱只怕保不住。她得先证明他是真心不是。七巧定了一定神,向门外瞧了一瞧,轻轻惊呼道:"有人!"便三脚两步赶出门去,到下房里吩咐潘妈替三爷弄点心去,快些端了来,顺便带把芭蕉扇进来替三爷打扇。七巧回到屋里来,故意皱着眉道:"真可恶,老妈子在门口探头探脑的,见了我抹过头去就跑,被我赶上去喝住了。若是关上了门说两句话,指不定造出什么谣言来呢! 饶是独门独户住了,还没个清净。"潘妈送了点心与酸梅汤进来,七巧亲自拿筷子替季泽拣掉了蜜层糕上的玫瑰与青梅,道:"我记得你是不爱吃红绿丝的。"有人在跟前,季泽不便说什么,只是微笑。七巧似乎没话找话说似的,问道:"你卖房子,接洽得怎样了?"季泽一面吃,一面答道:"有人出八万五,我还没打定主意呢。"七巧沉吟道:"地段倒是好的。"季泽道:"谁都不赞成我脱手,说还要涨呢。"七巧又问了些详细情形,便道:"可惜我手头没有这一笔现款,不然我倒想买。"季泽道:"其实呢,我这房子倒不急,倒是咱们乡下你那些田,早早脱手的好。自从改了民国,接二连三的打仗,何尝有一年闲过? 把地面上糟踏得不成样子,中间还被收租的、师爷、地头蛇一层一层勒掯着,莫说这两年不是水就是旱,就遇着了丰年,也没有多少进帐轮到我们头上。"七巧寻思着,道:"我也盘算过来,一直挨着没有办。先晓得把它卖了,这会子想买房子,也不至于钱不凑手了。"季泽道:"你那田要卖趁现在就得卖了,听说直鲁又要开仗了。"七巧道:"急切间你叫我卖给谁去?"季泽顿了一顿道:"我去替你打听打听,也成。"七巧耸了耸眉毛笑道:"得了,你那些狐群狗党里头,又有谁是靠得住的?"季泽把咬开的饺子在小碟子里蘸了点醋,闲闲说出两个靠得住的人名,七巧便认真仔细盘问他起来,他果然回答得有条不紊,显然他是筹之已熟的。

七巧虽是笑吟吟的,嘴里发干,上嘴唇黏在牙仁上,放不下来。她端起盖碗来吸了一口茶,舐了舐嘴唇,突然把脸一沉,跳起身来,将手里的扇子向季泽头上滴溜溜掷过去,季泽向左偏了一偏,那团扇敲在他肩膀上,打翻了玻璃杯,酸梅汤淋淋漓漓溅了他一身,七巧骂道:"你要我卖了田去买你的房子? 你要我卖田? 钱一经你的手,还有得说么? 你哄我——你拿那样的话来哄我——你拿我当傻子——"她隔着一张桌子探身过去打他,然而她被潘妈下死劲抱住了。潘妈叫唤起来,祥云等人都奔了来,七手八脚按住了她,七嘴八舌求告着。七巧一头挣扎,一头叱喝着,然而她的一颗心直往下坠——她很明白她这举动太蠢——太蠢——她在这儿丢人出丑。

季泽脱下了他那湿漉漉的白香云纱长衫,潘妈绞了手巾来代他揩擦,他理也不理,把衣服夹在手臂上,竟自扬长出门去了,临行的时候向祥云道:"等白哥儿下了学,叫他替他母亲请个医生来看看。"祥云吓糊涂了,连声答应着,被七巧兜脸给了她一个耳刮子。

季泽走了。丫头老妈子也都给七巧骂跑了。酸梅汤沿着桌子一滴一滴朝下滴，像迟迟的夜漏——一滴，一滴……一更，二更……一年，一百年。真长，这寂寂的一刹那。七巧扶着头站着，倏地掉转身来上楼去，提着裙子，性急慌忙，跌跌绊绊，不住地撞到那阴暗的绿粉墙上，佛青袄子上沾了大块的淡色的灰。她要在楼上的窗户里再看他一眼。无论如何，她从前爱过他。她的爱给了她无穷的痛苦。单只这一点，就使他值得留恋。多少回了，为了要按捺她自己，她咬得全身的筋骨与牙根都酸楚了。今天完全是她的错。他不是个好人，她又不是不知道。她要他，就得装糊涂，就得容忍他的坏。她为什么要戳穿他？人生在世，还不就是那么一回事？归根究底，什么是真的，什么是假的？

她到了窗前，揭开了那边上缀有小绒球的墨绿洋式窗帘，季泽正在弄堂里往外走，长衫搭在臂上，晴天的风像一群白鸽子钻进他的纺绸裤褂里去，哪儿都钻到了，飘飘拍着翅子。

七巧眼前仿佛挂了冰冷的珍珠帘，一阵热风来了，把那帘子紧紧贴在她脸上，风去了，又把帘子吸了回去，气还没透过来，风又来了，没头没脸包住她——一阵凉，一阵热，她只是淌着眼泪。

玻璃窗的上角隐隐约约反映出弄堂里一个巡警的缩小的影子，晃着膀子踱过去。一辆黄包车静静在巡警身上辗过。小孩把袍子掖在裤腰里，一路踢着球，奔出玻璃的边缘。绿色的邮差骑着自行车，复印在巡警身上，一溜烟掠过。都是些鬼，多年前的鬼，多年后的没投胎的鬼……什么是真的，什么是假的？

过了秋天又是冬天，七巧与现实失去了接触。虽然一样的使性子，打丫头，换厨子，总有些失魂落魄的。她哥哥嫂子到上海来探望了她两次，住不上十来天，末了永远是给她絮叨得站不住脚，然而临走的时候她也没有少给他们东西。她侄子曹春熹上城来找事，耽搁在她家里。那春熹虽是个浑头浑脑的年轻人，却也本本份份的。七巧的儿子长白，女儿长安，年纪到了十三四岁，只因身材瘦小，看上去才只七八岁的光景。在年下，一个穿着品蓝摹本缎棉袍，一个穿着葱绿遍地锦棉袍，衣服太厚了，直挺挺撑开了两臂，一般都是薄薄的两张白脸，并排站着，纸糊的人儿似的。这一天午饭后，七巧还没起身，那曹春熹陪着他兄妹俩掷骰子，长安把压岁钱输光了，还不肯歇手。长白把桌上的铜板一掳，笑道："不跟你来了。"长安道："我们用糖莲子来赌。"春熹道："糖莲子揣在口袋里，看脏了衣服。"长安道："用瓜子也好，柜顶上就有一罐。"便搬过一张茶几来，踩了椅子爬上去拿。慌得春熹叫道："安姐儿你可别摔跤，回头我担不了这干系！"正说着，只见长安猛可里向后一仰，若不是春熹扶住了，早是一个倒栽葱。长白在旁拍手大笑，春熹嘟嘟哝哝骂着，也撑不住要笑，三人笑成一片。春熹将她抱下地来，忽然从那红木大橱的穿衣镜里瞥见七巧蓬着头又着腰站在门口，不觉一怔，连忙放下了长安，回身道："姑妈起来了。"七巧汹汹奔了过来，将长安向自己身后一推，长安立脚不稳，跌了一跤。七巧只顾将身子挡住了她，向春熹厉声道："我把你这狼心狗肺的东西！我三茶六饭款待你这狼心狗肺的东西，什么地方亏待了你，你欺负我女儿？你那狼心狗肺，你道我揣摩不出么？你以为你教坏了我女儿，我就不能不捏着鼻子把她许配给你，你好霸占我们的家产！我看你这混蛋，也还想不出这等主意来，敢情是你爹娘把着手儿教的！我把那两个狼心狗肺忘恩负义的老浑蛋！齐了心想我的钱，一计不成，又生一计！"春熹气得白瞪眼，欲待分辩，七巧道："你还有脸顶撞我！你还不给我快滚，别等我乱棒打出去！"说着，把儿女们推推搡搡送了出去，自己也喘吁吁扶个丫头走了。春熹究竟年纪轻火性大,赌气卷了铺盖,顿时离了姜家的门。

七巧回到起坐间里,在烟榻上躺下了。屋里暗昏昏的,拉上了丝绒窗帘。时而窗户缝里漏了风进来,帘子动了,方才在那墨绿小绒球底下毛茸茸地看见一点天色。只有烟灯和烧红的火炉的微光。长安吃了吓,呆呆坐在火炉边一张小凳上。七巧道:"你过来。"长安只道是要打,只是延捱着,搭讪把火炉边的洋铁围屏上晾着的小红格子法布衬衫翻了一翻,道:"快烤糊了。"衬衫发出热烘烘的毛气。

七巧却不像要责打她的光景,只数落了一番,道:"你今年过了年也有十三岁了,也该放明白些。表哥虽不是外人,天下的男子都是一样混账。你自己要晓得当心,谁不想你的钱?"一阵风过,窗帘上的绒球与绒球之间露出白色的寒天,屋子里暖热的黑暗给打上了一排小洞。烟灯的火焰往下一挫,七巧脸上的影子仿佛更深了一层。她突然坐起身来,低声道:"男人……碰都碰不得!谁不想你的钱?你娘这几个钱不是容易得来的,也不是容易守得住。轮到你们手里,我可不能眼睁睁看着你们上人的当——叫你以后提防着些,你听见了没有?"长安垂着头道:"听见了。"

七巧的一只脚有点麻,她探身去捏一捏她的脚。仅仅是一刹那,她眼睛里蠢动着一点温柔的回忆。她记起了想她的钱的一个男人。

她的脚是缠过的,尖尖的缎鞋里塞了棉花,装成半大的文明脚。她瞧着那双脚,心里一动,冷笑一声道:"你嘴里尽管答应着,我怎么知道你心里是明白还是糊涂?你人也有这么大了,又是一双大脚,哪里去不得?我就是管得住你,也没那个精神成天看着你。按说你今年十三了,裹脚已经嫌晚了,原怪我耽误了你。马上这就替你裹起来,也还来得及。"长安一时答不出话来,倒是旁边的老妈子们笑道:"如今小脚不时兴了,只怕将来给姐儿定亲的时候麻烦。"七巧道:"没的扯淡!我不愁我的女儿没人要,不劳你们替我担心!真没人要,养活她一辈子,我也还养得起!"当真替长安裹起脚来,痛得长安鬼哭神号的。这时连姜家这样守旧的人家,缠过脚的也都已经放了脚了,别说是没缠过的,因此都拿长安的脚传作笑话奇谈。裹了一年多,七巧一时的兴致过去了,又经亲戚们劝着,也就渐渐放松了,然而长安的脚可不能完全恢复原状了。

姜家大房三房里的儿女都进了洋学堂读书,七巧处处存心跟他们比赛着,便也要送长白去投考。长白除了打小牌之外,只喜欢跑跑票房,正在那里朝夕用功吊嗓子,只怕进学校要耽搁了他的功课,便不肯去。七巧无奈,只得把长安送到沪范女中,托人说了情,插班进去。长安换上了蓝爱国布的校服,不上半年,脸色也红润了,胳膊腿腕也粗了一圈。住读的学生洗换衣服,照例是送学校里包着的洗作里去。长安记不清自己的号码,往往失落了枕套手帕种种零件。七巧便闹着说要去找校长说话。这一天放假回家,检点了一下,又发现有一条褥单是丢了。七巧暴跳如雷,准备明天亲自上学校去大兴问罪之师。长安着了急,拦阻了一声,七巧便骂道:"天生的败家精,拿你娘的钱不当钱。你娘的钱是容易得来的?——将来你出嫁,你看我有什么陪送给你!——给也是白给!"长安不敢做声,却哭了一晚上。她不能在她的同学跟前丢这个脸。对于十四岁的人,那似乎有天大的重要。她母亲去闹这一场,她以后拿什么脸去见人?她宁死也不到学校里去了。她的朋友们,她所喜欢的音乐教员,不久就会忘记了有这么一个女孩子,来了半年,又无缘无故悄悄地走了。走得干净,她觉得她这牺牲是一个美丽的,苍凉的手势。

半夜里她爬下床来,伸手到窗外去试试,漆黑的,是下了雨么?没有雨点。她从枕头边摸出一只口琴,半蹲半坐在地上,偷偷吹了起来。犹疑地,"Long, long ago"的细小的调子在庞大的夜里袅袅漾开。不能让人听见了。为了竭力按捺着,那呜呜的口琴忽断忽续,如同婴儿的哭泣。她接不上气来,歇了半响,窗格子里,月亮从云里出来了。墨灰的天,几点疏星,模糊的缺月,像石印的图画,下面白云蒸腾,树顶上透出街灯淡淡的圆光。长安又吹起口琴来。"告诉我那故事,往日我最心爱的那故事,许久以前,许久以前……"

第二天她大着胆子告诉她母亲:"娘,我不想念下去了。"七巧睁着眼道:"为什么?"长安道:"功课跟不上,吃的也太苦了,我过不惯。"七巧脱下一只鞋来,顺手将鞋底抽了她一下,恨道:"你爹不如人,你也不如人?养下你来又不是个十不全,就不肯替我争口气!"长安反剪着一双手,垂着眼睛,只是不言语。旁边老妈子们便劝道:"姐儿也大了,学堂里人杂,的确有些不方便。其实不去也罢了。"七巧沉吟道:"学费总得想法子拿回来。白便宜了他们不成?"便领了长安一同去索讨,长安抵死不肯去,七巧带着两个老妈子去了一趟回来了,据她自己铺叙,钱虽然没收回来,却也着实羞辱了那校长一场。长安以后在街上遇着了同学,脸上红一阵白一阵,无地自容,只得装做不看见,急急走了过去。朋友寄了信来,她拆也不敢拆,原封退了回去。她的学校生活就此告一结束。

有时她也觉得牺牲得有点不值得,暗自懊悔着,然而也来不及挽回了。她渐渐放弃了一切上进的思想,安分守己起来。她学会了挑是非,使小坏,干涉家里的行政。她不时地跟母亲怄气,可是她的言谈举止越来越像她母亲了。每逢她单叉着裤子,揸开了两腿坐着,两只手按在胯间露出的凳子上,歪着头,下巴搁在心口上凄凄惨惨瞅住了对面的人说道:"一家有一家的苦处呀,表嫂——一家有一家的苦处!"——谁都说她是活脱的一个七巧。她打了一根辫子,眉眼的紧俏有似当年的七巧,可是她的小小的嘴过于瘪进去,仿佛显老一点。她再年青些也不过是一棵较嫩的雪里红——盐腌过的。

也有人来替她做媒。若是家境推板一点的,七巧总疑心人家是贪她们的钱。若是那有财有势的,对方却又不十分热心,长安不过是中等姿色,她母亲出身既低,又有个不贤惠的名声,想必没有什么家教。因此高不成,低不就,一年一年耽搁了下去。那长白的婚事却不容耽搁。长白在外面赌钱,捧女戏子,七巧还没甚话说,后来渐渐跟着他三叔姜季泽逛起窑子来,七巧方才着了慌,手忙脚乱替他定亲,娶了一个袁家的小姐,小名芝寿。

行的是半新式的婚礼,红色盖头是蠲免了,新娘戴着蓝眼镜,粉红喜纱,穿着粉红彩绣裙袄。进了洞房,除去了眼镜,低着头坐在湖色帐幔里。闹新房的人围着打趣,七巧只看了一看便出来了。长安在门口赶上了她,悄悄笑道:"皮色倒白净,就是嘴唇太厚了些。"七巧把手撑着门,拔下一只金挖耳来搔搔头,冷笑道:"还说呢!你新嫂子这两片嘴唇,切切倒有一大碟子!"旁边一个太太便道:"说是嘴唇厚的人天性厚哇!"七巧哼了一声,将金挖耳指住了那太太,倒剔起一只眉毛,歪着嘴微微一笑道:"天性厚,并不是什么好话。当着姑娘们,我也不便多说——但愿咱们白哥儿这条命别送在她手里!"七巧天生着一副高爽的喉咙,现在因为苍老了些,不那么尖了,可是扁扁的依旧四面刮得人疼痛,像剃刀片。这两句话,说响不响,说轻也不轻。人丛里的新娘子的平板的脸与胸震了一震——多半是龙凤烛的火光的跳动。

三朝过后,七巧嫌新娘子笨,诸事不如意,每每向亲戚们诉说着。便有人劝道:"少奶奶年纪轻,二嫂少不得要费点心教导教导她。谁叫这孩子没心眼儿呢!"七巧啐道:

"你别瞧咱们新少奶奶老实呀——一见了白哥儿,她就得去上马桶!真的!你信不信?"这话传到芝寿耳朵里,急得芝寿只待寻死。然而这还是没满月的时候,七巧还顾些脸面,后来索性这一类的话当着芝寿的面也说了起来,芝寿哭也不是,笑也不是,若是木着脸装不听见,七巧便一拍桌子嗟叹起来道:"在儿子媳妇手里吃口饭,可真不容易!动不动就给人脸子看!"

这天晚上,七巧躺着抽烟,长白盘踞在烟铺跟前的一张沙发椅上嗑瓜子,无线电里正唱着一出冷戏,他捧着戏考,一个字一个字跟着哼,哼上了劲,甩过一条腿去骑在椅背上,来回摇着打拍子。七巧伸过脚去踢了他一下道:"白哥儿你来替我装两筒。"长白道:"现放着烧烟的,偏要支使我!我手上有蜜是怎么着?"说着,伸了个懒腰,慢腾腾移身坐到烟灯前的小凳上,卷起了袖子。七巧笑道:"我把你这不孝的奴才!支使你,是抬举你!"她眯缝着眼望着他。这些年来她的生命里只有这一个男人。只有他,她不怕他想她的钱——横竖钱都是他的。可是,因为他是她的儿子,他这一个人还抵不了半个……现在,就连这半个人她也保留不住——他娶了亲。他是个瘦小白皙的年轻人,背有点驼,戴着金丝眼镜,有着工细的五官,时常茫然地微笑着,张着嘴,嘴里闪闪发着光的不知道是太多的唾沫水还是他的金牙。他敞着衣领,露出里面的珠羔里子和白小褂。七巧把一只脚搁在他肩膀上,不住的轻轻踢着他的脖子,低声道:"我把你这不孝的奴才!打几时起变得这么不孝了?"长安在旁笑道:"娶了媳妇忘了娘吗!"七巧道:"少胡说!我们白哥儿倒不是那们样的人!我也养不出那们样的儿子!"长白只是笑。七巧斜着眼看定了他,笑道:"你若还是我从前的白哥儿,你今儿替我烧一夜的烟!"长白笑道:"那可难不倒我!"七巧道:"眈了,看我捶你!"

起坐间的帘子撤下送去洗濯了。隔着玻璃窗望出去,影影绰绰乌云里有个月亮,一搭黑,一搭白,像个戏剧化的狰狞的脸谱。一点,一点,月亮缓缓的从云里出来了,黑云底下透出一线炯炯的光,是面具底下的眼睛。天是无底洞的深青色。久已过了午夜了。长安早去睡了,长白打着烟泡,也前仰后合起来。七巧斟了杯浓茶给他,两人吃着蜜饯糖果,讨论着东邻西舍的隐私。七巧忽然含笑问道:"白哥儿你说,你媳妇儿好不好?"长白笑道:"这有什么可说的?"七巧道:"没有可批评的,想必是好的了?"长白笑着不做声。七巧道:"好,也有个怎么个好呀!"长白道:"谁说她好来着?"七巧道:"她不好?哪一点不好?说给娘听。"长白起初只是含糊对答,禁不起七巧再三盘问,只得吐露一二。旁边递茶递水的老妈子们都背过脸去笑得格格的,丫头们都掩着嘴忍着笑回避出去了。七巧又是咬牙,又是笑,又是喃喃咒骂,卸下烟斗来狠命磕里面的灰,敲得托托一片响。长白说溜了嘴,止不住要说下去,足足说了一夜。

次日清晨,七巧吩咐老妈子取过两床毯子来打发哥儿在烟榻上睡觉。这时芝寿也已经起了身,过来请安。七巧一夜没合眼,却是精神百倍,邀了几家女眷来打牌,亲家母也在内。在麻将桌上一五一十将她儿子亲口招供的她媳妇的秘密宣布了出来,略加渲染,越发有声有色。众人竭力地打岔,然而说不上两句闲话,七巧笑嘻嘻地转了个弯,又回到她媳妇身上来了。逼得芝寿的母亲脸皮紫涨,也无颜再见女儿,放下牌乘了包车回去了。

七巧接连着教长白为她烧了两晚上的烟。芝寿直挺挺躺在床上,搁在肋骨上的两只手蜷曲着像死去的鸡的脚爪。她知道她婆婆又在那里盘问她丈夫,她知道她丈夫又在那里叙说一些什么事,可是天知道他还有什么新鲜的可说!明天他又该涎着脸到她跟前来了。也许他早料到她会把满腔的怨毒都结在他身上,就算她没本领跟他拚命,至不济也得质问他几句,闹上一场。多半他准备先声夺人,借酒盖住了脸,找点碴子,摔上两件东西。她知道他的脾气。末后他会坐到床沿上来,耸起肩膀,伸手到白绸小褂里面去抓痒,出人意料之外地一笑。他的金丝眼镜上抖动着一点光,他嘴里抖动着一点光,不知道是唾沫还是金牙。他摘去了他的眼镜。……芝寿猛然坐起身来,哗喇揭开了帐子,这是个疯狂的世界。丈夫不像个丈夫,婆婆也不像个婆婆。不是他们疯了,就是她疯了。今天晚上的月亮比哪一天都好,高高的一轮满月,万里无云,像是漆黑的天上一个白太阳。遍地的蓝影子,帐顶上也是蓝影子,她的一双脚也在那死寂的蓝影子里。

芝寿待要挂起帐子来,伸手去摸索帐钩,一只手臂吊在那铜钩上,脸偎住了肩膀,不由得就抽噎起来。帐子自动地放了下来。昏暗的帐子里除了她之外没有别人,然而她还是吃了一惊,仓皇地再度挂起了帐子。窗外还是那使人汗毛凛凛的反常的明月——漆黑的天上一个灼灼的小而白的太阳。屋里看得分明那玫瑰紫绣花椅披桌布,大红平金五凤齐飞的围屏,水红软缎对联,绣着盘花篆字。梳妆台上红绿丝网络着银粉缸,银漱盂,银花瓶,里面满满盛着喜果。帐檐上垂下五彩攒金绕绒花球,花盆,如意,粽子,下面滴滴溜溜坠着指头大的琉璃珠和尺来长的桃红穗子。偌大一间房里尽塞着箱笼,被褥,铺陈,不见得她就找不出一条汗巾子来上吊。她又倒到床上去。月光里,她的脚没有一点血色——青,绿,紫,冷去的尸身的颜色。她想死,她想死。她怕这月亮光,又不敢开灯。明天她婆婆说:"白哥儿给我多烧了两口烟,害得我们少奶奶一宿没睡觉,半夜三更点着灯等他回来——少不了他吗!"芝寿的眼泪顺着枕头不停地流,她不用手帕去擦眼睛,擦肿了,她婆婆又该说了:"白哥儿一晚上没回房去睡,少奶奶就把眼睛哭得桃儿似的!"

七巧虽然把儿子媳妇描摹成这样热情的一对,长白对于芝寿却不甚中意,芝寿也把长白恨得牙痒痒的。夫妻不和,长白渐渐又往花街柳巷里走动。七巧把一个丫头绢儿给了他做小,还是牢笼不住他。七巧又变着方儿哄他吃烟。长白一向就喜欢玩两口,只是没上瘾,现在吸得多了,也就收了心不大往外跑了,只在家守着母亲与新姨太太。

他妹子长安二十四岁那年生了痢疾,七巧不替她延医服药,只劝她抽两筒鸦片,果然减轻了不少痛苦。病愈之后,也就上了瘾。那长安更与长白不同,未出阁的小姐,没有其他的消遣,一心一意的抽烟,抽的倒比长白还要多。也有人劝阻,七巧道:"怕什么!莫说我们姜家还吃得起,就是我今天卖了两顷地给他们姐儿俩抽烟,又有谁敢放半个屁? 姑娘赶明儿聘了人家,少不得有她这一份嫁妆。她吃自己的,喝自己的,姑爷就是舍不得,也只好干望着她罢了!"

话虽如此说,长安的婚事毕竟受了点影响。来做媒的本就不十分踊跃,如今竟绝迹了。长安到了近三十的时候,七巧见女儿注定了是要做老姑娘的了,便又换了一种论调,道:"自己长得不好,嫁不掉,还怨我做娘的耽搁了她! 成天挂搭着脸,倒像我该她二百钱似的。我留她在家里吃一碗闲茶闲饭,可没打算留她在家里给我气受!"

姜季泽的女儿长馨过二十岁生日,长安去给她堂房妹子拜寿。那姜季泽虽然穷了,幸喜他交游广阔,手里还算兜得转。长馨背地里向她母亲道:"妈想法子给安姐姐介绍个朋友罢,瞧她怪可怜的。还没提起家里的情形,眼圈儿就红了。"兰仙慌忙摇手道:"罢! 罢! 这个媒我不敢做! 你二妈那脾气是好惹的?"长馨年少好事,哪里理会得? 歇了些时,偶然与同学们说起这件事,恰巧那同学有个表叔新从德国留学回来,也是北方人，仔细攀认起来，与姜家还沾着点老亲。那人名唤童世舫，叙起来比长安略大几岁。长馨竟自作主张，安排了一切，由那同学的母亲出面请客。长安这边瞒得家里铁桶相似。

七巧身子一向硬朗，只因她媳妇芝寿得了肺痨，七巧嫌她乔张做致，吃这个，吃那个，累又累不得，比寻常似乎多享了一些福，自己一赌气便也病了。起初不过是气虚血亏，却也将合家支使得团团转，哪儿还能够兼顾到芝寿？后来七巧认真得了病，卧床不起，越发鸡犬不宁。长安乘乱里便走开了，把裁缝唤到她三叔家里，由长馨出主意替她制了新装。赴宴的那天晚上，长馨先陪她到理发店去用钳子烫头发，从天庭到鬓角一路密密贴着细小的发圈。耳朵上戴了二寸来长的玻璃翠宝塔坠子，又换上了苹果绿乔琪纱旗袍，高领圈，荷叶边袖子，腰以下是半西式的百褶裙。一个小大姐蹲在地上为她扣揿钮，长安在穿衣镜里端详着自己，忍不住将两臂虚虚地一伸，裙子一踢，摆了个葡萄仙子的姿势，一扭头笑了起来道："把我打扮得天女散花似的！"长馨在镜子里向那小大姐做了个媚眼，两人不约而同也都笑了起来。长安妆罢，便向高椅上端端正正坐下了。长馨道："我去打电话叫车。"长安道："还早呢！"长馨看了看表道："约的是八点，已经八点过五分了。"长安道："晚个半个钟头，想必也不碍事。"长馨猜她是存心要搭点架子，心中又好气又好笑，打开银丝手提包来检点了一下，借口说忘了带粉镜子，径自走到她母亲屋里来，如此这般告诉了一遍，又道："今儿又不是姓童的请客，她这架子是冲着谁搭的？我也懒得去劝她，由她挨到明儿早上去，也不干我事。"兰仙道："瞧你这糊涂！人是你约的，媒是你做的，你怎么卸得了这干系？我埋怨过你多少回了——你早该知道了，安姐儿就跟她娘一样的小家子气，不上台盘。待会儿出乖露丑的，说起来是你姐姐，你丢人也是活该，谁叫你把这些是是非非，揽上身来，敢是闲疯了？"长馨咕嘟着嘴在她母亲屋里坐了半晌，兰仙笑道："看这情形，你姐姐是等着人催请呢。"长馨道："我才不去催她呢！"兰仙道："傻丫头，要你催，中什么用？她等着那边来电话哪！"长馨失声笑道："又不是新娘子，要三请四催的，逼着上轿！"兰仙道："好歹你打个电话到饭店里去，叫他们打个电话来，不就结了？快九点了，再挨下去，事情可真要崩了！"长馨只得依言做去，这边方才动了身。

长安在汽车里还是兴兴头头，谈笑风生的，到菜馆子里，突然矜持起来，跟在长馨后面，悄悄掩进了房间，怯怯地褪去了苹果绿驼鸟毛斗篷，低头端坐，拈了一只杏仁，每隔两分钟轻轻啃去了十分之一，缓缓咀嚼着。她是为了被看而来的。她觉得她浑身的装束，无懈可击，任凭人家多看两眼也不妨事，可是她的身体完全是多余的，缩也没处缩。她始终缄默着，吃完了一顿饭。等着上甜菜的时候，长馨把她拉到窗子跟前去观看街景，又托故走开了，那童世舫便踱到窗前，问道："姜小姐这儿来过么？"长安细声道："没有。"童世舫道："我也是第一次。菜倒是不坏，可是我还是吃不大惯。"长安道："吃不惯？"世舫道："可不是！外国菜比较清淡些，中国菜要油腻得多。刚回来，连着几天亲戚朋友们接风，很容易的就吃坏了肚子。"长安反复地看她的手指，仿佛一心一意要数一数一共有几个指纹是螺形的，几个是畚箕……

玻璃窗上面，没来由开了小小的一朵霓虹灯的花——对过一家店面里反映过来的，绿心红瓣，是尼罗河祀神的莲花，又是法国王室的百合徽章……

世舫多年没见过故国的姑娘，觉得长安很有点楚楚可怜的韵致，倒有几分喜欢。他留学以前早定了亲，只因他爱上了一个女同学，抵死反对家里的亲事，路远迢迢，打了无数的笔墨官司，几乎闹翻了脸，他父母曾经一度断绝了他的接济，使他吃了不少的苦，方才依了他，解了约。不幸他的女同学别有所恋，抛下了他，他失意之余，倒埋头读了七八年的书。他深信妻子还是旧式的好，也是由于反应作用。

和长安见了这一面之后，两下里都有了意。长馨想着送佛送到西天，自己再热心些，也没有资格出来向长安的母亲说话，只得央及兰仙。兰仙执意不肯道："你又不是不知道，你爹跟你二妈仇人似的，向来是不见面的。我虽然没跟她红过脸，再好些也有限。何苦去自讨没趣？"长安见了兰仙，只是垂泪，兰仙却不过情面，只得答应去走一遭。妯娌相见，问候了一番，兰仙便说明了来意。七巧初听见了，倒也欣然，因道："那就拜托了三妹妹罢！我病病哼哼的，也管不得了，偏劳了三妹妹。这丫头就是我的一块心病。我做娘的也不能说是对不起她了，行的是老法规矩，我替她裹脚，行的是新派规矩，我送她上学堂——还要怎么着？照我这样扒心扒肝调理出来的人，只要她不疤不麻不瞎，还会没人要吗？怎奈这丫头天生的是扶不起的阿斗，恨得我只嚷嚷：多咱我一闭眼去了，男婚女嫁，听天由命罢！"

当下议妥了，由兰仙请客，两方面相亲。长安与童世舫只做没见过面模样，又会晤了一次。七巧病在床上，没有出场，因此长安便风平浪静的订了婚。在筵席上，兰仙与长馨强行拉着长安的手，递到童世舫手里，世舫当众替她套上了戒指。女家也回了礼，文房四宝虽然免了，却用新式的丝绒文具盒来代替，又添上了一只手表。

订婚之后，长安遮遮掩掩竟和世舫单独出去了几次。晒着秋天的太阳，两人并排在公园里走着，很少说话，眼角里带着一点对方的衣服与移动着的脚，女子的粉香，男子的淡巴菰气，这单纯而可爱的印象便是他们身边的栏杆，栏杆把他们与众人隔开了。空旷的绿草地上，许多人跑着，笑着，谈着，可是他们走的是寂寂的绮丽的回廊——走不完的寂寂的回廊。不说话，长安并不感到任何缺陷。她以为新式的男女间的交际也就"尽于此矣"。童世舫呢，因为过去的痛苦的经验，对于思想的交换根本抱着怀疑的态度。有个人在身边，他也就满足了。从前，他顶讨厌小说上的男人，向女人要求同居的时候，只说："请给我一点安慰。"安慰是纯粹精神上的，这里却做了肉欲的代名词。但是他现在知道精神与物质的界限不能分得这么清。言语究竟没有用。久久的握着手，就是较妥帖的安慰，因为会说话的人很少，真正有话说的人还要少。

有时在公园里遇着了雨，长安撑起了伞，世舫为她擎着。隔着半透明的蓝绸伞，千万粒雨珠闪着光，像一天的星。一天的星到处跟着他们，在水珠银烂的车窗上，汽车驰过了红灯，绿灯，窗子外营营飞着一窠红的星，又是一窠绿的星。

长安带了点星光下的乱梦回家来，人变得异常沉默了，时时微笑着。七巧见了，不由得有气，便冷言冷语道："这些年来，多多怠慢了姑娘，不怪姑娘难得开个笑脸。这下子跳出了姜家的门，趁了心愿了，再快活些，可也别这么摆在脸上呀——叫人寒心！"依着长安素日的性子，就要回嘴，无如长安近来像换了个人似的，听了也不计较，自顾自努力去戒烟。七巧也奈何她不得。

长安订婚那天，大奶奶玳珍没去，隔了些天来补道喜。七巧悄悄唤了声大嫂，道："我看咱们还得在外头打听打听哩，这事可冒失不得！前天我耳朵里仿佛刮着一点，说是乡下有太太，外洋还有一个。"玳珍道："乡下的那个没出门就退了亲。外洋那个也是这样，说是做了几年的朋友了，不知怎么又没成功。"七巧道："那还有个为什么？男人的心，说声变，就变了。他连三媒六聘的还不认账，何况那不三不四的歪辣货？知道他在外洋还有旁人没有？我就只这一个女儿，可不能糊里糊涂断送了她的终身，我自己是吃过媒人的苦的！"

长安坐在一旁用指甲去掐手掌心，手掌心掐红了，指甲却挣得雪白。七巧一抬眼望见了她，便骂道："死不要脸的丫头，竖着耳朵听呢！这话是你听得的么？我们做姑娘的时候，一声提起婆婆家，来不迭地躲开了。你姜家枉为世代书香，只怕你还要到你开麻油店的外婆家去学点规矩哩！"长安一头哭一头奔了出去。七巧拍着枕头嗐了一声道："姑娘急着要嫁，叫我也没法子。腥的臭的往家里拉。名为是她三婶给找的人，其实不过是拿她三婶做个幌子。多半是生米煮成了熟饭了，这才挽出三婶来做媒。大家齐打伙儿糊弄我一个人……糊弄着也好！说穿了，叫做娘的做哥哥的脸往哪儿去放？"

又一天，长安托辞溜了出去，回来的时候，不等七巧查问，待要报告自己的行踪，七巧叱道："得了，得了，少说两句罢！在我面前糊什么鬼？有朝一日你让我抓着了真凭实据——哼！别以为你大了，订了亲了，我打不得你了！"长安急了道："我给馨妹妹送鞋样子去，犯了什么法了，娘不信，娘问三婶去！"七巧道："你三婶替你寻了汉子来，就是你的重生父母，再养爹娘！也没见你这样的轻骨头！……一转眼就不见你的人了。你家里供养着你这些年，就只差买个小厮来伺候你，哪一处对你不住了，你在家里一刻也坐不稳？"长安红了脸，眼泪直掉下来。七巧缓过一口气来，又道："当初多少好的都不要，这会子去嫁个不成器的，人家拣剩下来的，岂不是自己打嘴？他若是个人，怎么活到三十来岁，飘洋过海的，跑上十万里地，一房老婆还没弄到手？"

然而长安一味的执迷不悟。因为双方的年纪都不小了，订了婚不上几个月，男方便托了兰仙来议定婚期。七巧指着长安道："早不嫁，迟不嫁，偏赶着这两年钱不凑手！明年若是田上收成好些，嫁妆也还整齐些。"兰仙道："如今新式结婚，倒也不讲究这些了。就照新派办法，省省点也好。"七巧道："什么新派旧派！旧派无非排场大些，新派实惠些，一样还是娘家的晦气！"兰仙道："二嫂看着办就是了，难道安姐儿还会争多论少不成？"一屋子的人全笑了，长安也不觉微微一笑。七巧破口骂道："不害臊！你是肚子里有了搁不住的东西是怎么着？火烧眉毛，等不及的要过门！嫁妆也不要了——你情愿，人家倒许不情愿呢？你就拿准了他是图你的人？你好不自量，你有哪一点叫人看得上眼？趁早别自骗自了！姓童的还不是看上了姜家的门第！别瞧你们家轰轰烈烈，公侯将相的，其实全不是那么回事。早就是外强中干，这两年连架子也撑不起了。人呢，一代坏似一代，眼里哪儿还有天地君亲？少爷们是什么都不懂，小姐们就知道霸饶要**男人**——猪狗都不如！我娘家当初千不该万不该跟姜家结了亲，坑了我一世，我待要告诉那姓童的趁早别像我似的上了当！"

自从吵闹过这一番，兰仙对于这头亲事便洗手不管了。七巧的病渐渐痊愈，略略下床走动，便逐日骑着门坐着，遥遥向长安屋里叫喊道："你要野男人你尽管去找，只别把他带上门来认我做丈母娘，活活的气死我！我只图个眼不见，心不烦。能够容我多活两年，便是姑娘的恩典了！"颠来倒去几句话，嚷得一条街上都听得见。亲戚丛中自然更将这事沸沸扬扬传了开去。

七巧又把长安唤到跟前，忽然滴下泪来道："我的儿，你知道外头人把你怎么长怎么短糟踏得一个钱也不值！你娘自从嫁到姜家来，上上下下谁不是势利的，狗眼看人低，明里暗里我不知受了他们多少气。就连你爹，他有什么好处到我身上，我要替他守寡？我千辛万苦守了这二十年，无非是指望你姐儿俩长大成人，替我争回一点面子来。

不承望今日之下,只落得这等的收场!"说着,呜咽起来。

长安听了这话,如同轰雷挚顶一般。她娘尽管把她说得不成人,外头人尽管把她说得不成人。她管不了这许多。唯有童世舫——他——他该怎么想?他还要她么?上次见面的时候,他的态度有点改变么?很难说……她太快乐了,小小的不同的地方她不会注意到……被戒烟期间身体上的痛苦与这种种刺激两面夹攻着,长安早就有点受不了,可是硬撑着也就撑了过去,现在她突然觉得浑身的骨骼都脱了节。向他解释么?他不比她的哥哥,他不是她母亲的儿女,他决不能彻底明白她母亲的为人。他果真一辈子见不到她母亲,倒也罢了,可是他迟早要认识七巧。这是天长地久的事,只有千年做贼的,没有千年防贼的——她知道她母亲会放出什么手段来?迟早要出乱子,迟早要决裂。这是她的生命里顶完美的一段,与其让别人给它加上一个不堪的尾巴,不如她自己早早结束了它。一个美丽而苍凉的手势……她知道她会懊悔的,她知道她会懊悔的,然而她抬了抬眉毛,做出不介意的样子,说道:"既然娘不愿意结这头亲,我去回掉他们就是了。"七巧正哭着,忽然住了声,停了一停,又抽答抽答哭了起来。

长安定了一定神,就去打了个电话给童世舫。世舫当天没有空,约了明天下午。长安所最怕的就是中间隔的这一晚,一分钟,一刻,一刻,啃进她心里去。次日,在公园里的老地方,世舫微笑着迎上前来,没跟她打招呼——这在他是一种亲昵的表示,他今天仿佛是特别的注意她,并肩走着的时候,屡屡地望着她的脸。太阳煌煌的照着,长安越发觉得眼皮肿得抬不起来了,趁他不在看她的时候把话说了罢。她用哭哑的喉咙轻轻唤了一声"童先生"。世舫没听见。那么,趁他看她的时候把话说了罢。她诧异她脸上还带着点笑,小声道:"童先生,我想——我们的事也许还是——还是再说罢。对不起得很。"她褪下戒指来塞在他手里,冷涩的戒指,冷湿的手。她放快了步子走去,他愣了一会,便追上来,问道:"为什么呢?对于我有不满意的地方么?"长安笔直向前望着,摇了摇头。世舫道:"那么,为什么呢?"长安道:"我母亲……"世舫道:"你母亲并没有看见过我。"长安道:"我告诉过你了,不是因为你。与你完全没有关系。我母亲……"世舫站定了脚。这在中国是很充分的理由了罢?他这么略一踌躇,她已经走远了。

园子在深秋的日头里晒了一上午又一下午,像烂熟的水果一般,往下坠着,坠着,发出香味来。长安悠悠忽忽听见了口琴的声音,迟钝地吹出了"Long, long ago"——"告诉我那故事,往日我最心爱的那故事。许久以前,许久以前……"这是现在,一转眼也就变了许久以前了,什么都完了。长安着了魔似的,去找那吹口琴的人——去找她自己。迎着阳光走着,走到树底下,一个穿着黄短裤的男孩骑在树桠枝上颠颠着,吹着口琴,可是他吹的是另一个调子,她从来没听见过。不大的一棵树,稀稀朗朗的梧桐叶在太阳里摇着像金的铃铛。长安仰面看着,眼前一阵黑,像骤雨似的,泪珠一串串的披了一脸。世舫找到了她,在她身边悄悄站了半晌,方道:"我尊重你的意见。"长安举起了她的皮包来遮住了脸上的阳光。

他们继续来往了一些时。世舫要表示新人物交女朋友的目的不仅限于择偶,因此虽然与长安解除了婚约,依旧常常的邀她出去。至于长安呢,她是抱着什么样的矛盾的希望跟着他出去,她自己也不知道——知道了也不肯承认。订着婚的时候,光明正大的一同出去,尚且要瞒了家里,如今更成了幽期密约了。世舫的态度始终是坦然的。固然,她略略伤害了他的自尊心,同时他也对于她多少也有点惋惜,然而"大丈夫何患无妻?"男子对于女子最隆重的赞美是求婚。他割舍了他的自由,送了她这一份厚礼,虽然她是"心领璧还"了,他可是尽了他的心。这是惠而不费的事。

无论两人之间的关系是怎样的微妙而尴尬,他们认真的做起朋友来了。他们甚至谈起话来。长安的没见过世面的话每每使世舫笑起来,说:"你这人真有意思!"长安渐渐的也发现了她自己原来是个"很有意思"的人。这样下去,事情会发展到什么地步,连世舫自己也会惊奇。

然而风声吹到了七巧耳朵里。七巧背着长安盼咐长白下帖子请童世舫吃便饭。世舫猜着姜家是要警告他一声,不准他和他们小姐藕断丝连,可是他同长白在那阴森高敞的餐室里吃了两盅酒,说了一回话,天气,时局,风土人情,并没有一个字沾到长安身上。冷盘撤了下去,长白突然手按着桌子站了起来。世舫回过头去,只见门口背着光立着一个小身材的老太太,脸看不清楚,穿一件青灰团龙宫织缎袍,双手捧着大红热水袋,身旁夹峙着两个高大的女仆。门外日色昏黄,楼梯上铺着湖绿花格子漆布地衣,一级一级上去,通入没有光的所在。世舫直觉地感到那是个疯人——无缘无故的,他只是毛骨悚然。长白介绍道:"这就是家母。"

世舫挪开椅子站起来,鞠了一躬。七巧将手搭在一个佣妇的胳膊上,款款走了进来,客套了几句,坐下来便敬酒让菜。长白道:"妹妹呢?来了客,也不帮着张罗张罗。"七巧道:"她再抽两筒就下来了。"世舫吃了一惊,睁眼望着她。七巧忙解释道:"这孩子就苦在先天不足,下地就得给她喷烟。后来也是为了病,抽上了这东西。小姐家,够多不方便哪!也不是没戒过,身子又娇,又是由着性儿惯了的,说丢,哪儿就丢得掉呀?戒戒抽抽,这也有十年了。"世舫不由得变了色。七巧有一个疯子的审慎与机智。她知道,一不留心,人们就会用嘲笑的,不信任的眼光截断了她的话锋,她已经习惯了那种痛苦。她怕话说多了要被人看穿了。因此及早止住了自己,忙着添酒布菜。隔了些时,再提起长安的时候,她还是轻描淡写的把那几句话重复了一遍。她那平扁而尖利的喉咙四面割着人像剃刀片。

长安悄悄地走下楼来,玄色花绣鞋与白丝袜停留在日色昏黄的楼梯上。停了一会,又上去了。一级一级,走进没有光的所在。

七巧道:"长白你陪童先生多喝两杯,我先上去了。"佣人端上一品锅来,又换上了新烫的竹叶青。一个丫头慌里慌张站在门口将席上伺候的小厮唤了出去,嘀咕了一会,那小厮又进来向长白附耳说了几句,长白仓皇起身,向世舫连连道歉,说:"暂且失陪,我去去就来。"三脚两步也上楼去了,只剩下世舫一人独酌。那小厮也觉过意不去,低低地告诉了他:"我们绢姑娘要生了。"世舫道:"绢姑娘是谁?"小厮道:"是少爷的姨奶奶。"

世舫拿上饭来胡乱吃了两口,不便放下碗来就走,只得坐在花梨炕上等着,酒酣耳热。忽然觉得异常的委顿,便躺了下来。卷着云头的花梨炕,冰凉的黄藤心子,柚子的寒香……姨奶奶添了孩子了。这就是他所怀念着的古中国……他的幽娴贞静的中国闺秀是抽鸦片的!他坐了起来,双手托着头,感到了难堪的落寞。

他取了帽子出门,向那小厮道:"待会儿请你对上头说一声,改天我再面谢罢!"他穿过砖砌的天井,院子正中生着树,一树的枯枝高高印在淡青的天上,像瓷上的冰纹。长安静静的跟在他后面送了出来。她的藏青长袖旗袍上有着浅黄的雏菊。她两手交握着,脸上现出稀有的柔和。世舫回过身来道:"姜小姐……"她隔得远远的站定了,只是垂着头。世舫微微鞠了一躬,转身就走了。长安觉得她是隔了相当的距离看这太阳里的庭院,从高楼上望下来,明晰,亲切,然而没有能力干涉,天井,树,曳着萧条的影子的两个人,没有话——不多的一点回忆,将来是要装在水晶瓶里双手捧着看的——她的最初也是最后的爱。

芝寿直挺挺躺在床上,搁在肋骨上的两只手蜷曲着像宰了的鸡的脚爪。帐子吊起了一半。不分昼夜她不让他们给她放下帐子来。她怕。

外面传进来说绢姑娘生了个小少爷。丫头丢下了热气腾腾的药罐子跑出去凑热闹了,敞着房门,一阵风吹了进来,帐钩豁朗朗乱摇,帐子自动地放了下来,然而芝寿不再抗议了。她的头向右一歪,滚到枕头外面去。她并没有死——又挨了半个月光景才死的。

绢姑娘扶了正,做了芝寿的替身。扶了正不上一年就吞了生鸦片自杀了。长白不敢再娶了,只在妓院里走走。长安更是早就断了结婚的念头。

七巧似睡非睡横在烟铺上。三十年来她戴着黄金的枷。她用那沉重的枷角劈杀了几个人,没死的也送了半条命。她知道她儿子女儿恨毒了她,她婆家的人恨她,她娘家的人恨她。她摸索着腕上的翠玉镯子,徐徐将那镯子顺着骨瘦如柴的手臂往上推,一直推到腋下。她自己也不能相信她年青的时候有过滚圆的胳膊。就连出了嫁之后几年,镯子里也只塞得进一条洋绉手帕。十八九岁做姑娘的时候,高高挽起了大镶大滚的蓝夏布衫袖,露出一双雪白的手腕,上街买菜去。喜欢她的有肉店里的朝禄,她哥哥的结拜弟兄丁玉根,张少泉,还有沈裁缝的儿子。喜欢她,也许只是喜欢跟她开开玩笑,然而如果她挑中了他们之中的一个,往后日子久了,生了孩子,男人多少对她有点真心。七巧挪了挪头底下的荷叶边小洋枕,凑上脸去揉擦了一下,那一面的一滴眼泪她懒怠去揩拭,由它挂在腮上,渐渐自己干了。

七巧过世以后,长安和长白分了家搬出来住。七巧的女儿是不难解决她自己的问题的。谣言说她和一个男子在街上一同走,停在摊子跟前,他为她买了一双吊袜带。也许她用的是她自己的钱,可是无论如何是由男子的袋里掏出来的。……当然这不过是谣言。

三十年前的月亮早已沉了下去,三十年前的人也死了,然而三十年前的故事还没完——完不了。

1943 年 10 月

延伸阅读:对张爱玲这篇代表作,夏志清的评价可能最高,虽然也不一定都最为恰当:"《金锁记》长达 50 页,据我看来,这是中国从古以来最伟大的中篇小说。这篇小说的叙事方法和文章风格很明显的受了中国旧小说的影响。但是中国旧小说可能任意道来,随随便便,不够谨严。《金锁记》的道德意义和心理描写,却极尽深刻之能事。从这点看来,作者还是受西洋小说的影响为多。"参见夏志清:《中国现代小说史》,第 261 页,上海,复旦大学出版社,2005 年。

倾城之恋

张爱玲

上海为了"节省天光",将所有的时钟都拨快了一小时,然而白公馆里说:"我们用的是老钟。"他们的十点钟是人家的十一点。他们唱歌唱走了板,跟不上生命的胡琴。

胡琴咿咿呀呀拉着,在万盏灯的夜晚,拉过来又拉过去,说不尽的苍凉的故事——不问也罢!……胡琴上的故事是应当由光艳的伶人来扮演的,长长的两片红胭脂夹住琼瑶鼻,唱了,笑了,袖子挡住了嘴……然而这里只有白四爷单身坐在黑沉沉的破阳台上,拉着胡琴。

正拉着,楼底下门铃响了。这在白公馆是一件稀罕事。按照从前的规矩,晚上绝对不作兴出去拜客。晚上来了客,或是平空里接到一个电报,那除非是天字第一号的紧急大事,多半是死了人。

四爷凝神听着,果然三爷三奶奶四奶奶一路嚷上楼来,急切间不知他们说些什么。阳台后面的堂屋里,坐着六小姐,七小姐,八小姐,和三房四房的孩子们,这时都有些皇皇然。四爷在阳台上,暗处看亮处,分外眼明,只见门一开,三爷穿着汗衫短裤,揸开两腿站在门槛上,背过手去,啪啦啪啦扑打股际的蚊子,远远的向四爷叫道:"老四你猜怎么着?六妹离掉的那一位,说是得了肺炎,死了!"四爷放下胡琴往房里走,问道:"是谁来给的信?"三爷道:"徐太太。"说着,回过头用扇子去撑三奶奶道:"你别跟上来凑热闹呀!徐太太还在楼底下呢,她胖,怕爬楼。你还不去陪陪她!"三奶奶去了,四爷若有所思道:"死的那个不是徐太太的亲戚么?"三爷道:"可不是。看这样子,是他们家特为托了徐太太来递信给我们的,当然是有用意的。"四爷道:"他们莫非是要六妹去奔丧?"三爷用扇子柄刮了刮头皮道:"照说呢,倒也是应该……"他们同时看了六小姐一眼。白流苏坐在屋子的一角,慢条斯理绣着一只拖鞋,方才三爷四爷一递一声讲话,仿佛是没有她发言的余地,这时她便淡淡地道:"离过婚了,又去做他的寡妇,让人家笑掉了牙齿!"她若无其事地继续做她的鞋子,可是手指头上直冒冷汗,针涩了,再也拔不过去。

三爷道:"六妹,话不是这么说。他当初有许多对不起你的地方,我们全知道。现在人已经死了,难道你还记在心里?他丢下的那两个姨奶奶,自然是守不住的。你这会子堂堂正正地回去替他戴孝主丧,谁敢笑你?你虽然没生下一男半女,他的侄子多着呢。随你挑一个,过继过来。家私虽然不剩什么了,他家是个大族,就是拨你看守祠堂,也饿不死你母子。"白流苏冷笑道:"三哥替我想得真周到!就可惜晚了一步,婚已经离了这么七八年了。依你说,当初那些法律手续都是糊鬼不成?我们可不能拿着法律闹着玩哪!"三爷道:"你别动不动就拿法律来唬人!法律呀,今天改,明天改,我这天理人情,三纲五常,可是改不了的!你生是他家的人,死是他家的鬼,树高千丈,叶落归根——"流苏站起身来道:"你这话,七八年前为什么不说?"三爷道:"我只怕你多了心。只当我们不肯收容你。"流苏道:"哦?现在你就不怕我多心了?你把我的钱用光了,你就不怕我多心了?"三爷直问到她脸上道:"我用了你的钱?我用了你几个大钱?你住在我们家,吃我们的,喝我们的,从前还罢了,添个人不过添双筷子,现在你去打听打听看,米是什么价钱?我不提钱,你倒提起钱来了!"

四奶奶站在三爷背后,笑了一声道:"自己骨肉,照说不该提钱的话。提起钱来,这话可就长了!我早就跟我们老四说过——我说:老四,你去劝劝三爷,你们做金子,做股票,不能用六姑奶奶的钱哪,没的沾上了晦气!她一嫁到了婆家,丈夫就变成了败家子。回到娘家来,眼见得娘家就要败光了——天生的扫帚星!"三爷道:"四奶奶这话有理。我们那时候,如果没让她入股子,决不至于弄得一败涂地!"

流苏气得浑身乱颤,把一只绣了一半的拖鞋面子抵住了下颔,下颔抖得仿佛要落下来。三爷又道:"想当初你哭哭啼啼回家来,闹着要离婚。怪只怪我是个血性汉子,眼见你给他打成那个样子,心有不忍,一拍胸脯子站出来说:好!我白老三穷虽穷,我家里短不了我妹子这一碗饭!我只道你们少年夫妻,谁没有个脾气?大不了回娘家来住个三年五载的,两下里也就回心转意了。我若知道你们认真是一刀两断,我会帮着你办离婚么?拆散人家夫妻,这是绝子绝孙的事。我白老三是有儿子的人,我还指望着他们养老呢!"流苏气到极点,反倒放声笑了起来道:"好,好,都是我的不是!你们穷了,是我把你们吃穷了。你们亏了本,是我带累了你们。你们死了儿子,也是我害了你们伤了阴鸷!"四奶奶一把揪住了她儿子的衣领把他儿子的头去撞流苏叫道:"赤口白话的咒起孩子来了!就凭你这句话,我儿子死了,我就得找着你!"流苏连忙一闪身躲过了,抓住四爷道:"四哥你瞧,你瞧——你——你倒是评评理看!"四爷道:"你别着急呀,有话好说,我们从长计议。三哥这都是为你打算——"流苏赌气摔开了手,一径进里屋去了。

里屋没点灯,影影绰绰的只看见珠罗纱帐子里,她母亲躺在红木大床上,缓缓挥动白团扇。流苏走到床跟前,双膝一软,就跪了下来,伏在床沿上,哽咽道:"妈。"白老太太耳朵还好,外间屋里说的话她全听见了。她咳嗽了一声,伸手在枕边摸索到了小痰罐子,吐了一口痰,方才说道:"你四嫂就是这么碎嘴子!你可不能跟她一样的见识。你知道,各人有各人的难处。你四嫂天生的要强性儿,一向管着家,偏你四哥不争气,狂嫖滥赌的,玩出一身病来不算,不该挪了公帐上的钱,害得你四嫂面上无光,只好让你三嫂当家,心里咽不下这口气,着实不舒坦。你三嫂精神又不济,支持这份家,可不容易!种种地方,你得体谅他们一点。"流苏听她母亲这话风,一味的避重就轻,自己觉得好没意思,只得一言不发。白老太太翻身朝里睡了,又道:"先两年,东捞西凑的卖一次田,还够两年吃的。现在可不行了。我年纪大了,说声走,一撒手就走,可顾不得你们。天下没有不散的筵席。你跟着我,总不是长久之计。倒是回去是正经。领个孩子过活,熬个十几年总有你出头之日。"

正说着,门帘一动,白老太太道:"是谁?"四奶奶探头进来道:"妈,徐太太还在楼下呢,等着跟您说七妹的婚事。"白老太太道:"我这就起来。你把灯捻开。"屋里点上了灯,四奶奶扶着老太太坐起身来,伺侯她穿衣下来。白老太太问道:"徐太太那边找到了合适的人?"四奶奶道:"听她说得怪好的,就是年纪大了几岁。"白老太太咳了一声道:"宝络这孩子,今年也二十四了,真是我心上一个疙瘩,白替她操了心,还让人家说我:她不是我亲生的,我有心耽搁了她!"四奶奶把老太太搀到外房去,老太太道:"你把我那儿的新茶叶拿出来给徐太太泡一碗,绿洋铁筒子里的是大姑奶奶去年带来的龙井,高罐儿里的是碧螺春,别弄错了。"四奶奶一面答应着,一面叫喊道:"来人哪!开灯哪!"只听见一阵脚步响来了些粗手大脚的孩子们,帮着老妈子把老太太搬运下楼去了。

四奶奶一个人在外间屋里翻箱倒柜找寻老太太的私房茶叶,忽然笑道:"咦!七妹你打哪儿钻出来了,吓我一跳!我说怎么的,刚才你一晃就不见影儿了!"宝络细声道:"我在阳台上乘凉。"四奶奶格格笑道:"害臊呢!我说,七妹,赶明儿你有了婆家,凡事可得小心一点,别那么由着性儿闹。离婚岂是容易的事?要离就离了,稀松平常!果真那么容易,你四哥不成材,我干吗不离婚哪!我也有娘家呀,我不是没处可投奔的,可是这年头儿我不能不给他们划算划算,我是有点人心的,就得顾着他们一点,不能靠定了人家,把人家拖穷了。我还有三分廉耻呢!"

白流苏在她母亲床前凄凄凉凉跪着,听见了这话,把手里的绣花鞋帮子紧紧按在心口上,戳在鞋上的一枚针,扎了手也不觉得疼,小声道:"这屋子里可住不得了!……住不得了!"她的声音灰暗而轻飘,像断断续续的尘灰吊子。她仿佛做梦似的,满头满脸都挂着尘灰吊子,迷迷糊糊向前一扑,自己以为是枕住了她母亲的膝盖,呜呜咽咽哭了起来道:"妈,妈,你老人家给我做主!"她母亲呆着脸,笑嘻嘻的不做声。她搂住她母亲的腿,使劲摇撼着,哭道:"妈!妈!"恍惚又是多年前,她还只十来岁的时候,看了戏出来,在倾盆大雨中和家里人挤散了。她独自站在人行道上,瞪着眼看人,人也瞪着眼看她,隔着雨淋淋的车窗,隔着一层无形的玻璃罩——无数的陌生人。人人都关在他们自己的小世界里,她撞破了头也撞不进去。她似乎是魔住了。忽然听见背后有脚步声,猜着是她母亲来了,便竭力定了一定神,不言语。她所祈求的母亲与她真正的母亲根本是两个人。

那人走到床前坐下了,一开口,却是徐太太的声音。徐太太劝道:"六小姐,别伤心了,起来,起来,大热的天……"流苏撑着床勉强站了起来,道:"婶子,我……我在这儿再也呆不下去了。早就知道人家多嫌着我,就只差明说。今儿当面锣,对面鼓,发过话了,我可没有脸再住下去了!"徐太太扯她在床沿上一同坐下,悄悄地道:"你也太老实了,不怪人家欺负你,你哥哥们把你的钱盘来盘去盘光了。就养活你一辈子也是应该的。"

流苏难得听见这几句公道话,且不问她是真心还是假意,先就从心里热起来,泪如雨下,道:"谁叫我自己糊涂呢!就为了这几个钱,害得我要走也走不开。"徐太太道:"年纪轻轻的人,不怕没活路。"流苏道:"有活路,我早走了!我又没念过两句书,肩不能挑,手不能提,我能做什么事?"徐太太道:"找事,都是假的,还是找个人是真的。"流苏道:"那怕不行。我这一辈子早完了。"徐太太道:"这句话,只有有钱的人,不愁吃,不愁穿,才有资格说。没钱的人,要完也完不了哇!你就是剃了头发当姑子去,化个缘罢,也还是尘缘——离不了人!"流苏低头不语。徐太太道:"你这件事。早两年托了我,又要好些。"流苏微微一笑道:"可不是,我已经二十八了。"徐太太道:"放着你这样好的人才,二十八也不算什么。我替你留心着。说着我又要怪你了,离了婚七八年了,你早点儿拿定了主意,远走高飞,少受多少气!"流苏道:"婶子你又不是不知道,像我们这样的家庭,哪儿肯放我们出去交际?倚仗着家里人罢,别说他们根本不赞成,就是赞成了,我底下还有两个妹妹没出阁,三哥四哥的几个女孩子也渐渐地长大了,张罗她们还来不及呢,还顾得到我?"

徐太太笑道:"提起你妹妹,我还等着他们的回话呢。"流苏道:"七妹的事,有希望么?"徐太太道:"说得有几分眉目了。刚才我有意的让娘儿们自己商议商议,我说我上去瞧瞧六小姐就来。现在可该下去了。你送我下去，成不成?"流苏只得扶着徐太太下楼，楼梯又旧，徐太太又胖，走得吱吱格格一片响。到了堂屋里，流苏欲待开灯，徐太太道："不用了，看得见。他们就在东厢房里。你跟我来，大家说说笑笑，事情也就过去了，不然，明儿吃饭的时候免不了要见面的，反而僵得慌。"流苏听不得"吃饭"这两个字，心里一阵刺痛，硬着嗓子，强笑道："多谢婶子——可是我这会子身子有点不舒服，实在不能够见人，只怕失魂落魄，说话闯了祸，反而辜负了您待我的一片心。"徐太太见流苏一定不肯，也就罢了，自己推门进去。

门掩上了，堂屋里暗着。门的上端的玻璃格子里透进两方黄色的灯光，落在青砖地上。朦胧中可以看见堂屋里顺着墙高高下下堆着一排书箱，紫檀匣子，刻着绿泥款识。正中天然几上，玻璃罩子里，搁着珐琅自鸣钟，机括早坏了，停了多年。两旁垂着朱红对联，闪着金色寿字团花，一朵花托住一个墨汁淋漓的大字。在微光里，一个个的字都像浮在半空中，离着纸老远。流苏觉得自己就是对联上的一个字，虚飘飘的，不落实地。白公馆有这么一点像神仙的洞府，这里悠悠忽忽过了一天，世上已经过了一千年。可是这里过了一千年，也同一天差不多，因为每天都是一样的单调与无聊。流苏交叉着胳膊，抱住她自己的颈项。七八年一眨眼就过去了。你年轻么？不要紧，过两年就老了，这里，青春是不希罕的。他们有的是青春——孩子一个个的被生出来，新的明亮的眼睛，新的红嫩的嘴，新的智慧。一年又一年的磨下来，眼睛钝了，人钝了，下一代又生出来了。这一代便被吸到朱红洒金的辉煌的背景里去，一点一点的淡金便是从前的人的怯怯的眼睛。

流苏突然叫了一声，掩住自己的眼睛，跌跌冲冲往楼上爬，往楼上爬……上了楼，到了她自己的屋子里，她开了灯，扑在穿衣镜上，端详她自己。还好，她还不怎么老。她那一类的娇小的身躯是最不显老的一种，永远是纤瘦的腰，孩子似的萌芽的乳。她的脸，从前是白得像瓷，现在由瓷变为玉——半透明的轻青的玉。下颔起初是圆的，近年来渐渐尖了，越显得那小小的脸，小得可爱。脸庞原是相当的窄，可是眉心很宽。一双娇滴滴，滴滴娇的清水眼。阳台上，四爷又拉起胡琴了。依着那抑扬顿挫的调子，流苏不由得偏着头，微微飞了个眼风，做了个手势。她对着镜子这一表演，那胡琴听上去便不是胡琴，而是笙箫琴瑟奏着幽沉的庙堂舞曲。她向左走了几步，又向右走了几步，她走一步路都仿佛是合着失了传的古代音乐的节拍。她忽然笑了——阴阴的，不怀好意的一笑，那音乐便戛然而止。外面的胡琴继续拉下去，可是胡琴诉说的是一些辽远的忠孝节义的故事，不与她相干了。

这时候，四爷一个人躲在那里拉胡琴，却是因为他自己知道楼下的家庭会议中没有他置喙的余地。徐太太走了之后，白公馆里少不得将她的建议加以研究和分析。徐太太打算替宝络做媒说给一个姓范的，那人最近和余先生在矿务上有相当密切的联络，徐太太对于他的家世一向就很熟悉，认为绝对可靠。那范柳原的父亲是一个著名的华侨，有不少的产业分布在锡兰马来亚等处。范柳原今年三十三岁，父母双亡。白家众人质问徐太太，何以这样的一个标准夫婿到现在还是独身的，徐太太告诉他们，范柳原从英国回来的时候，无数的太太们急扯白脸的把女儿送上门来，硬要塞给他，勾心斗角，各显神通，大大热闹过一番。这一捧却把他捧坏了。从此他把女人看成他脚底下的泥。由于幼年时代的特殊环境，他脾气本来就有点怪僻。他父母的结合是非正式的。他父亲有一次出洋考察，在伦敦结识了一个华侨交际花，两人秘密地结了婚。原籍的太太也有点风闻。因为惧怕太太的报复，那二夫人始终不敢回国。范柳原就是在英国长大的。他父亲故世以后，虽然大太太只有两个女儿，范柳原要在法律上确定他的身份，却有种种棘手之处。他孤身流落在英伦，很吃过一些苦，然后方才获到了继承权。至今范家的族人还对他抱着仇视的态度，因此他总是住在上海的时候多，轻易不回广州老宅里去。他年纪轻轻的时候受了些刺激，渐渐的就往放浪的一条路上走，嫖赌吃喝，样样都来，独独无意于家庭幸福。白四奶奶就说："这样的人，想必是喜欢存心挑剔。我们七妹是庶出的，只怕人家看不上眼。放着这么一门好亲戚，怪可惜了儿的！"三爷道："他自己也是庶出。"四奶奶道："可是人家多厉害呀，就凭我们七丫头那股子傻劲儿，还指望拿得住他？倒是我那个大女孩子机灵些，别瞧她，人小心不小，真识大体！"三奶奶道："那似乎年岁差得太多了。"四奶奶道："哟！你不知道，越是那种人，越是喜欢年纪轻的，我那个大的若是不成，还有二的呢。"三奶奶笑道："你那个二的比姓范的小二十岁。"四奶奶悄悄扯了她一把，正颜厉色地道："三嫂，你别那么糊涂！你护着七丫头，她是白家什么人？隔了一层娘肚皮，就差远了。嫁了过去，谁也别想在她身上得点什么好处！我这都是为了大家好。"然而白老太太一心一意只怕亲戚议论她亏待了没娘的七小姐，决定照原来计划，由徐太太择日请客，把宝络介绍给范柳原。

徐太太双管齐下，同时又替流苏物色到一个姓姜的，在海关里做事，新故了太太，丢下了五个孩子，急等着续弦。徐太太主张先忙完了宝络，再替流苏撮合，因为范柳原不久就要上新加坡去了。白公馆里对于流苏的再嫁，根本就拿它当一个笑话，只是为了要打发她出门，没奈何，只索不闻不问，由着徐太太闹去。为了宝络这头亲，却忙得鸡飞雀乱，人仰马翻。一样是两个女儿。一方面如火如荼，一方面冷冷清清，相形之下，委实使人难堪。白老太太将全家的金珠细软，尽情搜刮出来，能够放在宝络身上的都放在宝络身上。三房里的女孩子过生日的时候，干娘给的一件累丝衣料，也被老太太逼着三奶奶拿了出来，替宝络制了旗袍。老太太自己历年攒下的私房，以皮货居多，暑天里又不能穿皮子，只得典质了一件貂皮大袄，用那笔款子去把几件首饰改镶了时新款式。珍珠耳坠子，翠玉手镯，绿宝戒指，自不必说，务必把宝络打扮得花团锦簇。

到了那天，老太太，三爷，三奶奶，四爷，四奶奶自然都是要去的。宝络辗转听到四奶奶的阴谋，心里着实恼着她，执意不肯和四奶奶的两个女儿同时出场，又不好意思说不要她们，便下死劲拖流苏一同去。一部出差汽车黑压压坐了七个人，委实再挤不下了，四奶奶的女儿金枝金蝉便惨遭淘汰。他们是下午五点钟出发的，到晚上十一点方才回家。金枝金蝉哪里放得下心，睡得着觉？眼睁睁盼盼着他们回来了，却又是大伙儿哑口无言。宝络沉着脸走到老太太房里，一阵风把所有的插戴全剥了下来，还了老太太，一言不发回房去了。金枝金蝉把四奶奶拖到阳台上，一叠连声追问怎么了。四奶奶怒道："也没看见像你们这样的女孩子家，又不是你自己相亲，要你这样热辣辣的！"三奶奶跟了出来，柔声缓气说道："你这话，别让人家多了心去！"四奶奶索性冲着流苏的房间嚷道："我就是指桑骂槐，骂了她了，又怎么着？又不是千年万代没见过男子汉，怎么一闻见生人气，就痰迷心窍，发了疯了？"金枝金蝉被她骂得摸不着头脑，三奶奶做好做歹稳住了她们的娘，又告诉她们道："我们先去看电影。"金枝诧异道："看电影？"三奶奶道："可不是透着奇怪，专为看人去的，倒去坐在黑影子里，什么也瞧不见，后来徐太太告诉我说都是那范先生的主张，他在那里捣坏呢。他要把人家搁在那里搁个两三个钟头，脸上出了油，胭脂花粉褪了色，他可以看得亲切些。那是徐太太的猜想。据我看来，那姓范的始终就没有诚意。他要看电影,就为着懒得跟我们应酬。看完了戏,他不是就想溜么?"四奶奶忍不住插嘴道:"哪儿的话,今儿的事,一上来挺好的,要不是我们自己窝儿里的人在里头捣乱,准有个七八成!"金枝金蝉齐声道:"三妈,后来呢?后来呢?"三奶奶道:"后来徐太太拉住了他,要大家一块儿去吃饭。他就说他请客。"四奶奶拍手道:"吃饭就吃饭,明知道我们七小姐不会跳舞,上跳舞场去干坐着,算什么?不是我说,这就要怪三哥了,他也是外面跑跑的人,听见姓范的吩咐汽车夫上舞场去,也不拦一声!"三奶奶忙道:"上海这么多的饭店,他怎么知道哪一个饭店有跳舞,哪一个饭店没有跳舞?他可比不得四爷是个闲人哪,他没那么多的工夫去调查这个!"金枝金蝉还要打听此后的发展,三奶奶给四奶奶几次一打岔,兴致索然。只道:"后来就吃饭,吃了饭,就回来了。"

金蝉道:"那范柳原是怎样的一个人?"三奶奶道:"我哪儿知道?统共没听见他说过三句话。"又寻思了一会,道:"跳舞跳得不错罢!"金枝咦了一声道:"他跟谁跳来着?"四奶奶抢先答道:"还有谁,还不是你那六姑!我们诗礼人家,不准学跳舞的,就只她结婚之后跟她那不成材的姑爷学会了这一手!好不害臊,人家问你,说不会跳不就结了?不会也不是丢脸的事。像你三妈,像我,都是大户人家的小姐,活这半辈子了,什么世面没见过?我们就不会跳!"三奶奶叹了口气道:"跳了一次,还说是敷衍人家的面子,还跳第二次,第三次!"金枝金蝉听到这里,不禁张口结舌。四奶奶又向那边喃喃骂道:"猪油蒙了心!你若是以为你破坏了你妹子的事,你就有指望了,我叫你早早地歇了这个念头!人家连多少小姐都看不上眼呢,他会要你这败柳残花?"

流苏和宝络住着一间屋子,宝络已经上床睡了,流苏蹲在地下摸着黑点蚊烟香,阳台上的话听得清清楚楚,可是她这一次却非常的镇静,擦亮了洋火,眼看着它烧过去,火红的小小三角旗,在它自己的风中摇摆着,移,移到她手指边,她噗的一声吹灭了它,只剩下一截红艳的小旗杆,旗杆也枯萎了,垂下灰白蜷曲的鬼影子。她把烧焦的火柴丢在烟盘子里。今天的事,她不是有意的,但是无论如何,她给了他们一点颜色看看。他们以为她这一辈子已经完了么?早哩!她微笑着。宝络心里一定也在骂她,骂得比四奶奶的话还要难听。可是她知道宝络恨虽恨她,同时也对她刮目相看,肃然起敬。一个女人,再好些,得不着异性的爱,也就得不着同性的尊重。女人们就是这点贱。

范柳原真心喜欢她么?那倒也不见得。他对她说的那些话,她一句也不相信。她看得出他是对女人说惯了谎的。她不能不当心——她是个六亲无靠的人。她只有她自己了。床架子上挂着她脱下来的月白蝉翼纱旗袍。她一歪身坐在地上,搂住了长袍的膝部,郑重地把脸偎在上面。蚊香的绿烟一蓬一蓬浮上来,直熏到她脑子里去。她的眼睛里,眼泪闪着光。

隔了几天,徐太太又来到白公馆。四奶奶早就预言过了:"我们六姑奶奶这样的胡闹,眼见得七丫头的事是吹了。徐太太岂有不恼的?徐太太怪了六姑奶奶,还肯替她介绍人么?这就叫偷鸡不着蚀把米。"徐太太果然不像先前那么一盆火似的了,远兜远转先解释她这两天为什么没上门。家里老爷有要事上香港去接洽,如果一切顺利,就打算在香港租下房子,住个一年半载的,所以她这两天忙着打点行李,预备陪他一同去。至于宝络的那件事,姓范的已经不在上海了,暂时只得搁一搁,流苏的可能的对象姓姜的,徐太太打听了出来,原来他在外面有了人,若要拆开,还有点麻烦。据徐太太看来,这种人不甚可靠,还是算了罢。三奶奶四奶奶听了这话,彼此使了个眼色,撇着嘴笑了一笑。

徐太太接下去攒眉说道："我们的那一位,在香港倒有不少的朋友,就可惜远水救不着近火……六小姐若是能够到那边去走一趟,倒许有很多的机会。这两年,上海人在香港的,真可以说是人才济济。上海人自然是喜欢上海人,所以同乡的小姐们在那边听说是很受人欢迎。六小姐去了,还愁没有相当的人?真可以抓起一把来拣拣!"众人觉得徐太太真是善于辞令。前两天轰轰烈烈闹着做媒,忽然烟消火灭了,自己不得下场,便故作遁辞,说两句风凉话。白老太太便叹了口气道;"到香港去一趟,谈何容易!单讲——"不料徐太太很爽快的一口剪断了她的话道:"六小姐若是愿意去,我请她。我答应帮她的忙,就得帮到底。"大家不禁面面相觑,连流苏也怔住了。她估计着徐太太当初自告奋勇替她做媒,想必倒是一时仗义,真心同情她的境遇。为了她跑跑腿寻寻门路,治一桌酒席请请那姓姜的,这点交情是有的。但是出盘缠带她到香港去,那可是所费不赀。为什么徐太太平空的要在她身上花这些钱?世上的好人虽多,可没有多少傻子愿意在银钱上做好人。徐太太一定是有背景的。难不成是那范柳原的诡计?徐太太曾经说过她丈夫与范柳原在营业上有密切接触,夫妇两个大约是很热心地捧着范柳原。牺牲一个不相干的孤苦的亲戚来巴结他,也是可能的事。流苏在这里胡思乱想着,白老太太便道:"那可不成呀,总不能让您——"徐太太打了个哈哈道:"没关系,这点小东,我还做得起!再说,我还指望着六小姐帮我的忙呢。我拖着两个孩子,血压又高,累不得,路上有了她,凡事也有个照应。我是不拿她当外人的,以后还要她多多的费神呢!"白老太太忙代流苏客气了一番。徐太太掉过头来,单刀直入地问道:"那么六小姐,你一准跟我们跑一趟罢!就算是去逛逛,也值得。"流苏低下头去,微笑道:"您待我太好了。"她迅速地盘算了一下。姓姜的那件事是无望的。以后即使有人替她做媒,也不过是和那姓姜的不相上下,也许还不如他。流苏的父亲是一个有名的赌徒,为了赌而倾家荡产,第一个领着他们往破落户的路上走。流苏的手没有沾过骨牌和骰子,然而她也是喜欢赌的。她决定用她的前途来下注。如果她输了,她声名扫地,没有资格做五个孩子的后母。如果赌赢了,她可以得到众人虎视眈眈的目的物范柳原,出净她胸中这一口恶气。

她答应了徐太太。徐太太在一星期内就要动身。流苏便忙着整理行装。虽说家无长物,根本没有什么可整理的,却也乱了几天。变卖了几件零碎东西,添制了几套衣服。徐太太在百忙中还腾出时间来替她做顾问。徐太太这样的笼络流苏,被白公馆里的人看在眼里,渐渐的也就对流苏发生了新的兴趣。除了怀疑她之外,又存了三分顾忌,背后嘀嘀咕咕议论着,当面却不那么指着脸子骂了,偶然也还叫声"六妹","六姑","六小姐",只怕她当真嫁到香港的阔人,衣锦荣归,大家总得留个见面的余地,不犯着得罪她。

徐太太徐先生带着孩子一同乘车来接了她上船,坐的是一只荷兰船的头等舱。船小,颠簸得厉害,徐先生徐太太一上船便双双睡倒,吐个不休,旁边儿啼女哭,流苏倒着实服侍了他们几天。好容易船靠了岸,她方才有机会到甲板上去看看海景。那是个火辣辣的下午,望过去最触目的便是码头上围列着的巨型广告牌,红的,橘红的,粉红的,倒映在绿油油的海水里,一条条,一抹抹刺激性的犯冲的色素,窜上落下,在水底下厮杀得异常热闹。流苏想着,在这夸张的城里,就是栽个跟头,只怕也比别处痛些,心里不由得七上八下起来,忽然觉得有人奔过来抱住她的腿,差一点把她推了一跤,倒吃了一惊,再看原来是徐太太的孩子,连忙定了定神。过去助着徐太太照料一切。谁知那十来件行李与两个孩子,竟不肯被归着在一堆。行李齐了,一转眼又少了个孩子。流苏疲于奔命,也就不去看野眼了。

上了岸,叫了两部汽车到浅水湾饭店。那车驰出了闹市,翻山越岭,走了多时,一路只见黄土崖,红土崖,土崖缺口处露出森森绿树,露出蓝绿色的海。近了浅水湾,一样是土崖与丛林,却渐渐的明媚起来。许多游了山回来的人,乘车掠过他们的车,一汽车一汽车载满了花,风里吹落了零乱的笑声。

到了旅馆门前,却看不见旅馆在哪里。他们下了车,走上极宽的石级,到了花木萧疏的高台上,方见再高的地方有两幢黄色房子。徐先生早定下了房间,仆欧们领着他们沿着碎石小径走去,进了昏黄的饭厅,经过昏黄的穿堂,往二层楼上走。一转弯,有一扇门通着一个小阳台,搭着紫藤花架,晒着半壁斜阳。阳台上有两个人站着说话,只见一个女的,背向着他们,披着一头漆黑的长发,直垂到脚踝上,脚踝上套着赤金扭麻花镯子,光着脚,底下看不仔细是否趿着拖鞋,上面微微露出一截印度式桃红皱裥窄脚裤。被那女人挡住的一个男子,却叫了一声:"咦!徐太太!"便走了过来,向徐先生徐太太打招呼,又向流苏含笑点头。流苏见是范柳原,虽然早就料到这一着,一颗心依旧不免跳得厉害。阳台上的女人一闪就不见了。柳原伴着他们上楼,一路上大家仿佛他乡遇故知似的,不断的表示惊讶与愉快。那范柳原虽然够不上称做美男子,粗枝大叶的,也有他的一种风神。徐先生夫妇指挥着仆欧们搬行李,柳原与流苏走在前面,流苏含笑问道:"范先生,你没有上新加坡去?"柳原轻轻答道:"我在这儿等着你呢。"流苏想不到他这样直爽,倒不便深究,只怕说穿了,不是徐太太请她上香港而是他请的,自己反而下不落台,因此只当他说玩笑话,向他笑了一笑。

柳原问知她的房间是一百三十号,便站住了脚道:"到了。"仆欧拿钥匙开了门,流苏一进门便不由得向窗口笔直走过去。那整个的房间像暗黄的画框,镶着窗子里一幅大画。那酽酽的,滟滟的海涛,直溅到窗帘上,把帘子的边缘都染蓝了。柳原向仆欧道:"箱子就放在橱跟前。"流苏听他说话的声音就在耳根子底下,不觉震了一震,回过脸来,只见仆欧已经出去了,房门却没有关严。柳原倚着窗台,伸出一只手来撑在窗格子上,挡住了她的视线,只管望着她微笑。流苏低下头去。柳原笑道:"你知道么?你的特长是低头。"流苏抬头笑道:"什么?我不懂。"柳原道:"有的人善于说话,有的人善于笑,有的人善于管家,你是善于低头的。"流苏道:"我什么都不会。我是顶无用的人。"柳原笑道:"无用的女人是最最厉害的女人。"流苏笑着走开了道:"不跟你说了,到隔壁去看看罢。"柳原道:"隔壁?我的房还是徐太太的房?"流苏又震了一震道:"你就住在隔壁?"柳原已经替她开了门,道:"我屋里乱七八糟的,不能见人。"

他敲了一敲一百三十一号的门,徐太太开门放他们进来道:"在我们这边吃茶罢,我们有个起坐间。"便揿铃叫了几客茶点。徐先生从卧室里走了出来道:"我打了个电话给老朱,他闹着要接风,请我们大伙儿上香港饭店。就是今天。"又向柳原道:"连你在内。"徐太太道:"你真有兴致,晕了几天的船,还不趁早歇歇?今儿晚上,算了罢!"柳原笑道:"香港饭店,是我所见过的顶古板的舞场。建筑、灯光、布置、乐队,都是英国式,四五十年前顶时髦的玩艺儿,现在可不够刺激性了。实在没有什么可看的,除非是那些怪模怪样的西崽,大热的天,仿着北方人穿着扎脚裤——"流苏道:"为什么?"柳原道:"中国情调呀!"徐先生笑道:"既来到此地,总得去看看。就委屈你做做陪客罢!"柳原笑道:"我可不能说准。别等我。"流苏见他不像要去的神气,徐先生并不是常跑舞场的人,难得这么高兴,似乎是认真要替她介绍朋友似的,心里倒又疑惑起来。

然而那天晚上，香港饭店里为他们接风一班人，都是成双捉对的老爷太太，几个单身男子都是二十岁左右的年轻人。流苏正在跳着舞，范柳原忽然出现了，把她从另一个男子手里接了过来，在那荔枝红的灯光里，她看不清他的黝暗的脸，只觉得他异常的沉默。流苏笑道："怎么不说话呀？"柳原笑道："可以当着人说的话，我全说完了。"流苏噗嗤一笑道："鬼鬼祟祟的，有什么背人的话？"柳原道："有些傻话，不但是要背人说，还得背着自己。让自己听见了也怪难为情的。譬如说，我爱你，我一辈子都爱你。"流苏别过头去，轻轻啐了一声道："偏有这些废话！"柳原道："不说话又怪我不说话了，说话，又嫌唠叨！"流苏笑道："我问你，你为什么不愿意我上跳舞场去？"柳原道："一般的男人，喜欢把好女人教坏了，又喜欢感化坏的女人，使她变为好女人。我可不像那么没事找事做。我认为好女人还是老实些的好。"流苏瞟了他一眼道："你以为你跟别人不同么？我看你也是一样的自私。"柳原笑道："怎样自私？"流苏心里想着：你最高的理想是一个冰清玉洁而又富于挑逗性的女人。冰清玉洁，是对于他人。挑逗，是对于你自己。如果我是一个彻底的好女人，你根本就不会注意到我。她向他偏着头笑道："你要我在旁人面前做一个好女人，在你面前做一个坏女人。"柳原想了一想道："不懂。"流苏又解释道："你要我对别人坏，独独对你好。"柳原笑道："怎么又颠倒过来了？越发把人家搅糊涂了！"他又沉吟了一会道："你这话不对。"流苏笑道："哦，你懂了。"柳原道："你好也罢，坏也罢，我不要你改变。难得碰见像你这样的一个真正的中国女人。"流苏微微叹了口气道："我不过是一个过了时的人罢了。"柳原道："真正的中国女人是世界上最美的，永远不会过了时。"流苏笑道："像你这样的一个新派人——"柳原道："你说新派，大约就是指的洋派。我的确不能算一个真正的中国人，直到最近几年才渐渐的中国化起来。可是你知道，中国化的外国人，顽固起来，比任何老秀才都要顽固。"流苏笑道："你也顽固，我也顽固，你说过的，香港饭店又是最顽固的跳舞场……"他们同声笑了起来。音乐恰巧停了。柳原扶着她回到座上，向众人笑道："白小姐有点头痛，我先送她回去罢。"流苏没提防他有这一着，一时想不起怎样对付，又不愿得罪了他，因为交情还不够深，没有到吵嘴的程度，只得由他替她披上外衣，向众人道了歉，一同走了出来。

迎面遇见一群西洋绅士，众星捧月一般簇拥着一个女人。流苏先就注意到那人的漆黑的头发，结成双股大辫，高高盘在头上。那印度女人，这一次虽然是西式装束，依旧带着浓厚的东方色彩。玄色轻纱氅底下，她穿着金鱼黄紧身长衣，盖住了手，只露出晶亮的指甲，领口挖成极狭的V形，直开到腰际，那是巴黎最新的款式，有个名式，唤做"一线天"。她的脸色黄而油润，像飞了金的观音菩萨，然而她的影沉沉的大眼睛里躲着妖魔。古典型的直鼻子，只是太尖，太薄一点。粉红的厚重的小嘴唇，仿佛肿着似的。柳原站住了脚，向她微微鞠了一躬。流苏在那里看她，她也昂然望着流苏，那一双骄矜的眼睛，如同隔着几千里地，远远的向人望过来。柳原便介绍道："这是白小姐。这是萨黑荑妮公主。"流苏不觉肃然起敬。萨黑荑妮伸出一双手来，用指尖碰了一碰流苏的手，问柳原道："这位白小姐，也是上海来的？"柳原点点头。萨黑荑妮微笑道："她倒不像上海人。"柳原笑道："像哪儿的人呢？"萨黑荑妮把一只食指按在腮帮子上，想了一想，翘着十指尖尖，仿佛是要形容而又形容不出的样子，耸肩笑了一笑，往里走去。柳原扶着流苏继续往外走，流苏虽然听不大懂英文，鉴貌辨色，也就明白了，便笑道："我原是个乡下人。"柳原道："我刚才对你说过了，你是个道地的中国人，那自然跟她所谓的上海人有点不同。"

他们上了车,柳原又道:"你别看她架子搭得十足。她在外面招摇,说是克力希纳·柯兰姆帕王公的亲生女,只因王妃失宠,赐了死,她也就被放逐了,一直流浪着,不能回国。其实,不能回国倒是真的,其余的,可没有人能够证实。"流苏道:"她到上海去过么?"柳原道:"人家在上海也是很有名的。后来她跟着一个英国人上香港来。你看见她背后那老头子么?现在就是他养活着她。"流苏笑道:"你们男人就是这样,当面何尝不奉承着她,背后就说得她一个钱不值。像我这样一个穷遗老的女儿,身份还不及她高的人,不知道你对别人怎样的说我呢!"柳原笑道:"谁敢一口气把你们两人的名字说在一起?"流苏撇了撇嘴道:"也许因为她的名字太长了,一口气念不完。"柳原道:"你放心。你是什么样的人,我就拿你当什么样的人看待,准没错。"流苏做出安心的样子,向车窗上一靠,低声道:"真的?"他这句话,似乎并不是挖苦她,因为她渐渐发觉了,他们单独在一起的时候,他总是斯斯文文的,君子人模样。不知道为什么,他背着人这样稳重,当众却喜欢放肆。她一时摸不清那到底是他的怪脾气,还是他另有作用。

到了浅水湾,他搀着她下车,指着汽车道旁郁郁的丛林道:"你看那种树,是南边的特产。英国人叫它'野火花'。"流苏道:"是红的么?"柳原道:"红!"黑夜里,她看不出那红色,然而她直觉地知道它是红得不能再红了,红得不可收拾,一蓬蓬一蓬蓬的小花,窝在参天大树上,壁栗剥落燃烧着,一路烧过去,把那紫蓝的天也熏红了。她仰着脸望上去。柳原道:"广东人叫它'影树'。你看这叶子。"叶子像凤尾草,一阵风过,那轻纤的黑色剪影零零落落颤动着,耳边恍惚听见一串小小的音符,不成腔,像檐前铁马的叮咛。

柳原道:"我们到那边去走走。"流苏不做声。他走,她就缓缓的跟了过去。时间横竖还早,路上散步的人多着呢——没关系。从浅水湾饭店过去一截子路,空中飞跨着一座桥梁,桥那边是山,桥这边是一堵灰砖砌成的墙壁,拦住了这边的山。柳原靠在墙上,流苏也就靠在墙上,一眼看上去,那堵墙极高极高,望不见边。墙是冷而粗糙,死的颜色。她的脸,托在墙上。反衬着,也变了样——红嘴唇,水眼睛,有血,有肉,有思想的一张脸。柳原看着她道:"这堵墙,不知为什么使我想起地老天荒那一类的话。……有一天,我们的文明整个的毁掉了,什么都完了——烧完了,炸完了,坍完了,也许还剩下这堵墙。流苏,如果我们那时候在这墙根底下遇见了……流苏,也许你会对我有一点真心,也许我会对你有一点真心。"

流苏嗔道:"你自己承认你爱装假,可别拉扯上我。你几时捉出我说谎来着?"柳原嗤的笑道:"不错,你是再天真也没有的一个人。"流苏道:"得了,别哄我了!"

柳原静了半晌,叹了口气。流苏道:"你有什么不称心的事?"柳原道:"多着呢。"流苏叹道:"若是像你这样自由自在的人,也要怨命,像我这样的。早就该上吊了。"柳原道:"我知道你是不快乐的。我们四周的那些坏事,坏人,你一定是看够了。可是,如果你这是第一次看见他们,你一定更看不惯,更难受。我就是这样。我回中国来的时候,已经二十四了。关于我的家乡,我做了好些梦。你可以想象到我是多么的失望。我受不了这个打击,不由自主的就往下溜。你……你如果认识从前的我,也许你会原谅现在的我。"流苏试着想象她是第一次看见她四嫂。她猛然叫道:"还是那样的好,初次瞧见,再坏些,再脏些,是你外面的人,你外面的东西。你若是混在那里头长大了,你怎么分得清,哪一部份是他们,哪一部份是你自己?"柳原默然,隔了一会方道:"也许你是对的。也许我这些话无非是借口,自己糊弄自己。"他突然笑了起来道:"其实我用不着什么借口呀!我爱玩——我有这个钱,有这个时间,还得去找别的理由?"他思索了一会,又烦躁起来,向她说道:"我自己也不懂得我自己——可是我要你懂得我!我要你懂得我!"他嘴里这么说着,心里早已绝望了,然而他还是固执地,哀恳似的说着:"我要你懂得我!"

流苏愿意试试看。在某种范围内,她什么都愿意。她侧过脸去向着他,小声答应着:"我懂得,我懂得。"她安慰着他,然而她不由得想到了她自己的月光中的脸,那娇脆的轮廓,眉与眼,美得不近情理,美得渺茫。她缓缓垂下头去。柳原格格地笑了起来。他换了一副声调,笑道:"是的,别忘了,你的特长是低头。可是也有人说,只有十来岁的女孩子们适宜于低头。适宜于低头的人往往一来就喜欢低头。低了多年的头,颈子上也许要起皱纹的。"流苏变了脸,不禁抬起手来抚摸她的脖子。柳原笑道:"别着急,你决不会有的。待会儿回到房里去,没有人的时候,你再解开衣袖上的钮子,看个明白。"流苏不答,掉转身就走。柳原追了上去,笑道:"我告诉你为什么你保得住你的美。萨黑荑妮上次说:她不敢结婚,因为印度女人一闲下来,呆在家里,整天坐着,就发胖了。我就说:中国女人呢,光是坐着,连发胖都不肯发胖——因为发胖至少还需要一点精力。懒倒也有懒的好处!"

流苏只是不理他。他一路赔着小心,低声下气,说说笑笑,她到了旅馆里,面色方才和缓下来,两人也就各自归房安置。流苏自己忖量着,原来范柳原是讲究精神恋爱的。她倒也赞成,因为精神恋爱的结果永远是结婚,而肉体之爱往往就停顿在某一阶段,很少结婚的希望。精神恋爱只有一个毛病:在恋爱过程中,女人往往听不懂男人的话。然而那倒也没有多大关系。后来总还是结婚,找房子,置家具,雇佣人——那些事上,女人可比男人在行得多。她这么一想,今天这点小误会,也就不放在心上。

第二天早晨,她听徐太太屋里鸦雀无声,知道她一定起来得很晚。徐太太仿佛说过的,这里的规矩,早餐叫到屋里来吃,另外要付费,还要给小帐,因此流苏决定替人家节省一点,到食堂里去。她梳洗完了,刚跨出房门,一个守候在外面的仆欧,看见了她,便去敲范柳原的门。柳原立刻走了出来,笑道:"一块儿吃早饭去。"一面走,他一面问道:"徐先生徐太太还没升帐?"流苏笑道:"昨儿他们玩得太累了罢!我没听见他们回来,想必一定是近天亮。"他们在餐室外面的走廊上拣了个桌子坐下。石栏杆外生着高大的棕榈树,那丝丝缕缕披散着的叶子在太阳光里微微发抖,像光亮的喷泉。树底下也有喷水池子,可没有那么伟丽。柳原问道:"徐太太他们今天打算怎么玩?"流苏道:"听说是要找房子去。"柳原道:"他们找他们的房子,我们玩我们的。你喜欢到海滩上去还是到城里去看看?"流苏前一天下午已经用望远镜看了看附近的海滩,红男绿女,果然热闹非凡,只是行动太自由了一点,她不免略具戒心,因此便提议进城去。他们赶上了一辆旅馆里特备的公共汽车,到了中心区。

柳原带她到大中华去吃饭。流苏一听,仆欧们全是说上海话的,四座也是乡音盈耳,不觉诧异道:"这是上海馆子?"柳原笑道:"你不想家么?"流苏笑道:"可是……专程到香港来吃上海菜,总似乎有点傻。"柳原道:"跟你在一起,我就喜欢做各种的傻事,甚至于乘着电车兜圈子,看一场看过了两次的电影……"流苏道:"因为你被我传染上了傻气,是不是?"柳原笑道:"你爱怎么解释,就怎么解释。"

吃完了饭,柳原举起玻璃杯来将里面剩下的茶一饮而尽,高高地擎着那玻璃杯,只管向里看着。流苏道:"有什么可看的,也让我看看。"柳原道:"你迎着亮瞧瞧,里头的景致使我想到马来的森林。"杯里的残茶向一边倾过来,绿色的茶叶粘在玻璃上,横斜有致,迎着光,看上去像一棵翠生生的芭蕉。底下堆积着的茶叶,蟠结错杂,就像没膝的蔓草与蓬蒿。流苏凑在上面看,柳原就探过身来指点着。隔着那绿阴阴的玻璃杯,流苏忽然觉得他的一双眼睛似笑非笑地瞅着她。她放下了杯子,笑了。柳原道:"我陪你到马来亚去。"流苏道:"做什么?"柳原道:"回到自然。"他转念一想,又道:"只是一件,我不能想象你穿着旗袍在森林里跑。……不过我也不能想象你不穿着旗袍。"流苏连忙沉下脸来道:"少胡说。"柳原道:"我这是正经话。我第一次看见你,就觉得你不应当光着膀子穿这时髦的长背心,不过你也不应当穿西装。满洲的旗装,也许倒合式一点,可是线条又太硬。"流苏道:"总之,人长得难看,怎么打扮着也不顺眼!"柳原笑道:"别又误会了,我的意思是:你看上去不像这世界上的人。你有许多小动作,有一种罗曼谛克的气氛,很像唱京戏。"流苏抬起了眉毛,冷笑道:"唱戏,我一个人也唱不成呀!我何尝爱做作——这也是逼上梁山。人家跟我要心眼儿,我不跟人家要心眼儿,人家还拿我当傻子呢,准得找着我欺侮!"柳原听了这话,倒有些黯然。他举起了空杯,试着喝了一口,又放下了,叹道:"是的,都怪我。我装惯了假,也是因为人人都对我装假。只有对你,我说过句把真话。你听不出来。"流苏道:"我又不是你肚里的蛔虫。"柳原道:"是的,都怪我。可是我的确为你费了不少的心机。在上海第一次遇见你,我想着,离开了你家里那些人,你也许会自然一点。好容易盼着你到了香港……现在,我又想把你带到马来亚,到原始人的森林里去……"他笑他自己,声音又哑又涩,不等笑完他就喊仆欧拿帐单来。他们付了帐出来,他已经恢复原状,又开始他的上等的调情——顶文雅的一种。

他每天伴着她到处跑,什么都玩到了,电影,广东戏,赌场,格罗士打饭店,思豪酒店,青鸟咖啡馆,印度绸缎庄,九龙的四川菜……晚上他们常常出去散步,直到夜深。她自己都不能够相信他连她的手都难得碰一碰。她总是提心吊胆,怕他突然摘下假面具,对她作冷不防的袭击,然而一天又一天的过去了,他维持着他的君子风度。她如临大敌,结果毫无动静。她起初倒觉得不安,仿佛下楼梯的时候踏空了一级似的,心里异常怔忡,后来也就惯了。

只有一次,在海滩上。这时候流苏对柳原多了一层认识,觉得到海边上去去也无妨,因此他们到那里去消磨了一个上午。他们并排坐在沙上,可是一个面朝东,一个面朝西。流苏嚷有蚊子。柳原道:"不是蚊子,是一种小虫,叫沙蝇。咬一口,就是个小红点,像朱砂痣。"流苏又道:"这太阳真受不了。"柳原道:"稍微晒一会儿,我们可以到凉棚底下去。我在那边租了一个棚。"那口渴的太阳汩汩地吸着海水,漱着,吐着,哗哗的响。人身上的水份全给它喝干了,人成了金色的枯叶子,轻飘飘的。流苏渐渐感到那奇异的眩晕与愉快,但是她忍不住又叫了起来:"蚊子咬!"她扭过头去,一巴掌打在她裸露的背脊上。柳原笑道:"这样好吃力。我来替你打罢,你来替我打。"流苏果然留心着,照准他臂上打去,叫道:"哎呀,让它跑了!"柳原也替她留心着。两人劈劈啪啪打着,笑成一片。流苏突然被得罪了,站起身来往旅馆里走。柳原这一次并没有跟上来。流苏走到树阴里,两座芦席棚之间的石径上,停了下来,抖一抖短裙子上的沙,回头一看,柳原还在原处,仰天躺着,两手垫在颈项底下,显然是又在那里做着太阳里的梦了,人又晒成了金叶子。流苏回到了旅馆里,又从窗户里用望远镜望出来,这一次,他的身边躺着一个女人,辫子盘在头上。就把那萨黑荑妮烧了灰,流苏也认识她。

从这天起,柳原整日价的和萨黑荑妮厮混着。他大约是下了决心把流苏冷一冷。流苏本来天天出去惯了,忽然闲了下来,在徐太太面前交代不出理由,只得伤了风,在屋里坐了两天。幸喜天公识趣,又下起缠绵雨来,越发有了借口,用不着出门。有一天下午,她打着伞在旅舍的花园里兜了个圈子回来,天渐渐黑了,约摸徐太太他们看房子该回来了,她便坐在廊檐下等候他们,将那把鲜明的油纸伞撑开了横搁在栏杆上,遮住了脸。那伞是粉红地子,石绿的荷叶图案,水珠一滴滴从筋纹上滑下来。那雨下得大了,雨中有汽车泼喇泼喇航行的声音,一群男女嘻嘻哈哈推着挽着上阶来,打头的便是范柳原。萨黑荑妮被他挽着,却是够狼狈的,裸腿上溅了一点点的泥浆。她脱去了大草帽,便洒了一地的水。柳原瞥见流苏的伞,便在扶梯口上和萨黑荑妮说了几句话,萨黑荑妮单独上楼去了,柳原走了过来,掏出手绢子来不住地擦他身上脸上的水渍子。流苏和他不免寒暄了几句。柳原坐了下来道:"前两天听说有点不舒服?"流苏道:"不过是热伤风。"柳原道:"这天气真闷得慌。刚才我们到那个英国人的游艇上去野餐的,把船开到了青衣岛。"流苏顺口问问他青衣岛的景致。正说着,萨黑荑妮又下楼来了,已经换了印度装,兜着鹅黄披肩,长垂及地。披肩上是二寸来阔的银丝堆花镶滚。她也靠着栏杆,远远的拣了个桌子坐下,一只手闲闲搁在椅背上,指甲上涂着银色蔻丹。流苏笑向柳原道:"你还不过去?"柳原笑道:"人家是有了主儿的人。"流苏道:"那老英国人,哪儿管得住她?"柳原笑道:"他管不住她,你却管得住我呢。"流苏抿着嘴笑道:"哟!我就是香港总督,香港的城隍爷,管这一方的百姓,我也管不到你头上呀!"柳原摇摇头道:"一个不吃醋的女人,多少有点病态。"流苏噗嗤一笑。隔了一会,流苏问道:"你看着我做什么?"柳原笑道:"我看你从今以后是不是预备待我好一点。"流苏道:"我待你好一点,坏一点,你又何尝放在心上?"柳原拍手道:"这还像句话!话音里仿佛有三分酸意。"流苏撑不住放声笑了起来道:"也没有看见你这样的人,死乞白咧的要人吃醋!"

两人当下言归于好,一同吃了晚饭。流苏表面上虽然和他热些,心里却枯慑着:他使她吃醋,无非是用的激将法,逼着她自动的投到他怀里去。她早不同他好,晚不同他好,偏拣这个当口和他好了,白牺牲了她自己,他一定不承情,只道她中了他的计。她做梦也休想他娶她。……很明显的,他要她,可是他不愿意娶她。然而她家里穷虽穷,也还是个望族,大家都是场面上的人,他担当不起这诱奸的罪名。因此他采取了那种光明正大的态度。她现在知道了,那完全是假撇清。他处处地方希图脱卸责任。以后她若是被抛弃了,她绝对没有谁可抱怨。

流苏一念及此,不觉咬了咬牙,恨了一声。面子上仍旧照常跟他敷衍着。徐太太已经在跑马地租下了房子,就要搬过去了。流苏欲待跟过去,又觉得白扰了人家一个多月,再要长住下去,实在不好意思。这样僵持下去,也不是事。进退两难,倒煞费踌躇。这一天,在深夜里,她已经上了床多时,只是翻来覆去。好容易朦胧了一会,床头的电话铃突然朗朗响了起来。她一听,却是柳原的声音,道:"我爱你。"就挂断了。流苏心跳得扑通扑通,握住了耳机,发了一回愣,方才轻轻的把它放回原处。谁知才搁上去,又是铃声大作。她再度拿起听筒,柳原在那边问道:"我忘了问你一声,你爱我么?"流苏咳嗽了一声再开口,喉咙还是沙哑的。她低声道:"你早该知道了。我为什么上香港来?"柳原叹道:"我早知道了,可是明摆着的事实,我就是不肯相信。流苏,你不爱我。"流苏道:"怎见得我不?"柳原不语,良久方道:"诗经上有一首诗——"流苏忙道:"我不懂这些。"柳原不耐烦道:"知道你不懂,你若懂,也用不着我讲了!我念给你听:'死生契阔——与子相悦,执子之手,与子偕老。'我的中文根本不行,可不知道解释得对不对。我看那是最悲哀的一首诗,生与死与离别,都是大事,不由我们支配的。比起外界的力量,我们人是多么小,多么小!可是我们偏要说:'我永远和你在一起;我们一生一世都别离开。'——好像我们自己做得了主似的!"

流苏沉思了半晌,不由得恼了起来道:"你干脆说不结婚,不就完了!还得绕着大弯子!什么做不了主?连我这样守旧的人家,也还说'初嫁从亲,再嫁从身'哩!你这样无拘无束的人,你自己不能做主,谁替你做主?"柳原冷冷地道:"你不爱我,你有什么办法,你做得了主么?"流苏道:"你若真爱我的话,你还顾得了这些?"柳原道:"我不至于那么糊涂。我犯不着花了钱娶一个对我毫无感情的人来管束我。那太不公平了。对于你,那也不公平。噢,也许你不在乎。根本你以为婚姻就是长期的卖淫——"流苏不等他说完,啪的一声把耳机掼下了,脸气得通红。他敢这样侮辱她!他敢!她坐在床上,炎热的黑暗包着她像葡萄紫的绒毯子。一身的汗,痒痒的,颈上与背脊上的头发梢也刺挠得难受。她把两只手按在腮颊上,手心却是冰冷的。

铃又响了起来,她不去接电话,让它响去。"的铃铃……的铃铃……"声浪分外的震耳,在寂静的房间里,在寂静的旅舍里,在寂静的浅水湾。流苏突然觉悟了,她不能吵醒了整个的浅水湾饭店。第一,徐太太就在隔壁。她战战兢兢拿起听筒来,搁在褥单上。可是四周太静了,虽是离这么远,她也听得见柳原的声音在那里心平气和地说:"流苏,你的窗子里看得见月亮么?"流苏不知道为什么,忽然哽咽起来。泪眼中的月亮大而模糊,银色的,有着绿的光棱。柳原道:"我这边,窗子上面吊下一枝藤花,挡住了一半。也许是玫瑰。也许不是。"他不再说话了,可是电话始终没挂上。许久许久,流苏疑心他可是盹着了,然而那边终于扑秃一声,轻轻挂断了。流苏用颤抖的手从褥单上拿起她的听筒,放回架子上。她怕他第四次再打来,但是他没有。这都是一个梦——越想越像梦。

第二天早上她也不敢问他,因为他准会嘲笑她——"梦是心头想",她这么迫切地想念他,连睡梦里他都会打电话来说"我爱你"?他的态度也和平时没有什么不同。他们照常的出去玩了一天。流苏忽然发觉拿他们当做夫妇的人很多很多——仆欧们,旅馆里和她搭讪的几个太太老太太。原不怪他们误会。柳原跟她住在隔壁,出入总是肩并肩,深夜还到海岸上去散步,一点都不避嫌疑。一个保姆推着孩子的车走过,向流苏点点头,唤了一声"范太太"。流苏脸上一僵,笑也不是,不笑也不是,只得皱着眉向柳原睃了一眼,低声道:"他们不知道怎么想着呢!"柳原笑道:"唤你范太太的人,且不去管他们;倒是唤你做白小姐的人,才不知道他们怎么想呢!"流苏变色。柳原用手抚摸着下巴,微笑道:"你别枉担了这个虚名!"

流苏吃惊地朝他望望,蓦地里悟到他这人多么恶毒。他有意的当着人做出亲狎的神气,使她没法可证明他们没有发生关系。她势成骑虎,回不得家乡,见不得爷娘,除了做他的情妇之外没有第二条路。然而她如果迁就了他,不但前功尽弃,以后更是万劫不复了。她偏不!就算她枉担了虚名,他不过口头上占了她一个便宜。归根究底,他还是没得到她。既然他没有得到她,或许他有一天还会回到她这里来,带了较优的议和条件。

她打定了主意,便告诉柳原她打算回上海去。柳原却也不坚留,自告奋勇要送她回去。流苏道:"那倒不必了。你不是要到新加坡去么?"柳原道:"反正已经耽搁了,再耽搁些时也不妨事,上海也有事等着料理呢。"流苏知道他还是一贯政策,唯恐众人不议论他们俩。众人越是说得凿凿有据,流苏越是百喙莫辩,自然在上海不能安身。流苏盘算着,即使他不送她回去,一切也瞒不了她家里的人。她是豁出去了,也就让他送她一程。徐太太见他们俩正打得火一般的热,忽然要拆开了,诧异非凡,问流苏,问柳原,两人虽然异口同声的为彼此洗刷,徐太太哪里肯信。

在船上,他们接近的机会很多,可是柳原既能抗拒浅水湾的月色,就能抗拒甲板上的月色。他对她始终没有一句扎实的话。他的态度有点淡淡的,可是流苏看得出他那闲适是一种自满的闲适——他拿稳了她跳不出他的手掌心去。

到了上海,他送她到家,自己没有下车。白公馆里早有了耳报神,探知六小姐在香港和范柳原实行同居了。如今她陪人家玩了一个多月,又若无其事的回来了,分明是存心要丢自家的脸。

流苏勾搭上了范柳原,无非是图他的钱。真弄到了钱,也不会无声无臭的回家来了,显然是没得到他什么好处。本来,一个女人上了男人的当,就该死;女人给当给男人上,那更是淫妇;如果一个女人想给当给男人上而失败了,反而上了人家的当,那是双料的淫恶,杀了她也还污了刀。平时白公馆里,谁有了一点芝麻大的过失,大家便炸了起来。逢到了真正耸人听闻的大逆不道,爷奶奶们兴奋过度,反而吃吃艾艾,一时发不出话来。大家先议定了:"家丑不可外扬",然后分头去告诉亲戚朋友,逼他们宣誓保守秘密,然后再向亲友们一个个的探口气,打听他们知道了没有,知道了多少。最后大家觉得到底是瞒不住,爽性开诚布公,打开天窗说亮话,拍着腿感慨一番。他们忙着这各种手续,也忙了一秋天,因此迟迟的没向流苏采取断然行动。流苏何尝不知道,她这一次回来,更不比往日。她和这家庭早是恩断义绝了。她未尝不想出去找个小事,胡乱混一碗饭吃。再苦些,也强如在家里受气。但是寻了个低三下四的职业,就失去了淑女的身份。那身份,食之无味,弃之可惜。尤其是现在,她对范柳原还没有绝望,她不能先自贬身价,否则他更有了借口。拒绝和她结婚了。因此她无论如何得忍些时。

熬到了十一月底,范柳原果然从香港来了电报。那电报,整个的白公馆里的人都传观过了,老太太方才把流苏叫去,递到她手里。只有寥寥几个字:"乞来港。船票已由通济隆办妥。"白老太太长叹了一声道:"既然是叫你去,你就去罢!"她就这样的下贱么?她眼里掉下泪来。这一哭,她突然失去了自制力,她发现她已经是忍无可忍了。一个秋天,她已经老了两年——她可禁不起老!于是她第二次离开了家上香港来。这一趟,她早失去了上一次的愉快的冒险的感觉。她失败了。固然,女人是喜欢被屈服的,但是那只限于某种范围内。如果她是纯粹为范柳原的风仪与魅力所征服,那又是一说了,可是内中还搀杂着家庭的压力——最痛苦的成份。

范柳原在细雨迷濛的码头上迎接她。他说她的绿色玻璃雨衣像一只瓶,又注了一句:"药瓶。"她以为他在那里讽嘲她的孱弱,然而他又附耳加了一句:"你就是医我的药。"她红了脸,白了他一眼。

他替她定下了原先的房间。这天晚上,她回到房里来的时候,已经两点钟了。在浴室里晚妆既毕,熄了灯出来,方才记起了,她房里的电灯开关装置在床头,只得摸着黑过来,一脚绊在地板上的一只皮鞋上,差一点栽了一跤,正怪自己疏忽,没把鞋子收好,床上忽然有人笑道:"别吓着了!是我的鞋。"流苏停了一会,问道:"你来做什么?"柳原道:"我一直想从你的窗户里看月亮。这边屋里比那边看得清楚些。"……那晚上的电话的确是他打来的——不是梦!他爱她。这毒辣的人,他爱她,然而他待她也不过如此!她不由得寒心,拨转身走到梳妆台前。十一月尾的纤月,仅仅是一钩白色,像玻璃窗上的霜花。然而海上毕竟有点月意,映到窗子里来,那薄薄的光就照亮了镜子。流苏慢腾腾摘下了发网,把头发一搅,搅乱了,夹钗叮铃哐啷掉下地来。她又戴上网子,把那发网的梢头狠狠地衔在嘴里,拧着眉毛,蹲下身去把夹钗一只一只拣了起来,柳原已经光着脚走到她后面,一只手搁在她头上,把她的脸倒扳了过来,吻她的嘴。发网滑下地去了。这是他第一次吻她,然而他们两人都疑惑不是第一次,因为在幻想中已经发生过无数次了。从前他们有过许多机会——适当的环境,适当的情调;他也想到过,她也顾虑到那可能性。然而两方面都是精刮的人,算盘打得太仔细了,始终不肯冒失。现在这忽然成了真的,两人都糊涂了。流苏觉得她的溜溜转了个圈子,倒在镜子上,背心紧紧抵着冰冷的镜子。他的嘴始终没有离开过她的嘴。他还把她往镜子上推,他们似乎是跌到镜子里面,另一个昏昏的世界里去,凉的凉,烫的烫,野火花直烧上身来。

第二天,他告诉她,他一礼拜后就要上英国去。她要求他带她一同去,但是他回说那是不可能的。他提议替她在香港租下一幢房子住下,等一年半载,他也就回来了。她如果愿意在上海住家,也听她的便。她当然不肯回上海。家里那些人——离他们越远越好。独自留在香港,孤单些就孤单些。问题却在他回来的时候,局势是否有了改变。那全在他了。一个礼拜的爱,吊得住他的心么?可是从另一方面看来,柳原是一个没长性的人,这样匆匆的聚了又散的,他没有机会厌倦她,未始不是于她有利的。一个礼拜往往比一年值得怀念。……他果真带着热情的回忆重新来找她,她也许倒变了呢!近三十的女人,往往有着反常的娇嫩,一转眼就憔悴了。总之,没有婚姻的保障而要长期抓住一个男人,是一件艰难的、痛苦的事,几乎是不可能的。啊,管它呢!她承认柳原是可爱的,他给她美妙的刺激,但是她跟他的目的究竟是经济上的安全。这一点,她知道她可以放心。

他们一同在巴而顿道看了一所房子,坐落在山坡上,屋子粉刷完了,雇定了一个广东女佣,名唤阿栗,家具只置办了几件最重要的,柳原就该走了。其余都丢给流苏慢慢的去收拾。家里还没有开火仓,在那冬天的傍晚,流苏送他上船时,便在船上的大餐间里胡乱的吃了些三明治。流苏因为满心的不得意,多喝了几杯酒,被海风一吹,回来的时候,便带着三分醉。到了家,阿栗在厨房里烧水替她随身带着的那孩子洗脚。流苏到处瞧了一遍,到一处开一处的灯。客室里的门窗上的绿漆还没干,她用食指摸着试了一试,然后把那粘粘的指尖贴在墙上,一贴一个绿迹子。为什么不?这又不犯法!这是她的家!她笑了,索性在那蒲公英黄的粉墙上打了一个鲜明的绿手印。

她摇摇晃晃走到隔壁屋里去。空房,一间又一间——清空的世界。她觉得她可以飞到天花板上去。她在空荡荡的地板上行走,就像是在洁无纤尘的天花板上。房间太空了,她不能不用灯光来装满它,光还是不够,明天她得记着换上几只较强的灯泡。

她走上楼梯去。空得好!她急需着绝对的静寂。她累得很,取悦于柳原是太吃力的事,他脾气向来就古怪;对于她,因为是动了真感情,他更古怪了,一来就高兴。他走了,倒好,让她松下这口气。现在她什么人都不要——可憎的人,可爱的人,她一概都不要。从小时候起,她的世界就嫌过于拥挤。推着、挤着、踩着、背着、抱着、驮着,老的小的,全是人。一家二十来口,合住一幢房子,你在屋子里剪个指甲也有人在窗户眼里看着。好容易远走高飞,到了这无人之境。如果她正式做了范太太,她就有种种的责任,她离不了人。现在她不过是范柳原的情妇,不露面的,她应该躲着人,人也应该躲着她。清静是清静了,可惜除了人之外,她没有旁的兴趣。她所仅有的一点学识,全是应付人的学识。凭着这点本领,她能够做一个贤惠的媳妇,一个细心的母亲。在这里她可是英雄无用武之地。"持家"罢,根本无家可持,看管孩子罢,柳原根本不要孩子。省俭着过日子罢,她根本用不着为了钱操心。她怎样消磨这以后的岁月?找徐太太打牌去,看戏?然后渐渐地姘戏子,抽鸦片,往姨太太们的路上走?她突然站住了,挺着胸,两只手在背后紧紧扭着。那倒不至于!她不是那种下流的人。她管得住她自己。但是……她管得住她自己不发疯么?楼上品字式的三间屋,楼下品字式的三间屋,全是堂堂地点着灯。新打了蜡的地板,照得雪亮。没有人影儿。一间又一间,呼喊着的空虚……流苏躺到床上去,又想下去关灯,又动弹不得。后来她听见阿栗趿着木屐上楼来,一路扑哧扑哧关着灯,她紧张的神经方才渐归松弛。

那天是十二月七日,一九四一年。十二月八日,炮声响了。一炮一炮之间,冬晨的银雾渐渐散开,山崩、山洼子里,全岛上的居民都向海面上望去,说"开仗了,开仗了。"谁都不能够相信,然而毕竟是开仗了。流苏孤身留在巴而顿道,哪里知道什么。等到阿栗从左邻右舍探到了消息,仓皇唤醒了她,外面已经进入酣战阶段。巴而顿道的附近有一座科学试验馆,屋顶上架着高射炮,流弹不停地飞过来,尖溜溜一声长叫,"吱呦呃呃呃呃……",然后"砰",落下地去。那一声声的"吱呦呃呃呃呃……"撕裂了空气,撕毁了神经。淡蓝的天幕被扯成一条一条,在寒风中簌簌飘动。风里同时飘着无数剪断了的神经的尖端。

流苏的屋子是空的,心里是宽的,家里没有置办米粮,因此肚子里也是空的。空穴来风,所以她感受恐怖的袭击分外强烈。打电话到跑马地徐家,久久打不通,因为全城装有电话的人没有一个不在打电话,询问哪一区较为安全,作避难的计划。流苏到下午方才接通了,可是那边铃尽管响着,老是没有人来听电话,想必徐先生徐太太已经匆匆出走,迁到平靖一些的地带。流苏没了主意。炮火却逐渐猛烈了。邻近的高射炮成为飞机注意的焦点。飞机营营地在顶上盘旋,"孜孜孜……"绕了一圈又绕回来,"孜孜……"痛楚地,像牙医的螺旋电器,直挫进灵魂的深处。阿栗抱着她的哭泣着的孩子坐在客室的门槛上,人仿佛入了昏迷状态,左右摇摆着,喃喃唱着呓语似的歌曲,哄着拍着孩子。窗外又是"吱呦呃呃呃呃……"一声,"砰!"削去屋檐的一角,沙石哗啦啦落下来。阿栗怪叫了一声,跳起身来,抱着孩子就往外跑。流苏在大门口追上了她,一把揪住她问道:"你上哪儿去?"阿栗道:"这儿蹲不得了!我——我带他到阴沟里去躲一躲。"流苏道:"你疯了!你去送死!"阿栗连声道:"你放我走!我这孩子——就只这一个——死不得的!……阴沟里躲一躲……"流苏拚命扯住她,阿栗将她一推,她跌倒了,阿栗便闯出门去。正在这当口,轰天震地一声响,整个的世界黑了下来,像一只硕大无朋的箱子,啪地关上了盖。数不清的罗愁绮恨,全关在里面了。

流苏只道是没有命了,谁知还活着。一睁眼,只见满地的玻璃屑,满地的太阳影子。她挣扎着爬起身来,去找阿栗。一开门,阿栗紧紧搂着孩子,垂着头,把额角抵在门洞子里的水泥墙上,人是震糊涂了。流苏拉了她进来,就听见外面喧嚷着说隔壁落了个炸弹,花园里炸出一个大坑。这一次巨响,箱子盖关上了,依旧不得安静。继续的砰砰砰,仿佛在箱子盖上用锤子敲钉,捶不完地捶。从天明捶到天黑,又从天黑捶到天明。

流苏也想到了柳原,不知道他的船有没有驶出港口,有没有被击沉。可是她想起他便觉得有些渺茫,如同隔世。现在的这一段,与她的过去毫不相干,像无线电里的歌,唱了一半,忽然受了恶劣的天气的影响,劈劈啪啪炸了起来。炸完了,歌是仍旧要唱下去的,就只怕炸完了,歌已经唱完了,那就没得听了。第二天,流苏和阿栗母子分着吃完了罐子里的几片饼干,精神渐渐衰弱下来,每一个呼啸着的子弹的碎片便像打在她脸上的耳刮子。街上轰隆轰隆驰来一辆军用卡车,意外地在门前停下了。铃一响,流苏自己去开门,见是柳原,她捉住他的手,紧紧搂住他的手臂,像阿栗搂住孩子似的,人向前一扑,把头磕在门洞子里的水泥墙上。柳原用另外的一只手托住她的头,急促地道:"受了惊吓罢?别着急,别着急。你去收拾点得用的东西,我们到浅水湾去。快点,快点!"流苏跌跌冲冲奔了进去,一面问道:"浅水湾那边不要紧么?"柳原道:"都说不会在那边上岸的。而且旅馆里吃的方面总不成问题,他们收藏得很丰富。"流苏道:"你的船……"柳原道:"船没开出去。他们把头等舱的乘客送到了浅水湾饭店。本来昨天就要来接你的,叫不到汽车,公共汽车又挤不上。好容易今天设法弄到了这部卡车。"流苏哪里还定得下心整理行装,胡乱扎了个小包裹。柳原给了阿栗两个月的工钱,嘱咐她看家,两个人上了车,面朝下并排躺在运货的车厢里,上面蒙着黄绿色油布篷,一路颠簸着,把肘弯与膝盖上的皮都磨破了。

柳原叹道:"这一炸,炸断了多少故事的尾巴!"流苏也怆然,半晌方道:"炸死了你,我的故事就该完了。炸死了我,你的故事还长着呢!"柳原笑道:"你打算替我守节么?"他们两人都有点神经失常,无缘无故,齐声大笑。而且一笑便止不住。笑完了,浑身只打颤。

卡车在"吱呦呃呃……"的流弹网里到了浅水湾。浅水湾饭店楼下驻扎着军队,他们仍旧住到楼上的老房间里。住定了,方才发现,饭店里储藏虽富,都是留着给兵吃的。除了罐头装的牛乳,牛羊肉,水果之外,还有一麻袋一麻袋的白面包,麸皮面包。分配给客人的,每餐只有两块苏打饼干,或是两块方糖,饿得大家奄奄一息。

先两日浅水湾还算平静,后来突然情势一变,渐渐火炽起来。楼上没有掩蔽物,众人容身不得,都下楼来,守在食堂里,食堂里大开着玻璃门,门前堆着沙袋,英国兵就在那里架起了大炮往外打。海湾里的军舰摸准了炮弹的来源,少不得也一一还敬。隔着棕榈树与喷水池子,子弹穿梭般来往。柳原与流苏跟着大家一同把背贴在大厅的墙上。那幽暗的背景便像古老的波斯地毯,织出各色人物,爵爷,公主,才子,佳人。毯子被挂在竹竿上,迎着风扑打上面的灰尘,啪啪打着,下劲打,打得上面的人走投无路。炮子儿朝这边射来,他们便奔到那边;朝那边射来,便奔到这边。到后来一间敞厅打得千疮百孔,墙也坍了一面,逃无可逃了,只得坐下地来,听天由命。

流苏到了这个地步,反而懊悔她有柳原在身旁,一个人仿佛有了两个身体,也就蒙了双重危险。一颗子弹打不中她,还许打中他。他若是死了,若是残废了,她的处境更是不堪设想。她若是受了伤,为了怕拖累他,也只有横了心求死。就是死了,也没有孤身一个人死得干净爽利。她料着柳原也是这般想。别的她不知道,在这一刹那,她只有他,他也只有她。

停战了。困在浅水湾饭店的男女们缓缓向城中走去。过了黄土崖,红土崖,又是红土崖,黄土崖,几乎疑心是走错了道,绕回去了,然而不,先前的路上没有这炸裂的坑,满坑的石子。柳原与流苏很少说话。从前他们坐一截子汽车,也有一席话,现在走上几十里的路,反而无话可说了。偶然有一句话,说了一半,对方每每就知道了下文,没有往下说的必要。柳原道:"你瞧,海滩上。"流苏道:"是的。"海滩上布满了横七竖八割裂的铁丝网,铁丝网外面,淡白的海水汩汩吞吐淡黄的沙。冬季的晴天也是淡漠的蓝色。野火花的季节已经过去了。流苏道:"那堵墙……"柳原道:"也没有去看看。"流苏叹了口气道:"算了罢。"柳原走得热了起来,把大衣脱下来搁在臂上,臂上也出了汗。流苏道:"你怕热,让我给你拿着。"若在往日,柳原绝对不肯,可是他现在不那么绅士风了,竟交了给她。再走了一程子,山渐渐高了起来。不知道是风吹着树呢,还是云影的飘移,青黄的山麓缓缓地暗了下来。细看时,不是风也不是云,是太阳悠悠地移过山头,半边山麓埋在巨大的蓝影子里。山上有几座房屋在燃烧,冒着烟——山阴的烟是白的,山阳的是黑烟——然而太阳只是悠悠地移过山头。

到了家,推开了虚掩着的门,拍着翅膀飞出一群鸽子来。穿堂里满积着尘灰与鸽粪。流苏走到楼梯口,不禁叫了一声"哎呀"。二层楼上歪歪斜斜大张口躺着她新置的箱笼,也有两只顺着楼梯滚了下来,梯脚便淹没在绫罗绸缎的洪流里。流苏弯下腰来,捡起一件蜜合色衬绒旗袍,却不是她自己的东西,满是汗垢,香烟洞与贱价香水气味。她又发现了许多陌生的女人的用品,破杂志,开了盖的罐头荔枝,淋淋漓漓流着残汁,混在她的衣服一堆。这屋子里驻过兵么?——带有女人的英国兵?去得仿佛很仓促。挨户洗劫的本地的贫农,多半没有光顾过,不然,也不会留下这一切。柳原帮着她大声唤阿栗。来一只灰背鸽,斜刺里穿出来,掠过门洞子里的黄色的阳光,飞了出去。

阿栗是不知去向了,然而屋子里的主人们,少了她也还得活下去。他们来不及整顿房屋,先去张罗吃的,费了许多事,用高价买进一袋米。煤气的供给幸而没有断,自来水却没有。柳原拎了铅桶到山里去汲了一桶泉水,煮起饭来。以后他们每天只顾忙着吃喝与打扫房间。柳原各样粗活都来得,扫地,拖地板,帮着流苏拧绞沉重的褥单。流苏初次上灶做菜,居然带点家乡风味。因为柳原忘不了马来菜,她又学会了作油炸"沙袋",咖喱鱼。他们对于饭食上虽然感到空前的兴趣,还是极力的撙节着。柳原身边的港币带得不多,一有了船,他们还得设法回上海。

在劫后的香港住下去究竟不是长久之计。白天这么忙忙碌碌也就混了过去。一到了晚上,在那死的城市里,没有灯,没有人声,只有那莽莽的寒风,三个不同的音阶,"喔……呵……呜"无穷无尽地叫唤着,这个歇了,那个又渐渐响了,三条骈行的灰色的龙,一直线地往前飞,龙身无限制地延长下去,看不见尾。"喔……呵……呜……"……叫唤到后来,索性连苍龙也没有了,只是三条虚无的气,真空的桥梁,通入黑暗,通入虚空的虚空。这里是什么都完了。剩下点断墙颓垣,失去记忆力的文明人在黄昏中跌跌绊绊摸来摸去,像是找着点什么,其实是什么都完了。

流苏拥被坐着,听着那悲凉的风。她确实知道浅水湾附近,灰砖砌的那一面墙,一定还屹然站在那里。风停了下来,像三条灰色的龙,蟠在墙头,月光中闪着银鳞。她仿佛做梦似的,又来到墙根下,迎面来了柳原。她终于遇见了柳原。……在这动荡的世界里,钱财,地产,天长地久的一切,全不可靠了。靠得住的只有她腔子里的这口气,还有睡在她身边的这个人。她突然爬到柳原身边,隔着他的棉被,拥抱着他。他从被窝里伸出手来握住她的手。他们把彼此看得透明透亮,仅仅是一刹那的彻底的谅解,然而这一刹那够他们在一起和谐地活个十年八年。

他不过是一个自私的男子,她不过是一个自私的女人。在这兵荒马乱的时代,个人主义者是无处容身的,可是总有地方容得下一对平凡的夫妻。

有一天,他们在街上买菜,碰着萨黑荑妮公主。萨黑荑妮黄着脸,把蓬松的辫子胡乱编了个麻花髻,身上不知从哪里借来一件青布棉袍穿着,脚下却依旧趿着印度式七宝嵌花纹皮拖鞋。她同他们热烈地握手,问他们现在住在哪里,急欲看看他们的新屋子。又注意到流苏的篮子里有去了壳的小蚝,愿意跟流苏学习烧制清蒸蚝汤。柳原顺口邀了她来吃便饭,她很高兴地跟了他们一同回去。她的英国人进了集中营,她现在住在一个熟识的、常常为她当点小差的印度巡捕家里。她有许久没有吃饱过。她唤流苏"白小姐"。柳原笑道:"这是我太太。你该向我道喜呢!"萨黑荑妮道:"真的么?你们几时结的婚?"柳原耸耸肩道:"就在中国报上登了个启事。你知道,战争期间的婚姻,总是潦草的……"流苏没听懂他们的话。萨黑荑妮吻了他又吻了她。然而他们的饭菜毕竟是很寒苦,而且柳原声明他们也难得吃一次蚝汤。萨黑荑妮没有再上门过。

当天他们送她出去,流苏站在门槛上,柳原立在她身后,把手掌合在她的手掌上,笑道:"我说,我们几时结婚呢?"流苏听了,一句话也没有,只低下了头,落下泪来。柳原拉住她的手道:"来来,我们今天就到报馆里去登启事。不过你也许愿意候些时,等我们回到上海,大张旗鼓的排场一下,请请亲戚们。"流苏道:"呸!他们也配!"说着,嗤的笑了出来,往后顺势一倒,靠在他身上。柳原伸手到前面去羞她的脸道:"又是哭,又是笑!"

两人一同走进城去,走到一个峰回路转的地方,马路突然下泻,眼前只是一片空灵——淡墨色的,潮湿的天。小铁门口挑出一块洋瓷招牌,写的是:"赵祥庆牙医。"风吹得招牌上的铁钩子吱吱响,招牌背后只是那空灵的天。

柳原歇下脚来望了半晌,感到那平淡中的恐怖,突然打起寒战来,向流苏道:"现在你可该相信了:'死生契阔,'我们自己哪儿做得了主?轰炸的时候,一个不巧——"流苏嗔道:"到了这个时候,你还说做不了主的话!"柳原笑道:"我并不是打退堂鼓。我的意思是——"他看了看她的脸色,笑道:"不说了。不说了。"他们继续走路。柳原又道:"鬼使神差地,我们倒真的恋爱起来了!"流苏道:"你早就说过你爱我。"柳原笑道:"那不算。我们那时候太忙着谈恋爱了,哪里还有工夫恋爱?"

结婚启事在报上刊出了,徐先生徐太太赶了来道喜。流苏因为他们在围城中自顾自搬到安全地带去,不管她的死活,心中有三分不快,然而也只得笑脸相迎。柳原办了酒菜,补请了一次客。不久,港沪之间恢复了交通,他们便回上海来了。

白公馆里流苏只回去过一次,只怕人多嘴多,惹出是非来。然而麻烦是免不了的。四奶奶决定和四爷进行离婚,众人背后都派流苏的不是。流苏离了婚再嫁,竟有这样惊人的成就,难怪旁人要学她的榜样。流苏蹲在灯影里点蚊烟香。想到四奶奶,她微笑了。

柳原现在从来不跟她闹着玩了。他把他的俏皮话省下来说给旁的女人听。那是值得庆幸的好现象,表示他完全把她当做自家人看待——名正言顺的妻。然而流苏还是有点怅惘。

香港的陷落成全了她。但是在这不可理喻的世界里,谁知道什么是因,什么是果?谁知道呢,也许就因为要成全她,一个大都市倾覆了。成千上万的人死去,成千上万的人痛苦着,跟着是惊天动地的大改革……流苏并不觉得她在历史上的地位有什么微妙之点。她只是笑吟吟地站起身来,将蚊烟香盘踢到桌子底下去。

传奇里的倾国倾城的人大抵如此。

到处都是传奇,可不见得有这么圆满的收场。胡琴咿咿哑哑拉着,在万盏灯火的夜晚,拉过来又拉过去,说不尽的苍凉的故事——不问也罢!

1943 年 9 月

延伸阅读:李欧梵对这篇小说的评价可能最为细致,他认为:"《倾城之恋》依然被证明是张爱玲最受欢迎的一篇小说。""乍一看,这个故事和张爱玲惯常的通俗小说叙述模式正好相反:故事基本发生在日本人入侵前夕的香港;有一个幸福的结局;而且其中的角色也都相当世故。""不过,张爱玲的女主人公却并不哀叹时代的变迁,她倒是渴望着从中解放自己。所以怀旧并不是这个故事的主题。"参见李欧梵:《上海摩登——一种新都市文化在中国》,第307、312页,毛尖译,北京,北京大学出版社,2001年。

十八春(存目)

张爱玲

延伸阅读:《十八春》是一部令人惊奇然而前后故事情节却有所脱离的小说,其中可以看到,作者对曼桢解放后的生活和性格变化的刻画,并不是很有把握。夏志清在他的《中国现代小说史》中也只是简略一提,看来也不太重视。他说:"1950—1951年间,她还用笔名梁京在上海《亦报》(非官方的小型报纸)上发表了一部长篇连载《十八春》(稍加改写后,即是1969年在台北出版的《半生缘》)。"参见《中国现代小说史》,第274页,上海,复旦大学出版社,2005年。

灵　感

钱锺书

延伸阅读：有人这样评价小说："从《人·兽·鬼》四个故事之一的讽刺幻想《灵感》中,我们可以看出钱锺书与同时代流行作家的差距。故事的主题是写作本身,而由于作者精通英国诗歌的关系,我们对它明显受到德莱敦的《马克·佛莱克诺》、蒲伯的《愚人史诗》和拜伦的《审判的幻景》的影响,一点也不感到意外。"不过他又说："钱锺书看法独特,把作家本身看做社会文化堕落的一个重要成分。"因此,像他大多数小说一样,作品有影射当时一些作家和教授之嫌。参见夏志清：《中国现代小说史》,第276、278页,上海,复旦大学出版社,2005年。

猫（存目）

钱锺书

延伸阅读：作家的自述也往往是他小说的最好注脚,因为只有他知道自己的创作是为了什么。钱锺书说："我想写现代中国某一部分社会,某一类人物。写这类人,我没忘记他们是人类,只是人类,具有无毛两足动物的基本根性。"他已经说得再明白不过,这就是,他希望自己的小说离现代文学中通行的"社会剖析派"小说远一点,只有这样,我们才能真正走进他的作品。参见钱锺书：《〈围城〉序》,载《文艺复兴》第2卷第6期,1947年1月1日。

围城（存目）

钱锺书

延伸阅读：自夏志清《中国现代小说史》"重评"以来,形成了"《围城》热",评论很多。蓝棣之的看法较独特,他说,作品中的故事情节是"由作者特殊的创作方式决定的：写婚姻是身陷围城而又始终都在'围城者'的'监视'下写成。这就是作者的难言之隐,作者的写作策略也就由此产生"。参见蓝棣之：《现代文学经典:症候式分析》,第137页,北京,清华大学出版社,1998年。

小二黑结婚

赵树理

一　神仙的忌讳

刘家峧有两个神仙,邻近各村无人不晓:一个是前庄上的二诸葛,一个是后庄上的三仙姑。二诸葛原来叫刘修德,当年作过生意,抬脚动手都要论一论阴阳八卦,看一看黄道黑道。三仙姑是后庄于福的老婆,每月初一十五都要顶着红布摇摇摆摆装扮天神。

二诸葛忌讳"不宜栽种",三仙姑忌讳"米烂了"。这里边有两个小故事:有一年春天大旱,直到阴历五月初三才下了四指雨。初四那天大家都抢着种地,二诸葛看了看历书,又掐指算了一下说:"今日不宜栽种。"初五日是端午,他历年就不在端午这天做什么,又不曾种;初六日倒是个黄道吉日,可惜地干了,虽然勉强把他的四亩谷子种上了,却没有出够一半。后来直到十五才又下雨,别人家都在地里锄苗,二诸葛却领着两个孩子在地里补空子。邻家有个后生,吃饭时候在街上碰上二诸葛便问道:"老汉!今天宜栽种不宜?"二诸葛翻了他一眼,扭转头返回去了,大家就嘻嘻哈哈传为笑谈。

三仙姑有个女孩叫小芹。一天,金旺他爹到三仙姑那里问病,三仙姑坐在香案后唱,金旺他爹跪在香案前听。小芹那年才九岁,晌午做捞饭,把米下进锅里了,听见她娘哼哼得很中听,站在桌前听了一会,把做饭也忘了。一会,金旺他爹出去小便,三仙姑趁空子向小芹说:"快去捞饭!米烂了!"这句话却不料就叫金旺他爹听见,回去就传开了。后来有些好玩笑的人,见了三仙姑就故意问别人"米烂了没有?"

二　三仙姑的来历

三仙姑下神,足足有三十年了。那时三仙姑才十五岁,刚刚嫁给于福,是前后庄上第一个俊俏媳妇。于福是个老实后生,不多说一句话,只会在地里死受。于福的娘早死了,只有个爹,父子两个一上了地,家里就只留下新媳妇一个人。村里的年轻人们觉着新媳妇太孤单,就慢慢自动的来跟新媳妇作伴,不几天就集合了一大群,每天嘻嘻哈哈,十分哄伙。于福他爹看见不像个样子,有一天发了脾气,大骂一顿,虽然把外人挡住了,新媳妇却跟他闹起来。新媳妇哭了一天一夜,头也不梳,脸也不洗,饭也不吃,躺在炕上,谁也叫不起来,父子两个没了办法。邻家有个老婆替她请了一个神婆子,在她家下了一回神,说是三仙姑跟上她了,她也哼哼唧唧自称吾神长吾神短,从此以后每月初一十五就下起神来,别人也给她烧起香来求财问病,三仙姑的香案便从此设起来了。

青年们到三仙姑那里去，要说是去问神，还不如说是去看圣象。三仙姑也暗暗猜透大家的心事，衣服穿得更新鲜，头发梳得更光滑，首饰擦得更明，官粉搽得更匀，不由青年们不跟着她转来转去。

这是三十来年前的事。当时的青年，如今都已留下胡子，家里大半又都是子媳成群，所以除了几个老光棍，差不多都没有那些闲情到三仙姑那里去了。三仙姑却和大家不同，虽然已经四十五岁，却偏爱当个老来俏，小鞋上仍要绣花，裤腿上仍要镶边，顶门上的头发脱光了，用黑手帕盖起来，只可惜官粉涂不平脸上的皱纹，看起来好像驴粪蛋上下了霜。

老相好都不来了，几个老光棍不能叫三仙姑满意，三仙姑又团结了一伙孩子们，比当年的老相好更多，更俏皮。

三仙姑有什么本领能团结这伙青年呢？这秘密在她女儿小芹身上。

三　小　芹

三仙姑前后共生过六个孩子，就有五个没有成人，只落了一个女儿，名叫小芹。小芹当两三岁时候，就非常伶俐乖巧，三仙姑的老相好们，这个抱过来说是"我的"，那个抱起来说是"我的"，后来小芹长到五六岁，知道这不是好话，三仙姑教她说："谁再这么说，你就说'是你的姑姑'。"说了几回，果然没有人再提了。

小芹今年十八了，村里的轻薄人说，比她娘年轻时候好得多。青年小伙们，有事没事，总想跟小芹说句话。小芹去洗衣服，马上青年们也都去洗；小芹上山采野菜，马上青年们也都去采。

吃饭时候，邻居们端上碗爱到三仙姑那里坐一会，前庄上的人来回一里路，也并不觉得远。这已经是三十年来的老规矩，不过小青年们也这样热心，却是近二三年来才有的事。三仙姑起先还以为自己仍有勾引青年的本领，日子长了，青年们并不真正跟她接近，她才慢慢看出门道来，才知道人家来了为的是小芹。

不过小芹却不跟三仙姑一样，表面上虽然也跟大家说说笑笑，实际上却不跟人乱来，近二三年，只是跟小二黑好一点。前年夏天，有一天前晌，于福去地，三仙姑去串门，家里只留下小芹一个人，金旺来了，嘻皮笑脸向小芹说："这会可算是个空子吧？"小芹板起脸来说："金旺哥！咱们以后说话要规矩些！你也是娶媳妇大汉了！"金旺撇撇嘴说："咦！装什么假正经？小二黑一来管保你就软了！有便宜大家讨开点，没事；要正经除非自己锅底没有黑！"说着就拉住小芹的胳膊悄悄说："不用装模作样了！"不料小芹大声喊道："金旺！"金旺赶紧放手跑出来。一边还咄念道："等得住你！"说着就悄悄溜走了。

四　金旺兄弟

提起金旺来，刘家峧没有人不恨他，只有他一个本家兄弟名叫兴旺跟他对劲。

金旺他爹虽是个庄稼人，却是刘家峧一只虎，当过几十年老社首，捆人打人是他的拿手好戏。金旺长到十七八岁，就成了他爹的好帮手；兴旺也学会了帮虎吃食，从此金旺他爹想要捆谁，就不用亲自动手，只要下个命令，自有金旺兴旺代办。

抗战初年,汉奸敌探溃兵土匪到处横行,那时金旺他爹已经死了,金旺、兴旺弟兄两个,给一支溃兵作了内线工作,引路绑票,讲价赎人,又做巫婆又做鬼,两头出面装好人。后来八路军来,打垮溃兵土匪,他两人才又回到刘家峧。

山里人本来就胆子小,经过几个月大混乱,死了许多人,弄得大家更不敢出头了。别的大村子都成立了村公所、各救会、武委会,刘家峧却除了县府派来一个村长以外,谁也不愿意当干部。不久,县里派人来刘家峧工作,要选举村干部,金旺跟兴旺两个人看出这又是掌权的机会,大家也巴不得有人愿干,就把兴旺选为武委会主任,把金旺选为村政委员,连金旺老婆也被选为妇救会主席,其他各干部,硬捏了几个老头子出来充数。只有青抗先队长,老头子充不得。兴旺看见小二黑这个小孩子漂亮好玩,随便提了一下名就通过了,他爹二诸葛虽然不愿,可是惹不起金旺,也没有敢说什么。

村长是外来的,对村里情形不十分了解,从此金旺兴旺比前更厉害了,只要瞒住村长一个人,村里人不论哪个都得由他两个调遣。这几年来,村别的干部虽然调换了几个,而他两个却好像铁桶江山。大家对他两个虽是恨之入骨,可是谁也不敢说半句话,都恐怕扳不倒他们,自己吃亏。

五　小　二　黑

小二黑,是二诸葛的二小子,有一次反"扫荡"打死过两个敌人,曾得到特等射手的奖励。说到他的漂亮,那不只在刘家峧有名,每年正月扮故事,不论去到哪一村,妇女们的眼睛都跟着他转。

小二黑没有上过学,只是跟着他爹识了几个字。当他六岁时候,他爹就教他识字。识字课本既不是五经四书,也不是常识国语,而是从天干、地支、五行、八卦、六十四卦名等学起,进一步便学些《百中经》、《玉匣记》、《增删卜易》、《麻衣神相》、《奇门遁甲》、《阴阳宅》等书。小二黑从小就聪明,像那些算属相、卜六王课、念大小流年或"甲子乙丑海中金"等口诀,不几天就弄熟了,二诸葛也常把他引在人前卖弄。因为他长得伶俐可爱,大人们也都爱跟他玩,这个说:"二黑,算一算十岁属什么?"那个说:"二黑,给我卜一课!"后来二诸葛因为说"不宜栽种"误了种地,老婆也埋怨,大黑也埋怨,庄上人也都传为笑谈,小二黑也跟着这事受了许多奚落。那时候小二黑十三岁,已经懂得好歹了,可是大人们仍把他当成小孩来玩弄,好跟二诸葛开玩笑的,一到了家,常好对着二诸葛问小二黑道:"二黑!算算今天宜不宜栽种?"和小二黑年纪相仿的孩子们,一跟小二黑生了气,就连声喊道:"不宜栽种不宜栽种……"小二黑因为这事,好几个月见了人躲着走,从此就和他娘商量成一气,再不信他爹的鬼八卦。

小二黑跟小芹相好已经二三年了。那时候他才十六七,原不过在冬天夜长时候,跟着些闲人到三仙姑那里凑热闹,后来跟小芹混熟了,好像是一天不见面也不能行。后庄上也有人愿意给小二黑跟小芹做媒人,二诸葛不愿意,不愿意的理由有三:第一小二黑是金命,小芹是火命,恐怕火克金;第二小芹生在十月,是个犯月;第三是三仙姑的声名不好。恰巧在这时候,彰德府来了一伙难民,其中有个老李带来个八九岁的小姑娘,因为没有吃的,愿意把姑娘送给人家逃个活命。二诸葛说是个便宜,先问了一下生辰八字,掐算了半天说:"千里姻缘使线牵",就替小二黑收作童养媳。

虽然二诸葛说是千合适万合适,小二黑却不认账。父子俩吵了几天,二诸葛非养不行,小二黑说:"你愿意养你就养着,反正我不要!"结果虽把小姑娘留下了,却到底没有说清楚算什么关系。

六　斗争会

金旺自从碰了小芹的钉子以后,每日怀恨,总想设法报一报仇。有一次武委会训练村干部,恰巧小二黑发疟疾没有去。训练完毕之后,金旺就向兴旺说:"小二黑是装病,其实是被小芹勾引住了,可以斗争他一顿。"兴旺就是武委会主任,从前也碰过小芹一回钉子,自然十分赞成金旺的意见,并且又叫金旺回去和自己的老婆说一下,发动妇救会也斗争小芹一番。金旺老婆现任妇救会主席,因为金旺好到小芹那里去,早就恨得小芹了不得。现在金旺回去跟她说要斗争小芹,这才是巴不得的机会,丢下活计,马上就去布置。第二天,村里开了两个斗争会,一个是武委会斗小二黑,一个是妇救会斗争小芹。

小二黑自己没有错,当然不承认,嘴硬到底,兴旺就下命令,把他捆起来送交政权机关处理。幸得村长脑筋清楚,劝兴旺说:"小二黑发疟是真的,不是装病,至于跟别人恋爱,不是犯法的事,不能捆人家。"兴旺说:"他已是有了女人的。"村长说:"村里谁不知道小二黑不承认他的童养媳。人家不承认是对的;男不过十六,女不过十五,不到订婚年龄。十来岁小姑娘,长大也不会来认这笔账。小二黑满有资格跟别人恋爱,谁也不能干涉。"兴旺没话说了,小二黑反要问他:"无故捆人犯法不犯?"经村长双方劝解,才算放了完事。

兴旺还没有离村公所,小芹拉着妇救会主席也来找村长,她一进门就说:"村长!捉贼要赃,捉奸要双,当了妇救会主席就不说理了?"兴旺见拉着金旺的老婆,生怕说出这事与自己有关,赶紧溜走。后来村长问了问情由,费了好大一会唇舌,才给她们调解开。

七　三仙姑许亲

两个斗争会开过以后,事情包也包不住了,小二黑也知道这事是合理合法的了,索性就跟小芹公开商量起来。

三仙姑却着了急。她跟小芹虽是母女,近几年来却不对劲。三仙姑爱的是青年们,青年们爱的是小芹。小二黑这个孩子,在三仙姑看来好像鲜果,可惜多一个小芹,就没了自己的份儿。她本想早给小芹找个婆家推出门去,可是因为自己声名不正,差不多都不愿意跟她结亲。开罢斗争会以后,风言风语都说小二黑要跟小芹自由结婚,她想要真是那样的话,以后想跟小二黑说句笑话都不能了,那是多么可惜的事,因此托东家求西家要给小芹找婆家。

"插起招军旗,就有吃粮人。"有个吴先生是在阎锡山部下当过旅长的退职军官,家里很富,才死了老婆。他在奶奶庙大会上见过小芹一面,愿意续她,媒人向三仙姑一说,三仙姑当然愿意。不几天过了礼帖,就算定了,三仙姑以为了却一宗心事。

小芹已经和小二黑商量得差不多了,如何肯听她娘的话?过祁那一天,小芹跟她娘闹起来,把吴先生送来的首饰绸缎扔下一地。媒人走后,小芹跟她娘说:"我不管!谁收了人家的东西谁跟人家去!"

三仙姑愁住了,睡了半天,晚饭以后,说是神上了身,打了两个呵欠就唱起来。她起先责备于福管不了家,后来说小芹跟吴先生是前世姻缘,还唱些什么"前世姻缘由天定,不顺天意活不成……"于福跪在地下哀求,神非教他马上打小芹一顿不可。小芹听了这话,知道跟这个装神弄鬼的娘说不出什么道理来,干脆躲了出去,让她娘一个人胡说。

小芹一个人悄悄跑到前庄上去找小二黑,恰在路上碰上小二黑去找她,两个就悄悄拉着手到一个大窑里去商量对付三仙姑的法子。

八　拿　双

小芹把她娘怎样主婚怎样装神,唱些什么,从头至尾细细向小二黑说了一遍,小二黑说:"不用理她!我打听过区上的同志,人家说只要男女本人愿意,就能到区上登记,别人谁也作不了主……"说到这里,听见外边有脚步声,小二黑伸出头来一看,黑影里站着四五个人,有一个说:"拿双拿双!"他两人都听出是金旺的声音,小二黑起了火,大叫道:"拿?没有犯了法!"兴旺也来了,下命令道:"捉住捉住!我就看你犯法不犯法,给你操了好几天心了!"小二黑说:"你说去哪里咱就去哪里,到边区政府你也不能把谁怎么样!走!"兴旺说:"走!便宜了你!把他捆起来!"小二黑挣扎了一会,无奈没有他们人多,终于被他们七手八脚打了一顿捆起来了。兴旺说:"里边还有个女的,也捆起来!捉奸要双,这是她自己说的!"说着就把小芹也捆起来了。

前庄上的人都还没有睡,听见有人吵架,有些人就跑出来看,麻秆火把下看见捆着的两个人,大家不问就都知道了八九分。二诸葛也出来了,见小二黑被人家捆起来,就跪在兴旺面前哀求道:"兴旺!咱两家没有什么仇!看在我老汉面上,请你们诸位高高手……"兴旺说:"这事情,我们管不了,送给上级再说吧!"小二黑说:"爹!你不用管!送到哪里也不犯法!我不怕他!"兴旺说:"好小子!要硬你就硬到底!"又逼住三个民兵说:"带他们走!"一个民兵问:"带到村公所?"兴旺说:"还到村公所干什么?上一回不是村长放了的?送给区武委会主任按军法处理!"说着就把他两个人拥上走了。

九　二诸葛的神课

邻居们见是兴旺弟兄们捆人,也没有人敢给小二黑讲情,直等到他们走后,才把二诸葛招呼回家。

二诸葛连连摇头说:"唉!我知道这几天要出事啦!前天早上我上地去,才上到岭上,碰上个骑驴媳妇,穿一身孝,我就知道坏了。我今年是罗睺星照运,要谨防带孝的冲了运气,因此哪里也不敢去,谁知躲也躲不过,昨天晚上二黑他娘梦见庙里唱戏。今天早上一个老鸦落在东房上叫了十几声……唉!反正是时运,躲也躲不过。"他罗哩罗嗦念了一大堆,邻居们听了有些厌烦,又给他说了一会宽心话,就都散了。

有事人哪里睡得着?人散了之后,二诸葛家里除了童养媳之外,三个人谁也没有睡。二诸葛摸了摸脸,取出三个制钱占了一卦,占出之后吓得他面色如土。他说:"了不得呀了不得!丑土的父母动出午火的官鬼,火旺于夏,恐怕有些危险了。唉!人家把他选成青年队长,我就说过不叫他当,小杂种硬要充人物头!人家说要按军法处理,要不当队长哪里犯得了军法?"老婆也拍手跺脚道:"小爹呀!谁知道你要闯这么大的事啦?"大黑劝道:"不怕!事已经出下了,由他去吧!我想这又不是人命事,也犯不了什么大罪!既然他们送到区上了,我先到区上打听打听!你们都睡吧!"说着点了个灯笼就走了。

二诸葛打发大黑去后,仍然低头细细研究方才占的那一卦。停了一会,远远听着有个女人哭,越哭越近,不大一会就来到窗下,一推门就进来了。二诸葛还没有看清是谁,这女人就一把把他拉住,带哭带闹说:"刘修德!还我闺女!你的孩子把我的闺女勾引到哪里了?还我……"二诸葛老婆正气得死去活来,一看见来的是三仙姑,正赶上出气,从炕上跳下来拉住她道:"你来了好!省得我去找你!你母女两个好生生把我个孩子勾引坏,你倒有脸来找我!咱两人就也到区上说说理!"两个女人滚成一团,二诸葛一个人拉也拉不开,也再顾不上研究他的卦。三仙姑见二诸葛老婆已经不顾了命,自己先胆怯了几分,不敢恋战,少闹了一会挣脱出来就走了。二诸葛老婆追出门来,被二诸葛拦回去,还骂个不休。

十 恩典恩典

二诸葛一夜没有睡,一遍一遍念:"大黑怎么还不回来,大黑怎么还不回来。"第二天天不明就起程往区上走,走到半路,远远看见大黑、三个民兵已都回来了,还来了区上一个助理员,一个交通员。他远远就喊叫道:"大黑!怎么样?要紧不要紧?"大黑说:"没有事!不怕!"说着就走到跟前,助理员跟三个民兵先走了。大黑告交通员说:"这就是我爹!"又向二诸葛说:"区上添传你跟于福老婆。你去吧,没有事!二黑跟小芹两个人,一到区上就放开了。区上早就说兴旺跟金旺两个人不是东西,已经把他两个人押起来了,还派助理员到咱村开大会调查他们横行霸道的证据。我赶到那里人家就问罢了,听说区上还许咱二黑跟小芹结婚。"二诸葛说:"不犯罪就好,结婚可不行,命相不对!你没有听说添传我做什么?"大黑说:"不知道,大约也没有什么大事。你去吧,我先回去告我娘说。"交通员说:"老汉,这就算见了你了!你去吧,我再传那一个去!"说了就跟大黑相跟着走了。

二诸葛到了区上,看见小二黑跟小芹坐在一条板凳上,他就指着小二黑骂道:"闯祸东西!放了你你还不快回去?你把老子吓死了!不要脸!"区长道:"干什么?区公所是骂人的地方?"二诸葛不说话了。区长问:"你就是刘修德?"二诸葛答:"是!"问:"你给刘二黑收了个童养媳?"答:"是!"问:"今年几岁了?"答:"属猴的,十二岁了。"区长说:"女不过十五岁不能订婚,把人家退回娘家去,刘二黑已经跟于小芹订婚了!"二诸葛说:"她只有个爹,也不知逃难逃到哪里去了,退也没处退。女不过十五不能订婚,那不过是官家规定,其实乡间七八岁订婚的多着哩。请区长恩典恩典就过去了……"区长说:"凡是不合法的订婚,只要有一方面不愿意都得退!"二诸葛说:"我这是两家情愿!"区长问小二黑道:"刘二黑!你愿意不愿意?"小二黑说:"不愿意!"二诸葛的脾气又上来了,瞪了小二黑一眼道:"由你啦?"区长道:"给他订婚不由他,难道由你啦?老汉,如今是婚姻自主,由不得你,你家养的那个小姑娘,要真是没有娘家,就算成你的闺女好了。"二诸葛道:"那也可以,不过还得请区长恩典恩典,不能叫他跟于福这闺女订婚!"区长说:"这你就管不着了!"二诸葛发急道:"千万请区长恩典恩典,命相不对,这是一辈子的事!"又向小二黑道:"二黑!你不要糊涂了!这是你一辈子的事!"区长道:"老汉!你不要糊涂了,强逼着你十九岁的孩子娶上个十二岁的小姑娘,恐怕要生一辈子气!我不过是劝一劝你,其实只要人家两个人愿意,你愿意不愿意都不相干。回去吧!童养媳没处退就算成你的闺女!"二诸葛还要请区长"恩典恩典",一个交通员把他推出来了。

十一　看看仙姑

　　三仙姑去寻二诸葛,一来为的是逗逗闹气的本领,二来为的是遮遮外人的耳目,其实让小芹吃一吃亏她很高兴,所以跟二诸葛老婆闹了一阵之后,回去就睡了。第二天早上,她起得很迟,于福虽比她着急,可是自己既没有主意,又不敢叫醒他,只好自己先去做饭;饭快成的时候,三仙姑慢慢起来梳妆。于福问她道:"不去打听打听小芹?"她说:"打听她做甚啦?她的本领多大啦?"于福也再没有敢说什么,把饭菜做成了放在炉边等,直等到她梳妆罢了才开饭。

　　饭还没有吃罢,区上的交通员来传她。她好像很得意,嗓子拉得长长地说:"闺女大了咱管不了,就去请区长替咱管教管教!"她吃完了饭,换上新衣服、新首帕、绣花鞋、镶边裤,又擦了一次粉,加了几件首饰,然后叫于福给她备上驴,她骑上,于福给她赶上,往区上去。到了区上,交通员把她引到区长房子里,她趴下就磕头,连声叫道:"区长老爷,你可要给我作主!"区长正伏在桌上写字,见她低着头跪在地下,头上戴了满头银首饰,还以为是前两天跟婆婆生了气的那个年轻媳妇,便说道:"你婆婆不是有保人吗?为什么不找保人?"三仙姑莫名其妙,抬头看了看区长的脸。区长见是个擦着粉的老太婆,才知道是认错人了。交通员道:"认错人了!这就是于小芹的娘!"区长打量了她一眼道:"你就是小芹的娘呀!起来!不要装神做鬼!我什么都清楚!起来!"三仙姑站起来了。区长问:"你今年多大岁数?"三仙姑说:"四十五。"区长说:"你自己看看你打扮得像个人不像!"门边站着老乡一个十来岁的小闺女嘻嘻嘻笑了。交通员说:"到外边耍!"小闺女跑了。区长问:"你会下神是不是?"三仙姑不敢答话。区长问:"你给你闺女找了个婆家?"三仙姑答:"找下了!"问:"使了多少钱?"答:"三千五!"问:"还有些什么?"答:"有些首饰布匹!"问:"跟你闺女商量过没有?"答:"没有!"问:"你闺女愿意不愿意?"答:"不知道!"区长道:"我给你叫来你亲自问问她!"又向交通员道:"去叫于小芹!"

　　刚才出去那个小闺女,跑到外边一宣传,说有个打官司的老婆,四十五了,擦着粉,穿着花鞋。邻近的女人们都跑来看,挤了半院,唧唧哝哝说:"看看!四十五了!""看那裤腿!""看那鞋!"三仙姑半辈没有脸红过,偏这会撑不住气了,一道道热汗在脸上流。交通员领着小芹来了,故意说:"看什么?人家也是个人吧,没有见过?闪开路!"一伙女人们哈哈大笑。

　　把小芹叫来,区长说:"你问问你闺女愿意不愿意!"三仙姑只听见院里人说:"四十五""穿花鞋",羞得只顾擦汗,再也开不得口。院里的人们忽然又转了话头,都说"那是人家的闺女""闺女不如娘会打扮",也有人说"听说还会下神",偏又有个知道底细的断断续续讲"米烂了"的故事,这时三仙姑恨不得一头碰死。

　　区长说:"你不问我替你问!于小芹,你娘给你找的婆家你愿意跟人家结婚不愿意?"小芹说:"不愿意!我知道人家是谁?"区长问三仙姑道:"你听见了吧?"又给她讲了一会婚姻自主的法令,说小芹跟小二黑订婚完全合法,还吩咐她把吴家送来的钱和东西原封退了,让小芹跟小二黑结婚。她羞愧之下,一一答应了下来。

十二　怎么到底

三个民兵回到刘家峧,一说区上把兴旺金旺二人押起来,又派助理员来调查他们的罪恶,真是人人拍手称快。午饭后,庙里开一个群众大会,村长报告了开会宗旨,就请大家举他两个人的作恶事实。起先大家还怕扳不倒人家,人家再返回来报仇,老大一会没有人说话;有几个胆子太小的人,还悄悄劝大家说:"忍事者安然。"有个被他两人作践垮了的年轻人说:"我从前没有忍过?越忍越不得安然!你们不说我说!"他先从金旺领着土匪到他家绑票说起,一连说了四五款,才说道:"我歇歇再说,先让别人也说几款!"他一说开了头,许多受过害的人也都抢着说起来:有给他们花过钱的,有被他们逼着上过吊的,也有产业被他们霸了的,老婆被他们奸淫过的;他两人还派上民兵给他们自己割柴,拨上民夫给他们自己锄地;浮收粮、私派款、强迫民兵捆人,……你一宗他一宗,从晌午说到太阳落,一共说了五六十款。

区上根据这些罪状把他两人送到县里,县里把罪状一一证实之后,除叫他们赔偿大家损失外,又判了十五年徒刑。

经过这次大会之后,村里人也都敢出头了。不久,村干部又都经过大改选,村里人再也不敢乱投坏人的票了。这其间,金旺老婆自然也落了选。偏她还变了口吻,说:"以后我也要进步了。"

两个神仙也有了变化:

三仙姑那天在区上被一伙妇女围住看了半天,实在觉得不好意思,回去对着镜子研究了一下,真有点打扮得不像话;又想到自己的女儿快要跟人结婚,自己还卖什么老俏?这才下了个决心,把自己的打扮从顶到底换了一遍,弄得像个当长辈人的样子,把三十年来装神弄鬼的那张香案也悄悄拆去。

二诸葛那天从区上回来,又向老婆提起二黑跟小芹的命相不对,他老婆道:"把你的鬼八卦收起吧!你不是说二黑这回了不得吗?你一辈子放个屁也要卜一课,究竟抵了些什么事?我看小芹满不错,能跟咱二黑过就很好!什么命相对不对?你就不记得'不宜栽种'?"二诸葛见老婆都不信自己的阴阳,也就不好意思再到别人跟前卖弄他那一套了。

小芹和小二黑各回各家,见老人们的脾气都有些改变,托邻居们趁势和说和说,两位神仙也就顺水推舟同意他们结婚。后来两家都准备了一下,就过门。过门之后,小两口十分得意,邻居们都说是村里第一对好夫妻。

夫妻们在自己卧房里有时候免不了说玩话:小二黑好学三仙姑下神时候唱"前世姻缘由天定",小芹好学二诸葛说"区长恩典,命相不对"。淘气的孩子们去听窗,学会了这两句话,就给两位神仙加了新外号:三仙姑叫"前世姻缘",二诸葛叫"命相不对"。

1943年5月写于太行

延伸阅读:较早的赵树理小说的权威评论,可参考周扬1946年写的《论赵树理的创作》,这篇文章基本为它定了调:"作者是在这里讴歌自由恋爱的胜利吗?不是的!他是在讴歌新社会的胜利(只有在这种社会里,农民才能享受自由恋爱的正当权利)。"参见周扬:《论赵树理的创作》,载1946年8月26日《解放日报》。

嘱咐(存目)

孙 犁

延伸阅读：孙犁的小说在1940年代并不起眼，他的重要性直到1950年代上半期才逐渐凸显出来。不过，作为解放区短篇小说创作的作家，他的写作风格明显师承鲁迅，例如简练含蓄，但内容却是战争间隙里的日常生活。

平原(存目)

路 翎

延伸阅读：路翎是崛起于1940年代的青年作家，胡绳对他创作的评价是："我在两个意义上觉得这些作品值得重视：第一，这些作品反映了这一时期的国民党地区内知识分子思想情绪发展的一种类型；第二，这些作品表现着，作者对于既有的作品不满而企图通过他们的笔来更深刻地写出中国人民的'精神生活'，——这种企图应该尊重。"参见胡绳：《评路翎的短篇小说》，载《大众文艺丛刊》第一辑，1948年3月1日。

饥饿的郭素娥(存目)

路 翎

延伸阅读：胡风认为："在现在这一篇里面，他展开了用劳动、人欲、饥饿、痛苦、嫉妒、欺骗、残酷、犯罪，但也有追求、反抗、友爱、梦想所织成的世界；在这中间，站着郭素娥和围绕着她的、由于她的命运而更鲜明地现出了本性的生灵。"作为路翎创作的发现者和他的精神引路人，胡风的评论应该具有权威性。参见胡风：《〈饥饿的郭素娥〉序》，载《野草》第4卷第4、5期，1942年9月1日。

暴风骤雨(存目)

周立波

延伸阅读:作者对自己小说原初的追忆,也能看做一种"评论",他说:"所用的材料,都是个人的经历和见闻,不知是不是典型?我借了东北日报登载出版消息最多的几个合订本,把半年多的二版上的文章和消息全部阅读了,把构思中的人物和故事,又加了一回修正","北满的土改,好多地方曾经发生过偏向,但是这点不适宜在艺术上表现。我只顺便的描了几笔","关于题材,根据主题,作者是要有所取舍的。因为革命的现实主义的反映现实,不是自然主义式的单纯的对于事实的模写。革命的现实主义的写作,应该是作者站在无产阶级立场上,站在党性和阶级性的观点上所看到的一切真实之上的现实的再现"。参见周立波:《现在想到的几点——〈暴风骤雨〉下卷的创作情形》,载《生活报》第 76 期,1949 年 6 月 21 日。

诗 歌

鸽 子

胡 适

云淡天高,好一片晚秋天气!
有一群鸽子,在空中游戏。
看他们,三三两两,
　　　　回环来往,
　　　　夷犹如意,
忽地里,翻身映日,白羽衬青天,鲜明无比!

延伸阅读:胡适无疑是白话"第一诗人",他不仅大力提倡,还以《尝试集》身体力行。这是胡适在中国新诗史上的独特地位。这本诗集显示了作者从传统诗词中脱胎、蜕变和寻找新诗形式和内容的转变的过程。如果这样去读《鸽子》,也就能带上历史的同情和理解了,还原它的原生态的创作处境和风格。

天上的市街

郭沫若

远远的街灯明了,
好象闪着无数的明星。
天上的明星现了,
好象点着无数的街灯。

我想那缥渺的空中,
定然有美丽的街市。
街市上陈列的一些物品,
定然是世上没有的珍奇。

你看,那浅浅的天河,
定然是不甚宽广。
那隔河的牛郎织女,
定能够骑着牛儿来往。

我想他们此刻,
定然在天街闲游。
不信,请看那朵流星,
那怕是他们提着灯笼在走。

1921 年 10 月 24 日

延伸阅读: 有人评价郭沫若说:"诗国的英雄们大都重主观,强调写我为主。沫若一跨进诗国大门,就公开承认自己是个偏于主观的人。"参见龚济民、方仁念:《郭沫若传》,第 45 页,北京,十月文艺出版社,1988 年。此评论可以作为阅读本诗的一个参照角度。

夕 暮

郭沫若

我携着三个孩子在屋后草场中嬉戏着的时候,夕阳正烧着海上的天壁,眉痕的新月已经出现在鲜红的云缝里了。

草场中牧放着的几条黄牛,不时曳着悠长的鸣声,好象在叫它们的主人快来牵它们回去。

我们的两匹母鸡和几只鸡雏,先先后后地从邻寺的墓地里跑回来了。

立在厨房门内的孩子们的母亲向门外的沙地上撒了一握米粒出来。

母鸡们咯咯咯地叫起来了,鸡雏们啁啁地争食起来了。

——"今年的成绩真好呢,竟养大了十只。"

欢愉的音波,在金色的暮霭中游泳。

延伸阅读:郭沫若的诗多以渲染浪漫主义情绪、风格强烈鲜明著称,但他也有一些意境沉潜、细致入微的诗作。其中一些诗写于他在日本福岗九州大学留学期间,尽管诗人已涉足国内新文学运动,但与安娜的日常家居生活和在宁静的海岸的包围中,诗人的心态也当有平静安详的时候。这些诗作一般不太受研究者注意,显然比较遗憾。不过,如果我们希望看到一个诗人创作的丰富性,就不能不把它纳入自己的阅读视野。

凤凰涅槃(存目)

郭沫若

延伸阅读:无论作为作者自己还是中国新诗史的奠基之作,这首长诗受到广泛好评都在意料之中。即使如此,仍有必要把有人的评论抄录如下:"'山前有浩茫茫的大海,山后有阴莽莽的平原,山上是寒风凛冽的冰天'。在这惨淡、阴冷的除夕,凤与凰同心协力啄燃了它们衔来的香木,在烈火中翩翩起舞、哀哀歌唱,等待着死亡。古神鸟在缪司的灵光照耀下,就这样与诗人自我、与整个旧中国合成一体。"参见龚济民、方仁念:《郭沫若传》,第45页,北京,十月文艺出版社,1988年。

---

* 本篇最初发表于1924年12月29日北京《晨报副镌》,题为《小品六章(二)·夕暮》,作者自注"八月十七日东京"作。

繁星(节选)

冰 心

七

醒着的,
　只有孤愤的人罢!

听声声算命的锣儿,
　敲破世人的命运。

一○

嫩绿的芽儿,
　和青年说:
"发展你自己!"

淡白的花儿,
　和青年说:

"贡献你自己!"

深红的果儿,
　和青年说:
"牺牲你自己!"

一三一

大海呵,
　那一颗星没有光?
　那一朵花没有香?

那一次我的思潮里
　没有你波涛的清响?

1921 年 9 月

延伸阅读：冰心是五四初期最红的女作家、女诗人,她在青年读者中有广泛的影响。《繁星》出版于 1923 年,同时问世的还有宗白华的《流云小诗》。这种小诗体的出现,受到周作人翻译的日本短歌、俳句和印度诗人泰戈尔《飞鸟集》的影响,它们清新、自然和含蓄的风格,迅速在青年诗人中流行,成为五四初期诗坛的一道特殊的风景。《繁星》无疑是她的代表作之一。

春水（节选）

冰 心

五

一道小河
　　平平荡荡的流将下去，
只经过平沙万里——
　　自由的，
　　　沉寂的，
它没有快乐的声音。

一道小河
　　曲曲折折的流将下去，
只经过高山深谷——
　　险阻的，
　　　挫折的，
它也没有快乐的声音。

我的朋友！
感谢你解答了
　　我久闷的问题，
平荡而曲折的水流里，
　　青年的快乐
　　　在其中荡漾着了！

延伸阅读：《春水》是《繁星》的姊妹篇。它与传统旧诗的显著区别，就在于它关注抒情主人公的内心世界，强调人的自我感觉，以及与宇宙世界的融会贯通。《春水》在形式上以小见大，从一个小角度折射大千世界的丰富多彩，语言上注意简约含蓄，具有内在的扩张力。

伊底眼

汪静之

伊底眼是温暖的太阳；
不然，何以伊一望着我，
我受了冻的心就热了呢？

伊底眼是解结的剪刀；
不然，何以伊一瞧着我，
我被镣铐的灵魂就自由了呢？

伊底眼是快乐的钥匙；
不然，何以伊一瞅着我，
我就住在乐园里了呢？

伊底眼变成忧愁的引火线了；
不然，何以伊一盯着我，
我就沉溺在愁海里了呢？

1922 年 6 月 4 日

延伸阅读：写这首诗时，汪静之是浙江一师的学生。因胡适恰在杭州养病，而他正热恋自己的表妹曹诚英，碰巧汪又是曹的同学，前者的诗由曹转给胡，立即获得胡的激赏。可能是处在热恋中，头脑发昏，也由于五四时期浪漫主义情绪普遍蔓延在众多读书人心中，所以胡适回京后马上著文吹捧鼓吹"湖畔诗人"的作品。经他这么一宣传，京城知识精英立即知道了这个汪静之，此诗也遂成"名诗"。

里昂车中

李金发

细弱的灯光凄清地照遍一切,
使其粉红的小臂,变成灰白。
软帽的影儿,遮住她们的脸孔,
如同月在云里消失!

朦胧的世界之影,
在不可勾留的片刻中,
远离了我们,
毫不思索。

山谷的疲乏唯有月的余光,
和长条之摇曳,
使其深睡。
草地的浅绿,照耀在杜鹃的羽上;
车轮的闹声,撕碎一切沉寂;
远市的灯光闪耀在小窗之口,

唯无力显露倦睡人的小颊,
和深沉在心之底的烦闷。

呵,无情之夜气,
卷伏了我的羽翼。
细流之鸣声,
与行云之飘泊,
长使我的金发退色么?

在不认识的远处,
月儿似钩心斗角的遍照,
万人欢笑,
万人悲哭,
同躲在一具儿,——模糊的黑影
辨不出是鲜血,
是流萤!

延伸阅读.黄参岛写于1928年5月的这篇短文《〈微雨〉及其作者》,载《美育》第2期,向来是研究者喜欢引用的文章。这篇文章第一次称李金发为"东方的波德莱尔"。按照我们的理解,这是因为诗人此前曾在法国留学,受到法国现代派诗人和流行的世纪末情绪的影响,这种心境被带入《里昂车中》的创作过程之中。诗中出现的街景、具有现代感的感觉,在车的行进中一一略过,一种不确定的现代人的流浪感,就在这种间隙中呈现于读者的面前。

采 莲 曲

朱 湘

小船呀轻飘,
杨柳呀风里颠摇;
荷叶呀翠盖,
荷花呀人样娇娆。
日落,
微波,
金丝闪动过小河。
左行,右撑,
莲舟上扬起歌声。

菡萏呀半开,
蜂蝶呀不许轻来,
绿水呀相伴,
清净呀不染尘埃。
溪间
采莲,
水珠滑走过荷钱。
拍紧,
拍轻,
桨声应答着歌声。

藕心呀丝大,
羞涩呀水底深藏;
不见呀蚕茧
丝多呀蛹裹中央?
溪头
采藕,

女郎要采又夷犹。
波沈,
波升,
波上抑扬着歌声。

莲蓬呀子多,
两岸呀榴树婆娑,
喜鹊呀喧噪,
榴花呀落上新罗。
溪中
采蓬,
耳鬓边晕着微红。
风定,
风生,
风飕荡漾着歌声。

升了呀月钩,
明了呀织女牵牛;
薄雾呀拂水,
凉风呀飘去莲舟。
花芳
衣香
消溶入一片苍茫;
时静,
时闻,
虚空里袅着歌音。

1925 年 10 月 24 日

延伸阅读：朱湘是新月派中的另一主将,他的诗名虽然稍微低于闻一多、徐志摩,但才情并不在二人之下。尤其是他敏感古怪和不同寻常的性情与命运,更令很多研究者为之倾倒着迷。在新月派中,他对古典美的追求和对形式感的讲究,应该是十分突出的。这首诗中,青春、女性、自然,伴随着作品轻缓自然的节奏,被一一展现在细心的读者面前。江南之美之忧伤,在作品中被这位多感自伤的诗人做了淋漓尽致的描画。

再别康桥

徐志摩

轻轻的我走了,
　　正如我轻轻的来;
我轻轻的招手,
　　作别西天的云彩。

那河畔的金柳,
　　是夕阳中的新娘;
波光里的艳影,
　　在我的心头荡漾。

软泥上的青荇,
　　油油的在水底招摇;
在康河的柔波里,
　　我甘心做一条水草!

那榆荫下的一潭,
　　不是清泉,是天上虹;

揉碎在浮藻间,
　　沉淀着彩虹似的梦。

寻梦?撑一支长篙,
　　向青草更青处漫溯,
满载一船星辉,
　　在星辉斑斓里放歌。

但我不能放歌,
　　悄悄是别离的笙箫;
夏虫也为我沉默,
　　沉默是今晚的康桥!

悄悄的我走了,
　　正如我悄悄的来;
我挥一挥衣袖,
　　不带走一片云彩。

11月6日,中国海上

延伸阅读: 徐志摩对"康桥生活"的回忆,能够帮助我们进一步理解这首诗:"我在康桥的日子可真是幸福,深怕这辈子再也得不到那样蜜甜的机会了。我不敢说康桥给了我多少学问或是教会了我什么。我不敢说受了康桥的洗礼,一个人就会变气息,脱凡胎。我敢说的只是——就我个人说,我的眼是康桥教我睁的,我的求知欲是康桥给我拨动的,我的自我的意识是康桥给我胚胎的。"参见徐志摩:《吸烟与文化(牛津)》,上海:上海书店版,《徐志摩全集》第4册散文丁集,第132页。

雪花的快乐

徐志摩

假如我是一朵雪花,
翩翩的在半空里潇洒,
　　我一定认清我的方向——
　　飞飏,飞飏,飞飏,——
这地面上有我的方向。

不去那冷寞的幽谷,
不去那凄清的山麓,
　　也不上荒街去惆怅——
　　飞飏,飞飏,飞飏,——
你看,我有我的方向!

在半空里娟娟的飞舞,
认明了那清幽的住处,
　　等着她来花园里探望——
　　飞飏,飞飏,飞飏,——
啊,她身上有朱砂梅的清香!

那时我凭借我的身轻,
盈盈的,沾住了她的衣襟,
　　贴近她柔波似的心胸——
　　消溶,消溶,消溶——
溶入了她柔波似的心胸!

延伸阅读:胡适对徐志摩的评价,可以作为理解这首诗的一个路径:"他的人生观真是一种'单纯,'的信仰,这里面有三个大字:一个是爱,一个是自由,一个是美。"这三个字,不仅贯穿在这首诗的始终,实际上也贯穿于诗人创作的各个时期。参见胡适:《追悼志摩》,见《文人画像——名人笔下的名人》,第173页,上海,三联书店,1996年。

沙扬娜拉

——赠日本女郎

徐志摩

最是那一低头的温柔,
　　象一朵水莲花不胜凉风的娇羞,
道一声珍重,道一声珍重,

那一声珍重里有蜜甜的忧愁——
沙扬娜拉!

延伸阅读:诗人的灵感是非常神秘,也是不可思议的。某种偶尔出现的情境,或是生活的触动,都会产生艺术的联想,迸发出神奇的诗情。这首诗缘于作者在日本见到一个羞涩的年轻女子,就在一动一静之间,他捕捉到了这个神奇的瞬间,写出了一首不朽的诗作。这是一首把"审美对象理想化"的诗作。参见陆耀东:《徐志摩传》,第93页,重庆,重庆出版社,2000年。

死 水

闻一多

这是一沟绝望的死水,
清风吹不起半点漪沦。
不如多扔些破铜烂铁,
爽性泼你的剩菜残羹。

也许铜的要绿成翡翠,
铁罐上锈出几瓣桃花;
再让油腻织一层罗绮,
霉菌给他蒸出些云霞。

让死水酵成一沟绿酒,
飘满了珍珠似的白沫;

小珠笑一声变成大珠,
又被偷酒的花蚊咬破。

那么一沟绝望的死水,
也就夸得上几分鲜明。
如果青蛙耐不住寂寞,
又算死水叫出了歌声。

这是一沟绝望的死水,
这里断不是美的所在,
不如让给丑恶来开垦,
看他造出个什么世界。

1925 年 4 月

延伸阅读:在闻一多诗歌创作中,爱国题材的作品占据着突出位置。这首诗表达了诗人从美国留学归国后对现实失望的情绪。不过,就格律诗的探索而言,它的形式和意境仍需要关注。据闻黎明考证:"他的寓所附近有个地名叫二龙坑,那里确有一条水沟,积满了流不动的死水。诗人看到这扔着'破铜烂铁',泼着'剩菜残羹'的'绝望的死水',触发了心中压抑的感情。"参见闻黎明:《闻一多传》,第110页,北京,人民出版社,1992年。

天 安 门

闻一多

好家伙！今日可吓坏了我！
两条腿到这会儿还哆嗦。
瞧着，瞧着，都要追上来了，
要不，我为什么要那么跑？
先生，让我喘口气，那东西，
你没有瞧见那黑漆漆的，
没脑袋的，瞥脚的，多可怕，
还摇晃着白旗儿说着话……
这年头真没法办，你问谁？
真是人都办不了，别说鬼。
还开会啦，还不老实点儿！
你瞧，都是谁家的小孩儿，
不才十来岁儿吗？干吗的！
脑袋瓜上不是使枪扎的？

先生，听说昨日又死了人，
管包死的又是傻学生们。
这年头儿也真有那怪事，
那学生们有的喝，有的吃。
咱二叔头年死在杨柳青，
那是饿的没法儿去当兵，
谁拿老命白白的送阎王！
咱一辈子没撒过谎，我想
刚灌上俩子儿油，一整勺，
怎么走着走着瞧不见道。
怨不得小秃子吓掉了魂，
劝人黑夜里别走天安门。
得！就算咱拉车的活倒霉，
赶明日北京满城都是鬼！

延伸阅读：与闻一多大多数抒情诗明显不同，这首诗里糅进了叙事的成分，用生活的细节组织诗情，并置入了作者冷静的观察和体验。在1920年代，闻一多并不是一个"纯粹"的诗人，他参加过大江会等社会组织，也介入过某些思想争论，这些经历对这首诗风格的变化，应该发挥着一定的作用。

北游及其它（存目）

冯 至

延伸阅读：陆耀东指出："《北游及其他》的第一辑《无花果》写于1926年秋至1927年夏，也就是诗人去哈尔滨前所作。这一辑录晚唐诗人韩偓《别绪》三首中的第二首，或者说是三节诗的第二节为引言……整首诗抒写离情别绪。'菊露'、'梨霜'主要是指季节，而菊花、梨花为耐寒之花，'罗幕'、'锦衾'表面上写的是物，实际上是在喻人。"参见陆耀东：《冯至传》，第79页，北京，十月文艺出版社，2003年。

十四行集(节选)

冯 至

1　我们准备着

我们准备着深深地领受
那些意想不到的奇迹,
在漫长的岁月里忽然有
彗星的出现,狂风乍起。

我们的生命在这一瞬间,
仿佛在第一次的拥抱里
过去的悲欢忽然在眼前
凝结成屹然不动的形体。

我们赞颂那些小昆虫,
它们经过了一次交媾
或是抵御了一次危险,

便结束它们美妙的一生。
我们整个的生命在承受
狂风乍起,彗星的出现。

2　什么能从我们身上脱落

什么能从我们身上脱落,
我们都让它化做尘埃:
我们安排我们在这时代
像秋日的树木,一棵棵

把树叶和些过迟的花朵
都交给秋风,好舒开树身
伸入严冬;我们安排我们

在自然里,像蜕化的蝉蛾
把残壳都丢在泥里土里;
我们把我们安排给那个
未来的死亡,像一段歌曲,
歌声从音乐的身上脱落,
归终剩下了音乐的身躯
化做一脉的青山默默。

3　有加利树

你秋风里萧萧的玉树——
是一片音乐在我耳旁
筑起一座严肃的庙堂,
让我小心翼翼地走入;

又是插入晴空的高塔
在我的面前高高耸起,
有如一个圣者的身体,
升华了全城市的喧哗。

你无时不脱你的躯壳，
凋零里只看着你生长；
在阡陌纵横的田野上

我把你看成我的引导：
祝你永生，我愿一步步
化身为你根下的泥土。

4　鼠曲草①

我常常想到人的一生，
便不由得要向你祈祷。
你一丛白茸茸的小草
不曾辜负了一个名称；

但你躲避着一切名称，
过一个渺小的生活，
不辜负高贵和洁白，
默默地成就你的死生。

一切的形容、一切喧嚣
到你身边，有的就凋落，
有的化成了你的静默。

这是你伟大的骄傲
却在你的否定里完成。
我向你祈祷，为了人生。

5　威尼斯

我永远不会忘记
西方的那座水城，
它是个人世的象征，
千百个寂寞的集体。

一个寂寞是一座岛，
一座座都结成朋友。
当你向我拉一拉手，
便像一座水上的桥；

当你向我笑一笑，
便像是对面岛上
忽然开了一扇楼窗。

只担心夜深静悄，
楼上的窗儿关闭，
桥上也断了人迹。

6　原野的哭声

我时常看见在原野里
一个村童，或一个农妇
向着无语的晴空啼哭，
是为了一个惩罚，可是

为了一个玩具的毁弃？
是为了丈夫的死亡，

可是为了儿子的病创？
啼哭得那样没有停息，

像整个的生命都嵌在
一个框子里，在框子外
没有人生，也没有世界。

---

① 鼠曲草，在欧洲几种不同的语言里都称为 Edelweiss，源于德语，可译为贵白草。

我觉得他们好像从古来　　　　　　　为了一个绝望的宇宙。
就一任眼泪不住地流

7　我们来到郊外①

和暖的阳光内
我们来到郊外，
像不同的河水　　　　　　　　　要爱惜这个警醒，
融成一片大海。　　　　　　　　要爱惜这个运命，
　　　　　　　　　　　　　　　不要到危险过去，

有同样的警醒
在我们的心头，　　　　　　　　那些分歧的街衢
是同样的运命　　　　　　　　　又把我们吸回，
在我们的肩头。　　　　　　　　海水分成河水。

8　一个旧日的梦想

是一个旧日的梦想，　　　　　　却忘不了人世的纷纭。
眼前的人世太纷杂，
想依附着鹏鸟飞翔　　　　　　　他们常常为了学习
去和宁静的星辰谈话。　　　　　怎样运行，怎样降落，
　　　　　　　　　　　　　　　好把星秩序排在人间，
千年的梦像个老人　　　　　　　便光一般投身空际。
期待着最好的儿孙——
如今有人飞向星辰，　　　　　　如今那旧梦却化做
　　　　　　　　　　　　　　　远水荒山的陨石一片。

9　给一个战士

你长年在生死的边缘生长，
一旦你回到这堕落的城中，　　　你在战场上，像不朽的英雄
听着这市上的愚蠢的歌唱，　　　在另一个世界永向苍穹，
你会像是一个古代的英雄　　　　归终成为一只断线的纸鸢：

在千百年后他忽然回来，　　　　但是这个命运你不要埋怨，
这些变质的堕落的子孙　　　　　你超越了他们，他们已不能
寻不出一些盛年的姿态，　　　　维系住你的向上，你的旷远。
他会出乎意料，感到眩昏。

---

①　敌机空袭警报时，昆明的市民都躲到郊外。

10　蔡元培①

你的姓名常常排列在
许多的名姓里边,并没有
什么两样,但是你却永久
暗自保持住自己的光彩;

我们只在黎明和黄昏
认识了你是长庚,是启明,
到夜半你和一般的星星
也没有区分:多少青年人

从你宁静的启示里得到
正当的死生。如今你死了,
我们深深感到,你已不能

参加人类的将来的工作——
如果这个世界能够复活,
歪扭的事能够重新调整。

11　鲁　迅

在许多年前的一个黄昏
你为几个青年感到一觉②;
你不知经验过多少幻灭,
但是那一觉却永不消沉。

我永远怀着感谢的深情
望着你,为了我们的时代:
它被些愚蠢的人们毁坏,
可是它的维护人却一生

被摒弃在这个世界以外——
你有几回望出一线光明,
转过头来又有乌云遮盖。

你走完了你艰苦的行程,
艰苦中只有路旁的小草
曾经引出你希望的微笑。

12　杜　甫

你在荒村里忍受饥肠,
你常常想到死填沟壑,
你却不断地唱着哀歌
为了人间壮美的沦亡:

战场上健儿的死伤,

天边有明星的陨落,
万匹马随着浮云消没……
你一生是他们的祭享。

你的贫穷在闪烁发光
像一件圣者的烂衣裳,

---

① 作者题注:"写于1941年3月5日,这天是蔡元培逝世一周年纪念日。"另:作者在《十四行集》1949年1月版附注:"写于3月5日,这天是蔡元培先生逝世周年纪念日。末四行用里尔克(Rilke)在欧战期内于1917年1月19日与某夫人论罗丹(Rodin)及凡尔哈仑(Verhaeren)逝世信中语意。信里这样说:'如果这可怕的烟雾(战争)消散了,他们再也不在人间,并且不能帮助那些将要整顿和扶植这个世界的人们。'"

② 鲁迅《野草》中最后一篇是《一觉》。——作者注

就是一丝一缕在人间

也有无穷的神的力量。

一切冠盖在它的光前
只照出来可怜的形象。

13　歌　德

你生长在平凡的市民的家庭,
你为过许多平凡的事物感叹,
你却写出许多不平凡的诗篇;
你八十年的岁月是那样平静,

好像宇宙在那儿寂寞地运行,
但是不曾有一分一秒的停息,
随时随处都演化出新的生机,
不管风风雨雨,或是日朗天晴。

从沉重的病中换来新的健康,
从绝望的爱里换来新的营养,
你知道飞蛾为什么投向火焰,

蛇为什么脱去旧皮才能生长;
万物都在享用你的那句名言,
它道破一切生的意义:"死和变。"

14　画家梵·诃①

你的热情到处燃起火,
你燃着了向日的黄花,
燃着了浓郁的扁柏,
燃着了行人在烈日下——

他们都是那样热烘烘
向着高处呼吁的火焰;
但是背阴处几点花红,
监狱里的一个小院,

几个贫穷的人低着头
在贫穷的房里剥土豆,
却像是永不消溶的冰块。

这中间你画了吊桥,
画了轻盈的船:你可要
把些不幸者迎接过来?

15　看这一队队的驮马

看这一队队的驮马
驮来了远方的货物,
水也会冲来一些泥沙
从些不知名的远处,

风从千万里外也会
掠来些他乡的叹息:
我们走过无数的山水,

随时占有,随时又放弃,

仿佛鸟飞翔在空中,
它随时都管领太空,
随时都感到一无所有。

什么是我们的实在?
我们从远方把什么带来?

---

① 梵·诃(1853—1890),荷兰画家,后期印象派代表,今译凡·高。

从面前又把什么带走?

16　我们站立在高高的山巅

我们站立在高高的山巅
化身为一望无边的远景,
化成面前的广漠的平原,
化成平原上交错的蹊径。

哪条路、哪道水,没有关联,
哪阵风、哪片云,没有呼应:
我们走过的城市、山川,
都化成了我们的生命。

我们的生长、我们的忧愁
是某某山坡的一棵松树,
是某某城上的一片浓雾;

我们随着风吹,随着水流,
化成平原上交错的蹊径,
化成蹊径上行人的生命。

17　原野的小路

你说,你最爱看这原野里
一条条充满生命的小路,
是多少无名行人的步履
踏出来这些活泼的道路。

在我们心灵的原野里
也有几条婉转的小路,
但曾经在路上走过的
行人多半已不知去处:

寂寞的儿童、白发的夫妇,
还有些年纪轻轻的男女,
还有死去的朋友,他们都

给我们踏出来这些道路;
我们纪念着他们的步履
不要荒芜了这几条小路。

18　我们有时度过一个亲密的夜

我们有时度过一个亲密的夜
在一间生疏的房里,它白昼时
是什么模样,我们都无从认识,
更不必说它的过去未来。原野——

一望无边地在我们窗外展开,
我们只依稀地记得在黄昏时
来的道路,便算是对它的认识,
明天走后,我们也不再回来。

闭上眼吧!让那些亲密的夜
和生疏的地方织在我们心里:
我们的生命像那窗外的原野,

我们在朦胧的原野上认出来
一棵树、一闪湖光、它一望无际
藏着忘却的过去、隐约的将来。

19　别　离

我们招一招手,随着别离
我们的世界便分成两个,
身边感到冷,眼前忽然辽阔,
像刚刚降生的两个婴儿。

啊,一次别离,一次降生,
我们担负着工作的辛苦,
把冷的变成暖,生的变成熟,
各自把个人的世界耕耘,

为了再见,好像初次相逢,
怀着感谢的情怀想过去,
像初晤面时忽然感到前生。

一生里有几回春几回冬,
我们只感受时序的轮替,
感受不到人间规定的年龄。

20　有多少面容,有多少语声

有多少面容,有多少语声
在我们梦里是这般真切,
不管是亲密的还是陌生:
是我自己的生命的分裂,

可是融合了许多的生命,
在融合后开了花,结了果?
谁能把自己的生命把定
对着这茫茫如水的夜色,

谁能让他的语声和面容
只在些亲密的梦里萦回?
我们不知已经有多少回

被映在一个辽远的天空,
给船夫或沙漠里的行人
添了些新鲜的梦的养分。

21　我们听着狂风里的暴雨

我们听着狂风里的暴雨,
我们在灯光下这样孤单,
我们在这小小的茅屋里
就是和我们用具的中间

也有了千里万里的距离:
铜炉在向往深山的矿苗,
瓷壶在向往江边的陶泥,
它们都像风雨中的飞鸟

各自东西。我们紧紧抱住,
好像自身也都不能自主。
狂风把一切都吹入高空,

暴雨把一切又淋入泥土,
只剩下这点微弱的灯红
在证实我们生命的暂住。

22　深夜又是深山

深夜又是深山,

听着夜雨沉沉。

十里外的山村，
千里外的市廛，

它们可还存在？
十年前的山川，
千年前的梦幻，
都在雨里沉埋。

四围这样狭窄，
好像回到母胎；
我在深夜祈求

用迫切的声音：
"给我狭窄的心
一个大的宇宙！"

23　几只初生的小狗

接连落了半月的雨，
你们自从降生以来，
就只知道潮湿阴郁。
一天雨云忽然散开，

太阳光照满了墙壁，
我看见你们的母亲
把你们衔到阳光里，
让你们用你们全身

第一次领受光和暖，
日落了，又衔你们回去。
你们不会有记忆，

但是这一次的经验
会融入将来的吠声，
你们在深夜吠出光明。

24　这里几千年前

这里几千年前
处处好像已经
有我们的生命；
我们未降生前

一个歌声已经
从变幻的天空，
从绿草和青松
唱我们的运命。

我们忧患重重，
这里怎么竟会
听到这样歌声？

看那小的飞虫，
在它的飞翔内
时时都是新生。

25　案头摆设着用具

案头摆设着用具，
架上陈列着书籍，
终日在些静物里
我们不住地思虑。

言语里没有歌声，
举动里没有舞蹈，
空空问窗外飞鸟
为什么振翼凌空。

只有睡着的身体,
夜静时起了韵律:
空气在身内游戏,

海盐在血里游戏——
睡梦里好像听得到
天和海向我们呼叫。

26　我们天天走着一条小路

我们天天走着一条熟路
回到我们居住的地方;
但是在这林里面还隐藏
许多小路,又深邃、又生疏。

走一条生的,便有些心慌,
怕越走越远,走入迷途,
但不知不觉从树疏处
忽然望见我们住的地方,

像座新的岛屿呈在天边。
我们的身边有多少事物
向我们要求新的发现:

不要觉得一切都已熟悉,
到死时抚摸自己的发肤
生了疑问:这是谁的身体?

27　从一片泛滥无形的水里

从一片泛滥无形的水里,
取水人取来椭圆的一瓶,
这点水就得到一个定形;
看,在秋风里飘扬的风旗,

它把住些把不住的事体,
让远方的光、远方的黑夜
和些远方的草木的荣谢,
还有个奔向远方的心意,

都保留一些在这面旗上。
我们空空听过一夜风声,
空看了一天的草黄叶红,

向何处安排我们的思、想?
但愿这些诗像一面风旗
把住一些把不住的事体。

1941 年

延伸阅读:有人考证这部诗集的版本时说:"冯至的《十四行集》有多种版本,初版本为桂林明日社 1942 年 5 月出版,收十四行诗二十七首,附录杂诗六首:《等待》、《秋歌》、《给秋心(四首)》。1949 年 1 月上海文化生活出版社重版,除收入十四行诗二十七首外,增《序》一篇,附杂诗四首:《等待》、《歧路》、《我们的时代》、《招魂》。十四行诗二十七首只有一些小的改动,几乎都是文字上的修饰,并无内质的变异。1980 年 8 月,四川人民出版社出版的《冯至诗选》,除收入十四行诗外,录《给亡友梁遇春(二首)》、《歧路》、《我们的时代》、《招魂》。"参见陆耀东:《冯至传》,第 166、167 页,北京,十月文艺出版社,2003 年。

雨 巷

戴望舒

撑着油纸伞,独自
彷徨在悠长,悠长
又寂寥的雨巷,
我希望逢着
一个丁香一样地
结着愁怨的姑娘。

她是有
丁香一样的颜色,
丁香一样的芬芳,
丁香一样的忧愁,
在雨中哀怨,
哀怨又彷徨;

她彷徨在这寂寥的雨巷,
撑着油纸伞
像我一样,
像我一样地
默默彳亍着,
冷漠,凄清,又惆怅。

她静默地走近
走近,又投出
太息一般的眼光,

她飘过
像梦一般地,
像梦一般地凄婉迷茫。

像梦中飘过
一枝丁香地,
我身旁飘过这女郎;
她静默地远了,远了,
到了颓圮的篱墙,
走尽这雨巷。

在雨的哀曲里,
消了她的颜色,
散了她的芬芳,
消散了,甚至她的
太息般的眼光,
她丁香般的惆怅。

撑着油纸伞,独自
彷徨在悠长,悠长
又寂寥的雨巷,
我希望飘过
一个丁香一样地
结着愁怨的姑娘。

延伸阅读: 陆耀东评价说:"《雨巷》在 1928 年 8 月 10 日的《小说月报》19 卷 3 期发表时,叶圣陶肯定它'替新诗底音节开了一个新的纪元'。"他认为这是说,虽然闻一多、徐志摩对新诗的格律做了富有创新性的探索,但只有到了戴望舒这里才真正趋于成熟,"戴望舒尤爱晚唐诗和魏尔仑。他的《雨巷》在音韵格律方面臻于极致。"参见陆耀东:《中国新诗史》第 2 卷,第 162 页,武汉,长江文艺出版社,2009 年。

我的素描

戴望舒

辽远的国土的怀念者,
我,我是寂寞的生物。

假如把我自己描画出来,
那是一幅单纯的静物写生。

我是青春和衰老的集合体,
我有健康的身体和病的心。

在朋友间我有爽直的声名,
在恋爱上我是一个低能儿。

因为当一个少女开始爱我的时候,
我先就要栗然地惶恐。

我怕着温存的眼睛,
像怕初春青空的朝阳。

我是高大的,我有光辉的眼;
我用爽朗的声音恣意谈笑。

但在悒郁的时候,我是沉默的,
悒郁着,用我二十四岁的整个的心。

延伸阅读:1930年代,杜衡在一篇短文中对戴望舒的后期诗歌给予了很高的评价,这些观点可以延伸为对这首诗的解读:"读后感到非常新鲜;在那里,字句底节奏已经完全被情绪的节奏所替代。只在几个月以前,他还在'彷徨'、'惆怅'、'迷茫'那样的凑韵脚,现在他是有勇气写'它的拜访是没有一定的'那样自由的诗句了。"参见杜衡:《望舒草·序》,上海,现代书局,1939年。

我底记忆

戴望舒

我的记忆是忠实于我的,
忠实得甚于我最好的友人。

它存在在燃着的烟卷上,
它存在在绘着百合花的笔杆上,
它存在在破旧的粉盒上,
它存在在颓垣的木莓上,
它存在在喝了一半的酒瓶上,
在撕碎的往日的诗稿上,在压干的花片上,
在凄暗的灯上,在平静的水上,
在一切有灵魂没有灵魂的东西上,
它在到处生存着,像我在这世界一样。

它是胆小的,它怕着人们的喧嚣,
但在寂寥时,它便对我来作密切的拜访。
它的声音是低微的,
但是它的话是很长,很长,
很多,很琐碎,而且永远不肯休:
它的话是古旧的,老是讲着同样的故事,
它的音调是和谐的,老是唱着同样的曲子,
有时它还模仿着爱娇的少女的声音,
它的声音是没有气力的,
而且还夹着眼泪,夹着太息。

它的拜访是没有一定的,
在任何时间,在任何地点,
甚至当我已上床,朦胧地想睡了;
人们会说它没有礼貌,
但是我们是老朋友。

它是琐琐地永远不肯休止的,
除非我凄凄地哭了,或是沉沉地睡了:
但是我是永远不讨厌它,
因为它是忠实于我的。

延伸阅读:戴望舒前后的诗歌创作有所不同。前期抒情意味仍然浓厚,虽然这些作品受到中国晚唐诗歌的影响较大。后期作品口语化、散文化的倾向开始凸显,《我底记忆》是其代表作之一。有人认为:"《我底记忆》,虽然未必是直接受到惠特曼的影响,最大的可能是法国后期象征派自由诗主张者果尔蒙、耶麦的启示,但至少在'平行法'等若干点上,与惠特曼的《草叶集》相似。"参加陆耀东:《中国新诗史》第2卷,第167页,武汉,长江文艺出版社,2009年。

预 言

何其芳

这一个心跳的日子终于来临！
呵,你夜的叹息似的渐近的足音,
我听得清不是林叶和夜风私语,
麋鹿驰过苔径的细碎的蹄声！
告诉我,用你银铃的歌声告诉我,
你是不是预言中的年青的神？

你一定来自那温郁的南方！
告诉我那里的月色,那里的日光！
告诉我春风是怎样吹开百花,
燕子是怎样痴恋着绿杨！
我将合眼睡在你如梦的歌声里,
那温暖我似乎记得,又似乎遗忘。

请停下你疲劳的奔波,
进来,这里有虎皮的褥你坐！
让我烧起每一个秋天拾来的落叶,
听我低低地唱起我自己的歌！
那歌声将火光一样沉郁又高扬,
火光一样将我的一生诉说。

不要前行！前面是无边的森林:
古老的树现着野兽身上的斑纹,
半生半死的藤蟒一样交缠着,
密叶里漏不下一颗星星。
你将怯怯地不敢放下第二步,
当你听见了第一步空寥的回声。

一定要走吗？请等我和你同行！
我的脚步知道每一条熟悉的路径,
我可以不停地唱着忘倦的歌,
再给你,再给你手的温存！
当夜的浓黑遮断了我们,
你可以不转眼地望着我的眼睛！

我激动的歌声你竟不听,
你的脚竟不为我的颤抖暂停！
像静穆的微风飘过这黄昏里,
消失了,消失了你骄傲的足音！
呵,你终于如预言中所说的无语而来,
无语而去了吗,年青的神？

1931年秋天,北平

延伸阅读:1930年代,何其芳的诗歌在平津大学校园中最受欢迎,原因是他把诗美与青春苦闷和心灵探索巧妙地结合在一起,集中抒发了那一代青年的情绪世界。这首诗中,有晚唐诗词的余韵,女性化、柔美和婉约含蓄,是它的基本格调。作者也承认这种影响的存在:"那些精致的冶艳的诗词,蛊惑于那种憔悴的红颜上的妩媚,又在几位班纳斯派以后的法兰西诗人的篇什中找到了一种同样的迷醉。"参见何其芳:《梦中道路》,见《何其芳研究专集》,第164页,成都,四川文艺出版社,1986年。

老　马

臧克家

总得叫大车装个够，
它横竖不说一句话，
背上的压力往肉里扣，
它把头沉重地垂下！

这刻不知道下刻的命，
它有泪只往心里咽，
眼里飘来一道鞭影，
它抬起头望望前面。

1932 年 4 月

延伸阅读：在中国新诗史上，臧克家有"苦吟型"诗人的美誉。他师从闻一多，但在诗意的深邃和意境的拓展上，又将新月派诗的传统推展到另一个阶段。臧克家出身山东，家乡农民痛苦的生活给他留下了很深的记忆，他的作品虽然脱胎于新月派，但在对底层民众命运的关注上，却远远比处在书斋中的新月诗人要强烈许多。

断　章

卞之琳

你站在桥上看风景，
看风景的人在楼上看你。

明月装饰了你的窗子，
你装饰了别人的梦。

10 月

延伸阅读：江弱水的《卞之琳诗艺研究》（安徽教育出版社，2000 年）一书，应该是国内研究卞之琳诗歌创作中最见功力，也最为人们欣赏的著作。该书对包括《断章》等诗作的精准分析，能给人不少启发。江弱水立足于诗艺精致的观点，着重分析了卞之琳与北大 1930 年代诗歌传统的渊源关系，深入解读了这首诗作。

尺　八

卞之琳

象候鸟衔来了异方的种子，
三桅船载来了一枝尺八。
从夕阳里，从海西头，
长安丸载来的海西客。
夜半听楼下醉汉的尺八，
想一个孤馆寄居的番客
听了雁声，动了乡愁，
得了慰藉于邻家的尺八。
次朝在长安市的繁华里
独访取一枝凄凉的竹管……

（为什么年红灯的万花间，
还飘着一缕凄凉的古香？）
归去也，归去也，归去也——
象候鸟衔来了异方的种子，
三桅船载来一枝尺八，
尺八乃成了三岛的花草。
（为什么年红灯的万花间，
还飘着一缕凄凉的古香？）
归去也，归去也，归去也——
海西人想带回失去的悲哀吗？

延伸阅读：《尺八》前后的诗，某种程度上可以说是"小圈子"的创作，它们多半来自朋友间相互启发而产生的灵感，而作者们对诗歌技巧的深入探讨，是理解《尺八》的一个路径。卞之琳也曾说："这是广田、其芳和我自己四、五年来的所作诗的结果。我们并不以为这些小玩意自成一派，只是平时接触的机会较多，所写的东西彼此感觉亲切，为自己和朋友们看起来方便起见，所以搁在一起了。"参见卞之琳:《〈李广田诗选·序〉》，昆明，云南人民出版社，1982年。

别了,哥哥(存目)

殷 夫

延伸阅读:在革命与人性之间充满了选择的矛盾,是这首诗的灵魂。作品透出对大哥的深爱、歉疚和对革命的坚定信仰,这些在1930年代的生死考验之间无法做出抉择的元素,浸透在字里行间,它的永恒魅力也正在于此。所以,当时鲁迅就敏感地看到:"这《孩儿塔》的出世并非要和现在一般的诗人争一日之长,是有别的意义在。"参见鲁迅:《白莽遗诗序》,《文学丛报》月刊第1期,1936年4月。

大堰河,我的保姆(存目)

艾 青

延伸阅读:这首艾青成名作的缘起,是1933年1月14日诗人被关在苏州反省监狱,因一场纷纷扬扬的大雪而触发了对奶妈大堰河的怀念,因此草就成章。由于父母亲迷信生辰八字,艾青一出生就被送到奶妈家抚养,等他再回到父母亲的家里时,发现自己最爱的还是奶妈。这种特殊情结,无论对这首诗的创作,还是艾青后来与父母的关系,都影响甚深。作品表现了对劳动人民、土地深厚的感情,同时树立了艾青作为"土地之子"的诗人形象,他一生很多诗都与这个主题有关,如《我爱这土地》、《雪落在中国的土地上》等等。参见程光炜:《艾青传》,第113—117页,北京,十月文艺出版社,1998年。

手 推 车

艾 青

在黄河流过的地域
在无数的枯干了的河底
手推车
以唯一的轮子
发出使阴暗的天穹痉挛的尖音
穿过寒冷与静寂
从这一个山脚
到那一个山脚
彻响着
北国人民的悲哀

在冰雪凝冻的日子
在贫穷的小村与小村之间
手推车
以单独的轮子
刻画在灰黄土层上的深深的辙迹
穿过广阔与荒漠
从这一条路
到那一条路
交织着
北国人民的悲哀

1938 年初

延伸阅读：作者曾留学法国学习油画，此途虽不成功，但成就了他的诗人之路。艾青作品中油画的元素比较多，如立体感、色彩感和质感等等。与此同时，对农民命运的宿命感，也深陷在作品的字里行间。在这首诗里，"他发现，在时间的长河上，无论北方的农民还是像他这个偶然路过黄河的人，都像凡尔哈伦早就意识到的，一个人的生命是极其渺小和无助的——它只是'唯一的轮子'，而且还不知要推向何方"。参见程光炜：《艾青传》，第157页，北京，十月文艺出版社，1998年。

雪落在中国的土地上

艾 青

雪落在中国的土地上，
寒冷在封锁着中国呀……

风，
像一个太悲哀了的老妇，
紧紧地跟随着
伸出寒冷的指爪
拉扯着行人的衣襟，
用着像土地一样古老的话
一刻也不停地絮聒着……

那从林间出现的，
赶着马车的
你中国的农夫
戴着皮帽
冒着大雪
你要到哪儿去呢？

告诉你
我也是农人的后裔——
由于你们的
刻满了痛苦的皱纹的脸
我能如此深深地
知道了
生活在草原上的人们的
岁月的艰辛。

而我
也并不比你们快乐啊
——躺在时间的河流上
苦难的浪涛
曾经几次把我吞没而又卷起——
流浪与监禁
已失去了我的青春的

最可贵的日子，
我的生命
也像你们的生命
一样的憔悴呀

雪落在中国的土地上，
寒冷在封锁着中国呀……

沿着雪夜的河流，
一盏小油灯在徐缓地移行，
那破烂的乌篷船里
映着灯光，垂着头
坐着的是谁呀？
——啊，你
蓬发垢面的少妇，
是不是
你的家
——那幸福与温暖的巢穴——
已被暴戾的敌人
烧毁了么？
是不是
也像这样的夜间，
失去了男人的保护，
在死亡的恐怖里
你已经受尽敌人刺刀的戏弄？

咳，就在如此寒冷的今夜，
无数的
我们的年老的母亲，
都蜷伏在不是自己的家里，
就像异邦人
不知明天的车轮
要滚上怎样的路程……

——而且
中国的路
是如此的崎岖
是如此的泥泞呀。

雪落在中国的土地上,
寒冷在封锁着中国呀……

透过雪夜的草原
那些被烽火所啮啃着的地域,
无数的,土地的垦植者
失去了他们所饲养的家畜
失去了他们肥沃的田地
拥挤在
生活的绝望的污巷里:

饥馑的大地
朝向阴暗的天
伸出乞援的
颤抖着的两臂。
中国的苦痛与灾难
像这雪夜一样广阔而又漫长呀!

雪落在中国的土地上,
寒冷在封锁着中国呀……

中国,
我的在没有灯光的晚上所写的无力的
诗句
能给你些许的温暖么?

1937年12月28日,夜间

延伸阅读:据有人考证,这首诗的创作是作者1937年代冬携夫人张竹如和孩子从南昌逃亡到武汉,正逢一场大雪而萌发的。国破家亡的悲痛,使家事、国事、天下事突然一起涌上心头,年轻的艾青情不自禁,写下了这首不朽的诗篇。这首诗也因为发表在胡风主编的《七月》上,在国统区被广为传播。参见程光炜:《艾青传》,第142—147页,北京,十月文艺出版社,1998年。

我爱这土地

艾 青

假如我是一只鸟,
我也应该用嘶哑的喉咙歌唱:
这被暴风雨所打击着的土地,
这永远汹涌着我们的悲愤的河流,
这无止息地吹刮着的激怒的风,
和那来自林间的无比温柔的黎明……

——然后我死了,
连羽毛也腐烂在土地里面。

为什么我的眼里常含泪水?
因为我对这土地爱得深沉……

1938年11月17日

延伸阅读:作品完成于桂林。此时诗人的生活稍微安顿,但流亡岁月里的悲剧性经历仍铭刻心头。如评者所说:"写这首诗时,沿途溃退的士兵、逃难的平民曾经使他百感交集。有人一边走,一边失声痛哭说:'中国这下亡了,没地方可去了'。这幕情景深深印在艾青的脑海里。"可以说,没有这种特殊经验,不可能写出这首感人至深的诗作。参见程光炜:《艾青传》,第218页,北京,十月文艺出版社,1998年。

假如我们不去打仗(存目)

田 间

延伸阅读:在抗战诗歌中,田间和艾青是齐名的诗人。在流亡和战斗的间隙里,田间在被战争破坏的墙壁上,写下了很多传诵一时的战斗诗篇,其中就包括了这首诗。后来,在他的影响下,作为抗战前方的晋察冀出现了"晋察冀诗派",为中国新诗史留下了特殊的一页。

给天真的乐观主义者(存目)

绿 原

延伸阅读:在1940年代生活在国统区的诗人中,写讽刺诗最为有名的大概就是绿原了。他运用大胆、泼辣和含蓄深沉的诗笔,为后代读者刻画了抗战胜利后萎靡不顿的社会气氛,这些作品在青年学生中受到热烈欢迎。1950年代走上诗坛的很多青年诗人如公刘、李瑛等都曾受到绿原诗歌的影响。

滇缅公路(存目)

杜运燮

延伸阅读:诗人杜运燮1940年代中期由厦门大学转学到西南联大,该校浓厚的诗歌创作气氛和滇缅公路一度成为抗战生命线的特殊记忆,使他完成了这首现代诗。作品的艺术资源中,当然也有正在该校任教的英国诗人和批评家燕卜荪对现代诗的讲解,以及刚刚翻译到中国的奥登的诗作。现代诗光怪陆离的技巧与特殊的战争体验,使这首留下了那个年代的深刻痕迹。它被朱自清称为"'歌咏现代化'的'现代史诗'"。参见朱自清:《诗与建国》,引自《新诗杂话》,作家书屋,1947年。

赞 美

穆 旦

走不尽的山峦的起伏,河流和草原,
数不尽的密密的村庄,鸡鸣和狗吠,
接连在原是荒凉的亚洲的土地上,
在野草的茫茫中呼啸着干燥的风,
在低压的暗云下唱着单调的东流的水,
在忧郁的森林里有无数埋藏的年代。
它们静静地和我拥抱:
说不尽的故事是说不尽的灾难,沉默的
是爱情,是在天空飞翔的鹰群,
是干枯的眼睛期待着泉涌的热泪,
当不移的灰色的行列在遥远的天际爬行;
我有太多的话语,太悠久的感情,
我要以荒凉的沙漠,坎坷的小路,骡子车,
我要以槽子船,漫山的野花,阴雨的天气,
我要以一切拥抱你,你
我到处看见的人民呵,
在耻辱里生活的人民,佝偻的人民,
我要以带血的手和你们一一拥抱。
因为一个民族已经起来。

一个农夫,他粗糙的身躯移动在田野中,
他是一个女人的孩子,许多孩子的父亲,
多少朝代在他的身边升起又降落了
而把希望和失望压在他身上,
而他永远无言地跟在犁后旋转,
翻起同样的泥土溶解过他祖先的,
是同样的受难的形象凝固在路旁。
在大路上多少次愉快的歌声流过去了,
多少次跟来的是临到他的忧患;
在大路上人们演说,叫嚣,欢快,
然而他没有,他只放下了古代的锄头,
再一次相信名词,溶进了大众的爱,
坚定地,他看着自己溶进死亡里,
而这样的路是无限的悠长的
而他是不能够流泪的,
他没有流泪,因为一个民族已经起来。

在群山的包围里,在蔚蓝的天空下,
在春天和秋天经过他家园的时候,
在幽深的谷里隐着最含蓄的悲哀:
一个老妇期待着孩子,许多孩子期待着
饥饿,而又在饥饿里忍耐,
在路旁仍是那聚集着黑暗的茅屋,
一样的是不可知的恐惧,一样的是
大自然中那侵蚀着生活的泥土,
而他走去了从不回头诅咒。
为了他我要拥抱每一个人,
为了他我失去了拥抱的安慰,
因为他,我们是不能给以幸福的,
痛哭吧,让我们在他的身上痛哭吧,
因为一个民族已经起来。

一样的是这悠久的年代的风,

一样的是从这倾圮的屋檐下散开的
无尽的呻吟和寒冷,
它歌唱在一片枯槁的树顶上,
它吹过了荒芜的沼泽,芦苇和虫鸣,
一样的是这飞过的乌鸦的声音。
当我走过,站在路上踟蹰,

我踟蹰着为了多年耻辱的历史
仍在这广大的山河中等待,
等待着,我们无言的痛苦是太多了,
然而一个民族已经起来,
然而一个民族已经起来。

1941 年 12 月

延伸阅读:在完全进入"现代诗"的创作状态之前,穆旦有一些诗意新鲜、带着醇厚的乡土气味的诗篇,《赞美》就是其中最引人注目的作品。然而,在中国乡土诗的谱系中,它与艾青的《大堰河,我的保姆》等作品相比,仍然是不同的。如果说艾青的乡土诗具有把劳动本身本质化的倾向的话,那么穆旦的乡土诗则带着现代诗的某种元素,例如距离感、缓慢的思考,等等。因为那里面有对生命的抽象,有对大千世界中人性问题的冷静审视。

诗八首

穆 旦

一

你底眼睛看见这一场火灾,　　从这自然底蜕变底程序里,
你看不见我,虽然我为你点燃;　　我却爱了一个暂时的你。
唉,那燃烧着的不过是成熟的年代,　　即使我哭泣,变灰,变灰又新生,
你底,我底。我们相隔如重山!　　姑娘,那只是上帝玩弄他自己。

二

水流山石间沉淀下你我,　　我和你谈话,相信你,爱你,
而我们成长,在死底子宫里。　　这时候就听见我底主暗笑,
在无数的可能里一个变形的生命　　不断地他添来另外的你我
永远不能完成他自己。　　使我们丰富而且危险。

三

你底年龄里的小小野兽,　　我越过你大理石的理智殿堂,
它和春草一样地呼吸,　　而为它埋藏的生命珍惜;
它带来你底颜色,芳香,丰满,　　你我底手底接触是一片草场,
它要你疯狂在温暖的黑暗里。　　那里有它底固执,我底惊喜。

四

静静地,我们拥抱在　　那窒息着我们的
用言语所能照明的世界里,　　是甜蜜的未生即死的言语,
而那未成形的黑暗是可怕的,　　它底幽灵笼罩,使我们游离,
那可能和不可能的使我们沉迷。　　游进混乱的爱底自由和美丽。

五

夕阳西下,一阵微风吹拂着田野,
是多么久的原因在这里积累。
那移动了景物的移动我底心
从最古老的开端流向你,安睡。

那形成了树木和屹立的岩石的,
将使我此时的渴望永存,
一切在它底过程中流露的美
教我爱你的方法,教我变更。

六

相同和相同溶为怠倦,
在差别间又凝固着陌生;
是一条多么危险的窄路里,
我制造自己在那上面旅行。

他存在,听从我底指使,
他保护,而把我留在孤独里,
他底痛苦是不断的寻求
你底秩序,求得了又必须背离。

七

风暴,远路,寂寞的夜晚,
丢失,记忆,永续的时间,
所有科学不能祛除的恐惧
让我在你底怀里得到安息——

呵,在你底不能自主的心上,
你底随有随无的美丽的形象,
那里,我看见你孤独的爱情
笔立着,和我底平行着生长!

八

再没有更近的接近,
所有的偶然在我们间定型;
只有阳光透过缤纷的枝叶
分在两片情愿的心上,相同。

等季候一到就要各自飘落,
而赐生我们的巨树永青,
它对我们的不仁的嘲弄
(和哭泣)在合一的老根里化为平静。

1942 年 2 月

延伸阅读:《诗八首》据说是穆旦因暗恋巴金女友、西南联大外语系学生萧珊而作,后来它被看做作者最著名的作品之一。此时昆明诗歌界正在热捧奥登的诗,穆旦不仅翻译、同时也写这种具有后象征意味的诗歌。这组诗表面以男女主人公复杂纠结的爱情为主线,其实叙述的多是处在现代社会的人的敏感意识和自我感觉。它在更深层次上涉及存在的意义、生命价值等命题。

自然底梦

穆 旦

我曾经迷误在自然底梦中，
我底身体由白云和花草做成，
我是吹过林木的叹息，早晨底颜色，
当太阳染给我刹那的年轻，

那不常在的是我们拥抱的情怀，
它让我甜甜的睡：一个少女底热情，
使我这样骄傲又这样的柔顺。
我们谈话，自然底朦胧的呓语，

美丽的呓语把它自己说醒，
而将我暴露在密密的人群中，
我知道它醒了正无端地哭泣，
鸟底歌，水底歌，正绵绵地回忆，

因为我曾年轻的一无所有，
施与者领向人世的智慧皈依，
而过多的忧思现在才刻露了
我是有过蓝色的血，星球底世系。

1942年11月

延伸阅读：穆旦的诗简洁有力，具有暗示性，同时也有较大的张力，对读者的阅读构成强烈的冲击效果。由于他是翻译家兼诗人，熟悉西方诗歌技巧和处理方式，所以转向自己的创作时，就能将译作非常巧妙地加以"转换"，使之为自己的创作服务。这首诗可以在这种框架里和情境中来理解。

金黄的稻束（存目）

郑 敏

延伸阅读：郑敏的诗中有一种哲学之美和沉静之美。在一种本质性的对生命的规定中，诗人把她的情感投注到"金黄的稻束"上——这实际是对朴素的劳动和人生的无言的赞美。这首诗意象的主要特点，就是它的沉静，一笔一画，类似木刻般的深刻和静止。它们仿佛永远停留在某一时间里，能够穿越时空的限制，在与读者做心灵的交谈。

王贵与李香香(存目)

李 季

延伸阅读:作者李季原籍河南南阳,年轻时候奔赴延安。因延安文坛已被来自北京、上海等大都市的名作家如丁玲、周扬、艾青、萧军等占据,所以,默默无名的李季只能在三边地方政府做普通职员。这种境遇反而成就了他,使他有机会接触朴实、自然和具有强烈生命力的陕北民歌。李季埋头收集和整理民歌,据说掌握的有二三千首。一旦文学创作风气一变,这种民歌就派上了用场。所以,他创作的《王贵与李香香》在解放区文学中一炮打响,他也由此成为现代文学中的著名诗人。

散 文

乌 篷 船

周作人

子荣君：

接到手书，知道你要到我的故乡去，叫我给你一点什么指导。老实说，我的故乡，真正觉得可怀恋的地方，并不是那里；但是因为在那里生长，住过十多年，究竟知道一点情形，所以写这一封信告诉你。

我所要告诉你的，并不是那里的风土人情，那是写不尽的，但是你到那里一看也就会明白的，不必啰唆地多讲。我要说的是一种很有趣的东西，这便是船。你在家乡平常总坐人力车，电车，或是汽车，但在我的故乡那里这些都没有，除了在城内或山上是用轿子以外，普通代步都是用船。船有两种，普通坐的都是"乌篷船"，白篷的大抵作航船用，坐夜航船到西陵去也有特别的风趣，但是你总不便坐，所以我也就可以不说了。乌篷船大的为"四明瓦"（Sy-menngoa），小的为脚划船（划读如 uoa）亦称小船。但是最适用的还是在这中间的"三道"，亦即三明瓦。篷是半圆形的，用竹片编成，中夹竹箬，上涂黑油；在两扇"定篷"之间放着一扇遮阳，也是半圆的，木作格子，嵌着一片片的小鱼鳞，径约一寸，颇有点透明，略似玻璃而坚韧耐用，这就称为明瓦。三明瓦者，谓其中舱有两道，后舱有一道明瓦也。船尾用橹，大抵两支，船首有竹篙，用以定船。船头着眉目，状如老虎，但似在微笑，颇滑稽而不可怕，唯白篷船则无之。三道船篷之高大约可以使你直立，舱宽可以放下一顶方桌，四个人坐着打麻将，——这个恐怕你也已学会了罢？小船则真是一叶扁舟，你坐在船底席上，篷顶离你的头有两三寸，你的两手可以搁在左右的舷上，还把手都露出在外边。在这种船里仿佛是在水面上坐，靠近岸去要泥土便和你的眼鼻接近，而且遇着风浪，或是坐得少不小心，就会船底朝天，发生危险，但是也颇有趣味，是水乡的一种特色。不过你总可以不必去坐，最好还是坐那三道船罢。

你如坐船出去，可是不能像坐电车的那样性急，立刻盼望走到。倘若出城，走三四十里路，（我们那里的里程是很短，一里才及英哩三分之一，）来回总要预备一天。你坐在船上，应该是游山的态度，看看四周物色，随处可见的山，岸旁的乌桕，河边的红蓼和白苹，渔舍，各式各样的桥，困倦的时候睡在舱中拿出随笔来看，或者冲一碗清茶喝喝。偏门外的鉴湖一带，贺家池，壶觞左近，我都是喜欢的，或者往娄公埠骑驴去游兰亭，（但我劝你还是步行，骑驴或者于你不很相宜，）到得暮色苍然的时候进城上都挂着薜荔的东门来，倒是颇有趣味的事。倘若路上不平静，你往杭州去时可于下午开船，黄昏时候的景色正最好看，只可惜这一带地方的名字我都忘记了。夜间睡在舱中，听水声橹声，来往船只的招呼声，以及乡间的犬吠鸡鸣，也都很有意思。雇一只船到乡下去看庙戏，可以了解中国旧戏的真趣味，而且在船上行动自如，要看就看，要睡就睡，要喝酒就喝酒,我觉得也可以算是理想的行乐法。只可惜讲维新以来这些演剧与迎会都已禁止,中产阶级的低能人别在"布业会馆"等处建起"海式"的戏场来,请大家买票看上海的猫儿戏。这些地方你千万不要去。——你到我那故乡,恐怕没有一个人认得,我又因为在教书不能陪你去玩,坐夜船,谈闲天,实在抱歉而且惆怅。川岛君夫妇现在偶山下,本来可以给你介绍,但是你到那里的时候他们恐怕已经离开故乡了。初寒,善自珍重,不尽。

十五年十一月十八日夜,于北京

延伸阅读:说到周作人散文的研究,舒芜的《周作人的是非功过》一书(该书最早由人民文学出版社出版,1993年;2000年,辽宁教育出版社又出版了增订本,这里参照的主要是这个版本)恐怕是近年来最值得重视的一部著作。这篇文章表面上写一次回家乡的旅行,写两岸景色如何细致,让船上的人心有所仪,文本深处却是一种人生态度。这种人生态度是针对1920年代马克思主义引进以后,中国思想界一种越来越激进的思潮,它的根基仍然是主张回到汉代以前的儒家传统之中,以此重建中国的文明。所以,舒芜说:"周作人有时又宣称:平淡,闲适,他已经做到了,但只是一件外衣而已。"参见该书295页。

故乡的野菜

周作人

我的故乡不止一个,凡我住过的地方都是故乡。故乡对于我并没有什么特别的情分,只因钓于斯游于斯的关系,朝夕会面,遂成相识,正如乡村里的邻舍一样,虽然不是亲属,别后有时也要想念到他。我浙东住过十几年,南京东京都住过六年,这都是我的故乡;现在住在北京,于是北京就成了我的家乡了。

日前我的妻往西单市场买菜回来,说起有荠菜在那里卖着,我便想起浙东的事来。荠菜是浙东人春天常吃的野菜,乡间不必说,就是城里只要有后园的人家都可以随时采食,妇女小儿各拿一把剪刀一只"苗篮",蹲在地上搜寻,是一种有趣味的游戏的工作。那时小孩们唱道,"荠菜马兰头,姊姊嫁在后门头。"后来马兰头有乡人拿来进城售卖了,但荠菜还是一种野菜,须得自家去采。关于荠菜向来颇有风雅的传说,不过这似乎以吴地为主。《西湖游览志》云,"三月三日男女皆戴荠菜花。谚云,三春戴荠花,桃李羞繁华。"顾禄的《清嘉录》上亦说,"荠菜花俗呼野菜花,因谚有三月三蚂蚁上灶山之语,三日人家皆以野菜花置灶陉上,以厌虫蚁,侵晨村童叫卖不绝。或妇女簪髻上以祈清目,俗号眼亮花。"但浙东却不很理会这些事情,只是挑来做菜或炒年糕吃罢了。

黄花麦果通称鼠曲草,系菊科植物,叶小微圆互生,表面有白毛,花黄色,簇生梢头。春天采嫩叶,捣烂去汁,和粉作糕,称黄花麦果糕。小孩们有歌赞美之云,

黄花麦果韧结结,
关得大门自要吃:

半块拿弗出,一块自要吃。

清明前后扫墓时,有些人家——大约是保存古风的人家——用黄花麦果做供,但不作饼状,做成小颗如指顶大,或细条如小指,以五六个作一攒,名曰茧果,不知是什么意思,或因蚕上山时设祭,也用这种食品,故有是称,亦未可知。自从十二三岁时外出不参与外祖家扫墓以后,不复见过茧果,近来住在北京,也不再见黄花麦果的影子了。日本称为"御形",与荠菜同为春天的七草之一,也采来做点心用,状如艾饺,名曰"草饼",春分前后多食之,在北京也有,但是吃去总是日本风味,不复是儿时的黄花麦果糕了。

扫墓时候所常吃的还有一种野菜,俗名草紫,通称紫云英。农人在收获后,播种田内,用作肥料,是一种很被贱视的植物,但采取嫩茎瀹食,味颇鲜美,似豌豆苗。花紫红色,数十亩接连不断,一片锦绣,如铺着华美的地毯,非常好看,而且花朵状若蝴蝶,又如鸡雏,尤为小孩所喜。间有白色的花,相传可以治痢,很是珍重,但不易得。日本《俳句大辞典》云,"此草与蒲公英同是习见的东西,从幼年时代便已熟识,在女人里边,不曾采过紫云英的人,恐未必有罢。"中国古来没有花环,但紫云英的花球却是小孩常玩的东西,这一层我还替那些小人们欣幸。浙东扫墓用鼓吹,所以少年们常随了乐音去看"上坟船里的姣姣";没有钱的人家虽没有鼓吹,但是船头上篷窗下总露出些紫云英和杜鹃的花束,这也就是上坟船的确实的证据了。

1924 年 2 月

延伸阅读:这篇也是周作人的名文,舒芜评价道:"《故乡的野菜》是他早期的一篇名文,全文充满了对故乡怀念的深情,开头一段却极力申说对故乡并无特别的情分。"这也是周文的一种技巧,喜爱什么,偏偏使用偏锋,表示对这种东西并不感兴趣,如此之类,在他散文中甚多,需要注意。参见舒芜:《周作人的是非功过》,第 297 页,沈阳,辽宁教育出版社,2000 年。

初　恋*

周作人

那时我十四岁,她大约是十三岁罢。我跟着祖父的妾宋姨太太寄寓在杭州的花牌楼,间壁住着一家姚姓,她便是那家的女儿。她本姓杨,住在清波门头,大约因为行三,人家都称她作三姑娘。姚家老夫妇没有子女,便认她做干女儿,一个月里有二十多天住在他们家里,宋姨太太和远邻的羊肉店石家的媳妇虽然很说得来,与姚宅的老妇却感情很坏,彼此都不交口,但是三姑娘并不管这些事,仍旧推进门来游嬉。她大抵先到楼上去,同宋姨太太搭讪一回,随后走下楼来,站在我同仆人阮升公用的一张板桌旁边,抱着

---

* 本篇最初发表于 1922 年 9 月 1 日《晨报副刊》,署名槐寿,初收《自己的园地》。

名叫"三花"的一只大猫,看我映写陆润庠的木刻的字帖。

我不曾和她谈过一句话,也不曾仔细的看过她的面貌与姿态。大约我在那时已经很是近视,但是还有一层缘故,虽然非意识的对于她很是感到亲近,一面却似乎为她的光辉所掩,开不起眼来去端详她了。在此刻回想起来,仿佛是一个尖面庞,乌眼睛,瘦小身材,而且有尖小的脚的少女,并没有什么殊胜的地方,但是在我的性的生活里总是第一个人,使我于自己以外感到对于别人的爱着,引起我没有明了的性之概念的,对于异性的恋慕的第一个人了。

我在那时候当然是"丑小鸭",自己也是知道的,但是终不以此而减灭我的热情。每逢她抱着猫来看我写字,我便不自觉的振作起来,用了平常所无的努力去映写,感着一种无所希求的迷蒙的喜乐。并不问她是否爱我,或者也还不知道自己是爱着她,总之对于她的存在感到亲近喜悦,并且愿为她有所尽力,这是当时实在的心情,也是她所给我的赐物了。在她是怎样不能知道,自己的情绪大约只是淡淡的一种恋慕,始终没有想到男女关系的问题。有一天晚上,宋姨太太忽然又发表对于姚姓的憎恨,末了说道:

"阿三那小东西,也不是好货,将来总要流落到拱辰桥去做婊子的。"

我不很明白做婊子这些是什么事情,但当时听了心里想道:

"她如果真是流落做了,我必定去救她出来。"

大半年的光阴这样的消费过去了。到了七八月里因为母亲生病,我便离开杭州回家去了。一个月以后,阮升告假回去,顺便到我家里,说起花牌楼的事情,说道:

"杨家的三姑娘患霍乱死了。"

我那时也很觉得不快,想象她的悲惨的死相,但同时却又似乎很是安静,仿佛心里有一块大石头已经放下了。

十一年九月

延伸阅读:舒芜认为:"周作人散文的平淡,首先是感情上的淡化。关于初恋的回忆,通常总是浓的,描写初恋的姑娘总是美的,周作人回忆他的初恋却要说'自己的情绪大约只是淡淡的一种恋慕',他回忆初恋的姑娘时却要说'仿佛是一个尖面庞,乌眼睛,瘦小的身材,而且有尖小的脚的少女,并没有什么殊胜的地方'。"参见舒芜:《周作人的是非功过》,第296、297页,沈阳,辽宁教育出版社,2000年。

若 子

周作人

《北京孔德学校旬刊》第二期于四月十一日出版,载有两篇儿童作品,其中之一是我的小女儿写的。

《晚上的月亮》 周若子

晚上的月亮,很大又很明。我的两个弟弟说:"我们把月亮请下来,叫月亮抱我们到天上去玩。月亮给我们东西,我们很高兴。我们拿到家里给母亲吃,母亲也一定高兴。"

　　但是这张旬刊从邮局寄到的时候,若子已正在垂死状态了。她的母亲望着摊在席上的报纸又看昏沉的病人,再也没有什么话可说,只叫我好好地收藏起来,——做一个将来决不再寓目的纪念品。我读了这篇小文,不禁忽然想起六岁时死亡的四弟椿寿,他于得急性肺炎的前两三天,也是固执地向着佣妇追问天上的情形,我自己知道这都是迷信,却不能禁止我脊梁上不发生冰冷的奇感。

　　十一日的夜中,她就发起热来,继之以大吐,恰巧小儿用的摄氏体温表给小波波(我的兄弟的小孩)摔破了,土步君正出着第二次种的牛痘,把华氏的一具拿去应用,我们房里没有体温表了,所以不能测量热度,到了黎明从间壁房中拿表来一量,乃是四十度三分! 八时左右起了痉挛,妻抱住了她,只喊说,"阿玉惊了,阿玉惊了!"弟妇(即是妻的三妹)走到外边叫内弟起来,说"阿玉死了!"他惊起不觉坠落床下。这时候医生已到来了,诊察的结果说疑是"流行性脑脊髓膜炎",虽然征候还未全具,总之是脑的故障,危险很大。十二时又复痉挛,这回脑的方面倒还在其次了,心脏中了霉菌的毒非常衰弱,以致血行不良,皮肤现出黑色,在臂上捺一下,凹下白色的痕好久还不回复。这一日里,院长山本博士,助手蒲君,看护妇永井君白君,前后都到,山本先生自来四次,永井君留住我家,帮助看病。第一天在混乱中过去了,次日病人虽不见变坏,可是一昼夜以来每两小时一回的樟脑注射毫不见效,心脏还是衰弱,虽然热度已减至三八至九度之间。这天下午因为病人想吃可可糖,我赶往哈达门去买,路上时时为不祥的幻想所侵袭,直到回家看见毫无动静这才略略放心。第三天是火曜日,勉强往学校去,下午三点半正要上课,听说家里有电话来叫,赶紧又告假回来,幸而这回只是梦呓,并未发生什么变化。夜中十二时山本先生诊后,始宣言性命可以无虑。十二日以来,经了两次的食盐注射,三十次以上的樟脑注射,身上拥着大小七个的冰囊,在七十二小时之末总算已离开了死之国土,还真是万幸的事了。

　　山本先生后来告诉川岛君说,那日曜日他以为一定不行的了。大约是第二天,永井君也走到弟妇的房里躲着下泪,她也觉得这小朋友怕要为了什么而辞去这个家庭了。但是这病人竟从万死中逃得一生,不知是那里来的力量。医呢,药呢,她自己或别的不可知之力呢? 但我知道,如没有医药及大家的救护,她总是早已不在了。我若是一种宗派的信徒,我的感谢便有所归,而且当初的惊怖或者也可减少,但是我不能如此,我对于未知之力有时或感着惊异,却还没有致感谢的那么深密的接触。我现在所想致感谢者在人而不在自然,我很感谢山本先生与永井君的热心的帮助,虽然我也还不曾忘记四年前给我医治肋膜炎的劳苦。川岛斐君二君每日殷勤的访问,也是应该致谢的。

　　整整地睡了一星期,脑部已经渐好,可以移动,遂于十九日午前搬往医院,她的母亲和"姊姊"陪伴着,因为心脏尚须疗治,住在院里较为便利,省得医生早晚两次赶来诊察。现在温度复原,脉搏亦渐恢复,她卧在我曾经住过两个月的病室的床上,只靠着一个冰枕,胸前放着一个小冰囊,伸出两只手来,在那里唱歌。妻同我商量,若子的兄姊十岁的时候,都花过十来块钱,分给用人并吃点东西当作纪念,去年因为筹不出这笔款,所以没有这样办,这回病好之后,须得设法来补做并以祝贺病愈。她听懂了这会话的意思,便反对说,"这样办不好。倘若今年做了十岁,那么明年岂不还是十一岁么!"我们听了不禁破颜一笑。唉,这个小小的情景,我们在一星期前那里敢梦想到呢?

　　紧张透了的心一时殊不容易松放开来。今日已是若子病后的第十一日,下午因为稍觉头痛告假在家，在院子里散步，这才见到白的紫的丁香都已盛开，山桃烂熳得开始憔悴了，东边路旁爱罗先珂君回俄国前手植作为纪念的一株杏花已经零落净尽，只剩有好些绿蒂隐藏嫩叶的底下。春天过去了，在我们彷徨惊恐的几天里，北京这好像敷衍人似的短促的春光早已偷偷地走过去了。这或者未免可惜，我们今年竟没有好好地看一番桃杏花。但是花明年会开的，春天明年也会再来的，不妨等明年再看；我们今年幸而能够留住了别个一去将不复来的春光，我们也就够满足了。

今天我自己居然能够写出这篇东西来，可见我的凌乱的头脑也略略静定了，这也是一件高兴的事。

十四年四月二十二日雨夜

延伸阅读：这是一篇奇文。奇在写自己年幼女儿的早死，却又出奇的冷静、节制。舒芜评论说"附记长过正文。最典型的是《若子的死》一篇"，"连标点符号只有四十九字。附记却长达六百多字，说是想写'若子的死'总写不出，'只记若子生卒年月纪念云尔。'其实这附记里已经把爱女之死和自己的悲痛写得很详细，很沉痛，其所以不作为正文，只作为附记，是表示'这还不算'，写不出的真正的悲痛比这更深更重的意思"。研究者又补充道："此文最初在 1929 年 12 月 4 日《华北日报》副刊上发表时，还有一个更长的'再记'约一千三百字，控诉日本医生三本之误诊杀人，义正词严，声情激越，收集时删去了"。参见舒芜：《周作人的是非功过》，第 321、322 页，沈阳，辽宁教育出版社，2000 年。

藤野先生(存目)

鲁　迅

延伸阅读:鲁迅的散文,略逊周作人一些。这篇文章写出了少有的温暖,这是因为鲁迅在日本仙台留学时受到不少侮辱,但也有日本人向他表达了某种关切,其中就有他的老师藤野。王晓明写道:"并不是所有的日本人都这样傲慢,鲁迅初到仙台,就有教员热心地张罗食住,任课的教授当中,更有藤野严九郎那样满怀善心的人。"藤野老师的关爱,为中国文学留下了一个散文名篇。参见王晓明:《无法直面的人生——鲁迅传》,第19页,上海,上海文艺出版社,1993年。

百草园(存目)

鲁　迅

延伸阅读:这又是作者的一篇温暖之作,忆及少年时在家里后花园玩耍的情景。这在鲁迅的小说、杂文、通信等文字中,是非常少见的。而且鲁迅对故乡的感情一向淡漠,这是人所共知的事情,因为父亲早死、家道中落,分家时受尽本族长辈欺负,以及被迫到南京进新学堂,被人所不齿等,都在他心头留下很深的心理创伤。他小说中对人与事的不信任、警惕、痛切之情可以说都是由此而来,因此他这篇散文中的温情,让读者颇为惊讶。

荷塘月色

朱自清

这几天心里颇不宁静。今晚在院子里坐着乘凉,忽然想起日日走过的荷塘,在这满月的光里,总该另有一番样子吧。月亮渐渐地升高了,墙外马路上孩子们的欢笑,已经听不见了;妻在屋里拍着闰儿,迷迷糊糊地哼着眠歌。我悄悄地披了大衫,带上门出去。

沿着荷塘,是一条曲折的小煤屑路。这是一条幽僻的路;白天也少人走,夜晚更加寂寞。荷塘四面,长着许多树,蓊蓊郁郁的。路的一旁,是些杨柳,和一些不知道名字的树。没有月光的晚上,这路上阴森森的,有些怕人。今晚却很好,虽然月光也还是淡淡的。

路上只我一个人,背着手踱着。这一片天地好像是我的;我也像超出了平常的自己,到了另一世界里。我爱热闹,也爱冷静;爱群居,也爱独处。像今晚上,一个人在这苍茫的月下,什么都可以想,什么都可以不想,便觉是个自由的人。白天里一定要做的事,一定要说的话,现在都可不理。这是独处的妙处,我且受用这无边的荷香月色好了。

曲曲折折的荷塘上面,弥望的是田田的叶子。叶子出水很高,象亭亭的舞女的裙。层层的叶子中间,零星地点缀着些白花,有袅娜地开着的,有羞涩地打着朵儿的;正如一粒粒的明珠,又如碧天里的星星,又如刚出浴的美人。微风过处,送来缕缕清香,仿佛远处高楼上渺茫的歌声似的。这时候叶子与花也有一丝的颤动,像闪电般,霎时传过荷塘的那边去了。叶子本是肩并肩密密地挨着,这便宛然有了一道凝碧的波痕。叶子底下是脉脉的流水,遮住了,不能见一些颜色;而叶子却更见风致了。

月光如流水一般,静静地泻在这一片叶子和花上。薄薄的青雾浮起在荷塘里。叶子和花仿佛在牛乳中洗过一样;又像笼着轻纱的梦。虽然是满月,天上却有一层淡淡的云,所以不能朗照;但我以为这恰是到了好处——酣眠固不可少,小睡也别有风味的。月光是隔了树照过来的,高处丛生的灌木,落下参差的斑驳的黑影,峭楞楞如鬼一般;弯弯的杨柳的稀疏的倩影,却又像是画在荷叶上。塘中的月色并不均匀;但光与影有着和谐的旋律,如梵婀玲上奏着的名曲。

荷塘的四面,远远近近,高高低低都是树,而杨柳最多。这些树将一片荷塘重重围住;只在小路一旁,漏着几段空隙,像是特为月光留下的。树色一例是阴阴的,乍看像一团烟雾;但杨柳的丰姿,便在烟雾里也辨得出。树梢上隐隐约约的是一带远山,只有些大意罢了。树缝里也漏着一两点路灯光,没精打采的,是渴睡人的眼。这时候最热闹的,要数树上的蝉声与水里的蛙声;但热闹是它们的,我什么也没有。

忽然想起采莲的事情来了。采莲是江南的旧俗,似乎很早就有,而六朝时为盛;从诗歌里可以约略知道。采莲的是少年的女子,她们是荡着小船,唱着艳歌去的。采莲人不用说很多,还有看采莲的人。那是一个热闹的季节,也是一个风流的季节。梁元帝《采莲赋》里说得好:

于是妖童媛女,荡舟心许;鹢首徐回,兼传羽杯;櫂将移而藻挂,船欲动而萍开。尔其纤腰束素,迁延顾步;夏始春余,叶嫩花初,恐沾裳而浅笑,畏倾船而敛裾。

　　可见当时嬉游的光景了。这真是有趣的事,可惜我们现在早已无福消受了。

　　于是又记起《西洲曲》里的句子:

　　采莲南塘秋,莲花过人头;低头弄莲子,莲子清如水。

　　今晚若有采莲人,这儿的莲花也算得"过人头"了;只不见一些流水的影子,是不行的。这令我到底惦着江南了。——这样想着,猛一抬头,不觉已是自己的门前;轻轻地推门进去,什么声息也没有,妻已睡熟好久了。

1927 年 7 月,北京清华园

延伸阅读:自这篇散文诞生以来,分析赏析的文章不知多少,已经无法统计。有人认为,这篇散文的诞生,与 1927 年"四·一二"事变对他的刺激有关,激烈的社会动荡使他转向内心生活,而他住处附近清华园里的那个荷塘,便成为他寄寓心灵的场所:"已是 7 月,天气很热","沿着荷塘有一条幽辟的煤屑路,白天都少有人走,夜里自然更是寂寞了","他一个人背着手慢慢地踱着,渐渐地觉得好像超过了平常的自己,到了另一片天地,另一个世界里"。这种解释,为读者还原了文学创作的环境。参见陈孝全:《朱自清传》,第 129 页,北京,十月文艺出版社,1991 年。

背影(存目)

朱自清

延伸阅读:据说朱自清与父亲的关系并不和睦,然而离开北京五年后的再次北上,落脚清华园,却勾起了他对父亲的怀念、感激等感情,这都在情理之中。后来朱自清的朋友李广田著文对它给予了很高的评价。"22 年后,当《文艺知识》编者问他写作这篇《背影》的情况时,他答道:'我写这篇文章只写实,似乎说不到意境上去。'"这或者是从作者角度对本篇散文的一种解读。参见陈孝全:《朱自清传》,第 111 页,北京,十月文艺出版社,1991 年。

桨声灯影里的秦淮河

朱自清

一九二三年八月的一晚,我和平伯同游秦淮河;平伯是初泛,我是重来了。我们雇了一只"七板子",在夕阳已去,皎月方来的时候,便下了船。于是桨声汩——汩,我们开始领略那晃荡着蔷薇色的历史的秦淮河的滋味了。

秦淮河里的船,比北京万生园,颐和园的船好,比西湖的船好,比扬州瘦西湖的船也好。这几处的船不是觉着笨,就是觉着简陋,局促;都不能引起乘客们的情韵,如秦淮河的船一样。秦淮河的船约略可分为两种:一是大船;一是小船,就是所谓"七板子"。大船舱口阔大,可容二三十人。里面陈设着字画和光洁的红木家具,桌上一律嵌着冰凉的大理石面。窗格雕镂颇细,使人起柔腻之感。窗格里映着红色蓝色的玻璃;玻璃上有精致的花纹,也颇悦人目。"七板子"规模虽不及大船,但那淡蓝色的栏杆,空敞的舱,也足系人情思。而最出色处却在它的舱前。舱前是甲板上的一部,上面有弧形的顶,西边用疏疏的栏杆支着。里面通常放着两张藤的躺椅。躺下,可以谈天,可以望远,可以顾盼两岸的河房。大船上也有这个,但在小船上更觉清隽罢了。舱前的顶下,一律悬着灯彩;灯的多少,明暗,彩苏的精粗,艳晦,是不一的,但好歹总还你一个灯彩。这灯彩实在是最能钩人的东西。夜幕垂垂地下来时,大小船上都点起灯火。从两重玻璃里映出那幅射着的黄黄的散光,反晕出一片朦胧的烟霭;透过这烟霭,在黯黯的水波里,又逗起缕缕的明漪。在这薄霭和微漪里,听着那悠然的间歇的桨声,谁能不被引入他的美梦去呢?只愁梦太多了,这些大小船儿如何载得起呀?我们这时模模糊糊的谈着明末的秦淮河的艳迹,如《桃花扇》及《板桥杂记》里所载的。我们真神往了。我们仿佛亲见那时华灯映水,画舫凌波的光景了。于是我们的船便成了历史的重载了。我们终于恍然秦淮河的船所以雅丽过于他处,而又有奇异的吸引力的,实在是许多历史的影象使然了。

秦淮河的水是碧阴阴的;看起来厚而不腻,或者是六朝金粉所凝么?我们初上船的时候,天色还未断黑,那漾漾的柔波是这样恬静,委婉,使我们一面有水阔天空之想,一面又憧憬着纸醉金迷之境了。等到灯火明时,阴阴的变为沈沈了:黯淡的水光,像梦一般;那偶然闪烁着的光芒,就是梦的眼睛了。我们坐在舱前,因了那隆起的顶棚,仿佛总是昂着首向前走着似的;于是飘飘然如御风而行的我们,看在那些自在的湾泊着的船,船里走马灯般的人物,便像是下界一般,迢迢的远了,又像在雾里看花,尽朦朦胧胧的。这时我们已过了利涉桥,望见东关头了。沿路听见断续的歌声:有从沿河的妓楼飘来的,有从河上船里度来的。我们明知那些歌声,只是些因袭的言词,从生涩的歌喉里机械的发出来的;但它们经了夏夜的微风的吹漾和水波的摇拂,袅娜着到我们耳边的时候,已经不单是她们的歌声,而混着微风和河水的密语了。于是我们不得不被牵惹着,震撼着,相与浮沉于这歌声里了。从东关头转湾,不久就到大中桥。大中桥共有三个桥拱,都很阔大,俨然是三座门儿;使我们觉得我们的船和船里的我们,在桥下过去时,真是太无颜色了。桥砖是深褐色，表明它的历史的长久；但都完好无缺，令人太息于古昔工程的坚美。桥上两旁都是木壁的房子，中间应该有街路？这些房子都破旧了，多年烟熏的痕迹，遮没了当年的美丽。我想像秦淮河的极盛时，在这样宏阔的桥上，特地盖了房子，必然是髹漆得富富丽丽的；晚间必然是灯火通明的，现在却只剩下一片黑沈沈！但桥上造着房子，毕竟使我们多少可以想见往日的繁华；这也慰情聊胜无了。过了大中桥，便到了灯月交辉，笙歌彻夜的秦淮河，这才是秦淮河的真面目哩。

　　大中桥外，顿然空阔，和桥内两岸排着密密的人家的景象大异了。一眼望去，疏疏的林，淡淡的月，衬着蓝蔚的天，颇像荒江野渡光景；那边呢，郁丛丛的，阴森森的，又似乎藏着无边的黑暗，令人几乎不信那是繁华的秦淮河了。但是河中眩晕着的灯光，纵横着的画舫，悠扬着的笛韵，夹着那吱吱的胡琴声，终于使我们认识绿如茵陈酒的秦淮水了。此地天裸露着的多些，故觉夜来的独迟些；从清清的水影里，我们感到的只是薄薄的夜——这正是秦淮河的夜。大中桥外，本来还有一座复成桥，是船夫口中的我们的游迹尽处，或也是秦淮河繁华的尽处了。我的脚曾踏过复成桥的脊，在十三四岁的时候。但是两次游秦淮河，却都不曾见着复成桥的面；明知总在前途的，却常觉得有些虚无缥缈似的。我想，不见倒也好。这时正是盛夏。我们下船后，藉着新生的晚凉和河上的微风，暑气已渐渐消散；到了此地，豁然开朗，身子顿然轻了——习习的清风荏苒在面上，手上，衣上，这便又感到了一缕新凉了。南京的日光，大概没有杭州猛烈；西湖的夏夜老是热蓬蓬的，水像沸着一般，秦淮河的水却尽是这样冷冷地绿着。任你人影的憧憧，歌声的扰扰，总像隔着一层薄薄的绿纱面幕似的；它尽是这样静静的，冷冷的绿着。我们出了大中桥，走不上半里路，船夫便将船划到一旁，停了桨由它宕着。他以为那里正是繁华的极点，再过去就是荒凉了；所以让我们多多赏鉴一会儿。他自己却静静的蹲着。他是看惯这光景的了，大约只是一个无可无不可。这无可无不可，无论是升的沈的，总之，都比我们高了。

　　那时河里闹热极了；船大半泊着，小半在水上穿梭似的来往。停泊着的都在近市的那一边，我们的船自然也夹在其中。因为这边略略的挤，便觉得那边十分的疏了。在每一只船从那边过去时，我们能画出它的轻轻的影和曲曲的波，在我们的心上；这显着是空，且显着是静了。那时处处都是歌声和凄厉的胡琴声，圆润的喉咙，确乎是很少的。但那生涩的，尖脆的调子能使人有少年的，粗率不拘的感觉，也正可快我们的意。况且多少隔开些儿听着，因为想像与渴慕的做美，总觉更有滋味；而竞发的喧嚣，抑扬的不齐，远近的杂沓，和乐器的噪噪切切，合成另一意味的谐音，也使我们无所适从，如随着大风而走。这实在因为我们的心枯涩久了，变为脆弱；故偶然润泽一下，便疯狂似的不能自主了。但秦淮河确也腻人。即如船里的人面，无论是和我们一堆儿泊着的，无论是从我们眼前过去的，总是模模糊糊的，甚至渺渺茫茫的；任你张圆了眼睛，揩净了垢，也是枉然。这真够人想呢。在我们停泊的地方，灯光原是纷然的；不过这些灯光都是黄而有晕的。黄已经不能明了，再加上了晕，便更不成了。灯愈多，晕就愈甚；在繁星般的黄的交错里，秦淮河仿佛笼上了一团光雾。光芒与雾气腾腾的晕着，什么都只剩了轮廓了；所以人面的详细的曲线，便消失于我们的眼底了。但灯光究竟夺不了那边的月色；灯光是浑的，月色是清的。在浑沌的灯光里，渗入一派清辉，却真是奇迹！那晚月儿已瘦削了两三分。她晚妆才罢，盈盈的上了柳梢头。天是蓝得可爱，仿佛一汪水似的；月儿便更出落得精神了。岸上原有三株两株的垂杨树，淡淡的影子，在水里摇曳着。它们那柔细的枝条浴着月光，就像一支支美人的臂膊，交互的缠着，挽着；又像是月儿披着的发。而月儿偶尔也从它们的交叉处偷偷窥看我们,大有小姑娘怕羞的样子。岸上另有几株不知名的老树,光光的立着;在月光里照起来,却又俨然是精神矍铄的老人。远处——快到天际线了,才有一两片白云,亮得现出异彩,像是美丽的贝壳一般。白云下便是黑黑的一带轮廓;是一条随意画的不规则的曲线。这一段光景,和河中的风味大异了。但灯与月竟能并存着,交融着,使月成了缠绵的月,灯射着渺渺的灵辉,这正是天之所以厚秦淮河,也正是天之所以厚我们了。

这时却遇着了难解的纠纷。秦淮河上原有一种歌妓,是以歌为业的。从前都在茶舫上,唱些大曲之类。每日午后一时起;什么时候止,却忘记了。晚上同样也有一回,也在黄晕的灯光里。我从前过南京时,曾随着朋友去听过两次。因为茶舫里的人脸太多了,觉得不大适意,终于听不出所以然。前年听说歌妓被取缔了,不知怎的,颇涉想了几次——却想不出什么。这次到南京,先到茶舫上去看看,觉得颇是寂寞,令我无端的怅怅了。不料她们却仍在秦淮河里挣扎着,不料她们竟会纠缠到我们,我于是很张皇了。她们也乘着"七板子",她们总是坐在舱前的。舱前点着石油汽灯,光亮眩人眼目;坐在下面的,自然是纤毫毕见了——引诱客人们的力量,也便在此了。舱里躲着乐工等人,映着汽灯的余辉蠕动着;他们是永远不被注意的。每船的歌妓大约都是二人;天色一黑,她们的船就在大中桥外往来不息的兜生意。无论行着的船,泊着的船,都要来兜揽的。这都是我后来推想出来的。那晚不知怎样,忽然轮着我们的船了。我们的船好好的停着,一只歌舫划向我们来了;渐渐和我们的船并着了。烁烁的灯光逼得我们皱起了眉头;我们的风尘色全给它托出来了,这使我踧踖不安了。那时一个伙计跨过船来,拿着摊开的歌折,就近塞向我的手里,说:"点几出吧!"他跨过来的时候,我们船上似乎有许多眼光跟着。同时相近的别的船上也似乎有许多眼睛炯炯的向我们船上看着。我真窘了!我也装出大方的样子,向歌妓们瞥了一眼,但究竟是不成的!我勉强将那歌折翻了一翻,却不曾看清了几个字;便赶紧递还那伙计,一面不好意思地说:"不要。我们……不要。"他便塞给平伯,平伯掉转头去,摇手说:"不要!"那人还腻着不走。平伯又回过脸来,摇着头道,"不要!"于是那人重到我处,我窘着再拒绝了他。他这才有所不屑似的走了。我的心立刻放下,如释重负一般。我们就开始自白了。

我说我受了道德律的压迫,拒绝了她们;心里似乎很抱歉的。这所谓抱歉,一面对于她们,一面对于我自己。她们于我们虽然没有很奢的希望,但总有些希望的。我们拒绝了她们,无论理由如何充足,却使她们的希望受了伤,这总有几分不做美了。这是我觉得很怅怅的。至于我自己,更有一种不足之感。我这时被四面的歌声诱惑了,降伏了;但是远远的,远远的歌声总仿佛隔着重衣搔痒似的,越搔越搔不着痒处。我于是憧憬着贴耳的妙音了。在歌舫划来时,我的憧憬,变为盼望;我固执的盼望着,有如饥渴。虽然从浅薄的经验里,也能够推知,那贴耳的歌声,将剥去了一切的美妙;但一个平常的人像我的,谁愿凭了理性之力去丑化未来呢?我宁愿自己骗着了。不过我的社会感性是很敏锐的;我的思力能拆穿道德律的西洋镜,而我的感情却始终被它压服着。我于是有所顾忌了,尤其是在众目昭彰的时候。道德律的力,本来是民众赋予的;在民众的面前,自然更显出它的威严了。我这时一面盼望,一面却感到了两重的禁制:一,在通俗的意义上,接近妓者总算一种不正当的行为;二,妓是一种不健全的职业,我们对于她们,应有哀矜勿喜之心,不应赏玩的去听她们的歌。在众目睽睽之下,这两种思想在我心里最为旺盛。她们暂时压倒了我的听歌的盼望,这便成就了我的灰色的拒绝。那时的心实在异常状态中,觉得颇是昏乱。歌舫去了,暂时宁静之后,我的思绪又如潮涌了。两个相反的意思在我心头往复:卖歌和卖淫不同,听歌和狎妓不同,又干道德甚事?——但是,但是,她们既被逼的以歌为业,她们的歌必无艺术味的;况她们的身世,我们究竟该同情的。所以拒绝倒也是正办法。但这些意思终于不曾撇开我的听歌的盼望。它力量异常坚强;它总想将别的思绪踏在脚下。从这重重的争斗里,我感到了浓厚的不足之感。这不足之感使我的心盘旋不安,起坐都不安宁了。唉!我承认我是一个自私的人!平伯呢,却与我不同。他引周启明先生的诗,"因为我有妻子,所以我爱一切的女人;因为我有子女,所以我爱一切的孩子。"①他的意思可以见了。他因为推及的同情,爱着那些歌妓,并且尊重着她们,所以拒绝了她们。在这种情形下,他自然以为听是对于她们的一种侮辱。但他也是想听歌的,虽然不和我一样。所以在他的心中,当然也有一番小小的争斗;争斗的结果,是同情胜了。至于道德律,在他是没有什么的;因为他很有蔑视一切的倾向,民众的力量在他是不大觉着的。这时他的心意的活动比较简单,又比较松弱,故事后还信然自若;我却不能了。这里平伯又比我高了。

在我们谈话中间,又来了两只歌舫。伙计照前一样的请我们点戏,我们照前一样的拒绝了。我受了三次窘,心里的不安更甚了。清艳的夜景也为之减色。船夫大约因为要赶第二趟生意,催着我们回去;我们无可无不可的答应了。我们渐渐和那些晕黄的灯光远了,只有些月色冷清清的随着我们的归舟。我们的船竟没个伴儿,秦淮河的夜正长哩!到大中桥近处,才遇着一只来船。这是一只载妓的板船,黑漆漆的没有一点光。船头上坐着一个妓女;暗里看出,白地小花的衫子,黑的下衣。她手里拉着胡琴,口里唱着青衫的调子。她唱得响亮而圆转;当她的船箭一般驶过去时,余音还嫋嫋的在我们耳际,使我们倾听而向往。想不到在弩末的游踪里,还能领略到这样的清歌!这时船过大中桥了,森森的水影,如黑暗张着巨口,要将我们的船吞了下去。我们回顾那渺渺的黄光,不胜依恋之情;我们感到了寂寞了!这一段地方夜色甚浓,又有两头的灯火招邀着;桥外的灯火不用说了,过了桥另有东关头疏疏的灯火。我们忽然仰头看见依人的素月,不觉深海归来之早了!走过东关头,有一两只大船湾泊着,又有几只船向我们来着。嚣嚣的一阵歌声人语,仿佛笑我们无伴的孤舟哩。东关头转湾,河上的夜色更浓了;临水的妓楼上,时时从帘缝里射出一线一线的灯光;仿佛黑暗在酣睡里眨了一眨眼。我们默然的对着,静听那汩——汩的桨声,几乎要入睡了;朦胧里却温习着适才的繁华的余味。我那不安的心在静里愈显活跃了!这时我们都有了不足之感,而我的更其浓厚。我们却又不愿回去,于是只能由懊悔而怅惘了。船便满载着怅惘了。直到利涉桥下,微微嘈杂的人声,才使我豁然一惊;那光景却又不同。右岸的河房里,都大开了窗户,里面亮着晃晃的电灯,电灯的光射到水上,蜿蜒曲折,闪闪不息,正如跳舞着的仙女的臂膊。我们的船已在她的臂膊里了;如睡在摇篮里一样,倦了的我们便又入梦了。那电灯下的人物,只觉得像蚂蚁一般,更不去萦念。这是最后的梦;可惜是最短的梦!黑暗重复落在我们面前,我们看见傍岸的空船上一星两星的,枯燥无力又摇摇不定的灯光。我们的梦醒了,我们知道就要上岸了;我们心里充满了幻灭的情思。

1923 年 10 月 11 日作完,于温州

---

① 原诗是"我为了自己的儿女才爱小孩子,为了自己的妻才爱女人"(见《雪朝》第 48 页)。

延伸阅读:这是一篇与朋友俞平伯的"同题"散文。1923年8月,"他和俞平伯到了南京,两人思想都比较苦闷,为了舒畅一下心怀,一个晚上,他们乃一起去秦淮河划船。朱自清以前来过一次,俞平伯则是初游"。也许是因为都还年轻,苦闷心情在这美妙无言的秦淮河的轻轻荡漾中,便云消雾散了,两篇著名散文于是问世。参见陈孝全:《朱自清传》,第68页,北京,十月文艺出版社,1991年。

桨声灯影里的秦淮河

俞平伯

我们消受得秦淮河上的灯影,当圆月犹皎的仲夏之夜。

在茶店里吃了一盘豆腐干丝,两个烧饼之后,以歪歪的脚步踅上夫子庙前停泊着的画舫,就懒洋洋躺到藤椅上去了。好郁蒸的江南,傍晚也还是热的。"快开船吧!"桨声响了。

小的灯舫初次在河中荡漾;于我,情景是颇朦胧,滋味是怪羞涩的。我要错认它作七里的山塘;可是,河房里明窗洞启,映着玲珑入画的曲栏杆,顿然省得身在何处了。佩弦呢,他已是重来,很应当消释一些迷惘。但看他太频繁地摇着我的黑纸扇,胖子是这个样怯热的吗?

又早是夕阳西下,河上妆成一抹胭脂的薄媚。是被青溪的姊妹们所熏染的吗?还是匀得她们脸上的残脂呢?寂寂的河水,随双桨打它,终是没言语。密匝匝的绮恨逐老去的年华,已都如蜜汤似的融在流波的心窝里,连呜咽也将嫌它多事,更哪里论到哀嘶。心头,宛转的凄怀;口内,徘徊的低唱;留在夜夜的秦淮河上。

在利涉桥边买了一匣烟,荡过东关头,渐荡出大中桥了。船儿悄悄地穿出连环着的三个壮阔的涵洞,青溪夏夜的韵华已如巨幅的画豁然而抖落。哦!凄厉而繁的弦索,颤岔而涩的歌喉,杂着吓哈的笑语声,噼啪的竹牌响,更能把诸楼船上的华灯彩绘,显出火样的鲜明,火样的温煦了。小船儿载着我们,在大船缝里挤着,挨着,抹着走。它忘了自己也是今宵河上的一星灯火。

既踏进所谓"六朝金粉气"的销金锅,谁不笑笑呢!今天的一晚,且默了滔滔的言说,且舒了恻恻的情怀,暂且学着,姑且学着我们平时认为在醉里梦里他们的憨痴笑语。看!初上的灯儿们一点点掠剪柔腻的波心,梭织地往来,把河水都皴得微明了。纸薄的心旌,我的,尽无休息地跟着它们飘荡,以致于怦怦而内热。这还好说什么的!如此说,诱惑是诚然有的,且于我已留下不易磨灭的印记。至于对榻的那一位先生,自认曾经一度摆脱了纠缠的他,其辩解又在何处?这实在非我所知。

我们,醉不以涩味的酒,以微漾着、轻晕着的夜的风华。不是什么欣悦,不是什么慰藉,只感到一种怪陌生、怪异样的朦胧。朦胧之中似乎胎孕着一个如花的笑——这么淡,那么淡的倩笑。淡到已不可说,已不可拟,且已不可想;但我们终久是眩晕在它离合的神光之下的。我们没法使人信它是有,我们不信它是没有。勉强哲学地说,这或近于佛家的所谓"空",既不当鲁莽说它是"无",也不能径直说它是"有"。或者说"有"是有的,只因无可以拟形容那"有"的光景;故从表面看,与"没有"似不生分别。若定要我再说得具体些:譬如东风初劲时,直上高翔的纸鸢,牵线的那人儿自然远得很了,知她是哪一家呢?但凭那鸢尾一缕飘绵的彩线,便容易揣知下面的人寰中,必有微红的一双素手,卷起轻绡的广袖,牢担荷小纸鸢儿的命根的。飘翔岂不是东风的力,又岂不是纸鸢的含德;但其根株却将另有所寄。请问,这和纸鸢的省悟与否有何关系? 故我们不能认笑是非有,也不能认朦胧即是笑。我们定应当如此说,朦胧里胎孕着一个如花的幻笑,和朦胧又互相混融着的;因它本来是淡极了,淡极了这么一个。

漫题那些纷烦的话,船儿已将泊在灯火的丛中去了。对岸有盏有跳动的汽油灯,佩弦便硬说它远不如微黄的灯火。我简直没法和他分证那是非。

时有小小的艇子急忙忙打桨,向灯影的密流里横冲直撞。冷静孤独的油灯映见黯淡的画船头上,秦淮河姑娘们的靓妆。茉莉的香、白兰花的香、脂粉的香、纱衣裳的香……微波泛滥出甜的暗香,随着她们那些船儿荡,随着我们这船儿荡,随着大大小小一切的船儿荡。有的互相笑语,有的默然不响,有的衬着胡琴亮着嗓子唱。一个、三两个、五六七个,比肩坐在船头的两旁,也无非多添些淡薄的影儿葬在我们的心上——太过火了,不至于吧,早消失在我们的眼皮上。谁都是这样急忙忙地打着桨,谁都是这样向灯影的密流里冲撞着;又何况久沉沦的她们,又何况漂泊惯的我们俩。当时浅浅的醉,今朝空空的惆怅;老实说,咱们萍泛的绮思不过如此而已,至多也不过如此而已。你且别讲,你且别想! 这无非是梦中的电光,这无非是无明的幻象,这无非是以零星的火种微炎在大欲的根苗上。扮戏的咱们,散了场一个样,然而,上场锣,下场锣,天天忙,人人忙。看! 吓! 载送女郎的艇子才过去,货郎担的小船不是又来了? 一盏小煤油灯,一舱的什物,他也忙得来像手里的摇铃,这样丁咚而郎当。

杨枝绿影下有条华灯璀璨的彩舫在那边停泊。我们那船不禁也依傍短柳的腰肢,欹侧地歇了。游客们的大船,歌女们的艇子,靠着。唱的拉着嗓子;听的歪着头,斜着眼,有的甚至于跳过她们的船头。如那时有严重些的声音,必然说:"这哪里是什么旖旎风光!"咱们真是不知道,只模糊地觉着在秦淮河船上板起方正的脸是怪不好意思的,咱们本是在旅馆里,为什么不早入睡,掂着牙儿,领略那"卧后清宵细细长";而偏这样急急忙忙跑到河上来无聊浪荡?

还说那时的话,从杨柳枝的乱鬓里所得的境界,照规矩,外带三分风华的,况且今宵此地,动荡着有灯火的明姿。况且今宵此地,又是圆月欲缺未缺,欲上未上的黄昏时候。叮当的小锣,伊轧的胡琴,沉填的大鼓……弦吹声腾沸遍了三里的秦淮河。喳喳嚷嚷的一片,分不出谁是谁,分不出哪儿是哪儿,只有整个的繁喧来把我们包填。仿佛都抢着说笑,这儿夜夜尽是如此的,不过初上城的乡下佬是第一次呢。真是乡下人,真是第一次。

穿花蝴蝶样的小艇子多到不和我们相干。货郎担式的船,曾以一瓶汽水之故而拢近来,这是真的。至于她们呢,即使偶然灯影相假而切掠过去,也无非瞧见我们微红的脸罢了,不见得有什么别的。可是,夸口吧哩! ——来了,竟向我们来了! 不但是近,且拢着了。船头傍着,船尾也傍着;这不但是拢着,且并着了。厮并着倒还不很要紧,且有人扑咚地跨上我们的船头上。这岂不大吃一惊! 幸而来的不是姑娘们,还好。(她们正冷冰冰地在那船头上。)来人年纪并不大,神气倒怪狡猾,把一扣破烂的手折,摊在我们眼前,让细瞧那些戏目,好好儿点个唱。他说:"先生,这是小意思。"诸君,读者,怎么办?

好,自命为超然派的来看榜样! 两船挨着,灯光愈皎,见佩弦的脸又红起来了。那时的我是否也这样? 这当转问他。(我希望我的镜子不要过于给我下不去。)老是红着脸终久不能打发人家走路的,所以想个法子在当时是很必要。说来也好笑,我的老调是一味的默,或干脆说个"不",或者摇摇头,摆摆手表示"决不"。如今都已尽了。佩弦便进了一步,他嫌我的方术太冷漠了,又未必中用,摆脱纠缠的正当道路惟有辩解。好吗?听他说:"你不知道?这事我们是不能做的。"这是诸辩解中简洁,最漂亮的一个。可惜他所说的"不知道"来人倒真有些"不知道"!辜负了这二十分聪明的反语。他想得有理由,你们为什么不能做这事呢?因这"为什么",佩弦又有进一层的曲解。哪知道更坏事,竟只博得那些船上人的一哂而去。他们平常虽不以聪明名家,但今晚却又怪聪明,如洞彻我们的肺肝一样的。这故事即我情愿讲给诸君听,怕有人未必愿意哩。"算了吧,就是这样算了吧",怨我不再写下了,以外的让他自己说。

叙述只是如此,其实那时连翩而来的,我记得至少也有三五次。我们把它们一个一个的打发走路。但走的是走了,来的还正来。我们可以使它们走,我们不能禁止它们来。我们虽不轻被摇撼,但已有一点杌陧了。况且小艇上总载去一半的失望和一半的轻蔑,在桨声里仿佛狠狠地说,"都是呆子,都是吝啬鬼!"还有我们的船家(姑娘们卖个唱,他可以赚几个子的佣金),眼看她们一个一个地去远了,呆呆地蹲踞着,怪无聊赖似的。碰着了这种外缘,无怨亦无哀,惟有一种情意的紧张,使我们从颓弛中体会出挣扎来。这味道倒许很真切,只恐怕不易为倦鸦似的人们所喜。

曾游过秦淮河的到底乖些。佩弦告船家:"我们多给你酒钱,把船摇开,别让他们来啰嗦。"自此以后,桨声复响,还我以平静了,我们俩又渐渐无拘无束舒服起来,又滔滔不断地来谈谈方才的经过。今儿是算怎么一回事?我们齐声说,欲的胎动无可疑的。正如水见波痕轻婉已极,与未波时究不相类。微醉的我们,洪醉的他们,深浅虽不同,却同为一醉。接着来了第二问,既自认有欲的微炎,为什么艇子来时又羞涩地躲了呢?在这儿,答语参差着。佩弦说他的是一种暗昧的道德意味,我说一种似较深沉的眷爱。我只背诵岂君的几句诗给佩弦听,望他曲喻我的心胸。可恨他今天似乎有些发钝,反而追着问我。

前面已是复成桥。青溪之东,暗碧的树梢上面微耀着一桁的清光。我们的船就缚在枯柳桩边待月。其时河心里晃荡着的,河岸头歇泊着的各式灯船,望去,少说点也有十卅来只。惟不觉繁喧,只添我们以幽甜。虽同是灯船,虽同是秦淮,虽同是我们,却是灯影淡了,河水静了,我们倦了,——况且月儿将上了。灯影里的昏黄,和月下灯影里的昏黄原是不相似的,又何况人倦的眼中所见的昏黄呢。灯光所以映她的秾姿,月华所以洗她的秀骨,以蓬腾的心焰跳舞她的盛年,以惝涩的眼波供养她的迟暮。必如此,才会有圆足的醉,圆足的恋,圆足的颓弛,成熟了我们的心田。

犹未下弦,一丸鹅蛋似的月,被纤柔的云丝们簇拥上了一碧的遥天。冉冉地行来,冷冷地照着秦淮。我们已打桨而徐归了。归途的感念,这一个黄昏里,心和境的交萦互染,其繁密殊超我们的言说。主心主物的哲思,依我外行人看,实在把事情说得太嫌简单,太嫌容易,太嫌分明了。实有的只是浑然之感。就论这一次秦淮夜泛吧,从来处来,从去处去,分析其间的成因自然亦是可能;不过求得圆满足尽的解析,使片段的因子们合拢来代替刹那间所体验的实有,这个我觉得有点不可能,至少于现在的我们是如此的。凡上所叙,请读者们只看作我归来后,回忆中所偶然留下的千百分之一二,微薄的残影。若所谓"当时之感",我决不敢望诸君能在此中窥得。即我自己虽正在这儿执笔构思,实在也无从重新体验出那时的情景。说老实话,我所有的只是忆。我告诸君的只是忆中的秦淮夜泛。至于说到那"当时之感",这应当请教当时的我。而他久飞升了,无所存在。

凉月凉风之下,我们背着秦淮河走去,悄默是当然的事了。如回头,河中的繁灯想定是依然。我们却早走得远,"灯火未阑人散";佩弦,诸君,我记得这就是在南京四日的酣嬉,将分手时的前夜。

1923 年 8 月 22 日,北京

延伸阅读: 本篇是俞平伯与朱自清同游南京的秦淮河时的"同题"散文。朱的那篇闻名遐迩,俞的这篇稍微逊色,不过也算不错的作品。与朱文的细腻、周到和体贴相比,作者也写出了心目中对这条名河的感触,表达了一个人在年少时容易感物兴怀的隐秘心绪。江南一向多水,湖泊纵横、碧波荡漾,因此来自此处的中国现代文人为我们留下了诸多抒怀之作。

给我的孩子们

丰子恺

我的孩子们！我憧憬于你们的生活，每天不止一次！我想委曲地说出来，使你们自己晓得。可惜到你们懂得我的话的意思的时候，你们将不复是可以使我憧憬的人了。这是何等可悲哀的事啊！

瞻瞻！你尤其可佩服。你是身心全部公开的真人。你什么事体都像拼命地用全副精力去对付。小小的失意，像花生米翻落地了，自己嚼了舌头了，小猫不肯吃糕了，你都要哭得嘴唇翻白，昏去一两分钟。外婆普陀去烧香买回来给你的泥人，你何等鞠躬尽瘁地抱他，喂他；有一天你自己失手把他打破了，你的号哭的悲哀，比大人们的破产，失恋，broken heart，丧考妣，全军覆没的悲哀都要真切。两把芭蕉扇做的脚踏车，麻雀牌堆成的火车，汽车，你何等认真地看待，挺直了嗓子叫"汪——"，"咕咕咕……"，来代替汽笛。宝姐姐讲故事给你听，说到"月亮姐姐挂下一只篮来，宝姐姐坐在篮里吊了上去，瞻瞻在下面看"的时候，你何等激昂地同她争，说"瞻瞻要上去，宝姐姐在下面看！"甚至哭到漫姑面前去求审判。我每次剃了头，你真心地疑我变了和尚，好几时不要我抱。最是今年夏天，你坐在我膝上发见了我腋下的长毛，当作黄鼠狼的时候，你何等伤心，你立刻从我身上爬下去，起初眼瞪瞪地对我端相，继而大失所望地号哭，看看，哭哭，如同对被判定了死罪的亲友一样。你要我抱你到车站里去，多多益善地要买香蕉，满满地擒了两手回来，回到门口时你已经熟睡在我的肩上，手里的香蕉不知落在那里去了。这是何等可佩服的真率，自然，与热情！大人间的所谓"沉默"，"含蓄"，"深刻"的美德，比起你来，全是不自然的，病的，伪的！

你们每天做火车，做汽车，办酒，请菩萨，堆六面画，唱歌，全是自动的，创造创作的生活。大人们的呼号"归自然！""生活的艺术化！""劳动的艺术化！"在你们面前真是出丑得很了！依样画几笔画，写几篇文的人称为艺术家，创作家，对你们更要愧死！

你们的创作力，比大人真是强盛得多哩：瞻瞻！你的身体不及椅子的一半，却常常要搬动它，与它一同翻倒在地上；你又要把一杯茶横转来藏在抽斗里，要皮球停在壁上，要拉住火车的尾巴，要月亮出来，要天停止下雨。在这等小小的事件中，明明表示着你们的小弱的体力与智力不足以应付强盛的创作欲，表现欲的驱使，因而遭逢失败。然而你们是不受大自然的支配，不受人类社会的束缚的创造者，所以你的遭逢失败，例如火车尾巴拉不住，月亮呼不出来的时候，你们决不承认是事实的不可能，总以为是爹爹妈妈不肯帮你们办到，同不许你们弄自鸣钟同例，所以愤愤地哭了，你们的世界何等广大！

你们一定想：终天无聊地伏在案上弄笔的爸爸，终天闷闷地坐在窗下弄引线的妈妈，是何等无气性的奇怪的动物！你们所视为奇怪动物的我与你们的母亲，有时确实难为了你们，摧残了你们，回想起来，真是不安心得很！

阿宝！有一晚你拿软软的新鞋子，和自己脚上脱下来的鞋子，给凳子的脚穿了，光袜立在地上,得意地叫"阿宝两只脚,凳子四只脚"的时候,你母亲喊着"龌龊了袜子!"立刻擒你到藤榻上,动手毁坏你的创作。当你蹲在榻上注视你母亲动手毁坏的时候,你的小心里一定感到"母亲这种人,何等杀风景而野蛮"吧!

瞻瞻!有一天开明书店送了几册新出版的毛边的《音乐入门》来。我用小刀把书页一张一张地裁开来,你侧着头,站在桌边默默地看。后来我从学校回来,你已经在我的书架上拿了一本连史纸印的中国装的《楚辞》,把它裁破了十几页,得意地对我说:"爸爸!瞻瞻也会裁了!"瞻瞻!这在你原是何等成功的欢喜,何等得意的作品!却被我一个惊骇的"哼!"字喊得你哭了。那时候你也一定抱怨"爸爸何等不明"吧!

软软!你常常要弄我的长锋羊毫,我看见了总是无情地夺脱你。现在你一定轻视我,想道:"你终于要我画你的画集的封面!"

最不安心的,是有时我还要拉一个你们所最怕的陆露沙医生来,教他用他的大手来摸你们的肚子,甚至用刀来在你们臂上割几下,还要教妈妈和漫姑擒住了你们的手脚,捏住了你们的鼻子,把很苦的水灌到你们的嘴里去。这在你们一定认为太无人道的野蛮举动吧!

孩子们!你们真果抱怨我,我倒欢喜;到你们的抱怨变为感谢的时候,我的悲哀来了!

我在世间,永没有逢到像你们样出肺肝相示的人。世间的人群结合,永没有像你们样的彻底地真实而纯洁。最是我到上海去干了无聊的所谓"事"回来,或者去同不相干的人们做了叫做"上课"的一种把戏回来,你们在门口或车站旁等我的时候,我心中何等惭愧又欢喜!惭愧我为什么去做这等无聊的事,欢喜我又得暂时放怀一切地加入你们的真生活的团体。

但是,你们的黄金时代有限,现实终于要暴露的。这是我经验过来的情形,也是大人们谁也经验过的情形。我眼看见儿时的伴侣中的英雄,好汉,一个个退缩,顺从,妥协,屈服起来,到像绵羊的地步,我自己也是如此。"后之视今,亦犹今之视昔",你们不久也要走这条路呢!

我的孩子们!憧憬于你们的生活的我,痴心要为你们永远挽留这黄金时代在这册子里。然这真不过像"蜘蛛网落花"略微保留一点春的痕迹而已。且到你们懂得我这片心情的时候,你们早已不是这样的人,我的画在世间已无可印证了!这是何等可悲哀的事啊!

《子恺画集》代序,1926年耶诞节作

延伸阅读:1930年代,集聚在上海开明书店周围,形成了一个散文作家圈子,有丰子恺、夏丏尊、叶圣陶等。由于与此书店关系密切,又艺术风格较为接近,所以遂被称为"开明派"散文群。丰子恺散文中隐约有一个将孩子的世界审美化的视角,同时又带着某种禅趣意味,集琐碎、日常、情理、朴素于一体,构成了他特殊的语言风格和抒情艺术。《给我的孩子们》典型地反映了这种写作的方式。

秋

丰子恺

我的年岁上冠用了"三十"二字,至今已两年了。不解达观的我,从这两个字上受到了不少的暗示与影响。虽然明明觉得自己的体格与精力比二十九岁时全然没有什么差异,但"三十"这一个观念笼在头上,犹之张了一项阳伞,使我的全身蒙了一个暗淡色的阴影,又仿佛在日历上撕过了立秋的一页以后,虽然太阳的炎威依然没有减却,寒暑表上的热度依然没有降低,然而只当得余威与残暑,或霜降木落的先驱,大地的节候已从今移交于秋了。

实际,我两年来的心情与秋最容易调和而融合。这情形与从前不同。在往年,我只慕春天。我最欢喜杨柳与燕子。尤其欢喜初染鹅黄的嫩柳。我曾经名自己的寓居为"小杨柳屋",曾经画了许多杨柳燕子的画,又曾经摘取秀长的柳叶,在厚纸上裱成各种风调的眉,想像这等眉的所有者的颜貌,而在其下面添描出眼鼻与口。那时候我每逢早春时节,正月二月之交,看见杨柳枝的线条上挂了细珠,带了隐隐的青色而"遥看近却无"的时候,我心中便充满了一种狂喜,这狂喜又立刻变成焦虑,似乎常常在说:"春来了!不要放过!赶快设法招待它,享乐它,永远留住它。"我读了"良辰美景奈何天"等句,曾经真心地感动,以为古人都太想一春的虚度,前车可鉴!到我手里决不放它空过了。最是逢到了古人惋惜最深的寒食清明,我心中的焦灼便更甚。那一天我总想有一种足以充分酬偿这佳节的举行。我准拟作诗,作画,或痛饮,漫游。虽然大多不被实行;或实行而全无效果,反而中了酒,闹了事,换得了不快的回忆,但我总不灰心,总觉得春的可恋。我心中似乎只有知道春,别的三季在我都当作春的预备,或待春的休息时间,全然不曾注意到它们的存在与意义。而对于秋,尤无感觉:因为夏连续在春的后面,在我可当作春的过剩;冬先行在春的前面,在我可当作春的准备;独有与春全无关联的秋,在我心中一向没有它的位置。

自从我的年龄告了立秋以后,两年来的心境完全转了一个方向,也变成秋天了。然而情形与前不同:并不是在秋日感到像昔日的狂喜与焦灼。我只觉得一到秋天,自己的心境便十分调和。非但没有那种狂喜与焦灼,且常常被秋风秋雨秋色秋光所吸引而融化在秋中,暂时失却了自己的所在。而对于春,又并非像昔日对于秋的无感觉。我现在对于春非常厌恶。每当万象回春的时候,看到群花的斗艳,蜂蝶的扰攘,以及草木昆虫等到处争先恐后地滋生蕃殖的状态,我觉得天地间的凡庸,贪婪,无耻,与愚痴,无过于此了!尤其是在青春的时候,看到柳条上挂了隐隐的绿珠,桃枝上着了点点的红斑,最使我觉得可笑又可怜。我想唤醒一个花蕊来对它说:"啊!你也来反复这老调了!我眼看见你的无数的祖先,个个同你一样地出世,个个努力发展,争荣竞秀;不久没有一个不憔悴而化泥尘。你何苦也来反复这老调呢?如今你已长了这蘖根,将来看你弄娇弄艳,装笑装颦,招致了蹂躏,摧残,攀折之苦,而步你的祖先们的后尘!"

实际，迎送了三十几次的春来春去的人，对于花事早已看得厌倦，感觉已经麻木，热情已经冷却，决不会再像初见世面的青年少女地为花的幻姿所诱惑而赞之，叹之，怜之，惜之了。况且天地万物，没有一件逃得出荣枯，盛衰，生灭，有无之理。过去的历史昭然地证明着这一点，无须我们再说。古来无数的诗人千篇一律地为伤春惜花费词，这种效颦也觉得可厌。假如要我对于世间的生荣死灭费一点词，我觉得生荣不足道，而宁愿欢喜赞叹一切的死灭。对于前者的贪婪，愚昧，与怯弱，后者的态度何等谦逊，悟达，而伟大！我对于春与秋的舍取，也是为了这一点。

夏目漱石三十岁的时候，曾经这样说："人生二十而知有生的利益；二十五而知有明之处必有暗；至于三十的今日，更知明多之处暗亦多，欢浓之时愁亦重。"我现在对于这话也深抱同感；有时又觉得三十的特征不止这一端，其更特殊的是对于死的体感。青年们恋爱不遂的时候惯说生生死死，然而这不过是知有"死"的一回事而已，不是体感。犹之在饮冰挥扇的夏日，不能体感到围炉拥衾的冬夜的滋味。就是我们阅历了三十几度寒暑的人，在前几天的炎阳之下也无论如何感不到浴日的滋味。围炉，拥衾，浴日等事，在夏天的人的心中只是一种空虚的知识，不过晓得将来须有这些事而已，但是不能体感它们的滋味。须得入了秋天，炎阳逞尽了威势而渐渐退却，汗水浸胖了的肌肤渐渐收缩；身穿单衣似乎要打寒噤，而手触法兰绒觉得快适的时候，于是围炉，拥衾，浴日等知识方能渐渐融入体验界中而化为体感。我的年龄告了立秋以后，心境中所起的最特殊的状态便是这对于死的体感。以前我的思虑真疏浅！以为春可以常在人间，人可以永在青年，竟完全没有想到死。又以为人生的意义只在于生，我的一生最有意义，似乎我是不会死的。直到现在，仗了秋的慈光的鉴照，死的灵气钟育，才知道生的甘苦悲欢，是天地间反复过亿万次的老调，又何足珍惜？我但求此生的平安的度送与脱出而已。犹之罹了疯狂的人，病中的颠倒迷离何足计较？但求其去病而已。

我正要搁笔，忽然西窗外黑云弥漫，天际闪出一道电光，发出隐隐的雷声，骤然洒下一阵夹着冰雹的秋雨。阿！原来立秋过得不多天，秋心稚嫩而未曾老练，不免还有这种不调和的现象，可怕哉！

1929 年

延伸阅读： 作品如一幅缓慢铺开的秋天的风景，暗含着作者在丰富繁杂的世界中极其宁静、自在的心境。散文最见作者内心真实，而以景色为背景的作品尤其能让人窥见某种在小说和诗歌中难以发现的真实的东西。好在，作品并未指明什么，而是以含蓄自然的笔触引领着读者徜徉其间，并不一定要求你服从他的意图。

画梦录(节选)

何其芳

丁令威

　　丁令威忽然忘了疲倦,翅膀间扇的简直是快乐的风,随着目光,从天空斜斜的送向辽东城。城是土色的,带子似的绕着屋顶和树木。当他在灵虚山忽然为怀乡的尘念所扰,腾空化为白鹤,阳光在翅膀上抚摩,青色的空气柔软得很,其快乐也和此刻相似吧。但此刻他是急于达到一栖止之点了。

　　轻巧的停落在城门口的华表柱上。

　　奔向城门的是一条大街,在这晨光中风平沙静,空无行人,只有屋檐投下有曲线边沿的影子。华表柱的影子在街边折断了又爬上屋瓦去,以一个巨大的长颈鸟像为冠饰。这些建筑这些门户都是他记忆之外的奇特的生长,触醒了时间的知觉,无从去呼唤里面的主人了,丁令威展一展翅。

　　只有这低矮的土筑的城垣,虽也迭经颓圮迭经修了吧,仍是昔日的位置,姿势,从上面望过去是城外的北邙,白杨叶摇着像金属片,添了无数的青草塚了。丁令威引颈而望,寂寞得很,无从向昔日的友伴致问讯之情。生长于土,复归于土,祝福他们的长眠吧:丁令威瞑目微思,难道隐隐有一点失悔在深山中学仙吗?明显的起在意识中的是:

　　"我为甚么要回来呢?"他张开眼睛来寻找回来的原故了:这小城实在荒凉,而在时间中作了长长旅行的人,正如犁过无数次冬天的荒地的农夫,即在到处是青青之痕了的春天,也不能对大地唤起一个繁荣的感觉。

　　"然而我想看一看这些后代人呵。我将怎样的感动于你们这些陌生的脸呵,从你们的脸我看得出你们是快乐还是痛苦,是进步了还是堕落了。你们都来,都来……"当思想渐次变为声音时,丁令威忽然惊骇于自己的鹤的语言,从颈间迸出长嘴外的高朗然而噪急的长唳,停止了。

　　但仍是呼唤来了欢迎的人群,从屋里,从小巷里,从街的那头:

　　"吓,这是春天回来的第一只鹤,"

　　"并且是真正的丹顶鹤,"

　　"真奇怪,鹤歇在这柱子上,"

　　并且见了人群还不飞呢。在语声,笑声,拍手声里,丁令威悲哀得很,以他鹤的眼睛俯望着一半圈子人群,不动,以至使他们从好奇变为愤怒了,以为是不祥的朕兆,扬手发出威吓的驱逐声,最后有一个少年提议去取弓来射他。

　　弓是精致的黄杨木弓。当少年奋臂拉着弓弦时,指间的羽箭的锋尖在阳光中闪耀,丁令威始从梦幻的状况中醒来,噗噗的鼓翅飞了。

　　人群的叫声随着丁令威追上天空,他急速的飞着,飞着,绕着这小城画圈子。在他

更高的冲天远去之前,又不自禁的发出几声高朗然而噪急的长唳,若用人类的语言翻译出来,大约是这样:

"有鸟有鸟丁令威,去家千年今始归,城郭如故人民非,何不学仙塚累累。"

淳于棼

淳于棼弯着腰在槐树下,在隆起如山脉的树根间终于找着了一个圆穴,指头大的泥丸就可封闭,转面告诉他身旁的客人:"这就是梦中乘车进去的路。"

淳于棼惊醒在东厢房的木榻上,窗间炫耀着夕阳的彩色,揉揉眼,看清了执着竹帚的僮仆在扫庭阶,桌上留着饮残的酒樽,他的客人还在洗着足。

"唉,倏忽之间我经历了一生了。"

"做了梦么?"

"很长很长的梦呵。"

从如何被二紫衣使者迎到槐安国去,娶了金枝公主,出守南柯郡,与檀萝国一战打了败仗,直到公主薨后罢郡回朝,如何为谗言所伤,又由前二紫衣使者送了回来:他一面回想一面嗟叹的告诉客人,客人说:

"真有这样的事吗!"

"还记得梦中乘车进去的路呢。"

淳于棼蹲看在槐树下,在隆起如山脉的树根间,用他右手的小指头伸进那蚁穴去,崎岖曲折不可通,又用他的嘴唇吹着气,消失在那深邃的黑暗中没有回声。那里面有城郭台殿,有山川草木,他决不怀疑,并且记得,在那国之西有灵龟山,曾很快乐的打了一次猎。也许醒着的现在才正是梦境呢,他突然站立起来了。

槐树高高的,羽状叶密覆在四出的枝条上,像天空。辽远的晚霞闪耀着。淳于棼的想像里蠕动着的是一匹蚁,细足瘦腰,弱得不可以风吹,若是爬行在龟裂的树皮间看来多么可哀呵。然而以这匹蚁与他相比,淳于棼觉得自己还要渺小,他忘了大小之辨,忘了时间的久暂之辨,这酒醉后的今天下午实在不像倏忽之间的事:

淳于棼大醉在筵席上,自从他使酒忤帅,革职落魄以来这已不是他第一次大醉了,但渐趋衰老的身体不复能支持他的豪侠气概,由两个客人从座间扶下来,躺在东厢房的木榻上,向他说:"你睡吧,我们去喂我们的马,洗足,等你好了一点再走。"

淳于棼徘徊在槐树下,夕阳已消失在黄昏里了,向他身旁的客人说:

"在那梦里的国土我竟生了贪恋之心呢。谗言的流布使我郁郁不乐,最后当国王劝我归家时我竟记不起除了那国土我还有乡里,直到他说我本在人间,我懵然想了一会才明白了。"

"你定是被狐狸或者木妖所蛊惑了,喊仆人们拿斧头来斫掉这棵树吧,"客人说。

白莲教某

白莲教某今晚又出门了。红蜡烛已烧去一寸,两寸,或者三寸,在案上的锡烛台上结一个金色小花朵,没有开放已照亮四壁。白莲教某正走着怎样的路呢。他的门人坐在床沿,守着临走时的吩咐,"守着烛,别让风吹熄了。"

案上的锡烛台上的小花朵放开了,纷披着金色复瓣,又片片坠落,中心直立着一座尖顶的黑石塔幽闭着甚么精灵吧,忽然凭空跌下了,无声的,化作一条长途,仅是望着也使人发愁的长途……好孩子,别打瞌睡!门人从朦胧中自己惊醒了,站起身来,用剪子绞去半寸烧过的烛心。

从前有一天,白莲教某出门了,屋里留下一个木盆,用另外一个木盆盖着,临走时吩咐:"守着它,别打开看。"

白莲教某的法术远近闻名,来从学的很不少,但长久无所得,又受不惯无理的驱使,都渐次散去了,剩下这最后一个门人,年纪轻,学法的心很诚恳,知道应该忍耐,经过了许多试探,才能获得师傅的欢心和传授。他坐在床沿想。

"别打开看,"这个禁止引动了他的好奇,打开:半盆清水,浮着一只草编的小船,有帆有樯,精致得使人想用手指去玩弄。拨它走动吧。翻了,船里进了水,等待他慌忙的扶正它,再用盆盖上后,他的师傅已带着怒容站在身边了,"怎么不服从我的吩咐!""我并没有动它。""你没有动它!刚才在海上翻了船,几乎把我淹死了!"

红蜡烛已烧去两寸,三寸,或者四寸,在案上的锡烛台上站一只黄羽小鸟,举嘴向天,待风鼓翅。白莲教某已走到哪儿呢。走尽长长的路,穿过深的树林,到了奇异的城中的街上吧。那不夜城的街上会有怎样的人,和衣冠,和欢笑。

半盆清水就是他的海。那海上是平静的还是波涛汹涌。独自驾一叶小船。门人想:假若有那种法术。只要有那种法术。

案上的锡烛台上的小鸟鼓翅飞了,随它飞出许多只同样的鸟,变成一些金环,旋舞着,又连接起来成了竖立的长梯,上齐屋顶,一级一级爬上去,一条大路……好孩子,你又打瞌睡,那你就倒在枕上躺一忽吧!门人远远的看见他师傅的背,那微驼的背,在大路上向前走着,不停一停,他赶得乏极了……

当他惊醒在黑暗里时,他明白这一忽瞌睡的过错了,慌忙的在案上摸着取灯,划一根,重点着了烛。而他微驼着背的师傅已带着怒容从门外走进来了,

"吩咐你别睡觉,你偏睡觉了!"

"我并没有。"

"你并没有!害我在黑暗里走十几里路!"

延伸阅读:《画梦录》是京派散文的代表性作品。它来自作者北大校园的日常经验,糅合了1930年代弥漫在一部分青年学生中的浪漫、审美的人文情怀,表达了在一个非常时代的幽秘心绪。由于这种特殊的抒情风格,发表后在青年学生中广泛传播,1936年被授予《大公报》文艺奖金。其中《雨前》、《黄昏》、《岩》和《梦中》较为有名。从作品形式看,"梦"和"独语"不仅构成作品的主题,还是一种内在的结构,由此延伸可做广泛的艺术联想。

白杨礼赞(存目)

茅 盾

延伸阅读:1939年前后,茅盾有一次充满传奇性的西北之行,先是甘肃、新疆,又从那里转道延安。这篇散文,就写在这次旅途之中。他回忆说:"第二天是翻越六盘山。六盘山虽险峻,道路却好,尽管拐了九曲十八道弯,却并无麻烦。翻过山,汽车就加足马力在望不到边际的黄土高原上奔驰,扑入视野的是绿色的'麦浪'和远处一排、一簇傲然耸立的白杨树。"这种视觉印象和人生经历,是本文的基础。参见茅盾:《我走过的道路》(下),第344页,北京,人民文学出版社,1981年。

回声(存目)

李广田

延伸阅读:李广田与何其芳、卞之琳是北大同学,因编《汉园集》而出名,但他的主要成就在散文创作。这些作品是《银狐集》、《画廊集》、《雀蓑集》,它们展现朴素无华的情境,力图表现作者对故乡山东一山一水的深切感情。其中,对乡俗的场面和自然景色的生动描绘,给读者留下了较深的印象。

回忆鲁迅先生(存目)

萧 红

延伸阅读:写回忆文章,知人论世是最为重要的前提之一,萧红这篇文章,可为著名的例子。1930年代,"二萧"(萧军、萧红)流落到上海,两人在文坛籍籍无名,更没有丰厚的经济来源。所以,鲁迅对他们的欣赏和推荐,对他们的成名,尤其是萧红的出道至关重要。萧红也不负鲁迅期望,她迅速成为丁玲之后中国最红火的青年女作家之一。从这篇文章看,萧红与鲁迅一家的交情,非一般作家能比,这使她能近距离地观察鲁迅,发现一个"外人所不知"的大作家的里里外外。

马(存目)

吴伯箫

延伸阅读:《羽书》是收入吴伯箫散文最多的一个集子。他的散文内容丰厚,文气沉潜,但有宏阔的意境。他的创作笔致多重,句子有长有短,富有变化,文风有一种音乐的旋律和节奏。另外,他在选材时,力图更接近于生活的细部,希望像小说那样尽可能呈现现实的真实内涵。

沈从文家书(节选)

沈从文

横石和九溪

1934年1月18日

上午九时

我七点前就醒了,可是却在船上不起身。我不写信,担心这堆信你看不完。起来时船已开动,我洗过了脸,吃过了饭,就仍然做了一会儿痴事……今天我小船无论如何也应当到一个大码头了,我有点慌张,只那么一点点。我晚上也许就可以同三弟从电话中谈话的。我一定想法同他们谈话。我还得拍发给你的电报,且希望这电报送到家中时,你不至于吃惊,同时也不至于为难。你接到那电报时若在十九,我的船必在从辰州到泸溪路上,晚上可歇泸溪。这地方不很使我高兴,因为好些次数从这地方过身皆得不到好印象。风景不好,街道不好,水也不好。但廿日到的浦市,可是个大地方,数十年前极有名,在市镇对河的一个大庙,比北京碧云寺还好看。地方山峰同人家皆雅致得很。那地方出肥人,出大猪,出纸,出鞭炮。造船厂规模很像个样子。大油坊长年有油可打,打油人皆摇曳长歌,河岸晒油篓时必百千个排列成一片。河中且长年有大木筏停泊,有大而明黄的船只停泊,这些大船船尾皆高到两丈左右,渡船从下面过身时,仰头看去恰如一间大屋。那上面一定还用金漆写得有一个"福"字或"顺"字!地方又出鱼,鱼行也大得很。但这个码头却据说在数十年前更兴旺,十几年前我到那里时已衰落了的。衰落的原因为的是河边长了沙滩,不便停船,水道改了方向,商业也随之而萧条了。正因为那点"旧家子"的神气,大屋、大庙、大船、大地方,商业却已不相称,故看起来尤其动人。我还驻扎在那个庙里半个月到廿天,属于守备队第一团,那庙里墙上的诗好像也很多,花也多得很,还有个"大藏"①,样子如塔,高至五丈,在一个大殿堂里,上面用木砌成,全是菩萨。合几个人力量转动它时,就听到一种吓人的声音,如龙吟太空。这东西中国的庙里似乎不多,非敕建大庙好像还不作兴有它的。

我船又在上一个大滩了,名为"横石",船下行时便必须进点水,上行时如果是只大船,也极费事,但小船倒还方便,不到廿分钟就可以完事的。这时船已到了大浪里,我抱着你同四丫头的相片,若果浪把我卷去,我也得有个伴!

三三,这滩上就正有只大船碎在急浪里,我小船挨着它过去,我还看得明明白白那只船中的一切。我的船已过了危险处,你只瞧我的字就明白了。船在浪里时是两面乱

---

① 即转轮藏,一般称转经筒,原设于浦峰寺内。

摆的。如今又在上第二段滩水,拉船人得在水中弄船,支持一船的又只是手指大一根竹缆,你真不能想像这件事。可是你放心,这滩又拉上了……

我想印个选集了①,因为我看了一下自己的文章,说句公平话,我实在是比某些时下所谓作家高一筹的。我的工作行将超越一切而上。我的作品会比这些人的作品更传得久,播得远。我没有方法拒绝,我不骄傲,可是我的选集的印行,却可以使些读者对于我作品取精摘尤得到一个印象。你已为我抄了好些篇文章,我预备选的仅照我记忆到的,有下面几篇:

柏子、丈夫、夫妇、会明(全是以乡村平凡人物为主格的,写他们最人性的一面的作品)。

龙朱、月下小景(全是以异族青年恋爱为主格,写他们生活中的一片,全篇贯串以透明的智慧,交织了诗情与画意的作品)。

都市一妇人、虎雏(以一个性格强的人物为主格,有毒的放光的人格描写)。

黑夜(写革命者的一片段生活)。

爱欲(写故事,用天方夜谭风格写成的作品)。

应当还有不少文章还可用的,但我却想至多只许选十五篇。也许我新写些,请你来选一次。我还打量作个《我为何创作》,写我如何看别人生活以及自己如何生活,如何看别人作品以及自己又如何写作品的经过。你若觉得这计划还好,就请你为我抄写《爱欲》那篇故事。这故事抄时仍然用那种绿格纸,同《柏子》差不多的。这书我估计应当有购者,同时有十万读者。

船去辰州已只有三十里路,山势也大不同了,水已较和平,山已成为一堆一堆黛色浅绿色相间的东西。两岸人家渐多,竹子也较多,且时时刻刻可以听到河边有人做船补船,敲打木头的声音。山头无雪,虽无太阳,十分寒冷,天气却明明朗朗。我还常常听到两岸小孩子哭声,同牛叫声。小船行将上个大滩,已泊近一个木筏,筏上人很多。上了这个滩后,就只差一个长长的急水,于是就到辰州了。这时已将近十二点,有鸡叫!这时正是你们吃饭的时候,我还记得到,吃饭时必有送信的来,你们一定等着我的信。可是这一面呢,积存的信可太多了。到辰州为止,似乎已有了卅张以上的信。这是一包,不是一封,你接到这一大包信时,必定不明白先从什么看起。你应得全部裁开,把它秩序弄顺,再订成个小册子来看。你不怕麻烦,就得那么做。有些专利的痴话,我以为也个妨让四妹同九妹看看,若绝对不许她们见到,就用另一纸条黏好,不宜裁剪……

船又在上一个大滩了,名为"九溪"。等等我再告你一切。

……

好厉害的水!吉人天佑,上了一半。船头全是水,白浪在船边如奔马,似乎只想攫你们的相片去,你瞧我字斜到什么样子。但我还是一手拿着你的相片,一手写字。好了,第一段已平安无事了。

小船上滩不足道,大船可太动人了。现在就有四只大船正预备上滩,所有水手皆上了岸,船后掌梢的派头如将军,拦头的赤着个膊子,船挌②到水中不动了,一下子就跃到

---

① 这是作者第一次提到印选集的想法。两年后《从文小说习作选》才由上海良友图书公司出版。

② 挌(Kèn),湘西方言,表示卡住。

水中去了。我小船又在急水中了,还有些时候方可到第二段缓水处。大船有些一整天只上这样一个滩,有些到滩上弄碎了,就收拾船板到石滩上搭棚子住下。三三,这争斗,这和水的争斗,在这条河里,至少是有廿万人的!三三,我小船第二段危险又过了,等等还有第三段得上。这个滩共有九段麻烦处,故上去还需些时间。我船里已上了浪,但不妨的,这不是要远人担心的……

我昨晚上睡不着时,曾经想到了许多好像很聪明的话……今天被浪一打,现在要写却忘掉了。这时浪真大,水太急了点,船倒上得很好。今天天明朗一点,但毫无风,不能挂帆。船又上了一个滩,到一段较平和的急流中了。还有三五段。小船因拦头的不得力,已加了个临时纤手,一个老头子,白须满腮,牙齿已脱,却如古罗马人那么健壮。先时蹲到滩头大青石上,同船主讲价钱,一个要一千,一个出九百,相差的只是一分多钱,并且这钱全归我出,那船主仍然不允许多出这一百钱。但船开行后,这老头子却赶上前去自动加入拉纤了。这时船已到了第四段。

小船已完全上滩了,老头子又到船边来取钱,简直是个托尔斯太①!眉毛那么浓,脸那么长,鼻子那么大,胡子那么长,一切皆同画上的托尔斯太相同。这人秀气一些,因为生长在水边,也许比那一个同时还干净些。他如今又蹲在一个石头上了。看他那数钱神气,人那么老了,还那么出力气,为一百钱大声的嚷了许久,我有个疑问在心:

"这人为什么而活下去?他想不想过为什么活下去这件事?"

不止这人不想起,我这十天来所见到的人,似乎皆并不想起这种事情。城市中读书人也似乎不大想到过。可是,一个人不想到这一点,还能好好生存下去,很稀奇的。三三,一切生存皆为了生存,必有所爱方可生存下去。多数人爱点钱,爱吃点好东西,皆可以从从容容活下去的。这种多数人真是为生而生的,但少数人呢,却看得远一点,为民族为人类而生。这种少数人常常为一个民族的代表,生命放光,为的是他会凝聚精力使生命放光!我们皆应当莫自弃,也应当得把自己凝聚起来!

三三,我相信你比我还好些,可是你也应得有这种自信,来思索这生存得如何去好好发展!

我小船已到了一个安静的长潭中了。我看到了用鸬鹚咬鱼的渔船了,这渔船是下河少见的,这种船同这种黑色怪鸟,皆是我小时节极欢喜的东西,见了它们同见老友一样。我为它们照了个相,希望这相还可看出个大略。我的相片已照了四张,到辰州我还想把最初出门时,军队驻扎的地方照来,时间恐不大方便。我的小船正在一个长潭中滑走,天气极明朗,水静得很,且起了些风,船走得很好。只是我手却冻坏了,如果这样子再过五天,一定更不成事了的。在北方手不肿冻,到南方来却冻手,这是件可笑的事情。

我的小船已到了一个小小水村边,有母鸡生蛋的声音,有人隔河喊人的声音,两山不大而翠色迎人,有许多待修理的小船皆斜卧在岸上,有人正在一只船边敲敲打打,我知道他们是在用麻头同桐油石灰嵌进船缝里去的,一个木筏上面还有小船,正在平滩中溜着,有趣得很!我快到柏子停船的岸边了,那里小船多得很,我一定还可以看到上千的真正柏子!

我烤烤手再写。这信快可以付邮了,我希望多写些,我知道你要许多,要许多。你只看看我的信,就知道我们离开后,我的心如何还在你的身边!

---

① 今译托尔斯泰。下同。

手一烤就好多了。这边山头已染上了浅绿色,透露了点春天的消息,说不出它的秀。我小船只差上一个长滩,就可以用桨划到辰州了。这时已有点风,船走得更快一些。到了辰州,你的相片可以上岸玩玩,四丫头的大相却只好在箱子里了。我愿意在辰州碰到几个必须见面的人,上去时就方便些。辰州到我县里只二百八十里,或二百六或二百廿里,若坐轿三天可到,我改坐轿子。一到家,我希望就有你的信,信中有我们所照的相片!

船已在上我所说最后一个滩了,我想再休息一会会,上了这长滩,我再告你一切。我一离开你,就只想给你写信,也许你当时还应当苛刻一点,残忍一点,尽挤我写几年信,你觉得更有意思!

……

二哥
一月十八十二时卅分

历史是一条河

1934 年 1 月 18 日

下午二时卅分

我小船已把主要滩水全上完了,这时已到了一个如同一面镜子的潭里,山水秀丽如西湖,日头已出,两岸小山皆浅绿色。到辰州只差十里,故今天到地必很早。我照了个相,为一群拉纤人照的,现在太阳正照到我的小船舱中,光景明媚,正同你有些相似处。我因为在外边站久了一点,手已发了木,故写字也不成了,我一定得戴那双手套的,可是这同写信恰好是鱼同熊掌,不能同时得到。我不要熊掌,还是做近于吃鱼的写信吧。这信再过三四点钟就可发出,我高兴得很。记得从前为你寄快信时,那时心情真有说不出的紧处,可怜的事,这已成为过去了。现在我不怕你从我这种信中挑眼儿了,我需要你从这些无头无绪的信上,找出些我不必说的话……

我已快到地了,假若这时节是我们两个人,一同上岸去,一同进街且一同去找人,那多有趣味!我一到地见到了有点亲戚关系的人,他们第一句话,必问及你!我真想凡是有人问到你,就答复他们"在口袋里"!

三三,我因为天气太好了一点,故站在船后舱看了许久水,我心中忽然好像彻悟了一些,同时又好像从这条河中得到了许多智慧。三三,的的确确,得到了许多智慧,不是知识。我轻轻的叹息了好些次。山头夕阳极感动我,水底各色圆石也极感动我,我心中似乎毫无什么渣滓,透明烛照,对河水、对夕阳、对拉船人同船,皆那么爱着,十分温暖的爱着!我们平时不是读历史吗?一本历史书除了告我们些另一时代最笨的人相斫相杀以外有些什么?但真的历史却是一条河。从那日夜长流千古不变的水里石头和砂子,腐了的草木,破烂的船板,使我触着平时我们所疏忽了若干年代若干人类的哀乐!我看到小小渔船,载了它的黑色鸬鹚向下流缓缓划去,看到石滩上拉船人的姿势,我皆异常感动且异常爱他们。我先前一时不还提到过这些人可怜的生,无所为的生吗?不,三三,我错了。这些人不需我们来可怜,我们应当来尊敬来爱。他们那么庄严忠实的生,却在自然上各担负自己那份命运,为自己、为儿女而活下去。不管怎么样活,却从不逃避为了活而应有的一切努力。他们在他们那份习惯生活里、命运里,也依然是哭、笑、吃、喝,对于寒暑的来临,更感觉到这四时交递的严重。三三,我不知为什么,我感动得很!我希望活得长一点,同时把生活完全发展到我自己这份工作上来。我会用我自己的力量,为所谓人生,解释得比任何人皆庄严些与透入些!三三,我看久了水,从水里的石头得到一点平时好像不能得到的东西,对于人生,对于爱憎,仿佛全然与人不同了,我觉得惆怅得很,我总像看得太深太远,对于我自己,便成为受难者了。这时节我软弱得很,因为我爱了世界,爱了人类。三三,倘若我们这时正是两人同在一处,你瞧我眼睛湿到什么样子!

三三,船已到关上了,我半点钟就会上岸的。今晚上我恐怕无时间写信了,我们当说声再见!三三,请把这信用你那体面温和眼睛多吻几次!我明天若上行,会把信留到浦市发出的。

二哥
一月十八下午四点半

这里全是船了!

延伸阅读: 在中国现代文学自传体文字中,鲁迅的《呐喊·自序》、沈从文的《从文自传》应该是最为有名和好读的作品了,因为在这样的叙述中,总能见出作家的真性情,他们对自己"过去"的种种坎坷和不堪,都是直接告白给读者的。而《沈从文家书》,则从另一方面展示作家与妻子、家人的关系,它是对《从文自传》的补充,同时也是另一种展开。从中,读者当能见到他对人生和世事的某种看法。

雅 舍

梁实秋

到四川来,觉得此地人建造房屋最是经济。火烧过的砖,常常用来做柱子,孤零零的砌起四根砖柱,上面盖上一个木头架子,看上去瘦骨嶙嶙,单薄得可怜;但是顶上铺了瓦,四面编了竹篦墙,墙上敷了泥灰,远远的看过去,没有人能说不像是座房子。我现在住的"雅舍"正是这样一匹典型的房子。不消说,这房子有砖柱,有竹篦墙,一切特点都应有尽有。讲到住房,我的经验不算少,什么"上支下摘","前廊后厦","一楼一底","三上三下","亭子间","茅草棚","琼楼玉宇"和"摩天大厦",各式各样,我都尝试过。我不论住在那里,只要住得久,对那房子便发生感情,非不得已我还舍不得搬。这"雅舍",我初来时仅求其能蔽风雨,并不敢存奢望,现在住了两个多月,我的好感油然而生。虽然我已渐渐感觉它并不能蔽风雨,因为有窗而无玻璃,风来则洞若凉亭,有瓦而空隙不少,雨来则渗如滴漏。纵然不能蔽风雨,"雅舍"还是自有它的个性。有个性就可爱。

"雅舍"的位置在半山腰,下距马路约有七八十层的土阶。前面是阡陌螺旋的稻田。再远望过去是几抹葱翠的远山,旁边有高粱地,有竹林,有水池,有粪坑,后面是荒僻的榛莽未除的土山坡。若说地点荒凉,则月明之夕,或风雨之日,亦常有客到,大抵好友不嫌路远,路远乃见情谊。客来则先爬几十级的土阶,进屋来仍须上坡,因为屋内地板依山势而铺,一面高,一面低,坡度甚大,客来无不惊叹,我则久而安之,每日由书房走到饭厅是上坡,饭后鼓腹而出是下坡,亦不觉有大不便处。

"雅舍"共是六间,我居其二。篦墙不固,门窗不严,故我与邻人彼此均可互通声息。邻人轰饮作乐,咿唔诗章,喁喁细语,以及鼾声、喷嚏声、吭汤声、撕纸声、脱皮鞋声,均随时由门窗户壁的隙处荡漾而来,破我岑寂。入夜则鼠子瞰灯,才一合眼,鼠子便自由行动,或搬核桃在地板上顺坡而下,或吸灯油而推翻烛台,或攀援而上帐顶,或在门框桌脚上磨牙,使得人不得安枕。但是对于鼠子,我很惭愧的承认,我"没有法子"。"没有法子"一语是被外国人常常引用着的,以为这话最足代表中国人的懒惰隐忍的态度。其实我的对付鼠子并不懒惰。窗上糊纸,纸一戳就破;门户关紧,而相鼠有牙,一阵咬便是一个洞洞。试问还有什么法子?洋鬼子住到"雅舍"里,不也是"没有法子"?比鼠子更骚扰的是蚊子。"雅舍"的蚊风之盛,是我前所未见的。"聚蚊成雷"真有其事!每当黄昏时候,满屋里磕头碰脑的全是蚊子,又黑又大,骨骼都像是硬的。在别处蚊子早已肃清的时候,在"雅舍"则格外猖獗,来客偶不留心,则两腿伤处累累隆起如玉蜀黍,但是我仍安之。冬天一到,蚊子自然绝迹,明年夏天——谁知道我还是否住在"雅舍"!

"雅舍"最宜月夜——地势较高,得月较先。看山头吐月,红盘乍涌,一霎间,清光四射,天空皎洁,四野无声,微闻犬吠,坐客无不悄然!舍前有两株梨树,等到月升中天,清光从树间筛洒而下,地上阴影斑斓,此时尤为幽绝。直到兴阑人散,归房就寝,月光仍然逼进窗来,助我凄凉。细雨蒙蒙之际,"雅舍"亦复有趣。推窗展望,俨然米氏章法,若云若雾，一片弥漫。但若大雨滂沱，我就又惶悚不安了，屋顶湿印到处都有，起初如碗大，俄而扩大如盆，继则滴水乃不绝，终乃屋顶灰泥突然崩裂，如奇葩初绽，砉然一声而泥水下注，此刻满室狼藉，抢救无及。此种经验，已数见不鲜。

"雅舍"之陈设，只当得简朴二字，但洒扫拂拭，不使有纤尘。我非显要，故名公巨卿之照片不得入我室；我非牙医，故无博士文凭张持壁间；我不业理发，故丝织西湖十景以及电影明星之照片亦均不能张我四壁。我有一几一椅一榻，酣睡写读，均已有着，我亦不复他求。但是陈设虽简，我却喜欢翻新布置。西人常常讥笑妇人喜欢变更桌椅位置，以为这是妇人天性喜变之一征。诬否且不论，我是喜欢改变的。中国旧式家庭，陈设千篇一律，正厅上是一条案，前面一张八仙桌，一边一把靠椅，两旁是两把靠椅夹一只茶几。我以为陈设宜求疏落参差之致，最忌排偶。"雅舍"所有，毫无新奇，但一物一事之安排布置俱不从俗。人入我室，即知此是我室。笠翁《闲情偶寄》之所论，正合我意。

"雅舍"非我所有，我仅是房客之一。但思"天地者万物之逆旅"，人生本来如寄，我住"雅舍"一日，"雅舍"即一日为我所有，即使此一日亦不能算是我有，至少此一日"雅舍"所能给予之苦辣酸甜，我实躬受亲尝。刘克庄词："客里似家家似寄。"我此时此刻卜居"雅舍"，"雅舍"即似我家。其实似家似寄，我亦分辨不清。

长日无俚，写作自遣，随想随写，不拘篇章，冠以"雅舍小品"四字，以示写作所在，且志因缘。

延伸阅读：本文是作者抗战时期流亡重庆时所作，号称"雅舍"，自然有对自己当时简朴生活的暗自欣赏，同时也是一种讽喻，大概是说在国破家亡的年代，也只能如此安顿和安慰自己了。不过，按照梁实秋的审美观，我们宁可相信前者，因为他一向主张健康、淡雅和优裕的生活，不喜欢在作品中做苦难叙事。作为中国现代散文另一源流的代表人物之一，梁实秋的人生态度和文学观，在这篇文章中有所流露。

自己的文章

张爱玲

我虽然在写小说和散文,可是不大注意到理论。近来忽然觉得有些话要说,就写在下面。

我以为文学理论是出在文学作品之后的,过去如此,现在如此,将来恐怕也是如此。倘要提高作者的自觉,则从作品中汲取理论,而以之为作品的再生产的衡量,自然是有益处的。但在这样衡量之际,须得记住在文学的发展过程中作品与理论乃如马之两骖,或前或后,互相推进。理论并非高高坐在上面,手执鞭子的御者。

现在似乎是文学作品贫乏,理论也贫乏。我发现弄文学的人向来是注重人生飞扬的一面,而忽视人生安稳的一面。其实,后者正是前者的底子。又如,他们多是注重人生的斗争,而忽略和谐的一面。其实,人是为了要求和谐的一面才斗争的。

强调人生飞扬的一面,多少有点超人的气质。超人是生在一个时代里的。而人生安稳的一面则有着永恒的意味,虽然这种安稳常是不安全的,而且每隔多少时候就要破坏一次,但仍然是永恒的。它存在于一切时代。它是人的神性,也可以说是妇人性。

文学史上素朴地歌咏人生的安稳的作品很少,倒是强调人生的飞扬的作品多,但好的作品,还是在于它是以人生的安稳做底子来描写人生的飞扬的。没有这底子,飞扬只能是浮沫,许多强有力的作品只予人以兴奋,不能予人以启示,就是失败在不知道把握这底子。

斗争是动人的,因为它是强大的,而同时是酸楚的。斗争者失去了人生的和谐,寻求着新的和谐。倘使为斗争而斗争,便缺少回味,写了出来也不能成为好的作品。我发觉许多作品里力的成份大于美的成份。力是快乐的,美却是悲哀的,两者不能独立存在。"死生契阔,与子相悦;执子之手,与子偕老"是一首悲哀的诗,然而它的人生态度又是何等肯定。我不喜欢壮烈。我是喜欢悲壮,更喜欢苍凉。壮烈只有力,没有美,似乎缺乏人性。悲壮则如大红大绿的配色,是一种强烈的对照。但它的刺激性还是大于启发性。苍凉之所以有更深长的回味,就因为它像葱绿配桃红,是一种参差的对照。

我喜欢参差的对照的写法,因为它是较近事实的。《倾城之恋》里,从腐旧的家庭里走出来的流苏,香港之战的洗礼并不曾将她感化成为革命女性;香港之战影响范柳原,使他转向平实的生活,终于结婚了,但结婚并不使他变为圣人,完全放弃往日的生活习惯与作风。因之柳原与流苏的结局,虽然多少是健康的,仍旧是庸俗;就事论事,他们也只能如此,极端病态与极端觉悟的人究竟不多。时代是这么沉重,不容那么容易就大彻大悟。这些年来,人类到底也这么生活了下来,可见疯狂是疯狂,还是有分寸的。所以我的小说里,除了《金锁记》里的曹七巧,全是些不彻底的人物。他们不是英雄,他们可是这时代的广大的负荷者。因为他们虽然不彻底,但究竟是认真的。他们没有悲壮,只有苍凉。悲壮是一种完成,而苍凉则是一种启示。

我知道人们急于要求完成，不然就要求刺激来满足自己都好。他们对于仅仅是启示，似乎不耐烦。但我还是只能这样写。我以为这样写是更真实的。我知道我的作品里缺少力，但既然是个写小说的，就只能尽量表现小说里人物的力，不能代替他们创造出力来。而且我相信，他们虽然不过是软弱的凡人，不及英雄的有力，但正是这些凡人比英雄更能代表这时代的总量。

这时代，旧的东西在崩坏，新的在滋长中。但在时代的高潮来到之前，斩钉截铁的事物不过是例外。人们只是感觉日常的一切都有点儿不对，不对到恐怖的程度。人是生活于一个时代里的，可是这时代却在影子似地沉没下去，人觉得自己是被抛弃了。为要证实自己的存在，抓住一点真实的，最基本的东西，不能不求助于古老的记忆，人类在一切时代之中生活过的记忆，这比了望将来要更明晰、亲切。于是他对于周围的现实发生了一种奇异的感觉，疑心这是个荒唐的，古代的世界，阴暗而明亮的。回忆与现实之间时时发现尴尬的不和谐，因而产生了郑重而轻微的骚动，认真而未有名目的斗争。

Michael Angelo 的一个未完工的石像，题名"黎明"的，只是一个粗糙的人形，面目都不清楚，却正是大气磅礴的，象征一个将要到的新时代。倘若现在也有那样的作品，自然是使人神往的，可是没有，也不能有，因为人们还不能挣脱时代的梦魇。

我写作的题材便是这么一个时代，我以为用参差的对照的手法是比较适宜的。我用这手法描写人类在一切时代之中生活下来的记忆，而以此给予周围的现实一个启示。我存着这个心，可不知道做得好做不好。一般所说"时代的纪念碑"那样的作品，我是写不出来的，也不打算尝试，因为现在似乎还没有这样集中的客观题材。我甚至只是写些男女间的小事情，我的作品里没有战争，也没有革命。我以为人在恋爱的时候，是比在战争或革命的时候更素朴，也更放恣的。战争与革命，由于事件本身的性质，往往要求才智比要求感情的支持更迫切，而描写战争与革命的作品也往往失败在技术的成份大于艺术的成份。和恋爱的放恣相比，战争是被驱使的，而革命则有时候多少有点强迫自己。真的革命与革命的战争，在情调上我想应当和恋爱是近亲，和恋爱一样是放恣的渗透于人生的全面，而对于自己是和谐。

我喜欢素朴，可是我只能从描写现代人的机智与装饰中去衬出人生的素朴的底子。因此我的文章容易被人看做过于华靡。但我以为用《旧约》那样单纯的写法是做不通的，托尔斯泰晚年就是被这个牺牲了。我也并不赞成唯美派。但我以为唯美派的缺点不在于它的美，而在于它的美没有底子。溪涧之水的浪花是轻佻的，但倘是海水，则看来虽一般的微波粼粼，也仍然饱蓄着洪涛大浪的气象的。美的东西不一定伟大，但伟大的东西总是美的。只是我不把虚伪与真实写成强烈的对照，却是用参差的对照的手法写出现代人的虚伪之中有真实，浮华之中有素朴，因此容易被人看做我是有所耽溺，流连忘返了。虽然如此，我还是保持我的作风，只是自己惭愧写得不到家，而我也不过是一个文学的习作者。

我的作品，旧派的人看了觉得还轻松，可是嫌它不够舒服。新派的人看了觉得还有些意思，可是嫌它不够严肃。但我只能做到这样，而且自信也并非折衷派。我只求自己能够写得真实些。

还有，因为我用的是参差的对照的写法，不喜欢采取善与恶，灵与肉的斩钉截铁的冲突那种古典的写法，所以我的作品有时候欠分明。但我以为，文学的主题论或者是可以改进一下。写小说应当是个故事，让故事自身去说明，比拟定了主题去编故事要好些。许多留到现在的伟大作品,原来的主题往往不再被读者注意,因为事过境迁之后,原来的主题早已不使我们感觉兴趣,倒是随时从故事本身发现了新的启示,使那作品成为永生的。就说《战争与和平》吧,托尔斯泰原来是想归结到当时流行的一种宗教团体的人生态度的,结果却是故事自身的展开战胜了预定的主题。这作品修改七次之多,每次修改都使预定的主题受到了惩罚。终于剩下来的主题只占插话的地位,而且是全书中安放得最不舒服的部分,但也没有新的主题去代替它。因此写成之后,托尔斯泰自己还觉得若有所失。和《复活》比较,《战争与和平》的主题果然是很模糊的,但后者仍然是更伟大的作品。至今我们读它,仍然一寸寸都是活的。现代文学作品和过去不同的地方,似乎也就在这一点上,不再那么强调主题,却是让故事自身给它所能给的,而让读者取得他所能取得的。《连环套》就是这样子写下来的,现在也还在继续写下去。在那作品里,欠注意到主题是真,但我希望这故事本身有人喜欢。我的本意很简单:既然有这样的事情,我就来描写它。现代人多是疲倦的,现代婚姻制度又是不合理的。所以有沉默的夫妻关系,有怕致负责,但求轻松一下的高等调情,有回复到动物的性欲的嫖妓——但仍然是动物式的人,不是动物,所以比动物更为可怖。还有便是姘居,姘居不像夫妻关系的郑重,但比高等调情更负责任,比嫖妓又是更人性的,走极端的人究竟不多,所以姘居在今日成了很普遍的现象。经营姘居生活的男人的社会地位,大概是中等或中等以下,倒是勤勤俭俭在过日子的。他们不敢太放肆,却也不那么拘谨得无聊。他们需要活泼的,着实的男女关系,这正是和他们其他方面生活的活泼而着实相适应的。他们需要有女人替他们照顾家庭,所以,他们对于女人倒也并不那么病态。《连环套》里的雅赫雅不过是个中等的绸缎店主,得自己上柜台去的。如果霓喜能够同他相安无事,不难一直相安下去,白头偕老也无不可。他们同居生活的失败是由于霓喜本身性格上的缺陷。她的第二个男人窦尧芳是个规模较好的药材店主,也还是没有大资本家的气派的。和霓喜姘居过的小官吏,也不过仅仅沾着点官气而已。他们对霓喜并没有任何特殊心理,相互之间还是人与人的关系,有着某种真情,原是不足为异的。

姘居的女人呢,她们的原来地位总比男人还要低些,但多是些有着泼辣的生命力的。她们对男人具有一种魅力,但那是健康的女人的魅惑力。因为倘使过于病态,便不合那些男人的需要。她们也操作,也吃醋争风打架,可以很野蛮,但不歇斯底里。她们只有一宗不足处:就是她们的地位始终是不确定的。疑忌与自危使她们渐渐变成自私者。

这种姘居生活中国比外国更多,但还没有人认真拿它写过,鸳鸯蝴蝶派文人看看他们不够才子佳人的多情,新式文人又嫌他们既不像爱,又不像嫖,不够健康,又不够病态,缺乏主题的明朗性。

霓喜的故事,使我感动的是霓喜对于物质生活的单纯的爱,而这物质生活却需要随时下死劲去抓住。她要男性的爱,同时也要安全,可是不能兼顾,每致人财两空。结果她觉得什么都靠不住,还是投资在儿女身上,囤积了一点人力——最无人道的囤积。

霓喜并非没有感情的,对于这个世界她要爱而爱不进去。但她并非完全没有得到爱,不过只是攫食人家的残羹冷炙,如杜甫诗里说:"残羹与冷炙,到处潜酸辛。"但她究竟是个健康的女人,不至于沦为乞儿相。她倒像是在贪婪地嚼着大量的榨过油的豆饼,虽然依恃着她的体质,而豆饼里也多少有着滋养,但终于不免吃伤了脾胃。而且,人吃畜生的饲料,到底是悲怆的。

至于《连环套》里有许多地方袭用旧小说的词句——五十年前的广东人与外国人,语气像《金瓶梅》中的人物;赛珍珠小说中的中国人,说话带有英国旧文学气息,同属迁就的借用,原是不足为训的。我当初的用意是这样:写上海人心目中的浪漫气氛的香港,已经隔有相当的距离;五十年前的香港,更多了一重时间上的距离,因此特地采用一种过了时的辞汇来代表这双重距离。有时候未免刻意做作,所以有些过分了。我想将来是可以改掉一点的。

延伸阅读:这篇文章收入《流言》中。该书中还有她的《写什么》等文章。与中国现代文学大多数作家不同,这里面没有历史使命、时代关怀之类,只就自己对小说和散文的写作发表非常个人化的看法。当然,张爱玲一向是自视甚高的作家,本文中的自负、自信随处可见,这也是它时常被人提起的缘由之一。李欧梵认为,这篇文章反映出"对一个才二十出头刚刚写作的年轻作家来说,的确是令人震惊的。因为这不光是一种自我辩护,也是她的美学原则的最初表白"。参见李欧梵:《苍凉与世故:张爱玲的启示》,第78页,香港,牛津大学出版社,2006年。

谈 音 乐

张爱玲

我不大喜欢音乐。不知为什么,颜色与气味常常使我快乐,而一切的音乐都是悲哀的。即使所谓"轻性音乐",那跳跃也像是浮面上的,有点假。譬如说颜色:夏天房里下着帘子,龙须草席上堆着一叠旧睡衣,摺得很齐整,翠蓝青布衫,青绸裤,那翠蓝与青在一起有一种森森细细的美,并不一定使人发生什么联想,只是在房间的薄暗里挖空了一块,悄没声地留出这块地方来给喜悦。我坐在一边,无心中看到了,也高兴了好一会。

还有一次,浴室里的灯新加了防空罩,青黑的灯光照在浴缸面盆上,一切都冷冷地,白里发青发黑,镀上一层新的润滑,而且变得简单了,从门外望进去,完全像一张现代派的图画,有一种新的立体。我觉得是绝对不能够走进去的,然而真的走进去了,仿佛做到了不可能的事,高兴而又害怕,触了电似地微微发麻,马上就得出来。

总之,颜色这样东西,只有没颜落色的时候是凄惨的;但凡让人注意到,总是可喜的,使这世界显得更真实。气味也是这样的。别人不喜欢的有许多气味我都喜欢,雾的轻微的霉气,雨打湿的灰尘,葱蒜,廉价的香水。像汽油,有人闻见了要头昏,我却特意要坐在汽车夫旁边,或是走到汽车后面,等它开动的时候"布布布"放气。每年用汽油擦洗衣服,满房都是那清冽明亮的气息;我母亲从来不要我帮忙,因为我故意把手脚放慢了,尽着汽油大量蒸发。牛奶烧糊了,火柴烧黑了,那焦香我闻见了就觉得饿。油漆的气味,因为簇崭新,所以是积极奋发的,仿佛在新房子里过新年,清冷,干净,兴旺。火腿咸肉花生油搁得日子久,变了味,有一种"油哈"气,那个我也喜欢,使油更油得厉害,烂熟,丰盈,如同古时候的"米烂陈仓"。香港打仗的时候我们吃的菜都是椰子油烧的,有强烈的肥皂味,起初吃不惯要呕,后来发现肥皂也有一种寒香。战争期间没有牙膏,用洗衣服的粗肥皂擦牙齿我也不介意。

气味总是暂时,偶尔的;长久嗅着,即使可能,也受不了。所以气味到底是小趣味。而颜色,有了个颜色就有在那里了,使人安心。颜色和气味的愉快性也许和这有关系。不像音乐,音乐永远是离开了它自己到别处去的,到哪里,似乎谁都不能确定,而且才到就已经过去了,跟着又是寻寻觅觅,冷冷清清。我最怕的是凡哑林,水一般地流着,将人生紧紧把握贴恋着的一切东西都流了去了。胡琴就好得多,虽然也苍凉,到临了总像着北方人的"话又说回来了",远兜远转,依然回到人间。

凡哑林上拉出的永远是"绝调",回肠九转,太显明地赚人眼泪,是乐器中的悲旦。我认为戏里只能有正旦贴旦小旦之分而不应当有"悲旦","风骚泼旦","言论老生"。(民国初年的文明戏里有专门发表政治性演说的"言论老生。")

凡哑林与钢琴合奏,或是三四人的小乐队,以钢琴与凡哑林为主,我也讨厌,零零落落,历碌不安,很难成一片,结果就像中国人合作的画,画一个美人,由另一个人补上花卉,又一个人补上背景的亭台楼阁,往往没有情调可言。

大规模的交响乐自然又不同,那是浩浩荡荡五四运动一般地冲了来,把每一个人的声音都变了它的声音,前后左右呼啸嘁嚓的都是自己的声音,人一开口就震惊于自己的声音的深宏远大;又像在初睡醒的时候听见人向你说话,不大知道是自己说的还是人家说的,感到模糊的恐怖。

然而交响乐,因为编起来太复杂,作曲者必须经过艰苦的训练,以后往往就沉溺于训练之中,不能自拔。所以交响乐常有这个毛病:格律的成份过多。为什么隔一阵子就要来这么一套?乐队突然紧张起来,埋头咬牙,进入决战最后阶段,一鼓作气,再鼓三鼓,立志要把全场听众扫数肃清铲除消灭,而观众只是默默抵抗着,都是上等人,有高级的音乐修养,在无数的音乐会里坐过的;根据以往的经验,他们知道这音乐是会完的。

我是中国人,喜欢喧哗吵闹,中国的锣鼓是不问情由,劈头劈脑打下来的,再吵些我也能够忍受,但是交响乐的攻势是慢慢来的,需要不少的时间把大喇叭钢琴小喇叭凡哑林一一安排布置,四下里埋伏起来,此起彼应,这样有计划的阴谋我害怕。

我第一次和音乐接触,是八九岁时候,母亲和姑姑刚回中国来,姑姑每天练习钢琴,伸出很小的手,手腕紧匝着绒线衫的窄袖子,大红绒线里绞着细银丝。琴上的玻璃瓶里常常有花开着。琴弹出来的,另有一个世界,可是并不是另一个世界,不过是墙上挂着一面大镜子,使这房间看上去更大一点,然而还是同样的斯文雅致的,装着热水汀的一个房间。

有时候我母亲也立在姑姑背后,手按在她肩上,"拉拉拉拉"吊嗓子。我母亲学唱,纯粹因为肺弱,医生告诉她唱歌于肺有益。无论什么调子,由她唱出来都有点像吟诗,(她常常用拖长了的湖南腔背诵唐诗。)而且她的发音一来就比钢琴低半个音阶,但是她总是抱歉地笑起来,有许多娇媚的解释。她的衣服是秋天的落叶的淡赭,肩上垂着淡赭的花球,永远有飘堕的姿势。

我总站在旁边听,其实我喜欢的并不是钢琴而是那种空气。我非常感动地说"真羡慕呀!我要弹得这么好就好了!"于是大人们以为我是罕有的懂得音乐的小孩,不能埋没了我的天才,立即送我去学琴。母亲说:"既然是一生一世的事,第一要知道怎样爱惜你的琴。"琴键一个个雪白,没洗过手不能碰。每天用一块鹦哥绿绒布亲自揩去上面的灰尘;我被带到音乐会里,预先我母亲再三告诫:"绝对不可以出声说话,不要让人家骂中国人不守秩序。"果然我始终沉默着,坐在位子上动也不动,也没有睡着。休息十分钟的时候,母亲和姑姑窃窃议论一下红头发的女人:"红头发真是使人为难的事呀!穿衣服很受限制了,一切的红色黄色都犯了冲,只有绿,红头发穿绿,那的确……"在那灯光黄暗的广厅里,我找来找去看不见那红头发的人,后来在汽车上一路想着,头发难道真有大红的么?很为困惑。

以后我从来没有自动地去听过音乐会,就连在夏夜的公园里,远远坐着不买票,享受露天音乐厅的交响乐,我都不肯。

教我琴的先生是俄国女人,宽大的面颊上生着茸茸的金汗毛,时常夸奖我,容易激动的蓝色大眼睛里充满了眼泪,抱着我的头吻我。我客气地微笑着,记着她吻在什么地方,隔了一会才用手绢子去擦擦。到她家去总是我那老女佣领着我,我还不会说英文,不知怎样地和她话说得很多,连老女佣也常常参加谈话。有一个星期尾她到高桥游泳了回来,骄傲快乐地把衣领解开给我们看,粉红的背上晒塌了皮,虽然已经隔了一天,还有兴兴轰轰的汗味太阳味。客室的墙壁上挂满了暗沉沉的棕色旧地毯,安着绿漆纱门,每次进出都是她丈夫极有礼貌地替我们开门,我很矜持地,从来不向他看,因此几年来始终不知道他长得是什么样子,似乎是不见天日的阴白的脸,他太太教琴养家,他不做什么事。

后来我进了学校,学校里的琴先生时常生气,把琴谱往地上一掼,一掌打在手背上,把我的手横扫到钢琴盖上去,砸得骨节震痛。越打我越偷懒,对于钢琴完全失去了兴趣,应当练琴的时候坐在琴背后的地板上看小说。琴先生结婚之后脾气好了许多。她搽的粉不是浮在脸上——离着脸总有一寸远。松松的包着一层白粉,她竟向我笑了,说:"早!"但是我还是害怕,每次上课之前立在琴间门口等着铃响,总是浑身发抖,想到浴室里去一趟。

因为已经下了几年的工夫,仿佛投资开店,拿不出来了,弃之可惜,所以一直学了下去,然而后来到底不得不停止了;可是一方面继续在学校里住读,常常要走过那座音乐馆,许多小房间。许多人叮叮咚咚弹琴,纷纷的琴声有摇落、寥落的感觉,仿佛是黎明,下着雨,天永远亮不起来了,空空的雨点打在洋铁棚上,空得人心里难受。弹琴的偶尔踩动下面的踏板,琴声连在一起和成一片,也不过是大风把雨吹成了烟,风过处,又是滴滴搭搭稀稀朗朗的了。

弹着琴,又像在几十层楼的大厦里,急急走上仆人苦力推销员所用的后楼梯,灰色水泥楼梯,黑铁栏干,两旁夹着灰色水泥墙壁,转角处堆着红洋铁桶与冬天的没有气味的灰寒的垃圾。一路走上去,没遇见一个人;在那阴风惨惨的高房子里,只是往上走。

后来离钢琴的苦难渐渐远了,也还听了一些交响乐,(大都是留声机上的,因为比较短)总嫌里面慷慨激昂的演说腔太重。倒是比较喜欢十八世纪的宫廷音乐,那些精致的 Minuet,尖手尖脚怕碰坏了什么似的——的确那时候的欧洲人迷上了中国的磁器,连房间家具都用磁器来做,白地描金,非常细巧的椅子。我最喜欢的古典音乐家不是浪漫派的贝多芬或萧邦,却是较早的巴赫,巴赫的曲子并没有宫样的纤巧,没有庙堂气也没有英雄气,那里面的世界是笨重的,却又得心应手;小木屋里,墙上的挂钟滴搭摇摆;从木碗里喝羊奶;女人牵着裙子请安;绿草原上有思想着的牛羊与没有思想的白云彩;沉甸甸的喜悦大声敲动像金色的结婚的钟。如同勃郎宁的诗里所说的:

"上帝在他的天庭里,世间一切都好了。"

歌剧这样东西是贵重的,也止于贵重。歌剧的故事大都很幼稚,譬如像妒忌这样的原始的感情,在歌剧里也就是最简单的妒忌,一方面却用最复杂最文明的音乐把它放大一千倍来奢侈地表现着,因为不调和,更显得吃力。"大"不一定是伟大。而且那样的隆重的热情,那样的捶胸脯打手势的英雄,也讨厌。可是也有它伟大的时候——歌者的金嗓子在高压的音乐下从容上升,各种各样的乐器一个个惴惴慑伏了;人在人生的风浪里突然站直了身子,原来他是很高很高的,眼色与歌声便在星群里也放光。不看他站起来,不知道他平常是在地上爬的。

外国的通俗音乐,我最不喜欢半新旧的,例如"一百零一只最好的歌",带有十九世纪会客室的气息,黯淡,温雅,透不过气来——大约因为那时候时行束腰,而且大家都吃得太多,所以有一种饱闷的感觉。那里的悲哀不是悲哀而是惨沮不舒。《在黄昏》这支情歌:"在黄昏,想起我的时候,不要记恨,亲爱的……"

听口气是端方的女人,多年前拒绝了男人,为了他的好,也为了她的好。以为什么事都没有发生,她一个人住着,一个人老了。虽然到现在还是理直气壮,同时却又抱歉着。这原是温柔可爱的,只是当中隔了多少年的慢慢的死与腐烂,使我们对于她那些过了时的逻辑起了反感。

苏格兰的民歌就没有那些逻辑,例如《罗门湖》,这支古老的歌前两年曾经被美国流行乐队拿去爵士化了,大红过一阵:

"你走高的路罢,我走低的路……

我与我真心爱的永远不会再相逢,在罗门湖美丽,美丽的湖边。"

可以想象多山多雾的苏格兰,遍山坡的 heather,长长地像蓬蒿,淡紫的小花浮在上面像一层紫色的雾。空气清扬寒冷。那种干净,只有我们的《诗经》里有。

一般的爵士乐,听多了使人觉得昏昏沉沉,像是起来得太晚了,太阳黄黄的,也不知是什么时候,没有气力,也没有胃口,没头没脑。那显着的摇摆的节拍,像给人摇腿似的,却是非常舒服的。我最喜欢的一支歌是《本埠新闻里的姑娘》,在中国不甚流行,大约因为立意新颖了一点,没有通常的"六月","月亮","蓝天","你"——

"因为我想她,
想那本埠新闻里的姑娘
想那粉红纸张的
本埠新闻里的
年轻美丽的黑头发女人。"

完全是大城市的小市民。

南美洲的曲子,如火如荼,是烂漫的春天的吵嚷。夏威夷音乐很单调,永远是"吉他"的琤琮,仿佛在夏末秋初,席子要收起来,挂在竹竿上晒着,花格子的台湾席,黄草席,风卷起的边缘上有一条金黄的日色。人坐在地下,把草帽合在脸上打瞌睡。不是一个人——靠在肩上的爱人的鼻息咻咻地像理发店的吹风。极单纯的沉湎,如果不是非常非常爱着的话,恐怕要嫌烦,因为耗费时间的感觉太分明,使人发急。头上是不知道倦怠的深蓝的天,上下几千年的风吹日照,而人生是不久长的,以此为永生的一切所激恼了。

中国的通俗音乐里,大鼓书我嫌它太像赌气,名手一口气贯串奇长的句子,脸不红,筋不爆,听众就专门要看他的脸红不红,筋爆不爆。《大西厢》费了大气力描写莺莺的思春,总觉得是京油子的耍贫嘴。

弹词我只听见过一次,一个瘦长脸的年轻人唱《描金凤》,每隔两句,句尾就加上极其肯定的"嗯,嗯,嗯",每"嗯"一下,把头摇一摇,像是咬着人的肉不放似的。对于有些听众这大约是软性刺激。

比较还是申曲最为老实恳切。申曲里表现"急急忙忙向前奔",有一种特殊的音乐,的确像是慌慌张张,脚不点地,耳际风生。最奇怪的是,表现死亡,也用类似的调子,气氛却不同了。唱的是:"三魂渺渺,三魂渺渺,七魄悠悠,七魄悠悠;阎王叫人三更死,并不留人,并不留人到五更!"忒愣楞急雨式的,平平的,重复又重复,仓皇,嘈杂,仿佛大事临头,旁边的人都很紧张,自己反倒不知道心里有什么感觉——那样的小户人家的死,至死也还是有人间味的。

中国的流行歌曲,从前因为大家有"小妹妹"狂,歌星都把喉咙逼得尖而扁,无线电扩音机里的《桃花江》听上去只是"价啊价,叽价价叽家啊价……"外国人常常骇异地问中国女人的声音怎么是这样的。现在好多了,然而中国的流行歌到底还是没有底子,仿佛是决定了新时代应当有的新的歌,硬给凑了出来的。所以听到一两个悦耳的调子像《蔷薇处处开》,我就忍不住要疑心是从西洋或日本抄了来的。有一天深夜,远处飘来跳舞厅的音乐,女人尖细的喉咙唱着:"蔷薇蔷薇处处开!"偌大的上海,没有几家人家点着灯,更显得夜的空旷。我房间里倒还没熄灯,一长排窗户,拉上了暗蓝的旧丝绒帘子,像文艺滥调里的"沉沉夜幕。"丝绒败了色的边缘被灯光喷上了灰扑扑的淡金色,帘子在大风里蓬飘,街上急急驶过一辆奇异的车,不知是不是捉强盗,"哗!哗!"锐叫,像轮船的汽笛,凄长地,"哗!哗!……哗!哗!"大海就在窗外,海船上的别离,命运性的决裂,冷到人心里去。"哗!哗!"渐渐远了。在这样凶残的,大而破的夜晚,给它到处开起蔷薇花来,是不能想象的事,然而这女人还是细声细气很乐观地说是开着的。即使不过是绸绢的蔷薇,缀在帐顶,灯罩,帽沿,袖口,鞋尖,阳伞上,那幼小的圆满也有它的可爱可亲。

延伸阅读:张爱玲对女人服装和音乐,有非常独到的见解,这与她敏感的个性、长期独处的生活,有一定的关系。她谈音乐虽然不如专业音乐家内行,却处处露出惊人的才华和独到的发现,尤其是能深入旋律之中,发现一些一般人所不知的东西,叫人惊奇不已。

织 席 记

孙 犁

　　真是一方水养一方人。我从南几县走过来,在蠡县、高阳,到处是纺线、织布。每逢集日,寒冷的早晨,大街上还冷冷清清的时候,那线子市里已经挤满了妇女。她们怀抱着一集纺好的线子,从家里赶来,霜雪粘在她们的头发上。她们挤在那里,急急卖出自己的线子,买回棉花;赚下的钱,再买些吃食零用,就又匆匆忙忙回家去了。回家路上的太阳才融化了她们头上的霜雪。

　　到端村,集日那天,我先到了席市上。这和高、蠡一带的线子市,真是异曲同工。妇女们从家里把席一捆捆背来,并排放下,她们对于卖出成品,也是那么急迫,甚至有很多老太太,在乞求似的招唤着席贩子:"看我这个来呀,你过来呀!"

　　她们是急于卖出席,再到苇市去买苇。这样,今天她就可解好苇,甚至轧出眉子,好赶制下集的席,时间就是衣食,劳动是紧张的,她们的热情的希望永远在劳动里旋转着。

　　在集市里充满热情的叫喊、争论。而解苇、轧眉子,则多在清晨和月夜进行。在这里,几乎每个妇女都参加了劳动。那些女孩子们,相貌端庄地坐在门前,从事劳作。

　　这里的房子这样低、挤、残破。但从里面走出来的妇女、孩子们却生得那么俊,穿得也很干净。普遍的终日的劳作,是这里妇女可亲爱的特点。她们穿得那么讲究,在门前推送着沉重的石砘子。她们的花鞋残破,因为她们要经常在苇子上来回践踏,要在泥水里走路。

　　她们,本质上是贫苦的人。也许她们劳动是希望着一件花布褂,但她们是这样辛勤的劳动人民的后代。

　　在一片烧毁了典当铺的广场上,围坐着十几个女孩子,她们坐在席上,垫着一小块棉褥。她们晒着太阳,编着歌儿唱着。她们只十二三岁,每人每天可以织一领丈席。劳动原来就是集体的,集体劳动才有乐趣,才有效率,女孩子们纺线愿意在一起,织席也愿意在一起。问到她们的生活,她们说现在是享福的日子。

　　生活史上的大创伤是敌人在炮楼"戳"着的时候,提起来,她们就黯然失色,连说也不能提了,不能提了。那个时候,是"掘地梨"的时候,是端村街上一天就要饿死十几条人命的时候。

　　敌人决堤放了水,两年没收成,抓夫杀人,男人也求生不得。敌人统制了苇席,低价强收,站在家里等着,织成就抢去,不管你死活。

　　一个女孩子说:"织成一个席,还不能点火做饭!"还要在冰凌里,用两只手去挖地梨。

　　她们说:"敌人如果再呆一年,端村街上就没有人了!"那天,一个放鸭子的也对我说:"敌人如果再呆一年,白洋淀就没有鸭子了!"

　　她们是绝处逢生,对敌人的仇恨长在。对民主政府扶植苇席业,也分外感激。公家商店高价收买席子,并代她们开辟销路,她们的收获很大。

生活上的最大变化,还是去年分得苇田。过去,端村街上,只有几家地主有苇。他们可以高价卖苇,贱价收席,践踏着人民的劳动。每逢春天,穷人流血流汗帮地主去上泥,因此他家的苇才长得那么高。可是到了年关,穷人过不去,二百户穷人,到地主家哀告,过了好半天,才看见在钱板上端出短短的两截铜子来。她们常常提说这件事!她们对地主的剥削的仇恨长在。这样,对于今天的光景,就特别珍重。

1946 年

延伸阅读: 孙犁的散文,文体上取自鲁迅的文章,内容上却来自他投笔从戎后在抗日后方的生活。像他的小说一样,他在散文中也善写年轻女子,从她们的一举一动中发现生活的美,体会到那里面的独特经验。读这些散文,如沐春风,但读者也一定能找到自己的感觉。有人评论说:"爱美是人的天性,人都爱美,爱画,爱好看的色彩,等等;但是,恐怕远非人人爱得像孙犁那样有自己的选择,有深刻的内涵。"参见郭志刚:《孙犁传》,第 26 页,北京,十月文艺出版社,1990 年。

戏 剧

一只马蜂(存目)

丁西林

延伸阅读:丁西林在英国留学时,学的专业是数学和物理,未承想他却首先在现代戏剧界出名,成为最早创作独幕话剧的作家。《一只马蜂》1923年10月发表于《太平洋》第4卷第3号,因为是独幕剧,所以剧中人物活动的空间都得到了压缩,对话也力求简洁,这种语言训练大概受益于作者所学的理科专业。

名优之死(存目)

田 汉

延伸阅读:现代话剧的第一个高峰,应该是田汉创造的。这位充满诗人气质的剧作家,把他对生活和诗的独特理解,带入到话剧创作过程之中。田汉的这种新浪漫戏剧,主要取材于现实社会和恶势力对女伶命运的摧残,这种题材由于包含了怜香惜玉的成分,所以现实题材与文学接受相结合,在广大观众中引起了热烈共鸣。

雷 雨

曹 禺

人　物　姑奶奶甲（教堂尼姑）
　　　　姑奶奶乙
　　　　姊　姊——十五岁。
　　　　弟　弟——十二岁。

　　　　周朴园——某煤矿公司董事长，五十五岁。
　　　　周繁漪——其妻，三十五岁。
　　　　周　萍——其前妻生子，年二十八。
　　　　周　冲——繁漪生子，年十七。
　　　　鲁　贵——周宅仆人，年四十八。
　　　　鲁侍萍——其妻，某校女佣，年四十七。
　　　　鲁大海——侍萍前夫之子，煤矿工人，年二十七。
　　　　鲁四凤——鲁贵与侍萍之女，年十八，周宅使女。
　　　　周宅仆人等：仆人甲，仆人乙，……老仆。

景　　　序　幕　在教堂附属医院的一间特别客厅内——冬天的一个下午。
　　　　第一幕　十年前，一个夏天，郁热的早晨。——周公馆的客厅内（即序幕的客厅，景与前大致相同）。
　　　　第二幕　景同前——当天的下午。
　　　　第三幕　在鲁家，一个小套间——当天夜晚十时许。
　　　　第四幕　周家的客厅（与第一幕同）——当天半夜两点钟
　　　　尾　声　又回到十年后，一个冬天的下午——景同序幕。
　　　　　　　　（由第一幕至第四幕为时仅一天）

序　幕

　　景——一间宽大的客厅。冬天，下午三点钟，在某教堂附设医院内。
　　屋中间是两扇棕色的门，通外面；门身很笨重，上面雕着半西洋化的旧花纹，门前垂着满是斑点，褪色的厚帷幔，深紫色的；织成的图案已经脱了线，中间有一块已经破了一个洞。右边——左右以台上演员为准——有一扇门，通着现在的病房。门面的漆已蚀了去。金黄的铜门钮放着暗涩的光，配起那高而宽，有黄花纹的灰门框，和门上凹凸不平，古式的西洋木饰，令人猜想这屋子的前主多半是中国的老留学生,回国后又富贵过一时的。这门前也挂着一条半旧,深紫的绒幔,半拉开,破成碎条的幔角拖在地上。左边也开一道门,两扇的,通着外间饭厅,由那里可以直通楼上,或者从饭厅走出外面,这两扇门较中间的还华丽,颜色更深老;偶尔有人穿过,它好沉重地在门轨上转动,会发着一种久磨擦的滑声,像一个经过多少事故,很沉默,很温和的老人。这前面,没有帷幔,门上脱落,残蚀的轮廓同漆饰都很明显。靠中间门的右面,墙凹进去如一个神像的壁龛,凹进去的空隙是棱角形的,划着半圆。壁龛的上大半满嵌着细狭而高长的法国窗户,每棱角一扇长窗,很玲珑的;下面只是一块较地板略起的半圆平面,可以放着东西,可以坐;这前面整个地遮上一面有折纹的厚绒垂幔,拉拢了,壁龛可以完全掩盖上,看不见窗户同阳光,屋子里阴沉沉的,有些气闷。开幕时,这帷幕是关上的。

  墙的颜色是深褐,年久失修,暗得褪了色。屋内所有的陈设都很富丽,但现在都呈现着衰败的景色。——右墙近前是一个壁炉,沿炉嵌着长方的大理石,正前面镶着星形彩色的石块;壁炉上面没有一件陈设,空空地,只悬着一个钉在十字架上的耶稣。现在壁炉里燃着煤火,火焰熊熊地,照着炉前的一张旧圈椅,映出一片红光,这样,一丝丝的温暖,使这古老的房屋还有一些生气。壁炉旁边搁放一个粗制的煤斗同木柴。右边门左侧,挂一张画轴;再左,近后方,墙角抹成三四尺的平面,倚的那里,斜放着一个半人高的旧式紫檀小衣柜,柜门的角上都包着铜片。柜上放着一个暖水壶,两只白饭碗,都搁在旧黄铜盘上。柜前铺一张长方的小地毯;在上面,和柜平行的,放一条很矮的紫檀长几,以前大概是用来摆设瓷器、古董一类的精巧的小东西,现在堆着一叠叠的雪白桌布,白床单等物,刚洗好,还没有放进衣柜去。在正面,柜与壁龛中间立一只圆凳。壁龛之左(中门的右面),是一只长方的红木菜桌。上面放着两个旧烛台,墙上是张大而旧的古油画,中门左面立一只有玻璃的精巧的紫檀柜。里面原为放古董,但现在是空空的,这柜前有一条狭长的矮凳。离左墙角不远,与角成九十度,斜放着一个宽大深色的沙发,沙发后是只长桌,前面是一条短几,都没有放着东西。沙发左面立一个黄色的站灯,左墙靠墙略凹进,与左后墙成一直角。凹进处有一只茶几,墙上低悬一张小油画。茶几旁,再略向前才是左边通饭厅的门。屋子中间有一张地毯。上面对放着,但是略斜地,两张大沙发;中间是个圆桌,铺着白桌巾。

〔开幕,外面远处有钟声。教堂内合唱颂主歌同大风琴声,最好是 Bach: High Mass in B Minor Benedictus qui venait Domini Nomini——①屋内寂静无人。
〔移时,中间门沉重地缓缓推开,姑奶奶甲(寺院尼姑)进来,她的服饰如在天主教堂里常见的尼姑一样,头束着雪白布巾,蓬起来像荷兰乡姑,穿一套深蓝的粗布制袍,衣袍几乎拖在地面。她胸前悬着一个十字架,腰间悬一串钥匙,走起路来铿铿地响着。她安静地走进来,脸上很平和的。她转过身子向着门外。

姑奶奶甲 (和蔼地)请进来吧。

  〔一位苍白的老年人走进来,穿着很考究的旧皮大衣。进门脱下帽子,头发斑白,眼睛沉静而忧郁,他的下颏有苍白的短须,脸上满是皱纹。他戴着一副

---

① 巴赫:《B 小调弥撒曲》。

金边眼镜,进门后,也取下来,放在眼镜盒内,手有些颤。他搓弄一下子,衰弱地咳嗽两声。外面乐声止。

姑奶奶甲　（微笑）外面冷得很！
老　　人　（点头）嗯——（关心地）她现在还好么？
姑奶奶甲　（同情地）好。
老　　人　（沉默一时,指着头）她这儿呢？
姑奶奶甲　（怜悯地）那——还是那样。（低低地叹一口气）
老　　人　（沉静地）我想也是不容易治的。
姑奶奶甲　（矜怜地）您先坐一坐,暖和一下,再看她吧。
老　　人　（摇头）不。（走向右边病房）
姑奶奶甲　（走向前）您走错了,这屋子是鲁奶奶的病房。您的太太在楼上呢。
老　　人　（停住,失神地）我——我知道,（指着右边病房）我现在可以看看她么？
姑奶奶甲　（和气地）我不知道。鲁奶奶的病房是另一位姑奶奶管,我看您先到楼上看看,回头再来看这位老太太好不好？
老　　人　（迷惘地）嗯,也好。
姑奶奶甲　您跟我上楼吧。
　　　　　〔姑甲领着老人进左面的饭厅下。
　　　　　〔屋内静一时。外面有脚步声。姑乙领两个小孩进。姑乙除了年轻些,比较活泼些,一切都与姑甲相同。进来的小孩是姊弟,都穿着冬天的新衣服,脸色都红得像个苹果,整个是胖圆圆的。姐姐有十五岁,梳两个小辫,在背后摆着;弟弟戴上一顶红绒帽。两个都高兴地走进来,二人在一起,姐姐是较沉着些。走进来的时节姐姐在前面。
姑奶奶乙　（和悦地）进来,弟弟。（弟弟进来望着姐姐,两个人只呵手）外头冷,是吧。姐姐,你跟弟弟在这儿坐一坐好不好？
姊　　姊　（微笑）嗯。
弟　　弟　（拉着姐姐的手,窃语）姐姐,妈呢？
姑奶奶乙　你妈看完病就来,弟弟坐在这儿暖和一下,好吧？
　　　　　〔弟弟的眼望姐姐。
姊　　姊　（很懂事地）弟弟,这儿我来过,就坐这儿吧,我跟你讲笑话。（弟弟好奇地四面看）
姑奶奶乙　（有兴趣地望着他们）对了,叫姐姐跟你讲笑话,（指着火）坐在火旁边讲,两个人一块儿。
弟　　弟　不,我要坐这个小凳子！（指中门左柜前的小矮凳）
姑奶奶乙　（和气地）也好,你们就坐这儿。可是（小声地）弟弟,你得乖乖地坐着,不要闹！楼上有病人——（指右边病房）这旁边也有病人。
姊、弟　　（很乖地点头）嗯。
弟　　弟　（忽然,向姑乙）我妈就回来吧？
姑奶奶乙　对了,就来。你们坐下,（姊、弟二人共坐矮凳上,望着姑乙）不要动！（望着他们）我先进去,就来。
　　　　　〔姊、弟点头,姑乙进右边病房,下。

弟　　弟	（向姊）她是谁？为什么穿这样衣服？
姊　　姊	（很世故地）尼姑，在医院看护病人的。弟弟，你坐下。
弟　　弟	（不理地）姐姐，你看，你看！（自傲地）你看妈给我买的新手套。
姊　　姊	（瞧不起地）看见了，你坐坐吧。（拉弟弟坐下，二人又很规矩地坐着）

　　〔姑甲由左边厅进。直向右角衣柜走去，没看见屋内的人。

弟　　弟	（又站起，低声，向姊）又一个，姐姐！
姊　　姊	（低声）嘘！别说话。（又拉弟弟坐下）

　　〔姑甲打开右面的衣柜，将长几上的白床单，白桌布等物一叠叠放在衣柜里。
　　〔姑乙由右边病房进，见姑甲，二人沉静地点一点头，姑乙助姑甲放置洗物。

姑奶奶乙	（向姑甲，简截地）完了？
姑奶奶甲	（不明白）谁？
姑奶奶乙	（明快地，指楼上）楼上的。
姑奶奶甲	（怜悯地）完了，她现在又睡着了。
姑奶奶乙	（好奇地询问）没有打人么？
姑奶奶甲	没有，就是大笑了一场，把玻璃又打破了。
姑奶奶乙	（呼出一口气）那还好。
姑奶奶甲	（向姑乙）她呢？
姑奶奶乙	你说楼下的？（指右面病房）她总是那样，哭的时候多，不说话，我来了一年，没听见过她说一句话。
弟　　弟	（低声，急促地）姐姐，你跟我讲笑话。
姊　　姊	（低声）不，弟弟，听她们说话。
姑奶奶甲	（怜悯地）可怜，她在这儿九年了，比楼上的只晚了一年，可是两个人都没有好。——（欣喜地）对了，刚才楼上的周先生来了。
姑奶奶乙	（奇怪地）怎么？
姑奶奶甲	今天是旧年腊月三十。
姑奶奶乙	（惊讶地）哦，今天三十？——那么今天楼下的也会出来，到这房子里来。
姑奶奶甲	怎么，她也出来？
姑奶奶乙	嗯，（多话地）每到腊月三十，楼下的就会出来，到这屋子里；在这窗户前面站着。
姑奶奶甲	干什么？
姑奶奶乙	大概是望她儿子回来吧，她的儿子十年前一天晚上跑了，就没有回来，可怜，她的丈夫也不在了——（低声地）听说就在周先生家里当差，——一天晚上喝酒喝得太多，死了的。
姑奶奶甲	（自己以为明白地）所以周先生每次来看他太太来，总要问一问楼下的。——我想，过一会儿周先生会下楼来见她来的。
姑奶奶乙	（虔诚地）圣母保佑他。（又放洗物）
弟　　弟	（低声，请求）姐姐，你跟我就讲半个笑话好不好？
姊　　姊	（听着有兴趣，忙摇头，压迫地，低声）弟弟！
姑奶奶乙	（又想起一段）奇怪，周家有这么好的房子，为什么卖给医院呢？
姑奶奶甲	（沉静地）不大清楚。——听说这屋子有一天夜里连男带女死过三个人。

姑奶奶乙	（惊讶）真的？
姑奶奶甲	嗯。
姑奶奶乙	（自然想到）那么周先生为什么偏把有病的太太放在楼上，不把她搬出去呢？
姑奶奶甲	说是呢，不过他太太就在这楼上发的神经病，她自己说什么也不肯搬出去。
姑奶奶乙	哦。

〔弟弟忽然站起。

弟　弟	（抗议地，高声）姐姐，我不爱听这个。
姊　姊	（劝止他，低声）好弟弟。
弟　弟	（命令地，更高声）不，姐姐，我要你跟我讲笑话！

〔姑奶奶甲、姑奶奶乙回头望他们。

姑奶奶甲	（惊奇地）这是谁的孩子？我进来，没有看见他们。
姑奶奶乙	一位看病的太太的，我领他们进来坐一坐。
姑奶奶甲	（小心地）别把他们放在这儿。——万一把他们吓着。
姑奶奶乙	没有地方；外头冷，医院都满了。
姑奶奶甲	我看你还是找他们的妈来吧。万一楼上的跑下来，说不定吓坏了他们！
姑奶奶乙	（顺从地）也好。（向姊、弟，他们两个都瞪着眼望着她们）姐姐，你们在这儿好好地再等一下，我就找你们的妈来。
姊　姊	（有礼地）好，谢谢你！

〔姑奶奶乙由中门出。

弟　弟	（怀着希望）姐姐，妈就来么？
姊　姊	（还在怪他）嗯。
弟　弟	（高兴地）妈来了！我们就回家。（拍掌）回家吃年饭。
姊　姊	弟弟，不要闹，坐下。（推弟弟坐）
姑奶奶甲	（关上柜门向姊弟）弟弟，你同姐姐安安静静地坐一会儿，我上楼去了。

〔姑甲由左面饭厅下。

弟　弟	（忽然发生兴趣，立起）姐姐，她干什么去了？
姊　姊	（觉得这是不值一问的问题）自然是找楼上的去了？
弟　弟	（急切地）谁是楼上的？
姊　姊	（低声）一个疯子。
弟　弟	（直觉地臆断）男的吧？
姊　姊	（肯定地）不，女的——一个有钱的太太。
弟　弟	（忽然）楼下的呢？
姊　姊	（也肯定地）也是一个疯子。——（知道弟弟会愈问愈多）你不要再问了。
弟　弟	（好奇地）姐姐，刚才他们说这屋子死过三个人。
姊　姊	（心虚地）嗯——弟弟，我给你讲笑话吧！有一年，一个国王——
弟　弟	（已引上兴趣）不，你给我讲讲这三个人怎么会死的？这三个人是谁？
姊　姊	（胆怯）我不知道。
弟　弟	（不信，伶俐地）嗯！——你知道，你不愿告诉我。
姊　姊	（不得已地）你别在这屋里问，这屋子闹鬼。

〔楼上忽然有乱摔东西的声音,铁链声,足步声,女人狂笑,怪叫声。

弟　　弟　（略惧）你听!
姊　　姊　（拉着弟弟手紧紧地）弟弟!（姊、弟抬头,紧张地望着天花板）
　　　　　〔声止。
弟　　弟　（安定下来,很明白地）姐姐,这一定是楼上的!
姊　　姊　（害怕）我们走吧。
弟　　弟　（倔强）不,你不告诉我这屋子怎么死了三个人,我不走。
姊　　姊　你不要闹,回头妈知道打你!
弟　　弟　（不在乎地）嗯!
　　　　　〔右边门开,一位头发斑白的老妇人颤巍巍地走进来,在屋中停一停,眼睛像是瞎了。慢吞吞地踱到窗前,由帷幔隙中望一望,又踱至台上,像是谛听什么似的。姊弟都紧张地望着她。
弟　　弟　（平常的声音）这是谁?
姊　　姊　（低声）嘘!别说话。她是疯子。
弟　　弟　（低声,秘密地）这大概是楼下的。
姊　　姊　（声颤）我,我不知道。（老妇人躯干无力,渐向下倒）弟弟,你看,她向下倒。
弟　　弟　（胆大地）我们拉她一把。
姊　　姊　不,你别去!
　　　　　〔老妇人突然歪下去,侧面跪倒在舞台中。台渐暗,外面远处合唱声又起。
弟　　弟　（拉姊向前,看老太婆）姐姐,你告诉我,这屋子是怎么回事?这些疯子干什么?
姊　　姊　（惧怕地）不,你问她,（指老妇人）她知道。
弟　　弟　（催促地）不,姐姐,你告诉我,这屋子怎么死了三个人,这三个人是谁?
姊　　姊　（急迫地）我告诉你问她呢,她一定都知道!
　　　　　〔老妇人渐渐倒在地下,舞台全暗,听见远处合唱弥撒和大风琴声。
　　　　　〔弟弟声:（很清楚地）姐姐,你去问她。
　　　　　〔姊姊声:（低声）不,你问她,（幕落）你问她!
　　　　　〔大弥撒声。

第一幕

　　开幕时舞台全黑,隔十秒钟,渐明。
　　景——大致和序幕相同,但是全屋的气象是比较华丽的。这是十年前一个夏天的上午,在周宅的客厅里。
　　壁龛的帷幔还是深掩着,里面放着艳丽的盆花。中间的门开着,隔一层铁纱门,从纱门望出去,花园的树木绿荫荫的,并且听见蝉在叫。右边的衣服柜,铺上一张黄桌布,上面放着许多小巧的摆饰,最显明的是一张旧相片,很不调和地和这些精致东西放在一起。柜前面狭长的矮几,放着华贵的烟具同一些零碎物件。右边炉上有一个钟同鲜花盆,墙上,挂一幅油画。炉前有两把圈椅,背朝着墙。中间靠左的玻璃柜放满了古玩,前面的小矮凳有绿花的椅垫,左角的长沙发还不旧,上面放着三、四个缎制的厚垫子。沙发前的矮几上排置烟具等物,台中两个小沙发同圆桌都很华丽,圆桌上放着吕宋烟盒和扇子。

所有的帷幕都是崭新的,一切都是兴旺的气象,屋里家具非常洁净,有金属的地方都放着光彩。屋中很气闷,郁热逼人,空气低压着。外面没有阳光,天空灰暗,是将要落暴雨的天气。

〔开幕时,四凤在靠中墙的长方桌旁,背着观众滤药,她不时地摇着一把蒲扇,一面在揩汗。鲁贵(她的父亲)在沙发旁擦着矮几上零碎的银家具,很吃力地;额上冒着汗珠。

〔四凤约有十七八岁,脸上红润,是个健康的少女。她整个的身体都很发育,手很白很大,走起路来,过于发育的乳房很显明地在衣服底下颤动着。她穿一件旧的白纺绸上衣,粗山东绸的裤子,一双略旧的布鞋。她全身都非常整洁,举动虽然很活泼,因为经过两年在周家的训练,她说话很大方,很爽快,却很有分寸。她的一双大而有长睫毛的水灵灵的眼睛能够很灵敏地转动,也能敛一敛眉头,很庄严地注视着。她有大的嘴,嘴唇自然红艳艳的,很宽,很厚,当着她笑的时候,牙齿整齐地露出来,嘴旁也显着一对笑涡。然而她面部整个轮廓是很庄重地显露着诚恳。她的面色不十分白,天气热,鼻尖微微有点汗,她时时用手绢揩着。她很爱笑,她知道自己是好看的,但是她现在皱着眉头。

〔她的父亲——鲁贵——约莫有四十多岁的样子,神气萎缩,最令人注目的是粗而乱的眉毛同肿眼皮。他的嘴唇,松弛地垂下来,和他眼下凹进去的黑圈,都表示着极端的肉欲放纵。他的身体较胖,面上的肌肉宽弛地不肯动,但是总能很卑贱地谄笑着,和许多大家的仆人一样,他很懂事,尤其是很懂礼节。他的背略有点伛偻,似乎永远欠着身子向他的主人答应着"是"。他的眼睛锐利,常常贪婪地窥视着,如一只狼。他很能计算的。虽然这样,他的胆量不算大;全部看去,他还是萎缩的。他穿的虽然华丽,但是不整齐的。现在他用一条抹布擦着东西,脚下是他刚刷好的黄皮鞋。时而,他用自己的衣襟揩脸上的油汗。

鲁　贵　（喘着气）四凤！

鲁四凤　（只做不听见,依然滤她的汤药）

鲁　贵　四凤！

鲁四凤　（看了她的父亲一眼）喝,真热。（走向右边的衣柜旁,寻一把芭蕉扇,又走回中间的茶几旁扇着）

鲁　贵　（望着她,停下工作）四凤,你听见了没有？

鲁四凤　（烦厌地,冷冷地看着她的父亲）是！爸！干什么？

鲁　贵　我问你听见我刚才说的话了么？

鲁四凤　都知道了。

鲁　贵　（一向是这样被女儿看待的,只好是抗议似地）妈的,这孩子！

鲁四凤　（回过头来,脸正向观众）您少说闲话吧！（挥扇,嘘出一口气）呵！天气这样闷热,回头多半下雨。（忽然）老爷出门穿的皮鞋,您擦好了没有？（到鲁贵面前,拿起一只皮鞋不经意地笑着）这是您擦的！这么随随便便抹了两下,——老爷的脾气您可知道。

鲁　贵　（一把抢过鞋来）我的事用不着你管。（将鞋扔在地上）四凤，你听着，我再跟你说一遍，回头见着你妈，别忘了把新衣服都拿出来给她瞧瞧。

鲁四凤　（不耐烦地）听见了。

鲁　贵　（自傲地）叫她想想，还是你爸爸混事有眼力，还是她有眼力。

鲁四凤　（轻蔑地笑）自然您有眼力啊！

鲁　贵　你还别忘了告诉你妈，你在这儿周公馆吃的好，喝的好，就是白天侍候太太少爷，晚上还是听她的话，回家睡觉。

鲁四凤　那倒不用告诉，妈自然会问的。

鲁　贵　（得意）还有啦，钱，（贪婪地笑着）你手下也有许多钱啦！

鲁四凤　钱！？

鲁　贵　这两年的工钱，赏钱，还有（慢慢地）那零零碎碎的，他们……

鲁四凤　（赶紧接下去，不愿听他要说的话）那您不是一块两块都要走了么？喝了！赌了！

鲁　贵　（笑，掩饰自己）你看，你看，你又那样。急，急，急什么？我不跟你要钱。喂，我说，我说的是——（低声）他——不是也不断地塞给你钱花么？

鲁四凤　（惊讶地）他？谁呀？

鲁　贵　（索性说出来）大少爷。

鲁四凤　（红脸，声略高，走到鲁贵面前）谁说大少爷给我钱？爸爸，您别又穷疯了，胡说乱道的。

鲁　贵　（鄙笑着）好，好，好，没有，没有。反正这两年你不是存点钱么？（鄙吝地）我不是跟你要钱，你放心。我说啊，你等你妈来，把这些钱也给她瞧瞧，叫她也开开眼。

鲁四凤　哼，妈不像您，见钱就忘了命。（回到中间茶桌滤药）

鲁　贵　（坐在长沙发上）钱不钱，你没有你爸爸成么？你要不到这儿周家大公馆帮主儿，这两年尽听你妈妈的话，你能每天吃着喝着，这大热天还穿得上小纺绸么？

鲁四凤　（回过头）哼，妈是个本分人，念过书的，讲脸，舍不得把自己的女儿叫人家使唤。

鲁　贵　什么脸不脸？又是你妈的那一套！你是谁家的小姐？——妈的，底下人的女儿，帮了人就失了身份啦。

鲁四凤　（气得只看父亲，忽然厌恶地）爸，您看您那一脸的油，——您把老爷的鞋再擦擦吧。

鲁　贵　（汹汹地）讲脸呢，又学你妈的那点穷骨头，你看她，她要脸！跑他妈的八百里外，女学堂里当老妈，为着一月八块钱，两年才回一趟家。这叫本分，还念过书呢；简直是没出息。

鲁四凤　（忍气）爸爸，您留几句回家说吧，这是人家周公馆！

鲁　贵　咦，周公馆也挡不住我跟我的女儿谈家务啊！我跟你说，你的妈……

鲁四凤　（突然）我可忍了好半天了。我跟您先说下，妈可是好容易才回一趟家。这次，也是看哥哥跟我来的。您要是再给她一个不痛快，我就把您这两年做的事都告诉哥哥。

鲁　贵　我，我，我做了什么事啦？（觉得在女儿面前失了身分）喝点，赌点，玩点，这三样,我快五十的人啦,还怕他么?

鲁四凤　他才懒得管您这些事呢!——可是他每月从矿上寄给妈用的钱,您偷偷地花了,他知道了,就不会答应您!

鲁　贵　那他敢怎么样,(高声地)他妈嫁给我,我就是他爸爸。

鲁四凤　(羞愧)小声点!这有什么喊头。——太太在楼上养病呢。

鲁　贵　哼!(滔滔地)我跟你说,我娶你妈,我还抱老大的委屈呢。你看我这么个机灵人,这周家上上下下几十口子,那一个不说我鲁贵呱呱叫。来这里不到两个月,我的女儿就在这公馆找上事,就说你哥哥,没有我,能在周家的矿上当工人么?叫你妈说,她成么?——这样,你哥同你妈还是一个劲儿地不赞成我。这次回来,你妈要还是那副寡妇脸子,我就当你哥哥的面上不认她,说不定就离了她,别看她替我养个女儿,外带来你这个倒霉蛋的哥哥。

鲁四凤　(不愿听)哦,爸爸。

鲁　贵　哼,(骂得高兴了)谁知道哪个王八蛋养的儿子。

鲁四凤　哥哥哪点对不起您,您这样骂他干什么?

鲁　贵　他哪一点对得起我?当大兵,拉包月车,干机器匠,念书上学,哪一行他是好好地干过?好容易我荐他到周家的矿上去,他又跟工头闹起来,把人家打啦。

鲁四凤　(小心地)我听说,不是我们老爷先叫矿上的警察开了枪,他才领着工人动的手么?

鲁　贵　反正这孩子混蛋,吃人家的钱粮,就得听人家的话。好好地,要罢工,现在又得靠我这老面子跟老爷求情啦!

鲁四凤　您听错了吧,哥哥说他今天自己要见老爷,不是找您求情来的。

鲁　贵　(得意)可是谁叫我是他的爸爸呢,我不能不管啦。

鲁四凤　(轻蔑地看着她的父亲,叹了一口气)好,您歇歇吧,我要上楼跟太太送药去了。(端起药碗向左边饭厅走)

鲁　贵　你先停一停,我再说一句话。

鲁四凤　(打岔)开午饭了,老爷的普洱茶先泡好了没有?

鲁　贵　那用不着我,他们小当差早伺候到了。

鲁四凤　(闪避地)哦,好极了,那我走了。

鲁　贵　(拦住她)四凤,你别忙,我跟你商量点事。

鲁四凤　什么?

鲁　贵　你听啊,昨天不是老爷的生日么?大少爷也赏给我四块钱。

鲁四凤　好极了,(口快地)我要是大少爷,我一个子也不给您。

鲁　贵　(鄙笑)你这话对极了!四块钱,够干什么的,还了点账,就干了。

鲁四凤　(伶俐地笑着)那回头您跟哥哥要吧。

鲁　贵　四凤,别——你爸爸什么时候借钱不还账?现在你手下方便,随便匀给我七块八块好么?

鲁四凤　我没有钱。(停一下放下药碗)您真是还账了么?

鲁　贵　(赌咒)我跟我的亲生女儿说瞎话是王八蛋!

鲁四凤　您别骗我,说了实在的,我也好替您想想法。

鲁　贵　真的!?——说起来这不怪我。昨天那几个零钱,大账还不够,小账剩点零,所以我就要了两把,也许赢了钱,不都还了么?谁知运气不好,连喝带输,还倒欠了十来块。

鲁四凤　这是真的?

鲁　贵　(真心地)这可一句瞎话也没有。

鲁四凤　(故意揶揄地)那我实实在在地告诉您,我也没有钱!(说毕就要拿起药碗)

鲁　贵　(着急)凤儿,你这孩子是什么心事?你可是我的亲生孩子。

鲁四凤　(嘲笑地)亲生的女儿也没有法子把自己卖了,替您老人家还赌账啊?

鲁　贵　(严重地)孩子,你可放明白点,你妈疼你,只在嘴上,我可是把你的什么要紧的事情,都处替你想。

鲁四凤　(明白地,但是不知他闹的什么把戏)您心里又要说什么?

鲁　贵　(停一停,四面望了一望,更近地逼着四凤,伴笑)我说,大少爷常跟我提过你,大少爷,他说——

鲁四凤　(管不住自己)大少爷!大少爷!你疯了!——我走了,太太就要叫我呢。

鲁　贵　别走,我问你一句,前天!我看见大少爷买衣料,——

鲁四凤　(沉下脸)怎么样?(冷冷地看着鲁贵)

鲁　贵　(打量四凤周身)嗯——(慢慢地拿起四凤的手)你这手上的戒指,(笑着)不也是他送给你的么?

鲁四凤　(厌恶地)您说话的神气真叫我心里想吐。

鲁　贵　(有点气,痛快地)你不必这样假门假事,你是我的女儿。(忽然贪婪地笑着)一个当差的女儿,收人家点东西,用人家一点钱,没有什么说不过去的。这不要紧,我都明白。

鲁四凤　好吧,那么您说吧,究竟要多少钱用?

鲁　贵　不多,三十块钱就成了。

鲁四凤　哦?(恶意地)那你就跟这位大少爷要去吧。我走了。

鲁　贵　(恼羞)好孩子,你以为我真装糊涂,不知道你同这混账大少爷做的事么?

鲁四凤　(惹怒)您是父亲么?父亲有跟女儿这样说话的么?

鲁　贵　(恶相地)我是你的爸爸,我就要管你。我问你,前天晚上——

鲁四凤　前天晚上?

鲁　贵　我不在家,你半夜才回来,以前你干什么?

鲁四凤　(掩饰)我替太太找东西呢。

鲁　贵　为什么那么晚才回家?

鲁四凤　(轻蔑地)您这样的父亲没有资格来问我。

鲁　贵　好文明词!你就说不上你上哪儿去呢。

鲁四凤　那有什么说不上!

鲁　贵　什么?说!

鲁四凤　那是太太听说老爷刚回来,又要我检老爷的衣服。

鲁　贵　哦,(低声,恐吓地)可是半夜送你回家的那位是谁?坐着汽车,醉醺醺,只对你说胡话的那位是谁呀?(得意地微笑)

鲁四凤　(惊吓)那,那——

鲁　贵　(大笑)哦,你不用说了,那是我们鲁家的阔女婿!——哼,我们两间半破瓦房居然来了坐汽车的男朋友,找我这当差的女儿啦!(突然严厉)我问你,他是谁?你说。

鲁四凤　他,他是——

〔鲁大海进——四凤的哥哥,鲁贵的半子——他身体魁伟,粗黑的眉毛几乎遮盖着他的锐利的眼,两颊微微地向内凹,显着颧骨异常突出,正同他的尖长的下巴一样地表现他的性格的倔强的。他有一张大而薄的嘴唇,正和他的妹妹带着南方的热烈的、厚而红的嘴唇成强烈的对照。他说话微微有点口吃,但是在他的感情激昂的时候,他词锋是锐利的。现在他刚从六百里外的煤矿回来,矿里罢了工,他是煽动者之一,几月来的精神的紧张,使他现在露出有点疲乏的神色,胡须乱蓬蓬的,看去几乎老得像鲁贵的弟弟,只有逼近地观察他,才觉出他的眼神同声音,还正是和他的妹妹一样年轻,一样地热,都是火山的爆发,满蓄着精力的白热的人物。他穿了一件工人的蓝布褂子,油渍的草帽在手里,一双黑皮鞋,有一只鞋带早不知失在哪里。进门的时候,他略微有点不自在,把胸膛敞开一部分,笨拙地又扣上一两个扣子。他说话很简短,表面是冷冷的。

鲁大海　凤儿!
鲁四凤　哥哥!
鲁　贵　(向四凤)你说呀!装什么哑巴。
鲁四凤　(看大海,有意识地又开话头)哥哥!
鲁　贵　(不顾地)你哥哥来也得说呀。
鲁大海　怎么回事?
鲁　贵　(看一看大海,又回头)你先别管。
鲁四凤　哥哥,没什么要紧的事。(向鲁贵)好吧,爸,我们回头商量,好吧?
鲁　贵　(了解地)回头商量?(肯定一下,再盯四凤一眼)那么,就这么办。(回头看大海傲慢地)咦,你怎么随随便便跑进来啦?
鲁大海　(简单地)在门房等了半天,一个人也不理我,我就进来啦。
鲁　贵　大海,你究竟是矿上打粗的工人,连一点大公馆的规矩也不懂。
鲁四凤　人家不是周家的底下人。
鲁　贵　(很有理由地)他在矿上吃的也是周家的饭哪。
鲁大海　(冷冷地)他在哪儿?
鲁　贵　(故意地)他,谁是他?
鲁大海　董事长。
鲁　贵　(教训的样子)老爷就是老爷,什么董事长,上我们这儿就得叫老爷。
鲁大海　好,你跟我问他一声,说矿上有个工人代表要见见他。
鲁　贵　我看,你先回家去。(有把握地)矿上的事有你爸爸在这儿替你张罗。回头跟你妈、妹妹聚两天,等你妈去,你回到矿上,事情还是有的。
鲁大海　你说我们一块儿在矿上罢完工,我一个人要你说情,自己再回去?
鲁　贵　那也没有什么难看啊。
鲁大海　(没有办法)好,你先给我问他一声。我有点旁的事,要先跟他谈谈。
鲁四凤　(希望他走)爸,你看老爷的客走了没有,你再领着哥哥见老爷。
鲁　贵　(摇头)哼,我怕他不会见你吧。

鲁大海　（理直气壮）他应当见我，我也是矿上工人的代表。前天，我们一块在这儿的公司见过他一次。

鲁　贵　（犹疑地）那我先给你问问去。

鲁四凤　你去吧。

　　〔鲁贵走到老爷书房门口。

鲁　贵　（转过来）他要是见你，你可少说粗话，听见了没有？

　　（鲁贵很老练地走着阔当差的步伐，进了书房）

鲁大海　（目送鲁贵进了书房）哼，他忘了他还是个人。

鲁四凤　哥哥，你别这样说，（略顿，嗟叹地）无论如何，他总是我们的父亲。

鲁大海　（望着四凤）他是你的，我并不认识他。

鲁四凤　（胆怯地望着哥哥忽然想起，跑到书房门口，望了一望）你说话顶好声音小点，老爷就在里面旁边的屋子里呢！

鲁大海　（轻蔑地望着四凤）好。妈也快回来了，我看你把周家的事辞了，好好回家去。

鲁四凤　（惊讶）为什么？

鲁大海　（简短地）这不是你住的地方。

鲁四凤　为什么？

鲁大海　我——恨他们。

鲁四凤　哦！

鲁大海　（刻毒地）周家的人多半不是好东西。这两年我在矿上看见了他们所做的事。（略顿，缓缓地）我恨他们。

鲁四凤　你看见什么？

鲁大海　凤儿，你不要看这样威武的房子，阴沉沉地都是矿上埋死的苦工人给换来的！

鲁四凤　你别胡说，这屋子听说直闹鬼呢。

鲁大海　（忽然）刚才我看见一个年轻人，在花园里躺着，脸色发白，闭着眼睛，像是要死的样子，听说这就是周家的大少爷，我们董事长的儿子。啊，报应，报应。

鲁四凤　（气）你，——（忽然）他待人顶好，你知道么？

鲁大海　他父亲做尽了坏人弄钱，他自然可以行善。

鲁四凤　（看大海）两年我不见你，你变了。

鲁大海　我在矿上干了两年，我没变，我看你变了。

鲁四凤　你的话我有点不懂，你好像——有点像二少爷说话似的。

鲁大海　你是要骂我么？"少爷"？哼，在世界上没有这两个字！

　　（鲁贵由左边书房进）

鲁　贵　（向大海）好容易老爷的客刚走，我正要说话，接着又来一个。我看，我们先下去坐坐吧。

鲁大海　那我还是自己进去。

鲁　贵　（拦住他）干什么？

鲁四凤　不，不。

鲁大海　也好，不要叫他看见我们工人不懂礼节。

鲁　贵　你看你这点穷骨头。老爷说不见就不见，在下房再等一等，算什么？我跟你走，这么大院子，你别胡闯乱闯走错了。（走向中门，回头）四凤，你先别走，我就回来,你听见没有?

鲁四凤　你去吧。

〔鲁贵、大海同下。

鲁四凤　(厌倦地摸着前额,自语)哦,妈呀!

〔外面花园里听见一个年轻的轻快的声音,唤着"四凤!"疾步中夹杂着跳跃,渐渐移近中间门口。

鲁四凤　(有点惊慌)哦,二少爷。

〔门口的声音。

〔声:四凤!四凤!你在哪儿?

〔四凤慌忙躲在沙发背后。

〔声:四凤,你在这屋子里么?

〔周冲进。他身体很小,却有着大的心,也有着一切孩子似的空想。他年轻,才十七岁,他已经幻想过许多许多不可能的事实,他是在美的梦里活着的。现在他的眼睛欣喜地闪动着,脸色通红,冒着汗,他在笑。左腋下挟着一只球拍,右手正用白毛巾擦汗,他穿着打球的白衣服。他低声唤着四凤。

周　冲　四凤!四凤!(四面望一望)咦,她上哪儿去了?(蹑足走向右边的饭厅,开开门,低声)四凤你出来,四凤,我告诉你一件事。四凤,一件喜事。(他又轻轻地走到书房门口,更低声)四凤。

〔里面的声音:(严峻地)是冲儿么?

周　冲　(胆怯地)是我,爸爸。

〔里面的声音:你在干什么?

周　冲　嗯,我叫四凤呢。

〔里面的声音:(命令地)快去,她不在这儿。

〔周冲把头由门口缩回来,做了一个鬼脸。

周　冲　咦,奇怪。

〔他失望地向右边的饭厅走去,一路低低唤着四凤。

鲁四凤　(看见周冲已走,呼出一口气)他走了!(焦灼地望着通花园的门)

〔鲁贵由中门进。

鲁　贵　(向四凤)刚才是谁在喊你?

鲁四凤　二少爷。

鲁　贵　他叫你干什么?

鲁四凤　谁知道。

鲁　贵　(责备地)你为什么不理他?

鲁四凤　哦,我,(擦眼泪)——不是您叫我等着么?

鲁　贵　(安慰地)怎么,你哭了么?

鲁四凤　我没哭。

鲁　贵　孩子,哭什么,这有什么难过?(仿佛在做戏)谁叫我们穷呢?穷人没有什么讲究。没法子,什么事都忍着点,谁都知道我的孩子是个好孩子。

鲁四凤　(抬起头)得了,您痛痛快快说话好不好。

鲁　贵　(不好意思)你看,刚才我走到下房,这些王八蛋就跑到公馆跟我要账,当着上

	上下下的人,我看没有二十块钱,简直圆不下这个脸。
鲁四凤	(拿出钱来)我的都在这儿。这是我回头预备给妈买衣服的,现在你先拿去用吧。
鲁 贵	(伴辞)那你不是没有花的了么?
鲁四凤	得了,您别这样客气啦。
鲁 贵	(笑着接下钱,数)只十二块?
鲁四凤	(坦白地)现钱我只有这一点。
鲁 贵	那么,这堵着周公馆跟我要账的,怎么打发呢?
鲁四凤	(忍着气)您叫他们晚上到我们家里要吧。回头,见着妈,再想别的法子,这钱,您留着自己用吧。
鲁 贵	(高兴地)这给我啦,那我只当着你这是孝敬父亲的。——哦,好孩子,我早知道你是个孝顺孩子。
鲁四凤	(没有办法)这样,您让我上楼去吧。
鲁 贵	你看,谁管过你啦。去吧,跟太太说一声,说鲁贵一直惦记太太的病。
鲁四凤	知道,忘不了。(拿药走)
鲁 贵	(得意)对了,四凤,我还告诉你一件事。
鲁四凤	您留着以后再说吧,我可得给太太送药去了。
鲁 贵	(暗示着)你看,这是你自己的事。(假笑)
鲁四凤	(沉下脸)我又有什么事?(放下药碗)好,我们今天都算清楚再走。
鲁 贵	你瞧瞧,又急了。真快成小姐了,耍脾气倒是呱呱叫啊。
鲁四凤	我沉得住气,您尽管说吧。
鲁 贵	孩子,你别这样,(正经地)我劝你小心点。
鲁四凤	(嘲弄地)我现在钱也没有了,还用得着小心干什么?
鲁 贵	我跟你说,太太这两天的神气有点不大对的。
鲁四凤	太太的神气不对有我的什么?
鲁 贵	我怕太太看见你才有点不痛快。
鲁四凤	为什么?
鲁 贵	为什么?我先提你个醒。老爷比太太岁数大得多,太太跟老爷不好。大少爷不是这位太太生的,他比太太的岁数差得也有限。
鲁四凤	这我都知道。
鲁 贵	可是太太疼大少爷比疼自己的孩子还热,还好。
鲁四凤	当后娘只好这样。
鲁 贵	你知道这屋子为什么晚上没有人来,老爷在矿上的时候,就是白天也是一个人也没有么?
鲁四凤	不是半夜里闹鬼么?
鲁 贵	你知道这鬼是什么样儿么?
鲁四凤	我只听说到从前这屋子里常听见叹气的声音,有时哭,有时笑,听说这屋子死过人,屈死鬼。
鲁 贵	鬼!一点也不错——我可偷偷地看见啦。
鲁四凤	什么,您看见,您看见什么?鬼?

鲁　贵　（自负地）那是你爸爸的造化。

鲁四凤　您说。

鲁　贵　那时你还没有来,老爷在矿上,那么大,阴森森的院子,只有太太,二少爷,大少爷住。那时这屋子就闹鬼,二少爷小孩,胆小,叫我在他门口睡。那时是秋天,半夜里二少爷忽然把我叫起来,说客厅又闹鬼,叫我一个人去看看。二少爷的脸发青,我也直发毛。可是我是刚来的底下人,少爷说了,我怎么好不去呢?

鲁四凤　您去了没有?

鲁　贵　我喝了两口烧酒,穿过荷花池,就偷偷地钻到这门外的走廊旁边,就听见这屋子里啾啾地像一个女鬼在哭。哭得惨!心里越怕,越想看。我就硬着头皮从这窗缝里,向里一望。

鲁四凤　（喘气）您瞧见什么?

鲁　贵　就在这张桌上点着一枝要灭不灭的洋蜡烛,我恍恍惚惚地看见两个穿着黑衣裳的鬼,并排地坐着,像是一男一女,背朝着我,那个女鬼像是靠着男鬼的身边哭,那个男鬼低着头直叹气。

鲁四凤　哦,这屋子有鬼是真的。

鲁　贵　可不是?我就是乘着酒劲儿,朝着窗户缝,轻轻地咳嗽一声。就看这两个鬼飕一下子分开了,都向我这边望:这一下子他们的脸清清楚楚地正对着我,这我可真见了鬼。

鲁四凤　鬼么?什么样?（停一下,鲁贵四面望一望）谁?

鲁　贵　我这才看见那个女鬼呀,（回头,低声）——是我们的太太。

鲁四凤　太太?——那个男的呢?

鲁　贵　那个男鬼,你别怕,——就是大少爷。

鲁四凤　他?

鲁　贵　就是他,他同他的后娘就在这屋子里闹鬼呢。

鲁四凤　我不信,您看错了吧。

鲁　贵　你别骗自己。所以孩子,你看开点,别糊涂,周家的人就是那么一回事。

鲁四凤　（摇头）不,不对,他不会这样。

鲁　贵　你忘了,大少爷比太太只小六七岁。

鲁四凤　我不信,不,不像。

鲁　贵　好,信不信都在你,反正我先告诉你,太太的神气现在对你不大对,就是因为你,因为你同——

鲁四凤　（不愿意他说出真有这件事）太太知道您在门口,一定不会饶您的。

鲁　贵　是啊,我吓了一身汗,我没等他们出来,我就跑了。

鲁四凤　那么,二少爷以后就不问您?

鲁　贵　他问我,我说我没有看见什么就算了。

鲁四凤　哼,太太那么一个人不会算了吧?

鲁　贵　她当然厉害,拿话套了我十几回,我一句话也没有漏出来,这两年过去,说不定他们以为那晚上真是鬼在咳嗽呢。

鲁四凤　（自语）不,不,我不信——就是有了这样的事,他也会告诉我的。

鲁　贵　你说大少爷会告诉你。你想想,你是谁?他是谁?你没有个好爸爸,给人家当

	底下人,人家当真心地待你?你又做你的小姐梦啦,你,就凭你……
鲁四凤	(突然闷气地喊了一声)您别说了!(忽然站起来)妈今天回家,您看我太快活是么?您说这些瞎话——这些瞎话!哦,您一边去吧。
鲁　贵	你看你,告诉你真话,叫你聪明点。你反而生气了,唉,你呀!(很不经意地扫四凤一眼,他傲然地,好像满意自己这段话的效果,觉得自己是比一切人都聪明似的。他走到茶几旁,从烟筒里,抽出一支烟,预备点上,忽然想起这是周公馆,于是改了主张,很熟练地偷了几支烟卷同雪茄,放在自己的旧得露出黄铜底镀银的烟盒里)
鲁四凤	(厌恶地望着鲁贵做完他的偷窃的勾当,轻蔑地)哦,就这么一点事么?那么,我知道了。
	〔四凤拿起药碗就走。
鲁　贵	你别走,我的话没说完。
鲁四凤	没说完?
鲁　贵	这刚到正题。
鲁四凤	对不起您老人家,我不愿意听了。(反身就走)
鲁　贵	(拉住她的手)你得听!
鲁四凤	放开我!(急)——我喊啦。
鲁　贵	我告诉你这一句话,你再闹。(对着四凤的耳朵)回头你妈就到这儿来找你。(放手)
鲁四凤	(变色)什么?
鲁　贵	你妈一下火车,就到这儿公馆来。
鲁四凤	妈不愿意我在公馆里帮人,您为什么叫她到这儿来找我?我每天晚上,回家的时候自然会看见她,您叫她到这儿来干什么?
鲁　贵	不是我,四凤小姐,是太太要我找她来的。
鲁四凤	太太要她来?
鲁　贵	嗯,(神秘地)奇怪不是,没亲没故。你看太太偏要请她来谈一谈。
鲁四凤	哦,天!您别吞吞吐吐地好么?
鲁　贵	你知道太太为什么一个人在楼上,做诗写字,装着病不下来?
鲁四凤	老爷一回家,太太向来是这样。
鲁　贵	这次不对吧?
鲁四凤	那么,您快说出来。
鲁　贵	你一点不觉得?——大少爷没提过什么?
鲁四凤	我知道这半年多,他跟太太不常说话的。
鲁　贵	真的么?——那么太太对你呢。
鲁四凤	这几天比往日特别地好。
鲁　贵	那就对了!——我告诉你,太太知我不愿意你离开这儿。这次,她自己要对你妈说,叫她带着你卷铺盖,滚蛋!
鲁四凤	(低声)她要我走——可是——为什么?
鲁　贵	哼!那你自己明白吧。——还有——
鲁四凤	(低声)要妈来干什么?

鲁　贵　　对了,她要告诉你妈一件很要紧的事。

鲁四凤　　(突然明白)哦,爸爸,无论如何,我在这儿的事,不能让妈知道的。(惧悔交集,大恸)哦,爸爸,您想,妈前年离开我的时候,她嘱咐过您,好好地看着我,不许您送我到公馆帮人。您不听,您要我来。妈不知道这些事,妈疼我,妈爱我,我是妈的好孩子,我死也不能叫妈知道这儿这些事情的。(扑在桌上)我的妈呀!

鲁　贵　　孩子!(他知道他的戏到什么情形应当怎么做,他轻轻地抚着四凤)你看现在才是爸爸好了吧,爸疼你,不要怕!不要怕!她不敢怎么样,她不会辞你的。

鲁四凤　　她为什么不?她恨我,她恨我。

鲁　贵　　她恨你。可是,哼,她不会不知道这儿有一个人叫她怕的。

鲁四凤　　她会怕谁?

鲁　贵　　哼,她怕你的爸爸!你忘了我告诉你那两个鬼哪。你爸爸会抓鬼。昨天晚上我替你告假,她说你妈来的时候,要我叫你妈来。我看她那两天的神气,我就猜了一半,我顺便就把那天半夜的事提了两句,她是机灵人,不会不懂的。——哼,她要是跟我装蒜,现在老爷在家,我们就是个麻烦;我知道她是个厉害人,可是谁欺负了我的女儿,我就跟谁拚了。

鲁四凤　　爸爸,(抬起头)您可不要胡来!

鲁　贵　　这家除了老头,我谁也看不上眼。别着急,有你爸爸。再说,也许是我瞎猜,她原来就许没有这意思。她外面倒是跟我说,因为听说你妈会读书写字,才想见见谈谈。

鲁四凤　　(忽然谛听)爸,别说话,我听见好像有人在饭厅(指左边)咳嗽似的。

鲁　贵　　(听一下)别是太太吧?(走到通饭厅的门前,由锁眼窥视,忙回来)可不是她,奇怪,她下楼来了。

鲁四凤　　(擦眼泪)爸爸,擦干了么?

鲁　贵　　别慌,别露相,什么话也别提。我走了。

鲁四凤　　嗯,妈来了,您先告诉我一声。

鲁　贵　　对了,见着你妈,就当什么都不知道,听见了没有?(走到中门,又回头)别忘了,跟太太说鲁贵惦记着太太的病。

〔鲁贵慌忙由中门下。四凤端着药碗向饭厅门,至门前,周蘩漪进。她一望就知道是个果敢阴鸷的女人。她脸色苍白,只有嘴唇微红,她的大而灰暗的眼睛同高鼻梁令人觉得有些可怕。但是眉目间看出来她是忧郁的,在那静静的长的睫毛的下面,有时为心中的郁积的火燃烧着,她的眼光会充满了一个年轻妇人失望后的痛苦与怨望。她的嘴角向后略弯,显出一个受抑制的女人在管制着自己。她那雪白细长的手,时常在她轻轻咳嗽的时候,按着自己瘦弱的胸。直等自己喘出一口气来,她才摸摸自己胀得红红的面颊,喘出一口气,她是一个中国旧式女人,有她的文弱,她的哀静,她的明慧,——她对诗文的爱好,但是她也有更原始的一点野性:在她的心,她的胆量,她的狂热的思想,在她莫明其妙的决断时忽然来的力量。整个地来看她,她似乎是一个水晶,只能给男人精神的安慰,她的明亮的前额表现出深沉的理解,像只是可以供清谈的;但是当她陷于情感的冥想中,忽然愉快地笑着;当着她见着她所爱的,红晕的颜色为快乐散布在脸上,两颊的笑涡也显露出来的时节,你才觉得出她是能被人爱的,应当被人爱的,你才知道她到底是一个女人,跟一切年轻的女人一样。她会爱你如一只饿了三天的狗咬着它最喜欢的骨头,她恨起你来也会像只恶狗狺狺地,不,多不声不响地恨恨地吃了你的。然而她的外形是沉静的,忧烦的,她会如秋天傍晚的树叶轻轻落在你的身旁,她觉得自己的夏天已经过去,西天的晚霞早暗下来了。

〔她通身是黑色。旗袍镶着灰银色的花边。她拿着一把团扇,挂在手指下,走进来。她的眼眶略微有点塌进,很自然地望着四凤。

鲁四凤　(奇怪地)太太!怎么您下楼来啦?我正预备给您送药去呢!
周繁漪　(咳)老爷在书房里么?
鲁四凤　老爷在书房里会客呢。
周繁漪　谁来?
鲁四凤　刚才是盖新房子的工程师,现在不知道是谁。您预备见他?
周繁漪　不。——老妈子告诉我说,这房子已经卖给一个教堂做医院,是么?
鲁四凤　是的,老爷叫把小东西都收一收,大家具有些已经搬到新房子里去了。
周繁漪　谁说要搬房子?
鲁四凤　老爷回来就催着要搬。
周繁漪　(停一下,忽然)怎么不告诉我一声?
鲁四凤　老爷说太太不舒服,怕您听着嫌麻烦。
周繁漪　(又停一下,看看四面)两礼拜没下来,这屋子改了样子了。
鲁四凤　是的,老爷说原来的样子不好看,又把您添的新家具搬了几件走。这是老爷自己摆的。
周繁漪　(看看右面的衣柜)这是他顶喜欢的衣柜,又拿来了。(叹气)什么事自然要依着他,他是什么都不肯将就的。(咳,坐下)
鲁四凤　太太,您脸上像是发烧,您还是到楼上歇着吧。
周繁漪　不,楼上太热。(咳)
鲁四凤　老爷说太太的病很重,嘱咐过请您好好地在楼上躺着。
周繁漪　我不愿意躺在床上。——喂,我忘了,老爷哪一天从矿上回来的?
鲁四凤　前天晚上,老爷见着您发烧很厉害,叫我们别惊醒您,就一个人在楼下睡的。
周繁漪　白天我像是没见过老爷来。
鲁四凤　嗯,这两天老爷天天忙着跟矿上的董事们开会,到晚上才上楼看您。可是您又把门锁上了。
周繁漪　(不经意地)哦,哦——怎么,楼下也这么闷热。
鲁四凤　对了,闷的很。一早晨黑云就遮满了天,也许今儿个会下一场大雨。
周繁漪　你换一把大点的团扇,我简直有点喘不过气来。
〔四凤拿一把团扇给她,她望着四凤,又故意地转过头去。
周繁漪　怎么这两天没见着大少爷?
鲁四凤　大概是很忙。
周繁漪　听说他也要到矿上去是么?
鲁四凤　我不知道。

周繁漪　你没有听见说么?

鲁四凤　倒是伺候大少爷的下人这两天尽忙着给他检衣裳。

周繁漪　你父亲干什么呢?

鲁四凤　大概给老爷买檀香去啦。——他说,他问太太的病。

周繁漪　他倒是惦记着我。(停一下忽然)他现在还没起来么?

鲁四凤　谁?

周繁漪　(没有想到四凤这样问,忙收敛一下)嗯,——自然是大少爷。

鲁四凤　我不知道。

周繁漪　(看了她一眼)嗯?

鲁四凤　这一早晨我没有见着他。

周繁漪　他昨天晚上什么时候回来的?

鲁四凤　(红脸)您想,我每天晚上总是回家睡觉,我怎么知道。

周繁漪　(不自主地,尖酸)哦,你每天晚上回家睡!(觉得失言)老爷回来,家里没有人会伺候他,你怎么天天要回家呢?

鲁四凤　太太,不是您吩咐过,叫我回去睡么?

周繁漪　那时是老爷不在家。

鲁四凤　我怕老爷念经吃素,不喜欢我们伺候他,听说老爷一向是讨厌女人家的。

周繁漪　哦,(看四凤,想着自己的经历)嗯,(低语)难说的很。(忽而抬起头来,眼睛张开)这么说,他在这几天就走,究竟到什么地方去呢?

鲁四凤　(胆怯地)您说的是大少爷?

周繁漪　(斜着看四凤)嗯!

鲁四凤　我没听见。(嗳嚅地)他,他总是两三点钟回家,我早晨像是听见我父亲叨叨说下半夜给他开的门来着。

周繁漪　他又喝醉了么?

鲁四凤　我不清楚。——(想找一个新题目)太太,您吃药吧。

周繁漪　谁说我要吃药?

鲁四凤　老爷吩咐的。

周繁漪　我并没请医生,哪里来的药?

鲁四凤　老爷说您犯的是肝郁,今天早上想起从前您吃的老方子,就叫抓一副。说太太一醒,就给您煎上。

周繁漪　煎好了没有?

鲁四凤　煎好了,凉在这儿好半天啦。

〔四凤端过药碗来。

鲁四凤　您喝吧。

周繁漪　(喝一口)苦的很。谁煎的?

鲁四凤　我。

周繁漪　太不好喝,倒了它吧!

鲁四凤　倒了它?

周繁漪　嗯?好,(想起朴园严厉的脸)要不,你先把它放在那儿。不,(厌恶)你还是倒了它。

鲁四凤　（犹豫）嗯。

周繁漪　这些年喝这种苦药，我大概是喝够了。

鲁四凤　（拿着药碗）您忍一忍喝了吧。还是苦药能够治病。

周繁漪　（心里忽然恨起她来）谁要你劝我？倒掉！（自己觉得失了身份）这次老爷回来，我听老妈子说瘦了。

鲁四凤　嗯，瘦多了，也黑多了。听说矿上正在罢工，老爷很着急的。

周繁漪　老爷很不高兴么？

鲁四凤　老爷还是那样。除了会客，念念经，打打坐，在家里一句话也不说。

周繁漪　没有跟少爷们说话么？

鲁四凤　见了大少爷只点一点头，没说话，倒是问了二少爷学堂的事。——对了，二少爷今天早上还问您的病呢。

周繁漪　我现在不怎么愿意说话，你告诉他我很好就是了。——回头叫账房拿四十块钱给二少爷，说这是给他买书的钱。

鲁四凤　二少爷总想见见您。

周繁漪　那就叫他到楼上来见我。——（站起来，踱了两步）哦，这老房子永远是这样闷气，家具都发了霉，人们也都是鬼里鬼气的！

鲁四凤　（想想）太太，今天我想跟您告假。

周繁漪　是你母亲从济南回来么？——嗯，你父亲说过来着。

〔花园里，周冲又在喊："四凤！四凤！"

周繁漪　你去看看，二少爷在喊你。

〔周冲在喊："四凤"。

鲁四凤　在这儿。

〔周冲由中门进，穿一套白西服上场。

周　冲　（进门只看见四凤）四凤，我找你一早晨。（看见繁漪）妈，怎么您下楼来了？

周繁漪　冲儿，你的脸怎么这样红？

周　冲　我刚同一个同学打网球。（亲热地）我正有许多话要跟您说。您好一点儿没有？（坐在繁漪身旁）这两天我到楼上看您，您怎么总把门关上？

周繁漪　我想清静清静。你看我的气色怎么样？四凤，你给二少爷拿一瓶汽水。你看你的脸通红。

〔四凤由饭厅门口下。

周　冲　（高兴地）谢谢您。让我看看您。我看您很好，没有一点病。为什么他们总说您有病呢？您一个人躲在房里头，您看，父亲回家三天，您都没有见着他。

周繁漪　（忧郁地看着周冲）我心里不舒服。

周　冲　哦，妈，不要这样。父亲对不起您，可是他老了，我是您的将来，我要娶一个顶好的人，妈，您跟我们一块住，那我们一定会叫您快活的。

周繁漪　（脸上闪出一丝微笑的影子）快活？（忽然）冲儿，你是十七了吧？

周　冲　（喜欢他的母亲有时这样奇突）妈，您看，您要再忘了我的岁数，我一定得跟您生气啦！

周繁漪　妈不是个好母亲。有时候自己都忘了自己在哪儿。（沉思）——哦，十八年了，在这老房子里，你看，妈老了吧？

雷雨

周　　冲　　不,妈,您想什么?
周蘩漪　　我不想什么。
周　　冲　　妈,您知道我们要搬家么?新房子。父亲昨天对我说后天就搬过去。
周蘩漪　　你知道父亲为什么要搬房子?
周　　冲　　您想父亲哪一次做事先告诉过我们?——不过我想他老了,他说过以后要不做矿上的事,加上这旧房子不吉利。——哦,妈,您不知道这房子闹鬼么?前年秋天,半夜里,我像是听见什么似的。
周蘩漪　　你不要再说了。
周　　冲　　妈,您也信这些话么?
周蘩漪　　我不相信,不过这老房子很怪,我很喜欢它,我总觉得这房子有点灵气,它拉着我,不让我走。
周　　冲　　(忽然高兴地)妈。——
　　　　　　〔四凤拿汽水上。
鲁四凤　　二少爷。
周　　冲　　(站起来)谢谢你。(四凤红脸)
　　　　　　〔四凤倒汽水。
周　　冲　　你给太太再拿一个杯子来,好么?(四凤下)
周蘩漪　　(目不转睛地看着他们)冲儿,你们为什么这样客气?
周　　冲　　(喝水)妈,我就想告诉您,那是因为,——(四凤进)——回头我告诉您。妈,您给我画的扇面呢?
周蘩漪　　你忘了我不是病了么?
周　　冲　　对了,您原谅我。我,我,——怎么这屋子这样热?
周蘩漪　　大概是窗户没有开。
周　　冲　　让我来开。
鲁四凤　　老爷说过不叫开,说外面比屋里热。
周蘩漪　　不,四凤,开开它。他在外头一去就是两年不回家,这屋子里的死气他是不知道的。(四凤拉开壁龛前的帷幔)
周　　冲　　(见四凤很费力地移动窗前的花盆)四凤,你不要动。让我来。(走过去)
鲁四凤　　我一个人成,二少爷。
周　　冲　　(争执着)让我。(二人拿起花盆,放下时压了四凤的手,四凤轻轻叫了一声痛)怎么样?四凤?(拿着她的手)
鲁四凤　　(抽出自己的手)没有什么,二少爷。
周　　冲　　不要紧,我给你拿点橡皮膏。
周蘩漪　　冲儿,不用了。——(转头向四凤)你到厨房去看一看,问问给老爷做的素菜都做完了没有?
　　　　　　〔四凤由中门下,周冲望着她下去。
周蘩漪　　冲儿,(周冲回来)坐下。你说吧。
周　　冲　　(看着蘩漪,带了希冀和快乐的神色)妈,我这两天很快活。
周蘩漪　　在这家里,你能快活,自然是好现象。
周　　冲　　妈,我一向什么都不肯瞒过您,您不是一个平常的母亲,您最大胆,最有想象,又，最同情我的思想的。

周繁漪　那我很欢喜。

周　冲　妈，我要告诉您一件事，——不，我要跟您商量一件事。

周繁漪　你先说给我听听。

周　冲　妈，（神秘地）您不说我么？

周繁漪　我不说你，孩子，你说吧。

周　冲　（高兴地）哦，妈——（又停下了，迟疑着）不，不，不，我不说了。

周繁漪　（笑了）为什么？

周　冲　我，我怕您生气。（停）我说了以后，你还是一样地喜欢我么？

周繁漪　傻孩子，妈永远是喜欢你的。

周　冲　（笑）我的好妈妈。真的，您还喜欢我？不生气？

周繁漪　嗯，真的——你说吧。

周　冲　妈，说完以后我还不许您笑话我。

周繁漪　嗯，我不笑话你。

周　冲　真的？

周繁漪　真的！

周　冲　妈，我现在喜欢一个人。

周繁漪　哦！（证实了她的疑惧）哦！

周　冲　（望着繁漪的凝视的眼睛）妈，您看，您的神气又好像说我不应该似的。

周繁漪　不，不，你这句话叫我想起来，——叫我觉得我自己……——哦，不，不，不。你说吧。这个女孩子是谁？

周　冲　她是世界上最——（看一看繁漪）不，妈，您看您又要笑话我。反正她是我认为最满意的女孩子。她心地单纯，她懂得活着的快乐，她知道同情，她明白劳动有意义。最好的，她不是小姐堆里娇生惯养出来的人。

周繁漪　可是你不是喜欢受过教育的人么？她念过书么？

周　冲　自然没念过书。这是她，也可说是她唯一的缺点，然而这并不怪她。

周繁漪　哦。（眼睛暗下来，不得不问下一句，沉重地）冲儿，你说的不是——四凤？

周　冲　是，妈妈。——妈，我知道旁人会笑话我，您不会不同情我的。

周繁漪　（惊愕，停，自语）怎么，我自己的孩子也……

周　冲　（焦灼）您不愿意么？您以为我做错了么？

周繁漪　不，不，那倒不。我怕她这样的孩子不会给你幸福的。

周　冲　不，她是个聪明有感情的人，并且她懂得我。

周繁漪　你不怕父亲不满意你么？

周　冲　这是我自己的事情。

周繁漪　别人知道了说闲话呢？

周　冲　那我更不放在心上。

周繁漪　这倒像我自己的孩子。不过我怕你走错了。第一，她始终是个没受过教育的下等人。你要是喜欢她，她当然以为这是她的幸运。

周　冲　妈，您以为她没有主张么？

周繁漪　冲儿，你把什么人都看得太高了。

周　　冲　　妈,我认为您这句话对她用是不合适的。她是最纯洁,最有主张的好孩子,昨天我跟她求婚——

周繁漪　　(更惊愕)什么?求婚?(这两个字叫她想笑)你跟她求婚?

周　　冲　　(很正经地,不喜欢母亲这样的态度)不,妈,您不要笑!她拒绝我了。——可是我很高兴,这样我觉得她更高贵了。她说她不愿意嫁给我。

周繁漪　　哦,拒绝!(这两个字也觉得十分可笑)她还"拒绝"你。——哼,我明白她。

周　　冲　　你以为她不答应我,是故意地虚伪么?不,不,她说,她心里另外有一个人。

周繁漪　　她没有说谁?

周　　冲　　我没有问。总是她的邻居,常见的人吧。——不过真的爱情免不了波折,我爱她,她会渐渐地明白我,喜欢我的。

周繁漪　　我的儿子要娶也不能娶她。

周　　冲　　妈妈,您为什么这样厌恶她?四凤是个好女孩子,她背地总是很佩服您,敬重您的。

周繁漪　　你现在预备怎么样?

周　　冲　　我预备把这个意思告诉父亲。

周繁漪　　你忘了你父亲是什么样一个人啦!

周　　冲　　我一定要告诉他的。我将来并不一定跟她结婚。如果她不愿意我,我仍然是尊重她,帮助她的。但是我希望她现在受教育,我希望父亲允许我把我的教育费分给她一半上学。

周繁漪　　你真是个孩子。

周　　冲　　(不高兴地)我不是孩子。我不是孩子。

周繁漪　　你父亲一句话就把你所有的梦打破了。

周　　冲　　我不相信。——(有点沮丧)得了,妈,我们不谈这个吧。哦,昨天我见着哥哥,他说他这次可要到矿上去做事了,他明天就走,他说他太忙,他叫我告诉您一声,他不上楼见您了。您不会怪他吧?

周繁漪　　为什么?怪他?

周　　冲　　我总觉得您同哥哥的感情不如以前那样似的。妈,您想,他自幼就没有母亲,性情自然容易古怪。我想他的母亲一定也感情很盛的,哥哥就是一个很有感情的人。

周繁漪　　你父亲回来了,你少说哥哥的母亲,免得你父亲又板起脸,叫一家子不高兴。

周　　冲　　妈,可是哥哥现在真有点怪,他喝酒喝得很多,脾气很暴,有时他还到外国教堂去,不知干什么?

周繁漪　　他还怎么样?

周　　冲　　前三天他喝得太醉了。他拉着我的手,跟我说,他恨他自己,说了许多我不大明白的话。

周繁漪　　哦!

周　　冲　　最后他忽然说,他从前爱过一个他决不应该爱的女人!

周繁漪　　(自语)从前?

周　　冲　　说完就大哭,当时就逼着我,要我离开他的屋子。

周繁漪　　他还说什么话来么?

周　　冲　没有,他很寂寞的样子,我替他很难过,他到现在为什么还不结婚呢?
周蘩漪　(喃喃地)谁知道呢?谁知道呢?
周　　冲　(听见门外脚步的声音,回头看)咦,哥哥进来了。

〔中门大开,周萍进。他约莫有二十八九,颜色苍白,躯干比他的弟弟略微长些。他的面目清秀,甚至于可以说美,但不是一看就使女人醉心的那种男子。他有宽而黑的眉毛,有厚的耳垂,粗大的手掌,乍一看,有时会令人觉得他有些戆气的;不过,若是你再长久地同他坐一坐,会感到他的气味不是你所想的那样纯朴可喜,他是经过了雕琢的,虽然性格上那些粗涩的滓渣经过了教育的提炼,成为精细而优美了;但是一种可以炼钢熔铁,火炽的,不成形的原始人生活中所有的那种"蛮"力,也就因为郁闷,长久离开了空气的原因,成为怀疑的,怯弱的,莫名其妙的了。和他谈两三句话,便知道这也是一个美丽的空形,如生在田野的麦苗移植在暖室里,虽然也开花结实,但是空虚脆弱,经不起现实的风霜。在他灰暗的眼神里,你看见了不定,犹疑,怯弱同冲突。当他的眼神暗下来,瞳仁微微地在闪烁的时候,你知道他在审阅自己的内心过错,而又怕人窥探出他是这样无能,只讨生活于自己的内心的小圈子里。但是你以为他是做不出惊人的事情,没有男子的胆量么?不,在他感情的潮涌起来的时候,——哦,你单看他眼角同一条时时刻刻地变动的刺激人的圆线,极冲动而敏锐的红而厚的嘴唇,你便知道在这种时候,他会贸然地做出自己终身诅咒的事,而他生活是不会有计划的。他的唇角松弛地垂下来。一点疲乏会使他眸子发呆,叫你觉得他不能克制自己,也不能有规律地终身做一件事。然而他明白自己的病,他在改,不,不如说是悔,永远地在悔恨自己过去由直觉铸成的错误;因为当着一个新的冲动来时,他的热情,他的欲望,整个如潮水似地冲上来,淹没了他。他一星星的理智,只是一段枯枝卷在漩涡里,他昏迷似地做出自己认为不应该做的事。这样很自然地一个大错跟着一个更大的错。所以他是有道德观念的,有情爱的,但同时又是渴望着生活,觉得自己是个有肉体的人。于是他痛苦了,他恨自己,他羡慕一切没有顾忌,敢做坏事的人,于是他会同情鲁贵。他又钦羡一切能抱着一件事业向前做,能依循着一般人所谓的"道德"生活下去,为"模范市民","模范家长"的人,于是他佩服他的父亲。他的父亲在他的见闻里,除了一点倔强冷酷,——但是这个也是他喜欢的,因为这两种性格他都没有——是一个无瑕的男子。他觉得他在那一方面欺骗他的父亲是不对了,并不是因为他怎么爱他的父亲(固然他不能说不爱他),他觉得这样是卑鄙,像老鼠在狮子睡着的时候偷咬一口的行为,同时如一切好内省而又冲动的人,在他的直觉过去,理智冷回来的时候,他更刻毒地恨自己,更深地觉得这是反人性,一切的犯了罪的痛苦都牵到自己身上。他要把自己拯救起来,他需要新的力,无论是什么,只要能帮助他,把他由冲突的苦海中救出来,他愿意找。他见着四凤,当时就觉得她新鲜,她的"活"!他发现他最需要的那一点东西,是充满地流动着在四凤的身里。她有"青春",有"美",有充溢着的血,固然他也看到她是粗人,但是他直觉到这才是他要的,渐渐地他厌恶一切忧郁过分的女人,忧郁已经蚀尽了他的心;他也恨一切经些教育陶冶的女人(因为她们会提醒他的缺点),同一切细致的情绪,他觉得"腻"!然而这种感情的波纹是在他心里隐约地流荡着,潜伏着;他自己只是顺着自己之情感的流在走,他不能用理智再冷酷地剖析自己。他怕,他有时是怕看自己心内的残疾的。现在他不得不爱四凤了,他要死心塌地地爱她,他想这样忘了自己。当然他也明白,他这次的爱不只是为求自己心灵的药,他还有一个地方是渴。但是在这一层他并不感觉得从前的冲突,他想好好地待她,心里觉得这样也说得过去了。经过她那不处女香的温热的气息后,豁然地他觉出心地的清朗,他看见了自己心内的太阳,他想"能拯救他的女人大概是她吧!"于是就把生命交给这个女孩子,然而昔日的记忆如巨大的铁掌抓住了他的心,不时地,尤其是在蘩漪面前,他感觉一丝一丝刺心的疚痛;于是他要离开这个地方——这个能引起人的无边噩梦似的老房子,走到任何地方。而在未打开这个狭的笼之先,四凤不能了解也不能安慰他的疚伤的时候,便不自主地纵于酒,于热烈的狂欢,于一切外面的刺激之中。于是他精神颓丧,永远成了不安定的神情。

〔现在他穿一件藏青的绸袍,西服裤,漆皮鞋,没有修脸。整个是不整齐,他打着呵欠。

周　　冲　哥哥。
周　　萍　你在这儿。
周蘩漪　（觉得没有理她）萍!
周　　萍　哦?（低了头,又抬起)您——您也在这儿。
周蘩漪　我刚下楼来。
周　　萍　（转头问周冲)父亲没有出去吧?
周　　冲　没有,你预备见他么?
周　　萍　我想在临走以前跟父亲谈一次。（一直走向书房)
周　　冲　你不要去。
周　　萍　他老人家干什么呢?
周　　冲　他大概跟一个人谈公事。我刚才见着他,他说他一会儿会到这儿来,叫我们在这儿等他。
周　　萍　那我先回到我屋子里写封信。（要走)
周　　冲　不,哥哥,母亲说好久不见你。你不愿意一齐坐一坐,谈谈么?
周蘩漪　你看,你让哥哥歇一歇,他愿意一个人坐着的。
周　　萍　（有些烦)那也不见得,我总怕父亲回来,您很忙,所以——
周　　冲　你不知道母亲病了么?
周蘩漪　你哥哥怎么会把我的病放在心上?
周　　冲　妈!
周　　萍　您好一点了么?
周蘩漪　谢谢你,我刚刚下楼。
周　　萍　对了,我预备明天离开家里到矿上去。
周蘩漪　哦,（停)好得很。——什么时候回来呢?
周　　萍　不一定,也许两年,也许三年。哦,这屋子怎么闷气得很。
周　　冲　窗户已经打开了。——我想,大概是大雨要来了。
周蘩漪　（停一停)你在矿上做什么呢?

周　冲　妈,你忘了,哥哥是专门学矿科的。
周繁漪　这是理由么,萍?
周　萍　(拿起报纸看,遮掩自己)说不出来,像是家里住得太久了,烦得很。
周繁漪　(笑)我怕你是胆小吧?
周　萍　怎么讲?
周繁漪　这屋子曾经闹过鬼,你忘了。
周　萍　没有忘。但是这儿我住厌了。
周繁漪　(笑)假若我是你,这周围的人我都会厌恶,我也离开这个死地方的。
周　冲　妈,我不要您这样说话。
周　萍　(忧郁地)哼,我自己对自己都恨不够,我还配说厌恶别人?——(叹一口气)弟弟,我想回屋去了。(起立)
　〔书房门开。
周　冲　别走,这大概是爸爸来了。
　〔里面的声音:(书房门开一半,周朴园进,向内露着半个身子说话)我的意思是这么办,没有问题了,很好,再见吧,不送。
　〔门大开,周朴园进,他约莫有五六十岁,鬓发已经斑白,带着椭圆形的金边眼镜,一对沉鸷的眼在底下闪烁着。像一切起家立业的人物,他的威严在儿孙面前格外显得峻厉。他穿的衣服,还是二十年前的新装,一件团花的官纱大褂,底下是白纺绸的衬衫,长衫的领扣松散着,露着颈上的肉。他的衣服很舒展地贴在身上,整洁,没有一些尘垢。他有些胖,背微微地伛偻,面色苍白,腮肉松弛地垂下来,眼眶略微下陷,眸子闪闪地放着光彩,时常也倦怠地闭着眼皮。他的脸带着多年的世故和劳碌,一种冷峭的目光和偶然在嘴角逼出的冷笑,看出他平日的专横,自是和偏强。年轻时一切的冒失,狂妄已经为脸上的皱纹深深遮盖着,再也寻不着一点痕迹,只有他的半白的头发还保持昔日的丰采,很润泽地分梳到后面。在阳光底下,他的脸呈着银白色,一般人说这就是贵人的特征。所以他才有这样大的矿产。他的下颔的胡须已经灰白,常用一只象牙的小梳梳理。他的大指套着一个扳指。
　〔他现在精神很饱满,沉重地走出来。
周　萍
周　冲　(同时)爸。
周　冲　客走了?
周朴园　(点头,转向繁漪)你怎么今天下楼来了,完全好了么?
周繁漪　病原来不很重——回来身体好么?
周朴园　还好。——你应当再到楼上去休息。冲儿,你看你母亲的气色比以前怎么样?
周　冲　母亲原来就没有什么病。
周朴园　(不喜欢儿子们这样答复老人的话,沉重地,眼翻上来)谁告诉你的?我不在的时候,你常来问你母亲的病么?(坐在沙发上)
周繁漪　(怕他又来教训)朴园,你的样子像有点瘦了似的。——矿上的罢工究竟怎么样?
周朴园　昨天早上已经复工,不成问题。

周　　冲　爸爸,怎么鲁大海还在这儿等着要见您呢?
周朴园　谁是鲁大海?
周　　冲　鲁贵的儿子。前年荐进去,这次当代表的。
周朴园　这个人!我想这个人有背景,厂方已经把他开除了。
周　　冲　开除!爸爸,这个人脑筋很清楚,我方才跟这个人谈了一回。代表罢工的工人并不见得就该开除。
周朴园　哼,现在一般青年人,跟工人谈谈,说两三句不关痛痒、同情的话,像是一件很时髦的事情!
周　　冲　我以为这些人替自己的一群努力,我们应当同情的。并且我们这样享福,同他们争饭吃,是不对的。这不是时髦不时髦的事。
周朴园　(眼翻上来)你知道社会是什么?你读过几本关于社会经济的书?我记得我在德国念书的时候,对于这方面,我自命比你这种半瓶醋的社会思想要彻底的多!
周　　冲　(被压制下去,然而)爸,我听说矿上对于这次受伤的工人不给一点抚恤金。
周朴园　(头扬起来)我认为你这次说话说得太多。(向蘩漪)这两年他学得很像你了。(看钟)十分钟后我还有一个客来,嗯,你们关于自己有什么话说么?
周　　萍　爸,刚才我就想见您。
周朴园　哦,什么事?
周　　萍　我想明天就到矿上去。
周朴园　这边公司的事,你交代完了么?
周　　萍　差不多完了。我想请父亲给我点实在的事情做,我不想看看就完事。
周朴园　(停一下,看周萍)苦的事你成么?要做就做到底。我不愿意我的儿子叫旁人说闲话的。
周　　萍　这两年在这儿做事太舒服,心里很想在内地乡下走走。
周朴园　让我想想。——(停)你可以明天起身,做哪一类事情,到了矿上我再打电报给你。
〔四凤由饭厅门入,端了碗普洱茶。
周　　冲　(犹豫地)爸爸。
周朴园　(知道他又有新花样)嗯,你?
周　　冲　我现在想跟爸爸商量一件很重要的事。
周朴园　什么?
周　　冲　(低下头)我想把我的学费的一部分分出来。
周朴园　哦。
周　　冲　(鼓起勇气)把我的学费拿出一部分送给——
〔四凤端茶,放朴园前。
周朴园　四凤,——(向周冲)你先等一等。——(向四凤)叫你给太太煎的药呢?
鲁四凤　煎好了。
周朴园　为什么不拿来?
鲁四凤　(看蘩漪,不说话)
周蘩漪　(觉出四周的征兆有些恶相)她刚才给我倒来了,我没有喝。

周朴园　为什么？（停，向四凤）药呢？

周繁漪　（快说）倒了，我叫四凤倒了。

周朴园　（慢）倒了？哦？（更慢）倒了！——（向四凤）药还有么？

鲁四凤　药罐里还有一点。

周朴园　（低而缓地）倒了来。

周繁漪　（反抗地）我不愿意喝这种苦东西。

周朴园　（向四凤，高声）倒了来。

〔四凤走到左面倒药。

周　冲　爸，妈不愿意，您何必这样强迫呢？

周朴园　你同你母亲都不知道自己的病在哪儿。（向繁漪低声）你喝了，就会完全好的。（见四凤犹豫，指药）送到太太那里去。

周繁漪　（顺忍地）好，先放在这儿。

周朴园　（不高兴地）不。你最好现在喝了它吧。

周繁漪　（忽然）四凤，你把它拿走。

周朴园　（忽然严厉地）喝了它，不要任性，当着这么大的孩子。

周繁漪　（声颤）我不想喝。

周朴园　冲儿，你把药端到母亲面前去。

周　冲　（反抗地）爸！

周朴园　（怒视）去！

〔周冲只好把药端到繁漪面前。

周朴园　说，请母亲喝。

周　冲　（拿着药碗，手发颤，回头，高声）爸，您不要这样。

周朴园　（高声地）我要你说。

周　萍　（低头，至周冲前，低声）听父亲的话吧，父亲的脾气你是知道的。

周　冲　（无法，含着泪，向着母亲）您喝吧，为我喝一点吧，要不然，父亲的气是不会消的。

周繁漪　（恳求地）哦，留着我晚上喝不成么？

周朴园　（冷峻地）繁漪，当了母亲的人，处处应当替孩子着想，就是自己不保重身体，也应当替孩子做个服从的榜样。

周繁漪　（四面看一看，望望朴园，又望望周萍。拿起药，落下眼泪，忽而又放下）哦，不！我喝不下。

周朴园　萍儿，劝你母亲喝下去。

周　萍　爸！我——

周朴园　去，走到母亲面前！跪下，劝你的母亲。

〔周萍走至繁漪前。

周　萍　（求恕地）哦，爸爸！

周朴园　（高声）跪下！

〔周萍望繁漪和周冲；繁漪泪痕满面，周冲身体发抖。

周朴园　叫你跪下！

〔周萍正向下跪。

周繁漪　　（望着周萍，不等周萍跪下，急促地）我喝，我现在喝！（拿碗，喝了两口，气得眼泪又涌出来，她望一望朴园的峻厉的眼和苦恼着的周萍，咽下愤恨，一气喝下）哦……（哭着，由右边饭厅跑下）

〔半晌。

周朴园　　（看表）还有三分钟。（向周冲）你刚才说的事呢？
周　冲　　（抬头，慢慢地）什么？
周朴园　　你说把你的学费分出一部分？——嗯，是怎么样？
周　冲　　（低声）我现在没有什么事情啦。
周朴园　　真没有什么新鲜的问题啦么？
周　冲　　（哭声）没有什么，没有什么，——妈的话是对的。（跑向饭厅）
周朴园　　冲儿，上哪儿去？
周　冲　　到楼上去看看妈。
周朴园　　就这么跑了么？
周　冲　　（抑制着自己，走回去）是，爸，我要走了，您有事吩咐么？
周朴园　　去吧。

〔周冲向饭厅走了两步。

周朴园　　回来。
周　冲　　爸爸。
周朴园　　你告诉你的母亲，说我已经请德国的克大夫来，给她看病。
周　冲　　妈不是已经吃了您的药么？
周朴园　　我看你的母亲，精神有点失常，病像是不轻。（回头向周萍）我看，你也是一样。
周　萍　　爸，我想下去，歇一回。
周朴园　　不，你不要走。我有话跟你说。（向周冲）你告诉她，说克大夫是个有名的脑病专家，我在德国认识的。来了，叫她一定看一看，听见了没有？
周　冲　　听见了。（走了两步）爸，没有事啦？
周朴园　　上去吧。

〔周冲由饭厅下。

周朴园　　（回头向四凤）四凤，我记得我告诉过你，这个房子你们没有事就得走的。
鲁四凤　　是，老爷。（也由饭厅下）

〔鲁贵由书房上。

鲁　贵　　（见着老爷，便不自主地好像说不出话来）老，老，老爷。客，客来了！
周朴园　　哦，先请到大客厅里去。
鲁　贵　　是，老爷。（鲁贵下）
周朴园　　怎么这窗户谁开开了？
周　萍　　弟弟跟我开的。
周朴园　　关上，（擦眼镜）这屋子不要底下人随便进来，回头我预备一个人在这里休息的。
周　萍　　是。
周朴园　　（擦着眼镜，看周围的家具）这间屋子的家具多半是你生母顶喜欢的东西。我

　　　　　从南边移到北边，搬了多少次家，总是不肯丢下的。（戴上眼镜，咳嗽一声）这屋子摆的样子，我愿意总是三十年前的老样子，这叫我的眼看着舒服一点。（踱到桌前，看桌上的相片）你的生母永远喜欢夏天把窗户关上的。

周　萍　（强笑着）不过，爸爸，纪念母亲也不必——

周朴园　（突然抬起头来）我听人说你现在做了一件很对不起自己的事情。

周　萍　（惊）什——什么？

周朴园　（低声走到周萍的面前）你知道你现在做的事是对不起你的父亲么？并且——（停）——对不起你的母亲么？

周　萍　（失措）爸爸。

周朴园　（仁慈地，拿着周萍的手）你是我的长子，我不愿意当着人谈这件事。（停，喘一口气严厉地）我听说我在外边的时候，你这两年来在家里很不规矩。

周　萍　（更惊恐）爸，没有的事，没有，没有。

周朴园　一个人敢做一件事就要当一件事。

周　萍　（失色）爸！

周朴园　公司的人说你总是在跳舞场里鬼混，尤其是这两三个月，喝酒，赌钱，整夜地不回家。

周　萍　哦，（喘出一口气）您说的是——

周朴园　这些事是真的么？（半晌）说实话！

周　萍　真的，爸爸。（红了脸）

周朴园　将近三十的人应当懂得"自爱"！——你还记得你的名为什么叫萍吗？

周　萍　记得。

周朴园　你自己说一遍。

周　萍　那是因为母亲叫侍萍，母亲临死，自己替我起的名字。

周朴园　那我请你为你的生母，你把现在的行为完全改过来。

周　萍　是，爸爸，那是我一时的荒唐。

　　　　〔鲁贵由书房上。

鲁　贵　老，老，老爷。客，——等，等，等了好半天啦。

周朴园　知道。

　　　　〔鲁贵退。

周朴园　我的家庭是我认为最圆满，最有秩序的家庭，我的儿子我也认为都还是健全的子弟，我教育出来的孩子，我绝对不愿叫任何人说他们一点闲话的。

周　萍　是，爸爸。

周朴园　来人啦。（自语）哦，我有点累啦。

　　　　〔周萍扶他至沙发坐。

　　　　〔鲁贵上。

鲁　贵　老爷。

周朴园　你请客到这边来坐。

鲁　贵　是，老爷。

周　萍　不，——爸，您歇一会吧。

周朴园　不，你不要管。（向鲁贵）去，请进来。

雷　雨

鲁　贵　是，老爷。

〔鲁贵下，朴园拿出一支雪茄，萍为他点上，朴园徐徐抽烟，端坐。

第二幕

〔午饭后，天气很阴沉，更郁热，湿潮的空气，低压着在屋内的人，使人成为烦躁的了。周萍一个人由饭厅走上来，望望花园，冷清清的，没有一个人。偷偷走到书房门口，书房里是空的，也没有人。忽然想起父亲在别的地方会客，他放下心，又走到窗户前开窗门，看着外面绿荫荫的树丛。低低地吹出一种奇怪的哨声，中间他低沉地叫了两三声"四凤！"不一时，好像听见远处有哨声在回应，渐移渐近，他又缓缓地叫一声"凤儿！"门外有一个女人的声音，"萍，是你么？"萍就把窗门关上。

〔四凤由外面轻轻地跑进来。

周　　萍　（回头，望着中门，四凤正从中门进，低声，热烈地）凤儿！（走近，拉着她的手）
鲁四凤　不，（推开他）不，不。（谛听，四面望）看看，有人！
周　　萍　没有，凤，你坐下。（推她到沙发坐下）
鲁四凤　（不安地）老爷呢？
周　　萍　在大客厅会客呢。
鲁四凤　（坐下，叹一口长气。望着）总是这样偷偷摸摸的。
周　　萍　嗯。
鲁四凤　你连叫我都不敢叫。
周　　萍　所以我要离开这儿哪。
鲁四凤　（想一下）哦，太太怪可怜的。为什么老爷回来，头一次见太太就发这么大的脾气？
周　　萍　父亲就是这个样，他的话，向来不能改。他的意见就是法律。
鲁四凤　（怯懦地）我——我怕得很。
周　　萍　怕什么？
鲁四凤　我怕万一老爷知道了，我怕。有一天，你说过，要把我们的事情告诉老爷的。
周　　萍　（摇头，深沉地）可怕的事不在这儿。
鲁四凤　还有什么？
周　　萍　（忽然地）你没有听见什么话？
鲁四凤　什么？（停）没有。
周　　萍　关于我，你没有听见什么？
鲁四凤　没有。
周　　萍　从来没听见过什么？
鲁四凤　（不愿提）没有——你说什么？
周　　萍　那——没什么！没什么！
鲁四凤　（真挚地）我信你，我相信你以后永远不会骗我。这我就够了。——刚才，我听你说，你明天就要到矿上去。
周　　萍　我昨天晚上已经跟你说过了。

鲁四凤　（爽直地）你为什么不带我去？
周　萍　因为……（笑）因为我不想带你去。
鲁四凤　这边的事我早晚是要走的。——太太，说不定今天要辞掉我。
周　萍　（没想到）她要辞掉你，——为什么？
鲁四凤　你不要问。
周　萍　不，我要知道。
鲁四凤　自然因为我做错了事。我想，太太大概没有这个意思。也许是我瞎猜。（停）萍，你带我去好不好？
周　萍　不。
鲁四凤　（温柔地）萍，我好好地侍候你，你要这么一个人。我给你缝衣服，烧饭做菜，我都做得好，只要你叫我跟你在一块儿。
周　萍　哦，我还要一个女人，跟着我，侍候我，叫我享福？难道，这些年，在家里，这种生活我还不够么？
鲁四凤　我知道你一个人在外头是不成的。
周　萍　凤，你看不出来，现在我怎么能带你出去？——你这不是孩子话吗？
鲁四凤　萍，你带我走！我不连累你，要是外面因为我，说你的坏话，我立刻就走。你——你不要怕。
周　萍　（急躁地）凤，你以为我这么自私自利么？你不应该这么想我。——哼，我怕，我怕什么？（管不住自己）这些年，我做出这许多的……哼，我的心都死了，我恨极了我自己。现在我的心刚刚有点生气了，我能放开胆子喜欢一个女人，我反而怕人家骂？哼，让大家说吧，周家大少爷看上他家里面的女下人，怕什么，我喜欢她。
鲁四凤　（安慰地）萍，不要难过。你做了什么，我也不怨你的。（想）
周　萍　（平静下来）你现在想什么？
鲁四凤　我想，你走了以后，我怎么样。
周　萍　你等着我。
鲁四凤　（苦笑）可是你忘了一个人。
周　萍　谁？
鲁四凤　他总不放松我。
周　萍　哦，他呀——他又怎么样？
鲁四凤　他又把前一月的话跟我提了。
周　萍　他说，他要你？
鲁四凤　不，他问我肯嫁他不肯。
周　萍　你呢？
鲁四凤　我先没有说什么，后来他逼着问我，我只好告诉他实话。
周　萍　实话？
鲁四凤　我没有说旁的。我只提我已经许了人家。
周　萍　他没有问旁的？
鲁四凤　没有，他倒说，他要供给我上学。
周　萍　上学？（笑）他真呆气！——可是，谁知道，你听了他的话，也许很喜欢的。

鲁四凤　你知道我不喜欢,我愿意老陪着你。
周　萍　可是我已经快三十了,你才十八,我也不比他的将来有希望,并且我做过许多见不得人的事。
鲁四凤　萍,你不要同我瞎扯,我现在心里很难过。你得想出法子,他是个孩子,老是这样装着腔,对付他,我实在不喜欢。你又不许我跟他说明白。
周　萍　我没有叫你不跟他说。
鲁四凤　可是你每次见我跟他在一块儿,你的神气,偏偏——
周　萍　我的神气那自然是不快活的。我看见我最喜欢的女人时常跟别人在一块儿。哪怕他是我的弟弟,我也不情愿的。
鲁四凤　你看你又扯到别处。萍,你不要扯,你现在到底对我怎么样?你要跟我说明白。
周　萍　我对你怎么样?(他笑了。他不愿意说,他觉女人们都有些呆气,这一句话似乎有一个女人也这样问过他,他心里隐隐有些痛)要我说出来?(笑)那么,你要我怎么说呢?
鲁四凤　(苦恼地)萍,你别这样待我好不好?你明明知道我现在什么都是你的,你还——你还这样欺负人。
周　萍　(他不喜欢这样,同时又以为她究竟有些不明白)哦!(叹一口气)天哪!
鲁四凤　萍,我父亲只会跟人要钱,我哥哥瞧不起我,说我没有志气,我母亲如果知道了这件事,她一定恨我。哦,萍,没有你就没有我。我父亲,我哥哥,我母亲,他们也许有一天会不理我,你不能够的,你不能够的。(抽咽)
周　萍　四凤,不,不,别这样,你让我好好地想一想。
鲁四凤　我的妈最疼我,我的妈不愿意我在公馆里做事,我怕她万一看出我的谎话,知道我在这里做了事,并且同你……如果你又不是真心的,……那我——那我就伤了我妈的心了。(哭)还有,……
周　萍　不,凤,你不该这样疑心我。我告诉你,今天晚上我预备到你那里去。
鲁四凤　不,我妈今天回来。
周　萍　那么,我们在外面会一会好么?
鲁四凤　不成,我妈晚上一定会跟我谈话的。
周　萍　不过,我明天早车就要走了。
鲁四凤　你真不预备带我走么?
周　萍　孩子!那怎么成?
鲁四凤　那么,你——你叫我想想。
周　萍　我先要一个人离开家,过后,再想法子,跟父亲说明白,把你接出来。
鲁四凤　(看着他)也好,那么今天晚上你只好到我家里来。我想,那两间房子,爸爸跟妈一定在外房睡,哥哥总是不在家睡觉,我的房子在半夜里一定是空的。
周　萍　那么,我来还是先吹哨,(吹一声)你听得清楚吧?
鲁四凤　嗯,我要是叫你来,我的窗上一定有个红灯,要是没有灯,那你千万不要来。
周　萍　不要来?
鲁四凤　那就是我改了主意,家里一定有许多人。
周　萍　好,就这样。十一点钟。

鲁四凤　嗯,十一点。

〔鲁贵由中门上,见四凤和周萍在这里,突然停止,故意地做出懂事的假笑。

鲁　贵　哦!(向四凤)我正要找你。(向周萍)大少爷,您刚吃完饭?
鲁四凤　找我有什么事?
鲁　贵　你妈来了。
鲁四凤　(喜形于色)妈来了,在哪儿?
鲁　贵　在门房,跟你哥哥刚见面,说着话呢。

〔四凤跑向中门。

周　萍　四凤,见着你妈,给我问问好。
鲁四凤　谢谢您,回头见。(四凤下)
鲁　贵　大少爷,您是明天起身么?
周　萍　嗯。
鲁　贵　让我送送您。
周　萍　不用,谢谢你。
鲁　贵　平时总是您心好,照顾着我们。您这一走,我同我这丫头都很惦记着您了。
周　萍　(笑)你又没钱了吧?
鲁　贵　(奸笑)大少爷,您这可是开玩笑了。——我说的是实话,四凤知道,我总是背后说大少爷好的。
周　萍　好吧。——你没有事么?
鲁　贵　没事,没事,我只跟您商量点闲拌儿。您知道,四凤的妈来了,楼上的太太要见她,……

〔蘩漪由饭厅门上,鲁贵一眼看见,话说成一半,又吞进去。

鲁　贵　哦,太太下来了!太太,您病完全好啦?(蘩漪点一点头)鲁贵一直惦记着。
周蘩漪　好,你下去吧。

〔鲁贵鞠躬由中门下。

周蘩漪　(向周萍)他上哪儿去了?
周　萍　(莫明其妙)谁?
周蘩漪　你父亲。
周　萍　他有事情,见客,一会儿就回来。弟弟呢?
周蘩漪　他只会哭,他走了。
周　萍　(怕和她一同在这间屋里)哦。(停)我要走了,我现在要收拾东西去。(走向饭厅)
周蘩漪　回来,(周萍停步)我请你略微坐一坐。
周　萍　什么事?
周蘩漪　(阴沉地)有话说。
周　萍　(看出她的神色)你像是有很重要的话跟我谈似的。
周蘩漪　嗯。
周　萍　说吧。
周蘩漪　我希望你明白方才的情形。这不是一天的事情。
周　萍　(躲避地)父亲一向是那样,他说一句就是一句的。

周繁漪　可是人家说一句,我就要听一句,那是违背我的本性的。
周　萍　我明白你。(强笑)那么你顶好不听他的话就得了。
周繁漪　萍,我盼望你还是从前那样诚恳的人。顶好不要学着现在一般青年人玩世不恭的态度。你知道我没有你在我面前,这样,我已经很苦了。
周　萍　所以我就要走了。不要叫我们见着,互相提醒我们最后悔的事情。
周繁漪　我不后悔,我向来做事没有后悔过。
周　萍　(不得已地)我想,我很明白地对你表示过。这些日子我没有见你,我想你很明白。
周繁漪　很明白。
周　萍　那么,我是个最糊涂,最不明白的人。我后悔,我认为我生平做错一件大事。我对不起自己,对不起弟弟,更对不起父亲。
周繁漪　(低沉地)但是你最对不起的人有一个,你反而轻轻地忘了。
周　萍　我最对不起的人,自然也有,但是我不必同你说。
周繁漪　(冷笑)那不是她！你最对不起的是我,是你曾经引诱过的后母！
周　萍　(有些怕她)你疯了。
周繁漪　你欠了我一笔债,你对我负着责任;你不能看见了新的世界,就一个人跑。
周　萍　我认为你用的这些字眼,简直可怕。这种字句不是在父亲这样——这样体面的家庭里说的。
周繁漪　(气极)父亲,父亲,你撇开你的父亲吧！体面？你也说体面？(冷笑)我在这样的体面家庭已经十八年啦。周家家庭里所出的罪恶,我听过,我见过,我做过。我始终不是你们周家的人。我做的事,我自己负责任。不像你们的祖父,叔祖,同你们的好父亲,偷偷做出许多可怕的事情,祸移在人身上,外面还是一副道德面孔,慈善家,社会上的好人物。
周　萍　繁漪,大家庭自然免不了不良分子,不过我们这一支,除了我,……
周繁漪　都一样,你父亲是第一个伪君子,他从前就引诱过一个良家的姑娘。
周　萍　你不要乱说话。
周繁漪　萍,你再听清楚点,你就是你父亲的私生子！
周　萍　(惊异而无主地)你瞎说,你有什么证据？
周繁漪　请你问问你的体面父亲,这是他十五年前喝醉了的时候告诉我的。(指桌上相片)你就是这年轻的姑娘生的小孩。她因为你父亲又不要她,就自己投河死了。
周　萍　你,你,你简直……——好,好,(强笑)我都承认。你预备怎么样？你要跟我说什么？
周繁漪　你父亲对不起我,他用同样手段把我骗到你们家来,我逃不开,生了冲儿。十几年来像刚才一样的凶横,把我渐渐地磨成了石头样的死人。你突然从家乡出来,是你,是你把我引到一条母亲不像母亲,情妇不像情妇的路上去。是你引诱的我！
周　萍　引诱！我请你不要用这两个字好不好？你知道当时的情形怎么样？
周繁漪　你忘记了在这屋子里,半夜,我哭的时候,你叹息着说的话吗？你说你恨你的父亲,你说过,你愿他死,就是犯了灭伦的罪也干。

周　　萍　你忘了。那是我年轻,我的热情叫我说出来这样糊涂的话。

周繁漪　你忘了,我虽然比你只大几岁,那时,我总还是你的母亲,你知道你不该对我说这种话么?

周　　萍　哦——(叹一口气)总之,你不该嫁到周家来,周家的空气满是罪恶。

周繁漪　对了,罪恶,罪恶。你的祖宗就不曾清白过,你们家里永远不干净。

周　　萍　年轻人一时糊涂,做错了的事,你就不肯原谅么?(苦恼地皱着眉)

周繁漪　这不是原谅不原谅的问题,我已经预备好棺材,安安静静地等死,一个人偏把我救活了又不理我,撇得我枯死,慢慢地渴死。让你说,我该怎么办?

周　　萍　那,那我也不知道,你来说吧!

周繁漪　(一字一字地)我希望你不要走。

周　　萍　怎么,你要我陪着你,在这样的家庭,每天想着过去的罪恶,这样活活地闷死么?

周繁漪　你既然知道这家庭可以闷死人,你怎么肯一个人走,把我放在家里?

周　　萍　你没有权利说这种话,你是冲弟弟的母亲。

周繁漪　我不是!我不是!自从我把我的性命,名誉,交给你,我什么都不顾了。我不是他的母亲,不是,不是,我也不是周朴园的妻子。

周　　萍　(冷冷地)如果你以为你不是父亲的妻子,我自己还承认我是我父亲的儿子。

周繁漪　(不曾想到他会说这一句话,呆了一下)哦,你是你的父亲的儿子。——这些月,你特别不来看我,是怕你的父亲?

周　　萍　也可以说是怕他,才这样的吧。

周繁漪　你这一次到矿上去,也是学着你父亲的英雄榜样,把一个真正明白,爱你的人丢开不管么?

周　　萍　这么解释也未尝不可。

周繁漪　(冷冷地)这么说,你到底是你父亲的儿子。(笑)父亲的儿子?(狂笑)父亲的儿子?(狂笑,忽然冷静严厉地)哼,都是些没有用,胆小怕事,不值得人为他牺牲的东西!我恨我早没有知道你!

周　　萍　那么你现在知道了!我对不起你,我已经同你详细解释过,我厌恶这种不自然的关系。我告诉你,我厌恶。我负起我的责任,我承认我那时的错,然而叫我犯了那样的错,你也不能完全没有责任。你是我认为最聪明,最能了解人的女子,所以我想,你最后会原谅我。我的态度,你现在骂我玩世不恭也好,不负责任也好,我告诉你,我盼望这一次的谈话是我们最末一次谈话了。(走向饭厅门)

周繁漪　(沉重的语气)站着。(周萍立住)我希望你明白我刚才说的话,我不是请求你。我盼望你用你的心,想一想,过去我们在这屋子说的,(停,难过)许多,许多的话。一个女子,你记着,不能受两代的欺侮,你可以想一想。

周　　萍　我已经想得很透彻,我自己这些天的痛苦,我想你不是不知道,好,请你让我走吧。

〔周萍由饭厅下,繁漪的眼泪一颗颗地流在腮上,她走到镜台前,照着自己苍白色的有皱纹的脸,便嘤嘤地扑在镜台上哭起来。

〔鲁贵偷偷地由中门走进来,看见太太在哭。

鲁　贵　（低声）太太！

周蘩漪　（突然站起）你来干什么？

鲁　贵　鲁妈来了好半天啦。

周蘩漪　谁？谁来好半天啦？

鲁　贵　我家里的，太太不是说过要我叫她来见么？

周蘩漪　你为什么不早点来告诉我？

鲁　贵　（假笑）我倒是想着，可是我（低声）刚才瞧见太太跟大少爷说话，所以就没敢惊动您。

周蘩漪　啊，你，你刚才在——

鲁　贵　我？我在大客厅伺候老爷见客呢！（故意地不明白）太太有什么事么？

周蘩漪　没什么，那么你叫鲁妈进来吧。

鲁　贵　（谄笑）我们家里是个下等人，说话粗里粗气，您可别见怪。

周蘩漪　都是一样的人。我不过想见一见，跟她谈谈闲话。

鲁　贵　是，那是太太的恩典。对了，老爷刚才跟我说，怕明天要下大雨，请太太把老爷的那一件旧雨衣拿出来，说不定老爷就要出去。

周蘩漪　四凤给老爷检的衣裳，四凤不会拿么？

鲁　贵　我也是这么说啊，您不是不舒服么？可是老爷吩咐，不要四凤，还是要太太自己拿。

周蘩漪　那么，我一会儿拿来。

鲁　贵　不，是老爷吩咐，说现在就要拿出来。

周蘩漪　哦，好，我就去吧。——你现在叫鲁妈进来，叫她在这房里等一等。

鲁　贵　是，太太。

〔鲁贵下。蘩漪的脸更显得苍白，她在极力压制自己的烦郁。

周蘩漪　（把窗户打开，吸一口气，自语）热极了，闷极了，这里真是再也不能住的。我希望我今天变成火山的口，热烈烈地冒一次，什么我都烧个干净，那时我就再掉在冰川里，冻成死灰，一生只热热地烧一次，也就算够了。我过去的是完了，希望大概也是死了的。哼，什么我都预备好了，来吧，恨我的人，来吧，叫我失望的人，叫我忌妒的人，都来吧，我在等候着你们。（望着空空的前面，继而垂下头去。鲁贵上）

鲁　贵　刚才小当差来，说老爷催着要。

周蘩漪　（抬头）好，你先去吧。我叫陈妈送去。

〔蘩漪由饭厅下，贵由中门下。移时鲁妈——即鲁侍萍——与四凤上。鲁妈的年纪约有四十七岁的光景，鬓发已经有点斑白，面貌白净，看上去也只有三十八九岁的样子。她的眼有些呆滞，时而呆呆地望着前面，但是在那秀长的睫毛，和她圆大的眸子间，还寻得出她少年时静慧的神韵。她的衣服朴素而有身份，旧蓝布裤褂，很洁净地穿在身上。远远地看去，依然像大家户里落魄的妇人。她的高贵的气质和她的丈夫的鄙俗、轩小，恰成一个强烈的对比。

〔她的头还包着一条白布手巾，怕是坐火车围着避土的，她说话总爱微微地笑，尤其因为刚见着两年未见的亲女儿，神色还是快慰地闪着快乐的光彩。她的声音很低，很沉稳，语音像一个南方人曾经和北方人相处很久，夹杂着许多模糊、轻快的南方音,但是她的字句说得很清楚。她的牙齿非常齐整,笑的时候在嘴角旁露出一对深深的笑涡,叫我们想起来四凤笑时口旁一对浅浅的涡影。

〔鲁妈拉着女儿的手,四凤就像个小鸟偎在她身边走进来。后面跟着鲁贵,提着一个旧包袱。他骄傲地笑着,比起来这母子的单纯的欢欣,他更是粗鄙了。

鲁四凤　太太呢?

鲁　贵　就下来。

鲁四凤　妈,您坐下。(鲁妈坐)您累么?

鲁　妈　不累。

鲁四凤　(高兴地)妈,您坐一坐。我给您倒一杯冰镇的凉水。

鲁侍萍　不,不要走,我不热。

鲁　贵　凤儿,你给你妈拿一瓶汽水来,(向鲁妈)这儿公馆什么没有?一到夏天,柠檬水,果子露,西瓜汤,橘子,香蕉,鲜荔枝,你要什么,就有什么。

鲁侍萍　不,不,你别听你爸爸的话。这是人家的东西。你在我身旁跟我多坐一会,回头跟我同——同这位周太太谈谈,比喝什么都强。

鲁　贵　太太就会下来,你看你,那块白包头,总舍不得拿下来。

鲁侍萍　(和蔼地笑着)真的,说了那么半天。(笑望着四凤)连我在火车上搭的白手巾都忘了解啦。(要解它)

鲁四凤　(笑着)妈,您让我替您解开吧。(走过去解。这里,鲁贵走到小茶几旁,又偷偷地把烟放在自己的烟盒里)

鲁侍萍　(解下白手巾)你看我的脸脏么?火车上尽是土,你看我的头发,不要叫人家笑。

鲁四凤　不,不,一点都不脏。两年没见您,您还是那个样。

鲁侍萍　哦,凤儿,你看我的记性。谈了这半天,我忘记把你顶喜欢的东西给你拿出来啦。

鲁四凤　什么?妈。

鲁侍萍　(由身上拿出一个小包来)你看,你一定喜欢的。

鲁四凤　不,您先别给我看,让我猜猜。

鲁侍萍　好,你猜吧。

鲁四凤　小石娃娃?

鲁侍萍　(摇头)不对,你太大了。

鲁四凤　小粉扑子。

鲁侍萍　(摇头)给你那个有什么用?

鲁四凤　哦,那一定是小针线盒。

鲁侍萍　(笑)差不多。

鲁四凤　那您叫我打开吧。(忙打开纸包)哦,妈!顶针,银顶针!爸,您看,您看!(给鲁贵看)

鲁　贵　(随声说)好!好!

鲁四凤　这顶针太好看了,上面还镶着宝石。

鲁　贵　什么?(走两步,拿来细看)给我看看。

鲁侍萍	这是学校校长的太太送给我的。校长丢了个要紧的钱包,叫我拾着了,还给他。校长的太太就非要送给我东西,拿出一大堆小首饰,叫我挑,送给我的女儿。我就拣出这一件,拿来送给你,你看好不好?
鲁四凤	好,妈,我正要这个呢。
鲁 贵	咦,哼,(把顶针交给四凤)得了吧,这宝石是假的,你挑的真好。
鲁四凤	(见着母亲特别欢喜说话,轻蔑地)哼,您呀,真宝石到了您的手里也是假的。
鲁侍萍	凤儿,不许这样跟爸爸说话。
鲁四凤	(撒娇)妈,您不知道,您不在这儿,爸爸就拿我一个人撒气,尽欺负我。
鲁 贵	(看不惯他妻女这样"乡气",于是轻蔑地)你看你们这点穷相,走到大家公馆,不来看看人家的阔排场,尽在一边闲扯。四凤,你先把你这两年做的衣裳给你妈看看。
鲁四凤	(白眼)妈不希罕这个。
鲁 贵	你不也有点首饰么?你拿出来给你妈开开眼。看看还是我对,还是把女儿关在家里对?
鲁侍萍	(向鲁贵)我走的时候嘱咐过你,这两年写信的时候也总不断地提醒过你,我说过我不愿意把我的女儿送到一个阔公馆,叫人家使唤。你偏——(忽然觉得这不是谈家事的地方,回头向四凤)你哥哥呢?
鲁四凤	不是在门房里等着我们么?
鲁 贵	不是等着你们,人家等着见老爷呢。(向鲁妈)去年我叫人给你捎个信,告诉你大海也当了矿上的工头,那都是我在这儿嘀咕上的。
鲁四凤	(厌恶她父亲又表白自己的本领)爸爸,您看哥哥去吧。他的脾气有点不对,怕他等急了,跟张爷刘爷们闹起来。
鲁 贵	真他妈的。这孩子的狗脾气我倒忘了,(走向中门,回头)你们好好在这屋子坐一会,别乱动,太太一会儿就下来。
	〔鲁贵下。母女见鲁贵走后,如同犯人望见看守走了一样,舒展地吐出一口气来。母女二人相对凄然地笑了一笑,刹那间,她们脸上又浮出欢欣,这次是由衷心升起来愉快的笑。
鲁侍萍	(伸出手来,向四凤)哦,孩子,让我看看你。
	〔四凤走到母亲面前。跪下。
鲁四凤	妈,您不怪我吧?您不怪我这次没听您的话,跑到周公馆做事吧?
鲁侍萍	不,不,做了就做了。——不过为什么这两年你一个字也不告诉我,我下车走到家里,才听见张大婶告诉我,说我的女儿在这儿。
鲁四凤	妈,我怕您生气,我怕您难过,我不敢告诉您。——其实,妈,我们也不是什么富贵人家,就是像我这样帮人,我想也没有什么关系。
鲁侍萍	不,你以为妈怕穷么?怕人家笑我们穷么?不,孩子,妈最知道认命,妈最看得开,不过,孩子,我怕你太年轻,容易一阵子犯糊涂,妈受过苦,妈知道的。你不懂,你不知道这世界太——人的心太——。(叹一口气)好,我们先不提这个。(站起来)这家的太太真怪!她要我干什么?
鲁四凤	嗯,嗯,是啊。(她的恐惧来了,但是她愿意向好的一面想)不,妈,这边太太没有多少朋友,她听说妈也会写字,念书,也许觉着很相近,所以想请妈来谈谈。

鲁侍萍　（不信地）哦？（慢慢看这屋子的摆设，指着有镜台的柜）这屋子倒是很雅致的。就是家具太旧了点。这是——？

鲁四凤　这是老爷用的红木书桌，现在做摆饰用了。听说这是三十年前的老东西，老爷偏偏喜欢用，到哪儿带到哪儿。

鲁侍萍　那个（指着有镜台的柜）是什么？

鲁四凤　那也是件老东西，从前的第一个太太，就是大少爷的母亲，顶爱的东西。您看，从前的家具多笨哪。

鲁侍萍　咦，奇怪。——为什么窗户还关上呢？

鲁四凤　您也觉奇怪不是？这是我们老爷的怪脾气，夏天反而要关窗户。

鲁侍萍　（回想）凤儿，这屋子我像是在哪儿见过似的。

鲁四凤　（笑）真的？您大概是想我想的梦里到过这儿。

鲁侍萍　对了，梦似的。——奇怪，这地方怪得很，这地方忽然叫我想起了许多许多事情。（低下头坐下）

鲁四凤　（慌）妈，您怎么脸上发白？您别是受了暑，我给您拿一杯冷水吧？

鲁侍萍　不，不是，你别去——我怕得很，这屋子有鬼怪！

鲁四凤　妈，您怎么啦？

鲁侍萍　我怕得很，忽然我把三十年前的事情一件一件地都想起来了，已经忘了许多年的人又在我心里转。四凤，你摸摸我的手。

鲁四凤　（摸鲁妈的手）冰凉，妈，您可别吓坏我。我胆子小，妈，妈，——这屋子从前可闹过鬼的！

鲁侍萍　孩子，你别怕，妈不怎么样。不过，四凤，我好像我的魂来过这儿似的。

鲁四凤　妈，您别瞎说啦，您怎么来过？他们二十年前才搬到这儿北方来，那时候，您不是还在南方么？

鲁侍萍　不，不，我来过。这些家具，我想不起来——我在哪儿见过。

鲁四凤　妈，您的眼不要直瞪瞪地望着，我怕。

鲁侍萍　别怕，孩子，别怕。孩子。（声音愈低，她用力地想，她整个的人，缩缩到记忆的最下层深处）

鲁四凤　妈，您看那个柜子什么？那就是从前死了的第一个太太的东西。

鲁侍萍　（突然低声颤颤地向四凤）凤儿，你去看，你去看，那只柜子靠右第三个抽屉里，有没有一只小孩穿的绣花虎头鞋。

鲁四凤　妈，您怎么啦？不要这样疑神疑鬼的。

鲁侍萍　凤儿，你去，你去看一看。我心里有点怯，我有点走不动，你去！

鲁四凤　好，我去看。

　　　　〔她走到柜前，拉开抽斗，看。

鲁侍萍　（急问）有没有？

鲁四凤　没有，妈。

鲁侍萍　你看清楚了？

鲁四凤　没有，里面空空地就是些茶碗。

鲁侍萍　哦，那大概是我在做梦了。

鲁四凤　（怜惜她的母亲）别多说话了，妈，静一静吧。妈，您在外受了委屈了，（落泪）

从前,您不是这样神魂颠倒的。可怜的妈呀(抱着她),好一点了么?

鲁侍萍　不要紧的。——刚才我在门房听见这家里还有两位少爷?

鲁四凤　嗯妈,都很好,都很和气的。

鲁侍萍　(自言自语地)不,我的女儿说什么也不能在这儿多呆。不成。不成。

鲁四凤　妈,您说什么?这儿上上下下都待我很好。妈,这里老爷太太向来不骂底下人,两位少爷都很和气的。这周家不但是活着的人心好,就是死了的人样子也是挺厚道的。

鲁侍萍　周?这家里姓周?

鲁四凤　妈,您看您,您刚才不是问着周家的门进来的么,怎么会忘了?(笑)妈,我明白了,您还是路上受热了。我先给你拿着周家第一个太太的相片,给您看。我再给你拿点水来喝。

〔四凤在镜台上拿了相片过来,站在鲁妈背后,给她看。

鲁侍萍　(拿着相片,看)哦!(惊愕得说不出话来,手发颤)

鲁四凤　(站在鲁妈背后)您看她多好看,这就是大少爷的母亲,笑得多美,他们说还有点像我呢。可惜,她死了,要不然,——(觉得鲁妈头向前倒)哦,妈,您怎么啦?您怎么?

鲁侍萍　不,不,我头晕,我想喝水。

鲁四凤　(慌,掐着鲁妈的手指,搓她的头)妈,您到这边来!(扶鲁妈到一个大的沙发前,鲁妈手里还紧紧地拿着相片)妈,您在这儿躺一躺。我给您拿水去。

〔四凤由饭厅忙跑下。

鲁侍萍　哦,天哪。我是死了的人!这是真的么?这张相片?这些家具?怎么会?——哦,天底下地方大得很,怎么?熬过这几十年偏偏又把我这个可怜的孩子,放回到他——他的家里?哦,好不公平的天哪!(哭泣)

〔四凤拿水上,鲁妈忙擦眼泪。

鲁四凤　(持水杯,向鲁妈)妈,您喝一口,不,再喝几口。(鲁妈饮)好一点了么?

鲁侍萍　嗯,好,好啦。孩子,你现在就跟我回家。

鲁四凤　(惊讶)妈,您怎么啦?

〔由饭厅传出蘩漪喊"四凤"的声音。

鲁侍萍　谁喊你?

鲁四凤　太太。

〔蘩漪声:四凤!

鲁四凤　嗳。

〔蘩漪声:四凤,你来,老爷的雨衣你给放在哪儿啦?

鲁四凤　(喊)我就来。(向鲁妈)妈等一等,我就回来。

鲁侍萍　好,你去吧。

〔四凤下。鲁妈周围望望,走到柜前,抚摩着她从前的家具,低头沉思。忽然听见屋外花园里走路的声音,她转过身来,等候着。

〔鲁贵由中门上。

鲁　贵　四凤呢?

鲁侍萍　这儿的太太叫了去啦。

鲁　贵　你回头告诉太太,说找着雨衣,老爷自己到这儿来穿,还要跟太太说几句话。
鲁侍萍　老爷要到这屋里来?
鲁　贵　嗯,你告诉清楚了,别回头老爷来到这儿,太太不在,老头儿又发脾气了。
鲁侍萍　你跟太太说吧。
鲁　贵　这上上下下许多底下人都得我支派,我忙不开,我可不能等。
鲁侍萍　我要回家去,我不见太太了。
鲁　贵　为什么?这次太太叫你来,我告诉你,就许有点什么很要紧的事跟你谈谈。
鲁侍萍　我预备带着凤儿回去,叫她辞了这儿的事。
鲁　贵　什么?你看你这点——
　　　　〔繁漪由饭厅上。
鲁　贵　太太。
周繁漪　(向门内)四凤,你先把那两套也拿出来,问问老爷要哪一件。(里面答应)哦,(吐出一口气,向鲁妈)这就是四凤的妈吧?叫你久等了。
鲁　贵　等太太是应当的。太太准她来给您请安就是老大的面子。
　　　　〔四凤由饭厅出,拿雨衣进。
周繁漪　请坐!你来了好半天啦。(鲁妈只在打量着,没有坐下)
鲁侍萍　不多一会,太太。
鲁四凤　太太。把这三件雨衣都送给老爷那边去么?
鲁　贵　老爷说就放在这儿,老爷自己来拿,还请太太等一会,老爷见您有话说呢。
周繁漪　知道了。(向四凤)你先到厨房,把晚饭的菜看看,告诉厨房一下。
鲁四凤　是,太太。(望着鲁贵,又疑惧地望着繁漪由中门下)
周繁漪　鲁贵,告诉老爷,说我同四凤的母亲谈话,回头再请他到这儿来。
鲁　贵　是,太太。(但不走)
周繁漪　(见鲁贵不走)你有什么事么?
鲁　贵　太太,今天早上老爷吩咐德国克大夫来。
周繁漪　二少爷告诉过我了。
鲁　贵　老爷刚才吩咐,说来了就请太太去看。
周繁漪　我知道了。好,你去吧。
　　　　〔鲁贵由中门下。
周繁漪　(向鲁妈)坐下谈,不要客气。(自己坐在沙发上)
鲁侍萍　(坐在旁边一张椅子上)我刚下火车,就听见太太这边吩咐,要我来见见您。
周繁漪　我常听四凤提到你,说你念过书,从前也是很好的门第。
鲁侍萍　(不愿提起从前的事)四凤这孩子很傻,不懂规矩,这两年叫您多生气啦。
周繁漪　不,她非常聪明,我也很喜欢她。这孩子不应当叫她伺候人,应当替她找一个正当的出路。
鲁侍萍　太太多夸奖她了。我倒是不愿意这孩子帮人。
周繁漪　这一点我很明白。我知道你是个知书达礼的人,一见面,彼此都觉得性情是直爽的,所以我就不妨把请你来的原因现在跟你说一说。
鲁侍萍　(忍不住)太太,是不是我这小孩平时的举动有点叫人说闲话?
周繁漪　(笑着,故为很肯定地说)不,不是。

〔鲁贵由中门上。

鲁　贵　　太太。

周蘩漪　　什么事?

鲁　贵　　克大夫已经来了,刚才汽车夫接来的,现时在小客厅等着呢。

周蘩漪　　我有客。

鲁　贵　　客?——老爷说请太太就去。

周蘩漪　　我知道,你先去吧。

〔鲁贵下。

周蘩漪　　(向鲁妈)我先把我家里的情形说一说。第一我家里的女人很少。

鲁侍萍　　是,太太。

周蘩漪　　我一个人是个女人,两个少爷,一位老爷,除了一两个老妈子以外,其余用的都是男下人。

鲁侍萍　　是,太太,我明白。

周蘩漪　　四凤的年纪很轻,哦,她才十九岁,是不是?

鲁侍萍　　不,十八。

周蘩漪　　那就对了,我记得好像她比我的孩子是大一岁的样子。这样年轻的孩子,在外边做事,又生得很秀气的。

鲁侍萍　　太太,如果四凤有不检点的地方,请您千万不要瞒我。

周蘩漪　　不,不,(又笑了)她很好的。我只是说说这个情形。我自己有一个儿子,他才十七岁,——恐怕刚才你在花园见过——一个不十分懂事的孩子。

〔鲁贵自书房门上。

鲁　贵　　老爷催着太太去看病。

周蘩漪　　没有人陪着克大夫么?

鲁　贵　　王局长刚走,老爷自己在陪着呢。

鲁侍萍　　太太,您先看去。我在这儿等着不要紧。

周蘩漪　　不,我话还没说完。(向鲁贵)你跟老爷说,说我没有病,我自己并没要请医生来。

鲁　贵　　是,太太。(但不走)

周蘩漪　　(看鲁贵)你在干什么?

鲁　贵　　我等太太还有什么旁的事要吩咐。

周蘩漪　　(忽然想起来)有,你跟老爷回完话之后,你出去叫一个电灯匠来,刚才我听说花园藤萝架上的旧电线落下来了,走电,叫他赶快收拾一下,不要电了人。

鲁　贵　　是,太太。

〔鲁贵由中门下。

周蘩漪　　(见鲁妈立起)鲁奶奶,你还是坐呀。哦,这屋子又闷热起来啦。(走到窗户,把窗户打开,回来,坐)这些天我就看着我这孩子奇怪,谁知这两天,他忽然跟我说他很喜欢四凤。

鲁侍萍　　什么?

周蘩漪　　也许预备要帮助她学费,叫她上学。

鲁侍萍　　太太,这是笑话。

周繁漪　我这孩子还想四凤嫁给他。
鲁侍萍　太太,请您不必往下说,我都明白了。
周繁漪　(追一步)四凤比我的孩子大,四凤又是很聪明的女孩子,这种情形——
鲁侍萍　(不喜欢繁漪的暧昧的口气)我的女儿,我总相信是个懂事,明白大体的孩子。我向来不愿意她到大公馆帮人,可是我信得过,我的女儿就帮这儿两年,她总不会做出一点糊涂事的。
周繁漪　鲁奶奶,我也知道四凤是个明白的孩子,不过有了这种不幸的情形,我的意思,是非常容易叫人发生误会的。
鲁侍萍　(叹气)今天我到这儿来是万没想到的事,回头我就预备把她带走,现在我就请太太准了她的长假。
周繁漪　哦,哦,——如果你以为这样办好,我也觉得很妥当的。不过有一层,我怕,我的孩子有点傻气,他还是会找到你家里见四凤的。
鲁侍萍　您放心。我后悔得很,我不该把这个孩子一个人交给她父亲管的。明天,我准离开此地,我会远远地带她走,不会见着周家的人。太太,我想现在带着我的女儿走。
周繁漪　那么,也好,回头我叫账房把工钱算出来。她自己的东西,我可以派人送去,我有一箱子旧衣服,也可以带着去,留着她以后在家里穿。
鲁侍萍　(自语)凤儿,我的可怜的孩子!(坐在沙发上落泪)天哪。
周繁漪　(走到鲁妈面前)不要伤心,鲁奶奶。如果钱上有什么问题,尽管到我这儿来,一定有办法。好好地带她回去,有你这样一个母亲教育她,自然比在这儿好的。
　　　　〔朴园由书房上。
周朴园　繁漪!
　　　　〔繁漪抬头。鲁妈站起,忙躲在一旁,神色大变,观察他。
周朴园　你怎么还不去?
周繁漪　(故意地)上哪儿?
周朴园　克大夫在等着你,你不知道么?
周繁漪　克大夫?谁是克大夫?
周朴园　给你从前看病的克大夫。
周繁漪　我的药喝够了,我不预备再喝了。
周朴园　那么你的病……
周繁漪　我没有病。
周朴园　(忍耐)克大夫是我在德国的好朋友,对于妇科很有研究。你的神经有点失常,他一定治得好。
周繁漪　谁说我的神经失常?你们为什么这样咒我,我没有病,我没有病,我告诉你,我没有病!
周朴园　(冷酷地)你当着人这样胡喊乱闹,你自己有病,偏偏要讳病忌医,不肯叫医生治,这不就是神经上的病态么?
周繁漪　哼,我假若是有病,也不是医生治得好的。(向饭厅门走)
周朴园　(大声喊)站住!你上哪儿去?

周繁漪　（不在意地）到楼上去。
周朴园　（命令地）你应当听话。
周繁漪　（好像不明白地）哦！（停,不经意地打量他）你看你！（尖声笑两声）你简直叫我想笑。（轻蔑地笑）你忘了你自己是怎么样一个人啦！（又大笑,由饭厅跑下,重重地关上门）
周朴园　来人！
〔仆人上。
仆　人　老爷！
周朴园　太太现在在楼上。你叫大少爷陪着克大夫到楼上去给太太看病。
仆　人　是,老爷。
周朴园　你告诉大少爷,太太现在神经病很重,叫他小心点,叫楼上老妈子好好地看着太太。
仆　人　是,老爷。
周朴园　还有,叫大少爷告诉克大夫,说我有点累,不陪他了。
仆　人　是,老爷。
〔仆人下。朴园点着一支吕宋烟,看见桌上的雨衣。
周朴园　（向鲁妈）这是太太找出来的雨衣吗？
鲁侍萍　（看着他）大概是的。
周朴园　（拿起看看）不对,不对,这都是新的。我要我的旧雨衣,你回头跟太太说。
鲁侍萍　嗯。
周朴园　（看她不走）你不知道这间房子底下人不准随便进来么？
鲁侍萍　（看着他）不知道,老爷。
周朴园　你是新来的下人？
鲁侍萍　不是的,我找我的女儿来的。
周朴园　你的女儿？
鲁侍萍　四凤是我的女儿。
周朴园　那你走错屋子了。
鲁侍萍　哦。——老爷没有事了？
周朴园　（指窗）窗户谁叫打开的？
鲁侍萍　哦。（很自然地走到窗前,关上窗户,慢慢地走向中门）
周朴园　（看她关好窗门,忽然觉得她很奇怪）你站一站,（鲁妈停）你——你贵姓？
鲁侍萍　我姓鲁。
周朴园　姓鲁。你的口音不像北方人。
鲁侍萍　对了,我不是,我是江苏的。
周朴园　你好像有点无锡口音。
鲁侍萍　我自小就在无锡长大的。
周朴园　（沉思）无锡？嗯,无锡,（忽而）你在无锡是什么时候？
鲁侍萍　光绪二十年,离现在有三十多年了。
周朴园　哦,三十年前你在无锡？
鲁侍萍　是的,三十多年前呢,那时候我记得我们还没有用洋火呢。

周朴园　（沉思）三十多年前，是的，很远啦，我想想，我大概是二十多岁的时候。那时候我还在无锡呢。

鲁侍萍　老爷是那个地方的人？

周朴园　嗯，（沉吟）无锡是个好地方。

鲁侍萍　哦，好地方。

周朴园　你三十年前在无锡么？

鲁侍萍　是，老爷。

周朴园　三十年前，在无锡有一件很出名的事情——

鲁侍萍　哦。

周朴园　你知道么？

鲁侍萍　也许记得，不知道老爷说的是哪一件？

周朴园　哦，很远的，提起来大家都忘了。

鲁侍萍　说不定，也许记得的。

周朴园　我问过许多那个时候到过无锡的人，我想打听打听。可是那个时候在无锡的人，到现在不是老了就是死了，活着的多半是不知道的，或者忘了。

鲁侍萍　如若老爷想打听的话，无论什么事，无锡那边我还有认识的人，虽然许久不通音信，托他们打听点事情总还可以的。

周朴园　我派人到无锡打听过。——不过也许凑巧你会知道。三十年前在无锡有一家姓梅的。

鲁侍萍　姓梅的？

周朴园　梅家的一个年轻小姐，很贤慧，也很规矩，有一天夜里，忽然地投水死了，后来，后来，——你知道么？

鲁侍萍　不敢说。

周朴园　哦。

鲁侍萍　我倒认识一个年轻的姑娘姓梅的。

周朴园　哦？你说说看。

鲁侍萍　可是她不是小姐，她也不贤慧，并且听说是不大规矩的。

周朴园　也许，也许你弄错了，不过你不妨说说看。

鲁侍萍　这个梅姑娘倒是有一天晚上跳的河，可是不是一个，她手里抱着一个刚生下三天的男孩。听人说她生前是不规矩的。

周朴园　（苦痛）哦！

鲁侍萍　她是个下等人，不很守本分的。听说她跟那时周公馆的少爷有点不清白，生了两个儿子。生了第二个，才过三天，忽然周少爷不要她了，大孩子就放在周公馆，刚生的孩子她抱在怀里，在年三十夜里投河死的。

周朴园　（汗涔涔地）哦。

鲁侍萍　她不是小姐，她是无锡周公馆梅妈的女儿，她叫侍萍。

周朴园　（抬起头来）你姓什么？

鲁侍萍　我姓鲁，老爷。

周朴园　（喘出一口气，沉思地）侍萍，侍萍，对了。这个女孩子的尸首，说是有一个穷人见着埋了。你可以打听得她的坟在哪儿么？

鲁侍萍　老爷问这些闲事干什么?
周朴园　这个人跟我们有点亲戚。
鲁侍萍　亲戚?
周朴园　嗯,——我们想把她的坟墓修一修。
鲁侍萍　哦——那用不着了。
周朴园　怎么?
鲁侍萍　这个人现在还活着。
周朴园　(惊愕)什么?
鲁侍萍　她没有死。
周朴园　她还在?不会吧?我看见她河边上的衣服,里面有她的绝命书。
鲁侍萍　不过她被一个慈善的人救活了。
周朴园　哦,救活啦?
鲁侍萍　以后无锡的人是没见着她,以为她那夜晚死了。
周朴园　那么,她呢?
鲁侍萍　一个人在外乡活着。
周朴园　那个小孩呢?
鲁侍萍　也活着。
周朴园　(忽然立起)你是谁?
鲁侍萍　我是这儿四凤的妈,老爷。
周朴园　哦。
鲁侍萍　她现在老了,嫁给一个下等人,又生了个女孩,境况很不好。
周朴园　你知道她现在在哪儿?
鲁侍萍　我前几天还见着她!
周朴园　什么?她就在这儿?此地?
鲁侍萍　嗯,就在此地。
周朴园　哦!
鲁侍萍　老爷,您想见一见她么?
周朴园　不,不。谢谢你。
鲁侍萍　她的命很苦。离开了周家,周家少爷就娶了一位有钱有门第的小姐。她一个单身人,无亲无故,带着一个孩子在外乡什么事都做。讨饭,缝衣服,当老妈,在学校里伺候人。
周朴园　她为什么不再找到周家?
鲁侍萍　大概她是不愿意吧?为着她自己的孩子她嫁过两次。
周朴园　嗯,以后她又嫁过两次。
鲁侍萍　嗯,都是很下等的人。她遇人都很不如意,老爷想帮一帮她么?
周朴园　好,你先下去。让我想一想。
鲁侍萍　老爷,没有事了?(望着朴园,眼泪要涌出)老爷,您那雨衣,我怎么说?
周朴园　你去告诉四凤,叫她把我樟木箱子里那件旧雨衣拿出来,顺便把那箱子里的几件旧衬衣也检出来。
鲁侍萍　旧衬衣?

周朴园　你告诉她在我那顶老的箱子里,纺绸的衬衣,没有领子的。
鲁侍萍　老爷那种绸衬衣不是一共有五件?您要哪一件?
周朴园　要哪一件?
鲁侍萍　不是有一件,在右袖襟上有个烧破的窟窿,后来用丝线绣成一朵梅花补上的?还有一件,——
周朴园　(惊愕)梅花?
鲁侍萍　还有一件绸衬衣,左袖襟也绣着一朵梅花,旁边还绣着一个萍字。还有一件,——
周朴园　(徐徐立起)哦,你,你,你是——
鲁侍萍　我是从前伺候过老爷的下人。
周朴园　哦,侍萍!(低声)怎么,是你?
鲁侍萍　你自然想不到,侍萍的相貌有一天也会老得连你都不认识了。
周朴园　你——侍萍?(不觉地望望柜上的相片,又望鲁妈)
鲁侍萍　朴园,你找侍萍么?侍萍在这儿。
周朴园　(忽然严厉地)你来干什么?
鲁侍萍　不是我要来的。
周朴园　谁指使你来的?
鲁侍萍　(悲愤)命!不公平的命指使我来的。
周朴园　(冷冷地)三十年的工夫你还是找到这儿来了。
鲁侍萍　(愤怨)我没有找你,我没有找你,我以为你早死了。我今天没想到到这儿来,这是天要我在这儿又碰见你。
周朴园　你可以冷静点。现在你我都是有子女的人,如果你觉得心里有委屈,这么大年纪,我们先可以不必哭哭啼啼的。
鲁侍萍　哭?哼,我的眼泪早哭干了,我没有委屈,我有的是恨,是悔,是三十年一天一天我自己受的苦。你大概已经忘了你做的事了!三十年前,过年三十的晚上我生下你的第二个儿子才三天,你为了要赶紧娶那位有钱有门第的小姐,你们逼着我冒着大雪出去,要我离开你们周家的门。
周朴园　从前的旧恩怨,过了几十年,又何必再提呢?
鲁侍萍　那是因为周大少爷一帆风顺,现在也是社会上的好人物。可是自从我被你们家赶出来以后,我没有死成,我把我的母亲可给气死了,我亲生的两个孩子你们家里逼着我留在你们家里。
周朴园　你的第二个孩子你不是已经抱走了么?
鲁侍萍　那是你们老太太看着孩子快死了,才叫我带走的。(自语)哦,天哪,我觉得我像在做梦。
周朴园　我看过去的事不必再提起来吧。
鲁侍萍　我要提,我要提,我闷了三十年了!你结了婚,就搬了家,我以为这一辈子也见不着你了;谁知道我自己的孩子偏偏命定要跑到周家来,又做我从前在你们家里做过的事。
周朴园　怪不得四凤这样像你。
鲁侍萍　我伺候你,我的孩子再伺候你生的少爷们。这是我的报应,我的报应。

周朴园　你静一静。把脑子放清醒点。你不要以为我的心是死了,你以为一个人做了一件于心不忍的事就会忘了么?你看这些家具都是你从前顶喜欢的东西,多少年我总是留着,为着纪念你。

鲁侍萍　(低头)哦。

周朴园　你的生日——四月十八——每年我总记得。一切都照着你是正式嫁过周家的人看,甚至于你因为生萍儿,受了病,总要关窗户,这些习惯我都保留着,为的是不忘你,弥补我的罪过。

鲁侍萍　(叹一口气)现在我们都是上了年纪的人,这些傻话请你也不必说了。

周朴园　那更好了。那么我们可以明明白白地谈一谈。

鲁侍萍　不过我觉得没有什么可谈的。

周朴园　话很多。我看你的性情好像没有大改,——鲁贵像是个很不老实的人。

鲁侍萍　你不要怕。他永远不会知道的。

周朴园　那双方面都好。再有,我要问你的,你自己带走的儿子在哪儿?

鲁侍萍　他在你的矿上做工。

周朴园　我问,他现在在哪儿?

鲁侍萍　就在门房等着见你呢。

周朴园　什么?鲁大海?他!我的儿子?

鲁侍萍　他的脚趾头因为你的不小心,现在还是少一个的。

周朴园　(冷笑)这么说,我自己的骨肉在矿上鼓动罢工,反对我!

鲁侍萍　他跟你现在完完全全是两样的人。

周朴园　(沉静)他还是我的儿子。

鲁侍萍　你不要以为他还会认你做父亲。

周朴园　(忽然)好!痛痛快快地!你现在要多少钱吧?

鲁侍萍　什么?

周朴园　留着你养老。

鲁侍萍　(苦笑)哼,你还以为我是故意来敲诈你,才来的么?

周朴园　也好,我们暂且不提这一层。那么,我先说我的意思。你听着,鲁贵我现在要辞退的,四凤也要回家。不过——

鲁侍萍　你不要怕,你以为我会用这种关系来敲诈你么?你放心,我不会的。大后天我就带着四凤回到我原来的地方。这是一场梦,这地方我绝对不会再住下去。

周朴园　好得很,那么一切路费,用费,都归我担负。

鲁侍萍　什么?

周朴园　这于我的心也安一点。

鲁侍萍　你?(笑)三十年我一个人都过了,现在我反而要你的钱?

周朴园　好,好,好,那么,你现在要什么?

鲁侍萍　(停一停)我,我要点东西。

周朴园　什么?说吧?

鲁侍萍　(泪满眼)我——我——我只要见见我的萍儿。

周朴园　你想见他?

鲁侍萍　嗯,他在哪儿?

周朴园　他现在在楼上陪着他的母亲看病。我叫他,他就可以下来见你。不过是——
鲁侍萍　不过是什么?
周朴园　他很大了。
鲁侍萍　(追忆)他大概是二十八了吧?我记得他比大海只大一岁。
周朴园　并且他以为他母亲早就死了的。
鲁侍萍　哦,我以为我会哭哭啼啼地叫他认母亲么?我不会那样傻的。我难道不知道这样的母亲只给自己的儿子丢人么?我明白他的地位,他的教育,不容他承认这样的母亲。这些年我也学乖了,我只想看看他,他究竟是我生的孩子。你不要怕,我就是告诉他,白白地增加他的烦恼,他自己也不愿意认我的。
周朴园　那么,我们就这样解决了。我叫他下来,你看一看他,以后鲁家的人永远不许再到周家来。
鲁侍萍　好,我希望这一生不至于再见你。
周朴园　(由衣内取出皮夹的支票签好)很好,这是一张五千块钱的支票,你可以先拿去用。算是弥补我一点罪过。
鲁侍萍　(接过支票)谢谢你。(慢慢撕碎支票)
周朴园　侍萍。
鲁侍萍　我这些年的苦不是你拿钱算得清的。
周朴园　可是你——
　　　　〔外面争吵声。鲁大海的声音:"放开我,我要进去。"三四男仆声:"不成,不成,老爷睡觉呢。"门外有男仆等与鲁大海挣扎声。
周朴园　(走至中门)来人!(仆人由中门进)谁在吵?
仆　人　就是那个工人鲁大海!他不讲理,非见老爷不可。
周朴园　哦。(沉吟)那你就叫他进来吧。等一等,叫人到楼上请大少爷下来,我有话问他。
仆　人　是,老爷。
　　　　〔仆人由中门下。
周朴园　(向鲁妈)侍萍,你不要太固执。这一点钱你不收下,将来你会后悔的。
鲁侍萍　(望着他,一句话也不说)
　　　　〔仆人领鲁大海进,大海站在左边,三、四仆人立一旁。
鲁大海　(见鲁妈)妈,您还在这儿?
周朴园　(打量鲁大海)你叫什么名字?
鲁大海　(大笑)董事长,您不要同我摆架子,您难道不知道我是谁么?
周朴园　你?我只知道你是罢工闹得最凶的工人代表。
鲁大海　对了,一点儿也不错,所以才来拜望拜望您。
周朴园　你有什么事吧?
鲁大海　董事长当然知道我是为什么来的。
周朴园　(摇头)我不知道。
鲁大海　我们老远从矿上来,今天我又在您府上大门房里从早上六点钟一直等到现在,我就是要问问董事长,对于我们工人的条件,究竟是允许不允许?
周朴园　哦,——那么,那三个代表呢?

鲁大海　我跟你说吧,他们现在正在联络旁的工会呢。
周朴园　哦——他们没有告诉你旁的事情么?
鲁大海　告诉不告诉与你没有关系。——我问你,你的意思,忽而软,忽而硬,究竟是怎么回子事?
〔周萍由饭厅上,见有人,即想退回。
周朴园　(看周萍)不要走,萍儿!(视鲁妈,鲁妈知周萍为其子,眼泪汪汪地望着他)
周　萍　是,爸爸。
周朴园　(指身侧)萍儿,你站在这儿。(向大海)你这么只凭意气是不能交涉事情的。
鲁大海　哼,你们的手段,我都明白。你们这样拖延时候,不过是想去花钱收买少数不要脸的败类,暂时把我们骗在这儿。
周朴园　你的见地也不是没有道理。
鲁大海　可是你完全错了。我们这次罢工是有团结的,有组织的。我们代表这次来并不是来求你们。你听清楚,不求你们。你们允许就允许;不允许,我们一直罢工到底,我们知道你们不到两个月整个地就要关门的。
周朴园　你以为你们那些代表们,那些领袖们都可靠吗?
鲁大海　至少比你们只认识洋钱的结合要可靠得多。
周朴园　那么我给你一件东西看。
〔朴园在桌上找电报,仆人递给他;此时周冲偷偷由左书房进,在旁谛听。
周朴园　(给大海电报)这是昨天从矿上来的电报。
鲁大海　(拿过去读)什么?他们又上工了。(放下电报)不会,不会。
周朴园　矿上的工人已经在昨天早上复工,你当代表的反而不知道么?
鲁大海　(惊,怒)怎么矿上警察开枪打死三十个工人就白打了么?(又看电报,忽然笑起来)哼,这是假的。你们自己假作的电报来离间我们的。(笑)哼,你们这种卑鄙无赖的行为!
周　萍　(忍不住)你是谁?敢在这儿胡说?
周朴园　萍儿!没有你的话。(低声向大海)你就这样相信你那同来的几个代表么?
鲁大海　你不用多说,我明白你这些话的用意。
周朴园　好,那我把那复工的合同给你瞧瞧。
鲁大海　(笑)你不要骗小孩子,复工的合同没有我们代表的签字是不生效力的。
周朴园　哦,(向仆人)合同!(仆人由桌上拿合同递他)你看,这是他们三个人签字的合同。
鲁大海　(看合同)什么?(慢慢地,低声)他们三个人签了字。他们怎么会不告诉我,自己就签了字呢?他们就这样把我不理啦。
周朴园　对了,傻小子,没有经验只会胡喊是不成的。
鲁大海　那三个代表呢?
周朴园　昨天晚车就回去了。
鲁大海　(如梦初醒)他们三个就骗了我,这三个没有骨头的东西,他们就把矿上的工人们卖了。哼,你们这些不要脸的董事长,你们的钱这次又灵了。
周　萍　(怒)你混帐!
周朴园　不许多说话。(回头向大海)鲁大海,你现在没有资格跟我说话——矿上已经把你开除了。

鲁大海　开除了!?
周　冲　爸爸,这是不公平的。
周朴园　(向周冲)你少多嘴,出去!
〔周冲由中门气下。
鲁大海　哦,好,好,(切齿)你的手段我早就领教过,只要你能弄钱,你什么都做得出来,你叫警察杀了矿上许多工人,你还——
周朴园　你胡说!
鲁侍萍　(至大海前)别说了,走吧。
鲁大海　哼,你的来历我都知道,你从前在哈尔滨包修江桥,故意叫江堤出险,——
周朴园　(厉声)下去!
〔仆人等拉他,说"走!走!"
鲁大海　(对仆人)你们这些混账东西,放开我。我要说,你故意淹死了两千二百个小工,每一个小工的性命你扣三百块钱!姓周的,你发的是绝子绝孙的昧心财!你现在还——
周　萍　(忍不住气,走到大海面前,重重地打他两个嘴巴)你这种混帐东西!
〔大海立刻要还手,但是被周宅的仆人们拉住。
周　萍　打他。
鲁大海　(向周萍高声)你,你!(正要骂,仆人一起打大海。大海头流血。鲁妈哭喊着护大海)
周朴园　(厉声)不要打人!
〔仆人们停止打大海,仍拉着大海的手。
鲁大海　放开我,你们这一群强盗!
周　萍　(向仆人们)把他拉下去。
鲁侍萍　(大哭起来)哦,这真是一群强盗!(走至周萍面前,抽咽)你是萍,——凭,——凭什么打我的儿子?
周　萍　你是谁?
鲁侍萍　我是你的——你打的这个人的妈。
鲁大海　妈,别埋这东西,您小心吃了他们的亏。
鲁侍萍　(呆呆地看着周萍的脸,忽而又大哭起来)大海,走吧,我们走吧。(抱着大海受伤的头哭)
〔大海为仆人拥下,鲁妈亦下。台上只有朴园与周萍。
周　萍　(过意不去地)父亲。
周朴园　你太莽撞了。
周　萍　可是这个人不应该乱侮辱父亲的名誉啊。
〔半晌。
周朴园　克大夫给你母亲看过了么?
周　萍　看完了,没有什么。
周朴园　哦,(沉吟,忽然)来人!
〔仆人由中门上。

周朴园　你告诉太太,叫她把鲁贵跟四凤的工钱算清楚,我已经把他们辞了。
仆　人　是,老爷。
周　萍　怎么?他们两个怎么样了?
周朴园　你不知道刚才这个工人也姓鲁,他就是四凤的哥哥么?
周　萍　哦,这个人就是四凤的哥哥?不过,爸爸——
周朴园　(向下人)跟太太说,叫账房给鲁贵同四凤多算两个月的工钱,叫他们今天就去。去吧。
〔仆人由饭厅下。
周　萍　爸爸,不过四凤同鲁贵在家里都很好。很忠诚的。
周朴园　哦,(呵欠)我很累了。我预备到书房歇一下。你叫他们送一碗浓一点的普洱茶来。
周　萍　是,爸爸。
〔朴园由书房下。
周　萍　(叹一口气)嗨!(急向中门下,周冲适由中门上)
周　冲　(着急地)哥哥,四凤呢?
周　萍　我不知道。
周　冲　是父亲要辞退四凤么?
周　萍　嗯,还有鲁贵。
周　冲　即便是她的哥哥得罪了父亲,我们不是把人家打了么?为什么欺负这么一个女孩子干什么?
周　萍　你可问父亲去。
周　冲　这太不讲理了。
周　萍　我也这样想。
周　冲　父亲在哪儿?
周　萍　在书房里。
〔周冲至书房,周萍在屋里踱来踱去。四凤由中门走进,颜色苍白,泪还垂在眼角。
周　萍　(忙走至四凤前)四凤,我对不起你,我实在不认识他。
鲁四凤　(用手摇一摇,满腹说不出的话)
周　萍　可是你哥哥也不应该那样乱说话。
鲁四凤　不必提了,错得很。(即向饭厅去)
周　萍　你干什么去?
鲁四凤　我收拾我自己的东西去。再见吧,明天我走,我怕不能看你了。
周　萍　不,你不要走。(拦住她)
鲁四凤　不,不,你放开我。你不知道我们已经叫你们辞了么?
周　萍　(难过)凤,你——你饶恕我么?
鲁四凤　不,你不要这样。我并不怨你,我知道早晚是有这么一天的,不过,今天晚上你千万不要来找我。
周　萍　可是,以后呢?
鲁四凤　那——再说吧!

周　　萍　　不,四凤,我要见你,今天晚上,我一定要见你,我有许多话要同你说。四凤,你……

鲁四凤　　不,无论如何,你不要来。

周　　萍　　那你想旁的法子来见我。

鲁四凤　　没有旁的法子。你难道看不出这是什么情形么?

周　　萍　　要这样,我是一定要来的。

鲁四凤　　不,不,你不要胡闹。你千万不……

〔蘩漪由饭厅上。

鲁四凤　　哦,太太。

周蘩漪　　你们在这儿啊!(向四凤)等一会儿,你的父亲叫电灯匠就回来。什么东西,我可以交给他带回去。也许我派人给你送去。——你家住在什么地方?

鲁四凤　　杏花巷十号。

周蘩漪　　你不要难过,没事可以常来找我。送给你的衣服,我回头叫人送到你那里去。是杏花巷十号吧?

鲁四凤　　是,谢谢太太。

〔鲁妈在外面叫:四凤!四凤!

鲁四凤　　妈,我在这儿。

〔鲁妈由中门上。

鲁侍萍　　四凤,收拾收拾零碎的东西,我们先走吧。快下大雨了。

〔风声,雷声渐起。

鲁四凤　　是,妈妈。

鲁侍萍　　(向蘩漪)太太我们走了。(向四凤)四凤,你跟太太谢谢。

鲁四凤　　(向太太请安)太太,谢谢!(含着眼泪看周萍,周萍缓缓地转过头去)

〔鲁妈与四凤由中门下,风雷声更大。

周蘩漪　　萍,你刚才同四凤说的什么?

周　　萍　　你没有权利问。

周蘩漪　　萍,你不要以为她会了解你。

周　　萍　　你这是什么意思?

周蘩漪　　你不要再骗我,我问你,你说要到哪儿去?

周　　萍　　用不着你问。请你自己放尊重一点。

周蘩漪　　你说,你今天晚上预备上哪儿去?

周　　萍　　我——(突然)我找她。你怎么样?

周蘩漪　　(恫吓地)你知道她是谁,你是谁么?

周　　萍　　我不知道。我只知道我现在真喜欢她,她也喜欢我。过去这些日子,我知道你早明白得很,现在你既然愿意说破,我当然不必瞒你。

周蘩漪　　你受过这样高等教育的人现在同这么一个底下人的女儿,这是一个下等女人——

周　　萍　　(爆烈)你胡说!你不配说她下等,你不配!她不像你,她——

周蘩漪　　(冷笑)小心,小心!你不要把一个失望的女人逼得太狠了,她是什么事都做得出来的。

周　萍　我已经打算好了。
周繁漪　好,你去吧! 小心,现在(望窗外,自语,暗示着恶兆地)风暴就要起来了!
周　萍　(领悟地)谢谢你,我知道。
　　　　〔朴园由书房上。
周朴园　你们在这儿说什么?
周　萍　我正跟母亲说刚才的事情呢。
周朴园　他们走了么?
周繁漪　走了。
周朴园　繁漪,冲儿又叫我说哭了,你叫他出来,安慰安慰他。
周繁漪　(走到书房门口)冲儿。冲儿! (不听见里面答应的声音,便走进去)
　　　　〔外面风雷大作。
周朴园　(走到窗前望外面,风声甚烈,花盆落地打碎的声音)萍儿,花盆叫大风吹倒了,你叫下人快把这窗关上。大概是暴雨就要下来了。
周　萍　是,爸爸! (由中门下)
　　　　〔朴园在窗前,望着外面的闪电。

——幕落

第三幕

　　　　景——杏花巷十号,在鲁贵家里。

　　　　下面是鲁家屋外的情形:
　　　　车站的钟打了十下,杏花巷的老少还沿着那白天蒸发着臭气,只有半夜才从租界区域吹来一阵好凉风的水塘边上乘凉。虽然方才落了一阵暴雨,天气还是郁热难堪,天空黑漆漆地布满了恶相的黑云,人们都像晒在太阳下的小草,虽然半夜里沾了点露水,心里还是热燥燥的,期望着再来一次的雷雨。倒是躲在池塘芦苇根下的青蛙叫得起劲,一直不停,闲人谈话的声音有一阵没一阵地。无星的天空时而打着没有雷的闪电,蓝森森地一晃,闪露出来池塘边的垂柳在水面颤动着。闪光过去,还是黑黝黝的一片。
　　　　渐渐乘凉的人散了,四周围静下来,雷又隐隐地响着,青蛙像是吓得不敢多叫,风又吹起来,柳叶沙沙地。在深巷里,野狗寂寞地狂吠着。
　　　　以后闪电更亮得蓝森森地可怕,雷也更凶恶似地隆隆地滚着,四周却更沉闷地静下来,偶尔听见几声青蛙叫和更大的木梆声,野狗的吠声更稀少,狂雨就快要来了。
　　　　最后暴风暴雨,一直到闭幕。
　　　　不过观众看见的还是四凤的屋子,(即鲁贵两间房的内屋)前面的叙述除了声音只能由屋子中间一扇木窗户显出来。
　　　　在四凤的屋子里面呢:
　　　　鲁家现在才吃完晚饭,每个人的心绪都是烦恶的。各人有各人的心思,在一个屋角，鲁大海一个人在擦什么东西。鲁妈同四凤一句话也不说，大家静默着。鲁妈低着头在屋子中间的圆桌旁收拾筷子碗，鲁贵坐在左边一张破靠椅上，喝得醉醺醺地，眼睛发了红丝，像个猴子，半身倚着靠背，望着鲁妈打着噎。他的赤脚忽然放在椅子上，忽然又平拖在地上，两条腿像人字似地排开。他穿一件白汗衫，半臂已经汗透了，贴在身上，他不住地摇着芭蕉扇。

四凤在中间窗户前面站着，背朝着观众，面向窗外不安地望着，窗外池塘边有乘凉的人们说着闲话，有青蛙的叫声。她时而不安地像听见了什么似的，时而又转过头看了看鲁贵，又烦厌地迅速转过去。在她旁边靠左墙是一张搭好的木板床，上面铺着凉席，一床很干净的夹被，一个凉草枕和一把蒲扇，很整齐地放在上面。

屋子很小，像一切穷人的房子，屋顶低低地压在头上。床头上挂着一张烟草公司的广告画，在左边的墙上贴着过年时贴上的旧画，已经破烂许多地方。靠着鲁贵坐的唯一的一张椅子立了一张小方桌，上面有镜子，梳子，女人用的几件平常的化妆品，那大概就是四凤的梳妆台了。在左墙有一条板凳，在中间圆桌旁边孤零零地立着一个圆凳子，在右边四凤的床下正排着两三双很时髦的鞋。鞋的下头，有一只箱子，上面铺着一块白布，放着一个瓷壶同两三个粗的碗。小圆桌上放着一盏洋油灯，上面罩一个鲜红美丽的纸灯罩；还有几件零碎的小东西；在暗淡的灯影里，零碎的小东西虽看不清楚，却依然令人觉得这大概是一个女人的住房。

这屋子有两个门，在左边——就是有木床的一边——开着一个小门，外面挂着一幅强烈的有花的红幔帐。里面存着煤，一两件旧家具，四凤为着自己换衣服用的。右边有一个破旧的木门，通着鲁家的外间，外面是鲁贵住的地方，是今晚鲁贵夫妇睡的处所。那外间屋的门就通着池塘边泥泞的小道。这里间与外间相通的木门，旁边侧立一副铺板。

〔开幕时正是鲁贵兴致淋漓地刚刚倒完了半咒骂式的家庭训话。屋内都是沉默而紧张的。沉闷中听得出池塘边唱着淫荡的春曲，掺杂着乘凉人们的谈话。各人在想各人的心思，低着头不做声。鲁贵满身是汗，因为喝酒喝得太多，说话也过于费了力气，嘴里流着涎水，脸红得吓人，他好像很得意自己在家里面的位置同威风，拿着那把破芭蕉扇，挥着，舞着，指着。为汗水浸透了似的肥脑袋探向前面，眼睛迷腾腾地，在各个人的身上扫来扫去。

〔大海依旧擦他的手枪，两个女人都不做声，等着鲁贵继续嘶喊。这时青蛙同卖唱的叫声传了过来。

〔四凤立在窗户前，偶尔深深地叹着气。

鲁　　贵　（咳嗽起来）他妈的！（一口痰吐在地上，兴奋地问着）你们想，你们哪一个对得起我？（向四凤同大海）你们不要不愿意听，你们哪一个人不是我辛辛苦苦养到大，可是现在你们哪一件事做的对得起我？（先向左，对大海）你说？（忽向右，对四凤）你说？（对着站在中间圆桌旁的鲁妈，胜利地）你也说说，这都是你的好孩子啊！（啪，又一口痰）

〔静默。听外面胡琴同唱声。

鲁大海　（向四凤）这是谁？快十点半还在唱？
鲁四凤　（随意地）一个瞎子同他老婆，每天在这儿卖唱的。（挥着扇，微微叹一口气）

鲁　贵	我是一辈子犯小人,不走运。刚在周家混了两年,孩子都安置好了,就叫你(指鲁妈)连累下去了。你回家一次就出一次事。刚才是怎么回事?我叫完电灯匠回公馆,凤儿的事没有了,连我的老根子也拔了。妈的,你不来,(指鲁妈)我能倒这样的霉?(又一口痰)
鲁大海	(放下手枪)你要骂我就骂我。别指东说西,欺负妈好说话。
鲁　贵	我骂你?你是少爷!我骂你?你连人家有钱的人都当着面骂了,我敢骂你?
鲁大海	(不耐烦)你喝了不到两盅酒,就叨叨叨,叨叨叨,这半点钟你够不够?
鲁　贵	够?哼,我一肚子的冤屈,一肚子的火,我没个够!当初你爸爸也不是没叫人伺候过,吃喝玩乐,我哪一样没讲究过!自从娶了你的妈,我是家败人亡,一天不如一天。一天不如一天……
鲁四凤	那不是你自己赌钱输光的!
鲁大海	你别理他。让他说。
鲁　贵	(只顾嘴头说得畅快,如同自己是唯一的牺牲者一样)我告诉你,我是家败人亡,一天不如一天。我受人家的气,受你们的气。现在好,连想受人家的气也不成了,我跟你们一块儿饿着肚子等死。你们想想,你们是哪一件事对得起我?(忽而觉得自己的腿没处放,面向鲁妈)侍萍,把那凳子拿过来,我放放大腿。
鲁大海	(看着鲁妈,叫她不要管)妈!
	〔然而鲁妈还是拿了那唯一的圆凳子过来,放在鲁贵的脚下。他把腿放好。
鲁　贵	(望着大海)可是这怪谁?你把人家骂了,人家一气,当然就把我们辞了。谁叫我是你的爸爸呢?大海,你心里想想,我这么大年纪,要跟着你饿死;我要是饿死,你是哪一点对得起我?我问问你,我要是这样死了?
鲁大海	(忍不住,立起,大声)你死就死了,你算老几!
鲁　贵	(吓醒了一点)妈的,这孩子!
鲁侍萍	大海 ⎫
鲁四凤	哥哥! ⎭ (同时惊恐地喊出)
鲁　贵	(看见大海那副魁梧的身体,同手里拿着的枪,心里有点怕,笑着)你看看,这孩子这点小脾气!——(又接着说)咳,说回来,这也不能就怪大海,周家的人从上到下就没有一个好东西。我伺候他们两年,他们那点出息我哪一样不知道?反正有钱的人顶方便,做了坏事,外面比做了好事装得还体面;文明词越用得多,心里头越男盗女娼。王八蛋!别看今天我走的时候,老爷太太装模做样地跟我尽打官话,好东西,明儿见!他们家里这点出息当我不知道?
鲁四凤	(怕他胡闹)爸!你可,你可千万别去周家!
鲁　贵	(不觉骄傲起来)哼,明天,我把周家太太大少爷这点老底子给它一个宣布,就连老头这老王八蛋也得给我跪下磕头。忘恩负义的东西!(得意地咳嗽起来)他妈的!(啪地又一口痰吐在地上,向四凤)茶呢?
鲁四凤	爸,你真是喝醉了么?刚才不给你放在桌子上么?
鲁　贵	(端起杯子,对四凤)这是白水,小姐!(泼在地上)
鲁四凤	(冷冷地)本来是白水,没有茶。
鲁　贵	(因为她打断他的兴头,向四凤)混帐。我吃完饭总要喝杯好茶,你还不知

道么?

鲁大海　(故意地)哦,爸爸吃完饭还要喝茶的。(向四凤)四凤,你怎么不把那一两四块八的龙井沏上,尽叫爸爸生气。

鲁四凤　龙井?家里连茶叶末也没有。

鲁大海　(向鲁贵)听见了没有?你就将就将就喝杯开水吧,别这样穷讲究啦。(拿一杯白开水,放在他身旁桌上,走开)

鲁　贵　这是我的家。你要看着不顺眼,你可以滚开。

鲁大海　(上前)你,你——

鲁侍萍　(阻大海)别,别,好孩子。看在妈的份上,别同他闹。

鲁　贵　你自己觉得挺不错,你到家不到两天,就闹这么大的乱子,我没有说你,你还要打我么?你给我滚!

鲁大海　(忍着)妈,他这样子我实在看不下去。妈,我走了。

鲁侍萍　胡说。就要下雨,你上哪儿去?

鲁大海　我有点事。办不好,也许到车厂拉车去。

鲁侍萍　大海,你——

鲁　贵　走,走,让他走。这孩子就是这点穷骨头。叫他滚,滚,滚!

鲁大海　你小心点。你少惹我的火。

鲁　贵　(赖皮)你妈在这儿。你敢把你的爹怎么样?你这杂种!

鲁大海　什么,你骂谁?

鲁　贵　我骂你。你这——

鲁侍萍　(向鲁贵)你别不要脸,你少说话!

鲁　贵　我不要脸?我没有在家养私孩子,还带着个(指大海)嫁人。

鲁侍萍　(心痛极)哦,天!

鲁大海　(抽出手枪)我——我打死你这老东西!(对鲁贵)

〔鲁贵叫,站起。急到里间,僵立不动。

鲁　贵　(喊)枪,枪,枪。

鲁四凤　(跑到大海的面前,抱着他的手)哥哥。

鲁侍萍　大海,你放下。

鲁大海　(对鲁贵)你跟妈说,说自己错了,以后永远不再乱说话,乱骂人。

鲁　贵　哦——

鲁大海　(进一步)说呀!

鲁　贵　(被胁)你,你——你先放下。

鲁大海　(气愤地)不,你先说。

鲁　贵　好。(向鲁妈)我说错了,我以后永远不乱说,不骂人了。

鲁大海　(指那唯一的圆椅)还坐在那儿!

鲁　贵　(颓唐地坐在椅上,低着头咕噜着)这小杂种!

鲁大海　哼,你不值得我卖这么大的力气。

鲁侍萍　放下。大海,你把手枪放下。

鲁大海　(放下手枪,笑)妈,妈您别怕,我是吓唬吓唬他。

鲁侍萍　给我。你这手枪是哪儿弄来的?

鲁大海　从矿上带来的，警察打我们的时候掉的，我拾起来了。

鲁侍萍　你现在带在身上干什么？

鲁大海　不干什么。

鲁侍萍　不，你要说。

鲁大海　（狞笑）没有什么，周家逼着我，没有路走，这就是一条路。

鲁侍萍　胡说，交给我。

鲁大海　（不肯）妈！

鲁侍萍　刚才吃饭的时候我跟你说过，周家的事算完了，我们姓鲁的永远不提他们了。

鲁大海　（低声，缓慢地）可是我在矿上流的血呢？周家大少爷刚才打在我脸上的巴掌呢？就完了么？

鲁侍萍　嗯，完了。这一本帐算不清楚，报复是完不了的。什么都是天定，妈愿意你多受点苦。

鲁大海　那是妈自己，我——

鲁侍萍　（高声）大海，你是我最爱的孩子，你听着，我从来不用这样的口气对你说过话。你要是伤害了周家的人，不管是那里的老爷或者少爷，你只要伤害了他们，我是一辈子也不认你的。

鲁大海　可是妈——（恳求）

鲁侍萍　（肯定地）你知道妈的脾气，你若要做了妈最怕你做的事情，妈就死在你的面前。

鲁大海　（长叹一口气）哦！妈，您——（仰头望，又低下头来）那我会恨——恨他们一辈子。

鲁侍萍　（叹一口气）天，那就不能怪我了。（向大海）把手枪给我。（大海不肯）交给我！（走近大海，把手枪拿了过来）

鲁大海　（痛苦）妈，您——

鲁四凤　哥哥，你给妈！

鲁大海　那么您拿去吧。不过您搁的地方得告诉我。

鲁侍萍　好，我放在这个箱子里。（把手枪放在床头的木箱里）可是（对大海）明天一早我就报告警察，把枪交给他。

鲁　贵　对极了，这才是正理。

鲁大海　你少说话！

鲁侍萍　大海。不要这样同父亲说话。

鲁大海　（看鲁贵，又转头）好，妈，我走了。我要看车厂子里有认识的人没有。

鲁侍萍　好，你去。不过，你可得准回来。一家人不许这样怄气。

鲁大海　嗯。就回来。

〔大海由左边与外间通的房门下，听见他关外房的大门的声音。鲁贵立起来看着大海走出去，怀着怨气又回来站在圆桌旁。

鲁　贵　（自言自语）这个小王八蛋！（问鲁妈）刚才我叫你买茶叶，你为什么不买？

鲁侍萍　没有闲钱。

鲁　贵　可是，四凤，我的钱呢？——刚才你们从公馆领来的工钱呢？

鲁四凤　您说周公馆多给的两个月的工钱？

中国现代文学经典阅读　　450

鲁　贵　　对了,一共连新加旧六十块钱。

鲁四凤　（知道早晚也要告诉他）嗯,是的,还给人啦。

鲁　贵　　什么,你还给人啦?

鲁四凤　　刚才赵三又来堵门要你的赌账,妈就把那个钱都还给他了。

鲁　贵　　（问鲁妈）六十块钱?都还了账啦?

鲁侍萍　　嗯,把你这次的赌账算是清了。

鲁　贵　　（急了）妈的,我的家就是叫你们这样败了的,现在是还账的时候么?

鲁侍萍　　（沉静地）都还清了好。这儿的家我预备不要了。

鲁　贵　　这儿的家你不要么?

鲁侍萍　　我想,大后天就回济南去。

鲁　贵　　你回济南,我跟四凤在这儿,这个家也得要啊。

鲁侍萍　　这次我带着四凤一块儿走,不叫她一个人在这儿了。

鲁　贵　　（对四凤笑）四凤,你听你妈要带着你走。

鲁侍萍　　上次我走的时候,我不知道我的事情怎么样。外面人地生疏,在这儿四凤有邻居张大婶照应着,我自然不带她走。现在我那边的事已经定了。四凤在这儿又没有事,我为什么不带她走?

鲁四凤　　（惊）您,您真要带我走?

鲁侍萍　　（沉痛地）嗯,妈以后说什么也不离开你了。

鲁　贵　　不成,这我们得好好商量商量。

鲁侍萍　　这有什么可商量的?你要愿意去,大后天一块儿走也可以。不过那儿是找不着你这一帮赌钱的朋友的。

鲁　贵　　我自然不到那儿去。可是你要带四凤到那儿干什么?

鲁侍萍　　女孩子当然随着妈走,从前那是没有法子。

鲁　贵　　（滔滔地）四凤跟我有吃有穿,见的是场面人。你带着她,活受罪,干什么?

鲁侍萍　　（对他没有办法）跟你也说不明白。你问问她愿意跟我还是愿意跟你?

鲁　贵　　自然是愿意跟我。

鲁侍萍　　你问她!

鲁　贵　　（自信一定胜利）四凤,你过来,你听清楚了。你愿意怎么样?随你。跟你妈,还是跟我?（四凤转过身来,满脸的眼泪）咦,这孩子,你哭什么?

鲁侍萍　　哦,凤儿,我的可怜的孩子。

鲁　贵　　说呀,这不是大姑娘上轿,说呀!

鲁侍萍　　（安慰地）哦,凤儿,告诉我,刚才你答应得好好地,愿意跟着妈走,现在又怎么哪?告诉我,好孩子。老实地告诉妈,妈还是喜欢你。

鲁　贵　　你说你让她走,她心里不高兴。我知道,她舍不得这个地方。（笑）

鲁四凤　　（向鲁贵）去!（向鲁妈）别问我,妈,我心里难受。妈,我的妈,我是跟您走的。妈呀!（抽咽,扑在鲁妈的怀里）

鲁侍萍　　哦,我的孩子,我的孩子今天受了委屈了。

鲁　贵　　你看看,这孩子一身小姐气,她要跟你不是受罪么?

鲁侍萍　　（向鲁贵）你少说话,（对四凤）妈命不好,妈对不起你,别难过!以后跟妈在一块儿。没有人会欺负你,哦,我的心肝孩子。

〔大海由左边上。

鲁大海　妈,张家大婶回来了。我刚才在路上碰见的。
鲁侍萍　你,你提到我们卖家具的事么?
鲁大海　嗯,提了。她说,她能想法子。
鲁侍萍　车厂上找着认识的人么?
鲁大海　有,我还要出去,找一个保人。
鲁侍萍　那么我们一同出去吧。四凤,你等着我,我就回来!
鲁大海　(对鲁贵)再见,你酒醒了点么?(向鲁妈)今天晚上我恐怕不回家睡觉。
〔大海、鲁妈同下。
鲁　贵　(目送他们出去)哼,这东西!(见四凤立在窗前,便向她)你妈走了,四凤。你说吧,你预备怎么样呢?
鲁四凤　(不理他,叹一口气,听外面的青蛙声同雷声)
鲁　贵　(蔑视)你看,你这点心思还不浅。
鲁四凤　(掩饰)什么心思? 天气热,闷得难受。
鲁　贵　你不要骗我,你吃完饭眼神直瞪瞪的,你在想什么?
鲁四凤　我不想什么。
鲁　贵　(故意伤感地)凤儿,你是我的明白孩子。我就有你这一个亲女儿,你跟你妈一走,那就剩我一个人在这儿哪。
鲁四凤　您别说了,我心里乱得很。(外面打闪)您听,远远又打雷。
鲁　贵　孩子,别打岔,你真预备跟妈回济南么?
鲁四凤　嗯。(吐一口气)
鲁　贵　(无聊地唱)"花开花谢年年有,人过了个青春不再来!"哎,(忽然地)四凤,人活着就是两三年好日子,好机会一错过就完了。
鲁四凤　您,您去吧。我困了。
鲁　贵　(徐徐诱进)周家的事你不要怕。有了我,明天我们还是得回去。你真走得开,(暗指地)你放得下这儿这样好的地方么? 你放得下周家——
鲁四凤　(怕他)您不要乱说了。您睡去吧! 外边乘凉的人都散了。您为什么不睡去?
鲁　贵　你不要胡思乱想。(说真心话)这世界上没有一个人靠得住,只有钱是真的。唉,偏偏你同你母亲不知道钱的好处。
鲁四凤　听,我像是听见有人来敲门。
〔外面敲门声。
鲁　贵　快十一点,这会有谁?
鲁四凤　爸爸,您让我去看。
鲁　贵　别,让我出去。
〔鲁贵开左门一半。
鲁　贵　谁?
〔外面的声音:这儿姓鲁么?
鲁　贵　是啊,干什么?
〔外面的声音:找人。
鲁　贵　你是谁?

中国现代文学经典阅读　452

〔外面的声音：我姓周。

鲁　贵　（喜形于色）你看，来了不是？周家的人来了。
鲁四凤　（惊骇着，忙说）不，爸爸，您说我们都出去了。
鲁　贵　咦，(乖巧地看她一眼)这叫什么话？
〔鲁贵下。

鲁四凤　（把屋子略微整理一下，不用的东西放在左边帐后的小屋里，立在右边角上，等候着客进来）
〔这时，听见周冲同鲁贵说话的声音，一时鲁贵同周冲上。

周　冲　（见着四凤高兴地）四凤！
鲁四凤　（奇怪地望着）二少爷！
鲁　贵　（谄笑）您别见笑，我们这儿穷地方。
周　冲　（笑）这地方真不好找。外边有一片水，很好的。
鲁　贵　二少爷。您先坐下。四凤，(指圆椅)你把那张好椅子拿过来。
周　冲　（见四凤不说话）四凤，怎么，你不舒服么？
鲁四凤　没有。——（规规矩矩地）二少爷，你到这里来干什么？要是太太知道了，你——
周　冲　这是太太叫我来的。
鲁　贵　（明白了一半）太太要您来的？
周　冲　嗯，我自己也想来看看你们。（问四凤）你哥哥同母亲呢？
鲁　贵　他们出去了。
鲁四凤　你怎么知道这个地方？
周　冲　（天真地）母亲告诉我的。没想到这地方还有一大片水，一下雨真滑，黑天要是不小心，真容易摔下去。
鲁　贵　二少爷，您没摔着么？
周　冲　（希罕地）没有。我坐着家里的车，很有趣的。（四面望望这屋子的摆设，很高兴地笑着，看四凤）哦，你原来在这儿！
鲁四凤　我看你赶快回家吧。
鲁　贵　什么？
周　冲　（忽然）对了，我忘了我为什么来的了。妈跟我说，你们离开我们家，她很不放心；她怕你们一时找不着事情，叫我送给你母亲一百块钱。（拿出钱）
鲁四凤　什么？
鲁　贵　（以为周家的人怕得罪他，得意地笑着，对四凤）你看人家多厚道，到底是人家有钱的人。
鲁四凤　不，二少爷，你替我谢谢太太，我们还好过日子。拿回去吧。
鲁　贵　（向四凤）你看你，哪有你这么说话的？太太叫二少爷亲自送来，这点意思我们好意思不领下么？（收下钞票）你回头跟太太回一声，我们都挺好的。请太太放心，谢谢太太。
鲁四凤　（固执地）爸爸，这不成。
鲁　贵　你小孩子知道什么？
鲁四凤　您要收下，妈跟哥哥一定不答应。

鲁　　贵　（不理她,向周冲）谢谢您老远跑一趟。我先给您买点鲜货吃,您同四凤在屋子里坐一坐,我失陪了。

鲁四凤　爸,您别走! 不成。

鲁　　贵　别尽说话,你先给二少爷倒一碗茶。我就回来。

〔鲁贵忙下。

周　　冲　（不由衷地）让他走了也好。

鲁四凤　（厌恶地）唉,真是下作!——（不愿意地）谁叫你送钱来了?

周　　冲　你,你,你像是不愿意见我似的。为什么呢? 我以后不再乱说话了。

鲁四凤　（找话说）老爷吃过饭了么?

周　　冲　刚刚吃过。老爷在发脾气,母亲没吃完就跑到楼上生气。我劝了她半天,要不我还不会这样晚来。

鲁四凤　（故意不在心地）大少爷呢?

周　　冲　我没有看见他,我知道他很难过,他又在自己房里喝酒,大概是喝醉了。

鲁四凤　哦!（叹一口气）——你为什么不叫底下人替你来? 何必自己跑到这穷人住的地方来?

周　　冲　（诚恳地）你现在怨了我们吧!——（羞愧地）今天的事,我真觉得对不起你们,你千万不要以为哥哥是个坏人。他现在很后悔,你不知道他,他还很喜欢你。

鲁四凤　二少爷,我现在已经不是周家的用人了。

周　　冲　然而我们永远不可以算是顶好的朋友么?

鲁四凤　我预备跟我妈回济南去。

周　　冲　不,你先不要走。早晚你同你父亲还可以回去的。我们搬了新房子,我的父亲也许回到矿上去,那时你就回来,那时候我该多么高兴!

鲁四凤　你的心真好。

周　　冲　四凤,你不要为这一点小事来忧愁。世界大的很,你应当读书,你就知道世界上有过许多人跟我们一样地忍受着痛苦,慢慢地苦干,以后又得到快乐。

鲁四凤　唉,女人究竟是女人!（忽然）你听,（蛙鸣）蛤蟆怎么不睡觉,半夜三更的还叫呢?

周　　冲　不,你不是个平常的女人,你有力量,你能吃苦,我们都还年轻,我们将来一定在这世界着人类谋幸福。我恨这不平等的社会,我恨只讲强权的人,我讨厌我的父亲,我们都是被压迫的人,我们是一样。——

鲁四凤　二少爷,您渴了吧,我给您倒一杯茶。（站起倒茶）

周　　冲　不,不要。

鲁四凤　不,让我再伺候伺候您。

周　　冲　你不要这样说话,现在的世界是不该存在的。我从来没有把你当做我的底下人,你是我的凤姐姐,你是我引路的人,我们的真世界不在这儿。

鲁四凤　哦,你真会说话。

周　　冲　有时我就忘了现在,（梦幻地）忘了家,忘了你,忘了母亲,并且忘了我自己。我想,我像是在一个冬天的早晨,非常明亮的天空,……在无边的海上……哦,有一条轻得像海燕似的小帆船,在海风吹得紧,海上的空气闻得出有点腥,有

	点咸的时候,白色的帆张得满满地,像一只鹰的翅膀斜贴在海面上飞,飞,向着天边飞。那时天边上只淡淡地浮着两三片白云,我们坐在船头,望着前面,前面就是我们的世界。
鲁四凤	我们?
周　冲	对了,我同你,我们可以飞,飞到一个真真干净、快乐的地方,那里没有争执,没有虚伪,没有不平等的,没有……(头微仰,好像眼前就是那么一个所在,忽然)你说么?
鲁四凤	你想得真好。
周　冲	(亲切地)你愿意同我一块儿去么,就是带着他也可以的。
鲁四凤	谁?
周　冲	你昨天告诉我的,你说你的心已经许给了他,那个人他一定也像你,他一定是个可爱的人。
	〔大海进。
鲁四凤	哥哥。
鲁大海	(冷冷地)这是怎么回事?
周　冲	鲁先生!
鲁四凤	周家二少爷来看我们来了。
鲁大海	哦——我没想到你们现在在这儿?父亲呢?
鲁四凤	出去买东西去啦。
鲁大海	(向周冲)奇怪得很!这么晚!周少爷会到我们这个穷地方来——看我们。
周　冲	我正想见你呢。你,你愿意——跟我拉拉手么?(把右手伸出去)
鲁大海	(乖戾地)我不懂得外国规矩。
周　冲	(把手又缩回来)那么,让我说,我觉得我心里对你很抱歉的。
鲁大海	什么事?
周　冲	(红脸)今天下午,你在我们家里——
鲁大海	(勃然)请你少提那桩事。
鲁四凤	哥哥,你不要这样。人家是好心好意来安慰我们。
鲁大海	少爷,我们用不着你的安慰,我们生成一副穷骨头,用不着你半夜的时候到这儿来安慰我们。
周　冲	你大概是误会了我的意思。
鲁大海	(清楚地)我没有误会。我家里没有第三个人,我妹妹在这儿,你在这儿,这是什么意思?
周　冲	我没想到你这么想。
鲁大海	可是谁都这样想。(回头向四凤)出去。
鲁四凤	哥哥!
鲁大海	你先出去,我有几句话要同二少爷说。(见四凤不走)出去!
	〔四凤慢慢地由左门出去。
鲁大海	二少爷,我们谈过话,我知道你在你们家里还算是明白点的;不过你记着,以后你要再到这儿来,来——安慰我们,(突然凶暴地)我就打断你的腿。
周　冲	打断我的腿?

鲁大海　（肯定的神态）嗯！

周　冲　（笑）我想一个人无论怎样总不会拒绝别人的同情吧。

鲁大海　同情不是你同我的事，也要看地位才成。

周　冲　大海，我觉得你有时候有些偏见太重，有钱的人并不是罪人，难道说就不能同你们接近么？

鲁大海　你太年轻，多说你也不明白。痛痛快快地告诉你吧，你就不应当到这儿来，这儿不是你来的地方。

周　冲　为什么？——你今早还说过，你愿意做我的朋友，我想四凤也愿意做我的朋友，那么我就不可以来帮点忙么？

鲁大海　少爷，你不要以为这样就是仁慈。我听说，你想叫四凤念书？是么？四凤是我的妹妹，我知道她！她不过是一个没有定性平平常常的女孩子，也是想穿丝袜子，想坐汽车的。

周　冲　那你看错了她。

鲁大海　我没有看错。你们有钱人的世界，她多看一眼，她就得多一番烦恼。你们的汽车，你们的跳舞，你们闲在的日子，这两年已经把她的眼睛看迷了，她忘了她是从哪里来的，她现在回到她自己的家里看什么都不顺眼啦。可是她是个穷人的孩子，她的将来是给一个工人当老婆，洗衣服，做饭，捡煤渣。哼，上学，念书，嫁给一个阔人当太太，那是一个小姐的梦！这些在我们穷人连想都想不起的。

周　冲　你的话固然有点道理，可是——

鲁大海　所以如果矿主的少爷真替四凤着想，那我就请少爷从今以后不要同她往来。

周　冲　我认为你的偏见太多，你不能说我的父亲是个矿主，你就要——

鲁大海　现在我警告你，（瞪起眼睛来）……

周　冲　警告？

鲁大海　如果什么时候我再看见你跑到我家里，再同我的妹妹在一块，我一定——（笑，忽然态度和善些下去）好，我盼望没有这事情发生，少爷，时候不早了，我们要睡觉了。

周　冲　你，你那样说话，——是我想不到的，我没想到我的父亲的话还是对的。

鲁大海　（阴沉地）哼，（爆发）你的父亲是个老混蛋！

周　冲　什么？

鲁大海　你的哥哥是——

〔四凤由左门跑进。

鲁四凤　你，你别说了！（指大海）我看你，你简直变成个怪物！

鲁大海　你，你简直是个糊涂虫！

鲁四凤　我不跟你说话了！（向周冲）你走吧，你走吧，不要同他说啦。

周　冲　（无奈地，看看大海）好，我走。（向四凤）我觉得很对不起你，来到这儿，更叫你不快活。

鲁四凤　不要提了，二少爷，你走吧，这不是你呆的地方。

周　冲　好，我走！（向大海）再见，我原谅你，（温和地）我还是愿意做你的朋友。（伸出手来）你愿意同我拉一拉么？

〔大海没有理他,把身子转进去。

鲁四凤　哼!
　　　　〔周冲也不再说什么,即将走下。
　　　　〔鲁贵由左门上,捧着水果,酒瓶,同酒菜,脸更红,步伐有点错乱。
鲁　贵　(见周冲要走)怎么?
鲁大海　让开点,他要走了。
鲁　贵　别,别,二少爷为什么刚来就走?
鲁四凤　(愤愤)你问哥哥去!
鲁　贵　(明白了一半,忽然笑向着周冲)别理他,您坐一会儿。
周　冲　不,我是要走了。
鲁　贵　那二少爷吃点什么再走,我老远地给您买的鲜货,吃点,喝两盅再走。
周　冲　不,不早了,我要回家了。
鲁大海　(向四凤,指鲁贵的食物)他从哪儿弄来的钱买这些东西?
鲁　贵　(转过头向大海)我自己的,你爸爸赚的钱。
鲁四凤　不,爸爸,这是周家的钱!你又胡花了!(回头向大海)刚才周太太送给妈一百块钱。妈不在,爸爸不听我的话收下了。
鲁　贵　(狠狠地看四凤一眼,解释地,向大海说)人家二少爷亲自送来的。我不收还像话么?
鲁大海　(走到周冲面前)什么,你刚才是给我们送钱来的?
鲁四凤　(向大海)你现在才明白!
鲁　贵　(向大海——脸上露了卑下的颜色)你看,人家周家都是好人。
鲁大海　(掉过脸来向鲁贵)把钱给我!
鲁　贵　(疑惧地)干什么?
鲁大海　你给不给?(声色俱厉)不给,你可记得住放在箱子里的是什么东西么?
鲁　贵　(恐惧地)我给,我给!(把钞票掏出来交给大海)钱在这儿,一百块。
鲁大海　(数一遍)什么,少十块。
鲁　贵　(强笑着)我,我,我花了。
周　冲　(不愿再看他们)再见吧,我走了。
鲁大海　(拉住他)你别走,你以为我们能上你这样的当么?
周　冲　这句话怎么讲?
鲁大海　我有钱,我有钱,我口袋里刚刚剩下十块钱。(拿出零票同现洋,放在一块)刚刚十块。你拿走吧,我们不需要你们可怜我们。
鲁　贵　这不像话!
周　冲　你这个人真有点儿不懂人情。
鲁大海　对了,我不懂人情,我不懂你们这种虚伪,这种假慈悲,我不懂……
鲁四凤　哥哥!
鲁大海　拿走。我要你给我滚,给我滚蛋。
周　冲　(他的整个的幻想被打散了一半,失望地立了一会,忽然拿起钱)好,我走;我走,我错了。
鲁大海　我告诉你,以后你们周家无论哪一个再来,我就打死他,不管是谁!

周　冲　谢谢你。我想周家除了我不会再有人这么糊涂的,再见吧!(向右门下)
鲁　贵　大海。
鲁大海　(大声)叫他滚!
鲁　贵　好好好,我给您点灯,外屋黑!
周　冲　谢谢你。
　　　　〔二人由右门下。
鲁四凤　二少爷!(跑下)
鲁大海　四凤,四凤,你别去!(见四凤已下)这个糊涂孩子!
　　　　〔鲁妈由右门上。
鲁大海　妈。您知道周家二少爷来了。
鲁侍萍　嗯,我看见一辆洋车在门口,我不知道是谁来,我没敢进来。
鲁大海　您知道刚才我把他赶了么?
鲁侍萍　(沉重地点一点头)知道,我刚才在门口听了一会。
鲁大海　周家的太太送了您一百块钱。
鲁侍萍　哼!(愤然)不用她给钱,我会带着女儿走的。
鲁大海　您走?带着四凤走?
鲁侍萍　嗯,明天就走。
鲁大海　明天?
鲁侍萍　我改主意了,明天。
鲁大海　好极啦!那我就不必说旁的话了。
鲁侍萍　什么?
鲁大海　(暗晦地)没有什么,我回来的时候看见四凤跟这位二少爷谈天。
鲁侍萍　(不自主地)谈什么?
鲁大海　(暗示地)不知道,像是很亲热似的。
鲁侍萍　(惊)哦?……(自语)这个糊涂孩子。
鲁大海　妈,您见着张大婶怎么样?
鲁侍萍　卖家具,已经商量好了。
鲁大海　好,妈,我走了。
鲁侍萍　你上哪儿去?
鲁大海　(孤独地)钱完了,我也许拉一晚上车。
鲁侍萍　干什么?不,用不着,妈这儿有钱,你在家睡觉。
鲁大海　不,您留着自己用吧,我走了。
　　　　〔大海由右门下。
鲁侍萍　(喊)大海,大海!
　　　　〔四凤上。
鲁四凤　妈,(不安地)您回来了。
鲁侍萍　你忙着送周家的少爷,没有顾到看见我。
鲁四凤　(解释地)二少爷是他母亲叫他来的。
鲁侍萍　我听见你哥哥说,你们谈了半天的话吧?
鲁四凤　您说我跟周家二少爷?

鲁侍萍	嗯,他谈了些什么?
鲁四凤	没有什么!——平平常常的话。
鲁侍萍	凤儿,真的?
鲁四凤	您听哥哥说了些什么话?哥哥是一点人情也不懂。
鲁侍萍	(严肃地)凤儿,(看着她,拉着她的手)你看看我,我是你的妈。是不是?
鲁四凤	妈,您怎么啦?
鲁侍萍	凤,妈是不是顶疼你?
鲁四凤	妈,您为什么说这些话?
鲁侍萍	我问你,妈是不是天底下最可怜,没有人疼的一个苦老婆子?
鲁四凤	不,妈,您别这样说话,我疼您。
鲁侍萍	凤儿,那我求你一件事。
鲁四凤	妈,您说啦,您说什么事!
鲁侍萍	你得告诉我,周家的少爷究竟跟你——怎么样了?
鲁四凤	哥总是瞎说八道的——他跟您说了什么?
鲁侍萍	不是哥,他没说什么,妈要问你!
	〔远处隐雷。
鲁四凤	妈,您为什么问这个?我不跟您说过吗?一点也没什么。妈,没什么!
	〔远处隐雷。
鲁侍萍	你听,外面打着雷。妈妈是个可怜人,我的女儿在这些事上不能再骗我!
鲁四凤	(顿)妈,我不骗您!我不是跟您说过,这两年——
	〔鲁贵的声音:(在外屋)侍萍,快来睡觉吧,不早了。
鲁侍萍	别管我,你先睡你的。
	〔鲁贵:你来!
鲁侍萍	你别管我!——(对四凤)你说什么?
鲁四凤	我不是跟你说过,这两年,我天天晚上——回家的?
鲁侍萍	孩子,你可要说实话,妈经不起再大的事啦。
鲁四凤	妈,(抽咽)妈,您为什么不信您自己的女儿呢?(扑在鲁妈怀里大哭,鲁妈抱着她)
鲁侍萍	(落眼泪)凤儿,可怜的孩子,不是我不相信你,我太爱你,我牛怕外人欺负了你,(沉痛地)我太不敢相信世界上的人了。傻孩子,你不懂妈的心,妈的苦多少年是说不出来的,你妈就是在年轻的时候没有人来提醒,——可怜,妈就是一步走错,就步步走错了。孩子,我就生了你这么一个女儿,我的女儿不能再像她妈似的。人的心都靠不住,我并不是说人坏,我就是恨人性太弱,太容易变了。孩子,你是我的,你是我唯一的宝贝,你永远疼我!你要是再骗我,那就是杀了我了,我的苦命的孩子!
鲁四凤	不,妈,不,我以后永远是妈的了。
鲁侍萍	(忽然)凤儿,我在这儿一天耽心一天,我们明天一定走,离开这儿。
鲁四凤	(立起)什么,明天就走?
鲁侍萍	(果断地)嗯。我改主意了,我们明天就走。永远不回这儿来了。
鲁四凤	我们永远不回到这儿来了。妈,不,为什么这么早就走?

鲁侍萍　孩子,你要干什么?
鲁四凤　(踌躇地)我,我——
鲁侍萍　不愿意早一点儿跟妈走?
鲁四凤　(叹一口气,苦笑)也好,我们明天走吧。
鲁侍萍　(忽然疑心地)孩子,你还有什么事瞒着我。
鲁四凤　(擦着眼泪)妈,没有什么。
鲁侍萍　(慈祥地)好孩子,你记住妈刚才说的话么?
鲁四凤　记得住!
鲁侍萍　凤儿,我要你永远不见周家的人!
鲁四凤　好,妈!
鲁侍萍　(沉重地)不,要起誓。
　　　　〔四凤畏怯地望着鲁妈的严厉的脸。
鲁四凤　哦,这何必呢?
鲁侍萍　(依然严肃地)不,你要说。
鲁四凤　(跪下)妈,(扑在鲁妈身上)不,妈,我——我说不了。
鲁侍萍　(眼泪流下来)你愿意让妈伤心么?你忘记妈三年前为着你的病儿几乎死了么?现在你——(回头泣)
鲁四凤　妈,我说,我说。
鲁侍萍　(立起)你就这样跪下说。
鲁四凤　妈,我答应您,以后我永远不见周家的人。
　　　　〔雷声轰地滚过去。
鲁侍萍　孩子,天上在打着雷,你要是以后忘了妈的话,见了周家的人呢?
鲁四凤　(畏怯地)妈,我不会的,我不会的。
鲁侍萍　孩子,你要说,你要说。假若你忘了妈的话,——
　　　　〔外面的雷声
鲁四凤　(不顾一切地)那——那天上的雷劈了我。(扑在鲁妈怀里)哦,我的妈呀!(哭出声)
　　　　〔雷声轰地滚过去。
鲁侍萍　(抱着女儿,大哭)可怜的孩子,妈不好,妈造的孽,妈对不起你,是妈对不起你。(泣)
　　　　〔鲁贵由右门上。脱去短衫,他只有一件线坎肩,满身肥肉,脸上冒着油,唱着春调,眼迷迷地望着鲁妈同四凤。
鲁　贵　(向鲁妈)这么晚还不睡?你说点子什么?
鲁侍萍　你别管,你一个人去睡吧。我今天晚上就跟四凤一块儿睡了。
鲁　贵　什么?
鲁四凤　不,妈,您去吧。让我一个人在这儿。
鲁　贵　侍萍,凤儿这孩子难过一天了,你搅她干什么?
鲁侍萍　孩子,你真不要妈陪着你么?
鲁四凤　妈,您让我一个人在屋子里歇着吧。
鲁　贵　来吧,干什么?你叫这孩子好好地歇一会儿吧,她总是一个人睡的。我先走了。

〔鲁贵下。

鲁侍萍　也好,凤儿,你好好地睡,过一会我再来看你。

鲁四凤　嗯,妈!

〔鲁妈下。

〔四凤把右边门关上,隔壁鲁贵又唱"花开花谢年年有,人过了个青春不再来"的春调。她到圆桌前面,把洋灯的火捻小了,这时听见外面的蛙声同狗叫。她坐在床边,换了一双拖鞋,立起解开几个扣子,走两步,却又回来坐在床边,深深地叹一口气倒在床上。外屋鲁贵还低声在唱,母亲像是低声在劝他不要闹。屋外敲着一声一声的梆子。四凤又由床上坐起,拿起蒲扇用力地挥着。闷极了,她把窗户打开,立在窗前,散开自己的头发,深深吸一口长气,轻轻只把窗户关上一半。她还是烦,她想起许多许多的事。她拿手绢擦一擦脸上的汗,走到圆桌旁,又听见鲁贵说话同唱的声音。她苦闷地叫了一声"天!"忽然拿起酒瓶,放在口里喝一口。她摸摸自己的胸,觉得心里在发烧,便在桌旁坐下。

〔鲁贵由左门上,赤足,拖着鞋。

鲁　贵　你怎么还不睡?

鲁四凤　(望望他)嗯。

鲁　贵　(看她还拿着酒瓶)谁叫你喝酒啦?(拿起酒瓶同酒菜,笑着)快睡吧。

鲁四凤　(失神地)嗯。

鲁　贵　(走到门口)不早了,你妈都睡着了。

〔鲁贵下。

〔四凤到右门口,把门关上,立在右门旁一会,听见鲁贵同鲁妈说话的声音,走到圆桌旁,长叹一声,低而重地捶着桌子,扑在桌上抽咽。"天哪!"外面有口哨声,远远地。四凤突然立起,畏惧地屏住气息谛听,忽然把桌上的灯转明,跑到窗前,开窗探头向外望,过后她立刻关上,背倚着窗户,惧怕,胸间起伏不定粗重地呼吸。但是口哨的声音更清楚,她把一张红纸罩了灯,放在窗前,她的脸发白,在喘。口哨愈近,远远一阵雷,她怕了,她又把灯拿回去。她把灯转暗,倚在桌上谛听着。窗外面有脚步的声音,一两声咳嗽。四凤轻轻走到窗前,脸向着观众,倚在窗上。

〔外面的声音:(敲着窗户)

鲁四凤　(颤声)哦!

〔外面的声音:(敲着窗户,低声)喂!开!开!

鲁四凤　谁?

〔外面的声音:(含糊地)你猜。

鲁四凤　(颤声)你,你来干什么?

〔外面的声音:(暗晦地)你猜猜!

鲁四凤　我现在不能见你。(脸色灰白,声音打着颤)

〔外面的声音:(含糊的笑声)这是你心里的话吗?

鲁四凤　(急切地)我妈在家里。

〔外面的声音:(带着诱意)不用骗我!她睡着了。

雷雨

鲁四凤　（关心地）你小心，我哥哥恨透了你。
　　　　〔外面的声音：（漠然）他不在家，我知道。
鲁四凤　（转身，背向观众）你走！
　　　　〔外面的声音：我不！（外面向里用力推窗门，四凤用力挡住）
鲁四凤　（焦急地）不，不，你不要进来。
　　　　〔外面的声音：（低声）四凤，我求你，你开开！
鲁四凤　不，不！已经到了半夜，我的衣服都脱了。
　　　　〔外面的声音：（急迫地）什么，你衣服脱了？
鲁四凤　（点头）嗯，我已经在床上睡着了
　　　　〔外面的声音：（颤声）那……那……我就……我（叹一口长气）——
鲁四凤　（恳求地）那你不要进来吧，好不好？
　　　　〔外面的声音：（转了口气）好，也好，我就走，（又急切地）可是你先打开窗门，叫我……
鲁四凤　不，不，你赶快走！
　　　　〔外面的声音：（急切地恳求）不，四凤，你只叫我……啊……只叫我亲一回吧。
鲁四凤　（苦痛地）啊，大少爷，这不是你的公馆，你饶了我吧。
　　　　〔外面的声音：（怨恨地）那么你忘了我了，你不再想……
鲁四凤　（决心地）对了。（转过身，面向观众，苦痛地）我忘了你了。你走吧。
　　　　〔外面的声音：（忽然地）是不是刚才我的弟弟来了？
鲁四凤　嗯，（踌躇地）……他……他……他来了！
　　　　〔外面的声音：（尖酸地）哦！（长长叹一口气）那就怪不得你，你现在这样了。
鲁四凤　（没有办法）你明明知道我是不喜欢他的。
　　　　〔外面的声音：（狠毒地）哼，没有心肝，只要你变了心，小心我……（冷笑）
鲁四凤　谁变了心？
　　　　〔外面的声音：（恶躁地）那你为什么不打开门，让我进来？你不知道我是真爱你么？我没有你不成么？
鲁四凤　（哀诉地）哦，大少爷，你别再缠我好不好？今天一天你替我们闹出许多事，你还不够么？
　　　　〔外面的声音：（真挚地）那我知道错了，不过，现在我要见你，对了，我要见你。
鲁四凤　（叹一口气）好，那明天说吧！明天我依你，什么都成！
　　　　〔外面的声音：（恳切地）明天？
鲁四凤　（苦笑，眼泪落了下来，擦眼泪）明天！对了，明天。
　　　　〔外面的声音：（犹疑地）明天，真的？
鲁四凤　嗯，真的，我没有骗过你。
　　　　〔外面的声音：好吧，就这样吧，明天，你不要冤我。
　　　　〔足步声。
鲁四凤　你走了？
　　　　〔外面的声音：嗯，走了。
　　　　〔足步声渐远。
鲁四凤　（心里一块石头落下来，自语）他走了！哦，（摸自己的胸）这样闷，这样热。

（把窗户打开，立窗前，风吹进来，她摸自己火热的面孔，深深叹一口气）唉！
〔周萍忽然立在窗口。

鲁四凤　哦，妈呀！（忙关窗门，周萍已推开一点，二人挣扎）
周　萍　（手推着窗门）这次你赶不走我了。
鲁四凤　（用力地）你……你……你走！（二人一推一拒相持中）
〔周萍到底越过窗进来，他满身泥泞，右半脸沾着鲜红的血。

鲁　萍　你看我还是进来了。
鲁四凤　（退后）你又喝醉了！
周　萍　不，（乞怜地）四凤，你为什么躲我？你今天变了，我明天一早就走，你骗我，你要我明天见你。我能见你就是这一点时候，你为什么害怕不敢见我？（右半血脸转过来）
鲁四凤　（怕）你的脸怎么啦？（指周萍的血脸）
周　萍　（摸脸，一手的血）为着找你，我路上摔的。（挨近四凤）
鲁四凤　不，不，你走吧，我求你，你走吧。
周　萍　（奇怪地笑着）不，我得好好地看看你。（拉住她的手）
〔雷声大作。
鲁四凤　（躲开）不，你听，雷，雷，你给我关上窗户。
〔周萍关上窗户。
周　萍　（挨近）你怕什么？
鲁四凤　（颤声）我怕你，（退后）你的样子难看，你的脸满是血。……我不认识你……你是……
周　萍　（怪样地笑）你以为我是谁？傻孩子。（拉她的手）
〔外面有女人叹气的声音，敲窗户。
鲁四凤　（推开他）你听，这是什么？像是有人在敲窗户。
周　萍　（听）胡说，没有什么！
鲁四凤　有，有，你听，像有个女人在叹气。
周　萍　（听）没有，没有，（忽然笑）你大概见了鬼。
〔雷声大作，一声霹雳。
鲁四凤　（低声）哦，妈。（跑到周萍怀里）我怕！（躲在角落里）
〔雷声轰轰，大雨下，舞台渐暗。一阵风吹开窗户，外面黑魆魆的。忽然一片蓝森森的闪电。照见了繁漪的惨白发死青的脸露在窗台上面。她像个死尸，任着一条一条的雨水向散乱的头发上淋她，痉挛地不出声地苦笑，泪水流到眼角下，望着里面只顾拥抱的人们。闪电止了，窗外又是黑漆漆的。再闪时，见她伸进手，拉着窗扇，慢慢地由外面关上。雷更隆隆地响着，屋子整个黑下来。黑暗里，只听见四凤低声说话。

鲁四凤　（低声）你抱紧我，我怕极了。
〔舞台黑暗一时，只露着圆桌上的洋灯，和窗外蓝森森的闪电。听见屋外大海叫门的声音，大海进门的声音。舞台渐明，周萍坐在圆椅上，四凤在旁立，床上微乱。

周　萍　（谛听）这是谁？

鲁四凤　你别作声!

〔鲁妈的声音:怎么回来了,大海?

〔大海的声音:雨下得太大,车厂的房子塌了。

鲁四凤　(低声而急促地)哥哥来了,你走,你赶快走。

〔周萍忙至窗前,推窗。

周　萍　(推不动)奇怪!

鲁四凤　怎么?

周　萍　(急迫地)窗户外面有人关上了。

鲁四凤　(怕)真的,那会是谁?

周　萍　(再推)不成,开不动。

鲁四凤　你别作声音,他们就在门口。

〔大海的声音:铺板呢?

〔鲁妈的声音:在四凤屋里。

鲁四凤　哦,萍,他们要进来。你藏,你藏起来。

〔四凤正引周萍入左门,大海持灯推门进。

鲁大海　(慢,嘘声)什么?(见四凤同周萍,二人俱僵立不动,静默,哑声)妈,您快进来,我见了鬼!

〔鲁妈急进。

鲁侍萍　(喑哑)天!

鲁四凤　(见鲁妈进,即由右门跑出,苦痛地)啊!

〔鲁妈扶着门闩。几乎晕倒。

鲁大海　哦,原来是你!(拾起桌上铁刀,奔向周萍,鲁妈用力拉着他的衣襟)

鲁侍萍　大海,你别动,你动,妈就死在你的面前。

鲁大海　您放下我,您放下我!(急得跺脚)

鲁侍萍　(见周萍惊立不动,顿足)糊涂东西,你还不跑?

〔周萍由右门跑下。

鲁大海　(喊)抓住他!爸,抓住他!(大海被母亲拖着,他想追,把她在地上拖了几步)

鲁侍萍　(见周萍已跑远,坐在地上发呆)哦,天!

鲁大海　(跺足)妈!妈!你好糊涂!

〔鲁贵上。

鲁　贵　他走了?咦,可是四凤呢?

鲁大海　不要脸的东西,她跑了。

鲁侍萍　哦,我的孩子,我的孩子,外面的河涨了水,我的孩子。你千万别糊涂!四凤!(跑)

鲁大海　(拉着她)你上哪儿?

鲁侍萍　这么大的雨她跑出去,我要找她。

鲁大海　好,我也去。

鲁侍萍　我等不了!(跑下,喊"四凤!"声音愈走愈远)

〔鲁贵忽然也戴上帽子跑出,大海一人立在圆桌前不动,他走到箱子那里,把手枪取出来,看一看。揣在怀里,快步走下。外面是暴风雨的声音,同鲁妈喊四凤的声音。

——幕急落

第四幕

景——周宅客厅内。半夜两点钟的光景。

〔开幕时,周朴园一人坐在沙发上,读文件;旁边燃着一个立灯,四周是黑暗的。〔外面还隐隐滚着雷声,雨声淅沥可闻,窗前帷幕垂下来了,中间的门紧紧地掩了,由上玻璃望出去,花园的景物都掩埋在黑暗里,除了偶尔天空闪过一片耀目的电光,蓝森森的看见树同电线杆,一瞬又是黑漆漆的。

周朴园　（放下文件,呵欠,疲倦地伸一伸腰）来人啦！（取眼镜,擦目,声略高）来人！（擦着眼镜,走到左边饭厅门口,又恢复平常的声调）这儿有人么？（外面闪电,停,走到右边柜前,按铃。无意中又望见侍萍的相片,拿起,戴上眼镜看）

〔仆人上。

仆　人　老爷！
周朴园　我叫了你半天。
仆　人　外面下雨,听不见。
周朴园　（指钟）钟怎么停了？
仆　人　（解释地）每次总是四凤上的,今天她走了,这件事就忘了。
周朴园　什么时候了？
仆　人　嗯,——大概有两点钟了。
周朴园　刚才我叫帐房汇一笔钱到济南去,他们弄清楚了没有？
仆　人　您说寄给济南一个,一个姓鲁的,是么？
周朴园　嗯。
仆　人　预备好了。
　　　　〔外面闪电,朴园回头望花园。
周朴园　藤萝架那边的电线,太太叫人来修理了么？
仆　人　叫了,电灯匠说下着大雨不好修理,明天再来。
周朴园　那不危险么？
仆　人　可不是么？刚才大少爷的狗走过那儿,碰着那根电线,就给电死了。现在那儿已经用绳子圈起来,没有人走那儿。
周朴园　哦。——什么,现在几点了？
仆　人　两点多了。老爷要睡觉么？
周朴园　你请太太下来。
仆　人　太太睡觉了。
周朴园　（无意地）二少爷呢？
仆　人　早睡了。
周朴园　那么,你看看大少爷。

仆　　人　　大少爷吃完饭出去,还没有回来。
　　　　　　〔沉默半响。
周朴园　（走回沙发前坐下,寂寞地）怎么这屋子一个人也没有？
仆　　人　　是,老爷,一个人也没有。
周朴园　今天早上没有一个客来。
仆　　人　　是,老爷。外面下着很大的雨,有家的都在家里呆着。
周朴园　（呵欠,感到更深的空洞）家里的人也只有我一个人还在醒着。
仆　　人　　是,差不多都睡了。
周朴园　好,你去吧。
仆　　人　　您不要什么东西么？
周朴园　我不要什么。
　　　　　　〔仆人由中门下。朴园站起来,在厅中来回沉闷地踱着,又停在右边柜前,拿起侍萍的相片。开了中间的灯。
　　　　　　〔周冲由饭厅上。
周　　冲　（没想到父亲在这儿）爸！
周朴园　（露喜色）你——你没有睡？
周　　冲　嗯。
周朴园　找我么？
周　　冲　不,我以为母亲在这儿。
周朴园　（失望）哦——你母亲在楼上。
周　　冲　没有吧,我在她的门上敲了半天,她的门锁着。——是的,那也许。——爸,我走了。
周朴园　冲儿,（周冲立）不要走。
周　　冲　爸,您有事？
周朴园　没有。（慈爱地）你现在怎么还不睡？
周　　冲　（服从地）是,爸,我睡晚了,我就睡。
周朴园　你今天吃完饭把克大夫给的药吃了么？
周　　冲　吃了。
周朴园　打了球没有？
周　　冲　嗯。
周朴园　快活么？
周　　冲　嗯。
周朴园　（立起,拉起他的手）为什么,你怕我么？
周　　冲　是,爸爸。
周朴园　（干涩地）你像是有点不满意我,是么？
周　　冲　（窘迫）我,我说不出来,爸。
　　　　　　〔半响。
　　　　　　〔朴园走回沙发,坐下叹一口气。招周冲来,周冲走近。
周朴园　（寂寞地）今天——呃,爸爸有一点觉得自己老了。（停）你知道么？
周　　冲　（冷淡地）不,不知道,爸。

周朴园　（忽然）你怕你爸爸有一天死了,没有人照拂你,你不怕么？
周　冲　（无表情地）嗯,怕。
周朴园　（想自己的儿子亲近他,可亲地）你今天早上说要拿你的学费帮一个人,你说说看,我也许答应你。
周　冲　（悔怨地）那是我糊涂,以后我不会这样说话了。
　　　　〔半晌。
周朴园　（恳求地）后天我们就搬新房子,你不喜欢么？
周　冲　嗯。
　　　　〔半晌。
周朴园　（责备地望着周冲）你对我说话很少。
周　冲　（无神地）嗯,我——我说不出,您平时总像不愿意见我们似的。（嗫嚅地）您今天有点奇怪,我——我——
周朴园　（不愿他向下说）嗯,你去吧！
周　冲　是,爸爸。
　　　　〔周冲由饭厅下。
　　　　〔朴园失望地看着他儿子下去,立起,拿起侍萍的照片,寂寞地呆望着四周。关上立灯,面向书房。
　　　　〔繁漪由中门上。不做声地走进来,雨衣上的水还在往下滴,发髻有些湿。颜色是很惨白,整个面部像石膏的塑像。高而白的鼻梁,薄而红的嘴唇死死地刻在脸上,如刻在一个严峻的假面上,整个脸庞是无表情的,只有她的眼睛烧着心内的疯狂的火,然而也是冷酷的,爱和恨烧尽了女人一切的仪态,她像是厌弃了一切,只有计算着如何报复的心念在心中起伏。
　　　　〔她看见朴园,他惊愕地望着她。
周繁漪　（毫不奇怪地）还没有睡？（立在中门前,不动）
周朴园　你？（走近她,粗而低的声音）你上哪儿去了？（望着她,停）冲儿找你一晚上。
周繁漪　（平常地）我出去走走。
周朴园　这样大的雨,你出去走？
周繁漪　嗯,——（忽然报复地）我有神经病。
周朴园　我问你,你刚才在哪儿？
周繁漪　（厌恶地）你不用管。
周朴园　（打量她）你的衣服都湿了,还不脱了它？
周繁漪　（冷冷地,有意义地）我心里发热,我要在外面冰一冰。
周朴园　（不耐烦地）不要胡言乱语的,你刚才究竟上哪儿去了？
周繁漪　（无神地望着他,清楚地）在你的家里！
周朴园　（烦恶地）在我的家里？
周繁漪　（觉得报复的快感,微笑）嗯,在花园里赏雨。
周朴园　一夜晚？
周繁漪　（快意地）嗯,淋了一夜晚。
　　　　〔半晌,朴园惊疑地望着她,繁漪像一座石像似地仍站在门前。
周朴园　繁漪,我看你上楼去歇一歇吧。

周繁漪　（冷冷地）不，不，（忽然）你拿的什么？（轻蔑地）哼，又是那个女人的相片！（伸手拿）

周朴园　你可以不看，萍儿母亲的。

周繁漪　（抢过去了，前走了两步，就向灯下看）萍儿的母亲很好看。

〔朴园没有理她，在沙发上坐下。

周繁漪　我问你，是不是？

周朴园　嗯。

周繁漪　样子很温存的。

周朴园　（眼睛望着前面）

周繁漪　她很聪明。

周朴园　（冥想）嗯。

周繁漪　（高兴地）真年轻。

周朴园　（不自觉地）不，老了。

周繁漪　（想起）她不是早死了么？

周朴园　嗯，对了，她早死了。

周繁漪　（放下相片）奇怪，我像是在哪儿见过似的。

周朴园　（抬起头，疑惑地）不，不会吧。——你在哪儿见过她吗？

周繁漪　（忽然）她的名字很雅致，侍萍，侍萍，就是有点丫头气。

周朴园　好，我看你睡去吧。（立起，把相片拿起来）

周繁漪　拿这个做什么？

周朴园　后天搬家，我怕掉了。

周繁漪　不，不，（从他手中取过来）放在这儿一晚上，（怪样地笑）不会掉的，我替你守着她。（放在桌上）

周朴园　不要装疯！你现在有点胡闹！

周繁漪　我是疯了。请你不用管我。

周朴园　（愠怒）好，你上楼去吧，我要一个人在这儿歇一歇。

周繁漪　不，我要一个人在这儿歇一歇，我要你给我出去。

周朴园　（严肃地）繁漪，你走，我叫你上楼去！

周繁漪　（轻蔑地）不，我不愿意。我告诉你，（暴躁地）我不愿意。

〔半晌。

周朴园　（低声）你要注意这儿（指头），记着克大夫的话，他要你静静地，少说话。明天克大夫还来，我已经替你请好了。

周繁漪　谢谢你！（望着前面）明天？哼！

〔周萍低头由饭厅走出，神色忧郁，走向书房。

周朴园　萍儿。

周　萍　（抬头，惊讶）爸！您还没有睡。

周朴园　（责备地）怎么，现在才回来？

周　萍　不，爸，我早回来，我出去买东西去了。

周朴园　你现在做什么？

周　萍　我到书房，看看爸写的介绍信在那儿没有。

周朴园　你不是明天早车走么？
周　萍　我忽然想起今天夜晚两点半有一趟车，我预备现在就走。
周蘩漪　（忽然）现在？
周　萍　嗯。
周蘩漪　（有意义地）心里就这样急么？
周　萍　是，母亲。
周朴园　（慈爱地）外面下着大雨，半夜走不大方便吧？
周　萍　这时走，明天日初到，找人方便些。
周朴园　信就在书房书桌上，你要现在走也好。
　　　〔周萍点头，走向书房。
周朴园　你不用去！（向蘩漪）你到书房把信替他拿来。
周蘩漪　（看朴园，不信任地）嗯！
　　　〔蘩漪进书房。
周朴园　（望蘩漪出，谨慎地）她不愿上楼，回头你先陪她到楼上去，叫底下人好好地伺候她睡觉。
周　萍　（无法地）是，爸爸。
周朴园　（更小心）你过来！（周萍走近，低声）告诉底下人，叫他们小心点，（烦恶地）我看她的病更重，刚才她忽然一个人出去了。
周　萍　出去了？
周朴园　嗯。（严重地）在外面淋了一夜晚的雨，说话也非常奇怪，我怕这不是好现象。——（觉得恶兆来了似的）我老了，我愿意家里平平安安地……
周　萍　（不安地）我想爸爸只要把事不看得太严重了，事情就会过去的。
周朴园　（畏缩地）不，不，有些事简直是想不到的。天意很——有点古怪，今天一天叫我忽然悟到为人太——太冒险，太——太荒唐，（疲倦地）我累得很。（如释重负）今天大概是过去了。（自慰地）我想以后——不该，再有什么风波。（不寒而栗地）不，不该！
　　　〔蘩漪持信上。
周蘩漪　（嫌恶地）信在这儿！
周朴园　（如梦初醒，向周萍）好，你走吧，我也想睡了。（振起喜色）嗯！后天我们一定搬新房子，（向蘩漪）你好好地休息两天。
周蘩漪　（盼望他走）嗯，好。
　　　〔朴园由书房下。
周蘩漪　（见朴园走出，阴沉地）这么说你是一定要走了。
周　萍　（声略带愤）嗯。
周蘩漪　（忽然急躁地）刚才你父亲对你说什么？
周　萍　（闪避地）他说要我陪你上楼去，请你睡觉。
周蘩漪　（冷笑）他应当叫几个人把我拉上去，关起来。
周　萍　（故意装做不明白）你这是什么意思？
周蘩漪　（迸发）你不用瞒我。我知道，我知道，（辛酸地）他说我是神经病，疯子，我知道他，要你这样看我，他要什么人都这样看我。

周　萍　（心悸）不，你不要这样想。

周繁漪　（奇怪的神色）你？你也骗我？（低声，阴郁地）我从你们的眼神看出来，你们父子都愿我快成疯子！（刻毒地）你们——父亲同儿子——偷偷在我背后说冷话，说我，笑我，在我背后计算着我。

周　萍　（镇静自己）你不要神经过敏，我送你上楼去。

周繁漪　（突然地，高声）我不要你送，走开！（抑制地，恨恶地，低声）我还用不着你父亲偷偷地，背着我，叫你小心，送一个疯子上楼。

周　萍　（抑制着自己的烦嫌）那么，你把信给我，让我自己走吧。

周繁漪　（不明白地）你上哪儿？

周　萍　（不得已地）我要走，我要收拾收拾我的东西。

周繁漪　（忽然冷静地）我问你，你今天晚上上哪儿去了？

周　萍　（敌对地）你不用问，你自己知道。

周繁漪　（低声，恐吓地）到底你还是到她那儿去了。

〔半晌，繁漪望周萍，周萍低头。

周　萍　（断然，阴沉地）嗯，我去了，我去了，（挑战地）你要怎么样？

周繁漪　（软下来）不怎么样。（强笑）今天下午的话我说错了，你不要怪我。我只问你走了以后，你预备把她怎么样？

周　萍　以后？——（贸然地）我娶她！

周繁漪　（突如其来地）娶她？

周　萍　（决定地）嗯。

周繁漪　（刺心地）父亲呢？

周　萍　（淡然）以后再说。

周繁漪　（神秘地）萍，我现在给你一个机会。

周　萍　（不明白）什么？

周繁漪　（劝诱地）如果今天你不走，你父亲那儿我可以替你想法子。

周　萍　不必，这件事我认为光明正大，我可以跟任何人谈。——她——她不过就是穷点。

周繁漪　（愤然）你现在说话很像你的弟弟。——（忧郁地）萍！

周　萍　干什么？

周繁漪　（阴郁地）你知道你走了以后，我会怎么样？

周　萍　不知道。

周繁漪　（恐惧地）你看看你的父亲，你难道想象不出？

周　萍　我不明白你的话。

周繁漪　（指自己的头）就在这儿；你不知道么？

周　萍　（似懂非懂地）怎么讲？

周繁漪　（好像在叙述别人的事情）第一，那位专家，克大夫免不了会天天来的，要我吃药，逼我吃药。吃药，吃药，吃药！渐渐伺候着我的人一定多，守着我，像看个怪物似地守着我。他们——

周　萍　（烦）我劝你，不要这样胡想，好不好？

周繁漪　（不顾地）他们渐渐学会了你父亲的话，"小心，小心点，她有点疯病！"到处都偷偷地在我背后低着声音说话,叽咕着。慢慢地无论谁都要小心点,不敢见我,最后铁链子锁着我,那我真就成了疯子了。

周　萍　（无办法）唉！（看表）不早了,给我信吧,我还要收拾东西呢。

周繁漪　（恳求地）萍,这不是不可能的。（乞怜地）萍,你想一想,你就一点——就一点无动于衷么？

周　萍　你——（故意恶狠地）你自己要走这一条路,我有什么办法？

周繁漪　（愤怒地）什么,你忘记你自己的母亲也是被你父亲气死的么？

周　萍　（一了百了,更狠毒地激恼她）我母亲不像你,她懂得爱！她爱她自己的儿子,她没有对不起我父亲。

周繁漪　（爆发,眼睛射出疯狂的火）你有权利说这种话么？你忘了就在这屋子,三年前的你么？你忘了你自己才是个罪人；你忘了,我们——（突停,压制自己,冷笑）哦,这是过去的事,我不提了。

〔周萍低头,身发颤,坐沙发上,悔恨抓着他的心,面上筋肉成不自然的拘挛。

周繁漪　（她转向他,哭声,失望地说着）哦,萍,好了。这一次我求你,最后一次求你。我从来不肯对人这样低声下气说话,现在我求你可怜可怜我,这家我再也忍受不住了。（哀婉地诉出）今天这一天我受的罪过你都看见了,这样子以后不是一天,是整月,整年地,以至到我死,才算完。他厌恶我,你的父亲；他知道我明白他的底细,他怕我。他愿意人人看我是怪物,是疯子,萍！——

周　萍　（心乱）你,你别说了。

周繁漪　（急迫地）萍,我没有亲戚,没有朋友,没有一个可信的人,我现在求你,你先不要走——

周　萍　（躲闪地）不,不成。

周繁漪　（恳求地）即使你要走,你带我也离开这儿——

周　萍　（恐惧地）什么。你简直胡说！

周繁漪　（恳求地）不,不,你带我走,——带我离开这儿,（不顾一切地）日后,甚至于你要把四凤接来——一块儿住,我都可以,只要,（热烈地）只要你不离开我。

周　萍　（惊惧地望着她,退后,半晌,颤声）我——我怕你真疯了！

周繁漪　（安慰地）不,你不要这样说话。只有我明白你,我知道你的弱点,你也知道我的。你什么我都清楚。（诱惑地笑,向周萍奇怪地招着手,更诱惑地笑）你过来,你——你怕什么？

周　萍　（望着她,忍不住地狂喊出来）哦,我不要你这样笑！（更重）不要你这样对我笑！（苦恼地打着自己的头）哦,我恨我自己,我恨,我恨我为什么要活着。

周繁漪　（酸楚地）我这样累你么？然而你知道我活不到几年了。

周　萍　（痛苦地）你难道不知道这种关系谁听着都厌恶么？你明白我每天喝酒胡闹就因为自己恨——恨我自己么？

周繁漪　（冷冷地）我跟你说过多少遍,我不这样看,我的良心不是这样做的。（郑重地）萍,今天我做错了,如果你现在听我的话,不离开家,我可以再叫四凤回来。

周　萍　什么？

周繁漪　（清清楚楚地）叫她回来还来得及。

周　萍　（走到她面前,声沉重,慢说）你给我滚开！

周繁漪　（顿,又缓缓地）什么?

周　萍　你现在不像明白人,你上楼睡觉去吧。

周繁漪　（明白自己的命运）那么,完了。

周　萍　（疲倦地）嗯,你去吧。

周繁漪　（绝望,沉郁地）刚才我在鲁家看见你同四凤。

周　萍　（惊）什么,你刚才是到鲁家去了?

周繁漪　（坐下）嗯,我在他们家附近站了半天。

周　萍　（悔惧）什么时候你在那里?

周繁漪　（低头）我看着你从窗户进去。

周　萍　（急切）你呢?

周繁漪　（无神地望着前面）就走到窗户前面站着。

周　萍　那么有一个女人叹气的声音是你么?

周繁漪　嗯。

周　萍　后来,你又在那里站多半天?

周繁漪　（慢而清朗地）大概是直等到你走。

周　萍　哦!（走到她身旁,低声）那窗户是你关上的,是么?

周繁漪　（更低的声音,阴沉地）嗯,我。

周　萍　（恨极,恶毒地）你是我想不到的一个怪物!

周繁漪　（抬起头）什么?

周　萍　（暴烈地）你真是一个疯子!

周繁漪　（无表情地望着他）你要怎么样?

周　萍　（狠恶地）我要你死!再见吧!

〔周萍由饭厅急走下,门猝然地关上。

周繁漪　（呆滞地坐了一下,望着饭厅的门。瞥见侍萍的相片,拿在手上,低声,阴郁地）这是你的孩子!（缓缓扯下硬卡片贴的相片,一片一片地撕碎。沉静地立起来,走了两步）奇怪,心里静的很!

〔中门轻轻推开,繁漪回头,鲁贵缓缓地走进来。他的狡黠的眼睛,望着她笑着。

鲁　贵　（鞠躬,身略弯）太太,您好。

周繁漪　（略惊）你来做什么?

鲁　贵　（假笑）给您请安来了。我在门口等了半天。

周繁漪　（镇静）哦,你刚才在门口?

鲁　贵　（低声）对了。（更秘密地）我看见大少爷正跟您打架,我——（假笑）我就没敢进来。

周繁漪　（沉静地,不为所迫）你原来要做什么?

鲁　贵　（有把握地）原来我倒是想报告给太太,说大少爷今天晚上喝醉了,跑到我们家里去。现在太太既然是也去了,那我就不必多说了。

周繁漪　（嫌恶地）你现在想怎么样?

鲁　贵　（倨傲地）我想见见老爷。

周繁漪　老爷睡觉了,你要见他什么事?

鲁　贵　没有什么,要是太太愿意办,不找老爷也可以。——(着重,有意义地)都看太太要怎么样。

周繁漪　(半晌,忍下来)你说吧,我也许可以帮你的忙。

鲁　贵　(重复一遍,狡黠地)要是太太愿意做主,不叫我见老爷,多麻烦,(假笑)那就大家都省了。

周繁漪　(仍不露声色)什么,你说吧。

鲁　贵　(谄媚地)太太做了主,那就是您积德了。——我们只是求太太还赏饭吃。

周繁漪　(不高兴地)你,你以为我——(转缓和)好,那也没有什么。

鲁　贵　(得意地)谢谢太太。(伶俐地)那么就请太太赏个准日子吧。

周繁漪　(爽快地)你们在搬了新房子后一天来吧。

鲁　贵　(行礼)谢谢太太恩典!(忽然)我忘了,太太,您没见着二少爷么?

周繁漪　没有。

鲁　贵　您刚才不是叫二少爷赏给我们一百块钱么?

周繁漪　(烦厌地)嗯?

鲁　贵　(婉转地)可是,可是都叫我们少爷回了。

周繁漪　你们少爷?

鲁　贵　(解释地)就是大海——我那个狗食的儿子。

周繁漪　怎么样?

鲁　贵　(很文雅地)我们的侍萍,实在还不知道呢。

周繁漪　(惊,低声)侍萍?(沉下脸)谁是侍萍?

鲁　贵　(以为自己被轻视了,侮慢地)侍萍就是侍萍,我的家里的——,就是鲁妈。

周繁漪　你说鲁妈,她叫侍萍?

鲁　贵　(自夸地)她也念过书。名字是很雅气的。

周繁漪　"侍萍",那两个字怎么写,你知道么?

鲁　贵　我,我,(为难,勉强笑出来)我记不得了。反正那个萍字是跟大少爷名字的萍我记得是一样的。

周繁漪　哦!(忽然把地上撕破的相片碎片拿起来对上,给他看)你看看,这个人你认识不认识?

鲁　贵　(看了一会,抬起头)不认识,太太。

周繁漪　(急切地)你认识的人没有一个像她的么?(略停)你想想看,往近处想。

鲁　贵　(摇头)没有一个,太太,没有一个。(突然疑惧地)太太,您怎么?

周繁漪　(回思,自己疑惑)多半我是胡思乱想。(坐下)

鲁　贵　(贪婪地)啊,太太,您刚才不是赏我们一百块么?可是我们大海又把钱回了,您想,——

〔中门渐渐推开。

鲁　贵　(回头)谁?

〔大海由中门进,衣服俱湿,脸色阴沉,眼不安地向四面望,疲倦,憎恨在他举动里显明地露出来。繁漪惊讶地望着他。

鲁大海　(向鲁贵)你在这儿!

鲁　贵　(讨厌他的儿子)嗯,你怎么进来的?

鲁大海　（冰冷地）铁门关着，叫不开，我爬墙进来的。

鲁　贵　你现在来这儿干什么？你为什么不看看你妈，找四凤怎么样了？

鲁大海　（用一块湿手巾擦着脸上的雨水）四凤没找着，妈在门外等着呢。（沉重地）你看见四凤了么？

鲁　贵　（轻蔑）没有，我没有看见。（觉得大海小题大做，烦恶地皱着眉毛）不要管她，她一会儿就会回家。（走近大海）你跟我回去。周家的事情也妥了，都完了，走吧！

鲁大海　我不走。

鲁　贵　你要干什么？

鲁大海　你也别走，——你先给我把这儿大少爷叫出来，我找不着他。

鲁　贵　（疑惧地，摸着自己的下巴）你要怎么样？我刚弄好，你是又要惹祸？

鲁大海　（冷静地）没有什么，我只想跟他谈谈。

鲁　贵　（不信）我看你不对，你大概又要——

鲁大海　（暴躁地，抓着鲁贵的领口）你找不找？

鲁　贵　（怯弱地）我找，我找，你先放下我。

鲁大海　好，（放开他）你去吧。

鲁　贵　大海，你，你得答应我，你可是就跟大少爷说两句话，你不会——

鲁大海　嗯，我告诉你，我不是打架来的。

鲁　贵　真的？

鲁大海　（可怕地走到鲁贵的面前，低声）你去不去？

鲁　贵　我，我，大海，你，你——

周蘩漪　（镇静地）鲁贵，你去叫他出来，我在这儿，不要紧的。

鲁　贵　也好，（向大海）可是我请完大少爷，我就从那门走了，我，（笑）我有点事。

鲁大海　（命令地）你叫他们把门开开，让妈进来，领她在房里避一避雨。

鲁　贵　好，好，（向饭厅下）完了，我可有事。我就走了。

鲁大海　站住！（走前一步，低声）你进去，要是不找他出来就一人跑了，你可小心我回头在家里，——哼！

鲁　贵　（生气）你，你，你——（低声，自语）这个小王八蛋！（没法子，走进饭厅下）

周蘩漪　（立起）你是谁？

鲁大海　（粗鲁地）四凤的哥哥。

周蘩漪　（柔声）你是到这儿来找她么？你要见我们大少爷么？

鲁大海　嗯。

周蘩漪　（眼色阴沉地）我怕他会不见你。

鲁大海　（冷静地）那倒许。

周蘩漪　（缓缓地）听说他现在就要上车。

鲁大海　（回头）什么！

周蘩漪　（阴沉的暗示）他现在就要走。

鲁大海　（愤怒地）他要跑了，他——

周蘩漪　嗯，他——

〔周萍由饭厅上，脸上有些慌，他看见大海，勉强地点一点头，声音略有点颤，他

　　　　　　极力在镇静自己。
周　萍　（向大海）哦！
鲁大海　好。你还在这儿，（回头）你叫这位太太走开，我有话要跟你一个人说。
周　萍　（望着蘩漪，她不动，再走到她面前）请您上楼去吧。
周蘩漪　好！（昂首由饭厅下）
　　　　〔半晌。二人都紧紧地握着拳，大海愤愤地望着他，二人不动。
周　萍　（耐不住，声略颤）没想到你现在到这儿来。
鲁大海　（阴沉沉）听说你要走。
周　萍　（惊，略镇静，强笑）不过现在也赶得上，你来得还是时候，你预备怎么样？我已经准备好了。
鲁大海　（狠恶地笑一笑）你准备好了？
周　萍　（沉郁地望着他）嗯。
鲁大海　（走到他面前）你！（用力地击着周萍的脸，方才的创伤又破，血向下流）
周　萍　（握着拳抑制自己）你，你，——（忍下去，由袋内抽出白绸手绢擦脸上的血）
鲁大海　（切齿地）哼？现在你要跑了！
　　　　〔半晌。
周　萍　（压下自己的怒气，辩白地，故意用低沉的声音）我早有这个计划。
鲁大海　（恶狠地笑）早有这个计划？
周　萍　（平静下来）我以为我们中间误会太多。
鲁大海　误会？（看自己手上的血，擦在身上）我对你没有误会，我知道你是没有血性，只顾自己的一个十足的混蛋。
周　萍　（柔和地）我们两次见面，都是我性子最坏的时候，叫你得着一个最坏的印象。
鲁大海　（轻蔑地）不用推托，你是个少爷，你心也混帐，你们都是吃饭太容易，有劲儿不知道怎样使，就拿着穷人家的女儿开开心，完了事可以不负一点儿责任。
周　萍　（看出大海的神气，失望地）现在我想辩白是没有用的。我知道你是有目的而来的。（平静地）你把你的枪或者刀拿出来吧。我愿意任你收拾我。
鲁大海　（侮蔑地）你会这样大方，——在你家里，你很聪明！哼，可是你不值得我这样，我现在还不愿意拿我这条有用的命换你这半死的东西。
周　萍　（直视大海，有勇气地）我想你以为我现在是怕你。你错了，与其说我怕你，不如说我怕我自己；我现在做错了一件事，我不愿做错第二件事。
鲁大海　（嘲笑地）我看像你这种人，活着就错了。刚才要不是我的母亲，我当时就宰了你！（恐吓地）现在你的命还在我的手心里。
周　萍　我死了，那是我的福气。（辛酸地）你以为我怕死，我不，我不，我恨活着，我欢迎你来。我够了，我是活厌了的人。
鲁大海　（厌恨地）哦，你——活厌了，可是你还拉着我年轻的糊涂妹妹陪着你，陪着你。
周　萍　（无法，强笑）你说我自私？你以为我是真没有心肝，跟她开开心就完了么？你问问你的妹妹，她知道我是真爱她。她现在就是我能活着的一点生机。
鲁大海　你倒说得很好！（突然）那你为什么——为什么不娶她？
周　萍　（略顿）那就是我最恨的事情。我的环境太坏。你想想我这样的家庭怎么允许有这样的事。

鲁大海　（辛辣地）哦,所以你就可以一面表示你是真心爱她,跟她做出什么不要脸的事都可以,一面你还得想着你的家庭,你的董事长爸爸。他们叫你随便就丢掉她,再娶一个门当户对的阔小姐来配你,对不对?

周　萍　（忍耐不下）我要问问四凤,她知道我这次出去,是离开了家庭,设法脱离了父亲,有机会好跟她结婚的。

鲁大海　（嘲弄）你推得很好。那么像你深更半夜的,刚才跑到我家里,你怎样推托呢?

周　萍　（迸发,激烈地）我所说的话不是推托,我也用不着跟你推托,我现在看你是四凤的哥哥,我才这样说。我爱四凤,她也爱我,我们都年轻,我们都是人,两个人天天在一起,结果免不了有点荒唐。然而我相信我以后会对得起她,我会娶她做我的太太,我没有一点亏心的地方。

鲁大海　这么,你反而很有理了。可是,董事长大少爷,谁相信你会爱上一个工人的妹妹,一个当老妈子的穷女儿?

周　萍　（略顿,嗫嚅）那,那——那我也可以告诉你。有一个女人逼着我,激成我这样的。

鲁大海　（紧张地,低声）什么,还有一个女人?

周　萍　嗯,就是你刚才见过的那位太太。

鲁大海　她?

周　萍　（苦恼地）她是我的后母!——哦,我压在心里多少年,我当谁也不敢说——她念过书,她受了很好的教育,她,她,——她看见我就跟我发生感情,她要我——（突停）那自然我也要负一部分责任。

鲁大海　四凤知道么?

周　萍　她知道,我知道她知道。（含着苦痛的眼泪,苦闷地）那时我太糊涂,以后我越过越怕,越恨,越厌恶。我恨这种不自然的关系,你懂么?我要离开她,然而她不放松我。她拉着我,不放我。她是个鬼,她什么都不顾忌。我真活厌了,你明白么?我喝酒,胡闹,我只要离开她,我死都愿意。她叫我恨一切受过好教育,外面都装得很正经的女人。过后我见着四凤,四凤叫我明白,叫我又活了一年。

鲁大海　（不觉吐出一口气）哦。

周　萍　这些话多少年我对谁也说不出的,然而——（缓慢地）奇怪,我忽然跟你说了。

鲁大海　（阴沉地）那大概是你父亲的报应。

周　萍　（没想到,厌恶地）你,你胡说!（觉得方才太冲动,对一个这么不相识的人说出心中的话。半响,镇静下,自己想方才脱口说出的原因,忽然,慢慢地）我告诉你,因为我认你是四凤的哥哥,我要你相信我的诚心,我没有一点骗她。

鲁大海　（略露善意）那么你真预备要四凤么?你知道四凤是个傻孩子,她不会再嫁第二个人。

周　萍　（诚恳地）嗯,我今天走了,过了一二个月,我就来接她。

鲁大海　可是董事长少爷,这样的话叫人相信么?

周　萍　（由衣袋取出一封信）你可以看这封信,这是我刚才写给她的,就说的这件事。

鲁大海　（故意闪避地）用不着给我看,我——没有工夫!

周　萍	（半晌，抬头）那我现在再没有什么旁的保证，你口袋里那件杀人的家伙是我的担保。你再不相信我，我现在人还是在你手里。
鲁大海	（辛酸地）周大少爷，你想想这样我就完了么？（恶狠地）你觉得我真愿意我的妹妹嫁给你这种东西么？（忽然拿出自己的手枪来）
周　萍	（惊慌）你要怎么样？
鲁大海	（恨恶地）我要杀了你。你父亲虽坏，看着还顺眼。你真是世界上最用不着，最没有劲的东西。
周　萍	哦。好，你来吧！（骇惧地闭上目）
鲁大海	可是——（叹一口气，递手枪与周萍）你还是拿去吧。这是你们矿上的东西。
周　萍	（莫明其妙地）怎么？（接下枪）
鲁大海	（苦闷地）没有什么。老太太们最糊涂。我知道我的妈。我妹妹是她的命，只要你能够多叫四凤好好地活着，我只好不提什么了。

〔萍还想说话，大海挥手，叫他不必再说，周萍沉郁地到桌前把枪放好。

鲁大海	（命令地）那么请你把我的妹妹叫出来吧。
周　萍	（奇怪）什么？
鲁大海	四凤啊——她自然在你这儿。
周　萍	没有，没有。我以为她在你们家里呢。
鲁大海	（疑惑地）那奇怪，我同我妈在雨里找了她两个钟头，不见她。我想自然在这儿。
周　萍	（担心）她在雨里走了两个钟头，她——她没有到旁的地方去么？
鲁大海	（肯定地）半夜里她会到哪儿去？
周　萍	（突然恐惧）啊，她不会——（坐下呆望）
鲁大海	（明白）你以为——不，她不会，（轻蔑地）不，我想她没有这个胆量。
周　萍	（颤抖地）不，她会的。你不知道她。她爱脸，她性子强，她——不过她应当先见我，她（仿佛已经看见她溺在河里）不该这样冒失。

〔半晌。

鲁大海	（忽然）哼，你装得好，你想骗过我，你？——她在你这儿！她在你这儿！

〔外面远处口哨声。

周　萍	（以手止之）不，你不要嚷。（哨声近，喜色）她，她来了！我听见她！
鲁大海	什么？
周　萍	这是她的声音，我们每次见面，是这样的。
鲁大海	她在哪儿？
鲁大海	大概就在花园里？

〔周萍开窗吹哨，应声更近。

周　萍	（回头，眼含着眼泪，笑）她来了！

〔中门敲门声。

周　萍	（向大海）你先暂时在旁边屋子躲一躲，她没想到你在这儿。我想她再受不得惊了。

〔忙引大海至饭厅门，大海下。

〔外面的声音：（低）萍！

周　萍　（忙跑至中门）凤儿！（开门）进来！

〔四凤由中门进，头发散乱，衣服湿透，眼泪同雨水流在脸上，眼角粘着淋漓的鬓发，衣裳贴着皮肤，雨后的寒冷逼着她发抖，她的牙齿上下地震战着。她见周萍如同失路的孩子再见着母亲，呆呆地望着他。

鲁四凤　萍！

周　萍　（感动地）凤。

鲁四凤　（胆怯地）没有人吧。

周　萍　（难过，怜悯地）没有。（拉着她的手）

鲁四凤　（放开胆）哦！萍！（抱着周萍抽咽）

周　萍　（如许久未见她）你怎么，你怎么会这样？你怎么会找着我？（止不住地）你怎么进来的？

鲁四凤　我从小门偷进来的。

周　萍　凤，你的手冰凉，你先换一换衣服。

鲁四凤　不；萍，（抽咽）让我先看看你。

周　萍　（引她到沙发，坐在自己一旁，热烈地）你，你上哪儿去了，凤？

鲁四凤　（看看他，含着眼泪微笑）萍，你还在这儿，我好像隔了多年一样。

周　萍　（顺手拿起沙发上的一床紫线毯给她围上）我可怜的凤儿，你怎么这样傻，你上哪儿去了？我的傻孩子！

鲁四凤　（擦着眼泪，拉周萍的手，周萍蹲在旁边）我一个人在雨里跑，不知道自己在哪儿。天上打着雷，前面我只看见模模糊糊的一片；我什么都忘了，我像是听见妈在喊我，可是我怕，我拚命地跑，我想找着我们门口那一条河跳。

周　萍　（紧握着四凤的手）凤！

鲁四凤　——可是不知怎么绕来绕去我总找不着。

周　萍　哦，凤，我对不起你，原谅我，是我叫你这样，你原谅我，你不要怨我。

鲁四凤　萍，我怎么也不会怨你的。我糊糊涂涂一碰到这儿，走到花园那电线杆底下，我忽然想死了。我知道一碰那根电线，我就可以什么都忘了。我爱我的母亲，我怕我刚才对她起的誓，我怕她说我这么一声坏女儿，我情愿不活着。可是，我刚要碰那根电线，我忽然看见你窗户的灯，我想到你在屋子里。哦，萍，我突然觉得，我不能这样就死，我不能一个人死，我丢不了你。我想起来，世界大的很，我们可以走，我们只要一块儿离开这儿。萍啊，你——

周　萍　（沉重地）我们一块儿离开这儿？

鲁四凤　（急切地）就是这一条路，萍，我现在已经没有家，（辛酸地）哥哥恨死我，母亲我是没有脸见的。我现在什么都没有，我没有亲戚，没有朋友，我只有你，萍，（哀告地）你明天带我去吧。

〔半晌。

周　萍　（沉重地摇着头）不，不——

鲁四凤　（失望地）萍。

周　萍　（望着她，沉重地）不，不——我们现在就走。

鲁四凤　（不相信地）现在就走？

周　萍　（怜惜地）嗯，我原来打算一个人现在走，以后再来接你，不过现在不必了。

中国现代文学经典阅读　478

鲁四凤　（不信地）真的，一块儿走么？

周　萍　嗯，真的。

鲁四凤　（狂喜地，扔下线毯，立起，亲周萍的一手，一面擦着眼泪）真的，真的，真的，萍，你是我的救星，你是天底下顶好的人，你是我——哦，我爱你！（在他身下流泪）

周　萍　（感动地，用手绢擦着眼泪）凤，以后我们永远在一块儿了，不分开了。

鲁四凤　（自慰地，在周萍的怀里）嗯，我们离开这儿了，不分开了。

周　萍　（约束自己）好，凤，走以前我们先见见一个人。见完他我们就走。

鲁四凤　一个人？

周　萍　你哥哥。

鲁四凤　哥哥？

周　萍　他找你，他就在饭厅里头。

鲁四凤　（恐惧地）不，不，你不要见他，他恨你，他会害你的。走吧，我们就走吧。

周　萍　（安慰地）我已经见过他。——我们现在一定要见他一面，（不可挽回地）不然我们也走不了的。

鲁四凤　（胆怯）可是，萍，你——

〔周萍走到饭厅门口，开门。

周　萍　（叫）鲁大海！鲁大海！——咦，他不在这儿，奇怪，也许他从饭厅的门出去了。（望着四凤）

鲁四凤　（走到周萍面前，哀告地）萍。不要管他，我们走吧。（拉他向中门去）我们就这样走吧。

〔四凤拉周萍至中门，中门开，鲁妈与大海进。

〔两点钟内鲁妈的样子另变了一个人。声音因为在雨里叫喊哭号已经喑哑，眼皮失望地向下垂，前额的皱纹很深地刻在上面，过度的刺激使她变成了呆滞，整个变成刻板的痛苦的模型。她的衣服像是已烘干了一部分，头发还有些湿，鬓角凌乱地贴着湿的头发。她的手在颤，很小心地走进来。

鲁四凤　（惊惧）妈！（畏缩）

〔略顿，鲁妈哀怜地望着四凤。

鲁侍萍　（伸出手向四凤，哀痛地）凤儿，来！

〔四凤跑至母亲面前，跪下。

鲁四凤　妈！（抱着母亲的膝）

鲁侍萍　（抚摸四凤的头顶，痛惜地）孩子，我的可怜的孩子。

鲁四凤　（泣不成声）妈，饶了我吧，饶了我吧，我忘了您的话了。

鲁侍萍　（扶起四凤）你为什么早不告诉我？

鲁四凤　（低头）我疼您，妈，我怕，我不愿意有一点叫您不喜欢我，看不起我，我不敢告诉您。

鲁侍萍　（沉痛地）这还是你的妈太糊涂了，我早该想到的。（酸苦地）然而天，这谁又料得到，天底下会有这种事，偏偏又叫我的孩子们遇着呢？哦，你们妈的命太苦，我们的命也太苦了。

鲁大海　（冷淡地）妈，我们走吧，四凤先跟我们回去。——我已经跟他（指周萍）商量好了,他先走,以后他再接四凤。

鲁侍萍　（迷惑地）谁说的？谁说的？

鲁大海　（冷冷地望着鲁妈）妈,我知道您的意思,自然只有这么办。所以,周家的事我以后也不提了,让他们去吧。

鲁侍萍　（迷惑,坐下）什么？让他们去？

周　萍　（嗫嚅）鲁奶奶,请您相信我,我一定好好地待她,我们现在决定就走。

鲁侍萍　（拉着四凤的手,颤抖地）凤,你,你要跟他走？

鲁四凤　（低头,不得已紧握着鲁妈的手）妈,我只好先离开您了。

鲁侍萍　（忍不住）你们不能够在一块儿！

鲁大海　（奇怪地）妈,您怎么？

鲁侍萍　（站起）不,不成！

鲁四凤　（着急）妈！

鲁侍萍　（不顾她,拉着她的手）我们走吧。（向大海）你出去叫一辆洋车,四凤大概走不动了。我们走,赶快走。

鲁四凤　（死命地退缩）妈,您不能这样做。

鲁侍萍　不,不成！（呆滞地,单调地）走,走。

鲁四凤　（哀求）妈,您愿您的女儿急得要死在您的眼前么？

周　萍　（走向鲁妈前）鲁奶奶,我知道我对不起您。不过我能尽我的力量补我的错,现在事情已经做到这一步,您——

鲁大海　妈,（不懂地）您这一次,我可不明白了！

鲁侍萍　（不得已,严厉地）你先去雇车去！（向四凤）凤儿,你听着,我情愿你没有,我不能叫你跟他在一块儿。——走吧！

〔大海刚至门口,四凤喊一声。

鲁四凤　（喊）啊,妈,妈！（晕倒在母亲怀里）

鲁侍萍　（抱着四凤）我的孩子,你——

周　萍　（急）她晕过去了。

〔鲁妈按着她的前额,低声唤"四凤"忍不住地泣下。

〔周萍向饭厅跑。

鲁大海　不用去——不要紧,一点凉水就好。她小时就这样。

〔周萍拿凉水洒在她面上,四凤渐醒,面呈死白色。

鲁侍萍　（拿凉水灌四凤）凤儿,好孩子。你回来,你回来。——我的苦命的孩子。

鲁四凤　（口渐张眼睁开,喘出一口气）啊,妈！

鲁侍萍　（安慰地）孩子,你不要怪妈心狠,妈的苦说不出。

鲁四凤　（叹出一口气）妈！

鲁侍萍　什么？凤儿。

鲁四凤　我,我不能不告诉你,萍！

周　萍　凤,你好点了没有？

鲁四凤　萍,我,总是瞒着你;也不肯告诉您,（乞怜地望着鲁妈）妈,您——

鲁侍萍　什么,孩子,快说。

鲁四凤　（抽咽）我,我——（放胆）我跟他现在已经有……（大哭）

鲁侍萍 （切迫地）怎样,你说你有——（过受打击,不动）
周　萍 （拉起四凤的手）四凤!怎么,真的,你——
鲁四凤 （哭）嗯。
周　萍 （悲喜交集）什么时候?什么时候?
鲁四凤 （低头）大概已经三个月。
周　萍 （快慰地）哦,四凤,你为什么不告诉我,我,我的——
鲁侍萍 （低声）天哪。
周　萍 （走向鲁）鲁奶奶,您无论如何不要再固执哪,都是我错了,我求您!（跪下）我求您放了她吧。我敢保我以后对得起她,对得起您。
鲁四凤 （立起,走到鲁妈面前跪下）妈,您可怜可怜我们,答应我们,让我们走吧。
鲁侍萍 （不做声,坐着,发痴）我是在做梦。我的儿女,我自己生的儿女,三十年工夫——哦,天哪,（掩面哭,挥手）你们走吧,我不认得你们。（转过头去）
周　萍 谢谢您!（立起）我们走吧。凤!（四凤起）
鲁侍萍 （回头,不自主地）不,不能够!
〔四凤又跪下。
鲁四凤 （哀求）妈,您,您是怎么?我的心定了。不管他是富,是穷,不管他是谁,我是他的了。我心里第一个许了他,我看得见的只有他,妈,我现在到了这一步,他到哪儿我也到哪儿;他是什么,我也跟他是什么。妈,您难道不明白,我——
鲁侍萍 （指手令她不要向下说,苦痛地）孩子。
鲁大海 妈,妹妹既然是闹到这样,让她去了也好。
周　萍 （阴沉地）鲁奶奶,您心里要是一定不放她,我们只好不顺从您的话,自己走了。凤!
鲁四凤 （摇头）萍!（还望着鲁妈）妈!
鲁侍萍 （沉重的悲伤,低声）啊,天知道谁犯了罪,谁造的这种孽!——他们都是可怜的孩子,不知道自己做的是什么。天哪,如果要罚,也罚在我一个人身上;我一个人有罪,我先走错了一步。（伤心地）如今我明白了,我明白了,事情已经做了的,不必再怨这不公平的天;人犯了一次罪过,第二次也就自然地跟着来。——（摸着四凤的头）他们是我的干净孩子,他们应当好好地活着,享着福。冤孽是在我心里头,苦也应当我一个人尝。他们快活,谁晓得就是罪过?他们年轻,他们自己并没有成心做了什么错事。（立起,望着天）今天晚上,是我让他们一块儿走,这罪过我知道,可是罪过我现在替他们犯了;所有的罪孽都是我一个人惹的,我的儿女们都是好孩子,心地干净的,那么,天,真有了什么,也就让我一个人担待吧。（回过头）凤儿,——
鲁四凤 （不安地）妈,您心里难过,——我不明白您说的什么。
鲁侍萍 （回转头。和蔼地）没有什么。（微笑）你起来,凤儿,你们一块儿走吧。
鲁四凤 （立起,感动地,抱着她的母亲）妈!
周　萍 去,（看表）不早了,还只有二十五分钟,叫他们把汽车开出来,走吧。
鲁侍萍 （沉静地）不,你们这次走,是在黑地里走,不要惊动旁人。（向大海）大海,你去叫车去,我要回去,你送他们到车站。
鲁大海 嗯。

〔大海由中门下。

鲁侍萍　（向四凤哀婉地）过来，我的孩子，让我好好地亲一亲。（四凤过来抱母；鲁妈向周萍）你也来，让我也看你一下。（周萍至前，低头，鲁妈望他擦眼泪）好，你们走吧——我要你们两个在未走以前答应我一件事。
周　萍　您说吧。
鲁侍萍　你们不答应，我还是不要四凤走的。
鲁四凤　妈，您说吧，我答应。
鲁侍萍　（看他两人）你们这次走，最好越走越远，不要回头。今天离开，你们无论生死，永远也不许见我。
鲁四凤　（难过）妈，那不——
周　萍　（眼色，低声）她现在很难过，才说这样的话，过后，她就会好了的。
鲁四凤　嗯，也好，——妈，那我们走吧。
　　　　〔四凤跪下，向鲁妈叩头，四凤落泪，鲁妈竭力忍着。
鲁侍萍　（挥手）走吧！
周　萍　我们从饭厅里出去吧，饭厅里还放着我几件东西。
　　　　〔三人——周萍，四凤，鲁妈——走到饭厅门口，饭厅门开。蘩漪走出，三人俱惊视。
鲁四凤　（失声）太太！
周蘩漪　（沉稳地）咦，你们到哪儿去？外面还打着雷呢！
周　萍　（向蘩漪）怎么你一个人在外面偷听！
周蘩漪　嗯，不只我，还有人呢。（向饭厅上）出来呀，你！
　　　　〔周冲由饭厅上，畏缩地。
鲁四凤　（惊愕）二少爷！
周　冲　（不安地）四凤！
周　萍　（不高兴，向弟）弟弟，你怎么这样不懂事？
周　冲　（莫明其妙地）妈叫我来的，我不知道你们这是干什么。
周蘩漪　（冷冷地）现在你就明白了。
周　萍　（焦躁，向蘩漪）你这是干什么？
周蘩漪　（嘲弄地）我叫你弟弟来给你们送行。
周　萍　（气愤）你真卑——
周　冲　哥哥！
周　萍　弟弟，我对不起！——（突向蘩漪）不过世界上没有像你这样的母亲！
周　冲　（迷惑地）妈，这是怎么回事？
周蘩漪　你看哪！（向四凤）四凤，你预备上哪儿去？
鲁四凤　（嗫嚅）我……我……
周　萍　不要说一句瞎话。告诉他们，挺起胸来告诉他们，说我们预备一块儿走。
周　冲　（明白）什么，四凤，你预备跟他一块儿走？
鲁四凤　嗯，二少爷，我，我是——
周　冲　（半质问地）你为什么早不告诉我？
鲁四凤　我不是不告诉你；我跟你说过，叫你不要找我，因为我——我已经不是个好女人。

周　萍　（向四凤）不,你为什么说自己不好?你告诉他们!（指蘩漪）告诉他们,说你就要嫁我!

周　冲　（略惊）四凤,你——

周蘩漪　（向周冲）现在你明白了。（周冲低头）

周　萍　（突向蘩漪,刻毒地）你真没有一点心肝!你以为你的儿子会替——会破坏么?弟弟,你说,你现在有什么意思,你说,你预备对我怎么样?说!哥哥都会原谅你。

〔周冲望蘩漪,又望四凤,自己低头。

周蘩漪　冲儿,说呀!（半晌,急促）冲儿,你为什么不说话呀?你为什么不抓着四凤问?你为什么不抓着你哥哥说话呀?（又顿。众人俱看周冲,周冲不语）冲儿你说呀,你怎么,你难道是个死人?哑巴?是个糊涂孩子?你难道见着自己心上喜欢的人叫人抢去,一点儿都不动气么?

周　冲　（抬头,羔羊似地）不,不,妈!（又望四凤,低头）只要四凤愿意,我没有一句话可说。

周　萍　（走到周冲面前,拉着他的手）哦,我的好弟弟,我的明白弟弟!

周　冲　（疑惑地,思考地）不,不,我忽然发现……我觉得……我好像我并不是真爱四凤;（渺渺茫茫地）以前——我,我,我——大概是胡闹!

周　萍　（感激地）不过,弟弟——

周　冲　（望着周萍热烈的神色,退缩地）不,你把她带走吧,只要你好好地待她!

周蘩漪　（整个幻灭,失望）哦,你呀!（忽然,气愤）你不是我的儿子;你不像我,你——你简直是条死猪!

周　冲　（受侮地）妈!

周　萍　（惊）你是怎么回事?

周蘩漪　（昏乱地）你真没有点男子气,我要是你,我就打了她,烧了她,杀了她。你真是糊涂虫,没有一点生气的。你还是你父亲养的,你父亲的小绵羊。我看错你了——你不是我的,你不是我的儿子。

周　萍　（不平地）你是冲弟弟的母亲么?你这样说话。

周蘩漪　（痛苦地）萍,你说,你说出来;我不怕,你告诉他,我现在已经不是他的母亲。

周　冲　（难过地）妈,您怎么?

周蘩漪　（丢弃了拘束）我叫他来的时候,我早已忘了我自己,（向周冲,半疯狂地）你不要以为我是你的母亲,（高声）你的母亲早死了,早叫你父亲压死了,闷死了。现在我不是你的母亲。她是见着周萍又活了的女人,（不顾一切地）她也是要一个男人真爱她,要真真活着的女人!

周　冲　（心痛地）哦,妈。

周　萍　（眼色向周冲）她病了。（向蘩漪）你跟我上楼去吧!你大概是该歇一歇。

周蘩漪　胡说!我没有病,我没有病,我神经上没有一点病。你们不要以为我说胡话。（揩眼泪,哀痛地）我忍了多少年的,我在这个死地方,监狱似的周公馆,陪着一个阎王十八年了,我的心并没有死;你的父亲只叫我生了冲儿,然而我的心,我这个人还是我的。（指周萍）就只有他才要了我整个的人,可是他现在不要我,又不要我了。

周　冲　（痛极）妈,我最爱的妈,您这是怎么回事?
周　萍　你先不要管她,她在发疯!
周繁漪　（激烈地）不要学你的父亲。没有疯——我这是没有疯!我要你说,我要你告诉他们——这是我最后的一口气!
周　萍　（狠狈地）你叫我说什么?我看你上楼睡去吧。
周繁漪　（冷笑）你不要装!你告诉他们,我并不是你的后母。
　　　　〔大家俱惊,略顿。
周　冲　（无可奈何地）妈!
周繁漪　（不顾地）告诉他们,告诉四凤,告诉她!
鲁四凤　（忍不住）妈呀!（投入鲁妈怀）
周　萍　（望着弟弟,转向繁漪）你这是何苦!过去的事你何必说呢?叫弟弟一生不快活。
周繁漪　（失了母性,喊着）我没有孩子,我没有丈夫,我没有家,我什么都没有,我只要说:我——我是你的。
周　萍　（苦恼）哦,弟弟!你看弟弟可怜的样子,你要是有一点母亲的心——
周繁漪　（报复地）你现在也学会你的父亲了,你这虚伪的东西,你记着,是你才欺骗了你的弟弟,是你欺骗我,是你才欺骗了你的父亲!
周　萍　（愤怒）你胡说,我没有,我没有欺骗他!父亲是个好人,父亲一生是有道德的,（繁漪冷笑）——（向四凤）不要理她,她疯了,我们走吧。
周繁漪　不用走,大门锁了。你父亲就下来,我派人叫他来的。
鲁侍萍　哦,太太!
周　萍　你这是干什么?
周繁漪　（冷冷地）我要你父亲见见他将来的好媳妇你们再走。（喊）朴园,朴园!……
周　冲　妈,您不要!
周　萍　（走到繁漪面前）疯子,你敢再喊!
　　　　〔繁漪跑到书房门口,喊。
鲁侍萍　（慌）四凤,我们出去。
周繁漪　不,他来了!
　　　　〔朴园由书房进,大家俱不动,静寂若死。
周朴园　（在门口）你叫什么?你还不上楼去睡。
周繁漪　（倨傲地）我请你见见你的好亲戚。
周朴园　（见鲁妈,四凤在一起,惊）啊,你,你——你们这是做什么?
周繁漪　（拉四凤向朴园）这是你的媳妇,你见见。（指着朴园向四凤）叫他爸爸!（指着鲁妈向朴园）你也认识认识这位老太太。
鲁侍萍　太太!
周繁漪　萍,过来!当着你的父亲,过来,给这个妈叩头。
周　萍　（难堪）爸爸,我,我——
周朴园　（明白地）怎么——（向鲁妈）侍萍,你到底还是回来了。
周繁漪　（惊）什么?

鲁侍萍　（慌）不，不，您弄错了。
周朴园　（悔恨地）侍萍，我想你也会回来的。
鲁侍萍　不，不！（低头）啊！天！
周繁漪　（惊愕地）侍萍？什么，她是侍萍？
周朴园　嗯。（烦厌地）你不必再故意地问我，她就是萍儿的母亲，三十年前死了的。
周繁漪　天哪！
　　　　〔半响。四凤苦闷地叫了一声，看着她的母亲，鲁妈苦痛地低着头。周萍脑筋昏乱，迷惑地望着父亲，同鲁妈。这时繁漪渐渐移到周冲身边，现在她突然发见一个更悲惨的命运，逐渐地使她同情周萍，她觉出自己方才的疯狂，这使她很快地恢复原来平常母亲的情感。她不自主地愧恨地望着自己的冲儿。
周朴园　（沉痛地）萍儿，你过来。你的生母并没有死，她还在世上。
周　萍　（半狂地）不是她！爸，您告诉我，不是她！
周朴园　（严厉地）混帐！萍儿，不许胡说。她没有什么好身世，也是你的母亲。
周　萍　（痛苦万分）哦，爸！
周朴园　（尊重地）不要以为你跟四凤同母，觉得脸上不好看，你就忘了人伦天性。
鲁四凤　（向母痛苦地）哦，妈！
周朴园　（沉重地）萍儿，你原谅我。我一生就做错了这一件事。我万没有想到她今天还在，今天找到这儿。我想这只能说是天命。（向鲁妈叹口气）我老了，刚才我叫她走，我很后悔，我预备寄给你两万块钱。现在你既然来了，我想萍儿是个孝顺孩子，他会好好地侍奉你。我对不起你的地方，他会补上的。
周　萍　（向鲁妈）您——您是我的——
鲁侍萍　（不自主地）萍——（回头抽咽）
周朴园　跪下，萍儿！不要以为自己是在做梦，这是你的生母。
鲁四凤　（昏乱地）妈，这不会是真的。
鲁侍萍　（不语，抽咽）
周繁漪　（笑向周萍，悔恨地）萍，我，我万想不到是——是这样，萍。
周　萍　（怪笑，向朴园）父亲！（怪笑，向鲁妈）母亲！（看四凤，指她）你——
鲁四凤　（与周萍互视怪笑，忽然忍不住）啊，天！（由中门跑下）
　　　　〔周萍扑在沙发上，鲁妈死气沉沉地立着。
周繁漪　（急喊）四凤！四凤！（转向周冲）冲儿，她的样子不大对，你赶快出去看她。
　　　　〔周冲由中门跑下，喊四凤。
周朴园　（至周萍前）萍儿，这是怎么回事？
周　萍　（突然）爸，您不该生我！（跑，由饭厅下）
　　　　〔远处听见四凤的惨叫声，周冲狂呼四凤，过后周冲也发出惨叫。
鲁侍萍　　　　　　四凤，你怎么啦！
周繁漪　（同时叫）我的孩子，我的冲儿！
　　　　〔二人同由中门跑出。
周朴园　（急走至窗前拉开窗幕，颤声）怎么？怎么？
　　　　〔仆人由中门跑上。
仆　人　（喘）老爷！

周朴园　快说,怎么啦?

仆　人　(急不成声)四凤……死了……

周朴园　(急)二少爷呢?

仆　人　也……也死了。

周朴园　(颤声)不,不,怎……么?

仆　人　四凤碰着那条走电的电线。二少爷不知道,赶紧拉了一把,两个人一块儿中电死了。

周朴园　(几晕)这不会。这,这——这不能够,不能够!

〔朴园与仆人跑下。

〔周萍由饭厅出,颜色惨白,但是神气沉静地。他走到那张放大海的手枪的桌前,抽开抽屉,取出手枪,手微颤,慢慢走进右边书房。

〔外面人声嘈乱,哭声,叫声,吵声,混成一片。鲁妈由中门上,脸更呆滞,如石膏人像。老年仆人跟在后面,拿着电筒。

〔鲁妈一声不响地立在台中。

老　仆　(安慰地)老太太,您别发呆!这不成,您得哭,您得好好哭一场。

鲁侍萍　(无神地)我哭不出来!

老仆人　这是天意,没有法子。——可是您自己得哭。

鲁侍萍　不,我想静一静。(呆立)

〔中门大开,许多仆人围着繁漪,繁漪不知是在哭在笑。

仆　人　(在外面)进去吧,太太,别看哪。

周繁漪　(为人拥至中门,倚门怪笑)冲儿,你这么张着嘴?你的样子怎么直对我笑?——冲儿,你这个糊涂孩子。

周朴园　(走到中门中,眼泪在面上)繁漪,进来!我的手发木,你也别看了。

老　仆　太太,进来吧。人已经叫电火烧焦了,没有法子办了。

周繁漪　(进来,干哭)冲儿,我的好孩子。刚才还是好好的,你怎么会死,你怎么会死得这样惨?(呆立)

周朴园　(已进来)你要静一静。(擦眼泪)

周繁漪　(狂笑)冲儿,你该死,该死!你有了这样的母亲,你该死!

〔外面仆人与大海打架声。

周朴园　这是谁?谁在这时候打架?

〔老仆下问,立时另一仆人上。

周朴园　外面是怎么回事?

仆　人　今天早上那个鲁大海,他这时又来了,跟我们打架。

周朴园　叫他进来!

仆　人　老爷,他连踢带打地伤了我们好几个,他已经从小门跑了。

周朴园　跑了?

仆　人　是,老爷。

周朴园　(略顿,忽然)追他去,给我追他去。

仆　人　是,老爷。

〔仆人一齐下。屋中只有朴园、鲁妈、繁漪三人。

周朴园　（哀伤地）我丢了一个儿子,不能再丢第二个了。
　　　　〔三人都坐下来。
鲁侍萍　都去吧！让他去了也好,我知道这孩子。他恨你,我知道他不会回来见你的。
周朴园　（寂静,自己觉得奇怪）年轻的反而走我们前头了,现在就剩下我们这些老——（忽然）萍儿呢？大少爷呢？萍儿,萍儿！（无人应）来人呀！来人！（无人应）你们给我找呀,我的大儿子呢？
　　　　〔书房枪声,屋内死一般的静默。
周蘩漪　（忽然）啊！（跑下书房,朴园呆立不动,立时蘩漪狂喊跑出）他……他……
周朴园　他……他……
　　　　〔朴园与蘩漪一同跑下,进书房。
　　　　〔鲁妈立起,向书房颠踬了两步,至台中,渐向下倒,跪在地上,如序幕结尾老妇人倒下的样子。
　　　　〔舞台渐暗,奏序幕之音乐（High Mass-Bach）若在远处奏起,至完全黑暗时最响,与序幕末尾音乐声同。幕落,即开,接尾声。

尾　　声

〔开幕时舞台黑暗。只听见远处教堂合唱弥撒声同大风琴声,序幕姊弟的声音:
〔弟弟声:姐姐,你去问她。
〔姊姊声:（低声）不,弟弟你问她,你问她。
〔舞台渐明,景同序幕,又回到十年后腊月三十日的下午。老妇（鲁妈）还在台中歪倒着,姊弟在旁。
姊　姊　你问她,她知道。
弟　弟　我不,我怕,你,你去。（推姊姊,外面合唱声止）
　　　　〔姑乙由中门进,见老妇倒地上,大惊愕,忙扶起她。
姑　乙　（扶她）起来吧,鲁奶奶！起来吧！（扶她至右边火炉旁坐,忙走至姊弟前,安慰地）弟弟,你没有吓着吧！快去吧,妈就在外边等着你们。姐姐,你领弟弟去吧。
姊　姊　谢谢您,姑奶奶。（替弟弟穿衣服）
姑　乙　外面冷得很,你们都把衣服穿好。
姊　姊　嗯,再见！
姑　乙　再见。
　　　　〔姊领弟弟出中门。
　　　　〔姑乙忙走到壁炉前,照护老妇人。
　　　　〔姑甲由右门饭厅进。
姑　乙　嘘,（指鲁妈）她出来了。
姑　甲　（低声）周先生就下来看她,你照护照护。我要出去。
姑　乙　好,你等一等,（从墙角拿一把雨伞）外头怕要下雪,你要这一把伞吧。
姑　甲　（和蔼地）谢谢你。（拿着雨伞由中门出去）

〔老人由左边厅出,立门口,望着。

姑　乙　（指鲁妈,向老翁）她在这儿！
老　人　哦！
〔半响。
老　人　（关心地,向姑乙）她现在怎么样？
姑　乙　（轻叹）还是那样！
老　人　吃饭还好么？
姑　乙　不多。
老　人　（指头）她这儿？
姑　乙　（摇头）不,还是不认识人。
〔半响。
姑　乙　楼上您的太太,看见了？
老　人　（呆滞地）嗯。
姑　乙　（鼓励地）这两人,她倒好。
老　人　是的。——（指鲁妈）这些天没有人看她么？
姑　乙　您说她的儿子,是么？
老　人　嗯。一个姓鲁叫大海的。
姑　乙　（同情地）没有。可怜,她就是想着儿子。每到节期总在窗前望一晚上。
老　人　（叹气,绝望地,自语）我怕,我怕他是死了。
姑　乙　（希望地）不会吧？
老　人　（摇头）我找了十年了,——没有一点影子。
姑　乙　唉,我想她的儿子回家,她一定会明白的。
老　人　（走到炉前,低头）侍萍！
〔老妇回头,呆呆地望着他,若不认识,起来,面上无一丝表情,一时,她走向前窗。
老　人　（低声）侍萍！侍——
姑　乙　（向老人摆手,低声）让她走,不要叫她！
〔老妇至窗前,慢吞吞地拉开帷幔,痴痴地望着窗外。
〔老人绝望地转过头,望着炉中的火光,外面忽而闹着小孩们的欢笑声,同足步声。中门大开,姊弟进。
姊　姊　（向弟）在这儿？一定在这儿？
弟　弟　（落泪,点着头）嗯！嗯！
姑　乙　（喜欢他们来打破这沉静）弟弟,你怎么哭了？
弟　弟　（抽咽）我的手套丢了！外面下雪,我的手套,我的新手套丢了。
姑　乙　不要嚷,弟弟,我给你找。
姊　姊　弟弟,我们找。
〔三个人在左角找手套。
姑　乙　（向姊）有么？
姊　姊　没有！
弟　弟　（钻到沙发背后,忽然跳出来）在这儿,在这儿！（舞着手套）妈,在这儿！（跑

　　　　　出去）
姑　乙　（羡慕地）好了,去吧。
姊　姊　谢谢,姑奶奶!
　　　　〔姊由中门下,姑乙关上门。
　　　　〔半晌。
老　人　（抬头）什么?外头又下雪了?
姑　乙　（沉静地点头）嗯。
　　　　〔老人又望一望立在窗前的老妇,转身坐在炉旁的圈椅上,呆呆地望着火,这时姑乙在左边长沙发上坐下,拿了一本《圣经》读着。
　　　　〔舞台渐暗。

——幕　落

延伸阅读: 一部作品成为名著,应当也有一个接受过程。钱理群在研究中发现:"《雷雨》诞生于1933年夏,正式发表,使它成为'社会'的存在,却是在一年以后——1934年7月,巴金、靳以主持的《文学季刊》第一卷第三期刊载了《雷雨》","而且,社会的最初反应,竟然是沉默"。这种现象对我们深入理解作品,不失为一种角度。参见钱理群:《大小舞台之间——曹禺戏剧新论》,第37页,杭州,浙江文艺出版社,1994年。

日出(存目)

曹　禺

延伸阅读：钱理群在研究《日出》时,在众多研究视角之外,对我们有一个提醒:"我们首先注意到,当剧作家强调陈白露是一个'漂泊者'时,他的《日出》的创造,就大大接近了三十年代时代文学的关注中心:传统农村与畸形现代化都市之间政治、经济、文化的撞击,与流动于其间的'人'的命运。"确实如此,在一部作品周围,实际有当时的各种社会思潮,不注意这一点,可能会仅仅从"纯文学"角度,窄化了对许多名著的理解。参见钱理群:《大小舞台之间——曹禺戏剧新论》,第63页,杭州,浙江文艺出版社,1994年。

北京人(存目)

曹　禺

延伸阅读：有人认为:"《北京人》决没有简单地重复《雷雨》、《日出》与《原野》,相反它大大地发展了前者,使曹禺的戏剧生命的创造达到了一个新的高峰。""这里的关键在于,他所'回归'的,不是《雷雨》、《日出》、《原野》的具体写作规范,而是隐藏其后的更根本的深刻追求:用自己的心灵、生命去创造独特的'个人话语'(个人独特感受、情感、把握、表现世界的方式,个人的观念与戏剧形式)。"参见钱理群:《大小舞台之间——曹禺戏剧新论》,第165页,杭州,浙江文艺出版社,1994年。

上海屋檐下(存目)

夏　衍

延伸阅读：夏衍是1930年代上海"左联"的领导人之一,他的创作与所从事的社会活动密切相关,所以不能按照纯粹的现实主义文学的眼光来看他的剧作。作者本人也说,这部戏剧是要"反映一下上海这个畸形社会中的一群小人物,反映一下他们的喜怒哀乐,从小人物的生活中反映出一个即将来临的伟大的时代,让当时的群众听到一个将到来的时代的脚步声音。"这种看法中显然有让戏剧服务于政治斗争的意思。参见夏衍:《谈〈上海屋檐下〉的创作》,《剧本》1957年4月号。

屈原(存目)

郭沫若

延伸阅读: 1941年发生"皖南事变",国共摩擦全面展开,国民党开始在文化领域打压左翼文艺人。这种情况下,中共南方局决定采取话剧创作和演出的方式,反抗这一压迫。郭沫若可能是接受授意创作这个剧本的,以他的声望,在重庆引起轰动几乎毫无悬念。南方局干部张颖回忆说,看了《屈原》演出,周恩来兴奋异常,表示:"屈原并没有写出这样的诗词,也不可能写得出来,这是郭老借着屈原的口说出自己心中的怨愤,也表达了蒋管区广大人民的愤恨之情,是向国民党压迫人民的控诉,好得很!"参见张颖:《雾重庆的文艺斗争》,《人民文学》1977年第1期。

白毛女(存目)

贺敬之 等

延伸阅读: 1990年代,学者孟悦的《白毛女演变的启示——兼论延安文艺的历史多质性》一文发表后,被认为是研究这个剧本的最引人注意的成果。她认为,不能再像过去那样仅仅从文学/政治的层面去解读它,同时也应该注意到它的民间社会层面:"《白毛女》的故事至少是在当时汇聚'解放区'的几种文化力量的相互作用或相互较量中形成的。首先,它有一个在当地农村口头流行的史前史,很可能还有一个地方民间信仰的背景。"这种民间信仰与革命信仰的结合,可以看到解放区文学作为"革命通俗文学"的历史趋势。参见唐小兵编:《再解读》,第71页,香港,牛津大学出版社,1993年。